Jens Henrik Jensen

SØG

SCHWARZER HIMMEL

Thriller

Aus dem Dänischen
von Ulrich Sonnenberg

dtv

Von Jens Henrik Jensen
sind bei dtv außerdem erschienen:
OXEN – Das erste Opfer
OXEN – Der dunkle Mann
OXEN – Gefrorene Flammen
OXEN – Lupus
SØG – Dunkel liegt die See

Überarbeitete Neuausgabe 2021
dtv Verlagsgesellschaft mbH & Co. KG, München

Titel der dänischen Originalausgabe: ›Kulmanden‹

Die deutsche Erstausgabe erschien 2008
unter dem Titel ›Der Kohlenmann‹ bei Piper Nordiska
Umschlaggestaltung: ZERO Werbeagentur GmbH
Umschlagmotive: plainpicture/Design Pics/Daryl Pederson und
plainpicture/Daniel Allan
Satz: C.H.Beck.Media.Solutions, Nördlingen
Gesetzt aus der Minion 10/14˙
Druck und Bindung: Druckerei C.H.Beck, Nördlingen
Printed in Germany ISBN 978-3-423-21979-2

Esbjerg, 2007

1

Er hatte das Gefühl, als reichten seine Nervenenden bis weit in das nasse Element hinein. Über die Angelschnur, die er zwischen Daumen und Zeigefinger hielt, verzweigten sie sich in den braunen Wellen und verursachten ein prickelndes Gefühl im Körper.

Mit Sicherheit hatte ihm sein inzwischen so jämmerlich gewordenes Leben kaum etwas Besseres zu bieten. Er konnte in die Rolle des Fängers schlüpfen, obwohl er an seinen elektrischen Rollstuhl gefesselt war. Die Gicht hatte zwar seine Beine angefressen, aber um das Salz des Lebens, das Angeln, konnte die Krankheit ihn nicht bringen.

Mit dem Hemdsärmel wischte er sich die Schweißperlen von der Stirn. Obwohl es bereits sieben Uhr abends war, hatte die schwüle Hitze kaum nachgelassen. So ging das nun schon fünf, sechs Tage. Alle stöhnten über das Wetter. Eigentlich konnte er die Hitze nicht ausstehen, aber sie linderte das Reißen in seinem Körper.

Allerdings kündigte sich jetzt ein Wetterumschwung an. Die Wolken türmten sich auf, als wollten sie in einem Wutanfall mit dem Großreinemachen beginnen.

Er fühlte nichts. Es gab keine Verbindung zum Leben unter der Wasseroberfläche. Er hielt die Nylonschnur straff in der linken Hand, sodass er ein unmittelbares Gefühl für das Vorfach und die beiden Haken dort draußen über dem schlammigen Grund bekam. Auch das geringste Schnappen einer Flunder nach den Sandwürmern würde seinen erfahrenen Fingern nicht verborgen bleiben. Mit der Rechten achtete er auf seine zweite Angel, die in einer Halterung an der Armlehne steckte. Hin und wieder rollte er ein Stück der Leine auf, sodass er sie sofort anziehen konnte, sollte eine Meeräsche sich von dem Weißbrot anlocken lassen.

Zwei Angeln und ein Bier in Reichweite – so hatte er schon viele Stunden auf dem Tauruskai verbracht, südlich des Esbjergwerks. Auf der rechten Seite ragte das Kraftwerk in den Himmel, hinter ihm lagen die enormen Kohlenhalden, und zu seiner Linken formten die spitzen Vulkangipfel aus Kies und Splitt von der Schotter- und Kiesfirma Vesterhavsral eine bizarre Landschaft. Die Gegend wurde Sahara genannt. Hier draußen vereinten sich Meer und Land.

Er musste nun immer bis zum Südhafen fahren, man hatte ihn dazu gezwungen. Oder richtiger, das »System« hatte ihn in diese trostlose Landschaft verbannt. Früher hatte er in der Nähe des Hafengebiets angeln können, wo er sich als alter Fischer zu Hause fühlte und jederzeit jemanden zum Klönen fand. Dem hatte dann dieser verdammte Zaun ein Ende gesetzt – der Terrorzaun. Er zog sich beinahe um den ganzen von ihm so geschätzten Hafen und stempelte einen ehrlichen Mann zum Verbrecher, auch wenn er sich nur zum Angeln einschlich.

Jeder dunkelhäutige Mullah, der im Hafen eine Bombe legen wollte, konnte sich doch einfach an den Schranken vorbeidrücken oder über den Zaun klettern, dachte er. Unter der unwahrscheinlichen Voraussetzung, dass der Hafen von Esbjerg jemals Ziel eines Terroranschlags werden könnte.

Das erste drohende Donnergrollen weit draußen auf dem Meer riss ihn aus seinen trüben Gedanken. Er blickte zum Himmel und stellte fest, dass die blauschwarze Wolkendecke sich näher herangeschoben hatte, jenseits von Fanø baute sie sich auf wie eine Wand. Der Wind hatte aufgefrischt.

Als der Donner zum zweiten Mal leise grollte, verschwand plötzlich der rote Schwimmer. Beinahe hätte er sein Bier fallen lassen, zog aber noch im richtigen Moment an. An der Angel zuckte es gewaltig, eine hübsche Meeräsche musste das sein.

Es zeigte sich, dass er recht hatte, als er den Fisch auf dem Kai von der Angel befreite. Mit dem Messer stach er der Meeräsche in den Nacken und entfernte die Innereien. Im selben Moment bemerkte er, wie die schlappe Schnur der anderen Angel sich über der Wasseroberfläche spannte. Auch hier hatte einer angebissen.

Eine schöne große Flunder tauchte auf, als er hastig am Griff der Rolle drehte und seinen Fang auf den Asphalt zog. Seit Stunden nichts – und nun zwei Fische in zwei Minuten. Vielleicht war ja doch was dran, dass die Fische bei Gewitter besonders gut bissen? Doch ihm gefiel das nicht.

Eine Reihe ohrenbetäubender Schläge ließ die Luft erzittern. Erschrocken blickte er zum Himmel. Die schwarze Wolkendecke hatte Fanø bereits eingeschlossen. Er spürte einen heftigen Windstoß im Gesicht, Sekunden später zerriss ein Blitz den Himmel über dem Meer und ließ die flachen Konturen der Insel scharf in der Dämmerung hervortreten.

Hektisch stopfte er die Fische in eine Tüte und packte sein Angelzeug zusammen. Er hatte keine Zeit zu verlieren. Seine Hände zitterten, als er die Angeltasche hinter sich in den Korb warf und den Griff am Lenker bis zum Anschlag drehte. Sein Fahrzeug setzte sich mit dem charakteristisch singenden Geräusch des Elektromotors in Bewegung.

Die Donnerschläge dröhnten jetzt in einer erschreckenden Lautstärke. Er bog in die Straße ein, die zwischen den riesigen Kohlenhalden des Kraftwerks verlief. Jetzt musste er die Abkürzung nehmen. Er schaute über die Schulter, als eine Serie von Blitzen über den Hafen zuckte. Das Vorderrad traf auf ein tiefes

Schlagloch im Asphalt, sodass er fast die Kontrolle über sein Gefährt verloren hätte. Gerade noch konnte er die Balance halten.

Er verringerte das Tempo, als er die Schranken des Terrorzauns erreichte. Wenn er ein bisschen Gewalt anwandte, konnte er den Rollstuhl zwischen den Schranken hindurchzwängen und auf das verbotene Gelände rollen. Das Verbot war ihm jetzt egal.

Er wollte nach Hause, in Sicherheit, und das ging am schnellsten, wenn er durch das verbotene Hafengebiet fuhr.

Der Regen prasselte auf ihn nieder, er hatte eine Heidenangst.

Seine Arme begannen zu zittern.

Die eiskalte Dusche hatte sie abgekühlt. Jetzt saß Nina am Gartentisch auf dem Balkon. Sie hatte sich ein Handtuch um die Taille gebunden und eine kurzärmlige Bluse aus indischer Baumwolle darübergezogen, so dünn und luftig, dass sie sich beinahe nackt fühlte. Sie hatten einen perfekten Sonntag miteinander verbracht. Ihr Sohn Jonas und sie waren an den Strand gefahren, die Räder hatten sie nach Fanø mitgenommen. Mit Sicherheit war es die letzte Strandpartie dieses Jahres gewesen.

Der Herbst würde wahnsinnig hektisch werden. Die erste Runde des Führungskurses der Polizei war geplant und bedeutete zwei Wochen Aufenthalt im Ausbildungszentrum von Avnø, einem gottverlassenen Ort auf Seeland. Wenn man in die Führungsetage aufsteigen wollte, kam man um Avnø nicht herum. Und das hatte sie vor – der Aufstieg zur stellvertretenden Polizeihauptkommissarin war der nächste Schritt auf der Karriereleiter. Nina hegte keine Machtgelüste, es war eher der banale Wunsch nach neuen Herausforderungen. Sie marschierte doch ohnehin immer vorneweg, und sobald sie das Wort ergriff, hörten die Kollegen ihr zu, unabhängig vom Dienstgrad.

Als stellvertretende Polizeihauptkommissarin würde sie vermutlich kaum eine Krone mehr verdienen, aber sie empfand den Kurs als Fehdehandschuh, den man ihr vor die Füße geworden hatte, und als Herausforderung ihrer fachlichen Kompetenz – eine ziemlich feierliche Formulierung, aber doch so etwas wie die Essenz ihres Entschlusses. Sie war gut, aber sie wollte noch besser werden.

Natürlich ging es auch um Einfluss. Sie hasste es, stupide Befehle von oben zu empfangen. Und ihre Gelassenheit und ihr Selbstvertrauen waren mit den Jahren eher gewachsen. Jetzt wollte sie den Fehdehandschuh aufnehmen und es besser machen – mit einer größeren Umsicht als diejenigen, deren Entscheidungen auf einer Mischung aus männlicher Routine und dem Glauben an ihre eigene Unfehlbarkeit basierten. Die beiden ersten Aufgaben des schriftlichen Vorbereitungskurses hatte sie jedenfalls schon abgeliefert. Der Arbeitsauftrag in Soziologie war nicht sonderlich konkret gewesen. Bei Begriffen wie »primäre und sekundäre Sozialisation« war sie ziemlich ins Schwimmen gekommen. Und für den Organisationstest hatte sie Leavitts Systemmodell durchgeackert und inzwischen längst wieder vergessen.

Verdammt, es durfte gern etwas praktischer werden. Schließlich hatte sie unter anderem deshalb vor vielen Jahren das Jurastudium an der Universität von Århus geschmissen. Auf dem Schreibtisch im Wohnzimmer lag der dritte Arbeitsauftrag wie eine stumme Drohung: Diesmal ging es um Führung.

Wie sie sich kannte, würde sie erst im allerletzten Moment damit beginnen. Sie gab ein armseliges Vorbild ab. Predigte sie ihrem Sohn nicht ständig, dass die Hausaufgaben an erster Stelle kommen sollten?

Doch bei den schriftlichen Aufgaben handelte es sich nur um den Vorhof der Hölle. Denn bald würde der Kurs in Avnø losgehen. Viermal zwei Wochen lang, nur die Samstage und Sonntage waren frei.

Eine Schusssalve. Jonas war nach dem Abendessen aufgestanden und spielte am Computer. »Hitman« – schon wieder.

Auf dem Präsidium hatte ihre Abteilung merkwürdige Arbeitstage hinter sich. Wahnsinnig still, dabei war die vorangegangene Woche auch schon außergewöhnlich ruhig gewesen. Es war kein Problem gewesen, den Mittwoch für ihren Fernkurs freizunehmen. Vielleicht war es zu heiß für Verbrechen? Nina war die Stille jedenfalls nicht geheuer. Seit Tagen spürte sie diese Unruhe.

Die Woche hatte mit einer Serie falscher Reiseschecks begonnen, die in verschiedenen Banken in der Umgebung eingelöst worden waren. Danach hatten sie sich um die eingeschlagene Scheibe eines Bekleidungsgeschäfts in der Kongensgade kümmern müssen. Die Einbrecher hatten einige Lederjacken mitgehen lassen, es gab ein paar Hauseinbrüche – und dann – sozusagen als Krönung – hatte irgendein Idiot einen Hund vor dem Bäckerladen in der Torvegade gestohlen. Allerdings handelte es sich nicht um irgendeinen Köter. Dieser Afghanische Windhund hatte ein kleines Vermögen gekostet, hieß Da Vinci und gehörte der Frau eines Bankdirektors, der zufälligerweise Mitglied der Loge war, der auch Polizeidirektor Friis angehörte.

Das aber war im Großen und Ganzen alles, was die vergangenen Tage an intellektuellen Herausforderungen in der fünftgrößten Stadt Dänemarks geboten hatten, die sich unter der Hitzewelle krümmte. Von dem schneeweißen Windhund hatten sie nicht einmal die kleinste Pfotenspur.

Nina schob den Teller mit Kaltschale in die Mitte des Tisches, lehnte sich zurück und zündete sich eine Zigarette an. Die letzte des Tages. Sie hatte beschlossen, mit dem Rauchen aufzuhören. Wie sollte man als Mutter eines zwölfjährigen Jungen Autorität ausstrahlen – noch dazu als alleinerziehende Mutter –, wenn man einen so gewaltigen Verbrauch an krebserregenden Stoffen hatte? Sie war jetzt bei fünf Zigaretten am Tag. Wie eine übel schmeckende Medizin wurden sie jeden Morgen eingeteilt, egal, ob es Werktag oder Wochenende war. Die letzte Zigarette sparte sie für die Zeit nach dem Abendessen auf. Sie war die beste des ganzen Tages.

Nina inhalierte tief, und als sie den Rauch ausstieß, spürte sie den ersten Windstoß im Gesicht, der den Zigarettenrauch mit sich riss.

Kurz darauf hörte sie hinter Fanø das erste leise Donnergrollen, das sie noch unruhiger werden ließ. Jetzt wechselte der Himmel seine Farbe, die Wolken trieben schneller.

Sekunden später donnerte es ernsthaft draußen über dem Meer. Es war so dunkel, dass Nina die Blitze deutlich sah. Lange konnte es nicht mehr dauern, dann würde die Hölle über Esbjerg hereinbrechen.

Sie liebte Donner und Blitz, die Berserkerwut der Elemente. Laut der nordischen Mythologie jagte bei Gewitter der Gott Thor in seinem Streitwagen über den Himmel.

Hoffentlich kam es zu einem richtig heftigen Unwetter.

»Jonas!« Sie stand auf, ging in die Küche und ließ Wasser in den Elektrokocher laufen. Keine Antwort. »Jonas!«

»Was ist denn? Warum schreist du so?«

»Schalt den PC aus, sofort. Es zieht ein Gewitter auf …«

»Ach Mist, ich bin gerade mitten in einem Spiel.«

»Nicht fluchen – und schalt den PC aus. Sofort!«

Sie schüttete Nescafé in die Tasse und goss kochendes Wasser darüber. Jonas spielte noch immer, und sie steckte den Kopf durch die Tür seines Zimmers.

»Sag mal, bist du taub? Mach aus! Und zieh den Stecker!«

Im selben Moment war ein gewaltiger Donnerschlag zu hören. Jonas gehorchte und fuhr den Computer herunter.

»Komm raus, das wird fantastisch.«

Jonas tauchte an der Küchentür auf. Die Kappe mit dem Logo des Fußballclubs von Esbjerg hatte er beleidigt in die Stirn gezogen.

»Wieso bist du eigentlich so scharf auf Gewitter, Mama?«

»So, und jetzt setzt du dich mit deiner alten Mutter auf den Balkon, ja? Und steh gerade, bitte. Sonst endest du noch als Glöckner von Notre-Dame.« Sie schob den Schirm seiner Kappe hoch und küsste Jonas flüchtig auf die Stirn.

»Mit Gewitterkaffee?«

»Ja, natürlich.«

»Und 'ner Gewittercola?«

»Gewittercola? Wann ist die denn erfunden worden? Na, von mir aus.«

Das Gewitter war fabelhaft. Der Regen stürzte erbarmungslos herab, *cats and dogs*, wie es bei den Engländern hieß. Wie es wohl aussähe, wenn Katzen und Hunde vom Himmel fielen und überall in der Stadt herumlägen? Und was würde der Bankdirektor sagen, wenn der verschwundene Da Vinci plötzlich wie ein breit getretener Flokati auf dem Fußweg auftauchte?

Unendlich lange krachte und polterte es über den Dächern der Stadt, die Blitze zerrissen den inzwischen dunkel gewordenen Abendhimmel. Sie konnte sich nicht daran erinnern, wann sie das letzte Mal eine derartig gewaltige Kraftentladung erlebt hatte.

»Meine Güte, heute ist Thor aber besonders heftig zugange.«

»Ja, er lässt es richtig krachen«, bemerkte Jonas.

»Wie heißen Thors Geißböcke noch gleich?«

»Tanngnjostr und Tanngrisnir. Und sein Hammer heißt Mjølnir. Der Donner ist das Rumpeln seines Wagens, und die Blitze sind die Funken des Hammers. Und wenn Thor den Hammer geworfen hat, fliegt er immer wieder in seine Hand zurück. Er trägt seine Supereisenhandschuhe – und seinen Kraftgürtel. Bist du jetzt zufrieden?«

»Imponierend, dann war ja doch nicht alles vergebens …«

»Das ist doch totaler Megamüll, Mama, diese ganze Mythologie. In Wirklichkeit treffen kalte und warme Luftströme aufeinander, und die Blitze sind elektrische Entladungen.«

»Ja, ja, mein neunmalkluger Sohn … Wenn du meinst.«

Nina stellte sich dicht ans Geländer, dorthin, wo der Balkon über ihr keinen Schutz mehr bot. Es fühlte sich gut an. Befreiend, nach einer Woche quälender Hitze.

»Und was soll man bei Gewitter beachten?« Sie konnte es nicht lassen. Eine der irritierenden Standardfragen auf der mütterlichen Checkliste.

Jonas seufzte tief. »Ich hab keinen Bock zu antworten … Du hast mich das schon eine Million Mal gefragt.«

»Aber es ist wichtig, Liebling. Denk dran, nie unter eine …« Der alberne Klingelton ihres Handys unterbrach sie. Ihr Zwerchfell zog sich zusammen. Sie hatte also recht gehabt. Der Anruf musste aus dem Präsidium kommen. Irgendetwas war passiert. Nein … Sie erkannte die Nummer.

»Nina am Apparat.«

»Hallo, hier ist Jørgen. Wo seid ihr? Ein wahnsinniges Gewitter. Die ganze Insel bebt.«

»Danke, ist uns auch schon aufgefallen. Wir sind zu Hause, wo sonst? Wir sitzen auf dem Balkon und schauen zu.«

Typisch Onkel Jørgen. Der alte Dorfpolizist im Ruhestand war von Natur aus ängstlich. Nur weil Thor auf Fanø eintrommelte, musste nicht gleich der gesamten Familie der Untergang drohen. Sie beruhigte ihn mit ein paar Floskeln und legte rasch auf, um die nächsten Donnerschläge und Blitze in Ruhe zu genießen.

Es dauerte über eine halbe Stunde, bis das Unwetter ins Landesinnere weiterzog. Noch war es kühl und stürmisch. Erst jetzt bemerkte Nina, dass sie vollkommen durchnässt war. Die dünne

Bluse klebte an ihrem Körper, aber das war egal. Außer Jonas gab es keine Zuschauer.

Als das Unwetter abgezogen war, wurde es still. Unheimlich still. Die Luft hatte sich gereinigt. Plötzlich schien es, als hätte die Hitzewelle nie existiert.

Es war elf, als sie ins Bett gingen. Eine neue Woche wartete.

Die Tasche mit dem Angelzeug … Hoffentlich war sie nicht weg. Sie enthielt ein kleines Vermögen: seine gesamte Ausrüstung, viele Jahre kleiner Einkäufe von Blinkern, Vorfächern und Haken. Eine neue Ausrüstung konnte er sich nicht leisten.

Der Gedanke, dass sein wertvollster Besitz verschwunden sein könnte, hatte ihn die ganze Nacht wach gehalten, aber er hatte nicht gewagt, mit dem elektrischen Rollstuhl durch die Dunkelheit zu fahren. Zu viel konnte passieren. Ja, man konnte überfallen werden. Es standen oft genug solche Geschichten in der Zeitung.

Beim allerersten Tageslicht humpelte er in den Hof und setzte sich in seinen Rollstuhl. Er hatte seine Taschenlampe in die Jacke gesteckt, noch war es so dunkel, dass man leicht etwas übersehen konnte.

Nachts vor dem Fernseher war er zu dem Ergebnis gekommen, dass die Tasche aus dem Korb gefallen sein musste, als er draußen beim Kraftwerk durch das tiefe Schlagloch gefahren war.

Die Leute im Hafen hatten die Arbeit bestimmt schon aufgenommen, also konnte er nicht über das verbotene Gelände fahren. Er hatte den Eindruck, eine Ewigkeit zu brauchen, bis er den Südhafen erreichte. Insgeheim hatte er die Tasche mit dem Angelzeug längst aufgegeben. Er bog rechts ab und rollte den Amerikavej entlang, vorbei an den Kohlenhalden – alle fünf Sinne in Alarmbereitschaft. Das Licht an seinem Gefährt war erbärmlich, darum leuchtete er zusätzlich mit der Taschenlampe. Jetzt kam das Schlagloch. Aber wo lag die Angeltasche?

Der Rollstuhl rumpelte. Merkwürdig. Die ganze Straße war mit kleinen Kohlestücken übersät. Wer zum Teufel kam nur auf die Idee, Kohle durch die Gegend zu werfen – noch dazu mitten in der Nacht?

Er leuchtete in den Straßengraben, der sich an der Betonmauer entlangzog. Der Lichtkegel fiel auf etwas Dunkles. Da lag sie. Seine Angeltasche. Es gab also doch noch so etwas wie Gerechtigkeit. Mühsam erhob er sich und kam auf die Beine. Dann griff er nach der Tasche und ließ sich schwer in den Sitz zurückfallen. Hastig prüfte er, ob alles noch da war. Nein, es fehlte nichts.

Der ganze Ärger umsonst. Aber diese Kohlen auf der Straße, sonderbar … Er ließ den Lichtkegel seiner Taschenlampe ziellos umherschweifen, über die Betonmauer, über die schwarzen Kohlemassen und wieder zurück. Dann hielt er abrupt in seiner Bewegung inne. Kniff die Augen zusammen. Um Himmels willen …

Rasch senkte er die Lampe. Rieb seine müden Augen. Und richtete das Licht erneut auf den schwarzen Berg. Ja, verflucht … Sein Herz hämmerte, während er sein Handy aus der Brusttasche fingerte.

Er traf kaum die Tasten, so sehr zitterte ihm die Hand. Wie war noch die Nummer, unter der man die Bullen erreichte?

2

Die roten Ziffern des Weckers zeigten 05:54, als das Telefon in ihrem Schlafzimmer klingelte. So viel bekam sie gerade noch mit, bevor sie schlaftrunken zum Hörer griff.

»Nina Portland.«

»Birkedal hier. Aufstehen, Portland! Du wirst in zehn Minuten abgeholt. Wir haben eine Leiche – draußen bei den Kohlenhalden am Kraftwerk. Es sieht nach Totschlag aus.«

»Hm …«

»Hallo! Bist du wach? Aufstehen! Wie ich schon sagte – in zehn Minuten.«

»Ja, ja …«

Sie legte auf und setzte sich auf die Bettkante, während sie versuchte, sich an Birkedals Worte zu erinnern. Totschlag? Bei den Kohlenhalden?

Sie ging ins Kinderzimmer und weckte Jonas. Während er langsam wach wurde, schüttete sie sich kaltes Wasser ins Gesicht, zog sich an und stopfte sich nebenher eine Banane in die Jackentasche. Hastig erklärte sie ihrem Sohn, dass er sich sein Frühstück selbst machen müsse. Und er dürfe nicht vergessen, die Haustür richtig zuzuziehen – und er solle pünktlich in der Schule sein.

Im Vorübergehen schaute sie kurz in den Spiegel. Sie sah aus, wie sie sich fühlte. Eine einundvierzig Jahre alte Frau, die man urplötzlich aus dem Bett geworfen hatte – und das zu früh am Morgen. Die feinen Falten um die Augen zeichneten sich wie tiefe Flussbetten ab, fand sie. Und das rotblonde Haar ähnelte unverkennbar einem Haufen Herbstlaub. Sie glättete es ein bisschen mit den Händen und band es mit einem Gummiband, das auf der Kommode lag, zu einem Pferdeschwanz zusammen. Dann noch zwei Striche mit einem diskreten Lippenstift.

Man musste ja als Frau bei der Polizei nicht unbedingt wie ein Mann aussehen. So, mehr war nicht drin.

Sie hatte nur wenige Minuten zu warten, bis der dunkelblaue Streifenwagen am Bordstein hielt. Monberg holte sie ab, einer ihrer Kollegen aus der Sektion A. Bisweilen fand sie ihn so überflüssig wie einen Kropf. Andererseits vermittelte ihr die Gewissheit, dass Torsten Monberg genauso vorhersehbar war wie der Braten am Sonntag und ebenso leicht ablesbar wie ihr Wecker, eine banale Form von Sicherheit.

»Guten Morgen, Nina. Spring rein.«

»Guten Morgen? Eher noch gute Nacht … Weißt du etwas, was ich nicht weiß, Monberg?«

»Nee, glaub ich nicht. Doch, ich weiß, dass es sich um einen Mann handelt. Wusstest du das?«

»Nein, Birkedal war ziemlich kurz angebunden.«

»Und wann haben wir es schon mal mit Mord zu tun? Ich war sofort hellwach«, sagte er.

»Ja, kann ich mir denken …«

Schon bald bogen sie am Schlachthof ab und fuhren in die öde Gegend am Kraftwerk. Über dem Meer schimmerte das bleiche Morgenlicht. Die Sonne ging auf. Es knisterte in dem noch feuchten Gras.

Monberg bremste an der Absperrung. Birkedal war bereits eingetroffen, und Nina erkannte auch Werner Madsen an seiner Pfeife im Mundwinkel. Der knochentrockene Madsen galt mit gut zwanzig Dienstjahren auf dem Buckel als der erfahrenste Kommissar der Sektion A. Die beiden Beamten im Streifenwagen fuhren zurück, sobald sie und Monberg ausgestiegen waren.

Ganz hinten am Schlachthof sah sie einen roten Wagen, der rasch auf sie zufuhr. Bei dem Fahrer konnte es sich nur um den stellvertretenden Polizeiinspektor Gunnar Thøgersen handeln.

Sie gingen die schmale asphaltierte Straße entlang, die parallel zu der hohen Betonmauer verlief, die die Kohlenhalden schützte. Der Chef und Madsen standen ein Stück entfernt und betrachteten den vordersten Kohlenberg. Zwischen ihnen saß ein Mann in einem elektrischen Rollstuhl.

»Na, wenn ihr mit mir fertig seid, werde ich mal nach Hause fahren.« Der Mann hob eine Hand zum Abschied. »Ihr wisst ja, wo ich zu finden bin, wenn noch was sein sollte.«

»Ja, vielen Dank. Wiedersehen.«

»Guten Morgen«, begrüßte Birkedal wenig später Nina und ihren Kollegen. Madsen nickte nur stumm. Er sagte nie viel, erst recht nicht morgens.

Einige Meter weiter oben in der Kohlenhalde, ein gutes Stück über ihren Köpfen, ragte die Leiche aus dem schwarzen Hang. Der Tote war von der Kohle teilweise verdeckt und lag auf dem Rücken. Halbglatze, dichter schwarzer Schnurrbart. Nina konnte den dunklen Fleck auf seinem Hemd sehen, das einmal hell gewesen sein musste und jetzt verdreckt von Kohlenstaub war.

Eine Autotür knallte. Thøgersen hatte sie so fest zugeworfen, dass der alte Toyota bebte. Jetzt kam er leichtfüßig auf sie zu. Er trug seine obligatorische Wildlederjacke. Nina hatte ihn noch nie anders gesehen. Für Klamotten verschwendete der stellvertretende Chef weder Zeit noch Geld. Und auch nicht für Autos. Der Auspufftopf des Toyota hatte ziemlich hohl geklungen.

Er wünschte guten Morgen, ohne außer Atem zu sein, wobei sein fragender Blick auf Birkedal gerichtet war.

»Mittleren Alters, leicht südländisches Aussehen, ein großer Blutfleck auf der Brust. Ist bereits seit einigen Tagen tot. Durch die Hitze ziemlich aufgedunsen. Ein Arm ist verbrannt. Mehr konnte der Arzt noch nicht sagen, ohne an der Leiche herumzufummeln«, fasste Birkedal zusammen.

»Verbrannt, wieso verbrannt?«, wollte Nina wissen.

»Mehr lässt sich noch nicht sagen. Sie haben ihn ja noch nicht ausgegraben.«

Das war ihr klar. Die Sanitäter eines Krankenwagens und der hinzugezogene Arzt hatten nur einen einzigen Job: herauszufinden, ob sie noch helfen konnten. Ansonsten hieß es: Finger weg. Sie sah sich um. Dort, wo sie standen, lag die Kohle über die ganze Straße verstreut. Monbergs sonnenstudiogebräuntem Gesicht war anzusehen, dass er eigentlich irgendwas sagen wollte, aber offenbar entschied er sich anders. Monberg lief geradezu manisch braungebrannt herum, seit seine Frau ein kleines Sonnenstudio unter ihrem Frisörsalon eröffnet hatte.

»Ein Blitz«, bemerkte Nina nachdenklich.

Madsen nahm bedächtig die Pfeife aus dem Mund.

»Ein Blitz? Was meinst du, Nina?«

»Ein Blitz ist gestern Abend in die Halde eingeschlagen. Es gab doch dieses Wahnsinnsunwetter. So was habe ich selten gesehen. Vielleicht ist der Blitz direkt neben der Leiche eingeschlagen oder hat sie sogar getroffen. Dann hat er ein Loch in die Halde gerissen, die Kohle überall verstreut und den Mann teilweise freigelegt.« Sie trat gegen ein Stückchen Kohle, das gegen die Betonmauer flog.

Alle vier nickten.

»Natürlich war es ein Blitz«, murmelte Birkedal und versuchte, zerstreut zu klingen, als hätte sie ihn mitten in einem wichtigen Gedankengang unterbrochen. »Wer sollte auch sonst mitten in der Nacht Kohle durch die Gegend werfen?«

Madsen lächelte ihr unmerklich zu und platzierte die Pfeife wieder in seinem Mundwinkel.

»Woher zum Teufel beziehen wir eigentlich diese ganze Kohle, Werner?« Birkedal trat gereizt nach einem Kohlenstück. Er war der Einzige, der Madsen beim Vornamen nannte. Sie arbeiteten seit vielen Jahren zusammen.

»Überwiegend aus Südafrika und Polen, aber auch aus Russland, der Rest kommt aus Kolumbien und Australien, soweit ich weiß. Die Hälfte des dänischen Stroms wird von Kohlekraftwerken erzeugt.«

Alle wussten, dass Madsen ein wandelndes Lexikon war, wenn es um Allgemeinwissen ging; daher benutzte ihn auch die ganze Abteilung als Nachschlagewerk. Madsen las viel, Zeitungen, Zeitschriften und Bücher, am liebsten allerdings Biografien.

Doch der hagere Mann hielt sich mit seinem Wissen zurück. Wollte man es anzapfen, musste man ihn schon fragen.

»Aha, die Hälfte? Und wozu gibt es dann die ganzen verdammten Windräder?« Birkedal schaute auf seine Armbanduhr und fuhr mit der Hand durch seine struppiggraue Mähne.

»Sie müssten bald hier sein«, fügte er mürrisch hinzu.

Sie warteten auf die Rechtsmediziner und Kriminaltechniker aus Århus und Kolding.

»Wir sollten noch ein bisschen weiträumiger absperren, oder?«, schlug Monberg vor und sah zu Birkedal hinüber.

»Schon, aber lass uns erst einmal herausfinden, womit wir es hier eigentlich zu tun haben«, meinte Birkedal. »Dann können wir immer noch absperren. Hier ist vor sieben Uhr morgens sowieso kein Verkehr. Wer zum Henker hat hier draußen schon etwas zu suchen? Ehrlich gesagt bin ich noch nie hier gewesen. Sahara wird die Gegend genannt. Sicher nicht ohne Grund.«

»Ich bin ein einziges Mal hier draußen gewesen, zum Angeln mit meinem Sohn, aber das ist lange her«, sagte Nina. »Oh doch, ein bisschen was ist hier schon los. Vesterhavsral, die Kieshandlung, hat ja Kunden. Der eine oder andere Lastwagen kommt hier vorbei. Außerdem gibt's doch auch die Schrottlaster der Recyclingfirma, oder?«

»Sequenzen«, murmelte Thøgersen und sah sich um. »Der Ablauf kann in Sequenzen eingeteilt werden. Es ist entweder früher Morgen, später Abend – oder Nacht. Jemand will die Leiche loswerden. Und eine Leiche ist wie ein Sack Kartoffeln, praktisch unmöglich zu handhaben. Erste Sequenz: Der Wagen wird dicht an der Mauer geparkt, genau hier. Zweite Sequenz: Raus aus dem Auto, über die Mauer. Es gibt nämlich Spuren am Beton. Dritte Sequenz: Rauf in die Kohlenhalde und die Leiche bedecken.«

Niemand wunderte sich darüber, dass Thøgersen Selbstgespräche führte. Sie hatten sich daran gewöhnt. Er zerteilte alles in Sequenzen und nummerierte die Bruchstücke. Sein systematisches Gehirn hatte die Kapazität einer vollautomatischen Verpackungsanlage.

»Eine von vielen Möglichkeiten, Thøgersen. Er kann auch hier draußen umgebracht worden sein«, brummte Birkedal.

Madsen starrte auf die sonderbare Mondlandschaft mit ihren spitzen kleinen Gipfeln aus Kies und Splitt.

»Nicht gerade der beste Ort der Welt, um nach einem möglichen Tatort zu suchen. Wer hat die Leitung bei denen aus Kolding?«

Birkedal zuckte die Achseln. »Es klang, als könnte es Simonsen sein.«

»Das wäre nicht schlecht. Er ist der Beste, den sie haben. Meiner Meinung nach.«

Auf Madsens Gesicht spiegelte sich ein gewisser Optimismus. Für einen schweigsamen Morgenmuffel hatte er bereits erstaunlich viel gesagt. Wo würde das noch hinführen?

»Wo ist Ulbæk?«, erkundigte sich Thøgersen.

»Ulbæk? Richtig, wo bleibt er? Ich habe ihn kurz nach euch angerufen.« Birkedal sah sich mürrisch um. Kein Auto in Sicht.

Polizeikommissar Johnny Ulbæk war ein ordentlicher Familienvater. Korrekt, engagiert, immer sorgfältig rasiert und gepflegt – und in etwa so aufregend wie das Telefonbuch. Außerdem war er Ninas Mentor bei der Fortbildung. Sorgfältig, pedantisch und ein bisschen zu fürsorglich. Es sah ihm überhaupt nicht ähnlich, zu spät zu kommen.

»Da kommt er!«, rief Monberg.

Ein silberfarbener Kombi tauchte auf, als hätte ihn Birkedals biestiges Brummen gerufen. Ulbæk fuhr offensichtlich mit seinem schlechten Gewissen um die Wette. Dann bremste er abrupt, schwang sich aus dem Wagen und lief auf sie zu.

»Sorry!«, rief er schon von Weitem. »Es war einfach irrsinnig hektisch heute Morgen … Laut Wochenplan bin ich nämlich dran, die Kinder abzuliefern, also mussten wir alles umstellen, und meine Frau hat übernommen.«

»Wochenplan?«, meinte Thøgersen fragend.

Ulbæk nickte, als ginge es um die natürlichste Sache der Welt.

»Ja, wir haben so ein großes Whiteboard bei uns in der Küche. Darauf verteilen wir die Aufgaben, die im Lauf der Woche anfallen. Wer bringt die Kinder, wer holt sie ab, die Fahrerei zum Sport, Pausenbrote, Einkäufe – na ja, also alles. Ungeheuer praktische Einrichtung.«

Thøgersen machte ein verwundertes und beeindrucktes Gesicht. Hätte er Kinder, wäre Ulbæks System bestimmt sofort von ihm übernommen worden.

»Wochenplan«. Allein dieses kleine Wörtchen zeigte den Abgrund zwischen ihr und ihrem Mentor. Sein Leben war bis ins kleinste Detail durchgeplant. Sie selbst dagegen hatte nie irgendetwas schematisiert. Sie praktizierte eine Art verfeinertes Tag-für-Tag-Chaos.

Kurz vor halb sieben erschienen die Beamten der kriminaltechnischen Abteilung aus Kolding. Es waren drei Techniker, wie erhofft unter der Leitung von Simonsen. Sie stellten eine Leiter an die Mauer, stiegen in die Kohlen und fingen an, den Fundort und die Leiche zu untersuchen und zu fotografieren. Einer von ihnen maß die Temperatur des Toten, der Kohlenhalde und der Luft. Reine Routine. Daten, die den Rechtsmedizinern helfen konnten herauszufinden, wie lange die Leiche dort gelegen hatte.

Birkedal trat ungeduldig von einem Fuß auf den anderen.

»Papiere? Gibt es Papiere?«, schrie er zu den Technikern hinauf.

Simonsen hob den Kopf und schaute über den Brillenrand gereizt zu ihnen herab, ehe er mit der Untersuchung fortfuhr. Erst nach einigen Minuten richtete er sich auf und schrie zurück: »Keine Papiere. Keine Brieftasche. Leere Taschen.«

Birkedal wirkte irritiert. »Verdammt noch mal.«

»Das sieht mir nach Messerstichen in den Brustkorb aus«, schrie Simonsen. »Aber das Gesicht ist okay, du bekommst ein hübsches Foto.«

Madsen seufzte tief. Nina zündete sich eine Zigarette an. Ein Tötungsdelikt, bei dem es einen Namen gab, war etwas ganz anderes als ein Opfer ohne Identität.

Ein Zivilfahrzeug fuhr auf die Absperrung zu. Vermutlich war es jemand vom rechtsmedizinischen Institut in Århus. Zu ihrer Überraschung sah Nina, dass in dem Auto zwei Personen saßen.

Bei der Fahrerin handelte es sich um eine jüngere, blonde Frau, die niemand von ihnen kannte. Als Erster stieg der stellvertretende staatliche Pathologe Kjeld Borre aus.

Die Frau stellte sich lächelnd als Anja Poulsen vor und erklärte, dass sie noch nicht besonders lange dabei sei.

Kjeld Borre nickte zur Kohlenhalde hinauf und bemerkte: »Lange her, dass ich zuletzt in Esbjerg war … Ein bisschen ungewöhnlich, was du heute für uns hast, Birkedal, oder?«

»Das ist wahr. Leichen liegen an den merkwürdigsten Stellen, aber da oben? So was habe ich noch nicht gesehen.«

»Hallo, Simonsen! Dürfen wir?«, rief Anja Poulsen und winkte den Männern in Weiß zu.

»Anja! Du schon wieder? Gib uns noch fünf Minuten, dann könnt ihr an Bord!«, schrie er zurück.

Simonsen und Anja Poulsen kannten sich also. Die junge Frau musste gut sein. Das hatte Nina an Simonsens herzlichem Tonfall gehört. Simonsen verhielt sich nur Menschen gegenüber herzlich, von denen er wusste, dass sie ihr Handwerk verstanden.

Sie beobachtete die beiden Rechtsmediziner, die sich gerade umzogen. Sie gaben ein lustiges Paar ab. Borre war ein gepflegter, älterer Herr, der auf den ersten Blick ein wenig reserviert wirkte. Nina war ihm ein paarmal bei früheren Fällen begegnet und hatte schon mal einen Vortrag von ihm gehört. Einen sehr unterhaltsamen sogar. Mit glühender Leidenschaft für sein Fachgebiet.

Sie bemerkte, wie Monberg Anja Poulsen anstarrte. Sicher nicht ohne Grund. Sie sah aus, als sei sie Mitte dreißig. Eine schlanke und elegante Frau in engen Jeans, mit rotlackierten Nägeln und einem passenden Lippenstift. Sie war braungebrannt und hatte langes, blondes Haar, das im Nacken von einer Silberspange zusammengehalten wurde.

So leicht ließen sich Vorurteile widerlegen. Borre und Anja Poulsen hatten beide so gar nichts von der verbreiteten Vorstellung des Rechtsmediziners als eines bleichen, morbiden Typs, der sich in gekachelten Katakomben am wohlsten fühlt.

Monberg glotzte hemmungslos weiter, trotz seiner ausgesprochen hübschen und aufgeweckten Frisörin. Es blieb ein Mysterium, wie er sie damals herumgekriegt hatte. Gut, er hatte ein sympathisches, jungenhaftes Lächeln, einen naiven Blick aus blauen Augen und kräftige Oberarme, aber die Muskeln zwischen den Ohren wirkten eher etwas verkümmert, und die Anzahl der Bücher, die Monberg gelesen hatte, konnte von einem Mann an einer Hand abgezählt werden, der zu lange im Sägewerk gearbeitet hatte.

Sobald die beiden Rechtsmediziner wieder auftauchten, bekamen sie von Simonsen grünes Licht. Sie kletterten über die Mauer und arbeiteten sich in der lockeren Kohle nach oben.

Nina registrierte, dass Borre sich zurückhielt und seine unerfahrene neue Kollegin anleitete.

Es verging einige Zeit, bis sie sich zu den vier Beamten auf der Straße umdrehte.

»Messerstiche! Zwei Stück, mitten ins Uhrwerk. Vermutlich von der tödlichen Sorte. Und mindestens ein ordentlicher Schlag in den Nacken.«

Birkedals Augenbrauen zogen sich ein wenig zusammen, möglicherweise wegen der respektlosen Wortwahl.

»Wie lange ist er schon tot?«, brüllte er.

»Drei, vier Tage. Ungefähr!«

»Danke!«

Birkedal nickte erneut. Jetzt lächelte er breit zu der jungen Rechtsmedizinerin hinauf, als hätte er plötzlich entschieden, sie zu mögen.

»Wir haben es also mit Mord oder Totschlag zu tun, Leute, auf unzweideutige Weise bekräftigt durch die Sachkenntnis aus Århus. Ich fahre jetzt ins Präsidium. Thøger und Ulbæk, ihr kommt mit. Die richterliche Genehmigung fürs Telefonnetz, Ulbæk … das übernimmst du.«

Mobiltelefone waren zum wichtigsten Beweismittel überhaupt geworden. Die Handyverbindungen in der Nähe eines Tatorts wurden immer überprüft. Auf diese Weise hatten sie die Daten zur Hand, wenn sie im Lauf der Ermittlungen auf relevante Nummern stoßen sollten. Alle quasselten in ihre Handys, auch die Täter.

Birkedal deutete auf Nina. »Sorgst du für die Absperrungen, Portland?«

»Wie großflächig willst du sie haben?«

»Sperr die schmale Straße am Terrorzaun ab und den Taurusvej hundert Meter weiter unten. Monberg und Madsen, ihr seht euch um. Fragt diejenigen, die so aussehen, als hätten sie hier zu tun. Und fragt nach, wenn irgendjemand auftaucht und hierherwill. Ich denke an Vesterhavsral und die Recyclingfirma da drüben. Nina, du kannst noch das Kraftwerk übernehmen. Wir müssen herausfinden, ob es theoretisch möglich ist, dass die Leiche von einem Transportband gefallen sein könnte.«

Sie nickte und schaute in den hellen Morgenhimmel. Ein überdachtes Förderband verlief über dem eingezäunten Gelände mit den Kohlenhalden, dazwischen ragte ein Kran über den schwarzen Bergen auf.

»Glaubst du, der Kohlenmann könnte vom Himmel gefallen sein? Ein Art Direktimport?«

»Ich glaube gar nichts. Glauben gehört in die Kirche. Überprüf es einfach!«

Auch wenn Erik Birkedal sie manchmal kurz abfertigte, mochte er sie. Das wusste sie. Nicht, dass er sie öfter gelobt hätte. Die Zuneigung zeigte sich eher darin, dass er ihr die vertraulichen Aufgaben zuteilte. Außerdem arbeitete sie durch ihren »Nebenjob« als Kontaktperson zum Nachrichtendienst der Polizei enger mit dem Chef zusammen als die meisten anderen. Und sie mochte ihn auch, mit all seinen guten und schlechten Seiten. Seine struppige Löwenmähne, seinen strengen Mund

und die kurzen zerstreuten Beiträge im Lauf einer Ermittlung, aus denen sie schloss, dass seine Kraft in eine geradezu übermenschliche Konzentration floss.

Birkedal war siebenundfünfzig und hatte glücklicherweise noch ein paar Dienstjahre vor sich. Er hatte sie mehrfach aufgefordert, ja gedrängt, mit der Weiterbildung zum höheren Dienst zu beginnen. Aber jetzt ging es erst mal um die Absperrung.

Nina telefonierte mit dem Präsidium und forderte einen Streifenwagen an. Sobald Birkedal verschwunden war, rief sie zu Hause an. Jonas nahm sofort ab.

»Hallo, Schatz, ich wollte nur sehen, ob du aus den Federn gekommen bist.«

»Immer mit der Ruhe, Mama. Ich hab alles im Griff. Sitze gerade beim Frühstück.«

»Ich gehe davon aus, dass du zurechtkommst, oder? Ich bin möglicherweise erst spät zu Hause. Wenn du nett bist, erledigst du die Hausaufgaben schon heute Nachmittag. Dann können wir uns einen gemütlichen Abend machen.«

»Okay. Was ist eigentlich los?«

»Wir haben einen toten Mann in einer Kohlenhalde am Kraftwerk gefunden.«

»Komische Stelle … Ist der Mann ermordet worden?«

»Ja, aber wir reden heute Abend weiter, okay?«

Jonas kam jetzt in das Alter, wo er alles genau wissen wollte und sich nicht mehr mit oberflächlichen Erklärungen über ihre Arbeit abspeisen ließ. Während des Abendessens würde er sie mit Fragen bombardieren.

Es war erst kurz vor halb acht. Noch zu früh, um sich Hoffnungen zu machen, den Direktor des Esbjergwerks anzutreffen. Der letzte Kriminaltechniker kletterte die Leiter herunter und gesellte sich zu Simonsen und seinen Kollegen, die mit einer

Thermoskanne Kaffee dastanden. Sie hatten die Untersuchung des Fundorts abgeschlossen und DNA-Proben genommen. Jetzt würde die Umgebung abgesucht – nach Fußspuren, Reifenabdrücken, Blutspuren. Am allerwichtigsten war, den möglichen Tatort ausfindig zu machen.

Madsen und Monberg gingen mit einem Mann über das Gelände, der an der Absperrung geparkt und sich als Werkführer bei Vesterhavsral vorgestellt hatte.

Nina versuchte, sich die Szene vorzustellen. Wenn die Leiche nicht von einem Transportband gefallen war, dann hatte man sie auf die Kohlenhalde geworfen mit der Absicht, den Körper zu verstecken, jedenfalls für eine bestimmte Zeit. Also musste die Leiche mit einem Auto hierhergebracht worden sein. Man hatte sie über den Asphalt geschleppt, über die Mauer gehoben, den Kohlenberg hinaufgezogen und dann zugedeckt.

Wegen des Blutflecks auf dem Hemd würde es Spuren geben. Das menschliche Auge konnte sie nur nicht sehen. Die Techniker würden Pulver auf die Mauer, den Asphalt und das Gras des Seitenstreifens sprühen. Und bei Dunkelheit leuchteten die Blutspuren dann wie Sterne unter ihren Speziallampen.

Vielleicht würden sie hier in der Nähe auf den Tatort stoßen. Ohne Tatort zu arbeiten, war, als würde man ein Buch irgendwo aufschlagen und anfangen zu lesen, nachdem die Handlung sich schon über mehrere Kapitel entwickelt hatte.

Jetzt sah Nina auf dem Taurusvej den Streifenwagen, der für die Absperrung sorgen sollte. Sie winkte und ging ihm entgegen.

Der Mann mit dem grünen Jägerhut verhielt sich äußerst vorsichtig. Er hielt genau dort, wo der Wagen hinter einer Anhöhe versteckt war.

War es denkbar, dass die plötzliche Hektik im Polizeipräsidium damit zusammenhing, dass sie den zweiten der beiden ermordeten Männer gefunden hatten? Der für ihn bisher unauffindbar geblieben war? Er hoffte es. Es würde die ganze Angelegenheit voranbringen.

Seit den frühen Morgenstunden war er ziellos in Esbjerg umhergefahren und hatte Ausschau nach dem dänischen Kontaktmann gehalten, der wie vom Erdboden verschluckt war. Sein Verschwinden und der Tod der beiden Männer hatten das Ganze außerordentlich kompliziert werden lassen. Und diese brütende Hitze der letzten Tage hatte es nicht besser gemacht. Er fühlte sich nicht wohl bei derartigen Temperaturen. Zum Glück war das Wetter umgeschlagen.

Es hing wohl mit seiner jahrelangen Erfahrung zusammen, dass er schließlich am Polizeipräsidium geparkt hatte. Es hatte sich immer als großer Vorteil erwiesen, zu wissen, wer an den Ermittlungen beteiligt war. Und vielleicht würde ja irgendetwas passieren?

Er griff zu seinem Fernglas und stieg mit einiger Mühe aus. Seine alten Beine schmerzten nach so vielen Stunden im Auto. Zwei Personen standen am rot-weißen Kunststoffband, das sich quer über die Straße zog. Ein Mann in Uniform und eine Frau in einer schwarzen Lederjacke und blauen Jeans. Er betrachtete sie etwas länger. Eine schöne Frau. Ein feines, markantes Gesicht mit regelmäßigen Zügen, einer geraden Nase und einem entschlossenen Zug um den Mund, außerdem eine angenehm aufrechte Haltung. Ihr blondes Haar hatte einen leicht rötlichen Schimmer, sie trug es nach hinten gebürstet und zu einem Pferdeschwanz gebunden. Die Frau strahlte Energie aus. Sie gestikulierte und erklärte dem Mann irgendetwas.

Ein Stück weiter oben, auf dem schwarzen Berg, sah er zwei Gestalten in weißen Overalls, ein Mann und eine Frau. Die Rechtsmediziner bei der Arbeit mitten in der Kohlenhalde. Die

Frau lag auf den Knien, vornübergebeugt. Ja, es handelte sich um eine Leiche.

Er blieb mit erhobenem Fernglas stehen. Es gab keinen Zweifel. Es musste der Ort eines Verbrechens sein, oder in der Terminologie der Polizei ein »Fundort«. Im Moment wussten sie ja noch nicht, ob man den Mann tatsächlich dort oben in den Kohlen getötet hatte. Die Zeitungen würden ihm den Rest erzählen. Als Deutscher, der viele Jahre lang in den Diensten verschiedenster Nationen gestanden hatte, verstand er glücklicherweise genug von den skandinavischen Sprachen, um den Inhalt eines dänischen Zeitungsartikels zu begreifen.

Wenn sich herausstellte, dass der Tote einer der beiden Männer war, die in Blåvand ermordet worden waren, wann würde die Polizei wohl die andere Leiche finden? Die, die er selbst gesehen hatte, durch das Fenster des Ferienhauses, das die beiden Männer für ihren Aufenthalt in Dänemark als Basis gemietet hatten. Er stieg ins Auto und fuhr weiter. Für den Augenblick hatte er genug gesehen. Es galt, vorsichtig zu sein. Er beschloss, auf einen abgelegenen Parkplatz zu fahren und eine Weile zu schlafen. Danach würde er seine Suche nach dem verschwundenen Dänen fortsetzen, der die Ware bei den beiden Männern hätte abliefern sollen, aber in Panik geraten war.

Es würde eine langwierige Suche werden, und er hatte das Gefühl, dass sie ihn gefährlich dicht an seine unbekannten Gegner heranführte – die Täter. Wenn er selbst den Dänen nicht fand, musste er sich wie ein Blutegel an seinen Feinden festsaugen und sie die Arbeit erledigen lassen. Alternativ konnte er der dänischen Polizei auf den Fersen bleiben, falls Bewegung in die Ermittlungen kommen sollte.

Früher oder später musste der Däne ja wieder an der Oberfläche auftauchen.

Ninas Treffen mit dem Chef des Kraftwerks war ziemlich kurz. Der dänische Sommer ging zu Ende – und damit eine Periode mit eher niedrigem Stromverbrauch. Am Kai des Werks hatte schon seit geraumer Zeit kein Kohleschiff mehr festgemacht. Also konnte die Leiche nicht über das Förderband von der Seeseite her gekommen sein. Sie bat den Direktor um eine Liste der Angestellten, die an den letzten sechs Tagen gearbeitet hatten. Möglicherweise hatten sie irgendetwas beobachtet.

Die Techniker hatten den Fundort verlassen, als sie dorthin zurückkehrte. Die Leiche lag noch immer auf der Kohlenhalde. Auf der Suche nach eventuellen Spuren würde die gesamte Kohle mit der Schaufel abgetragen werden müssen.

Madsen und Monberg standen drüben beim Wagen der Rechtsmediziner. Nina gesellte sich zu ihnen. Anja Poulsen lehnte am Auto und rauchte eine Zigarette. Sie hatte den Overall ausgezogen, trug aber noch immer die hellblauen Plastiküberzieher über den Schuhen. Kjeld Borre machte Dehnübungen am Kofferraum.

»Ich habe einen Krankenwagen angefordert, um die Leiche abtransportieren zu lassen«, sagte Monberg.

»Ja, wir sind fertig«, bestätigte Anja Poulsen. »Der Rest muss warten.«

»Wann fängst du an – vorausgesetzt, du übernimmst die Obduktion?«

»Ich übernehme sie – zusammen mit Borre natürlich. Wir beginnen heute Nachmittag. Die aus Kolding wollen uns einen Fotografen schicken. Er kann aber erst gegen zwölf hier sein.«

»Ich denke, ich sollte dabei sein«, schlug Nina den Rechtsmedizinern und ihren beiden Kollegen vor.

Madsen nickte und zündete sich seine Pfeife an. »Gute Idee, Nina.«

Normalerweise war die Polizei bei Obduktionen nicht anwesend, aber es gab Ausnahmen. Im Augenblick benötigten sie sämtliche Informationen, die sie bekommen konnten – und zwar umgehend. Sie konnten nicht den endgültigen Bericht abwarten, der erst gegen Abend fertig sein würde. Nina würde von Århus aus anrufen und das Team auf dem Laufenden halten. Auf diese Weise gewannen sie kostbare Zeit.

»Herzlich willkommen«, sagte Anja Poulsen.

»Und das vorläufige Ergebnis? Messerstiche und ein Todeszeitpunkt vor zirka drei Tagen?«

»Ja. Zwei Messerstiche in die Herzregion. Keine Totenstarre, also hat die Leiche ungefähr drei Tage dort gelegen, wenn der Rigor Mortis nicht bei einem eventuellen Transport unterbrochen wurde. Ich habe ein paar Hemdknöpfe geöffnet. Verfärbungen im Bauchbereich, Blasen auf der Haut, Leichenflecken. Aber das muss noch warten, bis wir den Burschen auf dem Tisch haben und er sich für uns freigemacht hat. Wir müssen sehen, dass wir loskommen. Bis später.«

Sie gaben sich die Hand. Nina mochte Anja Poulsens zwanglose und zupackende Art.

Sie hatte Lust, die zweite Zigarette des Tages zu rauchen, aber vielleicht konnte sie noch etwas ausharren. Schließlich ging sie davon aus, dass nach der Obduktion eine Zigarette notwendig sein würde. Obwohl sie schon ein paar Male dabei gewesen war, schätzte sie scharfe Werkzeuge in Verbindung mit toten Körpern nicht besonders.

»He, Nina, hast du mit dem Chef abgesprochen, dass du nach Århus fährst?« Monberg sah sie fragend an.

»Nein, wieso?«

»Vielleicht ist er ja anderer Ansicht, wer weiß? Wir brauchen schließlich alle Kräfte vor Ort.«

»Ach was. Natürlich ist es sinnvoll, dass ich fahre. Im Moment haben wir hier nichts. Wir verlieren nur Zeit.«

»Wir wissen nicht, ob die Techniker im Lauf des Tages noch was finden.«

»Und selbst wenn, müssen wir diesen Fall zügig aufklären, oder? Ich werde nicht jedes Mal um Erlaubnis fragen. Wir sind doch nicht im Kindergarten.«

»Oh, tut mir leid, aber ich bin ja auch kein Anwärter für Führungsaufgaben ...«

»Nein, und ich habe dein saublödes Gerede satt, Monberg. Du hast deine acht Jahre voll, also kannst du dich auch einfach bei der Fortbildung anmelden, wenn dich das so reizt!«

Monberg erwiderte nichts, sondern starrte nur schweigend vor sich hin.

»Nina hat recht«, entschied Madsen, nachdem er die Spannung zwischen Nina und Monberg einen Moment lang genossen hatte. »Wir brauchen so schnell wie möglich festen Boden unter den Füßen. Und darum benötigen wir die Informationen aus Århus sofort. Ich gebe Birkedal Bescheid, wenn wir zurückkommen, Nina.«

»Gut. Dann nehme ich jetzt den Wagen. Wir sehen uns spätestens morgen früh, okay?«

Sie setzte sich ans Steuer und ließ den Motor an. Während sie die Straße hinunterrollte, konnte sie die beiden im Rückspiegel sehen. Monberg blickte ihr böse nach, die Hände tief in seinen Hosentaschen vergraben. Alles wie immer ...

Sie zog sich die Maske vom Gesicht, sobald sie in den Hinterhof der Rechtsmedizin trat, deren betagtes Gebäude eingeklemmt im großen Komplex des Städtischen Krankenhauses von Århus lag. Die frische Luft tat gut nach der ersten Stunde im süßlichen Gestank des Obduktionssaals.

Eine vermummte Anja Poulsen hatte unter fachkundiger Anleitung von Borre konzentriert an der Leiche gearbeitet, wobei sie in regelmäßigen Abständen ihre Beobachtungen in ein Diktaphon gesprochen hatte. Bisher gab es noch keine sensationellen Entdeckungen, aber immerhin einige wichtige und verwertbare Informationen. Besser, sie rief Birkedal an.

Das Telefon klingelte ein paarmal, bevor jemand am anderen Ende abnahm.

»Nina Portland hier, ich rufe aus der Rechtsmedizin an.«

»Das höre ich. Und was gibt's, Nina?«

Das war einer der unsichtbaren Tricks ihres Chefs. Wenn sie unter vier Augen waren, nannte er sie beim Vornamen. Aber nur, wenn er gute Laune hatte – und zufrieden war. Und so lag durchaus eine Bestätigung in den vier Buchstaben N-i-n-a – ihre Entscheidung, bei der Obduktion dabei zu sein, war korrekt gewesen.

»Vorläufig nur die endgültige Bestätigung. Zwei Messerstiche in die Herzregion, dünne Klinge, nur eine Abwehrläsion, und am rechten Unterarm eine lange Schramme … Alter zwischen fünfzig und fünfundfünfzig Jahren.«

»Wir suchen also nach einer Stichwaffe. Irgendwas Stilettartiges?«

»Jedenfalls eine schmale Klinge. Die Einstiche sind nur einen Zentimeter breit. Nicht von der Sorte, die wir normalerweise zu Gesicht bekommen.«

»Und der Zeitpunkt?«

»Unverändert. Drei, maximal vier Tage.«

»Hm, das heißt Donnerstag oder Freitag. Sonst noch etwas?«

»Gebrochene Nase und ein Riss an der Augenbraue. Er hat ziemlich kräftige Schläge auf den Kopf bekommen. Und was ich über den Blitz gesagt habe … Das stimmt vermutlich haargenau. Es gibt Verbrennungen am rechten Arm und am rechten Bein, aber nur dort. Vermutlich, weil ein Blitz die Kohlen kurz entzündet hat. Dann wurde die Glut wieder gelöscht, es regnete ja in Strömen. Ich habe selbst auf dem Balkon gestanden und mir das Gewitter angesehen. Seid ihr weitergekommen?«

»Nein. Kolding hat nichts gefunden, aber sie bleiben dran und untersuchen, ob es Blutspuren gibt, wenn es dunkler ist.«

»Und die Hunde?«

»Auch nichts.«

»Das klingt nicht gut ... Ich bleibe hier, bis sie fertig sind. Du hörst von mir. Ist heute Abend noch Besprechung oder erst morgen früh?«

»So, wie es jetzt aussieht, erst morgen. Ich habe den Termin eine Stunde vorverlegt, auf sieben Uhr.«

»Okay, bis dann.«

Eigentlich musste sie zurück in den Obduktionssaal, aber sie überlegte es sich anders. Sie brauchte frische Luft und eine Zigarette im Hof. Nur fünf Minuten.

Zehn Minuten, vielleicht eine Viertelstunde waren vergangen, als sie in den Obduktionssaal zurückkehrte. Anja Poulsen beugte sich über die Leiche des Kohlenmanns, während Borre und ein Assistent verschiedene Proben nahmen und sie in kleinen Gläsern ablegten.

»Rauchpause?« Die junge Rechtsmedizinerin blickte auf.

»Ja. Eigentlich versuche ich aufzuhören.«

»Es hilft, wenn du dir einmal ein paar ordentliche Raucherlungen von innen ansiehst – garantiert. Ich bin jetzt bei vier am Tag. Wir haben übrigens ein Röntgenbild von der rechten Hand des Burschen gemacht. Keine fehlerhafte Stellung der Finger. Die Mumifizierung macht es nicht gerade einfacher, aber ... die Fingerknochen haben während der Untersuchung so merkwürdige Geräusche gemacht. Die Bilder müssen jeden Moment kommen.«

»Sonst noch was?«

»Nee, bisher nicht ...«

Anja Poulsen entnahm konzentriert Proben unter den Fingernägeln. Plötzlich unterbrach sie sich mitten in der Bewegung, stellte ein kleines Glas ab, hob den verbrannten rechten Arm der Leiche und studierte ihn eingehend.

»Borre!«, rief sie. »Schau mal hier, oberhalb der Verbrennungen! Wir haben beim ersten Mal etwas übersehen.«

Er trat zu ihr und studierte den rechten Unterarm der Leiche aus wenigen Zentimetern Abstand. »... oder?« Anja Poulsen sah ihren Kollegen fragend an.

»Ja. Wie konnten wir das übersehen?«

In diesem Augenblick kam ein junger Mann in einem Kittel zur Tür herein und schwenkte eifrig ein Röntgenbild. »Hättet ihr damit gerechnet? Gleich drei Stück auf einmal, Mann!«

Borre hob langsam den Kopf. Er sah sie mit einem ernsten Blick an. »Du rufst besser noch einmal deinen Chef an, Nina. Sofort.«

3

Die Fahrt von Århus nach Hause fühlte sich kurz an. Auf der Autobahn hatte Nina den Fall noch einmal so konzentriert mit sich selbst diskutiert, dass nicht einmal der traditionelle Stau an der Brücke über den Vejlefjord sie irritieren konnte. Sie bekam den Kohlenmann nicht aus dem Kopf.

Birkedal hatte es kurz die Sprache verschlagen, als sie ein zweites Mal aus der Rechtsmedizin angerufen und ihm die neuesten Erkenntnisse mitgeteilt hatte.

»Folter? Das ist ja unglaublich, Nina …«

Es war tatsächlich – unglaublich. Die Verletzungen rückten einiges in ein neues Licht.

Auf dem rechten Unterarm des Kohlenmanns befand sich eine kreisförmige Verbrennung von der Größe einer Fünfkronenmünze. Vermutlich hatte ihm jemand ein Streichholz oder ein Feuerzeug an den Unterarm gehalten. Sowohl Anja als auch Borre hatten es zunächst übersehen, weil die Verbrennung sich genau in dem Bereich befand, wo der Mann auf den glühenden Kohlen gelegen hatte. Außerdem breitete sich die Abwehrläsion an beinahe derselben Stelle aus.

Und dem Mosaik wurde noch ein weiteres Steinchen hinzugefügt, als der Assistent das Röntgenbild brachte. Drei Finger der rechten Hand waren gebrochen. Direkt an der Handwurzel. Nur der kleine Finger und der Daumen waren intakt.

Birkedal hatte die Nachricht am anderen Ende der Leitung mit einem unheilverkündenden Schweigen aufgenommen. »Das ist ja unglaublich, Nina«, kam dann, mürrisch und nachdenklich.

Wenn es sich beim Täter nicht gerade um einen Sadisten handelte, war der Fall relativ klar: Man foltert jemanden, um etwas von ihm zu erfahren. Das brachte sie in ihren Ermittlungen nicht unmittelbar weiter, aber es lüftete einen Zipfel des schweren Bühnenvorhangs, der sie vorläufig daran hinderte, irgendetwas zu erkennen.

Am nächsten Tag würde sie sich beim Briefing einen Überblick über die Situation verschaffen. Birkedal hatte zehn bis zwölf Leute auf den Fall angesetzt – ein Drittel der gesamten Belegschaft.

Sie sah auf ihre Uhr. Es war acht, als sie den Dienstwagen bei sich zu Hause im Hinterhof abstellte. Sie winkte den Leuten im kleinen Laden nebenan zu. Seit einigen Tagen brannte dort abends wieder Licht. Im Wochenblatt hatte sie gelesen, dass ein Obst- und Gemüseladen eröffnet wurde. Bei den neuen Mietern handelte es sich allem Anschein nach um Iraker.

Sie dachte an das Abendessen. Wo war der gute alte Zlatan, wenn man ihn und sein ausgezeichnetes Junkfood am meisten brauchte? Nach der Geschichte mit dem Axtschiff, die für ihn und seine Familie beinahe übel ausgegangen wäre, hatte der nette Bosnier seinen Laden aufgegeben und war nach Kopenhagen gezogen. Es war noch gar nicht lange her, kam Nina aber vor wie eine Ewigkeit.

Nina legte die Unterlagen zum Thema Führung beiseite und gähnte laut und herzhaft. *Situationsabhängige Führung.* War das nicht einfach ein Begriff dieser blöden Kursleiter, der nichts anderes besagte, als dass eine Führungspersönlichkeit natürlich unterschiedlich aufzutreten hatte, je nachdem, in welcher Situation sie sich befand?

Es war genauso gekommen, wie sie erwartet hatte. Jonas hatte sie bei ihrem späten Abendessen über die Leiche auf der Kohlenhalde ausgefragt, als würde er ein Verhör leiten. Sie hatte ihm genau so viel erzählt, wie er ihrer Ansicht nach wissen durfte, und genug, damit er mit seinem Bombardement von Fragen aufhörte.

Sie schaltete den Fernseher an und zappte ein bisschen durch die über dreißig Kanäle, gab aber bald wieder auf. So etwas nannte man wohl ein waschechtes Ablenkungsmanöver. Sie schielte zu dem Papierstapel mit der unerledigten Aufgabe. Ihre Augenlider fühlten sich an wie Jalousien, die sich nur in eine Richtung ziehen ließen – nach unten.

Der Kaffee war stark, glücklicherweise. Nina hielt ihren Becher mit einem Motiv des Städtchens Sønderho in der Hand und wartete darauf, dass sich endlich auch der letzte Kollege im Besprechungsraum einfand.

Sie versuchte, etwas abzuschütteln – das Gefühl, von dem Moment an beobachtet worden zu sein, als sie aus der Haustür trat und sich aufs Fahrrad schwang. Erst als sie ein Stück die Kirkegade entlanggefahren war, war ihr dieses Gefühl bewusst geworden. Und erst von da an hatte sie sich immer wieder umgesehen.

Alles schien normal. Alles sah aus, wie es an einem frühen Morgen auszusehen hatte. Die Leute hasteten zur Arbeit, die Kinder waren auf dem Weg zur Schule. Ein Mann, der sich das Schaufenster eines Computerladens ansah. Ein schwarzes Auto, das in die Nørregade bog, sich also von ihr entfernte. Aber … war nicht auch ein schwarzes Auto an ihr vorbeigefahren, als sie im Hof des Präsidiums mit dem Fahrradschloss hantierte? Vielleicht. Auf jeden Fall gab es viele schwarze Autos.

Sie vergaß ihr merkwürdiges Gefühl und sah sich im Raum um. Frisch rasiert, machte Ulbæk sich eifrig Notizen. Madsen sah aus, als würde er eine unsichtbare Pfeife halten. Thøgersen trug das gleiche Sweatshirt wie am Tag zuvor.

Unter den Anwesenden registrierte Nina Vertreter der Sektion N. Das bedeutete, dass auch die entlegensten Ecken des Netzes aufgeribbelt werden sollten – sogar von der Drogenfahndung. Im Übrigen kümmerte sich die Sektion N um Abhörmöglichkeiten. Im kriminellen Milieu wurde ja gern geredet, manchmal redete man auch über die eigene Person, und außerdem interessierte man sich immer für die Verbrechen der Kollegen. So bekamen sie manchmal Hinweise, die Fälle betrafen, die mit der eigentlichen Abhörmaßnahme gar nichts zu tun hatten.

Die Uhr zeigte vier Minuten vor sieben. Birkedal trommelte ungeduldig mit den Fingern auf die Tischplatte. Er schien ein Uhrwerk in sich zu tragen und wollte pünktlich beginnen.

Sie hatte gerade noch Zeit gehabt, einen Blick in die Lokalzeitung ›JydskeVestkysten‹ zu werfen, bevor sie losfuhr. »Mysteriöser Leichenfund auf Kohlenhalde« oder irgendwas in der Art lautete die Schlagzeile auf der Frontseite. Wenn man genau las, merkte man, dass die Zeitung nicht viel wusste.

Birkedal hatte der Presse kurz und knapp erklärt, dass die Polizei derzeit keinerlei weiterführende Erkenntnisse habe. Konfrontiert mit der unseriösen Information eines Journalisten, dass die Leiche zerteilt und enthauptet aufgefunden worden sei, hatte er bloß erwidert: »Das ist eine kopflose Behauptung, die ich nicht kommentieren werde.«

Sie schielte auf die Wanduhr. Es war sieben. Birkedal stand auf. Wie immer.

»Guten Morgen. Ihr alle seid mit dem Fall des getöteten Mannes am Kraftwerk betraut. Da wir nicht wissen, wer er ist, nennen wir ihn …«

Birkedals Blick traf sich für eine Sekunde mit ihrem.

»Tja … lasst ihn uns den Kohlenmann nennen. Und jetzt zum Stand der Ermittlungen: Die Leiche wurde gestern frühmorgens von einem körperbehinderten Mann entdeckt, der seine Angeltasche beim Kraftwerk suchte, die er am Abend zuvor während des heftigen Unwetters verloren hatte, also am Sonntag. Der Wachhabende nahm seinen Anruf um 5:22 Uhr entgegen. Die Leiche wurde in einer Kohlenhalde gefunden, nahe der Mauer, die das Gelände umgibt, einige Meter über dem Erdboden. Der Kopf, ein Teil des Oberkörpers und ein Arm ragten heraus. Vermutlich hat ein Blitz …«

Die Tür des Besprechungsraums wurde vorsichtig geöffnet, Monberg schlich herein und setzte sich auf den erstbesten Stuhl. Birkedal taxierte ihn über den Rand seiner Lesebrille mit einem eiskalten Blick.

»Tut mir leid, dass ich mich verspäte, aber der Kleine ist krank, und ich musste bleiben, bis meine Frau …«

Birkedal hob eine Löwentatze, und Monberg schwieg. Nina musste lächeln. Birkedal konnte Schwanzwedeln auf den Tod nicht ausstehen. Es war idiotisch von Monberg, in dieser Situation mit einem längeren Bericht aus seinem Privatleben anfangen zu wollen.

»Also, heute Morgen haben die Techniker uns folgenden Ablauf bestätigt: Ein Blitz ist in der Kohlenhalde eingeschlagen und hat die Leiche zum Vorschein gebracht. Der linke Arm und das linke Bein des Mannes sind verbrannt. Vermutlich haben die Kohlen geglüht wie in einem Grill, bevor der Regen einsetzte. Unsere Techniker prüfen das. Wir haben den Toten bislang nicht identifizieren können. Wir haben noch keinen Hinweis auf den Tatort, aber es wurden Blutspuren auf dem Asphalt, am Seitenstreifen und an der Betonmauer gefunden, der die Halde begrenzt. Das heißt, der Kohlenmann ist in einem Auto dorthin transportiert worden, dann wurde er über die Mauer gehoben und mit Kohle bedeckt. Im Splitt an der Mauer haben wir Fußabdrücke gefunden, außerdem gibt es diverse Reifenspuren im Seitenstreifen.«

Der Polizeiinspektor blätterte in seinen Papieren und fuhr

dann konzentriert fort: »Der Einsatz der Hundestaffel blieb leider ergebnislos. Todesursache: zwei tiefe Stiche in die Herzregion. Mordwaffe: eine Stichwaffe mit einer langen und außerordentlich schmalen Klinge. Von besonderem Interesse ist, dass der Kohlenmann vor seinem Tod gefoltert wurde. Am rechten Unterarm des Toten wurden kreisförmige Brandwunden gefunden. Und … jemand hat dem armen Kerl drei Finger der rechten Hand gebrochen. Portland, informierst du uns bitte über die weiteren Ergebnisse aus Århus?«

Nina überflog die Notizen, die sie sich während des Frühstücks am Küchentisch gemacht hatte.

»Alter: zwischen fünfzig und fünfundfünfzig. Herkunft: Naher Osten. Keine besonderen Kennzeichen. Der Kohlenmann hat mehrere kräftige Schläge ins Gesicht erhalten. Ein Vorderzahn wurde ihm ausgeschlagen, eine Augenbraue ist aufgerissen, die Nase gebrochen. Abwehrläsion am rechten Unterarm direkt über der Brandwunde. Es finden sich diverse Hautabschürfungen. Höchstwahrscheinlich rühren einige vom Transport und der rauen Kante der Betonmauer her. Die Leichenflecken zeigen, dass der Mann in den ersten Stunden nach seinem Tod auf dem Rücken lag. Kleidung: eine Jeans, Marke Wrangler, die man überall bekommt. Ein langärmliges Hemd ohne Marke, wahrscheinlich irgendein billiger Mist von einem Flohmarkt. Dasselbe gilt für die Unterhose und die Strümpfe. Schuhe: Freizeitschuhe von Adidas. Und schließlich die Zähne. Laut dem Rechtsodontologen hat das Opfer eine passable zahnärztliche Behandlung genossen – wie es in Europa heutzutage üblich ist.« Sie nickte Birkedal zu. »Das ist alles.«

Der Chef übernahm wieder: »Die bisherigen Daten und Aufnahmen wurden gestern Mittag an die Fahndungsabteilung der Reichspolizei übermittelt. Der Abgleich des Fingerabdrucks mit unseren Datenbanken blieb erfolglos. Mit anderen Worten, meine Damen und Herren: Wir haben keine Ahnung, wer der Kohlenmann ist, woher er kommt und warum das passiert ist, was passiert ist.«

Birkedal setzte sich, legte die Brille weg und massierte sich das Gesicht mit beiden Händen. Dann schaute er auf. »Irgendwelche Fragen?«

Rund um den Tisch herrschte Schweigen.

»Ja, Thøger?«

»Eher eine Ergänzung ... Natürlich haben wir alle verhört, die sich in der Umgebung aufhielten. Rentner, Hundebesitzer, das Kraftwerkspersonal und die Angestellten von Vesterhavsral. Ohne jedes Resultat.«

Birkedal nickte. Thøger, den nur der Chef so nennen durfte, war ein treuer Knappe. Nina schätzte den stellvertretenden Chef mit seinem Lockenkopf, der immergleichen Wildlederjacke und dem rostigen Toyota sehr. Er war Mitte fünfzig und mit einer Bankangestellten verheiratet. Aber genau genommen war er mit seinem Job verheiratet.

Thøgersen galt als ein Mann, der niemals aufgab. Knochentrocken, aber herzlich. Wenn er nicht arbeitete, verwendete er seine Zeit auf seine große Sammlung kostbarer historischer Schusswaffen und seinen Posten als zweiter Vorsitzender der waffenhistorischen Gesellschaft. Die vielen Raritäten waren eine plausible Erklärung dafür, dass er immer nur Klamotten trug, die sie aus den Sonderangebotsprospekten der billigen Warenhäuser kannte. Außerdem lief Thøgersen mit dem Enthusiasmus eines Erweckungspredigers Marathon.

Er würde die praktische Leitung des Falles übernehmen. Nina lehnte sich zurück. Es sah nicht sonderlich vielversprechend aus. Sie hatten nichts. Aus den Augenwinkeln registrierte sie, dass Monberg sich zu Wort meldete. Jetzt wollte der Schwachkopf den Schaden von vorhin wiedergutmachen.

»Es ist Ende August. Viele Deutsche machen Urlaub, es gibt Tausende von Touristen an der Westküste, alle Ferienhäuser sind vermietet. Na ja, also, es war nur so ein Gedanke …«

»Natürlich«, meinte Birkedal und nickte, »das hilft uns nur jetzt und hier nicht weiter. Das wäre die Nadel im Heuhaufen. Und außerdem könnte der Kohlenmann um die Ecke wohnen und ein waschechter dänischer Staatsbürger sein. Wir müssen auf eventuelle Angehörige Rücksicht nehmen, es ist noch zu früh, ein Foto zu veröffentlichen. Aber was wir machen, Leute, während wir warten und auf Hilfe von außen hoffen, ist Folgendes: Jeder Pizzabäcker und jede Imbissstube, deren Besitzer Ausländer …«

Birkedal runzelte irritiert die Augenbrauen und versuchte es noch einmal.

»Also, jedes Restaurant, dessen Inhaber nicht-dänischer Herkunft sind, wird von uns besucht. Mit einem Foto des Mordopfers! Und dasselbe gilt für die kleinen Obst- und Gemüseläden und diese Spezialgeschäfte, die ›exotische‹ Waren anbieten, Wasserkastanien, Kokosmilch und was zum Henker die sonst noch haben. Auch die Männerklubs, die Gebetsräume und die Kontaktleute bei den kommunalen Behörden. Im Augenblick können wir nur das große Schleppnetz auswerfen. Und schnell wieder einziehen. Ich will wissen, ob der Kohlenmann von hier ist oder nicht!«

Er hätte der Versammlung ebenso gut erklären können, dass er in den letzten Jahren nie selbst einkaufen gewesen war. Wasserkastanien und Kokosmilch gab's nämlich inzwischen in jedem Supermarkt.

Birkedal erhob sich. »Thøgersen leitet die Ermittlungen. Ulbæk verteilt die Aufgaben. Wir treffen uns morgen wieder, gleicher Ort – und gleiche Zeit!«

Sein Blick glitt über die Versammelten und landete schließlich bei Monberg, der mit solariumgestähltem Dackelblick nickte. Dann schoss der Chef als Erster aus dem Besprechungsraum.

Es war nicht überraschend, dass Birkedal Ninas ganz besondere Kontakte unerwähnt ließ, die sie zu Einwandererkreisen hatte. Sie gehörten zu ihrem Nebenjob als Kontaktperson des Nachrichtendienstes der Polizei, des PET. Der Job beinhaltete einen engen und vertraulichen Kontakt zu Birkedal, da sie bei allen PET-relevanten Fragen seine Assistentin war.

Sollte sie das Netzwerk anzapfen? In ein, zwei Stunden, sobald das Wespennest ein wenig zur Ruhe gekommen war, musste sie mit Birkedal sprechen. Nur er konnte diese Entscheidung treffen.

Ulbæk hatte sich Notizen gemacht. Jetzt legte er den Stift zur Seite und blickte auf. Er stammte aus Kerteminde auf Fünen. Seine beiden wochenplangetrimmten Kinder hatten die Ulbæks aus Vietnam adoptiert. Seine Frau arbeitete als Oberschwester im Krankenhaus, so viel wusste Nina. Einmal war sie ihr begegnet, sie war schick und gut angezogen gewesen. Und Nina musste an die unumstößliche Tatsache denken, dass dieser systematisierende Polizeikommissar ihr interner Mentor war.

4

Ulbæk hatte die Befehle erteilt, nun informierte er das nationale Unterstützungszentrum für polizeiliche Ermittlungen NEC über den Fall.

Nina blieb an der Leiste mit den Kleiderhaken stehen, ließ ihre Jacke aber hängen. Sie musste ja nur rüber zum Rathaus. Ulbæk hatte sie damit beauftragt. In ihrer Tasche steckte ein Foto des Kohlenmanns. Sie wollte sich mit Munir Rafiq, dem Integrationsexperten der Gemeindeverwaltung, unterhalten, einem energischen Pakistaner der zweiten Generation.

Die Begegnung mit den Nachrichtendiensten im alten Fall um das sogenannte Axtschiff hatte Ninas Interesse für das eher diskrete Arbeitsgebiet, in dem der PET operierte, gesteigert. Vor allem in der Bedrohung durch den Terrorismus und die Polarisierung der Gesellschaft sah sie eine Herausforderung, der sie sich stellen wollte.

Die Luft hatte abgekühlt, und starker Wind war aufgekommen. Die späte Hitzewelle schien das letzte Zeichen des Sommers gewesen zu sein. Sie musste an Sir Walter denken, den distinguierten Ritter und ehemaligen MI6-Chef, der es sich als Pensionär in der Hitze Südafrikas gut gehen ließ.

Sir Walter Draycott war der Mann, der sie wie der Zauberer Merlin sicher durch die Labyrinthe leitete, in denen sie sich während des Axtschiff-Falls verlaufen hatte. Jetzt kümmerte er sich dort unten bei seiner Tochter sicherlich um seinen Rosengarten – oder ging auf Fotosafari. Sie schrieben sich hin und wieder, stets handschriftliche Briefe. Ihrer Meinung nach war es ihm so am liebsten. Momentan war es an ihr zu schreiben. Sie musste endlich einmal daran denken.

Über die Haupttreppe ging sie ins Rathaus. Auf der obersten Stufe erinnerte sie sich plötzlich an das merkwürdige Gefühl, das sie am Morgen verspürt hatte, und drehte sich um. Nirgendwo war etwas Verdächtiges zu erkennen. Keine Schatten. Keine schwarzen Wägen.

Es entsprach nicht unbedingt der Hauptrolle bei den Ermittlungen, sich mit Munir Rafiq zu unterhalten. Er galt als die dynamische Kraft der Stadtverwaltung, wenn es um Bürger mit Migrationshintergrund ging. Neben vielen anderen Aktivitäten saß er im Integrationsrat der Stadt, der eine erhebliche Zahl von ethnischen Gruppen repräsentierte.

Als Nina von Ulbæk hatte wissen wollen, ob sie sich wirklich nur um Rafiq kümmern solle, hatte er nur genickt und gesagt: »Ja, genau.« Im gleichen Atemzug hatte er sie daran erinnert, dass sie ihre letzte Aufgabe noch immer nicht abgegeben hatte.

Vielleicht sollte sie einfach mal mit ihm reden? Sie wollte nicht an der Peripherie der Ermittlungen auf Schonkost gesetzt werden – sie wollte mittendrin sein. Der Kohlenmann war das Einzige, was im Moment zählte.

Munir Rafiq sprang auf und umarmte Nina, als sie in sein Büro trat. Sie kannten sich recht gut. Eine ihrer wichtigsten Aufgaben bestand darin, den Finger konstant am Puls des *Milieus* zu haben, und in dieser Hinsicht war Munir ein wesentliches Bindeglied. Man schätzte ihn in Einwandererkreisen, und er fand immer den richtigen Ton, egal ob es sich um Somalier, Türken, Libanesen, Iraker oder Leute aus der Äußeren Mongolei handelte.

»Tag, Nina, setz dich. Ist lange her, was? Womit kann ich dienen?«

»Das ist ziemlich einfach, Munir.« Sie setzte sich auf den

Stuhl vor seinem Schreibtisch und warf das Bild des Kohlenmanns auf die Tischplatte. »Du kannst mir hierbei helfen. Kennst du ihn?«

Munir nahm das Foto und betrachtete es einen Augenblick.

Dann schüttelte er den Kopf.

»Nein, nie gesehen, Nina. Aber … es gibt hier in der Stadt natürlich ein paar Leute, die ich nicht kenne. Ist das der Tote vom Kraftwerk?«

»Genau.«

»Hab ich im Radio gehört. Stimmt es, dass ihr die Leiche zerstückelt gefunden habt?«

»Nein, das ist bloß Journalistengeschwätz.«

»Wisst ihr gar nichts über ihn?«

»Nur, dass er wahrscheinlich aus dem Nahen Osten stammt.«

Munir lachte.

»Tja, von unserer Sorte gibt's viele. Nur sind die meisten nicht so tot wie der hier. Warum setzt ihr das Bild nicht einfach in die Zeitung?«

»Wenn sich niemand meldet und den Mann niemand vermisst, werden wir das tun. Kannst du mir vielleicht helfen?«

»Selbstverständlich, Nina, ich kann's versuchen. Darf ich das Foto behalten?«

»Ja, sicher. Und gibt's sonst was Neues?«

»Nee. Esbjerg ist eine ruhige Stadt. Nicht wie Odense. Ich war neulich dort, auf einer Fortbildung. Es ging um dieses integrative Projekt im Stadtteil Vollsmose. Geht schon ganz schön krass zu dort … Da ist mein Job hier leichter.«

»Ja, du sitzt in einer Oase im Schatten der Palmen, Munir. Ich hab's eilig, ich muss wieder. Denk dran, mich so schnell wie möglich über unseren Mann zu informieren. Und gib mir Bescheid, wenn du irgendwelche potenziellen Terroristen siehst, die an dunklen Straßenecken herumhängen, ja?«

»Nina, Nina …« Munir lachte noch, als sie die Tür hinter sich schloss.

Als sie ins Präsidium zurückkam, steuerte sie direkt auf Birkedals Büro zu. Jetzt musste sich ihr kleines PET-Duo zusammensetzen und die Situation erörtern.

Sie verfügten über ein eigenes Netzwerk mit Leuten aus dem Einwanderermilieu, auf deren Loyalität sie sich verlassen konnten. Nina hatte das Netzwerk erweitert. Nicht durch große Events wie die ambitionierten Imam-Begegnungen des PET vor ein paar Jahren. Auch nicht durch Hochglanzkonferenzen, wie man sie einberufen hatte, nachdem im Kopenhagener Vorort Glostrup die Unterstützer einer Terrorgruppe aus Sarajewo verhaftet wurden. Nein, in Esbjerg ging es um stille, hartnäckige Arbeit.

Sie war noch nie jemandem begegnet, von dem sie sagen konnte, dass er einen terroristischen Akt in Esbjerg befürworten oder sogar ausführen würde. Es gab durchaus rabiate Kräfte, aber nicht derart radikale. Esbjerg hatte einen klaren Vorteil gegenüber Kopenhagen – das Milieu blieb überschaubar.

Trotzdem durfte man nicht so naiv sein, irgendetwas von vorneherein auszuschließen.

Durch den Fall von Glostrup war Dänemark aus seinem Dornröschenschlaf erwacht. Besonders intensiv beschäftigte man sich mit der Radikalisierung männlicher muslimischer Jugendlicher. In der Sprache des PET wurde die Radikalisierung als ein Prozess bezeichnet, »in dem eine Person in steigendem Maß die Anwendung von undemokratischen oder gewalttätigen Mitteln akzeptiert, im Versuch, ein bestimmtes politisches/ideologisches Ziel zu erreichen«. Dieser Prozess konnte ebenso gut in Esbjerg oder Aalborg stattfinden wie in Kopenhagen. Es ging darum, die Signale rechtzeitig zu erkennen und zu erfassen.

Nina hatte jetzt die Höhle des Löwen erreicht. Vorsichtig klopfte sie an den Türrahmen. Birkedal war in Akten vertieft. Sie ließ sich auf den Stuhl vor dem Schreibtisch sinken. Er sah sie an, als wäre sie ein Fremdkörper auf seinem Planeten.

»Ich weiß«, begann sie, »es ist ein normales Tötungsdelikt, und der Kohlenmann hat nichts mit dem PET und der nationalen Sicherheit zu tun, aber wenn wir das große Schleppnetz auswerfen sollen, wie du heute Morgen gesagt hast, dann sollte ich auch unsere informellen Kontakte in der Stadt befragen, finde ich. Die kennen das Milieu, in dem der Kohlenmann möglicherweise zu Hause ist.«

Birkedal blickte mürrisch über seinen Brillenrand. »Aha, findest du …«

»Ja, finde ich.«

»Wir sind ja schon dabei, diverse Vereine, Lokale und so weiter zu überprüfen. Das Netzwerk ist aber etwas ganz anderes. Es ist empfindlicher. Wir dürfen unsere Kontakte nicht überstrapazieren. Andererseits bin ich nicht abgeneigt, dir recht zu geben.«

»Bei einigen unserer Kontakte gibt es Berührungspunkte. Ich meine … ich kenne doch ein paar Vorsitzende von Vereinen, ich könnte mich umhören. Im Rathaus war ich bereits. Munir kennt den Kohlenmann nicht. Das ist nicht sehr vielversprechend.«

»Hm … Denk dran, dass wir noch in einem ziemlich frühen Stadium sind.«

»Und trotzdem hast du die Leute zum großen Klinkenputzen geschickt?«

»Das stimmt … na ja, ich habe einfach ein Scheißgefühl bei diesem Fall.«

»Gefühl? Ich dachte, nur wir Frauen haben so etwas?«

»Dann nenn es Erfahrung. Oder Instinkt, verdammt noch mal!« Birkedal fing an, in seinen Papieren zu wühlen. Sie wartete. Doch er setzte nur ein finsteres Gesicht auf.

»Also, was sagst du? Wollen wir es wagen?«

Er schaute auf. Sie kannten einander gut. Birkedal nahm die Brille ab und warf sie irritiert auf den Schreibtisch.

»Also gut, du hast gewonnen. Mach es! Aber nur die alten Kontakte, auf die wir uns am meisten verlassen können. Und trampel bloß nicht wie ein Elefant im Porzellanladen herum!«

Nina wusste, wo der Mann, mit dem sie reden wollte, zu finden war.

Der alte Ali Birand umkreiste in konzentrischen Kreisen die Innenstadt, sein Ausgangspunkt war der Marktplatz. Er schien der ungekrönte König einer Gruppe ergrauter Männer zu sein, die im Sommer wie im Winter dunkle Jacketts und Strickpullover trugen und ohne nachvollziehbares Muster hier und da im Stadtbild auftauchten, Kaffee tranken oder eine Zigarette rauchten. Die meisten stammten aus der Türkei, alle noch aus der Zeit, in der man sie »Fremdarbeiter« genannt hatte, wenn man sie nicht mochte, oder »Gastarbeiter«, wenn man wenigstens ein wenig Respekt zeigen wollte. Das war in den Sechzigern und frühen Siebzigern gewesen, als ihre Arbeitskraft durchaus geschätzt wurde. Jetzt waren sie – und in einem weit höheren Maß noch ihre Frauen – eine alternde und schlecht integrierte Bevölkerungsgruppe.

Nina fand Birand im kleinen Café der Ladenzeile am Marktplatz. Ihm gegenüber saß sein treuer Begleiter, ein kleiner, sehniger Herr, dessen Namen sie sich nicht merken konnte, weil er so kompliziert war.

Schon lange hielten sie Kontakt zu Ali Birand in seiner Rolle als eine Art inoffizielles »Oberhaupt der Ältesten«, obwohl er weder in religiöse Aktivitäten noch ins Vereinsleben involviert schien. Er war einfach Ali Birand, ehemals beim Tiefbau beschäftigt, nun von der Arbeit verbraucht.

Birand war ziemlich stolz auf seine tüchtigen Kinder. Die älteste Tochter arbeitete als Ärztin in Kopenhagen, eine weitere Tochter als Leiterin der Sozialverwaltung in Aalborg, und einer der Söhne war Jurist in Odense. Er hatte Nina schon oft von ihnen erzählt. Und er hatte auch erzählt, wie er seinerzeit die Ehen für seine beiden ältesten Töchter arrangieren wollte. Und wie er aufgeben musste, weil die Gören sich gesperrt hatten.

»Eine chaotische Zeit«, wie er sagte, aber er hatte nachgegeben.

Inzwischen hatte er längst »die Sprache der jungen Herzen« gelernt, wie er es nannte. Nur der jüngste Sohn hatte traditionsgemäß geheiratet.

»Tag, Birand.« Sie gab ihm einen leichten Klaps auf die Schulter und nickte seinem Begleiter zu. Ihre Tassen waren leer, und noch bevor er antworten konnte, ging sie an die Theke und holte dreimal Kaffee.

Die Männer nickten und bedankten sich, als sie sich zu ihnen setzte. Birands Begleiter bot ihr eine Zigarette an, die sie annahm.

»Lange her, Nina. Geht's gut?« Birand wirkte wie immer ernst.

»Ja, danke, alles in Ordnung. Und bei dir?«

»Danke, auch gut.«

»Die Frau und die Kinder?«

»Danke, gut. Alles ist gut.«

Birand war nie sonderlich redselig gewesen. Nur wenn es um die Kinder ging, löste sich seine Zunge.

»Und die Enkel, was ist mit denen?«

»Auch gut … wirklich …« Ein seltenes Lächeln erhellte Birands Gesicht. »Gila hat gerade Nummer zwei bekommen. Vorgestern. Einen Jungen, einen hübschen, großen Jungen.«

»Gratuliere.«

»Danke.« Der alte Tiefbauarbeiter richtete sich stolz in seinem Stuhl auf.

»Gila? Das ist deine Tochter in Haderslev, oder?«

»Ja. Die Lehrerin am Gymnasium.«

»Sie haben es wirklich geschafft, deine Kinder.«

»Sie haben wohl den klugen Kopf ihrer Mutter.« Birand lächelte zum zweiten Mal.

»Hör mal, eigentlich wollte ich dich fragen, ob du mir helfen kannst.« Sie holte das Foto des Kohlenmanns heraus und legte es vor Birand hin. »Kennst du ihn?«

Birand betrachtete das Bild und rieb sich die silberfarbenen Bartstoppeln am Kinn. Dann reichte er die Fotografie an seinen Begleiter weiter. Der bemerkte etwas auf Türkisch.

»Nein, Nina. Keiner von uns ist ihm je begegnet. Ist das der Tote vom Kraftwerk?«

»Genau …«

»Armer Mann.«

»Allerdings … Aber jetzt wisst ihr, worum es geht. Wenn ihr irgendetwas hört oder seht, meldet euch, auch wenn ihr meint, es habe nichts zu bedeuten. Du weißt, wo du mich finden kannst, Birand. Ich muss jetzt weiter. Lasst es euch gut gehen!«

Sie stand auf. Beide Männer lächelten und erhoben eine stumme Hand zu einem synchronen Abschiedsgruß.

Nina schielte auf die Uhr, als sie zum Auto lief. Sie würde gerade noch rechtzeitig zu ihrer nächsten Verabredung kommen.

Kurz vor Feierabend wurde in kleiner Runde eine erste Bilanz gezogen.

Ninas Gang aufs Rathaus war ergebnislos geblieben. Und dass sie mit ihren Kontakten in der Stadt kein Glück gehabt hatte, durfte sie nicht berichten. Auch der Hausmeister am Stengårdsvej, den sie befragt hatte, hatte lediglich den Kopf geschüttelt. Er hatte den Kohlenmann noch nie gesehen. Blieb nur noch Mustafa Demir, der türkische Vorsitzende der Kulturvereinigung der islamischen Glaubensgemeinschaft.

Doch überall dasselbe enttäuschende Ergebnis. Die Kriminaltechnik aus Kolding hatte nichts Neues zu vermelden. Der Kohlenmann hatte nie um eine Arbeits- oder Aufenthaltserlaubnis ersucht oder sonst mit den Behörden in Esbjerg Kontakt gehabt. Nichts Neues von ihren Quellen im kriminellen Milieu oder der Drogenszene.

Nachdem Thøgersen sie entlassen hatte, fuhr Nina mit dem Rad durch die Stadt, in ihrem Rucksack steckte der endgültige Obduktionsbericht. Sie konnte gut damit leben, schon jetzt nach Hause zu fahren. Die Woche hatte so schräg begonnen. Jetzt kam sie zumindest zum Einkaufen.

Sie stellte das Fahrrad vor dem Netto-Supermarkt ab. Und als sie sich über das Schloss beugte, war es wieder da: das Gefühl, beobachtet zu werden, dieses Gefühl eines verborgenen Blicks in ihrem Rücken. Sie richtete sich auf. Sah sich um. Es waren viele Menschen unterwegs. Die spätnachmittägliche Hektik hatte die morgendliche Hektik abgelöst. Menschen, die von der Arbeit nach Hause hetzten, Menschen, die auf dem Heimweg noch etwas zu erledigen hatten. Ein schwarzes Auto bog ab und fuhr langsam in die Englandgade.

Schwarz … Sie rannte um die Ecke. Der Wagen hielt ein Stück weiter auf der Straße. Sie lief langsamer, blieb stehen, bückte sich und tat so, als bände sie sich die Schnürsenkel. Beim Fahrer des Wagens handelte es sich um einen jungen Mann. Auf der Rückbank saß in einem Kindersitz ein kleines blondes Mädchen.

Verfolgungswahn? Der unerklärliche Anflug einer Paranoia? Wollte sie tatsächlich jedem schwarzen Auto auf der Straße hinterherrennen? Nein, sie musste sich beruhigen.

Sie ging zurück zum Supermarkteingang und stürzte sich ins Gewimmel. So erging es ihr immer, wenn sie ohne Einkaufszettel unterwegs war. Die reinste Tombola. An der Gefriertruhe blieb sie stehen und starrte mit leerem Blick hinein. Sie konnte nicht benennen, was ihr so zu schaffen machte. Vielleicht war sie einfach nur frustriert, nachdem sie den ganzen Tag kein Glück gehabt hatte. Der Kohlenmann war mausetot – und sie waren bei ihren Ermittlungen auf Hilfe von außen angewiesen. Das ließ sich als Ergebnis festhalten. Trotzdem hatte sie das Gefühl, dass ihr irgendetwas einfallen müsste, dass sie bei den Ermittlungen einen neuen Weg vorschlagen sollte. Nina suchte fieberhaft nach einem neuen, genialen Ansatz, nach einer zündenden Idee – vergeblich.

Stattdessen lagen bald ein Päckchen Rinderhack, ein Glas Spaghettisoße, eines mit Currysoße, frisches Hühnerfleisch, Graubrot, Aufschnitt, Nudeln, ein Salatkopf, Karotten und vier Liter fettarme Milch im Wagen. Viel zu wenig für eine ganze Woche, aber sie streckte die Waffen.

Nina hatte gerade die Spülmaschine gestartet, als das Telefon klingelte. Es war Martin.

»Tag, Nina. Ja, ich hab's gestern nicht mehr geschafft anzurufen. Wir haben irrsinnig viel zu tun, und ich bin schließlich vor der Flimmerkiste eingeschlafen. Wie geht's?«

»Wir sind gut beschäftigt.«

»Womit?«

»Die Leiche draußen am Kraftwerk, was sonst?«

»Ah ja, der Mord in den Kohlen. Ich hab's gesehen. Schon Verdächtige?«

Er sprach immer von »Mord«, obwohl sie ihm schon vor langer Zeit erklärt hatte, dass so etwas in ihrem Metier »Tötungsdelikt« hieß. Trotzdem blieb er dabei. Nur in der ersten, heißen

Phase ihrer Beziehung hatte er so etwas wie Interesse an ihrem Job gezeigt. Das war ihr nur erst sehr viel später klar geworden.

»Nein, wir haben noch keinerlei Anhaltspunkte. Niemand hier in der Stadt kennt den Kohlenmann.«

»Den Kohlenmann? Ha! Nennt ihr ihn so?«

Er gluckste am anderen Ende der Leitung. Sie wusste nicht, was daran komisch sein sollte.

»Ja, so nennen wir ihn.«

Einen Augenblick lang herrschte Stille. Einer wartete, bis der andere etwas sagte. Auch diese Stille kannte sie. Es fiel ihnen schwer, miteinander zu telefonieren, ihr und Martin.

»Ich habe heute tatsächlich drei neue Häuser reinbekommen. Und eins gestern.« Seit er sich vor ein paar Jahren als Zimmermeister selbstständig gemacht hatte, verfügte er inzwischen über dreißig Mitarbeiter. Der Aufschwung des Wohnungsbaus wollte kein Ende nehmen, und die Welle hatte Martin rasch an die Spitze gespült.

»Wie schön.«

»Tja, die Auftragsliste ist mittlerweile ziemlich lang. Aber ich bekomme einfach nicht genügend Leute. Ich habe mir übrigens vorhin den Mercedes angesehen, von dem ich dir erzählt habe. Super, graumetallic …«

»Aha.«

»Du solltest ihn dir anschauen. Wir könnten am Wochenende rausfahren. Dann ist Tag der offenen Tür. Darüber wollte ich ohnehin mit dir reden, übers Wochenende …«

»Ja, es ist nur so, dass …«

»Sofie kommt nicht, das heißt, höchstens ab Sonntagmittag. Ansonsten bin ich ein freier Mann. Abgesehen von Sonntagabend. Da muss ich noch ein paar Angebote durchrechnen. Aber ich kann Freitagabend kommen, dann könnten wir Sonntagnachmittag Jonas und Sofie zum Fußball mitnehmen. Es gibt ein Heimspiel …«

»Ich kann nichts versprechen, Martin. Du weißt, wie es ist, wenn es um ein Tötungsdelikt geht. Im Augenblick bewegt sich nichts. Aber in Kürze brennt es vielleicht, und wir müssen auch am Wochenende ran. Und dann bist du verärgert und enttäuscht. Lass uns abwarten und sehen, wie sich die Dinge im Lauf der Woche entwickeln, okay?«

»Ja, klar, natürlich.«

Ihr Gespräch endete verkrampft. Wie so oft. Alleinerziehende Mutter, alleinstehender Vater mit Teilzeittochter, hektischer Alltag und ausgebuchte Wochenenden.

Es lief in die falsche Richtung. Langsam – aber sehr sicher.

Die Aussicht auf einen anstrengenden Herbst mit vielen Kurswochen auf Seeland würde alles nur noch weiter erschweren. Außerdem gab es noch Martins Exfrau, Alice. Sie hatte sich vor einiger Zeit zum zweiten Mal scheiden lassen. Wie oft wollte diese Schlampe eigentlich noch heiraten, um dann geschieden zu werden? Fing Martin nicht an, wieder häufiger über sie zu reden? Hatte sie vor, sich wieder an ihn heranzumachen? Versuchte sie, einen Schatten auf etwas zu werfen, das ohnehin schon seinen Glanz verloren hatte? Unwahrscheinlich schien es nicht.

Nina ließ sich mit einem Kaffeebecher in der Hand auf den Stuhl am Küchentisch fallen. Es sah finster aus. Sie hatte um ihre Beziehung gekämpft, oft. Nicht nur, weil sie es einfach zu billig fand, aufzugeben und sich davonzumachen, sondern weil sie sich trotz allem noch immer an ihre erste, gute Zeit erinnern konnte.

»Mama, Fußball fängt an. Jetzt!«

Jonas kam in die Küche und zog sie mit. Sie hatte ihm versprochen, dass er Brøndbys Spiel gegen die Russen sehen durfte. Versprochen, dass sie es sich zusammen ansehen würden.

Sie setzten sich nebeneinander aufs Sofa, und sie legte den Arm um Jonas, der sich an sie kuschelte, obwohl er allmählich ein ziemlich großer Junge war. Dann pfiff der Schiedsrichter die Partie an. Die erste Halbzeit begann, gelbe und rote Trikots flatterten über den grünen Bildschirm.

Mit einer Beziehung war es wie mit dem Wattenmeer, Ebbe und Flut. Nur dass bei ihnen schon ziemlich lange Ebbe herrschte, oder? Eines Tages würde das Ganze offen vor ihr daliegen – eine einzige große Schlammwüste. Und dann würde es zu spät sein. Und Martin würde sagen, dass es ihre Schuld gewesen sei. Dass die Polizei sie zu sehr mit Beschlag belegt habe. Dass das Einzige, das sie in Wahrheit liebe, ihr Job sei. Und er würde sagen: »Na ja. Also dann auf Wiedersehen, Polizeihauptkommissarin Portland.« Mit einer besonders höhnischen Betonung auf »Hauptkommissarin«. Wollte sie das wirklich? Wenn nicht, dann sollte sie wohl besser jetzt umkehren …

»Hauptsache, sie halten das 0:0. Dann schaffen sie's zu Hause, glaubst du nicht?« Jonas zog auf dem Sofa die Beine an.

»Wollen wir's hoffen. Sie spielen gut.«

Die erste Halbzeit ging zu Ende, ganz plötzlich. Die fünfundvierzig Minuten waren wie durch ein Fingerschnippen vergangen.

»Sag mal, siehst du überhaupt zu, Mama?«

»Natürlich. Wieso fragst du?«

»Ach, schon gut …«

Jonas ging hinaus, um sich Kekse und ein Glas Milch zu holen. Nina griff zum Telefon und versuchte es ein letztes Mal. Sie war erleichtert, als sie Mustafa Demirs Stimme hörte. Endlich erreichte sie den türkischen Vereinsvorsitzenden. Nach einem kurzen Zögern stimmte er zu. Sie sollte einfach die Hintertür nehmen. Sie konnten sich in seinem Büro unterhalten. Nachdem sie aufgelegt hatte, verspürte Nina einen plötzlichen Anflug von Optimismus. Jonas kam wieder herein und setzte sich. Die zweite Halbzeit begann.

»Ich bin müde, Jonas, aber ich *muss* heute Abend noch mit der zweiten Aufgabe anfangen. Ich gehe mal für eine halbe Stunde an die frische Luft. Die zweite Halbzeit kannst du dir doch auch allein ansehen, oder?«

Er nickte nur, vollkommen konzentriert auf das Spiel.

Sie nahm ihre Jacke, warf die Haustür hinter sich zu und schloss das Fahrrad auf. Es war stockfinster. Das passte genau zu dem Gedanken, der ihr plötzlich durch den Kopf schoss.

5

Wahrscheinlich wussten die wenigsten, dass es in Esbjerg sieben Gebetsräume und Vereine gab, in denen sich die vorwiegend aus dem Nahen Osten stammenden muslimischen Einwanderer der Stadt trafen. Allerdings nur die Männer zwischen Ende zwanzig und dem Alter, in dem sie für Nina in ihrer dunklen Kleidung alle aussahen wie der alte Ali Birand.

Die junge zweite Generation traf sich offenbar woanders, zumindest diejenigen, auf die die Sektion N ein wachsames Auge hatte. Denn oft waren ihre Ausgaben auffällig hoch und ihre schwarzen BMWs im Verhältnis zu ihren Einnahmen ein wenig zu kostspielig.

Nina trat in die Pedale. Die größte muslimische Vereinigung, der Mustafa Demir vorstand, die Kulturvereinigung der islamischen Glaubensgemeinschaft, hatte ihre Räume in der Nähe des großen Kreisels. Mit ein wenig Glück würde sie in einer halben Stunde zurück sein. Jonas sollte nicht allzu lange aufbleiben. Eigentlich hätte er bereits im Bett liegen müssen.

Sie stellte ihr Fahrrad ein Stück entfernt ab und ging dann in gewohnt zügigem Tempo an den erleuchteten Fenstern des Vereins vorbei. Die Gardinen waren nicht zugezogen, der Raum war gut besucht. Flüchtig registrierte sie einen grün schimmernden Fernsehschirm. Bestimmt sahen die Männer Fußball. Als sie direkt vor dem Gebäude stand, bestätigte sich ihre Vermutung. Sie erkannte den Ball, aber es gab keine gelben Trikots, es lief also nicht das Brøndby-Spiel.

Da war es wieder, das Gefühl, beobachtet zu werden. Nina

blieb an der Einfahrt zum Hinterhof stehen und sah sich um.

Sie hatte darüber nachgedacht, als sie das Abendessen vorbereitete. Entweder musste sie dieses Gefühl ernst nehmen oder ignorieren. Vorsichtig schlich sie in die Dunkelheit.

Im Hinterhof strömte Licht aus einer großen Fensterreihe. Sie erkannte mehrere Männer. Einige saßen, andere standen in der Ecke am Bildschirm, ein paar von ihnen hatten eine grüne Bierflasche in der Hand. In einem Raum daneben saß eine Handvoll der Ältesten um eine Wasserpfeife, andere lasen Zeitung bei einer Tasse Tee.

Sie hatte keine bestimmte Vorstellung davon, was sie eigentlich mit ihrer Observation bezweckte. Es ging wohl einfach ums Beobachten, um die Suche nach dem kleinsten Hinweis, nach irgendeiner Veränderung. Neue Gesichter unter den Männern, irgendeine neue Aktivität, eine andere Atmosphäre, ein anderes Verhalten.

Alles schien wie immer. Zuverlässig und friedlich.

Schritte? War da nicht das Geräusch fester Schuhsohlen auf dem Fußweg? Zunächst verstummten die Schritte, doch dann kamen sie näher. Langsam, zögernd, vorsichtig – durch die Einfahrt!

Es gab nichts, wohinter man sich hätte verstecken können, und bis zur Hintertür schaffte Nina es nicht mehr. Stattdessen drückte sie sich in eine Ecke. Jetzt trat die Gestalt ins Licht. Ein Mann mit Hut. Er blieb stehen. Sein Gesicht konnte sie nicht erkennen. Er kam näher, hielt direkt auf sie zu, als wollte auch er sich in der Ecke verstecken.

Nina trat heraus und packte seinen Arm. Er schnaufte. Dann schlug er um sich, sie musste loslassen und wurde von einem harten Schlag in die Magengrube getroffen. Sie spürte, wie sämtliche Luft aus ihrem Körper wich, dann ging sie in die Knie und fiel auf die Seite. Von weit her registrierte sie das Geräusch davoneilender Schritte. Sie bekam keine Luft, versuchte sich zu strecken. Keine Luft …

Langsam wurde es besser. Mit einem Keuchen begann sie wieder zu atmen. Tiefe Atemzüge. Dann gleichmäßiger. Sie blieb liegen, bis sie genügend Luft bekam. Er hatte sie direkt in den Solarplexus getroffen.

Endlich kam sie wieder auf die Beine. Den Gedanken, den Täter zu verfolgen, gab sie sofort auf. Es war nutzlos. Sie wischte ihre Hosenbeine ab, atmete ein paarmal tief durch und öffnete die Tür. Ein kleiner Flur, der zum Hof führte. Laut Demir sollte sie die erste Tür rechts nehmen. Er wollte in seinem Büro auf sie warten. Sie klopfte und hörte sein »Herein« auf der anderen Seite der Tür.

Der türkische Vorsitzende der Vereinigung saß an seinem Schreibtisch und legte am Computer eine Patience. Er drehte sich um, als sie ins Büro trat. Es war so klein und eng, dass man nur mit Mühe und Not noch einen weiteren Stuhl hatte hineinquetschen können, einen alten, zerschlissenen Sessel.

Mustafa Demir stand sofort auf, beugte sich über den Schreibtisch und gab ihr die Hand. Er machte einen etwas reservierten Eindruck, wenn man ihn nicht kannte. Auch er saß natürlich im Integrationsrat. Demir träumte von einer Mitgliedschaft der Türkei in der EU. Sie hatten sich einmal darüber unterhalten.

»Guten Abend, Nina. Komm herein und setz dich.« Er deutete einladend auf den heruntergekommenen Sessel.

»Das ist bestimmt keiner, den du von der Arbeit mitgenommen hast, was?«

Mustafa Demir arbeitete als Fahrer im angesehensten Möbelhaus der Stadt. Der Türke sah einen Moment lang beschämt aus, aber ihr Lächeln zeigte ihm, wie sie es gemeint hatte.

»Nein, meine Güte … So was haben wir gar nicht. Der ist vom Flohmarkt. Möchtest du Tee oder Kaffee?«

Auf Demirs Schreibtisch stand bereits ein Glas mit rötlichem Tee.

»Nein danke, ich habe gerade zu Hause einen getrunken.«

»Was kann ich für dich tun?«, erkundigte sich Demir und setzte sich wieder.

»Zunächst einmal danke, dass du Zeit für mich hast. Es ist ja ein großer Fußballabend …«

»Ach, es gibt auch Türken, die nicht fußballverrückt sind …«

Sie zog das Foto des Kohlenmanns aus der Tasche und reichte es ihm. »Den hier, kennst du ihn zufällig?«

Demir fischte seine Lesebrille aus der Brusttasche und ließ sich reichlich Zeit, um das Bild genau zu betrachten. Dann schüttelte er den Kopf.

»Nein, leider nicht. Ist das der Mann vom Kraftwerk?«

»Ja.«

»Was für eine Geschichte. Wir haben heute Abend viel darüber geredet.«

»Sag Bescheid, wenn du in der Stadt irgendwas hörst, ja? Ich muss jetzt wieder nach Hause.«

»Natürlich, Nina, natürlich.«

Sie verabschiedeten sich, und Nina ging wieder über den Hinterhof hinaus und setzte sich aufs Fahrrad.

Die Gedanken kreisten in ihrem Kopf, während sie nach Hause fuhr. Der geheimnisvolle Mann, der sie mit einem präzisen Schlag in den Bauch außer Gefecht gesetzt hatte, war aus dem Nichts aufgetaucht. Was hatten seine zögernden Schritte in der Einfahrt zu bedeuten? Wenn es sich um einen Gast gehandelt hatte, warum dann so vorsichtig? Und wieso benutzte er nicht den Haupteingang? Wenn er darauf aus gewesen wäre, sie auszuschalten, hätte er alle Möglichkeiten gehabt. Stattdessen war er abgehauen. Der Schlag konnte auch eine reine Reaktion auf den Schreck gewesen sein. Eine Reflexhandlung.

Was sollte sie nur davon halten?

Es herrschte nicht gerade hektische Aktivität, als Nina am nächsten Morgen um Viertel vor sieben im Polizeipräsidium erschien. Sie ging auf dem Flur an Monberg vorbei, der mit zuckersüßer Stimme »Guten Morgen, Nina« sagte. Er war erstaunlich früh auf den Beinen.

Sie steuerte direkt auf Birkedals Büro zu. Die Tür stand offen. Nina klopfte an den Rahmen, trat ein und ließ sich auf der anderen Seite seines Schreibtisches auf den Stuhl fallen.

Die silberfarbene Löwenmähne des Polizeidirektors sträubte sich in sämtliche Himmelsrichtungen, er sah müde aus.

»Sind wir weiter?«

Birkedal schüttelte den Kopf. »Nein.«

»Mist. Ich habe gestern Abend noch mit Mustafa Demir gesprochen. Auch von dort keine Hilfe. Er hat den Kohlenmann nie gesehen. Niemand hat auch nur die geringste Ahnung, wer der Mann ist.«

Birkedal nickte nur.

»Und was jetzt?«

»Die Presse«, antwortete er. »Wir haben lange genug gewartet. Vielleicht gibt es überhaupt keine Angehörigen.«

»Ja, mag sein.« Sie stand auf.

»Sonst noch was?« Birkedal nahm die Brille ab und rieb sich die Augen.

Nina zögerte. Nein, sie wusste einfach nicht genug. Ein Schatten in einem dunklen Hinterhof? Sie schüttelte den Kopf.

»Nein, nichts.«

»Und wie läuft's mit dem Kurs, Nina? Du hast doch angefangen, oder?«

»Ja, sicher. Die erste Runde in Avnø dräut am Horizont. Jedes Mal zwei Wochen. Diese Idioten, was denken die sich eigentlich? Glauben die etwa, die Leute hätten keine Familie? Die können doch nicht ernsthaft annehmen, dass solche Nachteile mit dem Gehalt ausgeglichen werden.«

»Ganz deiner Meinung. Das mit Avnø hält einen Teil der guten Leute davon ab, sich zu bewerben. Was sagst du eigentlich zu meinem Jackett?«

Nina hatte das Jackett gar nicht bemerkt. Es sah neu aus. Ein typisches Tweedsakko mit großen Karos.

»Ist ganz okay. Absolut. Wieso?«

»Tja, weißt du … Die Presse, das Fernsehen … Meine Frau hat …« Birkedal setzte die Brille wieder auf. »Na, ich muss bis zur Lagebesprechung fertig sein. Raus!«

Er lächelte sein schiefes Löwenlächeln. Der Stand der Ermittlungen konnte jedenfalls nicht der Grund für seine ausgezeichnete Laune sein.

Über die Mittagszeit herrschte der reinste Medienrummel. Birkedal hatte offensichtlich beschlossen, der ganzen Bande den Fraß auf einmal vorzuwerfen, sowohl den Zeitungen wie den Radio- und Fernsehsendern. Damit war es dann auch überstanden. Die Presse bekam sämtliche Informationen, die momentan an die Öffentlichkeit gegeben werden konnten und sollten. Außerdem ein Foto des Opfers. Die Fernsehkanäle schlossen mit dem üblichen Interview mit dem Chef in Tweed vor dem Präsidium. Das widerspenstige Haar war gezähmt, und bei seinem Appell an die Menschen zu Hause in den Wohnzimmern wirkte Birkedal todernst.

Auch dieser Tag brachte nichts Neues. Es war frustrierend. Munir, der städtische Integrationsberater, rief Nina noch einmal an und vervollständigte das Bild ihres gestrigen Gespräches. Er hatte sich ein bisschen umgehört – ohne Resultat. Der Kohlenmann blieb ein verdammtes Phantom.

Einige Ermittler hatten abends am Telefon zu sitzen, wenn die Zuschauer von TV Syd, TV2 und Danmarks Radio anfingen anzurufen. Die übrigen Anrufe erwarteten sie am kommenden Tag, sobald die Lokalzeitung erschienen war. Dieses »Tötungsdelikt« bot genau die richtige Portion Mystik, allein der Fundort auf der Kohlenhalde war ja schon außergewöhnlich, und so blühten bei der Presse mehr oder weniger gewagte Theorien. Kurz vor Feierabend endete Ninas Tag ernüchternd, als Ulbæk vor ihrem Schreibtisch auftauchte.

Er nahm einen kleinen Anlauf. Dann hörte sie seine sanfte Stimme: »Nina, du musst an die dritte Aufgabe denken. Soweit ich mich erinnern kann, ist nächste Woche Deadline, oder?«

»Ja, sicher.«

»Und du hast noch einen Urlaubstag fürs Lernen gut.«

»Ja, ich habe ihn genommen, aber dann doch ausfallen lassen.«

»Wäre es nicht eine gute Idee, ihn morgen zu nehmen? Dann kannst du sicher sein, dass die Zeit dir nicht davonläuft.«

»Einen Lerntag? Mitten in den Ermittlungen? Wer weiß, vielleicht kommt morgen der Durchbruch? Bei all der Presse …«

»Morgen? Wird wie immer. Eine Reihe von Hinweisen, die meisten davon unbrauchbar – aber einigen muss nachgegangen werden. Wir haben genügend Leute. Es wäre zu deinem eigenen Besten.«

»Ich will nicht mitten in einer Ermittlung aufs Abstellgleis geschoben werden, nur weil ich mich zu diesem Kurs angemeldet habe. Das ist nicht fair. Morgen kann viel passieren.«

»Aber übermorgen bist du doch wieder dabei.«

»Nichts da … Ich werde diesen Tag schon noch nehmen, und ich werde auch diese schwachsinnige Aufgabe abliefern. Okay?«

»Wie du willst. Es war lediglich ein Angebot – freundlich gemeint.« Ulbæk drehte sich um, lächelte und verschwand mit einem »Wir sehen uns morgen früh«.

Nina blieb sitzen und grübelte. Sie hatte überhaupt keine Lust herumzuzicken. Im Gegenteil. Aber manchmal musste man einfach eine Grenze setzen. Sie war und blieb Ermittlerin. Es elektrisierte sie, am Nerv einer komplizierten Ermittlung zu sein. Und schließlich machte sie diesen Kurs nicht, um irgendeinen blöden Titel zu bekommen. Sondern um besser zu werden. Darum empfand sie es als ärgerlich, ausgesperrt zu werden, wenn die Musik endlich anfing zu spielen.

Polizeihauptkommissar Ulbæk mochte das in seiner ach so wohlgeordneten Welt interpretieren, wie er wollte. In jedem Fall würde sie die Aufgabe rechtzeitig abliefern.

Auf dem Heimweg hatte Nina plötzlich eine Eingebung. Etwas sagte ihr, dass sie den alten Fischer noch einmal aufsuchen sollte, der die Leiche gefunden hatte. Damit unternahm sie wenigstens irgendwas. Man hatte ihn an Ort und Stelle vernommen, aber nichts Wichtiges erfahren. Eigentlich gab es keinen vernünftigen Grund, ihn aufzusuchen. Aber mit ihm hatte diese Geschichte angefangen. Und Intuition ließ sich nicht begründen. War es der Gedanke an den Fischer gewesen, den sie festzuhalten versucht hatte, als sie am Tag zuvor bei Netto in die Gefriertruhe blickte? Vielleicht, vielleicht auch nicht …

Sie rief im Präsidium an und ließ sich seinen Namen und seine Adresse geben. *Ewald Holt, Th. Dahls Vej 8.*

Schon wenige Minuten später lehnte sie das Fahrrad gegen die Hausmauer und trat ins Treppenhaus. Der arme Teufel war doch gehbehindert, schon die wenigen Stufen hinauf ins Erdgeschoss mussten für ihn eine Plage sein. Sie klingelte. Es verging einige Zeit, bevor geöffnet wurde.

»Guten Tag, Nina Portland, Kriminalpolizei. Darf ich hereinkommen?«

»Ja, tritt näher, Kleine. Ich kann mich gut an dich erinnern. Du warst doch auch da draußen, oder?«

»Ja.«

Der Mann stank nach Bier, aus dem Flur schlug ihr eine Tabakwolke entgegen. Er sah sie überrascht an.

»Aber ich habe doch schon alles erzählt.«

»Natürlich, aber mir ist aufgefallen, dass Sie später am selben Morgen noch einmal hinausgefahren sind. Sie haben ein Stück weiter auf der Straße gehalten. Wieso sind Sie zurückgekommen?«

Die Augen des alten Fischers glänzten vom Schnaps, und er machte ein ziemlich verlegenes Gesicht.

»Ich bin wohl neugierig gewesen. Ich dachte, ich fahre nach Hause und schlafe. Ich hatte ja die ganze Nacht kein Auge zugetan, weil ich ständig diese Scheißangeltasche im Kopf hatte. In der Tasche steckt nämlich ein kleines Vermögen an Ausrüstung. Aber zu Hause kam ich einfach nicht zur Ruhe. Darum bin ich wieder zurückgefahren. Nur um zu sehen, ob irgendwas passiert. Aber es war ja nichts los. Und die Absperrung hattet ihr versetzt, sodass ich gar nicht nah genug rankam.«

Sie bat ihn, den gesamten Ablauf von dem Augenblick an zu wiederholen, als er sich in sein Fahrzeug gesetzt hatte und hinausgefahren war, um nach seiner Angeltasche zu suchen. Obwohl er offensichtlich ziemlich besoffen war, brachte der alte Fischer nichts durcheinander. In seinem Bericht gab es keine Unstimmigkeiten.

Nina gab ihm ihre Handynummer und bat ihn anzurufen, wenn ihm noch irgendetwas einfallen sollte.

»Ich habe schon eine Nummer bekommen, Kleine. Ich glaube, die vom Chef.«

»Ja, aber rufen Sie einfach mich an, Ewald, Tag und Nacht, wenn Ihnen doch noch etwas einfallen sollte. Sogar eine winzige Kleinigkeit, von der Sie meinen, dass sie überhaupt nicht von Bedeutung sein kann, könnte wichtig für uns sein.«

»Schon klar, Kleine. Aber mehr gibt's nicht zu erzählen.«

Ausnahmsweise war es ihr gelungen, Jonas pünktlich ins Bett zu schicken. Um Punkt halb neun bekam er einen Schmatz auf die Stirn, und sie schaltete das Licht aus. Er war bereits zu groß, um eine Geschichte vorgelesen zu bekommen. Nur bei besonderen Gelegenheiten las sie hin und wieder ein Kapitel vor.

Sie saß an der letzten Aufgabe des Fernkurses zum Thema Führung. Als Polizeihauptkommissarin sollte sie leiten und delegieren, das Thema hatte sie also zu interessieren. Nur tat es das nicht. Entweder hatte man Führungsqualitäten, oder man hatte sie nicht.

Der Bildschirm ihres Computers war beunruhigend leer – bis auf ein paar Zeilen, die ihr nicht wirklich gefielen. Das klang einfach nicht nach Nina Portland. Hartnäckig tauchte der Kohlenmann jedes Mal vor ihrem inneren Auge auf, wenn sie endlich die Ruhe fand, sich an den Computer zu setzen. Nur konnte sie nichts unternehmen, der Fall hatte sich totgelaufen – jedenfalls vorübergehend.

Die Vor Frelsers Kirke auf der gegenüberliegenden Straßenseite war in hübsches, weiches Licht getaucht. Nina liebte diesen Blick aus ihrem Wohnzimmer. Eine majestätische Ruhe lag über der Kirche. Bald begann die kalte Jahreszeit, dann würde sie den Blick noch mehr genießen. Vor allem im Herbst und im Winter fand ihr Auge Frieden beim Anblick dieser leuchtenden Szenerie.

»Mitarbeitermotivation: Nennen Sie eine Reihe von Modulen, die bei dem unten angeführten Beispiel angewendet werden kön-

nen, um eine Veränderung von der äußeren zur inneren Belohnung als Motivationsfaktor zu erreichen.«

Mein Gott, wie lang konnte man eigentlich gähnen?

Es klopfte an der Tür. Sie sah auf die Uhr. Beinahe zehn. Wer mochte so spät noch etwas von ihr wollen? Sie ging in den Flur und schloss auf. Draußen stand Bent, ihr herzensguter und eifriger Nachbar, der mindestens einmal im Monat versuchte, ihr ein Auto zu verkaufen. Hauptsächlich weil er die Ansicht vertrat, es sei eigenartig, dass sie ohne Auto leben konnte. Durch seine dicken Brillengläser sah er sie mit einem Lächeln an.

»Tag, Nina, lange her.«

»Tag, Bent. Und?«

»Na ja, ich wollte bloß sagen, dass ich einen Golf an der Hand habe, zehn Jahre alt, aber sehr gut in Schuss. Niedriger Kilometerstand, kein Rost, rot …«

»Und was kostet so ein Teil?«

»Weil du es bist – fünfzigtausend. Dabei verdienen wir nichts.«

Bent witterte diesmal möglicherweise eine kleine Chance. Er wusste, dass sie im Herbst zu einem Kurs musste. Normalerweise fragte sie bei seiner unendlichen Liste von Angeboten interessiert nach, um sie schließlich alle auszuschlagen. Doch es war weit bis Südseeland und Avnø.

»Tja, es kann ja nicht schaden, sich die Kiste mal anzusehen. Wo steht sie denn?«

»Draußen bei meinem Partner, in der Werkstatt. Du wirst nicht enttäuscht sein.«

»Okay, ich schau sie mir an, aber wir wollen am Wochenende nach Fanø. Wie sieht es Sonntagabend aus?«

»Sonntag ist in Ordnung. Irgendwas Neues über den Toten vom Kraftwerk?«

»Nein, leider. Wir treten auf der Stelle. Aber weißt du, ich sitze gerade an einer Aufgabe und bin ziemlich beschäftigt.«

»Okay, dann bis Sonntag.«

Bent strahlte wie die Sonne im Sommer, als er in seiner Wohnung verschwand.

Sie musste lächeln, als sie sich wieder vor den Computer setzte. Bent Majgaard war gelernter Automechaniker und etwas jünger als sie. Seit ein paar Jahren schraubte er in der illegalen Werkstatt eines Kumpels.

Die meisten Leute gingen vermutlich davon aus, dass hinter Bents Kulleraugen die pure Einfalt wohnte. Sie irrten sich. Er war intelligent und gewitzt. Er hatte die verschiedensten öffentlichen Instanzen gegeneinander ausgespielt und mit seiner Ausdauer einen aufreibenden Kampf gewonnen, der ihm von seinem siebenundzwanzigsten Lebensjahr an den offiziellen Status eines Frührentners sicherte. Das Einzige, woran er in Wahrheit litt, war eine ausgeprägte Unlust, einen Arbeitgeber zu haben und jeden Morgen zu einer festen Uhrzeit zu erscheinen.

Sie warf einen Blick auf ihre Kakteen. Als sie einzog, hatte Bent sich sofort ein profundes Wissen über Kakteen angeeignet. Und als er herausfand, dass sie ein etwas eigenartiges Hobby hatte, nämlich den Mord am schwedischen Ministerpräsidenten Olof Palme, hatte er sich auf der Stelle in die einschlägigen Bücher vertieft und konnte bereits ein paar Wochen später die unterschiedlichsten Konspirationstheorien auswendig.

Und dann gab es auch noch die Sache mit dem Bier. Sie mochte nämlich keinen Rotwein. Von dem Tag an, an dem sie ihn in dieses Geheimnis eingeweiht hatte, wurde auch Bent zum eingefleischten Biertrinker. Bent war ein guter und treuer Freund.

Mit leerem Blick starrte sie auf den Bildschirm. Sie las die wenigen Zeilen noch einmal. Sie war müde, viel zu müde. Resolut fuhr sie den Computer herunter. Auch eine Art der *»situationsabhängigen Führung«*: Stopp zu sagen, wenn die Situation unmöglich wurde.

Wie gewöhnlich standen sie an Deck. Nur wenn es regnete, suchten sie Schutz zwischen den Sitzreihen der Fähre. Jørgen würde sie im Hafen von Nordby erwarten und zum samstäglichen Mittagessen nach Sønderho mitnehmen. Ihre Aufgabe hatte sie in der Tasche. Am Nachmittag würde sie Zeit finden, ein paar Abschnitte mit der Hand zu schreiben. Jonas konnte mit einem der Nachbarjungen spielen. Esbjerg türmte sich hinter ihnen auf. Die großen Betonsilos, die Kräne und ein Stück höher der alte Wasserturm. Das Musikhus klebte wie ein weißer Kasten am Abhang. Entworfen hatte es ein Utzon, einer der Söhne des Opernhauserbauers von Sydney. Vor allem vom Meer aus war dieser westjütländische Kulturpalast elegant anzusehen. Und ganz weit rechts lag – das Kraftwerk. Niemand, weder Fernsehzuschauer noch Zeitungsleser, hatte ihnen zu einer brauchbaren Spur verholfen. Jetzt lag das Wasser zwischen ihr und dem Kohlenmann. Würde es am Wochenende ruhig bleiben?

Sie wandte den Kopf und schaute nach vorn. Die Fähre verkehrte zwischen zwei Welten. Dem gewaltigen Hafen und der Großstadt hinter ihnen und den bunten Liliputfassaden und roten Ziegelsteindächern von Nordby voraus.

Für Nina war die niedrige Küche mit den freigelegten Deckenbalken der Inbegriff von Geborgenheit. So war es schon immer gewesen, solange sie denken konnte. Nicht der Schoß ihrer Mutter hatte sie geboren. In dieser Küche war sie zur Welt gekommen. Den größten Teil ihrer Zeit hatten sie gemeinsam in der Küche verbracht. Eigentlich wurde immer dort gegessen. Hier hatte sie am Tisch gesessen und ihre Hausausgaben gemacht, wenn Astrid das Essen vorbereitete, auch, als sie schon aufs Gymnasium ging. Hier wurde über Freuden, Sorgen und Leiden gesprochen. In der Küche hatten sie geredet – und geschwiegen. Gelacht und geweint.

»Willst du Kaffee, Nina?«

Sie nickte. Jonas war gerade aus der Tür gelaufen, um mit dem Nachbarjungen zu spielen. Sie hatten gut zu Mittag gegessen – geräucherte Scholle aus der örtlichen Räucherei, ein oder zwei Schnäpse und ein kaltes Pils.

»Was grübelst du, Port?«

Jørgen schenkte noch einen Bitter ein, wedelte das Streichholz aus und lehnte sich satt und zufrieden zurück.

»Nichts Besonderes ... Habt ihr irgendwas von Vater gehört?« Die Reise ihres Vaters nach Chile war völlig unerwartet gekommen. Eines Tages hatte er angerufen und lakonisch mitgeteilt, dass er auf einen Sprung nach Südamerika reisen werde. Er wollte nach Chile, dort hatte er gelebt, bis er vor einigen Jahren plötzlich nach Fanø zurückkehrte.

Jørgen schüttelte den Kopf, mit einem Blick, der ein gewisses Unverständnis nicht verhehlen konnte.

»Nein, wir haben nichts gehört, Nina. Aber er ist ja auch nicht der Typ, der sich mal melden würde. Er wird schon wieder heil nach Hause kommen«, sagte Astrid.

»Was zum Teufel will so ein alter Zausel in Chile?«, meinte Jørgen.

»Er ist nicht sehr viel älter als du, oder? Außerdem hat er sein halbes Leben in Chile verbracht, so merkwürdig ist das doch auch wieder nicht«, verteidigte Astrid ihren geliebten Bruder.

»Hat er euch gesagt, wie lange er bleiben will? Ich war so verdutzt, dass ich vergessen habe, ihn zu fragen.«

»Nein, nicht so genau. Er ist vor einiger Zeit mit dem Fahrrad vorbeigekommen und hat dann beim Kaffee von seinen Reiseplänen erzählt. Das ist jetzt gute drei Wochen her, also wird er ja wohl bald nach Hause kommen. Was meint ihr, wollen wir nicht auf den Friedhof gehen? Ich habe ein paar frische Blumen, die eingepflanzt werden müssen.«

Nina nickte ihrer Tante zu.

»Ich setz mich noch einen Moment auf die Bank.«

Sie stand auf, griff im Flur nach ihrer Jacke und ging durch den Garten bis zu dem kleinen Loch in der Hecke, das direkt zum Deich führte, auf dem »ihre« Bank stand. Sie setzte sich und zündete sich eine Zigarette an.

Die rotlackierte Bank war ein wesentlicher Bestandteil der Welt, die sie geprägt hatte – genau wie die Küche. Sie war in dem alten Haus in Sønderho bei ihrer Tante und ihrem Onkel aufgewachsen, seit sie vier Jahre alt war. Hier auf der Bank hatte sie gesessen und über die Sandbänke geguckt, hatte einfach ihre Gedanken vom Wind in den hohen Himmel treiben lassen. Hier hatten die großen Segelschiffe in der Tidenrinne im Windschatten gelegen und Kräfte für neue Reisen gesammelt.

Als junges Mädchen hatte sie hier mit geschlossenen Augen alles genau so vor sich gesehen, wie es auf den alten Ölgemälden im Wohnzimmer verewigt war. Sie konnte Generationen von Portlands sehen, die ihren Liebsten zum Abschied zuwinkten. Und von allen kannte sie die Namen.

Kapitän Anton Marius Portland war der Erste gewesen. Er war 1654 auf große Fahrt gegangen. Auf dem Friedhof würde sie auch einigen der anderen begegnen. Und dann kam ihr eigener Vater, Frederik Portland, fürchterlich vital, glücklicherweise. Der pensionierte Kapitän würde als Letzter der Familie von Bord gehen. In all den Jahren, die der Wind mit sich gerissen hatte, hatte sie auf dieser Bank an niemanden so viel und so oft gedacht wie an ihn.

Astrid war wie eine Mutter und Jørgen wie ein Vater zu ihr gewesen. Aber irgendwo dort draußen hinter dem Horizont hatte der Mann gelebt, der ihr richtiger Vater war. Und je älter sie wurde, desto seltener erhielt sie ein Lebenszeichen von ihm.

Ihre Mutter und ihr kleiner Bruder waren bei einem Verkehrsunfall umgekommen, als sie drei Jahre alt war. In den ersten Jahren nach dem Unglück war ihr Vater hin und wieder aufgetaucht und hatte jedes Mal ein heißes Glücksgefühl in ihr geweckt. Schließlich kam er nicht mehr. Viele Jahre hatte sie bitter und mit dem Gefühl, im Stich gelassen worden zu sein, auf der roten Bank gesessen.

Vor gut zwei Jahren war er plötzlich aus Chile zurückgekehrt. Obwohl er aus Sønderho stammte, zog er nach Nordby. Es hatte lange gedauert, bis sie zueinander fanden. Viel zu lange.

Seit sie aber an einem lauen Juliabend im letzten Jahr mit ihm zusammen auf dieser Bank gesessen hatte, sah es so aus, als hätten sich die Dinge für sie geklärt. Die Bank war nicht mehr länger der Inbegriff von Sehnsucht und Verlust. Der Kreis hatte sich geschlossen. Abgesehen davon, dass der Alte sich also wieder irgendwo hinter dem Horizont befand.

Sie spürte, wie eine Hand sich beruhigend auf ihre Schulter legte. Es war Astrid. Im anderen Arm hielt sie einen Eimer voller Blumen.

»Immer mit der Ruhe, Nina. Diesmal kommt er wieder nach Hause. Wollen wir?«

Der kleine Friedhof lag auf der anderen Seite der Straße nach Nordby, ein Stück von der Kirche entfernt.

Nina machte eine Runde und schaute auf die Namen, an die sie sich so gut erinnern konnte. Astrid und Jørgen knieten bereits am Grab ihrer Großeltern und hantierten mit Schaufeln. Sie hatten vor ihnen das Haus auf Sønderland bewohnt. Nina konnte sich an beide erinnern.

»Hübsche Blumen, Astrid. Wie lange werden sie halten?«

»Einen Monat oder zwei, das hängt vom Wetter ab. Willst du auch?« Astrid nickte in Richtung der beiden Steine nebenan und reichte ihr die kleine Schaufel.

Sie nickte und ging in die Hocke. »*Margrethe Portland*«, stand auf dem einen Stein, »*Troels Portland*« auf dem anderen. Sie hatte keine klare Erinnerung an die beiden, aber ihr Tod war der Anlass für die Verzweiflung ihres Vaters gewesen, die ihn schließlich wieder zur See getrieben hatte.

Sie begann, in beiden Beeten Erde für die Blumen auszuheben. Zur Familie ihrer Mutter hatte nie eine Verbindung bestanden. Sie stammte aus Kolding, der Vater war Fabrikant gewesen, die Mutter Studienrätin. Sie hatten nicht viel von einem einfachen Seemann aus Fanø gehalten.

Nina wässerte die Erde und setzte behutsam die Blumen ein. Ihre Verbundenheit galt den Portlands, in deren Adern Salzwasser floss. Das war ihre Familie.

»Du meine Güte, wie sehr er sie vergöttert hat, dein Vater …« Astrid lächelte und klopfte sich Erde vom Hosenbein. »Das werde ich nie vergessen. Er war stolz wie Oskar, als er sie das erste Mal zu Mutter und Vater nach Hause mitbrachte.«

»Verstehe ich gut. Sie war …« In Ninas Jackentasche klingelte das Mobiltelefon. Sie setzte sich ins Gras und antwortete.

»Nina am Apparat.«

»Ja, hallo. Bist du die von der Polizei?«

»Ja, aber mit wem spreche ich?«

»Ach, Entschuldigung, Ewald, Ewald Holt. Ich bin es, der den Burschen in den Kohlen gefunden hat.«

»Ah ja, guten Tag.«

»Also, hör zu. Du hast doch gesagt, dass ich anrufen soll, wenn es noch was gibt. Und jetzt ist mir etwas eingefallen. Merkwürdig, dass ich nicht früher draufgekommen bin … Aber manchmal will die alte Birne nicht mehr so richtig, die Erinnerung, das Alter, du weißt schon … Störe ich?«

»Überhaupt nicht. Und?«

»Pass auf. Ich bin so gut wie sicher, dass ich einen Mann mit einem Fernglas gesehen habe, als ich vom Kraftwerk nach Hause fuhr. Also, beim zweiten Mal. Als ihr da noch zugange wart. Ich bin schon ein bisschen neugierig geworden … Er stieg aus einem Auto, das auf der schmalen Straße stand, die zur Rückseite des Schlachthofs führt.«

»Und er hatte ein Fernglas, sagen Sie?«

»Ja, er schaute rüber zum Kraftwerk. Ich hab ja nicht gedacht, dass es irgendwas zu bedeuten hat. Es gibt viele, die da draußen ein Fernglas dabeihaben. Das sehe ich, wenn ich beim Angeln bin. Vielleicht hat es ja auch gar nichts zu bedeuten. Ich hab mit 'nem Kumpel ein paar Bier getrunken … und plötzlich erinner ich mich dran. Und ich hab ja versprochen anzurufen, Kleine.«

»Und dafür danke ich Ihnen. Wissen Sie noch, wie er aussah? Und der Wagen?«

»Nicht so richtig. Nur, dass der Mann einen grünen Hut aufhatte.«

»Einen Hut? Was für einen Hut?«

»Fast so einen, wie Jäger ihn manchmal tragen. Und das Auto hatte eine dunkle Farbe.«

»Dunkel, wie dunkel?«

»Na ja, schwarz, dunkelblau, so was in der Richtung. Ich hab's ja nur von hinten gesehen.«

»Gut, ich komme am Montag vorbei. Dann können wir das Ganze noch einmal durchgehen, okay?«

»Können wir schon, aber was nützt das? Da ist nicht mehr als das, was ich dir gerade erzählt habe.«

»Ich komme trotzdem. Danke für den Anruf. Wiedersehen.«
Ein Mann mit Hut? Das zweite Mal geisterte nun schon ein Mann mit Hut durch die Kulissen. Der Mann, der sie im Hinterhof der islamischen Kulturvereinigung niedergeschlagen hatte, hatte ebenfalls einen Hut getragen. Sie hatte keine Ahnung, ob es sich um einen Jägerhut gehandelt hatte, aber der Anblick war

heutzutage in Dänemark eher selten. Und es gab unendlich viele schwarze Autos. Oder dunkle Autos …

Jørgen stand auf und sah sie neugierig an. »Wer war das, Nina?«

»Nichts Besonderes.«

»Ging es um den Toten vom Kraftwerk, den Kohlenmann?«

Sie gab auf. »Das war nur einer, der glaubt, etwas gesehen zu haben. Nicht wichtig. Hilf mir mal auf.«

Sie streckte eine Hand aus, und Jørgen zog sie aus dem Gras. Einen Augenblick blieben sie stehen und betrachteten die Grabstätten.

Nina lag mit offenen Augen auf dem Rücken und schaute in die Dunkelheit. Sie konnte die Konturen der Holzbalken gerade noch erkennen, weil eine Straßenlaterne einen schwachen Schimmer durch das Fenster im Giebel warf.

Es war spät geworden. Sie lag in der Kammer, die sie früher einmal bewohnt hatte. Jetzt war es Jonas' Zimmer. Sie konnte seine Atemzüge in dem Bett hören, das direkt an der schrägen Wand stand. Er war während eines englischen Krimis im Fernsehen eingeschlafen.

Was macht ein Mann mit einem Fernglas vormittags auf der Straße hinter dem Schlachthof? Man könnte es verstehen, wenn er am Bollwerk gestanden und das Meer beobachtet hätte. Wenn er aber mit einem Fernglas auf der Straße stand, dann konnte er nur ein einziges Interesse haben. Ihre Arbeit.

Es war ein beunruhigender Gedanke.

Und dass er einen Hut trug … Ein weiterer beunruhigender Gedanke, der den ersten ablöste.

6

Eigentlich wurde Nina erst an diesem Morgen, als sie mit Dickmilch und der Zeitung am Küchentisch saß, ernsthaft klar, wie ihr die Zeit davonflog. Es war bald Mitte September. Die beiden Wochen auf Avnø standen unmittelbar bevor.

Sie konnte sich nicht erklären, womit sie die letzten vierzehn Tage verbracht hatte. Aber weg waren sie.

Nur ein Ereignis war ihr lebhaft in Erinnerung. Ein Ereignis, das sie beglückt hatte: Ihr Vater war nach Hause zurückgekehrt. Vor einigen Tagen hatte er eine Nachricht auf ihrem Anrufbeantworter hinterlassen: »Ich bin's. Ich bin wieder zu Hause, mein Mädel.« Kürzer ließ es sich kaum sagen, aber da sie seine Aversion gegen diese »schwachsinnige, neumodische Erfindung« kannte, zeugte die wortkarge Botschaft schon von großer Herzenswärme. Sie hatte ihn zurückgerufen und verabredet, dass sie und Jonas ihn am Wochenende besuchen würden.

Das Schicksal des Kohlenmanns rückte derweil an die Peripherie. So war das Leben. Bereits zwei, drei Tage nachdem der arme Hund dank eines Blitzeinschlags aus den Kohlen aufgetaucht war, musste Birkedal die letzte Karte spielen. Er hatte eine Fahndung über Interpol herausgegeben. Ohne Resultat. Allem Anschein nach kannte niemand den Kohlenmann.

Auch die Presse verlor das Interesse. Mit seiner etwas zu dunklen Hautfarbe geriet der Fremde rasch wieder in Vergessenheit. Es handelte sich schließlich nicht um einen Dänen, jedenfalls keinen »richtigen« Dänen, und das Leben musste weitergehen. Die Mechanismen waren so banal.

Im Präsidium herrschte Katzenjammer. Die große Fahndungsgruppe hatte man aufgelöst, viele Beamte kehrten zu ihrer normalen Routine zurück. Es war eine Frage der Ressourcen, logisch. Birkedals strengem Gesichtsausdruck sah sie an, wie ihn das Ganze quälte. Es war ungewöhnlich, dass sie so lange nach einem Leichenfund noch keinen Boden unter den Füßen hatten. Auch Thøgersen wirkte mürrisch und unzufrieden.

Die Umgebung des Fundorts war sorgfältig durchsucht worden und die Kohlenhalde komplett abgetragen – vergeblich. Die Polizei von Esbjerg ermittelte im Fall eines Mannes, den man gefoltert und mit zwei Messerstichen getötet hatte, aber niemand vermisste ihn.

Den größten Teil des Vormittags hatte Nina damit zugebracht, sich mit einer Serie von Einbrüchen zu beschäftigen. Auf dem Weg zum Fotokopierer sah sie Thøgersen im Gespräch mit einem der neuen Kollegen von der Bereitschaftspolizei. Kurz darauf kam er zu ihrem Schreibtisch und setzte sich.

»Portland, könntest du dich um eine Kleinigkeit kümmern? Jemand wurde tot aufgefunden. Eine alte Dame in der Islandsgade. Sie ist in ihrem Stuhl gestorben, still und leise. Heute Morgen hat die Pflegerin sie gefunden. Sie hat den Tod auch angezeigt.«

»Und wieso müssen wir uns damit befassen?«

»Gegenüber einem der Kollegen hat die Pflegerin erwähnt, dass die Wohnung anders ausgesehen habe als gewöhnlich. Dass alles etwas seltsam sei. Eine Vase sei umgeworfen worden, und es herrsche eine gewisse Unordnung. Also müssen wir ran. Schaust du es dir mal an?«

»Ja, ja. Mach ich.«

Auf dem Weg aus der Tür holte sie sich bei der Bereitschaftspolizei im ersten Stock den Bericht und den Schlüssel zur Wohnung der alten Dame. Die Handynummer der Pflegerin fand sie in den Unterlagen, und noch auf der Treppe verabredete sie mit der Frau, sich in einer Viertelstunde bei der angegebenen Adresse zu treffen.

»Ellinor Munk«, stand im Bericht. Eine alleinstehende Frau, achtundsiebzig Jahre alt. Nina setzte sich in ihren Dienstwagen und ließ das Auto an. Sie beschwerte sich nie über Routineaufgaben. Sie gehörten zum Dienst an der Gesellschaft. Wenn niemand sonst Interesse zeigte, musste wohl die Polizei der Toten ein letztes bisschen Respekt erweisen. Doch, sie schuldete der verstorbenen Ellinor, sich die Sache zumindest einmal anzusehen.

Es war nicht weit vom Präsidium zur Islandsgade. Bald parkte sie am Straßenrand vor einem dreistöckigen, roten Backsteinhaus älteren Datums an der Ecke zur Spangsbjerggade.

Ellinor Munks Wohnung im zweiten Stock links hatten die Kollegen routinemäßig versiegelt. Nina schloss die Wohnung auf und sah sich um. Das einzig Ungewöhnliche war ein kleiner Raum, der an ein Jungenzimmer erinnerte. An den Wänden hingen Plakate und Skizzen, die die verschiedensten Vogelarten zeigten.

Laut Bericht hatte die Pflegerin die alte Dame tot in einem Sessel vor dem Fernseher gefunden, der noch lief. Der Sessel stand dicht neben einem kleinen Kacheltisch im Wohnzimmer. Auf dem Boden lag eine Vase aus Porzellan. Zerbrochen.

Nina ging in die Hocke. Zwischen den Scherben lagen ein paar rote Blumen und etwas weißer Stoff, ein kleiner bestickter Tischläufer. Das schien zunächst einmal nicht verdächtig. Wenn Frau Munk unwohl geworden war, hatte sie durchaus den kleinen Läufer vom Kacheltischchen ziehen und dadurch die Vase auf den Boden werfen können.

Nina stand auf und ließ den Blick durch die Wohnung schweifen. Die Standuhr tickte laut und verbreitete ein Geräusch von Einsamkeit. Noch vor kurzer Zeit hatte es Leben in der Wohnung gegeben. Vielleicht ein einsames Leben, aber in jedem Fall ein Leben. Jetzt war nur die Einrichtung geblieben. Auf einer Anrichte standen ein paar gerahmte Fotos.

Eines zeigte einen jungen Mann und eine junge Frau, schwarz-weiß. Es konnte sich nur um Ellinor und ihren verstorbenen Mann handeln. Strahlendes Lächeln. Sie dürften um die zwanzig gewesen sein. Und dann gab es noch ein Schwarz-Weiß-Bild der beiden, etwas älter jetzt und mit einem Baby zwischen sich. Und schließlich die Farbfotografie eines jungen Mannes mit einem Fernglas um den Hals. Er winkte dem Fotografen fröhlich zu. Das musste Ellinor Munks Sohn sein, offensichtlich das einzige Kind des Paares. Und wenn er Interesse an Vögeln hatte, erklärte das sowohl das Fernglas als auch die Bilder an den Wänden, obwohl es Nina ziemlich merkwürdig vorkam, dass ein erwachsener Mann noch ein Zimmer bei seiner alten Mutter hatte. Ein Jungenzimmer …

Nina setzte sich in den Stuhl am Fenster, zündete sich eine Zigarette an und zog einen Aschenbecher in Reichweite. Irgendwie stimmte der Anblick dieser engen Wohnung sie wehmütig. Hier hatte Ellinor Munk also ihr langes Leben beendet, umgeben von einigen wenigen Habseligkeiten.

Sie hatte die Zigarette gerade ausgedrückt, als es an der Tür klingelte. Es war die Pflegerin. Eine kleine Frau mittleren Alters, die sich mit einem entschuldigenden Lächeln als Gunhild Pedersen vorstellte.

Sie gingen ins Wohnzimmer. Die Pflegerin wirkte ein bisschen verkrampft und nervös. Das erlebte Nina häufig. Eine Durchschnittsdänin wie Gunhild nahm die Polizei trotz allem noch immer als Autorität wahr. Gunhild Pedersen fischte sofort eine Schachtel aus der Manteltasche und bot Nina eine Mentholzigarette an, die sie dankend annahm, vor allem, um eine Art Vertraulichkeit herzustellen.

»Ich weiß, dass Sie das alles schon einmal erzählt haben, Frau Pedersen, aber würden Sie noch einmal ganz von vorn anfangen? Wie haben Sie Frau Munk gefunden?«

»Tja, ich mach ja einmal die Woche hier sauber. Frau Munk war noch so fit, dass sie selbst einkaufen konnte und so. Und als ich heute Morgen herkam, saß sie dort ganz still im Sessel – und war tot.«

»Ist sie krank gewesen?«

»Nein, jedenfalls nicht, soviel ich weiß. Sie kränkelte wohl ein wenig, wie so viele ältere Menschen. Früher konnte man immer noch ein bisschen plaudern. Die alten Leute möchten sich ja gerne unterhalten. Aber für so was bleibt heutzutage keine Zeit. Es geht nur noch darum, die Arbeit zu erledigen – und dann schnell weiter zum Nächsten. Aber Frau Munk machte eigentlich einen recht gesunden Eindruck, und sie redete auch nicht so viel über Krankheiten wie all die anderen.«

»Wie saß sie im Sessel?«

»Wie gewöhnlich, denke ich. Das heißt, der Kopf hing schlaff auf der Schulter. Fast so, als wäre sie vor dem Fernseher eingeschlafen.«

»Ja, dafür gäb's ja genug Gründe. Gegenüber dem Beamten haben Sie die Unordnung in der Wohnung erwähnt, nicht wahr?«

»Die Vase ist doch auf den Boden gefallen.« Die Altenpflegerin nickte zum Kacheltisch und zog an ihrer Zigarette. »Und mir scheint, dass in der Wäschekommode im Schlafzimmer herumgewühlt wurde, und es gibt noch ein paar andere Kleinigkeiten.«

»Das schauen wir uns gleich an. Was wissen Sie von der Familie?«

»Ihr Mann, Egon, lebt schon lange nicht mehr, glaube ich. Sie haben früher in der Vesterhavsgade gewohnt. Erst nach seinem Tod ist sie hierhergezogen. Frau Munk hat einen Sohn, Ib heißt er wohl, der sich viel mit Vögeln beschäftigt. Und sie hat Zeitungsartikel ausgeschnitten, in denen es um Vögel oder irgendwie um Esbjerg ging. Soweit ich weiß, hat der Sohn sie regelmäßig besucht. Sie haben bestimmt das Zimmer gesehen, oder? Sonst gibt es keine Verwandtschaft, jedenfalls keine, von der ich wüsste. Sie hat nie von irgendjemandem gesprochen.«

»Wissen Sie, wo der Sohn wohnt?«

»In Kopenhagen, glaube ich, aber sicher bin ich nicht. Ach ja, sie besuchte öfter eine ehemalige Nachbarin aus der Vesterhavsgade. Eine gewisse Kamma. Sie wohnt in der Seniorenwohnanlage Strandby, im Pflegeheim.«

»Hm, um noch mal auf die Unordnung in der Wohnung zurückzukommen … Hier sieht es doch ziemlich aufgeräumt aus, oder?«

»Ja, sicher, Frau Munk war ein ordnungsliebender Mensch, darum habe ich's ja überhaupt bemerkt.«

»Versuchen Sie mal bitte zu beschreiben, was anders ist als sonst.«

Die Pflegerin zog noch einmal an der Zigarette und schien sich zu konzentrieren.

»Zunächst der Flur … Der Flickenteppich lag schief und schlug Falten, sodass man darüberfallen konnte. Das war normalerweise nicht so. Die Bilder auf der Anrichte standen auch anders.«

»Wie anders?«

»Diese drei Bilder stehen schräg zueinander, nicht wahr? Aber sie stehen nicht ganz bündig, das mittlere Foto steht nicht exakt in der Mitte. Wenn ich Staub gewischt habe, hat Frau Munk die Bilder sofort wieder zurechtgerückt. In solchen Dingen konnte sie beinahe zwanghaft sein.«

Nina schaute sich die Fotos noch einmal an. Richtig, das Bild der jungen Eltern mit dem Kind stand etwas zu weit links, aber man brauchte beinahe ein Maßband, um das zu bemerken.

»Und was ist Ihnen sonst noch aufgefallen?«

»Das Fotoalbum drüben im Regal … Es ist nicht ganz hineingeschoben. Sonst haben die Buchrücken immer bündig abgeschlossen.«

Gunhild Pedersen trat ans Regal und zeigte es ihr. Der Rücken des Albums ragte einen halben Zentimeter heraus. Nina zog es mit den Fingerspitzen vor, um eventuelle Fingerabdrücke nicht zu verwischen. Dann schlug sie das Album auf und blätterte. Es handelte sich um gewöhnliche Familienfotos.

»Wissen Sie, was sie früher gemacht hat, ich meine, hatte sie einen Beruf?«

»Ja, Frau Munk war Altenpflegerin, so wie ich. Ihr Mann hat in einer Fabrik gearbeitet. Aber wo, weiß ich nicht.«

»Und der Sohn?«

»Keine Ahnung. Sie sagte, er könne fantastisch Vögel fotografieren.«

Nina klappte das Album zu, stellte es an seinen Platz und zog ein anderes aus dem Regal. Vorn war es voller loser Zeitungsausschnitte. Weiter hinten hatte sich Frau Munk die Mühe gemacht, sie einzukleben.

»Ja, Frau Munk war wie gesagt ein bisschen zwanghaft. Ich glaube, diese Zeitungsausschnitte waren für sie so eine Art Hobby.«

Nina überflog die jüngsten Zeitungsartikel, die noch nicht eingeklebt waren. *»Bürgermeister: Ich liebe meinen Job.«* Ein Interview mit Bürgermeister Høy anlässlich seines sechzigsten Geburtstages. *»Junge aus Esbjerg in den USA an der Spitze«*, ein Artikel über einen ehemaligen Esbjerger, der zum obersten

Chef eines amerikanischen Pharmakonzerns aufgestiegen war. »*Ribe vermisst seinen Storch*« – ein Bericht, in dem es darum ging, dass sich in der Stadt noch immer kein Storchenpaar angesiedelt hatte, um sich in dem berühmten Nest auf dem alten Rathaus zu vermehren.

Die Schlagzeilen strotzten nicht gerade von großem Einfallsreichtum. Nina las noch ein bisschen weiter, bevor sie die Ausschnitte wieder zurücklegte. Es ging um Esbjerg und seine Einwohner – mit all ihren guten und schlechten Seiten –, ergänzt um Notizen über das heimische Vogelleben.

»Also, der Läufer im Eingang, die Bilder auf der Anrichte und das Fotoalbum. Und was war mit der Kommode?«

Die Altenpflegerin nickte.

»Ja, die Unordnung in der Kommode. Sie steht im Schlafzimmer. Ich zeig's Ihnen.«

Zusammen gingen sie in das kleine Schlafzimmer, wo Gunhild Pedersen eine der Schubladen aus der Kommode zog.

»Hier, eine Bluse ist zerknautscht.«

Die Blusen in dem Stapel waren mit geradezu militärischer Präzision gebügelt und gefaltet, nur die oberste wies eine deutliche Falte auf. Vielleicht las Gunhild Pedersen ihr den Zweifel am Gesicht ab, denn sie entschuldigte sich.

»Es ist ja nicht so, dass ich in Frau Munks Schubladen und Kommoden schnüffele, aber ab und zu habe ich doch eine Bluse hineingelegt, wenn sie im Weg war. Und diese Bluse da liegt nicht ordentlich und glatt.«

»Sie haben wirklich ein paar gute Beobachtungen gemacht. Vielen Dank. Man kann in solchen Fällen nicht aufmerksam genug sein.«

»Nein, nicht wahr? Wenn eine ansonsten gesunde Frau plötzlich stirbt, ist das schon seltsam. Und dann liegt eine zerbrochene Vase auf dem Boden … Also habe ich mir alles angesehen, während ich auf die Polizei wartete. Erst hinterher ist mir eingefallen, dass so etwas doch eigentlich verboten ist.«

»Machen Sie sich da mal keine Sorgen. Wenn ich den Bericht richtig verstanden habe, fehlt offenbar nichts?«

»Jedenfalls nichts, wovon ich weiß. Sogar ihr Portemonnaie ist noch da. Und es sind über zweitausend Kronen drin.«

»Wo liegt es?«

»Im Küchenschrank, über der Spüle. Bitte glauben Sie ja nicht, dass ich herumschnüffele. Ich weiß es nur, weil ich ihr einmal schnell etwas aus dem Supermarkt besorgen musste. Sie hatte sich einen Knöchel verstaucht. Viele ältere Menschen haben größere Beträge zu Hause. Die kommen mit Kreditkarten und so was nicht zurecht.« Die Altenpflegerin warf einen Blick auf ihre Armbanduhr und erschrak. »Um Himmels willen, wie die Zeit vergeht.«

Nina nickte und lächelte. »Ja, Sie müssen sicher weiter. Aber nochmals vielen Dank, und wenn Ihnen noch etwas einfällt, dann rufen Sie mich bitte an.«

Die Altenpflegerin gab ihr hastig die Hand und wirbelte durch den Flur, dann hörte Nina, wie die Tür mit einem Schlag zufiel.

Sie ging in die Küche und fand Frau Munks Portemonnaie. Tatsächlich enthielt es gut zweitausend Kronen in unterschiedlich großen Scheinen.

Zerbrochenes Porzellan, ein verrutschter Flickenteppich, ein verschobenes Familienfoto, ein Fotoalbum, das einen halben Zentimeter herausragt, und eine Falte in einer Bluse in einer Kommode … Natürlich war die Altenpflegerin schockiert gewesen, als sie Frau Munk fand. Für sie bekam die Blusenfalte die Dimension der Andenkette. Das musste man respektieren. Die Begegnung mit dem Tod hatte für viele Menschen etwas Verstörendes.

Wenn der Amtsarzt bei der rechtsmedizinischen Untersuchung der Leiche nicht noch etwas Aufsehenerregendes fand, hatten sie es hier mit einem traurigen Alltagsdrama zu tun, das zum Leben nun einmal dazugehörte.

Sie verließ die Wohnung. An der Haustür blieb sie einen Moment stehen. Es goss in Strömen.

An einem vorbeifahrenden Wagen peitschten die Scheibenwischer auf und nieder. Ein Mädchen auf einem Fahrrad trat in die Pedale und schoss die Straße entlang. Auf dem gegenüberliegenden Bürgersteig hastete ein Mann vorbei. Als er sich genau auf ihrer Höhe befand, hob er den Regenschirm ein wenig, und es sah aus, als würde er ihr das Gesicht zuwenden. Nein, er hielt nur seinen Regenschirm ein bisschen schräg, oder? Jetzt verschwand er ein Stück weiter vorn in einem Hauseingang. Sie sah Gespenster.

In dem fremden Hausflur nahm er den Regenschirm herunter, setzte den Hut ab und beugte sich ein wenig vor, sodass er durch das kleine, rautenförmige Fenster der Haustür sehen konnte.

Kriminalkommissarin Portland stand noch immer dort drüben im Hauseingang und schaute in den Regen. Als ob sie über irgendetwas nachdenken würde. Die energische Ausstrahlung, die ihn beim Kraftwerk so beeindruckt hatte, wo war diese Ausstrahlung geblieben?

Es war fahrlässig, dass er auf dem Bürgersteig beinahe ihre Aufmerksamkeit auf sich gelenkt hatte, aber er war sicher, dass sie ihn nicht gesehen hatte.

Würde diese Nina Portland irgendeine Verbindung zwischen der verstorbenen Frau Munk und dem anderen Fall entdecken? Es schien eher unwahrscheinlich. Er selbst war zu spät gekommen, um die alte Dame auszufragen. Sie saß bereits tot in ihrem Sessel, als er sie fand. Hatten seine unbekannten Gegner sie umgebracht, oder hatte ihr Herz ganz einfach aufgehört zu schlagen?

Eine Sache überraschte ihn. Wieso hatte die Polizei die andere Leiche noch nicht gefunden?

Jetzt trat die Kommissarin hinaus in den Regen.

Der Schwertträger hätte eigentlich auch allein durch die Straßen von Nordby zu Großvater schwimmen können – so wie es nun schon den dritten Tag in Folge schüttete.

Jonas hatte eigens nachgesehen, ob es dem Fisch in seiner Plastiktüte auch gut ging, bevor sie sich aufs Fahrrad setzten. Es war inzwischen eine Art Tradition, dass er seinem Großvater einen Fisch fürs Aquarium mitbrachte, wenn sie ihn besuchten.

Den kurzen Weg vom Hafen bis zu Großvaters Haus am Fregatvej legten sie zügig zurück, trotzdem waren sie durchnässt, als sie die Räder im Vorgarten abstellten. Das dicke Strohdach lag schwer wie ein tropfnasser Lappen auf dem uralten Haus.

Nina betätigte den Türklopfer, ehe sie in den Flur traten. Aus der Küche kam laute Musik, klassische Musik, eine Menge Streicher.

Großvater hatte sie überhaupt nicht gehört. Frederik Portland war bei seiner Lieblingsbeschäftigung: Er befasste sich mit seinen stummen, bunten, schwerelosen Fischen, die ihm mit ihrer Anmut Freude machten und nie widersprachen. Er trug ein Netzunterhemd und Jeans, deren Hintern hinabhing – und war natürlich barfuß. Einer seiner tätowierten Arme steckte tief im Aquarium.

»Tag, Großvater!«

Vasco, der kleine Foxterrier, der nach dem großen Seefahrer da Gama benannt war, schoss wie eine Rakete aus seinem Korb.

Der alte Kapitän blickte langsam auf. Er arrangierte ein paar

Steine am Boden, trocknete sich die Arme mit einem Handtuch ab und drehte das Symphonieorchester leiser.

»Was zum Teufel … Tag, Jonas, hallo, mein Mädel …« Ein breites Lächeln erhellte sein Gesicht. Liebevoll zerzauste er Jonas das Haar und versetzte ihm einen festen Schlag in den Rücken. Auch seine Mutter wurde umarmt und bekam einen Schmatz auf die Wange. Es hatte sich vieles geändert.

Jonas fummelte in ihrer Tasche und holte schließlich den Schwertträger heraus.

»Hier, Großvater, ich hab dir was mitgebracht.«

»Das ist ja ein Hübscher, ein Schwertträger. Und der ist für mich?«

»Ja, er kann dem anderen Gesellschaft leisten, oder?«

Stolz überreichte Jonas den Fisch, der mit der Tüte behutsam ins Wasser gelassen wurde. Alle drei beobachteten gespannt die erste Begegnung mit seinen neuen Mitbewohnern im Aquarium.

Nina bemühte sich, nicht spitz oder beleidigt zu klingen, weil er einfach so nach Südamerika abgehauen war, nachdem er sie lediglich am Telefon kurz »informiert« hatte.

»Schön, dich wiederzusehen, Vater. Hattest du eine gute Reise?«

»Ja, es war schön … Chile ist schließlich mein zweites Zuhause. Es ist hübsch dort unten. Und wie geht's euch?«

»Uns geht's gut, oder, Jonas?«

»Du musst doch ziemlich viel um die Ohren gehabt haben?«

»Was meinst du?«

»Der Mord … Der Tote in der Kohlenhalde … Ich habe gerade in den Zeitungen geblättert. Hast du den Verbrecher gefangen, mein Mädel?«

Frederik Portland lachte. Er fand es eigenartig, dass seine Tochter, die einer alten Seefahrerfamilie entstammte, ihr Geld damit verdiente, Verbrecher zu fangen – und doch hatte er seinen Stolz einige Male kaum verhehlen können.

»›*Mord in den Kohlen*‹, schreiben sie in der Zeitung. Und, wer war's?«

»Eine gute Frage, Herr Kapitän. Wenn du sie beantworten kannst, wirst du bestimmt Kommissar. Im Übrigen ist es kein Mord, sondern ein Tötungsdelikt. Darf ich rauchen?«

»Nur wenn du das Fenster aufmachst. Wär's nicht mal an der Zeit, aufzuhören?« Er nickte in Richtung Jonas. »Ist doch geradezu unverantwortlich.«

Sie schüttelte lächelnd den Kopf. Der alte Kapitän hatte viele Laster gehabt, aber nie geraucht.

»Was hast du eigentlich in Valparaíso getrieben, Vater?« Sie versuchte, die Frage beiläufig klingen zu lassen.

»Nichts Besonderes. Alte Freunde besucht, mein altes Haus angesehen und mit den neuen Eigentümern geredet, am Hafen herumgelaufen. Alles noch einmal beschnüffelt ... Die Chilenen sind die gastfreundlichsten Menschen der Welt. Du solltest mal hinfahren und Jonas mitnehmen. Wahrscheinlich wollte ich gern noch ein letztes Mal zurück ... In meinen eigenen Fußspuren ...«

Ihr Handy klingelte. Auf dem Display sah sie, dass Birkedal am Apparat war.

»Ja, hier ist Nina.«

»Birkedal hier. Wo bist du?«

»Auf Fanø. Bei meinem Vater.«

»Wann kannst du in Esbjerg sein?«

»Hm, in einer halben Stunde vielleicht. Wieso?«

»Wir haben einen Durchbruch!«

»Durchbruch – womit?«

»Es geht um den Kohlenmann. Ich sitze hier bei einer Silberhochzeit in Nakskov – ich kann einfach nicht weg. Thøgersen übernimmt das Organisatorische. Wann kann Ulbæk dich abholen? In einer Dreiviertelstunde? Unten an der Fähre?«

»Das müsste sich machen lassen. Was meinst du mit *Durchbruch*?«

»In einem Ferienhaus in Blåvand wurde noch einer gefunden. Noch ein Toter. Mit südländischem Aussehen … Und wieder Messerstiche …«

7

Langsam rollten sie in Ulbæks blankpoliertem Kombi durch Blåvand. Obwohl bereits September war, wimmelte es von deutschen Touristen, die lässig die Straße überquerten, ohne sich sonderlich vorzusehen. Den Deutschen schien das Wetter egal zu sein. Hauptsache, es gab frische Luft und breite Strände.

Unterwegs hatten sie nicht viel miteinander gesprochen. Der sanfte Humor aus Fünen war Ulbæk offenbar vergangen. Mr. Wochenplan hätte mit seiner Ehefrau und den Kindern im Badeland sein sollen, und bestimmt hatten sie den Ausflug seit Wochen geplant und auf der Küchentafel fixiert. »Ja, der Chef wollte dich unbedingt dabeihaben, Nina.« Ulbæk seufzte. »Er hat mit Sicherheit keine Ahnung, was es heißt, an dieser Schulung teilzunehmen.«

Ulbæk erinnerte sie daran, dass am Mittwoch Deadline für die Aufgabe war. Sie beruhigte ihn mit einem Lächeln und der Information, dass ihr nur noch ein paar Absätze fehlten. Dann ginge das Ganze in die Post.

Der Reginevej war eine Sackgasse rechts neben der asphaltierten Straße, die zum Leuchtturm führte. Der kleine Kiesweg, der an einem eingezäunten, zugewachsenen Privatgelände verlief, war mit rot-weißem Kunststoffband abgesperrt.

Kleine Gruppen von Neugierigen standen am Straßenrand, deutsche Touristen, wie Nina aus Gesprächsfetzen schloss, die zu ihr herüberwehten. Thøgersen war bereits da. Sie erkannte seine rote Schrottkiste, die eine große Beule im vorderen Kotflügel hatte.

Ulbæk kannte den Beamten, der an der Absperrung aufpasste, ein Nicken genügte, und sie konnten passieren. Die Kriminaltechniker aus Kolding hatten gerade erst begonnen. Sie wurden angewiesen, Überzieher über ihre Schuhe zu streifen und sich zunächst nur auf einem Stück Plastik in einer Ecke des abgesperrten Bereichs aufzuhalten. Dort standen bereits der stellvertretende Polizeiinspektor Thøgersen und Monberg. Sie sprachen gedämpft mit Mikkelsen, dem Leiter des Reviers von Varde, den Nina gut kannte. Ein freundlicher und direkter Mann, ein vierschrötiger Onkeltyp mit roten Wangen und einem etwas schwerfälligen Gang. Mikkelsen bewegte sich, als würde er stets in unsichtbaren Gummistiefeln durch matschige Felder waten.

Monberg massierte sein solariumgebräuntes Kinn. Er sah aus, als wäre er der Lösung dieser mysteriösen Todesfälle bereits sehr nahe, und begnügte sich daher mit einem nachdenklichen Nicken in ihre Richtung.

Ein stickiger, süßlicher Gestank stand im Raum. Drüben, bei der Sofaecke, bückten sich zwei der Techniker in ihren Overalls.

»Wir warten noch auf die Rechtsmedizin«, erklärte Mikkelsen und zuckte die Schultern. Weiter kam er nicht, denn in diesem Moment trat die Kollegin Anja Poulsen vorsichtig durch die Tür.

»Hallo, Nina. Du auch hier?«

»Hallo. Das war's dann wohl mit dem freien Samstag, was?«

»Tja, wirklich skandalös, dass sich die Leute hier an der Westküste ständig umbringen müssen.«

Monbergs Augen leuchteten beim Anblick der Kollegin, und, als wären sie die besten Freunde, brach er in ein herzliches »Hallo, Anja« aus. Dann begann er, sie mit den Augen zu verschlingen, genau wie neulich am Kraftwerk.

Mikkelsen trat einen schweren Schritt vor und reichte der Rechtsmedizinerin die Hand.

»Na, ihr kennt euch? Sie sind aus Århus, nicht wahr? Mikkelsen, Polizeikommissar, ich habe angerufen.«

Anja stellte sich vor, und sie plauderten einen Moment. Dann verschwand sie, um sich umzuziehen.

Thøgersen schlug vor, sich an den Gartentisch auf die Terrasse zu setzen, um alle auf den neuesten Stand zu bringen.

»Die Putzfrau hat ihn gefunden«, begann er und legte den Kopf in den Nacken. »Sonnabend ist bei Ferienhäusern ja der große An- und Abreisetag. Sie war am Vormittag da, um aufzuräumen, die neuen Mieter sollten erst nachmittags kommen. An der Hecke steht ein Mietwagen, von der Hertz-Filiale am Flughafen von Esbjerg. Gemietet unter dem Namen Ercan Duru. Es ist vermutlich sein richtiger Name. Er hat ja seinen Pass vorzeigen müssen.«

»Ercan? Für mich klingt das türkisch. Und die Passagierlisten? Was ist damit?« Nina sah Thøgersen fragend an.

»Ist in Arbeit. Wir haben allerdings noch keine Antwort.«

»Sieht so aus, als hätten wir endlich einen Namen. Jetzt kommen wir vielleicht weiter«, meinte Ulbæk.

»Vorausgesetzt, es gibt einen Zusammenhang«, wandte Thøgersen ein. »Noch haben wir ihn nicht gefunden, also …«

Nina unterbrach ihn mit einer eifrigen Handbewegung. »Ich wette, dass die Fingerabdrücke des Kohlenmanns da drinnen sind. Und ich wette, dass der Kohlenmann auch Türke ist. Das sagt mir die hier.« Mit einem Lächeln legte sie den Zeigefinger an die Nase.

»Wir können ja um ein Bier wetten …«

»Deine Nase hat schon viel gesagt, Portland, oder? Aber gegen deinen Mund hat sie trotzdem keine Chance. Na … du hast sicher recht. Es gibt einen Zusammenhang.«

»Ja, mit Sicherheit«, Monberg massierte sich nachdenklich das Kinn, als wäre es eine Art Pendant zu Aladins Wunderlampe. Was mochte passieren, wenn der Mann lange genug rieb? Würde er den Fall bis zum Abend allein lösen – oder würde Anja Poulsen sich die Kleider vom Leib reißen und sich gierig auf ihn werfen? Beide Szenarien erforderten mindestens einen Geist in der Lampe.

Mikkelsen kam in seinen unsichtbaren Gummistiefeln dazu und setzte sich.

»Wirklich kein schöner Anblick. Er hat schon eine ganze Weile hier gelegen«, erklärte er und atmete ein paarmal tief durch.

»Was bedeuten könnte, dass der Tod ungefähr zur gleichen Zeit eingetreten ist wie der des Kohlenmanns«, folgerte Ulbæk.

Nina drückte die Zigarette in einem großen Blumentopf neben dem Zaun aus, der die Terrasse begrenzte. Plötzlich waren sie wieder im Spiel. Der Fund des Toten im Ferienhaus konnte tatsächlich der Durchbruch sein. Ulbæk hatte natürlich recht. Es war durchaus vorstellbar, dass man diesen Mann ungefähr zur gleichen Zeit umgebracht hatte wie den Kohlenmann.

Mikkelsens Mobiltelefon klingelte, und in gespannter Stille verfolgten sie das Gespräch. Mikkelsen fischte ein Stück Papier aus der Tasche und machte sich Notizen. Er nickte mehrmals, dann verabschiedete er sich.

»Sie haben den Autoverleih gecheckt. Es passt. Ercan Duru heißt unser Mann da drinnen. Eine Angestellte von Hertz hat sein Gesicht wiedererkannt. Die Passagierlisten belegen, dass er vor genau drei Wochen in einer Ryanair-Maschine aus Stansted saß und noch am Flughafen von Esbjerg den Wagen mietete. Er ist türkischer Staatsbürger. Offenbar lebte er in London, genauer gesagt in Brixton.« Mikkelsen sah zufrieden aus. Es machte einen himmelweiten Unterschied, ob man die Identität eines toten Mannes hatte oder nicht.

Thøgersen schnalzte mit der Zunge.

»Die Engländer? Nimmst du Kontakt zu ihnen auf, Mikkelsen?«

»Ja, ich fahre nach Hause und setze die ganze Maschinerie in Gang. Ihr wartet hier?«

Sie nickten, denn sie wollten bleiben und Anja Poulsens vorläufigen Befund abwarten.

»Und wenn euer Mann aus dem Kraftwerk tatsächlich auch hier war, müssen wir eine vernünftige Arbeitsteilung organisieren. Ich bespreche das mit Birkedal, wenn es so weit ist«, erklärte Mikkelsen.

Nachdem er sich verabschiedet hatte, versank jeder in seine eigenen Gedanken. Was wollte ein Türke aus England an der jütländischen Westküste? Oder besser: Was wollten zwei Türken an der jütländischen Westküste? Der Kohlenmann konnte ja durchaus auch aus der Türkei stammen.

»Ich bin jetzt so weit, vorläufig jedenfalls.«

Anja Poulsen kam auf die Terrasse und zündete sich eine Zigarette an. Sie schaute auf die Uhr und sah unzufrieden aus.

»Ihr möchtet noch heute einen vorläufigen Bericht von mir, oder?«

Thøgersen nickte. »Tja, bedaure.«

»Ich habe bereits vereinbart, dass einer der Techniker aus Kolding kommt und Fotos macht. So etwa gegen sechs. Heute willst du nicht dabei sein, oder, Nina?«

»Diesmal können wir die paar Stunden warten. Und im Übrigen verdirbt mir euer Umgang mit Skalpell und Eingeweiden immer den Appetit.«

»Ich fahre gern mit nach Århus, wenn's sein muss?« Monberg sah Thøgersen fragend an.

So ein Idiot.

Thøgersen machte eine ablehnende Handbewegung.

»Das ist nicht nötig, Monberg. Vielen Dank. Wie ist deine vorläufige Einschätzung?«, wandte er sich an Anja Poulsen.

»Messerstiche, schmale Einstiche ... Es könnte dieselbe Tatwaffe sein, aber ich will hier nicht raten. Es ist unglaublich schwer zu sagen, wie lange er hier gelegen hat. In dem Haus war eine Bruthitze. Ihr habt's ja selbst gerochen. Ganz grün ist er, der arme Kerl. Jedenfalls schon eine ganze Weile, vielleicht ein paar Wochen. Möglicherweise wurde er zur gleichen Zeit umgebracht wie der Mann am Kraftwerk. Tja, also ... jetzt rate ich wieder, aber Borre hört ja nicht zu, achtundvierzig bis fünfzig Jahre alt. Wen soll ich anrufen? Mikkelsen und ...?«

Thøgersen wühlte in seiner Wildlederjacke, fand ein Stück Papier, schrieb seine Nummer auf und reichte sie ihr.

»Ruf einfach mich an.«

Es war bereits später Nachmittag, als Ulbæk mit seinem silbrig glänzenden Kombi in die Kirkegade einbog und Nina absetzte.

Sie verabschiedete sich von ihm, sprang die Treppen hinauf und schloss auf. Ihren Mantel schleuderte sie auf das Sofa, dann begann sie, den Schreibtisch aufzuräumen. Den Papierstapel mit der Kursaufgabe nahm sie mit in die Küche.

Jetzt brannte es. Ein Großbrand, aber wo blieben die Löschfahrzeuge? Ulbæk gegenüber hatte sie beteuert, dass die Aufgabe im Grunde genommen erledigt sei – und nur noch die Briefmarke fehlte. Tatsache war, dass sie nicht einmal angefangen hatte. Und dass sie im Augenblick auch an nichts weniger Interesse hatte.

Sie wählte die Nummer in Fanø und setzte sich an den Küchentisch. Jørgen nahm ab. Sie hoffte, dass er ihr Feuerwehrmann sein würde.

»Du weißt doch, diese Aufgabe, über die wir letztes Wochenende geredet haben, zum Thema Führung?«

»Ja, was ist damit?«

»Ich dachte, ich würde dieses Wochenende damit fertig werden, aber es ist etwas dazwischengekommen.«

Rasch erzählte sie von dem Fund in Blåvand. Dem pensionierten Dorfpolizisten musste sie nicht lange erklären, was diese Entwicklung für Konsequenzen hatte.

»Wenn die Fingerabdrücke mit denen des Kohlenmanns übereinstimmen, erstickt ihr morgen in Arbeit, nicht wahr, Port? Willst du darauf hinaus?«

»Ja. In ungefähr einer Stunde bekomme ich den endgültigen Bericht. Ich möchte dich um zwei Dinge bitten. Erstens: Könnt ihr Jonas morgen nehmen? Im Augenblick ist er bei Vater und darf dort auch schlafen, wenn er will. So häufig kommt das ja nicht vor. Und zweitens: Könntest du ihn morgen in Nordby abholen?«

»Gar kein Problem. Sehr gern sogar. Ich nehme sie beide mit zum Mittagessen. Wir sind doch auch neugierig, was dein Vater von seiner Reise nach Chile zu erzählen hat.«

»Und das andere … Hm … Könntest du dir vorstellen, dir das Thema ›Führung‹ mal etwas näher anzusehen?«

Sie konnte sich ein Grinsen nicht verkneifen. Im ersten Moment wurde es ganz still. Dann lachte Jørgen am anderen Ende der Leitung auf.

»Aha, so ist das also. Dein alter Onkel soll deine Hausaufgaben machen? Das hatten wir doch schon mal, oder?«

»Das ist doch ewig her. Ich weiß, dass ich heute Abend nichts mehr zustande bringe. Mit dem Kopf bin ich einfach ganz woanders, weißt du. Ich verspreche eine große Belohnung! Ein Kasten Bier, aber vom Besten. Was sagst du dazu?«

»Schaffe ich das denn überhaupt, Port? Ein alter Trottel wie ich?«

»Ja, bestimmt. Das Referat soll frei formuliert sein – persönliche Überlegungen zur Führung und so. Das kannst du ebenso gut wie ich.«

»Okay, okay. Ich kann's ja mal versuchen. Aber ich garantiere für nichts.«

»Tausend Dank! Ich schicke dir heute Abend einen Umschlag mit der Fähre. Jonas und Vater können ihn abholen. Aber ich rufe noch mal an, sobald Kolding sich wegen der Fingerabdrücke gemeldet hat.«

Sie schaffte es gerade noch, sich einen Kaffee zu kochen und eine Scheibe Brot zu schmieren, als das Telefon klingelte. Es war nicht Kolding, sondern Martin.

»Witzig, dass du anrufst. Gerade habe ich an dich gedacht. Wir hatten ja darüber geredet, irgendetwas zusammen zu unternehmen. Es sieht aber nicht ...«

»Ach, das trifft sich gut, ich kann nämlich auch nicht, leider ... Ich habe mit Alice verabredet, dass wir mit Sofie ins Legoland fahren. Äh, irgendwie ist es ja auch gut für sie, wenn sie uns zusammen sieht und dass wir uns vertragen. Wenn sie weiß, dass ihre Eltern sich noch leiden können, oder? Ist ja schließlich ziemlich viel passiert.«

»Tja, so ist das wohl.«

»Es tut mir leid, ist alles nicht so einfach.«

»Schon okay. Wir reden irgendwann weiter.«

»Ich ruf in den nächsten Tagen mal an, okay, Nina?«

»Ja, mach das ... Bis dann.«

Sie zündete sich die zweite Zigarette des Tages an. Perfekt. Alles war in perfekter Unordnung. Die Kursaufgabe, der Kohlenmann, der Türke in Blåvand, den ganzen Herbst über diese Schulung – und Martin, diese Schlammbank in ihrem irrsinnigen Leben.

Ihre Verabredung war ohnehin unsicher gewesen. Und nun hatte sie nicht einmal erklären können, dass sie wegen des neuen

Leichenfunds absagen musste. Tat es weh, dass die Aussicht auf einen ganzen Sonntag zusammen mit Martin und seiner verzogenen Göre dahin war? Nein. Sie fühlte sich eher erleichtert. Im Übrigen mochte Jonas Sofie auch nicht.

Es hätte sich überhaupt nicht vermeiden lassen, dass Martin an einem ganzen langen Tag, den sie miteinander verbrachten, ihr wieder mit seinen Vorschlägen gekommen wäre. »Wieso nicht ein Job in der Sicherheitsbranche, vielleicht in einer Bank? Oder als Leiterin in einer Wachfirma? Alles wäre besser als bei der Polizei. Das Gehalt ist vollkommen lächerlich, Nina. Was hast du davon, wenn du Chefin wirst? Eine Unmenge an Verantwortung und einen Fünfhunderter mehr, wenn du Glück hast. Ich glaube, im Geschäftsleben gibt's niemanden, der auch nur im Traum daran denken würde, seine leitenden Angestellten so zu entlohnen.«

Sie hatte das alles schon mal gehört. Nur hatten der Kurs und ihre Aussicht auf eine Führungsposition ihm noch einmal richtig Zündstoff geliefert. Und offenbar lag sie mit ihrem Gefühl zu seiner Exfrau richtig. Alice machte sich wieder an ihn heran. Witzig. Bisher hatte sie nie das Bedürfnis geäußert, »glückliche Eltern im Freizeitpark« zu spielen.

Sollte sie den Stier bei den Hörnern packen? Wieso etwas künstlich am Leben erhalten, das gerade dabei war, zu verenden? Oder besser – zu verebben.

Nina hatte keine Ahnung, wie lange sie am Küchentisch gesessen und hin und her überlegt hatte. Gerade als sie sich zu dem Beschluss durchgerungen hatte, dass sie noch vierzehn Tage darüber nachdenken würde, klingelte das Telefon. Thøgersen war am Apparat.

»Kolding hat gerade angerufen. Es gibt eine Übereinstimmung mit unserem Kohlenmann. Seine Fingerabdrücke finden sich überall in der Hütte – und im Mietwagen. Ich habe schon mit Birkedal gesprochen. Er hockt noch immer bei seiner Silberhochzeit. Morgen früh um zehn will er alle auf dem Präsidium sehen.«

»Okay, bis dann.«

Nina rief in Sønderho an. Danach telefonierte sie mit ihrem Vater. Er sagte sofort zu. Jonas konnte oben in der kleinen Kammer schlafen. Er versprach auch, den Umschlag mit den Unterlagen für Jørgen an der Fähre abzuholen.

Zwischendrin dachte sie noch daran, Bent eine Nachricht zu schreiben und ihm in den Briefschlitz zu werfen. Es tue ihr leid, aber sie könne doch nicht mitkommen, um sich den roten Golf anzusehen.

Samstag.

Samstagabend.

Samstagabend – allein …

Die Situation wurde ihr erst in ihrer ganzen Dimension bewusst, als sie wieder am Küchentisch saß, überzeugt, alle Schwierigkeiten aus dem Weg geräumt zu haben. Eigentlich alle bis auf eine: Martin.

An einem Samstagabend allein zu sein, war vollkommen ungewohnt. Als säße man in einem Turm auf dem Mond. Was tat man an einem einsamen Samstagabend? Wahrscheinlich schlief man auf dem Sofa vor dem Fernseher ein.

Sie holte ein Bier aus dem Kühlschrank, zündete sich eine Zigarette an und hatte das Gefühl, dass dieser Samstag einer der Tage werden könnte, an dem sie ihre Vernunft beurlauben musste.

Sie pustete einen Rauchring in die Luft und verfolgte seinen Weg, bis er sich auflöste. Ein toter Türke aus London in Blåvand. Ein anderer Toter, möglicherweise ebenfalls Türke, in Esbjerg. Beide in einem Ferienhaus in Dänemark. Folter. Messerstiche. Was für ein Durcheinander.

Und dann die Sache mit Martin. *Ist doch gut für sie, wenn sie weiß, dass ihre Mutter und ihr Vater sich noch leiden können, oder?*

Nina bemühte sich, das merkwürdige Gefühl zu entschlüsseln, das sie überkam. Als würde sie irgendetwas übersehen. Als müsste sie in eine andere Richtung denken.

Etwas anderes nahm plötzlich Gestalt an.

Martin … Wieso wollte sie eigentlich noch vierzehn Tage nachdenken? Hatte sie das Ganze nicht bereits hunderttausend Mal durchdacht? Das Wasser war verschwunden. Zurückgeblieben war nur eine Schlammbank, eine glitzernde Trostlosigkeit voller Sandwurmablagerungen.

Sie wollte das Meer zurück, das Meer in ihr … Plötzlich wusste sie, was sie zu tun hatte. Wenn sie wollte, dass die Flut zurückkam, gab es keine Zweifel.

Aber zuerst musste sie mit dem Briefumschlag für Jørgen zur Fähre.

Auf dem größten Teil der Strecke bis zum Fovrfeldkvarter regnete es. In den Fenstern der Reihenhäuser war Licht, und drinnen saßen sicher und behütet dänische Musterfamilien und freuten sich auf einen idyllischen Samstagabend.

Ninas Kleidung troff vor Nässe, als sie vom Fahrrad stieg und es an die Hauswand lehnte. Noch immer raste ihr Puls, wenn sie an ihren Entschluss dachte.

Sie klingelte. Im Flur wurde Licht eingeschaltet. Martin machte ein überraschtes Gesicht, als er öffnete.

»Tag, Nina. Was zum Teufel … Ich dachte nicht, dass du … Wir haben doch gerade erst telefoniert … Komm doch herein.«

»Nein danke. Es gibt keinen Grund, das Ganze in die Länge zu ziehen, Martin. Es funktioniert nicht. Ich habe keine Lust mehr. Es geht jetzt schon viel zu lange so. Niemand von uns hat etwas dagegen getan. Jetzt treffe ich eine Entscheidung. Das, was ursprünglich mal da war, existiert nicht mehr. Ich wollte es dir einfach ganz direkt sagen und nicht am Telefon.«

Martin war verblüfft. Seine Augenbrauen krochen aufwärts, aber er erwiderte nichts. Er nickte nur nachdenklich.

»Hm, was soll ich sagen? Na ja, ich würde lügen, wenn ich behaupten würde, dass mir der Gedanke nicht auch schon gekommen ist, Nina. Es tut mir leid. Aufrichtig … Ich finde, ich habe mein Bestes versucht.«

»Was hast du versucht, Martin? Was zum Teufel hast denn du versucht? Du hast mir meinen Job miesgemacht. Hast dich darüber amüsiert, dass ich ihn mag. Du hast gelästert, weil ich Ambitionen habe. Du findest es lächerlich, dass ich Hauptkommissarin werden will. Und *deine* Probleme waren immer wichtiger als meine, oder? Du hast mich nie unterstützt, kein bisschen! Und jetzt habe ich keine Lust mehr, auch noch eine einzige Sekunde meines Lebens an einen egozentrischen und selbstgerechten Idioten wie dich zu verschwenden.«

»Wenn du das so siehst … Ich bin allerdings der Meinung, dass ich dir immer zugehört habe. Ich habe immer versucht, dich zu verstehen, hinter manche Dinge auch mal ein Fragezeichen gesetzt, also …«

»Ich will nichts mehr hören. Viel Glück.«

Sie hob die Hand, drehte sich um und lief zu ihrem Fahrrad. Als sie aus der Einfahrt bog, ahnte sie ihn aus den Augenwinkeln als Silhouette im Türrahmen. Wenn sie ihn richtig einschätzte, machte er jetzt ein Gesicht, als wäre ihm Unrecht geschehen. Aber sie drehte sich nicht um.

Sie hatte gedacht, sie würde erleichtert sein, hatte geglaubt, die Entscheidung würde ihr ein Gefühl der Befreiung geben, und das Meer würde die Schlammbank mit der Kraft eines

Tsunamis überspülen. Stattdessen verspürte sie eine gewisse Melancholie, als sie auf dem Gl. Vardevej in die Pedale trat.

Vor langer Zeit hatte sie an Martin geglaubt.

Hatte sich seinem Wesen hingegeben, seinen Worten, seiner Liebe. Ein lauterer Handwerker. Dass sie sich geirrt hatte, schmerzte, aber das Schlimmste war, dass er ihr die Hoffnung und den Glauben an *Gemeinsamkeit* gestohlen hatte.

Als sie den Kreisel erreichte, hatte sie einen Einfall. Sie hatte plötzliche unbändige Lust, sich einfach zu betrinken. Den inneren Aufruhr auf die schlichteste, unkomplizierteste und kopfloseste Weise zu beruhigen, die man sich vorstellen konnte.

Sie fuhr auf den Fußweg und bremste vor Horns Rev. Tabakrauch und ein Lärmteppich aus Männerstimmen empfingen sie, als sie eintrat. Die Kneipe war voll. Wie schmale Dunstabzugshauben hingen die Lampen über den Holztischen, nur dass der Rauch nicht abgesogen wurde, sondern sich wie Nebelschwaden ausbreitete.

Genauso hatte sie es sich vorgestellt. Harte Schichtarbeit lieferte dem Publikum in Horns Rev die Grundlage für den Durst auf ein kühles Pils. Mit dem Caféhausleben des Marktplatzes, den Strähnchenfrisuren und tieftaillierten Jeans hatte das nichts zu tun. Aber sie hatte sich schon früher mit Leuten herumgetrieben, die nicht so aussahen, als würden sie auf einen Ball gehen – und sich wohl dabei gefühlt. Schließlich hatte sie Salzwasser in den Adern.

Ein breiter, bärtiger Mann in einer blauen Arbeitsjacke hob seine Pranke und grüßte sie. Sie nickte und lächelte. Er gehörte zum Hafen. Sie wusste im Augenblick nur nicht genau, wohin. Am Durchgang zu den Toiletten gab es einen freien Tisch. Mehr brauchte sie jetzt nicht, nur einen Tisch. Sie wollte ruhig dasitzen und vor sich hin starren, entweder ins Lokal oder einfach direkt an die Wand. Außerdem wollte sie ein Bier. Und danach noch eins und noch eins …

Sie zündete sich eine Zigarette an. Wenn sie so weitermachte, lief sie Gefahr, zur Kettenraucherin zu werden, aber im Moment hatte sie deshalb kein schlechtes Gewissen.

An der gegenüberliegenden Wand saß eine Gruppe Männer und würfelte um eine größere Anzahl Flaschen. Sie lachten und prosteten sich zu. Es war Samstagabend. Ein schlaksiger Bursche schüttelte den Würfelbecher und schlug ihn hart auf die Tischplatte. Was mochte sich unter dem Becher befinden? Geheimnisse.

Ein ermordeter Türke in Blåvand, ein ermordeter südländisch aussehender Mann auf der Kohlenhalde eines Kraftwerks, Fremde, die sich in einem Ferienhaus verabredet hatten, eine Feuerzeugflamme an einem Unterarm, verbranntes Fleisch, gebrochene Finger, grünlich aufgedunsene Körper.

Nina saß da und starrte an die Wand.

Für den Bruchteil einer Sekunde kam es ihr vor, als könnte sie dieses Gefühl, etwas wie eine erste Ahnung, mit den Händen greifen. Doch dann löste sich alles in Rauch auf.

Die Uhr zeigte elf, als sie auf unsicheren Beinen das Café Karoline in der Jyllandsgade betrat. Seit Beginn ihrer Tour in Horns Rev waren viele Gläser Bier zusammengekommen. Sie fühlte sich gut, unbekümmert und frei von irgendwelchen Spekulationen – und ihrer Sache sicher. Die Geschichte mit Martin hätte schon vor langer Zeit beendet werden müssen.

Der Beginn ihrer Besprechung am nächsten Vormittag um zehn kam ihr wie eine ferne, unklare Drohung vor, mit der sie nichts anfangen konnte. Herrgott, bis dahin war es noch lang, und es gab kaum einen angenehmeren Ort, um den Rest des Abends zu verbringen, als das Karoline. Kaum eine der Stationen auf ihrer Runde konnte sich in Gemütlichkeit und Ruhe mit dem Karoline messen – glücklicherweise war es nach wie vor ein Wirtshaus und kein angesagtes, hippes Café.

Im Karoline setzte sie sich an die Bar und begann, in der Lokalzeitung zu blättern, der ›JydskeVestkysten‹, während allmählich der Gedanke Gestalt annahm, dass sie bald mal ins Bett sollte. Bei der Lektüre des Lokalteils wurde ihr plötzlich schwindlig.

Sie hielt sich an der Theke fest, kniff die Augen zusammen und las die Schlagzeile noch einmal: *»Ehemaliger Esbjerger an der Spitze des Verkehrsministeriums«*. Der Artikel handelte von irgendjemandem, der zum Abteilungsleiter ernannt worden war.

Sie schüttelte den Kopf, um den Alkoholnebel loszuwerden, aber es gelang ihr nicht ganz.

Die Schlagzeile machte den Anfang. Alle anderen versuchten sich daran anzuhängen und festzubeißen.

Diese Girlande wurde immer länger: *Bürgermeister Høy und sein sechzigster Geburtstag, der Bursche aus Esbjerg, der an die Spitze eines amerikanischen Arzneimittelkonzerns gerückt war, Ribes berühmter Storch, der nicht in sein Nest zurückkam, der bei einem Verkehrsunfall im Ausland tödlich verunglückte Fotograf und Dokumentarfilmer ein lokaler Popstar, der es in die Top Ten geschafft hatte ... Halt, stopp! Zurück! Der Verkehrsunfall im Ausland – wo war der noch gewesen? »Bekannter Fotograf aus Esbjerg bei einem Verkehrsunfall tödlich verunglückt«* – und zwar ... in der Türkei.

Türkei! Türkei, Türkei ... Vielleicht bedeutete es nichts, vielleicht alles. Aber jetzt hielt sie es wenigstens fest.

Sie fühlte sich zu angeschlagen und betrunken, um es noch mit den kleinen Tasten des Mobiltelefons zu versuchen, außerdem konnte sie sich an die Nummer ohnehin nicht erinnern.

»Bist du so nett und rufst mir ein Taxi?«, wandte sie sich an den Barkeeper. »Es eilt.«

8

In dem Moment, in dem sie die Treppe hochstolperte, kam Truelsen aus einer Tür im Erdgeschoss. Als einer der Wachhabenden hatte er Alarmbereitschaft in der Zentrale am Ende des Korridors.

»Portland, was um alles in der Welt machst du hier? Um diese Zeit?«

»Ups, hallo. Ich wollte nur etwas holen, was ich vergessen hatte.«

Er sah sie verwundert an. Dann fiel sein Blick auf das Taxi, das direkt vor der Glasfront des Haupteingangs auf der Straße hielt.

»Ist das dein Taxi?«

»Ja, ich muss mich beeilen.«

Am liebsten hätte sie ihn nicht noch einmal angesehen, aber es ließ sich nicht vermeiden. Sie wusste genau, wie ihre Augen aussahen.

»Geht es dir gut?«

»Ja, ja. Ich bin nur gerade auf einem vierzigsten Geburtstag, und plötzlich fällt mir ein, wo meine Schlüssel sind. Also meine Ersatzschlüssel. Mein Sohn braucht sie morgen früh, darum …«

Truelsen schüttelte lächelnd den Kopf.

»Ziemlich feuchtfröhlich, das Fest, was? Pass auf, dass du nicht hinfällst, wenn du wieder rausgehst.«

»Ja, ein paar Gläser sind's wohl gewesen. Na, ich muss mich beeilen.«

Sie konzentrierte sich auf die Treppen zum zweiten Stock. Wo war der Schlüssel? Hatte sie ihn en passant Thøgersen gegeben? Sie ging in sein Büro und sah nach. Auf dem Schreibtisch standen drei Briefablagen ordentlich in einer Reihe. Er hatte ihr einmal stolz das »System« erklärt, allerdings nicht ohne Selbstironie. In die rote Ablage kamen die Fälle, die er noch zu bearbeiten hatte. In der gelben lagen die Fälle, die gerade bearbeitet wurden, und die grüne enthielt die Vorgänge, die bereits abgeschlossen waren und nur darauf warteten, das Büro wieder zu verlassen. Der Fall galt als abgeschlossen, also hatte die Akte die Abteilung entweder schon verlassen, oder sie lag in der grünen Ablage.

Sie blätterte den Inhalt durch. Da war sie. *»Ellinor Munk, Islandsgade (tot aufgefunden)«*, stand auf dem Umschlag. Die Suche nach dem Sohn Ib hatte sich als ergebnislos erwiesen, mit ihm hatten sie bisher keinen Kontakt aufnehmen können.

In ihrem alkoholumnebelten Zustand konnte Nina sich nicht an den Namen der Pflegerin erinnern. Sie ging in ihr Büro und schaltete den Computer ein. Es musste in ihrem Bericht stehen. Aus dem Schrank in Birkedals Büro klaute sie eine Flasche Orangensaft, während der Computer zum Leben erwachte. Sie öffnete die Datei und fand den Bericht. Richtig, Gunhild Pedersen hieß die Pflegerin, es gab auch eine Handynummer. Zur Sicherheit notierte sie sie auf einem Stück Papier, schaltete den Computer aus und lief die Treppe hinunter. Das Taxameter tickte.

Einige Minuten später bog das Taxi in die Islandsgade. Nina zahlte und stieg aus. Die Tür zur Straße war verschlossen, Mist. Die Uhr zeigte fast Mitternacht, aber es war Samstag, und in einigen Fenstern sah sie noch Licht. Sie drückte auf einen beliebigen Knopf der Gegensprechanlage.

Als sie eine tiefe schnarrende Stimme hörte, nannte sie ihren Namen und ihr Anliegen. Der Mann klang skeptisch, drückte aber auf den Öffner und ließ sie herein. Trotzdem stand er im ersten Stock auf dem Treppenabsatz und musterte sie misstrauisch.

»Kriminalpolizei? Um diese Uhrzeit? Können Sie sich überhaupt ausweisen?«

Sie hielt ihm ihren Ausweis vor die Nase und lief die Treppe hinauf.

»Vielen Dank für die Hilfe!«, rief sie, als sie bereits einige Stufen über ihm war. Es war nicht nötig, einen zweifelnden Bewohner in eine Schnapswolke zu hüllen.

Nina schloss auf und betrat Ellinor Munks dunkle Wohnung. Sie schaltete die Lampe im Wohnzimmer ein. Dann zog sie vorsichtig das Album mit den Zeitungsausschnitten heraus. Die technische Abteilung hatte die Wohnung noch immer nicht auf Fingerabdrücke untersucht, das schien jetzt allerdings zu einer der dringlichsten Aufgaben zu werden. Sie drehte die noch nicht eingeklebten Ausschnitte einen nach dem anderen mit dem äußersten Ende ihrer Fingerspitzen um, bis sie die richtige Überschrift entdeckte: *»Bekannter Fotograf und Dokumentarfilmer aus Esbjerg bei einem Verkehrsunfall tödlich verunglückt«*.

Dann lehnte sie sich zurück und begann zu lesen.

»Der gebürtige Esbjerger und mehrfach ausgezeichnete Kameramann Morten Busk, Kopenhagen, wurde am Mittwoch bei einem Verkehrsunfall in der Türkei getötet, als sein Taxi auf dem Weg zum Istanbuler Flughafen verunglückte. Es heißt, Morten Busk sei auf der Stelle tot gewesen. Auch der Taxifahrer und ein weiterer Insasse kamen bei dem Unglück ums Leben. Laut Polizei fuhr das Taxi mit zu hoher Geschwindigkeit, als der Fahrer die Kontrolle über sein Fahrzeug verlor, das in den Straßengraben geriet und in Flammen aufging.

Morten Busk brach seine journalistische Ausbildung ab, als er ein Praktikum bei der damaligen Tageszeitung Vestkysten in Es-

bjerg absolvierte, und wurde Kameramann. Anschließend arbeitete er für den örtlichen Sender ALT-TV Esbjerg. Als der Sender geschlossen wurde, ging er zu TV Syd, später zu Danmarks Radio. Vor fünfzehn Jahren zog er von Esbjerg nach Kopenhagen, wo er sich als freier Dokumentarfilmer etablieren konnte. Auslandsreportagen von den Brennpunkten der Welt wurden zu seinem Spezialgebiet. Als gelernter Journalist belieferte er Redaktionen in der ganzen Welt mit seinen Reportagen, insbesondere die britische BBC. Vor drei Jahren wurde er mit einem renommierten französischen Dokumentarpreis für seinen Bericht über die Invasion im Irak ausgezeichnet, bereits vorher konnte er für seine Reportage über das belagerte Sarajewo während des Bürgerkriegs auf dem Balkan den Ehrenpreis der BBC entgegennehmen.

Morten Busk wuchs in der Vesterhavsgade auf. Dort wohnte er, bis er nach Kopenhagen zog. Er wurde zweiundvierzig Jahre alt.«

Nina zündete sich eine Zigarette an und las alles noch einmal. Da war auch eine Aufnahme von Morten Busk – ein etwas verlebt aussehender Mann mit kurz geschnittenem Haar.

Es war fünf Minuten vor zwölf, und vor morgen früh konnte sie ohnehin nichts unternehmen. Aber sie konnte es einfach nicht lassen. Sie tippte die Nummer in ihr Handy und wartete.

»Gunhild Pedersen am Apparat.« Die Stimme klang frisch und wach.

»Guten Abend, hier ist Nina Portland von der Kriminalpolizei. Bitte entschuldigen Sie, dass ich um diese Zeit noch anrufe. Haben Sie schon geschlafen?«

»Nein, wir wollten gerade … Wir haben noch einen Film gesehen. Was ist denn?«

Sie meinte eine gewisse Nervosität in der Stimme der Pflegerin zu hören.

»Es geht um Folgendes: Mir ist etwas eingefallen, und ich

finde einfach keine Ruhe, bevor ich das nicht geklärt habe. Sie haben mir doch erzählt, dass Ellinor Munk und ihr Mann in der Vesterhavsgade wohnten, nicht?«

»Ja, und ein paar Jahre nach dem Tod ihres Mannes ist sie umgezogen.«

»Und sie besuchte öfter mal eine alte Nachbarin aus der Vesterhavsgade im Pflegeheim, oder?«

»Richtig, in der Seniorenwohnanlage Strandby.«

»Und wie heißt die Nachbarin? Ich wusste nicht mehr, ob Sie den Namen genannt hatten.«

»Sie heißt Kamma ...«

»Kamma – und wie weiter?«

»Das weiß ich nicht. Wahrscheinlich hat sie es mal erwähnt, aber ich kann mich nicht erinnern.«

»Okay, es wird trotzdem gehen. Herzlichen Dank für die Hilfe. Und entschuldigen Sie bitte die Störung.«

Es hatte wieder zu regnen begonnen, als sie auf den Bürgersteig trat. Trotzdem entschied sie, zu Fuß nach Hause zu gehen. Die frische Luft würde ihr guttun, obwohl sie bereits das Gefühl hatte, wieder einen halbwegs klaren Kopf zu haben. Morgen früh würde das wahrscheinlich anders aussehen.

Ein wahnsinniger Samstagabend ... Erst die Sache mit Martin, dann das ganze Bier, von dem sie sich jetzt wünschte, sie hätte es nicht getrunken. Und nun Morten Busk, ein Kameramann aus der Vesterhavsgade, umgekommen bei einem Verkehrsunfall – in der Türkei. Möglicherweise erwies sich ja alles als völlig an den Haaren herbeigezogen. Und doch musste sie dieser Geschichte nachgehen.

Zu Hause schmierte sie sich drei Scheiben Brot mit Presswurst. Sie streute reichlich Salz darauf und zwang sich, fünf Gläser Wasser zu trinken. Dann nahm sie zwei Kopfschmerztabletten und ging ins Bett.

Der Mann mit dem Jägerhut stand im Schatten der Kirche, schräg gegenüber von Kriminalkommissarin Nina Portlands Wohnung. Er blieb dort stehen, bis er sah, dass das Licht gelöscht wurde.

Das alles gefiel ihm nicht. Was zunächst nach einer leichten Aufgabe ausgesehen hatte, war schwierig geworden. Noch immer hatte er nicht die geringste Spur dieses dänischen Kontakts. Stattdessen schien er einer Spur des Todes zu folgen. Ein Mordopfer in Blåvand, eines in einem Haufen Kohle – und vielleicht eines in einem Wohnzimmersessel. Und noch immer war er nicht auf seine Gegner gestoßen.

Er hatte doch Routine in diesem Spiel. War er nicht mehr in Form? War er zu alt geworden?

Er hatte das einzige Sinnvolle getan und sich an die Polizei gehängt. Sie kannten die örtlichen Gegebenheiten. Diese Frau, Nina Portland, schien ambitioniert. Und ein bisschen was hatte er ja auch herausbekommen. Er war dem Wagen gefolgt, der sie am späten Vormittag abgeholt hatte – bis zum Ferienhaus in Blåvand. Und nun wusste die Polizei von der zweiten Leiche. Die Ermittlungen würden wieder intensiviert werden.

Auch mit seinem abendlichen Einsatz konnte er zufrieden sein. Diese Portland schien irgendeiner Sache auf der Spur zu sein. Wieso um alles in der Welt brach sie sonst plötzlich eine veritable Sauftour ab, fuhr aufs Präsidium und dann noch einmal in die Wohnung der verstorbenen Frau Munk?

Nina Portland würde er in jedem Fall im Auge behalten, während er seine Suche fortsetzte. Sie war es wert.

Eine freundliche Altenpflegerin führte Nina durch die Gänge bis zum Aufenthaltsraum. Es gab nur eine Kamma in der Seniorenwohnanlage Strandby, Kamma Albertsen, und zum Glück war sie bereits aufgestanden. Sie saß in ihrem Rollstuhl und trank Kaffee.

Die alte Frau sah ziemlich hinfällig aus, aber das besagte nicht unbedingt etwas über ihre geistige Verfassung. Nina wusste genau, dass sie selbst verheerend aussah, übernächtigt, mit tiefen Schatten unter den Augen. Immerhin hatten das Salz, das Wasser und die Kopfschmerztabletten gewirkt. Der Kater schien unter Kontrolle. Sie lächelte und streckte die Hand aus.

»Guten Tag, mein Name ist Nina Portland. Ich komme von der Kriminalpolizei. Darf ich Ihnen ein paar Fragen zu Ihrer ehemaligen Nachbarin Ellinor Munk stellen?«

»Ja, sicher, aber wieso?«

»Sie wissen, dass Frau Munk tot ist, oder?«

Die alte Dame nickte mit betrübtem Gesichtsausdruck, die Augen schimmerten feucht.

»Ja, Ib ist vorbeigekommen und hat es mir erzählt. Unglaublich, dass Ellinor vor mir gehen sollte. Sie war meine beste Freundin. Den größten Teil unseres Lebens sind wir Nachbarinnen gewesen, in der Vesterhavsgade.«

»Und genau darüber würde ich gern mit Ihnen reden. Die Polizei muss sich die Sache ansehen, wenn jemand tot aufgefunden wird. So sind die Regeln.«

»Dann schießen Sie mal los. Auch wenn mein Körper nicht mehr ganz so will wie ich, brennt noch immer Licht in der Birne, und mein Erinnerungsvermögen ist auch noch in Ordnung.«

Kamma Albertsen lachte und legte eine Hand auf Ninas Arm.

Sie zog einen Stuhl heran und setzte sich.

»Wir konnten Ib nicht erreichen. Was können Sie mir über ihn erzählen?«

»Ib ist ein so guter Junge, aber leicht hat er's ja nicht gehabt.«

»Was meinen Sie damit?«

»Ib ist … Wie soll man das nennen? Ein bisschen anders. Wie heißt das noch mal?« Die alte Dame schwieg und überlegte einen kurzen Moment. Dann fiel es ihr ein: »Autist … Ib ist Autist.«

»Autist?«

Kamma Albertsen nickte zufrieden.

»Genau. Nicht, dass ich genau wüsste, was das bedeutet, denn Ib ist weder dumm noch geistig zurückgeblieben. Er ist nur anders. Er leidet an der harmlosesten Form des Autismus. Ellinor hat immer gesagt, dass sie noch billig davongekommen seien …«

»*Anders* inwiefern, können Sie mir ein bisschen mehr darüber sagen?«

»Sein Kopf ist absolut in Ordnung, aber in der Schule hatte er Probleme. Anfangs dachten sie wohl, er sei geistig zurückgeblieben. Aber es gibt nur ein paar Dinge, die er nicht so gut kann wie andere. Mit Leuten umgehen, zum Beispiel. Er lebt ein wenig in seiner eigenen Welt. Dafür ist er auf anderen Gebieten beinahe genial. Er weiß alles über Vögel, und er macht wunderschöne Fotos. Er kann auch Filme drehen.«

»Wissen Sie, was er arbeitet und wo er wohnt?«

»Irgendwo in Kopenhagen. In den vergangenen Jahren hat er seinem besten Freund geholfen, Morten Busk. Er hat sich als sein Assistent um das Licht und den Ton gekümmert. Und hin und wieder hat er auch die Kamera bedient, wenn Morten selbst aufgenommen werden sollte. Sie waren Schulkameraden, praktisch wie Brüder. Morten hat Ib immer geholfen. Er war ein guter Junge. Leider ist er vor Kurzem gestorben. Bei einem Verkehrsunfall in der Türkei. Ach …«

»Das habe ich in einem der Zeitungsausschnitte in Frau Munks Album gelesen. Die beiden waren also beste Freunde?«

»Sie waren so gut wie unzertrennlich. Ellinor war Morten sehr dankbar dafür, dass er sich so um Ib kümmerte.«

»Hm, und Sie haben gesagt, er sei hier gewesen, um Sie zu besuchen?«

»Ja, wissen Sie, er ist beinahe so etwas wie ein Sohn für mich. Es war vergangene Woche. Ib war völlig verwirrt, und er weinte. Wir weinten zusammen in meinem Zimmer. Er hat seine Mutter geliebt. Und die Sache mit Morten ging ihm so nah. Kurz hintereinander hat er die beiden Menschen verloren, die er am meisten liebte und bewunderte. Das Leben kann grausam sein, nicht wahr?«

Nina nickte langsam. Die Augen der alten Dame bekamen erneut diesen feuchten Glanz.

»Wissen Sie, wo ich Ib finden kann?«

»Er ist wahrscheinlich in der Wohnung seiner Mutter. Das Begräbnis ist doch morgen. Es hat sich ein bisschen hingezogen, weil Ellinor erst untersucht werden musste, heißt es.«

»Ib ist nicht in der Wohnung. Haben Sie eine Idee, wo er sonst stecken könnte?«

Kamma Albertsen schüttelte den Kopf.

»Nein. Aus der Zeit in der Vesterhavsgade gibt es niemanden mehr. Ich weiß es wirklich nicht.«

»Was hat er gesagt, als er Sie besuchte? Hat er davon gesprochen, wie er jetzt zurechtkommt? Hat er Arbeit? Gibt es jemanden, der sich um ihn kümmert?«

»Wie gesagt, er wirkte verstört. Und zutiefst unglücklich. Und bestimmt auch ängstlich. Er sagte, jemand sei hinter ihm her. Aber an Fantasie hat es ihm nie gemangelt. Er hat erzählt, dass er sich mit jemandem aus der Türkei treffen müsse, der ihm eine Menge Geld schulde. Dann würde er mit einem neuen Fernseher für mich zurückkommen – aber seitdem habe ich ihn nicht mehr gesehen. Nein, Fantasie hat er, der verrückte Kerl …«

Nina schrak zusammen. »Hat er das gesagt? Dass er sich mit jemandem aus der Türkei treffen wolle?«

Kamma Albertsen nickte und lachte leise.

»Er ist ein so netter Junge, aber er sagt oft solche verrückten Sachen. Einmal hat er mir erzählt, dass er nach Südamerika reisen wolle, um eine neue Vogelart zu entdecken. Die solle dann nach ihm benannt werden, damit er berühmt werde. Die anderen Jungen in der Straße zogen ihn doch wegen der Vögel immer auf. In der Vesterhavsgade wurde er immer Piep-Ib genannt. Schrecklich, nicht wahr? Kinder können so grausam sein.«

Nina hatte doch einen Höllenkater. Die Gedanken schossen ihr kreuz und quer durch den Kopf. Schließlich kam die richtige Frage über ihre Lippen: »Diese verrückte Geschichte mit jemandem aus der Türkei … Hat Ib erwähnt, wo er ihn treffen wollte, um das Geld zu bekommen?«

»Oh, vielleicht hätte ich das besser nicht erzählen sollen. Das ist nichts für die Polizei – es ist reine Fantasie. Ich merke, wenn Ib irgendwas aus seiner eigenen Welt erzählt.«

»Und was ist mit Morten Busk? Leben seine Eltern noch?«

»Nein, sie sind beide tot. Sie haben ihn spät bekommen. Erst starb der Vater und vor zwei Jahren dann die Mutter.«

»Irgendwelche Geschwister?«

»Ja, da war ein großer Bruder. Aber er ist an Krebs gestorben, glaube ich. Ist schon ein paar Jahre her.«

»Wissen Sie, ob Ib Morten Busk auf seiner Reise in die Türkei begleitet hat?«

»Davon hat er nichts erwähnt. Aber das kann eigentlich nicht sein. Dann hätte Ib doch auch in dem Taxi gesessen, oder? Ib findet sich auf Flughäfen oder an fremden Orten nicht allein zurecht. Er kommt leicht durcheinander. Er braucht einfach seine Routine. Aber Sie können ihn ja selbst fragen. Er kommt bestimmt zum Begräbnis. Ich natürlich auch. Es findet in der Friedhofskapelle an der Gormsgade statt. Um drei. Es ist alles so traurig …«

Nina gab der alten Dame zum Abschied die Hand. Als sie über die Schwelle trat, hörte sie: »Jetzt fällt es mir wieder ein!«

Rasch wandte Nina sich um.

»Das, was Ib fehlt, heißt Asperger-Syndrom«, erklärte die alte Dame mit einer gewissen Erleichterung. »Ich bin doch vorhin nicht daraufgekommen. Asperger-Syndrom, da bin ich ganz sicher.«

Im Präsidium herrschte sonntägliche Ruhe – mit Ausnahme des zweiten Stocks. Hier wimmelte es von Mitgliedern der Ermittlungsgruppe, die wieder in voller Stärke eingesetzt worden war. Die Uhr zeigte Viertel vor zehn. Nina musste sich nicht beeilen. Nach dem Besuch bei Kamma Albertsen hatte sie es sogar noch nach Hause geschafft, um eine Scheibe Weißbrot zu essen, eine Tasse Kaffee zu trinken und ein paar Kopfschmerztabletten zu schlucken.

Glücklicherweise sah sie jetzt ein bisschen besser aus. Ein absurder Gedanke, dass sie erst vor wenigen Stunden im Rausch diese Treppe hinaufgestolpert war. Peinlich … Hoffentlich hatte sich Truelsen nicht vor den anderen darüber lustig gemacht.

Sie schlenderte den Flur hinunter, steckte den Kopf in die Büros und grüßte die Kollegen, die allmählich auftauchten. Dann schenkte sie sich eine Tasse Kaffee ein und ging ins Besprechungszimmer. Sie war die Erste.

Ihr Platz lag am Tischende, in größtmöglicher Entfernung von den Vorgesetzten. So hatte sie es immer gehalten, auch in der Schule und an der Universität, immer in die letzte Reihe. Das hatte auch etwas damit zu tun, dass Nina den Überblick behalten wollte. Sogar wenn sie mit Martin essen gegangen war, hatte sie zugesehen, dass sie mit dem Rücken zur Wand saß, den Leuten zugewandt.

Die Kollegen kamen nach und nach herein und nahmen Platz.

Einige von ihnen kannte Nina nicht. Sie mussten aus Varde sein. Die meisten plauderten darüber, wie sie den Sonntag eigentlich verbracht hätten. Trotzdem spürte Nina, dass die Stimmung gut war – und gespannt.

Genau dieses Momentum liebt sie. Monberg erschien und setzte sich ebenfalls an seinen gewohnten Platz. Er lehnte sich zu ihr hinüber.

»Jetzt geht's los. Ich spüre es«, erklärte er und zwinkerte ihr verschwörerisch zu. Sogar Monberg hatte sich anstecken lassen. Der Tag würde eine Menge Arbeit mit sich bringen, aber das war in Ordnung. Ohne Beharrlichkeit und Anstrengung kam man nirgendwohin. Jetzt hatten sie einen Namen, dem sie nachgehen konnten. Früher oder später würden sie feststellen, wer der Kohlenmann tatsächlich war. Im Augenblick hielten die Engländer den Schlüssel in der Hand. Hoffentlich waren sie sich ihrer Verantwortung bewusst.

Birkedal kam herein. Ihm folgten eine Wildlederjacke, die Thøgersen enthielt, und ein frischrasierter Ulbæk. Die Männer wirkten ausgesprochen zufrieden, als sie an der linken Seite Platz nahmen. Kurz vor zehn hastete Mikkelsen, der Polizeichef aus Varde, herein und setzte sich auf den erstbesten freien Stuhl.

Birkedal stellte die vier Kollegen aus Varde und ihren Chef vor und erklärte, dass die Einsatzzentrale des Teams in Esbjerg liege, wo mindestens einmal täglich ein gemeinsames Briefing stattfinden solle. Dann übergab er das Wort an Mikkelsen, der Kontakt mit London aufgenommen hatte, genauer gesagt mit dem Revier der Metropolitan Police in Brixton, und noch auf einen Bericht wartete. Im Lauf des Samstags war es den Engländern nicht gelungen, irgendwelche Familienmitglieder oder Bekannte des toten Türken ausfindig zu machen. Die Passagierlisten des Flughafens hatten sie längst überprüft. Bei Ercan Duru handelte es sich um den einzigen Passagier aus der Türkei oder dem

Nahen Osten, der an diesem Tag nach Esbjerg geflogen war. Also hatte der Kohlenmann ihn nicht begleitet.

Birkedal übernahm wieder:

»Während wir auf die Metropolitan Police warten, gibt es eine Menge Knochenarbeit für uns zu erledigen. Den Spuren aus den Berichten der Techniker und Rechtsmediziner muss nachgegangen werden. Die Ergebnisse von diversen DNA-Proben aus dem Rechtsgenetischen Institut werden im Lauf des Tages eintreffen. Der Bericht muss sehr genau geprüft werden. Im Ferienhaus wurden keine Mobiltelefone gefunden, aber, verflucht, die ganze Welt besitzt doch inzwischen ein Handy? Also müssen wir uns von der zuständigen Telefongesellschaft sämtliche Daten der Handygespräche besorgen, die über den örtlichen Sendemast gelaufen sind – und natürlich auch der Gespräche, die aus dem Ferienhaus übers Festnetz geführt wurden. Im Mietwagen fanden sich Fingerabdrücke von zwei bekannten Personen: von Ercan Duru und von unserem Kohlenmann. Der Wagen hat siebenhundertsiebenundfünfzig Kilometer zurückgelegt. Eine ganz hübsche Strecke für die kurze Zeit, die unsere Freunde in Dänemark verbracht haben. Wo zum Teufel sind sie gewesen? Eine Stelle, die wir überprüfen sollten, ist das Kontrollzentrum der Brücke über den Großen Belt. Wir müssen uns deren Aufzeichnungen ansehen.«

Birkedal machte eine Kunstpause, vielleicht um zu betonen, dass die letzte Aufgabe, die er erwähnt hatte, auch die mühseligste war.

»Und natürlich müssen wir Blåvand durchkämmen. Und wenn Duru oder der Kohlenmann auch nur ein Paar gestreifte Badehosen gekauft haben, dann will ich das verdammt noch mal wissen. Sind die beiden Herren überhaupt gesehen worden? Waren sie möglicherweise in Begleitung von anderen? Wir müssen überall herumfragen, und zwar mit Fotos. Heute ist zwar Sonntag, aber in solchen Touristenorten sind die Läden auch da geöffnet. Außerdem gibt's reichlich Arbeit am Telefon. Wir müssen herausfinden, wer die Ferienhäuser in der Nachbarschaft gemietet hatte. Das Haus, in dem Ercan Duru ermordet wurde, wurde von der Ferienhausagentur Sol og Strand vermietet. Wer vermietet die anderen Häuser? Bringt die Listen mit – und dann ruft ihr die deutschen Mieter an. Irgendjemand muss verdammt noch mal etwas gesehen haben!«

Er blickte über den Brillenrand in konzentrierte Gesichter.

»Wie ihr euch wahrscheinlich schon gedacht habt, gilt dies alles auch für Esbjerg, selbst wenn Duru aus England kam. Fotos in die Taschen und dann einmal quer durch die Stadt. Wer hat Ercan Duru gesehen?«

Birkedal tat so, als hätte er das Stöhnen nicht gehört, das sich rings um den Tisch ausbreitete. Thøgersen murmelte ihm irgendetwas zu, und er nickte.

»Und dann noch die Presse, das hatte ich vergessen … Sie haben schon angefangen anzurufen. Das übernehme ich. Und von nun an läuft alles, was mit den Engländern zusammenhängt, über Thøgersen und mich. Irgendwelche Fragen?«

An einem Sonntag konnte man unmöglich irgendwelche Kontakte des Netzwerkes anzapfen, das musste warten. Am Nachmittag hatte Nina die Aufgabe beendet, die ihr stattdessen zugefallen war – die penible Durchsicht des kriminaltechnischen Berichts. Es war erstaunlich schnell gegangen.

Weder im Auto noch im Ferienhaus hatte man irgendwelche Papiere gefunden. Fingerabdrücke gab es in den unterschiedlichsten Varianten, die frischesten und deutlichsten stammten von Ercan Duru und vom Kohlenmann. Das Auto wies keinerlei Blutspuren auf. Dafür deutete die Blutspur im Haus darauf hin, dass man den Türken in der Küche erstochen und ihn erst später aufs Sofa gelegt hatte.

Danach bat Ulbæk sie, den Bericht von Anja Poulsen durchzusehen. Er hatte ihn auch gelesen, doch es sei ihm lieber, wenn vier Augen ihn prüften.

Laut Anja Poulsen hatte man Ercan Duru wahrscheinlich zum selben Zeitpunkt umgebracht wie den Kohlenmann, möglicherweise einen oder anderthalb Tage später. Die Todesursache war identisch: Messerstiche in der Herzregion, insgesamt vier. Schmale Einstiche, die darauf hinweisen könnten, dass es sich um dieselbe Waffe handelte, mit der auch der Kohlenmann getötet worden war.

Und dann kam das Bemerkenswerte: Den Türken in Blåvand hatte man, ebenso wie den Kohlenmann, gefoltert. Die Leiche des Mannes wies einen Messerstich durch den Handrücken der rechten Hand auf, gebrochene Finger und Brandwunden am rechten Unterarm.

Ercan Duru musste große Schmerzen gehabt haben, während man versuchte, irgendetwas aus ihm herauszuholen. Aber was?

Nina schaute sich noch die Nachrichten im Fernsehen an, bevor sie ins Besprechungszimmer ging, wo Pizza auf sie wartete. Birkedal war auf sämtlichen Kanälen zu sehen. Und er redete Klartext.

»Unsere Arbeitshypothese lautet, dass es einen Zusammenhang zwischen den beiden Tötungsdelikten gibt.«

Im Besprechungszimmer informierte Birkedal die Anwesenden über die neuesten Entwicklungen. Noch waren nicht alle von ihren Befragungen ins Präsidium zurückgekehrt, und einige Kollegen aus Varde hatten von Blåvand aus direkt den Heimweg angetreten.

»Ich habe Nachrichten aus England. Die Kollegen sind in Ercan Durus Wohnung gewesen. Es war niemand zu Hause. Laut Auskunft eines Nachbarn ist seine Frau mit ihren zwei Töchtern in der Türkei. Gott sei Dank haben sie seine Handynummer vom Hausmeister bekommen. Das ist für uns Gold wert. Ansonsten sind die Informationen eher spärlich. Die Nachbarn haben Duru übrigens als einen stillen und ruhigen Mann beschrieben, momentan arbeitslos. So weit, so gut.«

Birkedal bückte sich und griff zu einem Pizzastück mit Peperoni. Er nahm einen großen Bissen, kaute und fuhr fort: »Ich habe bereits Nachricht von Madsen, der die Kontrollstation am Großen Belt übernommen hat. Der Wagen fuhr am Donnerstag, den 23. August, um 11:27 Uhr nach Seeland und kam am selben Tag um 22:16 Uhr zurück. Zwei Männer saßen im Auto. Die Brückenmaut zahlten sie bar. Die übrigen Fäden verbinden wir morgen, aber ich denke, vorher sollten wir uns noch anhören, was Monberg zu sagen hat.«

»Einige von uns haben sich um die Kundenlisten der Vermietungsbüros gekümmert, da ist noch ’ne Menge zu tun. Aber vor einer halben Stunde hatten wir Glück«, erklärte Monberg, während er in seinen Unterlagen blätterte und die Aufmerksamkeit der Kollegen genoss. »Ich habe mit einem Ehepaar Schäfer in Köln gesprochen. Sie haben zu der betreffenden Zeit in einem der Ferienhäuser nebenan gewohnt. Beide bezeugen, dass sie spätabends ein parkendes Auto vor unserem Haus gesehen haben, als sie mit dem Hund Gassi gingen. Der Mann sagt, dass es sich um einen weißen Ford Mondeo gehandelt habe. Unsere Freunde hatten also Besuch. Und jetzt wird’s richtig interessant: Herr Schäfer ist sich sicher, dass das Auto in der Einfahrt ein dänisches Nummernschild hatte.«

»Hast du die Turboliste auf einen weißen Mondeo hin durchgesehen?«, wollte Birkedal wissen.

Die Turboliste war eine Art erste Hilfe, wenn es um gestohlene Fahrzeuge ging. Eine Übersicht über die vermissten Autos des jeweiligen Tages, die sich auf maximal fünf Tage ausdehnen ließ – in einem, mehreren oder sämtlichen Polizeibezirken.

»Nur einen Tag. Er war nicht dabei. Ich bin noch nicht dazugekommen, aber ich werde noch sämtliche Bezirke durchforsten, bevor ich Feierabend mache.«

»Gut. Da wir noch immer auf einige Antworten von unseren Kundschaftern warten, kommen wir erst morgen Nachmittag um zwei wieder zusammen. Mahlzeit. Und schönen Sonntag noch.«

Nina hatte den Schaukelstuhl ans Fenster gerückt und legte die Beine auf die niedrige Kommode. Es war spät geworden. Was eigentlich ein entspannter Sonntag hätte werden sollen, neigte sich dem Ende zu.

Jørgen war ein Engel. Zwar hatte er sich über die heutigen Methoden der Polizei beschwert, bei der eine schlichte Aufgabe zum Thema »Führung« so viele neumodische Ausdrücke enthielt, deren Bedeutung er erst erraten musste, aber er war fast fertig und würde ihr seine Bearbeitung am nächsten Morgen mailen. Natürlich hatte er Jonas nicht erzählt, dass er die Hausaufgaben seiner Mutter erledigte. Es wäre ihr pädagogischer Offenbarungseid gewesen.

Jonas hatte sich hingelegt, sobald er nach Hause kam. Im Wohnzimmer hatte Nina alle Lampen ausgeschaltet. Sie wollte nur ruhig dasitzen und ihre Gedanken sortieren. Es war ein hektischer Tag gewesen.

Nina schien es keineswegs sicher, dass sie den Namen des Kohlenmanns herausfinden würden, obwohl sie nun die Identität seines Kumpels kannten – oder was zum Teufel die beiden auch gewesen sein mochten. Es irritierte sie, dass sie sich im Augenblick auf die Ermittlungsergebnisse anderer verlassen mussten. Wie viele Leute würden die Engländer mit der Arbeit betrauen? Vorläufig würde Birkedal es sicher ablehnen, jemanden nach London zu schicken. Das gehörte sich nicht.

Sie ging den Fall noch einmal durch und versuchte, einige lose Fäden miteinander zu verbinden. Immer wieder kam ihr Ellinor Munks Sohn Ib in den Sinn und sein Gerede über die Türken. Und die Schatten.

»Vertrau stets deiner Nase, Nina. Jeder gute Ermittler macht das«, hatte ihr verstorbener Lehrmeister, der erfahrene Kriminalkommissar Hans Påske, immer gesagt. Und während des Axtschiff-Falls hatte sie sich auch daran gehalten. Aber jetzt kamen ihr Zweifel an ihrem Gespür. Faktisch hatten sie mit einem ermordeten Türken, einem ermordeten Vielleicht-Türken, einem Zeitungsausschnitt, einem in der Türkei umgekommenen Kameramann und einem spurlos verschwundenen Halbautisten zu tun, der etwas über ausstehendes Geld und eine Verabredung mit ein paar Türken erzählt hatte.

Gab es da wirklich einen Zusammenhang? Sie würde morgen auf die Beerdigung der alten Frau Munk gehen und ein ernstes Wort mit Ib reden.

Blieben noch die Schatten. Das Gefühl, dass Augen sie aus dem Verborgenen betrachteten, möglicherweise aus einem schwarzen Auto. Existierte dieser fremde Blick, gab es das schwarze Auto, oder bildete sie sich das alles nur ein? Auf jeden Fall gab es Mann Nummer eins, den mit dem Fernglas, den der alte versoffene Fischer hinter dem Schlachthof gesehen hatte. Mann Nummer zwei war derjenige, mit dem sie im Hinterhof einen Zusammenstoß hatte, als sie abends die Besucher der muslimischen Vereinigung ausspionierte. Die Gemeinsamkeit von Mann Nummer eins und zwei: ein verdammter Hut …

Wieso um alles in der Welt hatte sie Birkedal nichts davon erzählt? Je länger sie es hinauszögerte, desto schwieriger wurde es, darüber zu sprechen.

Hatte sie womöglich Angst, sich lächerlich zu machen, weil sie sich nicht mit einem gewöhnlichen Standardmord begnügen wollte, sondern unbedingt in Weltverschwörungskategorien denken musste?

9

Vier Anrufe. So oft hatte Ercan Duru sein Handy während des Aufenthalts im Ferienhaus benutzt. Und zwei Anrufe hatte er entgegengenommen, beide aus dem Ausland.

Der Sendemast in Blåvand wurde von der Telekommunikationsgesellschaft TDC betrieben. Der richterliche Beschluss für eine sogenannte Zellenerfassung war da. Nina hatte ihn beantragt, bevor sie zu einer neuen Befragungsrunde im Netzwerk aufgebrochen war, die jedoch ergebnislos blieb: Niemand kannte Ercan Duru.

Die Daten von TDC ergaben, dass Ercan Duru zwei Inlands- und zwei Auslandsgespräche geführt hatte, davon eins in die Türkei und eins nach England. Sie begann mit den dänischen Nummern. Der erste Anschluss gehörte dem Imperial Hotel in Kopenhagen. Dort wusste man von nichts und hatte den Anruf von Ercan Duru auch nicht registriert. Sie versuchte es mit der anderen Nummer.

»Radisson SAS Royal Hotel, Kopenhagen, wie kann ich Ihnen behilflich sein?«

»Mein Name ist Nina Portland, ich rufe von der Kriminalpolizei in Esbjerg an. Es geht um einen Anruf, den Sie am 21. August von einem gewissen Ercan Duru erhalten haben. Haben Sie irgendwelche Informationen über den Mann? Hatte er ein Zimmer reserviert?«

»Wie war noch gleich der Name?«

Sie buchstabierte Durus Namen und wartete eine Weile. Dann war die Empfangsdame wieder in der Leitung: »Ja, hier taucht sein Name auf. Herr Duru hat sich ein Angebot für die Konferenzräume geben lassen. Für den 5. Oktober ist eine Reservierung eingetragen. Ich stelle Sie in unser Reservierungsbüro durch. Sprechen Sie mit Marion Olesen.«

»Vielen Dank.«

Die Konferenzräume des Radisson SAS Royal ... Das kostete ein Vermögen. Was um alles in der Welt hatte Ercan Duru vorgehabt? Dann hörte sie eine Stimme am Apparat: »Marion Olesen.«

Nina erklärte ihr Anliegen.

»Das brauche ich gar nicht zu überprüfen. Ich kann mich gut an ihn erinnern oder besser an sie – es waren nämlich zwei Männer. Sie erschienen persönlich, um sich die Räume anzusehen.«

»Kennen Sie eventuell den Namen des anderen?«

»Leider nicht. Nur den Namen des Kunden, Duru.«

»Könnten Sie mir mehr darüber sagen, was die beiden Männer wollten?«

»Wie gesagt, sie waren daran interessiert, einen Konferenzraum zu mieten. Soweit ich mich erinnere, ging es um irgendein Seminar über türkische Geschäftsleute und die Begegnung mit skandinavischen Partnern. Der Mann sprach übrigens kein Dänisch, sondern Englisch. Sie waren freundlich und sehr höflich. Könnten Sie mir verraten, worum es eigentlich geht?«

»Wir ermitteln in einem Tötungsdelikt. Ich denke, Sie können die Reservierung streichen. Wenn ich Ihnen zwei Fotos maile, würden Sie sie sich einmal ansehen und eventuell bestätigen, dass es sich um die beiden Männer handelt, über die wir eben gesprochen haben?«

»Ja, natürlich.«

Nina bedankte sich und legte auf.

Damit hatte sich die Suche bei den Mobilnetzbetreibern weitgehend erledigt. Sie würden lediglich herausfinden, welche Straßen der Kohlenmann und Duru genommen hatten, jedenfalls, wenn ihre Handys eingeschaltet gewesen waren. Fest stand, dass die beiden Männer am 23. den Großen Belt überquert hatten. Nun wusste Nina auch, warum. Um sich in Kopenhagen Einrichtungen anzusehen, nach denen sie sich zwei Tage zuvor erkundigt hatten. Blåvand–Kopenhagen–Blåvand. So sah die Route vorläufig aus.

Sie versuchte es mit der Nummer in der Türkei.

Eine Frauenstimme antwortete, aber Nina verstand nichts. Sie stellte sich auf Englisch vor. Die Frau sagte: »Moment.« Wenig später war ein Junge am Apparat, der leidlich Englisch sprach. Es zeigte sich, dass Nina bei der Schwester der Ehefrau des toten Ercan Duru angerufen hatte, und sie bat darum, mit ihr sprechen zu dürfen.

Im Hintergrund hörte sie eine erregte Diskussion – auf Türkisch. Jemand weinte. Der Junge kam wieder an den Apparat.

»Die Polizei aus London hat bereits angerufen. Die Schwester meiner Mutter, Frau Duru, kann nicht ans Telefon kommen. Sie hat erzählt, was sie weiß. Sie ist sehr traurig.«

Nina entschuldigte und verabschiedete sich. Das Revier in Brixton hatte also angefangen zu arbeiten. Das war beruhigend. Sie versuchte es mit der englischen Nummer.

Es wurde ein kurzes Gespräch. Ein Mann wiederholte mehrmals: *»Don't know any Duru. Don't know any Duru. Wrong number.«* Dann legte er auf.

Es war dieselbe Nummer, von der aus man Duru einen Tag später in Blåvand zurückgerufen hatte. Noch einmal anzurufen, kam ihr wie Zeitverschwendung vor.

Sie versuchte es mit dem zweiten eingegangenen Anruf. Die Nummer kam aus Frankreich. Erst erklang ein merkwürdiger

Heulton, dann erklärte eine mechanische Stimme auf Französisch, dass eine Verbindung mit der gewählten Nummer derzeit nicht möglich sei.

Plötzlich merkte Nina, wie ihr die Zeit davongelaufen war. In fünf Minuten würde das Briefing stattfinden. Und in gut einer Stunde sollte Ellinor Munk begraben werden.

Die Pastorin stand neben dem Sarg, der von zwei fünfarmigen Leuchtern flankiert wurde. Auf dem Sarg lagen zwei Blumensträuße. Der Mann ganz vorne drehte sich kurz um, ein Taschentuch noch in der Hand. Das musste Ib Munk sein. Schmächtig und zart, mit rotblondem, strähnigem Haar. Ja, vom Foto auf der Anrichte in Ellinor Munks Wohnzimmer erkannte Nina ihn ohne Weiteres. Sie musste vorsichtig sein, wenn sie ihn nach der Bestattung ansprach. Vielleicht hatte ihn tatsächlich irgendetwas eingeschüchtert.

»Allmächtiger, ewiger Gott, Vater der Barmherzigkeit, Gott allen Trostes, hör uns in unserer Trauer …«

Kurde, Kurde, Kurde … Das Wort übertönte die Rede der Pastorin. Sie hatte das Briefing unter dem Vorwand verlassen, ein wichtiges Telefongespräch führen zu müssen. Aber das Wort hallte in ihrem Kopf nach.

Birkedal hatte die Sitzung mit den neuesten Ergebnissen der englischen Polizei eröffnet. Ercan Duru war Kurde.

Die meisten Leute hielten Kurden einfach für Türken, und oft bezeichneten sie sich auch selbst als solche. Hatte es irgendeine Bedeutung, dass der Mann aus London zum kurdischen Volk gehörte? Das meiste, was Nina über die Kurden wusste, verdankte sie ihrem Interesse für den Olof-Palme-Fall. Denn mit den Jahren hatte sie alles gelesen, was es darüber zu lesen gab, und der Strom an neuen Büchern floss gleichmäßig und offenbar endlos.

Der Fall Palme hatte sie von Anfang an fasziniert: Er hatte etwas Geheimnisvolles und war zu einem nationalen Trauma geworden, denn die Schweden hatten bei den Ermittlungen immer wieder Fehler gemacht. Und nahezu jede Spur, der sie gefolgt waren, führte ins Ausland.

Seit die Schüsse an jenem verhängnisvollen Freitag im Jahr 1986 gefallen waren, brannte sie für diesen Fall. Sie wusste von allen Konspirationstheorien. Und eine ging eben davon aus, dass es sich bei den Hintermännern des Anschlags um die kurdische Organisation PKK handelte. Es konnte nur nie bewiesen werden.

»Wir verabschieden uns heute von Ellinor Munk, einem warmherzigen und aufopferungsvollen Menschen. Sie war eine der Persönlichkeiten, die zum Erhalt der Gesellschaft beitragen …« Die Kurden waren ein vergessenes Volk. Es gab ungefähr fünfundzwanzig Millionen von ihnen. Eine so große Minorität, dass sie fast schon eine Majorität darstellten, allerdings verstreut in alle Winde. Die meisten lebten in der Türkei, aber viele auch im Iran, Irak und in Syrien sowie in einigen Ländern der ehemaligen Sowjetunion. Die meisten kurdischen Frauen und Männer hegten offenbar nur höchst verständliche Hoffnungen auf Fortschritt und ein besseres Leben. Aber es gab auch die Utopie von einem selbstständigen Kurdistan. Wie weit war die Vision von einem kurdischen Staat verbreitet? War Kurdistan vor allem ein Ziel der radikalen Kräfte, ein Traum der Kurden, die im Westen lebten?

Machte es irgendeinen Unterschied, dass Ercan Duru zu den Kurden gehörte? Nicht unbedingt – aber trotzdem öffnete allein der Begriff Kurde den Spekulationen Tor und Tür. Und was, wenn sich herausstellte, dass auch der Kohlenmann Kurde gewesen war?

Plötzlich war die Trauerfeier zu Ende. Nina hatte gerade noch »Näher, mein Gott, zu Dir« mitsingen können. Ein schönes Lied.

Eigentlich hatte sie gar nicht an der Zeremonie teilgenommen. Nina empfand einen seltsamen Anflug von schlechtem Gewissen der alten Dame gegenüber, in deren leerer Wohnung sie sich einige Male als ungeladener Gast aufgehalten hatte. Und nun machte sie sich hier respektlos über Mord, Olof Palme, Konspiration und Kurden Gedanken. Und wenn sie ehrlich war, gab es doch nur einen Grund, warum sie hier war. Sie musste so bald wie möglich Ellinors trauernden Sohn zu fassen bekommen.

Jetzt wurde der Sarg herausgetragen. Ib kam als Letzter. Die Tränen liefen ihm über die sommersprossigen Wangen. Nina streckte die Hand aus und begrüßte Kamma Albertsen, deren Rollstuhl von einer Frau geschoben wurde, wahrscheinlich einer Mitarbeiterin des Pflegeheims.

»Guten Tag, Frau Albertsen.«

»Guten Tag. War das nicht schön?« Die alte Dame schluchzte und putzte sich mit einem Taschentuch die Nase.

»Sehr schön. Wissen Sie, ob der Sarg von Familienangehörigen getragen wird?«

»Nein, das sind Leute vom Friedhof. Hier sind nur noch Ib und ich. Und die nette Pflegerin aus dem Heim.«

Der Sarg wurde auf einen kleinen Wagen gesetzt, Nina folgte ihm auf einem Kiesweg bis zu einer Ecke, an der sie einen Totengräber warten sah.

Sie schaute sich nach allen Seiten um. Der Städtische Friedhof war eine große, außerordentlich schöne und gepflegte Parkanlage. Eine Oase mitten in der Stadt, mit symmetrischen kleinen Alleen aus Pflastersteinen, die von gestutzten Bäumen gesäumt wurden.

Zwei ältere Frauen pflanzten frische Blumen auf einer Grabstätte. Ein alter Mann führte seinen Hund an der Leine. Ganz oben am Ausgang schnitt ein Mann in einer dunkelblauen Arbeitsjacke die Hecke. Nirgendwo gab es irgendetwas Verdächtiges.

Erst als sie das Grab erreichten, sah sie ihn. Er stand weit weg, hinter einer der hohen Hecken. Er hatte ein südländisches Aussehen, einen schwarzen Schnurrbart und trug eine Sonnenbrille.

Nina blieb in gebührendem Abstand zum Grab stehen. Als sie sich wenig später nach dem Mann umsah, war er verschwunden. Aber dort, wo er gestanden hatte, tauchte ein anderer dunkelhäutiger Mann auf, mit dünnem Haar und etwas hellerer Haut. Er ließ sich nur einen Moment lang sehen, dann wurde er vom Grün verschluckt.

Sie schaute vorsichtig über die Schulter. Der Mann mit dem Hund war verschwunden. Ein Mann in einer Arbeitsjacke kam mit einer Schubkarre. Den Mann mit der Sonnenbrille konnte sie nirgendwo entdecken, doch nun tauchte noch jemand auf. Auf der anderen Seite der Allee, die von der Gormsgade direkt zur Kapelle führte, stand ein älterer Herr in einem grauen Mantel. Und er trug einen Hut! Einen grünen Hut ... So wie Jäger sie manchmal trugen, oder ältere Menschen, die gerne Hüte aufsetzten.

Der Mann mit dem Hut stand mit gefalteten Händen ganz ruhig vor einem hohen Grabstein. Schaute er zu Boden, gedachte er seiner verstorbenen Frau – oder beobachtete er sie unter der Hutkrempe?

Es war verwirrend. Nach beinahe allen Seiten versperrte diese grüne, scheckige Gardine aus Bäumen, Büschen und Hecken die Sicht. Immerhin. Hier und da gab es kleine Lücken. Wie in einem Puppentheater steckten Leute die Köpfe heraus – um eine Sekunde später schon wieder verschwunden zu sein.

Jetzt war der Mann mit dem schütteren Haar auch wieder verschwunden, aber der Mann mit Hut stand noch an dem Grabstein. Zu ihrer großen Überraschung sah Nina, wie Ib eine winzige Videokamera aus der Tasche holte und anfing, die gesamte Szenerie aufzunehmen. Er filmte die Pastorin, wie sie Erde auf den Sarg warf.

»Von der Erde bist du gekommen.« Und noch einmal. »Zur Erde kehrst du zurück.« Und ein letztes Mal. »Aus der Erde sollst du wieder auferstehen.«

Als sie sich umdrehte, senkte der Mann mit dem Hut den Kopf und blickte wieder zu Boden.

»Vater unser, der du bist im Himmel. Geheiligt werde dein Name. Dein Reich komme. Dein Wille geschehe, wie im Himmel, so auf Erden. Unser tägliches Brot …«

Nein, sie war sich ihrer Sache sicher. Sie wurden beobachtet. Ein Mann mittleren Alters in einem hellen Sommermantel kam ihr auf der Allee entgegen und ging dann zur anderen Hälfte des Friedhofes. Er hatte einen Strauß Blumen in der Hand.

Der Mann mit dem Hund kam zurück und lief zum Ausgang an der Gormsgade.

Ib filmte mit seiner Videokamera noch immer die Pastorin, ganz offensichtlich, ohne sich zu genieren. Dann drehte er sich langsam mit der Kamera um dreihundertsechzig Grad, bis diese wieder auf die Pastorin gerichtet war.

Es war gespenstisch.

Einige Meter von Nina entfernt saß Kamma Albertsen in ihrem Rollstuhl und rieb sich die Augen mit einem Taschentuch.

»Der Herr segne dich und behüte dich. Der Herr lasse sein Angesicht leuchten über dir und sei dir gnädig. Der Herr erhebe sein Angesicht auf dich und schenke dir Frieden.«

Ib senkte die Kamera. Die Pastorin kam auf ihn zu und griff nach seiner Hand. Dann trat Ib zu Kamma Albertsen, beugte sich hinunter und umarmte sie. Sie sagte irgendetwas, was Nina nicht verstand, gab ihm einen Kuss auf die Wange und strich ihm übers Haar.

Nina trat näher und reichte Ib die Hand.

»Es tut mir leid wegen deiner Mutter, Ib.«

Er blickte sie eine Sekunde lang misstrauisch an, bevor sich sein Blick abwandte. Er war ein schmächtiger Bursche mit einer kleinen Stupsnase, blasser, zarter Haut und Sommersprossen. Seine klaren, blauen Augen schimmerten, und über seine Wangen zogen sich glänzende Spuren. Er sah aus wie ein Jugendlicher, obwohl er zweiundvierzig Jahre alt sein musste, genau wie Morten Busk.

»Ich habe dich gefilmt … Du bist eine von denen …« Die Worte kamen stoßweise. Er redete, ohne ihr in die Augen zu sehen.

»Ich verstehe nicht … ich heiße Nina und bin von der Kriminalpolizei. Ich würde mich gern mit dir unterhalten, Ib, wenn das okay ist. Über den Tod deiner Mutter.«

»Du bist eine von denen. Und die anderen sind auch hier. Ihr habt Mutter umgebracht. Und auch die beiden Kurden. Verschwinde, oder ich rufe die Polizei.«

Ib klang nicht wütend. Eher schüchtern und erschrocken.

Sein Blick flackerte.

Kamma Albertsen legte eine Hand auf Ibs Arm.

»Ruhig, Ib … Hör jetzt auf mit dem Unfug. Es stimmt schon, dass sie von der Polizei ist. Ich habe mit ihr gesprochen.«

»Ich will mit der Pastorin reden. Jetzt. In ihrem Büro. Auf Wiedersehen.«

Er strich Kamma Albertsen über die Wange und lief der Pastorin hinterher. Nina folgte ihm.

»Können wir uns hinterher unterhalten, Ib? In aller Ruhe. Ich habe ein paar Fragen.«

»Vielleicht, wenn Kamma das sagt, dann …« Er lief schneller.

»Du wolltest dich mit ihnen treffen, den Kurden, nicht wahr? Aber du bist nicht hingegangen, oder?«

»Sie verfolgen mich. Alle sind hinter mir her. Aber ich will nicht mehr. Glaubst du, ich bin blöd?«

Ib hatte die Pastorin eingeholt und begleitete sie zum Friedhofsbüro, das an der Ecke zur Hauptstraße lag.

»Ib, ich warte hier draußen. Wir reden dann hinterher.«

Die Pastorin sah Nina verwundert an. Dann öffnete sie Ib die Tür, und beide verschwanden in dem niedrigen roten Gebäude.

Nina bemerkte den Rücken eines Mannes in einer schwarzen Jacke, als er ein Stück weiter an einer Hecke vorüberglitt. Der mit der Sonnenbrille, oder? Der Mann mit dem Hut war verschwunden. Ebenso der mit dem dünnen Haar. Instinktiv fasste sie mit der Hand unter die Jacke. Das Schulterholster war leer. Natürlich, sie hatte sich ja Hals über Kopf aus dem Briefing verabschiedet und ins Auto gesetzt.

Sie fing an, auf dem Kiesweg auf und ab zu gehen, angespannt, mit einem Scannerblick auf die Umgebung, sie hielt Ausschau nach einem Loch in all dem Grün.

Jetzt ging der Mann in der schwarzen Jacke durch den Haupteingang hinaus. Noch immer kein Mann mit Hut, keiner mit dünnem Haar. Nur die beiden blauen Arbeitsjacken, hochbeschäftigt. Vier neue Personen betraten die Bühne, Hinterbliebene mit Blumen in den Händen.

Sie unterbrach ihr rastloses Auf und Ab, ließ sich vor dem Büro auf eine Bank fallen und zündete sich eine Zigarette an.

Ab jetzt ging es nicht mehr um leeres Gerede und Fantasien. Natürlich hatte Ib Munk von den Morden in der Zeitung lesen können, vom Kohlenmann und dem Mann in Blåvand. Aber Ib hatte einen Umstand erwähnt, von dem er nichts gelesen haben konnte: dass es sich um Kurden handelte. Jedenfalls im Fall von Ercan Duru. Dieses Wissen besaß in diesem Augenblick nur die Polizei. Ib musste in den Fall verwickelt sein. Aber wie?

Nina ließ ihren Blick langsam über jede Hecke gleiten, über jeden Busch und jeden Baum. Sie entdeckte weder einen der beiden südländisch aussehenden Männer noch den Mann mit dem Hut.

Was hatte Ib gesagt? »Ihr habt meine Mutter umgebracht.« Ein Kälteschauer durchfuhr sie. Hatte er recht? »Das Herz«, hatte der Amtsarzt bei der Leichenschau gesagt. Ältere Menschen waren nun einmal anfällig. Aber vielleicht hatte den Herzstillstand ja irgendjemand oder irgendetwas ausgelöst. Könnte es so gewesen sein? Und die Blutergüsse. Auch ein Schlag auf den Arm oder festes Zupacken hätte sie herbeiführen können.

Nina versuchte, sich Ellinor Munks letzte Minuten vorzustellen. Theoretisch war es denkbar. Und vielleicht hatte die Pflegerin ja recht. Vielleicht gab es tatsächlich jemanden, der Ellinors Sachen durchwühlt hatte. Der Läufer, das Bild, die Falte in der Bluse. Das Album, dessen Rücken nicht mit denen der anderen Bücher abschloss.

Entweder musste sie sofort mit Birkedal sprechen – oder mit einem Psychologen. Sie entschied sich für die erste Lösung und rief ihn an. Sie versuchte gar nicht erst, ihm irgendetwas am Telefon zu erklären, und bat ihn gleich um ein Gespräch. Birkedal brummte irgendetwas Unverständliches und erwiderte, gegen fünf sei er wieder im Haus. Frühestens. Sie könne einfach kommen, sobald sie wieder im Präsidium sei. Er sagte »Nina« und nicht »Portland«. Ein gutes Zeichen.

Sie schaute auf die Uhr. Fast eine Viertelstunde war vergangen.

Das Briefing, das sie so überstürzt verlassen musste, hatte

keine entscheidenden Neuigkeiten geliefert. Die Kollegen aus England hatten ein Foto des Kohlenmanns in Ercan Durus Bekanntenkreis herumgezeigt. Niemand hatte ihn wiedererkannt. Wenn die Befragten die Wahrheit gesagt hatten, stammte er nicht aus Durus Umfeld.

Ercan Duru hatte sich in seinem ganzen Leben nie irgendetwas zuschulden kommen lassen. Er war arbeitslos und machte gerade den Führerschein Klasse D, weil er als Busfahrer arbeiten wollte. Er war achtundvierzig Jahre alt, seine Frau siebenundvierzig, die beiden Töchter fünfundzwanzig und dreiundzwanzig, die beiden Söhne etwas jünger. Alle wohnten zu Hause.

Ercan Duru hatte keine besonderen Interessen. Er war nicht politisch aktiv, nicht übermäßig religiös, Muslim, natürlich. Regelmäßig besuchte er die kurdische Vereinigung. Wenn er etwas wie ein Hobby hatte, waren es Pferde und Pferderennen. Aber er galt nicht als Spieler. Die Familie war Mittelpunkt seines Lebens.

Zunächst einmal machte das alles wenig Hoffnung. Die Engländer hatten nicht den Hauch einer Spur, die man mit einem Mordmotiv in Verbindung hätte bringen können.

Monberg hatte das Register gecheckt. Bei dem weißen Mondeo, den die deutschen Touristen am Ferienhaus gesehen hatten, könnte es sich um denselben Wagen handeln, der wenige Tage vorher in Esbjerg als gestohlen gemeldet worden war. Mittlerweile war er wieder aufgetaucht. Abgestellt auf einem Parkplatz in Varde. Ausschließlich Vermutungen, aber die Techniker untersuchten ihn und sicherten Material für eine eventuelle spätere Verwendung – Fingerabdrücke, Haare, DNA.

Was trieb Ib Munk so lange bei der Pastorin? Sprachen sie über die Grabpflege oder sonst etwas Praktisches? Auf das Grab gehörte schließlich auch ein Stein. Kam er mit derartigen Dingen zurecht?

Über zwanzig Minuten waren inzwischen vergangen. Nina

stand auf und betrat das Büro. Sie klopfte an die erste Tür und hörte ein »Herein«. Ein Mann mit einem dunkelblauen Overall rauchte eine Zigarette, trank eine Tasse Kaffee und las Zeitung.

»Wissen Sie, wo die Pastorin ist?«

»Gerade gegangen.«

»Und der Mann, der bei ihr gewesen ist, der, dessen Mutter eben begraben wurde?«

»Hat sie begleitet. Sie hat ihn wohl mitgenommen. Sie sind durch die andere Tür hinausgegangen, die zum Gerätehof führt. Warum fragen Sie?«

Nina stürzte aus der Tür, rannte um die Ecke und über den Hof. Dann stand sie auf dem Bürgersteig. Ein blaues Auto bog vom Parkplatz an der Treenighedskirke auf die Straße. Nina konnte gerade noch erkennen, dass Ib neben der Pastorin saß. Sie winkte und schwenkte die Arme. Die beiden sahen sie nicht. Jetzt hielt der Wagen an der Kreuzung. Er blinkte, um nach links in den Gl. Vardevej abzubiegen.

Ib Munk war auf der Flucht.

10

Planlos fuhr Nina in der Gegend herum, ohne Ib Munk irgendwo zu entdecken. Auch in der Wohnung in der Islandsgade war er nicht. Das Polizeisiegel an der Tür war intakt.

Als sie ins Präsidium zurückkehrte, ging sie direkt ins Büro des Wachhabenden und veranlasste eine Fahndung nach Ib Munk.

Dann rief sie Kamma Albertsen im Pflegeheim an. Danach bei der Telefonauskunft und schließlich beim Amtsarzt. Er bestätigte, was sie eigentlich bereits wusste.

Ja sicher, theoretisch konnte ein Herzstillstand durch einen Schock verursacht werden, vor allem bei älteren Menschen.

Ja, so könnte es gewesen sein, aber man würde es wohl nie herausfinden. Sicher, die Blutergüsse konnten auf sehr unterschiedliche Weise entstanden sein. Ein harter Griff um Frau Munks Arm hätte ausgereicht. Alte Menschen bekämen ja schon vom bloßen Hinschauen blaue Flecken, meinte er.

Es war an der Zeit, an Birkedals Tür zu klopfen. Nina lief in den zweiten Stock und schenkte sich einen Becher Kaffee ein. Auf dem Flur überlegte sie, wie sie ihre Geschichte beginnen sollte.

Sie wollte es chronologisch angehen. Mit dem Mann mit dem Fernglas hinter der Schlachterei anfangen – und den Schatten. Um dann von dem Verdacht zu erzählen, den die Pflegerin der tot aufgefundenen Ellinor Munk geäußert hatte. So kam sie wahrscheinlich am besten in diesem Morast voran, den sie selbst kaum noch überblickte.

Die Tür stand offen. Sie klopfte an den Türrahmen, trat ein und setzte sich. Der Chef schaute von seinen Akten auf und musterte sie über den Brillenrand hinweg.

»Was ist los, Nina?«

Er sagte noch immer »Nina«. Das war doch immerhin ein Anfang.

Die ganze Geschichte platzte ungefähr in der Reihenfolge aus ihr heraus, die sie sich in der Eile auf dem Flur zurechtgelegt hatte.

Als sie von dem Fernglastypen und ihrem Gefühl, beschattet zu werden, erzählte, ließ Birkedal ein Brummen hören. Im Allgemeinen hielt er nicht viel von Ahnungen, Bauchgefühl oder weiblicher Intuition. Das wusste sie. Trotzdem musste er jetzt da durch, denn es war nichts anderes als ein Bauchgefühl gewesen, das sie während ihrer Sauftour geplagt und sie bis zu dem Zeitungsausschnitt in Ellinor Munks Album geführt hatte.

Er unterbrach sie nicht. Erst als Nina von ihrem Gespräch mit Kamma Albertsen im Pflegeheim und Piep-Ibs dramatischer Story über das ausstehende Geld, die Türken und das geplante Treffen berichtete, begann er sich am Kopf zu kratzen, gleichzeitig zeigten sich tiefe Löwenfalten auf seiner Stirn. Am Ende ihres Berichts, als von den nachmittäglichen Ereignissen bei der Beerdigung die Rede war, stand seine silbergraue Mähne schon nach allen Seiten ab.

»Zum Teufel, Nina ...« Birkedal setzte die Brille ab und rieb sich die Augen. Einen Augenblick lang saß er reglos da, den Kopf in die Hände und die Ellenbogen auf den Schreibtisch gestützt. Dann gab er sich einen Ruck.

»Dieser Ib Munk muss zur Fahndung ausgeschrieben werden. Sofort!«

»Ist bereits veranlasst.«

»Telefonisch ist er nicht erreichbar?«

»Leider nein. Die alte Dame im Pflegeheim sagte, dass er ein Handy habe. Ist aber nicht registriert. Ich habe mich bei der Telefonauskunft erkundigt. Offenbar benutzt er eine Prepaid-Karte.«

»Wenn er wirklich verfolgt wird, kann er nicht einfach in der Stadt herumlaufen. Er muss ein Versteck haben.«

Birkedal setzte die Brille wieder auf und machte sich ein paar Notizen.

Sie nickte. »Ja, aber wo?«

»Wir müssen die Besatzungen der Streifenwagen informieren, sie sollen überall nachsehen. Im Männerwohnheim, in der Jugendherberge, in den Hotels und Kneipen, in den Eisenbahnwaggons im Depot. Überall, wo jemand, der nicht nach Hause kann, ein Dach über dem Kopf findet. Das übernehme ich. Und ich setze noch ein paar Leute extra auf die Suche an. Sie sollen die Hotels auch wegen dieser beiden südländisch aussehenden Männer checken. Sie sind ja nicht die einzigen hier in der Stadt … Und dann dieser andere Fremde. Sollen wir alle Männer überprüfen, die einen Hut tragen? Was ist mit Kopenhagen?«

»Wieso Kopenhagen?«

»Hat Ib eine Wohnung dort? Ein Versteck?«

»Eine Wohnung muss er haben, aber gemeldet ist er bei seiner Mutter hier in Esbjerg.«

»Dann müssen die Kopenhagener sich eben durchfragen. Das erledige ich. Dieser Kameramann hatte doch sicherlich einen großen Bekanntenkreis; Journalisten, Medienleute …«

»Du hast recht. Das habe ich übersehen. Vielleicht, weil ich davon überzeugt bin, dass Ib in der Stadt bleibt.«

»Wir müssen es zumindest versuchen.«

Birkedal sah sie mit hochgezogenen Augenbrauen an. Dann kam es:

»Wieso hast du mir nicht früher davon erzählt?«

»Na ja … Was mein Bauch und meine Nase sagen, ist ein wenig vage, nicht? Hättest du mir denn geglaubt?«

Sie lächelte und trank den letzten Schluck aus ihrem Kaffeebecher. Birkedal sah nachdenklich aus. Dann schüttelte er den Kopf. »Nein, hätte ich nicht.«

»So, ich muss jetzt Feierabend machen. Jonas ist heute Morgen mit der Fähre gekommen. Er hat das ganze Wochenende auf Fanø verbracht.«

»Okay, ich führe die Zwangsaushebungen bei den anderen durch. Haben wir übrigens ein Bild von diesem Piep-Ib?«

»Nichts Vernünftiges. Nur die Personenbeschreibung, die ich denen unten bereits durchgegeben habe. Sonst irgendwas Neues – über den Kohlenmann? Oder von den Engländern?«

»Nichts. Wir tragen alles morgen früh zusammen. Was macht der Führungskurs? Ist es nicht bald wieder so weit?«

»Oh Gott, das habe ich völlig vergessen. In nicht einmal einer Woche. Aber das geht jetzt nicht. Ich kann mich doch nicht mittendrin aus der Ermittlung ausklinken.«

»Das wirst du müssen. Und … Niemand ist unersetzlich. Nicht mal Nina Portland. Wir werden schon weiterkommen. Du wirst Montagmorgen in Avnø antreten. Basta.«

Birkedal lächelte versöhnlich und glättete sein Haar.

»Rufst du an, wenn ihr Ib im Lauf des Abends findet?«

»Mach ich. Und jetzt sieh zu, dass du hier rauskommst, Nina.«

Jonas wollte die ganze Geschichte von Blåvand bis zur Beerdigung hören. Nina gab ihm ein kurzes Resümee.

»Und jetzt könnt ihr diesen Piep-Ib nicht finden?«

»Weg, er ist verschwunden. Sie suchen in der ganzen Stadt nach ihm. Wo würdest du dich verstecken, Jonas, wenn alle hinter dir her wären?«

»Na ja, in der Schule. Oder vielleicht draußen beim EfB, im

Clubhaus oder in den Umkleideräumen, vielleicht auch in der Stadionhalle. Jedenfalls irgendwo, wo es schön warm ist. Und ich würde erst rauskommen, wenn es schon dunkel ist, wie so ein nachtaktives Tier. Wieso?«

»Ach nichts. Ich fand es nur interessant, deine Antwort zu hören.«

»Vielleicht würde ich auch aus der Stadt fliehen.«

»Ich glaube nicht, dass Ib irgendeinen Ort hat, an den er fliehen kann. Aber ich weiß eigentlich auch gar nicht so genau, wozu er überhaupt in der Lage ist. Ob er sich allein zurechtfindet. Er ist Autist.«

»Was ist das?«

»Das kommt wahrscheinlich darauf an, was für eine Art von Autist man ist. Bei Ib ist es so, dass er in manchen Dingen supergut ist, aber Probleme hat, den Alltag hinzukriegen. Asperger-Syndrom heißt das.«

»Wenn er in Kopenhagen wohnen, filmen und Bilder machen kann und eine Menge über Vögel weiß, dann kann er doch nicht ganz blöd sein, oder?«

»Nein, das ist er auch nicht, sein Verstand ist sicherlich ganz okay, er ist nur anders.«

»Und hier in Esbjerg hat er keine Freunde mehr?«

»Ich glaube nicht. Seine beiden einzigen Vertrauten waren seine Mutter und dieser Kameramann.«

»Und beide sind gerade gestorben? Er kann einem wirklich leidtun.«

»Du hast recht. Das Leben kann manchmal eine ziemlich beschissene Angelegenheit sein.«

Auf dem knisternden Bildschirm erlosch das Licht, als sie den Computer herunterfuhr, und es wurde dunkel im Wohnzimmer. Nur der gelbliche Schimmer der Straßenbeleuchtung aus der Skolegade drang oben, wo die Jalousie sie nicht verdeckte, durch die Fensterbögen.

Zunächst hatte Nina im Internet nach weiteren Informationen über Autismus und das Asperger-Syndrom gesucht. Sie brauchte eine klare Vorstellung davon, wie Ib Munk dachte, fühlte und reagierte.

Das Asperger-Syndrom war ein angeborenes neurologisches Handicap. Eine Form des Autismus bei normal Begabten, die auf den ersten Blick nicht unbedingt wahrgenommen wurde, die sich aber dennoch anhand einer Reihe von Merkmalen feststellen und die betroffenen Personen als Sonderlinge erscheinen ließ.

Nina hatte sich Notizen gemacht. Menschen mit Asperger-Syndrom fehlten wichtige Fähigkeiten der sozialen Interaktion, sie besaßen nur wenig Fingerspitzengefühl, sodass sie bisweilen unbeholfen und linkisch reagierten. Charakteristisch waren schlechte Motorik, Scheu vor Augenkontakt, Schwerfälligkeit und eine ungeheure Begeisterungsfähigkeit für entlegene Themen. Es kam vor, dass Betroffene völlig unvermittelt mit einem langen Vortrag über ihr ureigenes Thema begannen. Und schließlich hatten alle Personen mit diesem Syndrom einen Hang zu Ritualen, Routinehandlungen und dem Wiederholen von Worten oder Sätzen, die ihnen besonders gefielen.

Nina erkannte Ib Munk durchaus in der Beschreibung wieder, obwohl sie sich nur wenige Minuten in seiner Nähe aufgehalten hatte. Wer würde wohl mit so einer Konzentration das Begräbnis seiner eigenen Mutter filmen – nur jemand, dem es an einem gewissen Fingerspitzengefühl mangelte. Und die Augen … Es war schwer, seinen Blick festzuhalten. Und dann die Geschichte mit den Vögeln, die ihm den Spitznamen Piep-Ib eingebracht hatte.

Hinterher hatte sie noch lange am Computer gesessen und

nach Informationen über Morten Busk gesucht. Bei Google gab es viele Treffer. Der Mann hatte offensichtlich in Pressekreisen einen Namen, war bekannt für seine Furchtlosigkeit, wenn es darum ging, in den Kriegs- und Katastrophengebieten überall auf der Welt einen Hauch von Wahrheit zu suchen und einzufangen.

Es gab auch eine Handvoll Nachrufe. Der rührendste und persönlichste stand in der Tageszeitung ›Politiken‹, geschrieben von einem Journalisten, der während der mehrmonatigen Belagerung von Sarajewo eine enge Freundschaft mit dem sonst eher reservierten Kameramann aus Westjütland geschlossen hatte.

Auch Ib Munk wurde in einem Nebensatz erwähnt, als Busks jahrelanger treuer Kumpel.

Sie öffnete die Lamellen der Jalousie einen Spalt breit und schaute hinaus. Die Straßen waren verwaist, und rund um die Kirche gab es nichts zu sehen. Jonas hatte sich direkt nach den Hausaufgaben ins Bett gelegt. Sie fühlte sich noch nicht müde – sie war zu unruhig, um ins Bett zu gehen.

Sie mussten Ib in seinem Versteck finden. Sie *mussten* ihn finden. Bevor ihnen die beiden Männer zuvorkamen. Einen kurzen Moment lang wollte sie ihrem Drang nachgeben und Birkedal anrufen, aber er hatte ja versprochen, ihr Bescheid zu geben.

Wenn sie Ib nicht sehr rasch fanden, mussten sie versuchen, ihn besser zu verstehen. Wie dachte er? Worin bestanden seine Routinehandlungen? Fühlte er sich in Esbjerg oder an irgendeinem anderen Ort, den sie nicht kannten, sicher? Eigentlich musste doch irgendein Gutachten über ihn vorliegen. Möglicherweise hatte er Hilfe von öffentlichen Einrichtungen in Anspruch genommen?

Nina blieb noch eine Weile sitzen und dachte nach. Dann fiel ihr ein, dass sie noch immer den Schlüssel zu Ellinor Munks Wohnung bei sich trug. Sie hatte vergessen, ihn in Thøgersens Schreibtischablage zurückzulegen. Sie sah nach Jonas, der tief und fest schlief und die Decke fast bis über den Kopf gezogen hatte.

Sie nahm im Flur die Jacke vom Haken und zog die Tür leise hinter sich zu.

Die Fahrt mit dem Rad zur Islandsgade dauerte nur wenige Minuten. Es nieselte, aber es war nicht mehr so windig und kalt wie in den letzten Tagen. Sie lehnte das Rad an die Hauswand.

Zum Glück war die Haustür nicht verschlossen. Aber möglicherweise wurde sie um Mitternacht automatisch verriegelt. Nina hatte keine Lust auf eine weitere Begegnung mit einem angesäuerten Bewohner im Treppenhaus, obwohl sie diesmal nicht aussah wie jemand, der sich durch eine Reihe von Kneipen gekämpft hatte. Vorsichtig schlich sie die Treppe hinauf und steckte den Schlüssel ins Schloss. Zum dritten Mal betrat sie Ellinor Munks Wohnung. An einem der kommenden Tage würden die Kollegen von der kriminaltechnischen Abteilung in Kolding den Frieden zerstören. Sie würden Proben sammeln, die später möglicherweise die Frage beantworteten, ob sich die beiden südländisch aussehenden Männer oder auch der Mann mit dem Hut irgendwann in der Wohnung aufgehalten hatten. Wenn sie die Typen jemals erwischten.

Nina zog alle Gardinen zu, erst dann schaltete sie das Licht ein. Die Wohnung sah genauso aus, wie sie sie letztens verlassen hatte. Sie ging direkt in das kleine Zimmer, in dem Ib angeblich wohnte, wenn er seine Mutter besuchte, schaltete das Licht ein und begann es zu durchsuchen.

Jetzt ärgerte sie sich darüber, dass sie das nicht bereits beim ersten Mal getan hatte, aber dazu bestand damals keine Veranlassung, schließlich ging es doch nur um die verständliche Reaktion einer Pflegerin auf den Tod einer Patientin.

Sie begann mit dem kleinen Kleiderschrank. Sie war sicher, dass auf dem mittleren Ablagebrett ein Fernglas lag, als sie mit der Pflegerin eher oberflächlich nachgesehen hatte. Jetzt war das Fernglas verschwunden. Viel lag nicht im Schrank: einige T-Shirts, ein Pullover, ein paar Socken und einige Unterhosen. An einem Bügel hing eine Nylonjacke, auf dem Boden stand ein Paar alter Wanderstiefel.

Der Inhalt des niedrigen Regals bestand überwiegend aus Stehordnern mit ornithologischen Zeitschriften, von denen einige mehrere Jahre alt waren. Außerdem gab es ziemlich viele Fotomappen, alle voller Vogelbilder. Zum Teil erkannte sie den Hintergrund der Aufnahmen, die Vogelbänke auf Fanø, die flache Marschlandschaft hinter den Deichen und die Mündung der Varde Å. Sie fand einen Stapel kleiner Notizbücher mit säuberlichen Aufzeichnungen, wo und wann Ib den ein oder anderen Vogel gesehen hatte. Einige stammten noch aus seiner Kindheit in den Siebzigerjahren.

Überall an den Wänden hingen knallbunte Plakate von Vögeln. Nur ein Plakat war anders, das neben dem Schrank. Es zeigte einen verbissen aussehenden Mann mit langem Haar, der ein Tuch um den Kopf geschlungen hatte. »Geronimo« stand unter dem Bild. Sie wusste zumindest, dass es sich um einen berühmten Indianerhäuptling handelte, einen Apachen, wenn sie sich recht erinnerte.

Das Einzige, was dieses Zimmer kennzeichnete und etwas über Ib Munks Leben erzählte, waren Vögel, Vögel und nochmals Vögel. Und ein Indianer.

Sie legte sich auf die Liege und schloss die Augen.

Nina, du bist nicht Nina. Du bist Ib. Ib Munk. Piep-Ib, der nie etwas anderes hatte als Morten, Ellinor – und die Vögel. Jetzt sind sie fort, Morten und Ellinor. Du bist allein. Du wirst verfolgt. Du hast Angst. Deine Routine wurde zerschlagen.

Ich bin Ib. Ich soll jemanden in einem Ferienhaus treffen, ich soll Geld bekommen, viel Geld. Der Mann, den ich treffen soll, wird umgebracht, ich habe Angst und bin verwirrt, meine Mutter stirbt, ich suche Kamma auf, die Männer sind hinter mir her, ich sehe die Männer auf dem Friedhof, eine Frau sagt, sie komme von der Polizei, ich habe furchtbare Angst, ich springe aus dem Auto der Pastorin, ich flüchte, ich verschwinde.

Ich bin Ib. Wohin gehe ich? Ich umkreise mein altes Gebiet, die Vesterhavsgade, das Strandbygadeviertel. Esbjerg ist meine Stadt – aber ich kenne nur die alte Kamma, ich überblicke das Ganze nicht, ich weiß nur, dass ich mich verstecken muss, ich hoffe, dass alles nur ein Albtraum ist, ich verstehe nichts, ich hoffe, dass ich aufwache und alles wieder normal ist.

Ich bin Ib. Der Freund der Vögel. Jetzt sind die Vögel alles, was ich habe. Es gibt nur noch mich und meine Vögel. Vögel, Vögel, Vögel.

Sie blieb mit geschlossenen Augen liegen. Es war ruhig im Haus. Irgendwo wurde die Toilettenspülung bedient, sie hörte das gluckernde Geräusch im Fallrohr.

Auf der Straße ließ jemand mit einem tiefen Grollen ein Motorrad an. Es verschwand, und die Ruhe kehrte zurück.

Sie schlug die Augen auf. Das Erste, worauf ihr Blick fiel, war das Plakat an der Schräge direkt über ihrem Kopf. Sie erkannte das Motiv sofort wieder. Reglos blieb sie liegen, während sie es genau betrachtete. Es war mit kleinen Zeichnungen, Bildern und kurzen Texten versehen.

Mit zusammengekniffenen Augen las sie den Text. Plötzlich war sie sicher. Sie wusste, wo Ib sich versteckte. Morgen würde sie ihn holen.

Sie schaltete das Licht aus, zog die Gardinen auf, verschloss die Tür hinter sich und trat auf den Bürgersteig. Es war nichts Verdächtiges zu sehen. Keine Schatten, keine südländischen Männer, keine Jägerhütchen.

Der Nieselregen war erfrischend. Sie spürte eine große Erleichterung, als sie nach Hause radelte.

Erst als die Frau auf dem Fahrrad um eine Ecke verschwunden war, richtete er sich langsam im Sitz auf und setzte sorgfältig seinen Hut auf.

Zum zweiten Mal beobachtete er Nina Portland bei einem späten Besuch in Frau Munks Wohnung. Diesmal machte er sich weit größere Sorgen als beim ersten Mal.

Auf dem Friedhof war alles schiefgegangen. Als Ib Munk nicht mehr aus dem kleinen Gebäude kam, das er mit der Pastorin betreten hatte, und als die Polizistin plötzlich zu ihrem Auto rannte, musste er sich entscheiden. Sie – oder die beiden südländisch aussehenden Männer, die ohne Zweifel aus dem gleichen Anlass wie er gekommen waren. Er entschied sich für die beiden Männer, verlor sie aber im Zentrum an einer Ampel.

Jetzt war klar, dass sie sich für die gleiche Taktik entschieden hatten wie er. Sie verfolgten Nina Portland wie die Hyänen. Er musste sich ebenso verhalten – würde sich aber immer möglichst weit entfernt von der Beute bewegen.

Es würde eine lange Nacht werden.

11

Nina konzentrierte sich darauf, den Dienstwagen um die tiefen Schlaglöcher herumzusteuern. Je weiter sie in das ausgedehnte Marschgebiet vordrang, desto schlechter wurde der Feldweg. Sie war in dem kleinen Flecken Ho abgebogen und folgte nun den Reifenspuren, bis sie endeten.

Nachdem sie geparkt hatte, knotete sie sich den Pullover um die Taille, dann zog sie Turnschuhe und Strümpfe aus. Sie band die Schnürsenkel zusammen, um sich die Schuhe über die Schulter hängen zu können, und öffnete die Reißverschlüsse der beiden Hosenbeine. Sie hatte sich von zu Hause eine Hose geholt, die sich im Handumdrehen in praktische Shorts verwandeln ließ. Die Hosenbeine rollte sie zusammen und steckte sie in eine der Jackentaschen, das kleine Fernglas in die andere. Sie war bereit. Barfuß ging sie das letzte Stück zum Wasser.

Auf dem ganzen Weg von Esbjerg hatte sie die Wolkendecke im Auge behalten, die grau und schwer über der Bucht von Ho lag. Jetzt, gegen eins, hatte die Sonne offene, blaue Löcher in den Himmel geschlagen. Langsam, aber sicher verschwand der Dunst. Nina hob das Fernglas vor die Augen und stellte es scharf. Dort draußen lag sie, die Insel Langli, wie ein dunkler Saum. Und dort draußen, mitten im Meer, versteckte er sich – wenn sie sich nicht irrte.

Durch das Plakat an der Schräge in Ibs Zimmer hatten sich die Einzelteile des Puzzles zusammengefügt. Es war ein Plakat mit Motiven aus Langli.

Langli war ein Naturschutzgebiet, das nicht betreten werden

durfte. Es gab allerdings eine Ausnahme, für eine bestimmte Zeit im Sommer wurde der Besuch der Insel erlaubt. Den Rest des Jahres blieb das Vogel- und Tierleben in diesem ganz besonderen Paradies ungestört. Das Zutrittsverbot war bereits wieder in Kraft, und sie stellte mit einem Lächeln auf den Lippen fest, dass sie gerade etwas Ungesetzliches vorhatte – obwohl es kaum als kriminelle Handlung gewertet werden konnte, zumindest, wenn man Birkedals Sicht auf die Welt folgte.

Ib *musste* dort draußen sein. Wahrscheinlich hatte Jonas sie auf diese Spur gebracht. Er würde sich in seinem vertrauten Umfeld verstecken, hatte er gesagt. Und Ib Munk hatte nur noch die Vögel. In ihrer Umgebung fühlte er sich daheim, und Langli war wegen seiner einsamen Lage ideal.

Und dann gab es ein noch stärkeres Argument. Während einer gewissen Zeit im Jahr betrieben Biologen eine Forschungsstation auf der Insel. Vor ein paar Jahren hatte Nina sich die Station mit Jonas angesehen. Sie hielt diesen Ort für ein perfektes Versteck.

Und jetzt war der perfekte Zeitpunkt. Nina nahm das Fernglas herunter und machte den ersten Schritt hinaus in den Schlick. Laut der Tidentabelle in der Zeitung herrschte gegen halb zwei absolute Ebbe. Und soweit sie sich erinnerte, dauerte es ungefähr eine Stunde, die fünf bis sechs Kilometer bis zur Insel durchs Watt zu laufen.

Als sie damals mit Jonas unterwegs gewesen war, hatte sie die Zeit völlig vergessen; auf dem Heimweg musste er durch Wasser waten, das ihm bis zum Bauch stand. Es konnte ein durchaus heimtückisches Gelände sein. Wenn das Wetter umschlug, kam die Flut bisweilen blitzschnell, und bei einem kräftigen Sturm stauten sich schon mal die Wassermengen in der Bucht von Ho und verursachten ein Hochwasser, das weit über dem üblichen Pegel lag.

Die Sonne hatte sich längst durchgesetzt, von der Wolkendecke waren nur noch Reste geblieben. Ein angenehmes Gefühl, wenn der Schlick bei jedem Schritt zwischen den Zehen hervorquoll.

Nina ging zügig und folgte den langen Holzpfählen, die den Wattweg zur Insel markierten. Sie führten nicht auf dem direkten Weg dorthin, sondern schlugen einen großen, sanften Bogen. Der direkte Weg verlief durch eine tiefere Schlickschicht und Muschelbänke, an deren Schalen man sich die Füße sehr schnell blutig riss.

Das Wasser reichte Nina gerade bis zu den Waden. Ein eigenartiges Gefühl. Mitten in einem offenen Meer zu gehen. So erschien es ihr, je weiter sie hinauskam. Die Meeresoberfläche glitzerte in der Sonne, der Himmel wirkte hoch und weit.

Langli lag auf einer Sandbank zwischen zwei breiten Wattrinnen. Die eine, Hobo Dyb, verlief zwischen der Insel und der Landzunge Skallingen, die sie zwar nicht sehen konnte, von der sie aber wusste, dass sie sich irgendwo rechts von ihr erstreckte. Die andere Rinne, Hjerting Løb, verlief zwischen der Insel und dem Festland. Nina ahnte die hohen, rotbraunen Steilhänge von Marbæk Plantage und etwas weiter rechts die Hausdächer von Hjerting. Es war nicht weit bis zur Küstenstraße, auf der sich die Menschen an Stryhns berühmter Eistheke trafen, sobald die Sonne im Frühjahr Kraft bekam. Doch die Zunge aus dunkelblauem Wasser, die dazwischenlag, war eindeutig. Auf diesem Weg kam man nur in einem Boot weiter.

Birkedal würde toben, wenn er wüsste, dass sie gerade allein aufs Meer hinausging. Immer mit Begleitung, immer zu zweit, wenn es auch nur den geringsten Verdacht gab oder das geringste Risiko bestand. So waren die Regeln. Eigentlich absolut in Ordnung. Nur nicht, wenn man versuchen wollte, das Vertrauen eines verschreckten und ängstlichen Menschen zu gewinnen. Ib Munk musste man sich mit größter Behutsamkeit nähern. Und das ging am besten allein. Daher hatte sie lediglich einen verklausulierten Bescheid hinterlassen, dass sie etwas »in der Stadt« überprüfen wolle.

Langli zeichnete sich jetzt immer deutlicher auf dem Meer ab.

Sie konnte bereits die hohen, mit Strandhafer bewachsenen Dünen erkennen, die sich genau dort erhoben, wo der flache Verlauf der mit hohem Gras bewachsenen Marsch ein Stück in die Insel hineinreichte.

Doch die Abstände verflossen und waren trügerisch hier draußen zwischen Himmel und Meer. Obwohl ihr die Insel sehr nahe schien, vergingen weitere zwanzig Minuten, bis Nina sich ins Gras setzen, ihre Füße säubern und Schuhe und Strümpfe wieder anziehen konnte.

Sie sah sich noch einmal um. Weit draußen verschwanden die Pfähle am Horizont. Da waren keine Silhouetten, keine schwarzen Ameisenmenschen, nichts Verdächtiges.

Sie stand auf und begann, der undeutlichen Reifenspur zu folgen, die vom hohen Gras fast überwuchert war und an der Festlandseite am Ufer entlangführte.

Nach einigen Minuten in zügigem Tempo kam das Gebäude in Sicht. Man hatte die Forschungsstation aus rotem Backstein gebaut und mit einem dicken Reetdach gedeckt. Sie sah aus wie ein exklusives Ferienhaus, das mindestens ein paar Millionen kostete und ebenso gut auf Romø, Fanø oder in Blåvand liegen konnte. Der Verfall wurde erst sichtbar, wenn man näher kam.

In einer kleinen Senke zwischen den Dünen legte Nina sich flach auf den Bauch. Dann griff sie zu ihrem Fernglas und beobachtete das Gebäude. Keinerlei Lebenszeichen regte sich hinter den Fenstern. Sie suchte die Umgebung ab, neben dem Haus stand ein kleiner Schuppen. Auch dort keinerlei Anzeichen von Leben.

Hatte sie sich doch geirrt bei ihren Bemühungen, sich in Ibs Gedanken zu versetzen?

Sie blieb beinahe eine halbe Stunde liegen, bis sie sich entschied. Dann erhob sie sich. Entspannt schlenderte sie auf die Forschungsstation zu, eine Touristin, die mit ihrer Art hoffentlich alles andere als bedrohlich und verdächtig erschien, sollte sie von einem Paar klarer, blauer Augen in einem sommersprossigen Jungengesicht beobachtet werden.

Als Nina das Haus erreichte, versuchte sie es mit der Türklinke. Die Tür war verschlossen. Ebenso die Verandatür auf der entgegengesetzten Seite. Sie schaute durch sämtliche Fenster. Der Zahn der Zeit hatte dem hübschen Haus gewaltig zugesetzt. Offensichtlich hatte man auf Renovierungsarbeiten verzichtet, an den Fenstern schälte sich der Lack, und innen sah es aus wie in einem Ferienhaus, das vor einem Jahrzehnt verlassen worden war.

Nina drückte ihr Gesicht an die Scheibe und schirmte ihre Augen mit den Händen ab. Sorgfältig scannte sie die Küche und ließ den Blick auf jedem Detail ruhen. Und plötzlich wurden diese Details lebendig und sprachen zu ihr: Ein Mülleimer stand auf dem Fußboden. Darin steckte eine gelbe Plastiktüte. Nina erahnte einen roten Schimmer. Schimmerndes Rot auf Gelb … Ein Spritzer von etwas noch nicht Eingetrocknetem. Etwas, das durchaus der Rest einer Portion Spaghetti Bolognese sein konnte; ideal, um sich für eine Vogelexkursion zu stärken. Oder für eine Flucht.

Sie lief noch einmal ums Haus. Dann traf sie eine Entscheidung. Mit dem Pistolengriff zerschlug sie eine Fensterscheibe neben der Verandatür, streckte vorsichtig den Arm hinein und drehte den Schlüssel um.

Es roch muffig und feucht, als sie ins Wohnzimmer trat. Ihre Schuhe hinterließen deutliche Abdrücke in der dicken Schicht

Staub auf dem Boden. Aber … es gab auch andere Abdrücke. Spuren von Stiefeln mit einem kräftigen Sohlenprofil.

»Ib! Ib Munk … Bist du hier?« Es herrschte vollkommene Stille.

»Ganz ruhig, ich will dir nichts tun. Ich will dir helfen. Ich heiße Nina und komme von der Polizei. Du hast auf dem Friedhof mit mir gesprochen. Ich soll dich von Kamma grüßen. Hallo! Bist du hier, Ib?«

Sie bekam keine Antwort, nicht das geringste Knarren. Sie ging in die Küche. Die Spaghettispur im Abfalleimer war frisch.

Innerhalb der letzten Tage musste jemand im Haus gewesen sein.

Nina durchsuchte die wenigen Räume, ohne noch etwas zu finden. Dann ging sie in den Flur und schlich vorsichtig die Treppe hinauf. Es gab zu beiden Seiten Türen, die nur angelehnt waren. Nina entschied sich für die rechte. Der Raum stank nach feuchten Matratzen. Sie hielt inne, blieb ganz still. Noch immer kein Laut.

Vorsichtig schob sie die andere Tür auf und betrat das Zimmer. Links konnte sie gerade noch einen dunklen Schatten erkennen. Dann warf ein heftiger Stoß sie zu Boden.

Sie kam auf die Knie. Aus den Augenwinkeln sah sie, wie Ib wild mit den Armen herumfuchtelte. Sekunden später hatte er sie mit einem Fischernetz umwickelt. Sie wollte es abschütteln, aber es ging nicht. Die großen Maschen aus Nylon hatten sich überall in ihrer Kleidung verhakt und hielten sie gefangen.

Ib warf sich mit voller Kraft auf sie und stieß sie wieder um, er setzte sich auf ihren Rücken und zwang sie, liegen zu bleiben.

»Du bist gefangen! Wie ein Fisch!«

Ib lachte triumphierend. Er legte eine Hand in ihren Nacken und presste ihren Kopf hart auf den Boden.

»Ich will deine Pistole! Gib mir deine Pistole, du blöde Zicke!«

Einen Moment lang überdachte sie ihre Situation. Ib Munk war ein schmächtiger Bursche. Das Körpergewicht, das auf ihrem Rücken lastete, wog nicht sonderlich schwer. Möglicherweise konnte sie sich aufrichten und ihn abwerfen. Wenn sie sich aus dem Netz befreite, könnte sie ihn durchaus überwältigen. Aber das wollte sie ja gerade nicht.

»Okay, okay … Ganz ruhig, Ib. Meine Pistole steckt im Holster unter meinem Arm. Wie stellst du dir das vor? Wie soll ich da rankommen mit dir auf dem Rücken?«

Sie spürte, dass er zögerte. Dann ging er in die Hocke, und der Druck auf ihrem Rücken verringerte sich.

»Dreh dich um, langsam.«

Piep-Ibs hohe, helle Stimme schien für Kommandos nicht geschaffen, aber er klang entschlossen. Sie drehte sich halb herum. Ein Ohr verfing sich in einer Masche des Netzes, es schnitt sich in die Haut; auch zwischen ihren Lippen spürte sie dünnes Nylongarn.

»Au! Kannst du mir nicht diesen Mist aus dem Gesicht entfernen?«

Sie blickte direkt in Ibs verzweifelt aufgerissene blaue Augen. Er hatte eindeutig eine Heidenangst und war mit der ganzen Situation vollkommen überfordert.

»Ganz ruhig, Ib. Ich tue dir nichts. Ich will mich nur mit dir unterhalten. Ich heiße Nina. Es stimmt, ich bin von der Polizei. Das hat Kamma doch auch gesagt, oder? Bitte nimm jetzt dieses Zeug von meinem Kopf.«

Er beugte sich vor und fummelte lange an den Maschen herum. Schließlich zog er das Netz von ihrem Gesicht.

»Wo ist deine Pistole? Ich will sie haben.«

Sie deutete mit dem Kopf auf ihre linke Seite. Ib fischte ihren Arm aus dem Netz. Dann schob er eine Hand unter ihre Jacke und riss die Pistole heraus. Einen Moment lang saß er mit einem verwunderten Gesichtsausdruck da. Er schaute sich die Pistole genau an, entsicherte sie und lud nach ein paar vergeblichen Versuchen durch.

Nina wusste nicht, wie sie sich verhalten sollte. Er sah aus wie ein zu groß geratener Junge. Es gab so gut wie keine Falten in seinem feingeschnittenen Gesicht. Dennoch war er ein erwachsener Mann, er war sogar älter als sie.

»Ib, das ist kein Spielzeug. Die ist geladen. Verdammt, das ist eine hochgefährliche Waffe! Leg die Pistole hin und lass mich aufstehen, ja? Dann setzen wir uns ins Wohnzimmer und reden über alles. Okay?«

Ib stand langsam auf. Rückwärts ging er auf die Wand zu, die Pistole immer auf Nina gerichtet.

»Komm aus dem Netz raus, aber bleib liegen. Auf dem Bauch, mit den Händen auf dem Rücken.«

Sie gehorchte. Einen Augenblick später saß Ib erneut auf ihr, wobei er nervös ein Seil um ihre Handgelenke band. Dann trat er wieder ein Stück zurück. Die helle Stimme kommandierte: »Setz dich auf den Stuhl.«

Mit Mühe kam sie auf die Beine und nahm auf dem wackligen Stuhl neben einer der Liegen Platz. Ib ließ sich mit dem Rücken zur Wand auf den Boden sinken.

»Wieso bist du hinter mir her? Wer hat dich geschickt? Ich mag das nicht. Ich will, dass es aufhört. Ich will nicht mehr.«

Er klang jämmerlich, während sein Blick an ihrem vorbeiflackerte.

»Aber … Ich bin nicht hinter dir her, Ib. Ich habe nur nach dir gesucht, um dir zu helfen. Du bist in Gefahr, oder? Es sind diese beiden Männer, die dich jagen, nicht wahr? Die vom Friedhof. Darum muss die Polizei dir helfen. Verdammt, dafür gibt es doch die Polizei!«

Er sah nicht überzeugt aus. Vorwurfsvoll deutete er mit der Pistole auf sie, schielte dabei aber an die Decke.

»Und woher weiß ich, dass du die Wahrheit sagst?«

»Du kannst meinen Ausweis aus der Tasche nehmen.«

Er erhob sich, näherte sich vorsichtig und ließ eine Hand in ihre Jackentasche gleiten. Mit ihrem Polizeiausweis zwischen den Fingern ließ er sich wieder auf den Boden sinken. Er studierte den Ausweis eingehend.

»Na, und? So einen Ausweis kann man leicht fälschen.«

»Du musst mir vertrauen. Wenn ich gewollt hätte, dann hätte doch ich die Pistole ziehen können, als ich ins Haus kam. Ich hätte dich abknallen können, oder? Und warum habe ich mich nicht aus dem Netz befreit und dich ganz einfach überwältigt? Dafür bin ich ausgebildet. Aber das wollte ich nicht. Ich will dir helfen. Ich will herausfinden, was nicht in Ordnung ist. Ich ermittle in zwei Tötungsdelikten, in zwei Morden, dem am Kraftwerk und dem in einem Ferienhaus in Blåvand. Und ich will herausfinden, ob die beiden Männer vom Friedhof auch deine Mutter umgebracht haben.«

»Das haben sie!«

»Dann vertrau mir, Ib, bitte.«

Er studierte ihre Waffe aufs Neue, zielte noch einmal, wog ihr Gewicht in der Hand. Dann kam es zögernd: »Ich glaube, das ist alles nur leeres Gerede. Damit ich Vertrauen zu dir bekomme. Du bist hinter dem her, was ich habe … Du willst es haben … Und das ganze Geld selbst kassieren.«

»Hör mal zu, ich habe keine Ahnung, wovon du redest. Ich habe keinen Schimmer, was du offenbar hast – und ich weiß auch nichts von diesem Geld. Ich bin Kriminalkommissarin. Ganz einfach.«

Tiefe Falten zeigten sich auf Ibs Stirn. Er senkte den Arm und legte die Pistole beiseite, massierte das sommersprossige

Gesicht mit seinen Händen. Plötzlich deutete er aufs Fenster.

»Schau mal! Zwergseeschwalben. Das sind die hübschesten kleinen Wesen, die ich kenne.«

Nina drehte sich auf dem Stuhl um und sah den Vögeln nach, bis sie aus ihrem Blickfeld verschwunden waren.

»Es gibt hier große Kolonien. Langli ist ein internationales Schutzgebiet für Zwergseeschwalben.«

»Du weißt alles über Vögel, oder?«

»Du versuchst doch nur, dich bei mir einzuschmeicheln.« Er nahm die Pistole und richtete sie wieder auf sie.

»Aber mich hältst du nicht zum Narren. Die Pistole … Hat die Polizei nicht vor einiger Zeit neue Waffen bekommen?«

»Na ja, das ist inzwischen auch schon ein paar Jahre her.«

»Taugten die alten nichts mehr?«

»Damit konnte man bloß Sperlinge schießen.«

»Man schießt nicht auf Vögel. Nur Idioten tun das!«

»So hab ich das doch nicht gemeint. Aber die alten Pistolen hatten nicht genügend Durchschlagskraft.«

»Aber die hier schon?«

»Sicher, das ist eine Heckler & Koch, vierzehn Schuss, einer in der Kammer, dreizehn im Magazin. Eine gute Waffe …«

»Kannst du gut schießen?«

»Klar, ich treffe den Hintern einer Mücke.«

Ib lächelte, während er sich ihre Dienstwaffe noch einmal genau ansah. Dann stand er auf und begann, rastlos auf und ab zu gehen. Als ob er versuchen würde, sich aus der Klemme zu befreien, in die er geraten war. Er ging an der Treppe vorbei in das danebenliegende Zimmer. Einen kurzen Moment war es ganz still. Dann ertönte ein Schrei.

»Sie kommen! Sie kommen!«

Ib stürzte heran und blieb stocksteif im Türrahmen stehen. Er brachte keinen Ton mehr heraus.

»Ganz ruhig. Wer kommt? Es kommen doch ziemlich viele Leute hierher?«

»Nicht jetzt, nicht jetzt. Zutritt verboten. Man darf hier nicht rumlaufen. Es sind die beiden Männer!«

Ib drehte sich um und rannte die Treppe hinunter. Einen Augenblick später kam er zurück – mit einem großen Fernglas in der Hand. »Ich bin sicher. Das sind sie!«

»Ist es in Ordnung für dich, wenn ich jetzt aufstehe, zu dir komme und es mir ansehe?«

»Ja, komm!«

Sie versuchte, die Knoten zu lösen, aber er hatte das Seil einfach zu festgezogen.

»Halt mir das Fernglas hin und lass mich durchsehen.«

Er gehorchte und schlug ihr das Glas beim ersten Versuch fest gegen die Stirn. Obwohl es nicht auf ihre Stärke eingestellt war, erkannte Nina zwei Männer mit dunkler Hautfarbe, die sich vorsichtig durch das hohe Gras am Fuß der buckligen Dünen arbeiteten.

Als hätte er plötzlich eine Eingebung, zerschlug Ib eine Fensterscheibe mit dem Pistolenlauf. Zweimal krümmte sich sein Finger um den Abzug. Zweimal ertönte ein dröhnender Knall. Die Pistole fiel ihm beinahe aus der Hand.

»Sag mal, was zum Teufel machst du denn da, Ib? Bist du denn völlig verrückt geworden? Jetzt hast du ihnen doch überhaupt erst gezeigt, wo wir sind! Befrei mich, bitte. Dann werde ich das in die Hand nehmen.«

»Geronimo hätte mit der gleichen Weisheit gehandelt. Goyathlay wurde er auch genannt, der Gähnende. Er war der Größte von allen. Ein echter Apache. Er war der Letzte, der sich ergab. General Nelson Miles am 4. September 1886. Goyathlay …«

»Ib, ich würde später gern mehr über Geronimo hören. Bindest du jetzt bitte meine Hände los?«

Ib starrte auf die Pistole, die zwischen seinen zarten weißen Fingern riesig aussah. Dann begann er wieder, auf und ab zu gehen, wie ein kleines Tier hinter Gittern im Zoo, hin und her, mit kurzen energischen Schritten – die ganze Zeit hielt er den Blick auf den Boden gerichtet. Dann verschwand er erneut im Nebenzimmer. Sie hörte das hastige Knarren der Bodenbretter. Schließlich wurde es still.

Nach einigen Minuten kam er zurück. Nun mit ruhigeren Schritten. Er schaute sie mit seinen klaren blauen Augen flüchtig an. Sie nickte mehrmals, langsam.

»Komm schon, Ib. Denk nach.«

»Okay, also …«

Er zog ein Taschenmesser heraus und schnitt das Seil durch. Sie blieb stehen und massierte ihre schmerzenden Handgelenke. Dann holte sie ihr Mobiltelefon aus der Innentasche ihrer Jacke. Nina konnte nur ein paar Tasten drücken, bevor Ib es ihr aus den Händen riss und es mit voller Kraft gegen die Wand warf.

»Verdammt noch mal, du sollst niemanden anrufen! Sonst kommen noch mehr, die hinter mir her sind. Lasst mich in Ruhe!«

Sie sammelte die Reste ihres Handys auf und setzte es zusammen, doch das Telefon funktionierte nicht mehr. Kopfschüttelnd seufzte sie.

»Okay … Du hast das Ganze gerade noch schlimmer gemacht, Ib. Ich wollte nur im Präsidium anrufen, damit sie uns zu Hilfe kommen. Oder was glaubst du, wie es hier um uns steht?«

Ib senkte reumütig den Kopf, als ihm klar wurde, dass er sie gerade von der Außenwelt abgeschnitten hatte. Dann breitete er resigniert die Arme aus.

»Entschuldige. Ich bin einfach … Was machen wir jetzt? Ich will nicht mehr dabei sein.«

»Zuerst gibst du mir mal die Pistole.«

Sie streckte die Hand aus, und er überließ ihr die Waffe. Sie nahm ihr eigenes Fernglas und beobachtete das Terrain vor der Forschungsstation.

»Sie müssen in Deckung gegangen sein. Ich kann sie nicht sehen. Bist du eigentlich sicher, dass die da wirklich hinter dir her sind?«

Ib nickte. »Ich bin sicher. Das sind die vom Friedhof. Sie sind im Ferienhaus gewesen, an dem Abend, an dem ich die beiden anderen Männer treffen sollte, die es gemietet hatten. Zuerst habe ich mich draußen versteckt, am Windschutzzaun. Plötzlich ging die Tür auf, und die beiden gefährlichen Männer schleppten einen Mann ins Auto und fuhren weg. Ich schlich mich näher heran und guckte durch eins der Fenster. Ein toter Mann lag auf dem Sofa. Ich konnte das Blut sehen. Sie haben ihn umgebracht.«

»Wieso wolltest du die beiden ersten Männer im Ferienhaus treffen? Waren das Bekannte von dir?«

»Das hatten wir bloß so verabredet.«

»Ja, aber warum?«

»Wegen nichts …«

»Und du bist den ganzen Weg von Esbjerg nach Blåvand gefahren – wegen nichts?«

»Ich kam von hier, von Langli. Mit meinem Moped, das auf dem Festland steht. Sie waren ja schon hinter mir her, die beiden Männer.«

»Woher weißt du das?«

»Sie sind in Kopenhagen gewesen.«

»In Kopenhagen, wo in Kopenhagen?«

»In Mortens Wohnung. Dort wohne ich doch die meiste Zeit.

Morten war mein Bruder, das hat er selbst gesagt. Ib, du bist mein kleiner Bruder, der beste, den ich je hatte. Und der einzige … Und dann hat er gelacht. Jetzt ist er tot. Die haben ihn umgebracht. Und dann meine Mutter.«

»Die haben auch Morten umgebracht? Das kann nicht stimmen. Ich habe in der Zeitung gelesen, dass er mit einem Taxi verunglückt ist.«

»Das können sie mir nicht weismachen! Ich glaube, in der Türkei ist jemand hinter ihm her gewesen. Ich glaube nicht, dass es ein Unfall war.«

»Wieso sollte jemand hinter Morten her gewesen sein?« Ib zuckte die Achseln und vermied es, sie anzusehen.

»Bist du in der Türkei gewesen? Zusammen mit Morten?« Ib nickte.

»Was ist in der Türkei passiert?«

»Ich sage nichts mehr.«

»Ich werde nicht so richtig schlau aus dieser Geschichte, Ib. Aber wenn ich recht verstanden habe, dann solltest du von den beiden Männern, die in Blåvand das Ferienhaus gemietet hatten, eine Menge Geld bekommen. Und sie sollten dafür irgendetwas als Gegenleistung erhalten, aber dann sind die beiden anderen Männer aufgetaucht, haben den einen getötet und sind mit dem anderen Mann davongefahren. Und jetzt sind diese beiden hinter der Sache her, die du hast. Sag mal, was um alles in der Welt wollen die denn alle haben? Was, Ib?«

»Ich sage nichts mehr …«

Nina hob das Fernglas gerade noch rechtzeitig, um eine dunkle Gestalt hinter einer Erhöhung in Deckung gehen zu sehen. Die beiden Männer arbeiteten sich zum Haus vor.

»Du hast nicht zufällig ein Handy in der Tasche, Ib?«

»Ich hatte eins, aber das hab ich verloren. Vielleicht draußen im Wasser, ich weiß nicht.«

»Ich gehe jetzt hinunter und schließe die Tür ab. Halt dich von den Fenstern fern, okay?«

Ib nickte.

Sie ging hinunter, verschloss die Verandatür und schob das alte Sofa davor. Dann zog sie die stockfleckigen, von der Sonne ausgebleichten Gardinen vor die Fenster. Sie presste sich dicht an die Wand, zog die Gardine einen Spalt auf und schaute durch das Fernglas.

Nach einer ganzen Weile entdeckte sie einen Rücken, der im Strandhafer verschwand. Die Männer schienen sich getrennt zu haben, sie näherten sich dem Haus von zwei Seiten. Nina steckte die Pistole ins Holster und durchsuchte das Haus in der Hoffnung, irgendetwas Brauchbares zu finden. Irgendetwas, mit dem sie improvisieren konnte. Aber es gab nichts als altes Gerümpel in der Forschungsstation. Am sichersten schienen sie im ersten Stock zu sein. Sie lief die Treppe hinauf zu Ib, der auf dem Boden kauerte. Mit leerem Blick starrte er aus dem Fenster, wurde aber bei ihrem Anblick wieder zum Leben erweckt.

»Wie heißt du noch gleich?«

»Nina … ich heiße Nina Portland … Und ich habe einen zwölfjährigen Sohn. Er ist auch ganz verrückt nach Vögeln. Ganz ehrlich.«

Das Letzte war ein wenig übertrieben. Jonas konnte sich höchstens dazu durchringen, von der Fanø-Fähre aus den Möwen ein Stück Weißbrot zuzuwerfen.

»Ach ja?« Ib schien der Gedanke aufzumuntern. »Welchen Vogel mag er am liebsten? Ich mag den Kiebitz am liebsten, weil er mit dem Frühling kommt. Kiebitz, Vanellus vanellus, der brütet hier. Weißt du, woher er seinen Namen hat? Wegen seines Gesangs: kiju-vit, kiju-vit. Er hat eine Flügelspannweite von …«

Sie unterbrach ihn.

»Der Schwan. Der Lieblingsvogel meines Sohnes ist der Schwan.«

»Warum?«

»Hm, vielleicht weil er in Andersens Märchen vorkommt. Und die habe ich ihm oft vorgelesen, als er klein war.«

»Das hässliche Entlein. Das mag ich auch sehr. Die Leute irren sich, wenn sie glauben, dass Andersen nur was für Kinder ist. Wie heißt denn dein Sohn?«

»Jonas.«

»Wie der im Wal.«

»Genau …«

Plötzlich spürte sie ein Zittern in ihren Fingern. Ihr Herz hämmerte, und ihr Atem wurde flach. Panik stieg in ihr auf. Was würde Jonas sich denken, wenn sie nicht nach Hause kam? Sie konnte ihn weder anrufen noch sonst eine Nachricht hinterlassen. Das war noch nie vorgekommen. Und wenn es so war, wie Ib behauptete, dann hatten sie nur eine geringe Chance, lebend von Langli zu entkommen.

Nina schloss die Augen und atmete ein paarmal tief durch. Langsam, aber sicher ließ der Sturm in ihrem Körper nach.

»Ist irgendwas mit dir nicht in Ordnung, Nina?«

Sie schlug die Augen auf und bemerkte die Stirnfalten unter Ibs rotblondem Haar. Jetzt sah er älter aus.

»Nein, nein, es ist alles in Ordnung. Ich versuche nur, mich zu konzentrieren.«

Beide saßen sie eine Weile still da und schauten an die Decke. Dann sagte sie: »Die Männer kommen immer näher, jeder von einer Seite. Du kennst Langli, Ib. Hast du irgendeine gute Idee, wie wir abhauen können?«

Ib schüttelte den Kopf.

»Nein, Nina. Mir fällt nichts ein. Alles ist anders als sonst. Ich glaube nicht, dass ich jetzt denken kann.«

»Können wir im Schutz der Dunkelheit durchs Wasser waten? Vielleicht von einer anderen Seite der Insel aus, über einen Umweg, bis wir den Wattweg mit den Pfählen erreichen?«

»Bist du verrückt? Man darf Langli nicht verlassen, wenn es dunkel ist. Und man darf nur bei Ebbe gehen. Wenn man sich nicht an die Pfähle hält, kann man sich in der Dunkelheit verirren und landet im Hobo Dyb oder in der Hjerting-Rinne. Dann ertrinkt man. Das Wattenmeer sieht friedlich aus, aber es kann tückisch sein.«

»Sag mal, was ist eigentlich in dem Schuppen nebenan?«

Wieder zeigten sich die Falten auf Ibs Stirn. Er sah aus, als würde er gründlich nachdenken. Dann begann er mit der Aufzählung.

»Ein Wasserbehälter und ein Generator, der das Haus früher mit Strom versorgte, eine Menge Bretter und einige Kanister Brennstoff, etwas Werkzeug und ein paar alte Möbel, eine Hobelbank und etwas Glas für die Fenster, einige Bündel Stroh und altes Regenzeug, außerdem ein paar Taue und Angelleinen, Bojen und Schilder mit der Aufschrift ›Zutritt verboten‹ und …«

Er machte eine konzentrierte Pause.

»Ja, und ein altes Kajak, das liegt unter dem Dach …«

»Ein Kajak?«

»Ja – ein Kajak. Und ein Paddel. Unter dem Dach, auf den Balken. Und dann ist dort …«

Nina unterbrach ihn mit einer schnellen Handbewegung, stand auf und stellte sich vorsichtig ans Fenster. Sie konnte nichts sehen. Was auch immer die beiden Männer mit Ib Munk vorhatten, es war zumindest einigermaßen unwahrscheinlich, dass sie das Haus stürmten. Ib hatte etwas, das sie haben wollten. Und ein toter Ib Munk konnte nicht reden.

Vielleicht konnten sie Zeit gewinnen? Jetzt war es vier. Wann wurde es Mitte September eigentlich dunkel?

Sie setzte sich auf die oberste Treppenstufe und versuchte, alles noch einmal zu überdenken. Ib hatte recht. Es war ausgeschlossen, sich in der Dunkelheit zu Fuß ins Watt zu begeben. Die Pfähle standen zu weit auseinander, als dass man ihnen folgen könnte. Und im Übrigen wussten sie nicht, wie hoch das Wasser steigen würde.

Blieb nur eine Lösung. Sie hatte allerdings den Nachteil, dass man zunächst das offene, hügelige Gelände überwinden musste, um den Strand zu erreichen. Am vernünftigsten wäre es vermutlich, zu versuchen, nach Hjerting aufs Festland zu kommen. Von der Insel aus konnten sie die Lichter sehen. Es schien gar nicht so weit zu sein. Doch der Priel zwischen Insel und Küste war tief und das Wasser kalt um diese Jahreszeit. Zu schwimmen wäre zu riskant. Vermutlich würde man in dem kalten Wasser mit Krämpfen ertrinken. Aber es gab eine andere Möglichkeit.

Nina horchte. Es hörte sich an, als fummelte jemand an der Verandatür, an der sie ein Fenster eingeschlagen hatte. Ohne nachzudenken, gab sie einen einzelnen Schuss auf die Gardinen im Wohnzimmer ab, ein Schuss ins Ungewisse. Sie hörte das Splittern von Glasscherben. Nun wussten diese unheimlichen Kerle da draußen auf jeden Fall, dass sie ihnen nicht zu nahe kommen sollten.

Sie ging zurück und setzte sich neben Ib.

»Du hast geschossen. Hast du einen von ihnen getroffen?« Sie schüttelte den Kopf, lächelte und klopfte ihm freundschaftlich auf die Schulter.

»Nein, das habe ich nur getan, um ihnen zu zeigen, dass wir nicht eingeschlafen sind. Sag mal, ich bin einfach neugierig. Was zum Henker ist es? Was hast du, worauf alle so scharf sind? Wir helfen uns doch jetzt gegenseitig, da ist es nur fair, wenn du's mir erzählst.«

Ibs Mund wurde zu einem schmalen Strich. »Ich sag's nicht … Es ist ein Geheimnis, das ich mit Morten hatte.«

»Aber Morten ist doch tot, Ib.«

»Ja schon, aber trotzdem.«

»Du hast Morten auf der Reise in die Türkei begleitet? Du hast Morten ja bei allem Möglichen geholfen, oder?«

Ib nickte eifrig und lächelte.

»Ja, ich war sein Assistent. Und ich war auch mit in der Türkei. Ich bin immer bei Morten gewesen. Ich habe mich um das Licht gekümmert, aber ich konnte auch filmen, wenn Morten etwas sagen wollte und aufgenommen werden musste. Das nennt man ein Stand-up. Also, wenn man im Vordergrund steht und das, was passiert, kommentiert. Einen Krieg, eine Hungersnot oder ein Erdbeben … Und ich kann auch ganz gewöhnliche Fotos machen. Ich habe viele Tausend Bilder von Vögeln gemacht. Die Vögel, das sind meine Freunde.«

»Ja, ich weiß.«

»Woher weißt du das?«

»Ich bin in der Wohnung deiner Mutter gewesen. Um mich umzusehen – und herauszufinden, wo du sein könntest.«

»Und du hast mich gefunden.«

»Es war das Plakat über deinem Bett, das mit Langli …«

Ib nickte anerkennend.

»Gut beobachtet, Nina.«

»Du hast wirklich wunderschöne Fotos von Vögeln gemacht.« Sie lächelte und fügte vorsichtig hinzu: »Über eine Sache habe ich bei den Ermittlungen viel nachgedacht. Was ist eigentlich in der Türkei passiert, Ib?«

»Nichts.«

»Du bist nicht im Taxi gewesen. Wie bist du nach Hause gekommen?«

»Morten hat gesagt, dass ich mit Bekannten von ihm nach

Hause fahren soll. Sie waren in ihrer Wohnung in Antalya im Urlaub und haben auf dem Rückflug einen Platz für mich besorgt. Erst, als ich nach Hause kam, habe ich erfahren, dass Morten tot ist.«

»Wie?«

»Die Polizei rief an und hat's mir erzählt. Sie fragten mich, ob ich mit Morten verwandt sei. Und das war ich ja – beinahe …«

Eine Träne lief Ib über die Wange. Er wischte sie schnell mit dem Ärmel weg.

»Ib … Wir müssen jetzt zusehen, wie wir hier wegkommen, ohne dass sie uns entdecken. Hinterher können wir uns dann über alles unterhalten. Am besten, du erzählst mir alles, was du weißt. Wenn Morten wüsste, wie blöd das alles gelaufen ist, würde er dasselbe sagen. Denk mal darüber nach, ja?«

Ib nickte ernsthaft. »Glaubst du, dass sie uns umbringen?«

»Ja, ohne mit der Wimper zu zucken. Aber nicht, bevor sie nicht herausgefunden haben, wo du das versteckst, von dem du nicht sagen willst, was es ist. Sie haben ja bereits bewiesen, dass sie bereit sind, dafür zu töten.«

Sie bemerkte einen alten Keramikaschenbecher auf dem Fensterbrett und stand auf, um ihn zu holen.

»Könnten sie uns foltern, Nina? Morten hat mal gesagt, dass die Türken so was tun. Sie würden es nur nicht zugeben. Wegen all der Geschichten mit der EU.«

Ib blickte angsterfüllt zu ihr auf. Dann senkte er den Blick sofort wieder.

Sie nickte und setzte sich neben ihn.

»Rauchst du?« Sie reichte ihm die Zigarettenpackung.

»Nein, das ist doch ungesund.«

»Aber angenehm …« Sie zündete sich die Zigarette an, inhalierte und blies eine Serie Rauchringe.

»Rauchringe, das konnte Morten auch.«

Nina blieb sitzen, ohne ein Wort zu sagen, und genoss die Zigarette, während sie darüber nachdachte, wie sie Ib ihren Plan erklären sollte, ohne ihn in Panik zu versetzen.

»Hör mal, ich habe darüber nachgedacht, wie wir hier rauskommen. Und ich glaube, wir haben eine gute Chance.«

Ibs Gesicht leuchtete auf. Nina hob einen Zeigefinger.

»Aber du musst mir genau zuhören. Und du musst fragen, wenn du etwas nicht verstehst.«

»Schon okay.«

»Gut. Solange es hell ist, trauen die sich nicht, irgendetwas zu unternehmen. Darum müssen wir weg, sobald es dunkel geworden ist.«

Sorgfältig, Schritt für Schritt, weihte Nina Ib in ihren Plan ein. Zwischendrin hielt sie inne und vergewisserte sich, dass er ihr folgte. Die ganze Zeit über nickte er ernsthaft. Ein lautes Klopfen unterbrach sie, als sie fast zu Ende gesprochen hatte.

»Bleib hier sitzen, Ib.«

Sie stand auf und schlich vorsichtig zur Treppe. Das Klopfen kam von der Haustür. Dann hörte sie auf Englisch: »Hallo! Wir wollen niemandem Schaden zufügen. Wir wollen nur mit Herrn Munk reden. Hinterher verschwinden wir.«

Der Akzent klang seltsam, Nina konnte ihn nicht einordnen.

Sie schwieg.

»Hallo, da drinnen. Hören Sie mich? Wir garantieren Ihnen, dass Ihnen nichts geschieht. Wir wollen nur mit Herrn Munk sprechen. Und wir sind bereit, für das, was er hat, zu bezahlen. Sagen Sie ihm das.«

»Wir haben gesehen, was mit den beiden Männern im Ferienhaus passiert ist. Jeden Moment werden die Polizeihubschrauber kommen.«

»Wenn das der Fall wäre, Frau Portland, dann hätten Ihre

Kollegen doch schon vor geraumer Zeit erscheinen müssen, nicht wahr?«

Der Mann auf der anderen Seite der Tür lachte munter.

»Wenn ich auch nur einen Schatten von euch sehe, schieße ich. Verstanden?«

Sie hörte den Boden hinter sich knarren. Es war Ib. Vorsichtig schob er eine Kameralinse zwischen die Gardine und die Wand. Dann hörte sie es ein paar Male klicken.

Der Mann lachte noch einmal – diesmal nachsichtig.

»Welch ein Temperament ... Denken Sie noch einmal über unseren Vorschlag nach. Lassen Sie uns mit Herrn Munk sprechen, persönlich. Wenn wir eine Antwort auf unsere Fragen bekommen haben, verschwinden wir.«

»Fahrt zur Hölle!« Nina zog sich zurück. Ib stand jetzt auf dem Toilettendeckel des kleinen Badezimmers und fotografierte aus dem kleinen Fenster.

»Vorsicht!«

Ib sprang herunter und grinste.

»Jetzt habe ich sie im Kasten, Nina. Der andere Mann liegt drüben auf der anderen Seite. Er hat gerade seinen Kopf herausgestreckt. Er hat ein Fernglas.«

»Lass uns nach oben gehen, Ib. Am besten, wir bleiben dort.« Sie gingen hinauf und setzten sich wieder in eins der Zimmer nebeneinander, mit dem Rücken zur Wand.

»Es ist immer gut, Bilder zu haben. Filme und Bilder lügen nicht. Sie dokumentieren die Dinge. Es sind Beweise. Ich habe mal ein Bild an die New York Times verkauft – von einem Soldaten, der einen Mann mit einer Keule schlug. Das war in Ruanda, in Afrika. Willst du die Bilder mal sehen?«

Ib drückte auf einen Knopf und reichte ihr die Kamera.

»Benutz die Pfeiltasten, vor und zurück.«

»Klar. Was für eine schicke Kamera.«

»Das ist eine Nikon, eine D 200. Die hat fünfzehntausend Kronen gekostet. Sie hat eine Auflösung von 10,92 Megapixeln und eine Farbtiefe von 36 Bit und eine Bildgeschwindigkeit von … Ja, ich habe auch noch eine alte Hasselblad, die ich mir nach meiner Konfirmation gekauft habe, und dann habe ich noch …«

»Wie, hast du gesagt? Die Pfeiltasten?«

»Ja, die da. Ich besitze auch eine Videokamera.«

»Ich habe gesehen, wie du während der Beerdigung gefilmt hast.«

»Willst du den Film sehen?«

»Gern, aber später.«

Sie drückte. Es gab sieben Bilder der beiden Männer. Sie erschienen messerscharf auf dem großen Display auf der Rückseite der Kamera. Der Mann, der eben noch vor der Tür gestanden hatte, musste Mitte vierzig sein. Sein Nasenrücken war krumm. Er hatte markante Gesichtszüge, einen schwarzen Schnurrbart und wilde schwarze Augenbrauen. Ib hatte die Bilder von der Seite aufgenommen, sodass sie seine Augen nicht genau sehen konnte. Der andere Mann war nicht so deutlich zu erkennen. Ib musste ihn kräftig herangezoomt haben. Er wirkte älter, vielleicht aber auch nur, weil er so dünnes Haar hatte.

»Ib, schau mal nach, ob er noch immer da draußen liegt. Aber sei vorsichtig.«

Ib gehorchte und schlich zum Fenster. Sie öffnete die Klappe der Kamera mit einem Fingernagel, drückte die kleine Speicherkarte heraus und ließ sie in die Innentasche ihrer Jacke gleiten. Dann schaltete sie die Kamera aus.

Ib setzte sich. »Ich hab ihn nicht gesehen.«

»Sie haben sich vielleicht zurückgezogen. Ganz bestimmt versuchen sie irgendetwas, vielleicht noch heute Abend, vielleicht nachts. Hier ist deine Kamera, das sind tolle Bilder. Ich habe sie ausgeschaltet. Sei lieber sparsam mit dem Akku. Vielleicht musst du ja später noch mehr fotografieren.«

Sie reichte Ib die Kamera, und er legte sie zurück in seine Fototasche.

»Hast du irgendwas zu essen, Ib? Ich habe einen Bärenhunger, und nachher müssen wir bei Kräften sein.«

»Fleischklöße in Currysoße, aus der Dose. Magst du das?«

»Ich bin ein Allesfresser. Aber wir sollten lieber nicht runtergehen, es ist am sichersten hier oben.«

»Ich habe einen Primuskocher. Der steht unten in der Küche. Wir können die Dose hier aufwärmen.«

»Okay, ich hole ihn.«

»Soll ich mitgehen?«

»Nichts da. Das ist zu gefährlich. Du rührst dich nicht von der Stelle. Ich bin sofort zurück, dann kannst du mit der Dose Chefkoch spielen, während ich Wache halte.«

12

Erst als es auf Mitternacht zuging, sah sie die ersten Anzeichen von Wolken am sternenklaren Himmel über dem Meer – sie trieben über die Nordsee heran. Dennoch verging fast eine Stunde, bis die große schwarze Masse sich auftürmte und den blassen Mond verdeckte. Endlich konnte sie handeln.

Im Schein einer Petroleumlampe und mit einer kleinen, auf dem Boden ausgebreiteten Karte der Insel hatten sie ihre Flucht mehrfach bis ins kleinste Detail durchgespielt. Nina war sich jetzt sicher, dass Ib alles verinnerlicht hatte.

Sie vermuteten, dass die Männer sich auf beiden Seiten des Hauses befanden und die Ausgänge im Auge behielten. Daher entschied Nina sich für das Giebelfenster. Sie öffnete es vorsichtig, setzte sich aufs Fensterbrett und schwang die Beine hinaus. Sie hielt sich am Fensterbrett fest und drehte sich in dem Moment, in dem sie sich herunterrutschen ließ, bis sie an ausgestreckten Armen und mit dem Gesicht zur Wand an der Mauer hing. Bis zum Boden schienen es kaum mehr als drei, vier Meter zu sein.

Dann ließ sie los. Ihre Füße trafen auf weichen Sand, und Nina rollte sich ab, um den Fall zu dämpfen. Einen Moment später warf Ib ihr die alten Handtücher und Lappen zu, bevor auch er auf die Fensterbank kletterte, sich hinsetzte – und sich fallen ließ.

Die beiden Männer waren weder zu sehen noch zu hören. Das einzige Geräusch verursachte der Wind in den wenigen Nadelbäumen, dem einzigen höheren Bewuchs der Insel. Sie blieben mehrere Minuten lang liegen – horchten in die Dunkelheit und hielten Ausschau. Keinerlei Anzeichen dafür, dass man sie entdeckt hatte. Dann krochen sie die wenigen Meter bis zum Schuppen, wo eine Gruppe von Nadelbäumen ihnen gute Deckung bot. Vorsichtig öffneten sie die kleine Pforte und hoben das Kajak von den Dachsparren.

Ib kroch auf den Knien und schleppte das Kajak in eine niedrige Senke. Nina untersuchte die kleine Sammlung von Plastikkanistern, die in der Ecke stand. Sie schraubte einen Deckel nach dem anderen ab und schnupperte. Im dritten Kanister fand sie, was sie gesucht hatte – Benzin. Es war nur ein Fünfliterkanister – knapp halbvoll –, aber es würde reichen.

Dann kam Ib zurück. Er tastete sich vor und holte von der Bretterwand ein Stück Tau. Dann nahm er das Paddel unter den Arm und kroch wieder hinaus. Nina flüsterte ihm ins Ohr: »Ib, denk dran … Zähl bis fünfzig.«

»Werd ich, Nina. Alles in Ordnung … Geronimo hätte mit der gleichen Weisheit gehandelt.«

Auf Knien und Ellenbogen rutschte er weiter, und wenige Sekunden später hatte ihn die Dunkelheit verschluckt. Bemerkenswert, dieser Ib Munk. Ohne Weiteres gelang ihm der Wechsel von unglaublicher Angst zu geradezu unbedarfter Sorglosigkeit, von Misstrauen zu Vertrauen. Seit sie vereinbart hatten, dass Nina die Führung übernahm, und sie ihn Schritt für Schritt in ihren Plan eingeweiht hatte, machte er einen ruhigen Eindruck. Hauptsache, er behielt einen kühlen Kopf.

Nina rollte die alten Handtücher und Lappen zu einem Bündel zusammen, das sie unter die Jacke stecken konnte. Dann kroch sie los. Ein mühseliges Unterfangen, da sie den Kanister hinter sich herzog. Es würde lange dauern. Sie musste äußerst vorsichtig sein, und zwischen den vermeintlichen feindlichen Linien würde sie einige Pausen einlegen müssen.

Zunächst hielt sie sich links, während sie sich durch den hohen Strandhafer arbeitete, der ihr bald schon die Handflächen bis aufs Blut zerschnitten hatte. Dann stieß sie auf den Pfad mit dem weichen, kühlen Sand. Dem musste sie folgen, bis sie die höchste Düne erreichte, die ziemlich nah an der Forschungsstation lag.

Nachdem sie die große Düne bezwungen hatte, begann der Abstieg in das hüglige Gelände, das im zentralen Teil der Insel eine eigene kleine Landschaft aus Miniaturalpen bildete. Hier musste sie improvisieren.

Die Dünen erhoben sich wie schwarze Buckel aus der Dunkelheit. Einer Eidechse gleich kroch sie auf den schmalen Sandspuren vorwärts. Sie musste sich noch weiter vom Haus entfernen, sonst würde das Manöver nicht gelingen.

Von einer steilen Böschung aus sah sie die Lichter von Hjerting auf dem Festland. Sie hatte sich so weit westlich gehalten, dass die Dünen zum Strand hin flacher wurden. Das war die richtige Stelle.

Nina steckte die Hand unter die Jacke und drückte auf den Knopf. Ihre Armbanduhr leuchtete auf und zeigte, dass es beinahe zwei Uhr war. Sie drehte sich auf den Rücken, blieb einen Moment liegen und versuchte, ihre Atmung zu beruhigen. Vorsichtig holte sie die Speicherkarte aus der Tasche, steckte sie in eine kleine Plastiktüte, die sie in der Küche gefunden hatte, verknotete die Tüte, steckte sie wieder in die Tasche und zog den Reißverschluss zu. Das Einzige, was sie unterwegs nicht verlieren durfte, war diese kleine Karte.

Wenn Ib tat, was sie besprochen hatten, lag er nun da, spähte in die Dunkelheit und begann zu zählen.

Nina zog das Stoffbündel unter der Jacke hervor, schraubte den Verschluss des Benzinkanisters auf und schüttete den Inhalt über die Handtücher und Lappen. Mit den letzten Tropfen Benzin zog sie eine kleine Spur durch den Sand und den Strandhafer, um das Bündel aus sicherer Entfernung anzuzünden.

Das Feuerzeug flammte auf, und das Feuer machte sich auf den Weg. Explosionsartig entzündete sich das Bündel und brannte lichterloh. Sie ließ sich die Böschung hinabrutschen, kam auf die Beine und rannte auf das flache Marschstück am Wasser zu. Die Männer würden bald da sein. Das Feuer war meilenweit zu sehen, aber die Flammen würden auch rasch verlöschen.

Nina lief die Küste entlang, fiel, kam wieder auf die Beine, setzte ihren wirbelnden Lauf durch die Dunkelheit und das unebene Gelände fort. Als sie erneut stolperte, spürte sie das hohe Gras an ihrem Gesicht. Abrupt bog sie ab. Nun musste sie quer über die Insel laufen, hinüber zur entgegengesetzten Küste, zu Ib. Irgendwo in der Dunkelheit hörte sie hinter sich einen lauten Schrei. Sie verschwendete keine Zeit, um sich umzudrehen und nach dem Feuer oder den Männern zu schauen.

Die Forschungsstation erhob sich wie ein schwarzer Schatten zu ihrer Linken. Sie hatte die richtige Stelle erwischt. Jetzt konnte sie wieder die Lichter der Küste sehen. Sie lief weiter, bis sie erneut stürzte und hart auf der Schulter landete. Sand … Nina hatte das entgegengesetzte Ufer erreicht.

Erneut hörte sie hinter sich Rufe. Sie richtete sich auf und lief den Strand entlang Richtung Südspitze. Was auch immer passierte, sie musste um alles in der Welt die vereinbarte Stelle erreichen. Schließlich tauchte die kleine Landspitze wie eine flache Barriere auf. Noch einmal drehte Nina ab und lief über den Strand. Das Feuer hatte ihnen den notwendigen Vorsprung verschafft, doch die beiden Männer mussten schnell Verdacht geschöpft haben. Noch bevor sie das Wasser erreichte, fiel der erste Schuss. Sie hörte das merkwürdig ferne Dröhnen hinter sich. Dann noch einmal. Sie griff nach ihrer Pistole und feuerte, ohne stehenzubleiben oder sich umzusehen, drei Schüsse in die Dunkelheit.

Sie lief jetzt im Wasser, das ihr erst bis zu den Waden reichte, dann aber tiefer wurde. Der Wasserwiderstand nahm ihr die letzte Kraft. Als sie fiel, hörte sie eine Reihe von Schüssen. Sie sollte einfach aus dem Weg geräumt werden. Sie brauchten Ib Munk.

Das Wasser reichte Nina inzwischen bis zur Hüfte, und sie watete weiter hinaus. Sie bekam keine Luft mehr. Die kleinen Lichter drüben in Hjerting flimmerten. Dann ertönten weitere Schüsse. Sie streckte den Arm nach hinten und drückte auf den Abzug.

Sie hatte den Eindruck, als höre sie auf der Insel plötzlich weitere Schüsse, einige davon leiser als andere, dachte aber nicht darüber nach. Sie musste einfach nur weiter, weiter hinaus.

»Nina! Hier!«

Direkt vor ihr leuchtete Ibs kleine Fackel auf. Dann warf er sie ins Wasser, wie sie es ihm aufgetragen hatte. Sie hatte ihn fast erreicht … Noch dreißig, vierzig Meter …

Das Wasser stand ihr bis zur Brust, aber sie hatte nicht mehr die Kraft zu schwimmen. Hinter ihr krachte es erneut, und sie hörte gerade noch das Pfeifen des Projektils, bevor sie untertauchte und das Wasser kalt über ihrem Kopf zusammenschlug.

»Ich bin hier, Nina. Hier, halt fest.«

Ibs helle Stimme klang ganz nah. Nina rang nach Luft. Ihre Hände suchten fieberhaft. Dann schlossen sie sich fest um ein Seil. Sie registrierte das Platschen im Wasser, als Ib anfing, heftig zu paddeln.

Sie lag auf dem Rücken. Spürte, wie sie davongezogen wurde. Erst langsam und ruckweise, dann gleitender. Hinter sich sah sie das Mündungsfeuer aus den Schusswaffen der beiden Männer. Sie mussten ins Wasser gelaufen sein. Dann hörte sie weitere

Schüsse, leiser. Die Blitze kamen von der Anhöhe. Dann wurde auf die beiden Männer gefeuert, es gab eine Schießerei …

Jemand Drittes musste dazugekommen sein. Irgendjemand war aus der Dunkelheit getreten – und hatte sie möglicherweise gerettet.

Kraftlos ließ Nina sich vom Kajak durch das kalte Wasser ziehen, das ihre schmerzenden Muskeln betäubte. Nach und nach bekam sie ihre Atmung wieder unter Kontrolle. Sie konnte die Umrisse der Insel nicht mehr ausmachen, auch Schüsse waren keine mehr zu hören. Nur schwarze Stille, als hätte es Langli nie gegeben.

Sie drehte sich im Wasser um. Die Lichter von Hjerting schienen näher. Dann drehte sie sich wieder auf den Rücken. Ib schnaufte heftig, die Geschwindigkeit verlangsamte sich. Sie fing an, ihm zu helfen, benutzte ihre Beine und bewegte sie in großen zähen Stößen, wie eine Kröte.

»Du darfst nicht aufhören, Ib. Sonst gehe ich unter. Sind wir bald da?«

»Wir haben schon über die Hälfte der Strecke!«

Ninas Schwimmzüge verloren rasch an Kraft. Ihre Arme schmerzten. Sie drehte sich um und schwamm auf dem Bauch.

Das letzte Stück kam ihr wie eine Ewigkeit vor. Ihre Kräfte hatten sie längst verlassen. Sie fühlte sich wie eine schwere, steife Stoffpuppe, die einen gewaltigen Wasserwiderstand verursachte.

Zu ihrem Entsetzen spürte sie, dass das Kajak immer langsamer wurde. Ib konnte nicht mehr. Seine Arme bewegten sich kaum noch. Gleich würde sie untergehen. Ihr Körper schien ihr fremd und leblos … Sie atmete tief ein und bereitete sich vor. Da spürte sie Boden unter den Füßen. Sie konnte gerade noch den Kopf über Wasser halten.

»Ich habe Grund! Nur noch zehn Meter, dann …«

Ein heftiger Hustenanfall schüttelte ihren Körper. Sie hatte eine Menge Wasser geschluckt.

Nach einer kurzen Pause paddelte Ib weiter. Plötzlich hatte sie wieder die Kraft, ihm zu helfen. Das Wasser reichte ihr nur noch bis zur Brust. Die Straßenlaternen der Strandpromenade waren groß und deutlich zu erkennen. In einigen Fenstern war Licht zu sehen.

»Ib, ich lasse das Seil jetzt los und wate das letzte Stück. Warte am Strand auf mich, hörst du?«

»Ja. Ich werde warten.«

Ib paddelte auf den Strand zu. Er wurde schnell zu einer dunklen Silhouette, die sich mit den Felsbrocken vereinte, die entlang der Strandpromenade einen hohen Schutz gegen das Wasser bildeten. Schließlich sah sie ihn nicht mehr. Nur die großen erleuchteten Fenster des Hotels. Ihre Beine bewegten sich mechanisch. Jetzt stand ihr das Wasser nur noch bis zu den Oberschenkeln. Noch etwa fünfzig Meter, dann hatte sie es geschafft.

Als sie den Strand erreichte, ließ sie sich schwer in den Sand fallen. Erst als sie wieder zu Atem kam, drang die Kälte in ihr Bewusstsein, und plötzlich begann sie, am ganzen Körper zu zittern. Sie musste aufstehen und weitergehen. Sie erhob sich, erst auf alle viere, dann auf die Knie. Schließlich kam sie auf die Beine und wankte nach rechts, den Strand entlang. Ib musste ein Stück weiter vorne angekommen sein.

Sie rief ihn. Keine Antwort. Dann fand sie das Kajak. Es war ihm nicht gelungen, es auf den Strand zu ziehen. Es schwamm im seichten Wasser.

»Ib! Ib!«

Mit Mühe kletterte sie die Steine hinauf. Ib Munk war nirgendwo zu sehen.

»Ib! Wo bist du?« Verdammte Scheiße … Sie rief noch einmal. Keine Antwort. Ib Munk hatte sich wieder aus dem Staub gemacht.

Auf der Straße näherten sich Autoscheinwerfer. Nina stellte sich mitten auf die Straße und winkte. Der Wagen wurde langsamer. Dann fuhr er um sie herum – und weiter in Richtung Stadt.

Sah sie etwa aus wie eine Verbrecherin? Nein, tropfnass und erschöpft sah sie nur aus wie eine in Not geratene Frau, die Hilfe brauchte. Und nicht bekam. So ein Arsch!

Nina überquerte die Straße und wankte zum Hotel Hjerting, in dem noch Licht brannte. Ein Kellner sah sie ungläubig an, hörte sich aber glücklicherweise ihre Erklärung an und ließ sie herein. Sie traf kaum die Tasten des Telefons, so zitterte sie vor Kälte.

Nicht Jonas, sondern Jørgen nahm ab.

»Ich bin's …«

»Nina! Gott sei Dank! Wo bist du? Was ist passiert?«

»Mir geht es gut. Ich konnte keine Nachricht hinterlassen. Ich stehe draußen in Hjerting. Ich bin bald zu Hause. Ist Jonas noch wach?« Es gelang ihr nicht, den Hörer ruhig halten.

»Ja, er sitzt hier. Er konnte nicht schlafen. Ich geb ihn dir.«

»Was ist los, Mama? Wo bleibst du?«

»Ganz ruhig, mein Schatz. Ich bin auf dem Weg nach Hause. Dann werde ich dir alles erklären. Ich konnte dich nicht anrufen. Hast du Onkel und Tante erreicht?«

»Ja, und Onkel Jørgen ist gekommen. Wir haben die Polizei angerufen.«

»Gut gemacht. Bis gleich, Jonas.«

Der Kellner tauchte in der Tür auf, als sie auflegte. Er musterte sie skeptisch.

»Kriminalpolizei, haben Sie gesagt?«

Erst jetzt zog sie die schwere Lederjacke aus und ließ sie mit einem Klatschen auf den Boden fallen. Auf den Fliesen hatte sie eine große Pfütze aus Salzwasser hinterlassen. Der Kellner bekam große Augen, als er die Pistole im Schulterholster sah.

»Ja, Kriminalpolizei. Wären Sie so freundlich und würden mir ein Taxi bestellen?«

»Natürlich. Sollen wir Ihnen nicht ein paar trockene Sachen leihen? Sie zittern ja.«

»Danke, gern. Außerdem muss ich das Telefon noch mal benutzen.«

Sie rief Birkedal zu Hause an, der sofort hellwach zu sein schien. Er wollte umgehend Patrouillen nach Ho beordern und für einen Hubschrauber sorgen. Natürlich tat er das einzig Richtige, aber sie war überzeugt, dass es zu spät war. Die Männer dürften ungefähr die gleiche Zeit für ihren Rückweg zum Festland gebraucht haben wie Ib und sie. Vielleicht hatten sie aber auch ein Boot? Viel Hoffnung gab es nicht, die zwei – oder richtiger – die drei Männer zu finden, die geschossen hatten.

War ihr jemand zu Hilfe gekommen? Aber wer um alles in der Welt hielt sich mitten in der Nacht auf Langli auf, um sich ein Feuergefecht mit diesen beiden Männern zu liefern?

Oder irrte sie sich schlichtweg? Hatten ihre Sinne während des Dramas verrückt gespielt? Existierte der dritte Mann nur in ihrer Fantasie?

Der Kellner kam und reichte ihr ein weißes Hemd und einen Pullover. »Mehr habe ich im Moment nicht finden können. Sie können sich auf der Toilette umziehen. Hier entlang.«

Jonas lag längst im Bett, aber er weigerte sich zu schlafen, bevor er ihre Geschichte gehört hatte. Sie erzählte ihm eine entschärfte Version: dass sie auf Langli von der Flut aufgehalten worden sei und Piep-Ib ihr Telefon kaputt gemacht habe, sodass sie nicht zu

Hause habe anrufen können. Sie hätten auf die Ebbe warten müssen, aber das Wasser habe sie trotzdem überrascht.

Es war jetzt halb fünf. Sie hatte sich in einen Jogginganzug und einen dicken Pullover gepackt und glühte nach einer Dusche vor Hitze. Abgesehen davon, dass der eine Knöchel etwas geschwollen war und schmerzte und der Strandhafer kleine Risse in ihre Handflächen geschnitten hatte, ging es ihr blendend.

Sie saß mit Jørgen in der Küche und genoss die Zigarette zu einer weiteren Tasse Kaffee – und zu ihrem dritten Cognac.

»Prost.«

»Prost, Port. Wieso gerätst du bloß ständig in so etwas hinein, Liebes? Wir haben schon das Schlimmste befürchtet.«

Jørgen wurde regelrecht rührselig und gab ihr einen väterlichen Klaps auf die Wange.

»Kakteen gehen so leicht nicht ein, oder?«

»Manchmal denke ich, wenn du bei Jura geblieben wärst, würde ich ruhiger schlafen …«

»Hör auf, ja? Du klingst wie Martin. Normalerweise besteht mein Leben aus Frikadellen, brauner Soße und Kartoffeln. Und ist ganz still und ruhig.«

»Hör auf, die Sache zu verharmlosen, Nina. Die hätten dich umbringen können. Bei derartigen Unternehmungen sollte man im Übrigen nie allein losziehen.«

»Ach, für so was bin ich jetzt zu müde. Noch einen Absacker?«

Jørgen nickte, und sie goss einen kleinen Schluck in sein Glas. Sie fühlte sich bettschwer und müde, aber trotzdem würde sie nicht schlafen können. Das Ganze brannte ihr auf der Seele. Und sie konnte den armen Ib nicht vergessen. Warum hatte er sich ohne sie davongemacht? Vielleicht hatte er einfach seinem einzigen Impuls nachgegeben: Er hatte Angst und musste sich verstecken.

»Was ist eigentlich mit Martin?«

Jørgen versuchte, seine Frage möglichst beiläufig klingen zu lassen. Er mochte Martin, jedenfalls das bisschen, das er von ihm kannte. In Jørgens Vorstellungswelt war es für eine Frau das Beste, einen Mann zu haben. Astrid dagegen schien gewisse Vorbehalte gegenüber Martin zu hegen.

»Es ist vorbei. Es hat schon seit Längerem nicht mehr richtig funktioniert. Ich bin ihm wahrscheinlich nur zuvorgekommen. Ich habe neulich Schluss gemacht.«

»Hm, ärgerlich ... Aber das weißt du selbst am besten, Port.«

»Genau. Im Übrigen ... Wenn wir dort drüben auf Langli zu zweit aufgetaucht wären, hätte Ib nur noch mehr Angst bekommen. Dann hätte ich ihn nie zum Reden gebracht. Darum ...«

»Hast du irgendeine Idee, wo er sein könnte, dieser Ib?«

»Diesmal nicht. Vielleicht finden sie ihn im Lauf des Tages. Birkedal hat eine umfassende Fahndung veranlasst.«

Nina hatte sich direkt nach ihrer Heimkehr erneut bei Birkedal gemeldet und ihm einen ausführlicheren Bericht versprochen. Jørgen hatte gegen Abend bei ihm angerufen, als sie nicht nach Hause gekommen war. Man hatte also mit nahezu allen verfügbaren Kräften nach ihr gesucht.

Als sie mit Birkedal telefonierte, wusste er noch nicht, wie der Einsatz auf Langli ausgegangen war, aber er hatte versprochen anzurufen, wenn es wichtige Neuigkeiten gab. Bisher war nichts geschehen, also schien sie recht behalten zu haben: Die Männer hatten Langli so schnell wie möglich verlassen.

»War er wütend?«

»Wer, Martin?«

»Nein, Birkedal.«

»Hm, keine Ahnung. Wohl eher glücklich, dass ich noch lebe, aber knurrig, weil ich allein losgegangen bin, ohne jemanden zu informieren. Ich war allerdings auch nicht sicher, ob Ib Munk sich tatsächlich auf der Insel aufhielt. Ich hatte nur so eine starke Intuition.«

»Die Sache mit dem dritten Mann auf der Insel. Davon hast du ihm nichts erzählt?«

Sie schüttelte den Kopf.

»Noch nicht. Ich bin mir nicht ganz sicher ... Das war alles zu chaotisch. Und außerdem ... Nach wem sollten wir fahnden? Jetzt will ich ins Bett ... Ich danke dir für deinen Einsatz, mein Lieber.« Sie legte eine Hand auf seine Schulter. Der alte Dorfpolizist, der wie ein Vater für sie gewesen war, nahm ihre Hand und streichelte sie liebevoll.

»Da nicht für. Schlaf gut, Port.«

13

Benommen stieg Nina aus dem Bett, taumelte in die Küche und machte sich eine Tasse tiefschwarzen Kaffee. Nur mit Slip und T-Shirt bekleidet, setzte sie sich an den Computer. Sobald er hochgefahren war, steckte sie die Speicherkarte aus Ib Munks Kamera in den Kartenleser und begann, die Fotos zu kopieren.

Sie warf einen Blick auf die Uhr. Es war kurz nach zwölf. Sie hatte mit Birkedal vereinbart, dass sie erst zum Briefing um zwei erscheinen würde. Jørgen war längst aufgebrochen. Er hatte für das Frühstück gesorgt und Jonas in die Schule geschickt.

Ib Munks Fotos waren gut. Zuerst kam eine Serie mit Vogelbildern. Dann die beiden Männer. Der Hakennasige und der Mann mit dem dünnen Haar, den er aus großer Entfernung fotografiert hatte. Sie speicherte die Bilder und rief sie noch einmal im Fotoprogramm auf. Dann beschnitt sie die Fotos auf Porträtformat, hellte sie ein wenig auf und gab ihnen etwas mehr Kontrast. Vier ausgewählte Fotos mailte sie Thøgersen mit einer Kopie an Ulbæk. Einer von beiden musste sich der Sache ohnehin annehmen.

Sie setzte sich an den Küchentisch, aber es gelang ihr nicht, die Zeitung zu lesen. Stattdessen begann sie, mit einem Kugelschreiber quer über die Wetterkarte zu kritzeln. Eigentlich nur, um ihre Gedanken zu sortieren. Thøgersen hätte sich gefreut, wenn er sie dabei sehen könnte – bei ihrem Versuch, mit einer Zeichnung zu einer Struktur zu kommen, die große Sequenzen in kleinere Elemente unterteilte. Alles schien so verwickelt. Und die Ereignisse auf Langli hatten alles noch unübersichtlicher werden lassen – aber auch neue Spuren geliefert.

Nina malte zwei Kreise, einen für jede Leiche. Zwei Ausländer in einem Ferienhaus in Dänemark. Der Kohlenmann, nach wie vor ohne Identität, und Ercan Duru, ein Kurde, wohnhaft in London. Sie waren gekommen, um sich mit Ib Munk zu treffen – und hatten einen Konferenzsaal im Radisson SAS Royal Hotel in Kopenhagen besichtigt, um ihn zu mieten.

Zwei neue Kreise mit Fragezeichen. Die beiden geheimnisvollen Männer. Identität unbekannt. Zweifelsohne Mörder … Sie zeichnete einen weiteren Kreis, schrieb Ib Munk hinein und verband alle Kreise mit einem Strich. Sie hingen miteinander zusammen, aber wie?

Dann gab es noch Morten Busk. Seinen Kreis verband sie mit Ib Munks und zog einen Strich zurück zu den beiden Toten aus Blåvand. Drei Opfer. Was hatte Ib Munk in seinem Besitz, das angeblich viel Geld wert war? Filme? Fotos? Dokumente? Drogen? Wenn sich herausstellen sollte, dass die beiden Toten kurdischer Abstammung waren, und wenn sie in irgendeiner Weise mit geheimen Widerstandsaktionen zu tun hatten, lag der Gedanke doch nahe, dass diese durch kriminelle Aktivitäten finanziert wurden? Verschafften sich nicht auf der ganzen Welt Widerstandsbewegungen illegal Geld für ihren Kampf? Jedenfalls hatte die PKK vor langer Zeit in Schweden so gearbeitet. Aber wenn sie Drogenhändler oder Kuriere gewesen waren, wieso um alles in der Welt wollten sie dann einen Konferenzsaal buchen? Nein, diesen Gedanken konnte sie gleich wieder vergessen.

Den letzten Kreis zog sie um Ellinor Munks Namen. Sie war wohl kaum in irgendwelche kriminellen Machenschaften involviert – aber möglicherweise ein Opfer. Oder war sie einfach eines natürlichen Todes gestorben, aber eben zu einem ziemlich verdächtigen Zeitpunkt?

Wenn sie herausfänden, wer der Kohlenmann war und woher er kam, wären sie einen entscheidenden Schritt weiter. Möglicherweise würden sich dann alle Kreise verbinden lassen.

Und dann war da Ib Munk. Wieder auf der Flucht, in Panik. Im Augenblick hatte die Suche nach ihm absolute Priorität. Wenn er wollte, konnte vielleicht auch er alle Fragen beantworten.

Und einen hatte sie vergessen – wenn er wirklich existierte. Den dritten Mann auf Langli. Wer mochte er sein, und was war sein Motiv? Nina schrieb ein großes Fragezeichen unten in die Ecke.

Als sie rechtzeitig vor dem Briefing im Präsidium erschien, versammelte sich rasch eine kleine Gruppe Neugieriger um sie. Den ganzen Abend und die ganze Nacht über hatte man nach ihr gesucht. Wo um alles in der Welt war sie gewesen?

Nina sah keinen anderen Ausweg, als pflichtschuldig von ihrer Tour übers Wattenmeer nach Langli zu berichten. Nur von dem entfernten Mündungsfeuer – der Anwesenheit eines oder einer Dritten auf der Insel – sprach sie nicht.

Als sie sich mit einem Becher Kaffee an den Schreibtisch setzte, zweifelte sie plötzlich selbst wieder daran.

Zwei Männer hatten sie verfolgt und auf sie geschossen. Und sie hatte auf der Flucht das Feuer erwidert. Also drei Schützen, drei Mündungsfeuer – und Ibs Fackel. Ein viertes Aufblitzen in der Nacht. Sie war ja völlig am Ende gewesen. Was hatte sie wirklich gesehen?

»Worüber denkst du nach, Portland? Über die Ereignisse der letzten Nacht?«

Thøgersen stand vor ihrem Schreibtisch. Sein gestreiftes Poloshirt mit den langen Ärmeln erinnerte sie an das Sonderangebot des Supermarktes Føtex von letzter Woche.

Nina nickte schweigend.

»Und danke für die Fotos. Das ging schnell. Ich habe sie übers Netz weitergeschickt – auch an Interpol. Und den PET …«

»Den PET? Wieso?«

»Bestimmt nicht, weil ich glaube, dass die Sicherheit der Nation in Gefahr ist.« Thøgersen verzog den Mund zu einem schwachen Lächeln. »Aber wir haben hier nicht mit klassischen Tötungsdelikten zu tun. Wir haben zwei Männer fremdländischer Herkunft, die des Totschlags verdächtigt werden und auf der Jagd nach irgendetwas auf dänischem Grund und Boden sind. Der PET soll ein Auge darauf haben.«

»Ja, natürlich.«

»Als PET-Kontaktperson solltest du wissen, dass Birkedal und ich uns mit der obersten Heeresleitung zusammensetzen werden. Die Frage ist, ob wir ein offizielles Gesuch an den PET richten, sich an dem Fall zu beteiligen. Aber behalt das bitte für dich, ja? Du weißt ja, wie es ist …«

Nina nickte. Polizeidirektor Friis und seine rechte Hand, Chefpolizeiinspektor Pallesen, würden also zu Rate gezogen werden. Na ja … Sie wusste ganz genau, wie es war. Die meisten ihrer Kollegen hatten ein ziemlich ambivalentes Verhältnis zu dieser Art von Unterstützung. Die Mitarbeit des PET wurde als eine Form der Einmischung empfunden …

»Ich halte den Mund … Weißt du, wie die Fahndungen vorankommen?«

»Keine Spur von Ib Munk. Er ist wie vom Erdboden verschluckt. Und auch nichts von den beiden Männern. Wir haben die Suche ausgedehnt und fahnden landesweit nach ihnen.«

»Wir müssen Ib Munk unbedingt aufspüren, so rasch wie möglich. Finden wir ihn, finden wir auch die beiden anderen.«

»Und was ist mit dir? Und deiner eigenen Sicherheit?«

»Die haben überhaupt kein Interesse an mir. Sie brauchen Ib. Auf der Insel habe ich ihnen nur im Weg gestanden.«

»Vielleicht hast du recht, aber ich werde das mit Birkedal besprechen, nur damit du Bescheid weißt.«

»Tu das.«

Thøgersen war schon ein paar Schritte aus dem Büro, als er sich umdrehte und zurückkam.

»Nur eins noch … Wie um alles in der Welt konntest du wissen, dass dieser Bursche auf der Insel saß?«

Sie zuckte mit den Achseln. »Tja, Eingebung, denke ich. Er wurde immer Piep-Ib genannt, weil er so verrückt nach Vögeln war. Ich habe sein Zimmer in der Wohnung seiner Mutter durchsucht und … na ja, Langli schien mir eine gute Option zu sein. Nur ein Gefühl …«

Unter Thøgersens schweren Augenlidern blitzte es anerkennend auf. »Weibliche Intuition?«

»Das hättest du wohl kaum gesagt, wenn ich dich gebeten hätte, den ganzen Apparat aufgrund dieser dürren Fakten anzuwerfen, oder?«

Der stellvertretende Polizeiinspektor lachte, hatte aber genug Selbstironie, um den Kopf zu schütteln. »Das hätte ich bestimmt nicht getan, aber trotzdem gut gemacht, Portland. Im Übrigen glaube ich an weibliche Intuition. Meine Frau weiß immer, wann ich mit irgendeiner Rarität nach Hause komme.«

»Hm, es ist ja auch nicht so leicht, eine Flinte einfach in der Jackentasche zu verstecken.«

Thøgersen mochte es, wenn sie ihn hin und wieder mit seinem Hobby aufzog.

Ein Blick zur Wanduhr sagte Nina, dass es Zeit für das Briefing war. Sie stand auf, nahm ihren Kaffeebecher und begleitete Thøgersen zum Besprechungszimmer.

Zu ihrer großen Überraschung entdeckte sie, dass ihr Stammplatz am hinteren Tischende besetzt war. Dort saß ein Kerl mit Bürstenfrisur, dunklem Haar und Dreitagebart. Nina kannte ihn nicht. Vielleicht ein Kollege aus Varde? Sie blieb neben ihrem Platz stehen, zögerte.

Der Mann blickte fragend auf und lächelte.

»Irgendetwas nicht in Ordnung?«, erkundigte er sich und schob gleich hinterher: »Entschuldigung. Ich habe mich noch gar nicht vorgestellt. Tim Wejse. Oder ganz einfach Tim. Ich habe gestern erst angefangen.«

Er erhob sich halb und reichte Nina die Hand.

»Portland … schon gut, alles in Ordnung, abgesehen davon, dass du auf meinem Stammplatz sitzt – aber belassen wir es diesmal dabei.«

Sie gab ihm flüchtig die Hand und sah zu, dass sie einen Stuhl etwas weiter oben am Tisch erwischte, bevor Birkedal die Sitzung eröffnete. Aus den Augenwinkeln bemerkte sie das schadenfroh-süßliche Lächeln der Kollegen. Monberg grinste übers ganze Gesicht. Sie hätte es nicht sagen sollen, aber es war ihr einfach so herausgerutscht. Nun saß er da und sah ein wenig desorientiert aus, der Neue.

Birkedal setzte eine grimmige Miene auf, als er sich erhob. Er räusperte sich tief, im Raum wurde es still.

»Bis auf Weiteres keine Spur von Ib Munk oder den beiden Männern. Die Suche nach ihnen hat oberste Priorität, wir müssen sie finden! Und die meisten von euch, jedenfalls diejenigen, die bei unserer morgendlichen Runde dabei waren, wissen, warum. Ich werde also keine Zeit damit verschwenden, Portlands Eskapaden von heute Nacht zu repetieren.«

Birkedal schritt nachdenklich zum Fenster und blieb dort stehen. »Leider haben wir noch immer keine neuen Erkenntnisse über den Kohlenmann. Die Kollegen von der Metropolitan in London waren gründlich in ihrer Befragung des kurdischen Milieus, in dem sich der getötete Duru bewegte. Niemand scheint den Kohlenmann zu kennen. Auch nicht Durus Frau, die inzwischen aus der Türkei zurück ist. Und wir haben die Auswertung der Handydaten. Sie bestätigt unsere Annahme: Der Kohlenmann und Duru fuhren am 23. August von Blåvand nach Kopenhagen, erst auf die Autobahn bei Korskro und dann weiter Richtung Kopenhagen. Und den gleichen Weg zurück. Keine Abstecher. Das führt uns nicht weiter.«

Birkedal ging zurück an seinen Platz und beugte seinen schweren Körper vor, stützte beide Pranken auf die Tischplatte. Er sah ungewöhnlich ungnädig aus.

»Es ist ziemlich scheiße, dass wir derart auf der Stelle treten. Immerhin gibt es neue Ergebnisse aus Kolding. Die Techniker haben Ellinor Munks Wohnung untersucht. Wir haben eine Übereinstimmung zwischen DNA-Spuren aus Ellinor Munks Wohnung, aus dem gestohlenen weißen Mondeo und aus dem Ferienhaus in Blåvand. Das bedeutet nicht notwendigerweise, dass sie die alte Dame getötet haben. Laut Amtsarzt werden wir das nie mit Sicherheit sagen können. Aber nach diesem Fund können wir auch nicht ausschließen, dass unsere Täter drei Menschen auf dem Gewissen haben. Von nun an …«

Birkedal blickte irritiert auf, als an die offene Tür geklopft wurde und eine der Sekretärinnen hereinkam. Sie hatte einen knallroten Kopf. »Tut mir leid, dass ich störe, aber ich habe gerade erfahren, dass …«

»Wir haben hier eine Besprechung. Das muss warten!«

Birkedal hob warnend seine Pranke, und die Sekretärin blieb stehen, während sie aufgeregt mit einem Blatt Papier wedelte.

»Entschuldigung, aber es ist sehr wichtig. Mir wurde befohlen, die Nachricht umgehend zu überbringen. Von Friis persönlich.«

Birkedal seufzte resigniert und winkte die Frau näher. Sie lieferte das Blatt ab und eilte hinaus. Noch immer herrschte absolute Stille. Alle Augen waren auf den Chef gerichtet, der zerstreut nach seiner Brille suchte. Endlich fand er sie in der Brusttasche seines Hemds. Als er die Worte überflog, ging ein breites Lächeln über sein Gesicht. Zufrieden brummte er Thøgersen etwas zu, der direkt neben ihm saß.

»Na, endlich hat es geklappt! Ich glaube, jetzt haben wir den Kohlenmann gefunden, Leute. Ein Fax von der Kripo Berlin. Ein Mann ist als vermisst gemeldet. Und alles passt. Bis aufs i-Tüpfelchen. Er *muss* es sein …«

Nina musste gleich los, um sich an der Suche nach Ib Munk zu beteiligen. Sie blickte vom Schreibtisch auf. Der kräftige Wind peitschte den Regen gegen die Scheibe. Es goss, seit das Briefing beendet war. Nicht gerade das angenehmste Wetter für eine Fahndung. Alle würden irgendwo Schutz suchen, der verwirrte Piep-Ib genau wie seine raffinierten Verfolger.

Sie sah wieder auf die Skizze, die sie angefertigt hatte und die sich nur in einem Punkt von der Skizze zu Hause auf ihrem Küchentisch unterschied. Der Kohlenmann hatte seinen Platz darin gefunden. Mittlerweile war seine Identität bestätigt worden. Die Deutschen hatten ein Foto und ein Zahnschema gemailt. Es gab keinen Zweifel.

Der Mann war dreiundfünfzig Jahre alt gewesen, als er starb. Da hatte Anja Poulsen also richtiggelegen. Er hieß Serhat Zamani, war kurdischer Herkunft und wohnte allein in einer Wohnung in Berlin-Kreuzberg. Nirgendwo sonst außerhalb der Türkei lebten so viele Türken auf einem Fleck wie dort; der Kohlenmann war also nur einer von vielen in einem gigantischen türkisch-kurdischen Milieu.

War es Zufall, dass es sich bei beiden Opfern um Kurden handelte? Wenn zwei Dänen getötet worden wären, die beide aus Kopenhagen stammten, hätte kein Hahn danach gekräht.

Aber konnten sie sich erlauben, auch in diesem Fall so zu denken?

Die Nachbarin des Kohlenmanns, eine ältere Dame, hatte sich an die Polizei in Kreuzberg gewandt, weil er nicht aus dem Urlaub zurückgekommen war. Sie hatte seinen Hund in Pflege, und er hätte ihn niemals zurückgelassen. Eine einfache Suche im Register – und schon war der Kohlenmann auf dem Bildschirm der Deutschen erschienen, ein Toter, den man in Dänemark gefunden hatte.

Das schien auf den ersten Blick alles ganz ausgezeichnet, aber wieder waren sie in der irritierenden Situation, dass sie von den Ermittlungen anderer abhängig waren. Erst die Engländer, jetzt die Deutschen. Es ärgerte Nina maßlos.

Birkedals Laune hatte sich nach diesem Glücksfall jedoch spürbar gebessert. Den Rest des Briefings über wirkte er durchaus noch angespannt, aber die Furchen in seiner Stirn glätteten sich ein wenig, und er versuchte sogar, einen Scherz zu machen, den zumindest Monberg komisch fand.

Einen der Gründe für seine schlechte Laune an diesem Morgen hatte Birkedal sich selbst zuzuschreiben. Kurz vor dem Briefing hatte nämlich eine Bewohnerin des Hauses in der Islandsgade im Präsidium angerufen, weil sie im Treppenhaus Geräusche gehört hatte, die klangen, als ob in der Wohnung der toten Frau Munk eine Tür zugeschlagen wurde. Es stellte sich heraus, dass in Ibs Zimmer einige Kleidungsstücke fehlten, außerdem war das Geld aus dem Portemonnaie im Küchenschrank verschwunden.

Birkedal hatte vergessen, Ellinor Munks Wohnung sofort nach Ibs Verschwinden in Hjerting überwachen zu lassen. Sollte Ib vorher kein Geld besessen haben, hatte er jetzt gut und gern ein paar Tausend Kronen in der Tasche. Und außerdem trockene Sachen.

Nach den dramatischen Ereignissen auf Langli war Nina ausnahmsweise etwas nachsichtiger mit sich. Trotzdem – sie hätte daran denken müssen. Fehler konnte sie nur schwer ertragen.

Nina holte ihre Dienstpistole und zog sich die Jacke an, die über der Stuhllehne hing. Sie sollte mit dem Neuen fahren, Tim Wejse – auf Thøgersens Wunsch.

Leise schlich sie an der offenen Tür von Birkedals Büro vorbei. Sie konnte jetzt einfach nicht mit ihm reden. Sie hatte es fast geschafft, als hinter ihr erschallte: »Portland, stopp!«

Birkedal winkte sie mit großen Armbewegungen herein, und sie setzte sich auf den Stuhl vor dem Schreibtisch, der ihr seit Jahren als Anklagebank wie als Beichtstuhl diente.

»Ich muss los, mit dem Neuen. Kann das hier nicht warten?«

»Tja, Tim Wejse, interessanter Mann, tüchtiger Bursche, mit großer Erfahrung in Tötungsdelikten.« Birkedals Ton klang anerkennend und entspannt, als hätte er plötzlich alle Zeit der Welt. Manchmal wurde man nicht schlau aus dem Löwen.

»Das wurde aber auch Zeit. Die Stelle hätte schon zum 1. August besetzt werden sollen. Soweit ich weiß. Woher kommt er?«

»Station City.«

»Aha. Einer von den harten Jungs, was?«

Station City war die neue Bezeichnung für die Station 1, das Revier am Kopenhagener Halmtorvet. Eine Zeit lang hatte es über dieses Revier eine Menge Medienberichte gegeben – über schwarze Schafe im Dienst. Einiges war wahr, anderes erfunden. Jedenfalls hatte der Aufruhr die ursprüngliche Bezeichnung Station 1 in den Ohren der Bevölkerung diskreditiert. Station City klang da besser, ein bisschen mehr nach Bürgernähe.

»Harter Junge? Nein, glaube ich nicht, Nina, nur handfest und erfahren.«

»Und wieso landet er hier? Weit weg von Kopenhagen.«

»Zeig dich von deiner freundlichen Seite. Frag ihn selbst. Du sollst ja mit ihm fahren.« Birkedal räusperte sich. Dann fuhr er fort: »Ich habe mit Thøger über dich gesprochen – und über deine Sicherheit. Du bekommst Personenschutz, Portland.«

Ups, »Nina« hatte sich offenbar erledigt. Jetzt hieß es »Portland« – und das Gespräch war kein Kaffeeklatsch mehr.

»Was? Das brauch ich nicht. Das meinst du doch nicht ernst, oder? Kommt gar nicht in Frage.«

»Es führt kein Weg dran vorbei, Portland. Gestern haben sie versucht dich zu töten. Heute könnten sie es wieder tun.«

»Lass mich einfach meine Waffe mit nach Hause nehmen. Die sind nicht hinter mir her, sondern hinter Ib Munk.«

»Vielleicht, aber sie können nicht wissen, wo Munk ist. Sie wissen nur, dass ihr zusammen in der Dunkelheit verschwunden seid. Schließlich musst du auch an deinen Jungen denken.«

Sie schluckte. Jonas … Der Chef fuhr schweres Geschütz auf. Nun ja … Vielleicht hatte er recht. Sie brauchte einfach etwas Ruhe.

»Am Montag fängt dein Kurs an, nicht? Wer kümmert sich dann um ihn?«

»Meine Verwandten in Sønderho.«

»Der alte Dorfpolizist?«

»Ja.«

Zögernd musterte sie sein Gesicht. Es war ein ziemlich blöder Zeitpunkt, zumal er gerade zu »Portland« übergegangen war. Aber sie versuchte es dennoch.

»Eigentlich habe ich mir überlegt, den Kurs diesmal zu canceln. Wir haben viel zu viel zu tun. Und jetzt kennen wir endlich die Identität des Kohlenmanns. Ich kann ganz einfach nicht hin. Es gibt sicher später wieder einmal eine Chance.«

»Ich dachte, diese Diskussion hätten wir hinter uns. Wenn du jetzt abspringst, Portland, weiß ich nicht, was ich mit dir mache. Das wäre einfach zu idiotisch. Unfassbar idiotisch!«

Sie lehnte sich zurück. Birkedals Augenbrauen standen beinahe senkrecht hinter den Brillengläsern. Er würde sich ohne Zweifel rächen, wenn sie absagte. In welcher Form auch immer. Plötzlich hatte sie eine Idee. Vielleicht gab es doch noch eine Möglichkeit?

»Hm, können wir darüber verhandeln?«

»Verhandeln? Worüber? Glaubst du, wir sind in irgendeinem beschissenen Kaufmannsladen?«

»Wenn ich dem Personenschutz zustimme und wenn ich am Montag mit dem Kurs beginne, wärst du dann so freundlich und würdest mich morgen nach Berlin fahren lassen?«

»Du bist nicht in der Position, über irgendetwas zu verhandeln.«

»Vielleicht nicht, aber auf diese Weise muss man nur abends und nachts auf mich aufpassen, und dann noch am Wochenende, wenn ich vom Kurs nach Hause komme. Das spart Kräfte, und im Übrigen ist es lästig und sehr ärgerlich, dass wir die ganze Zeit von fremden Ermittlungen abhängig sind. Erst London und nun auch noch Berlin. Der Kohlenmann gehört uns. Es ist nicht weit nach Berlin, ein Tag würde genügen. Das ist ein großer Fall für uns. Sie werden Verständnis für unser Interesse haben.«

Birkedal hatte ihr konzentriert zugehört. Nun setzte er seine Brille ab und rieb sich die Augen. Er sah noch müder aus als Thøgersen.

»Hast du nicht auch schon an Berlin gedacht?«

Birkedal schüttelte den Kopf und seufzte. »Nina, du bist ein Fall für Fortgeschrittene.«

Langsam ließ er sich erweichen …

»Berlin? Natürlich ist mir der Gedanke gekommen. Verdammt, mich macht es doch auch wahnsinnig, dass wir die Arbeit nicht allein erledigen können. Sprichst du Deutsch?«

»Und wie. *Durch, für, gegen, wieder, um – kennst du nicht den Akkusativ, dann bist du wirklich dumm.*«

Birkedal unterdrückte ein Glucksen.

»Fahr hin! Aber dann will ich nichts mehr hören.«

»Wunderbar, und wann?«

»Morgen. Dann haben die da unten genug Zeit gehabt, sich den Fall anzusehen. Und am Montag geht's ab nach Avnø.«

Sie nickte.

»Ich habe von Thøgersen gehört, dass ihr überlegt, den PET hinzuzuziehen.«

»Ja, ich wollte es dir natürlich erzählen, aber jetzt müssen wir ohnehin erst mal abwarten. Ich werde aus denen nicht schlau. Manchmal wollen sie alles zwischen Himmel und Erde erfahren, und dann scheint ihnen alles egal zu sein. Kann sein, dass ich zunächst ein informelles Gespräch mit Gudmundsen führe.«

»Okay, und du klärst das mit den Deutschen?«

»Ja, und dann müssen wir abwarten, wie unsere deutschen Freunde reagieren. Du kannst unseren neuen Mann von Station City grüßen und ihm mitteilen, dass er die Chance hat, bis Mitternacht dein Schutzengel zu sein. Dann bitte ich Thøgersen, für eine Ablösung zu sorgen. So, jetzt sieh zu, dass du rauskommst, Nina.«

Birkedal versuchte streng auszusehen, als er auf die Tür deutete.

Tim Wejse blickte Nina fragend an, als sie sich wieder ans Steuer setzte, den Schlüssel umdrehte und den Motor startete. Er hatte auch ein überraschtes Gesicht gemacht, als sie nur wenige Hundert Meter zurücklegten, vom Präsidium bis zum Rathaus. Dort hatte sie geparkt. Wejse hatte erwartet, dass sie sich auf der Suche nach Ib in der Stadt die Reifen abfuhren. Stattdessen war

Nina aufs Sozialamt gegangen, um zu überprüfen, ob es dort eine Akte über Ib Munk gab. Es gab keine.

»Und?«

»Das war eine Niete.«

»Und jetzt?«

»Zu seiner alten Schule. Möglicherweise haben die etwas, was wir brauchen können. Wie ich höre, bist du kein gebürtiger Kopenhagener?«

»Nein, aber inzwischen vielleicht ein beinahe waschechter Kopenhagener.«

»Hm.«

Es regnete noch immer heftig. Sie schaltete den Scheibenwischer ein und bog auf die Straße.

Eine halbe Stunde später klopften sie in einem Haus in der Nørregade an eine Tür im ersten Stock links. »Anna und Arne Frederiksen«, stand auf dem Türschild.

Sie hatten in Ibs ehemaliger Schule gefragt. Die Sekretärin hatte getan, was sie konnte, aber es fanden sich keinerlei Akten mehr von damals – oder besser gesagt: Niemand wusste, wo diese Akten sein könnten. Dafür fand Nina heraus, wer Ib Munks Klassenlehrerin in den ersten sieben Schuljahren gewesen war. Anna Frederiksen, eine quicklebendige, zierliche ältere Dame, die bereits vor vielen Jahren in Pension gegangen war.

Nina zeigte ihren Ausweis, stellte sich und Tim Wejse vor und erklärte ihr Anliegen.

Frau Frederiksen lächelte und nickte, als sie Ib Munk erwähnte.

»Selbstverständlich erinnere ich mich an Ib. Bitte, kommen Sie herein.«

Sie wurden ins Wohnzimmer geführt und nahmen dankend eine Tasse Kaffee an. Herr Frederiksen saß im Nebenzimmer in einem Sessel und schnarchte, eine Zeitung auf dem Schoß. Hastig schloss seine Frau die Tür.

»Er hält am Nachmittag immer ein kleines Schläfchen«, erklärte die pensionierte Lehrerin. »Aber was führt Sie zu mir? Ib ist doch nicht etwa in Schwierigkeiten?«

»Nein, eigentlich nicht. Ich bin hier, um mir ein klareres Bild von Ib zu machen. Eine alte Bekannte der Familie sagte mir, er leide unter dem Asperger-Syndrom. In der Schule gibt es keine Unterlagen mehr über Ib, also dachte ich, dass Sie als seine ehemalige Klassenlehrerin uns helfen könnten.«

»Ib war ein lieber Junge, aber schrecklich verschlossen. Erst nach und nach gelang es mir, sein Vertrauen zu gewinnen. Ja, er hat Asperger. Ich weiß es, weil ich seinerzeit dafür sorgte, dass er untersucht wurde.«

»Also wurde er tatsächlich untersucht.«

»Erst in der dritten Klasse. Es war damals für eine junge Lehrerin wie mich nicht so leicht, das durchzusetzen. Ihm schien auf den ersten Blick nichts zu fehlen, aber …«

»Wie ist es Ihnen aufgefallen?«

»Durch seine Abkapselung und … wie soll man es nennen … durch sein vollkommen unangepasstes Sozialverhalten. Und wenn ihn etwas interessierte, vertiefte er sich vollkommen in das Thema.«

»Könnten Sie versuchen, eine Art Bild von ihm zu zeichnen? Wie würden Sie ihn beschreiben?«, schaltete sich Tim Wejse ein. Unterwegs hatte er nicht viel geredet. Und Nina waren zu viele Gedanken über Ib Munk durch den Kopf gegangen, als dass sie ein längeres kollegiales Gespräch mit ihm hätte führen können. Tatsächlich war sie ziemlich kurz angebunden gewesen.

»Die Intelligenz von Asperger-Betroffenen ist in aller Regel völlig normal. Die Krankheit zeigt sich im Sozialverhalten. Charakteristisch sind auch diese ganz besonderen Interessen. Das alles passte genau auf Ib. Er war im Unterricht bisweilen vollkommen abwesend. Und bei anderer Gelegenheit redete er plötzlich hektisch über Vögel. Es dauerte nicht lange, bis ich herausfand, dass er ein wenig seltsam war. Aber damals wurde nicht gleich eine große Sache daraus gemacht, wenn einer aus dem Rahmen fiel. Außerdem kam Ib im Unterricht recht gut mit. Darf ich fragen, was er heute macht? Wie kommt er zurecht?«

Nina stellte ihre Kaffeetasse ab und zuckte die Achseln. »Wir denken, dass er in all den Jahren seinem guten Freund Morten Busk bei allem Möglichen geholfen hat.«

Die alte Dame faltete die Hände im Schoß und nickte nachdenklich. »Es tut mir leid um Morten. Ich habe neulich gelesen, dass er verunglückt ist. Ohne ihn wäre Ib in der Schule niemals zurechtgekommen. Morten verkörperte all das, was Ib fehlte. Popularität, Cleverness, Durchsetzungsvermögen. Wenn er in der Nähe war, gab es niemanden, der Ib ärgerte.«

Die alte Lehrerin hielt inne. Dann fand sie offenbar das Wort, das sie gesucht hatte.

»Geborgenheit … Das ist sicherlich das zentrale Wort, wenn Sie sich ein Bild von Ib machen wollen. Wenn er sich geborgen fühlte und alles nach Plan lief, ging es am besten. Sonst wurde er leicht konfus. Wenn er etwas Unangenehmes erlebt hatte, dauerte es manchmal mehrere Tage, bis man wieder zu ihm durchdrang. Armer Kerl. Ich habe oft an ihn gedacht. Er hatte es nicht leicht, aber glücklicherweise hatte er ein liebevolles Zuhause. Lebt seine Mutter noch?«

»Nein, sie ist vor Kurzem gestorben.«

»Dann ist er also ganz allein, der Arme, ohne seine Mutter und ohne Morten?«

»Ja, und darum müssen wir ihn finden.«

Nina stand auf, Wejse ebenfalls. Sie bedankten sich für die Hilfe, und Frau Frederiksen begleitete sie zur Tür.

»Na ja, dann viel Glück. Ich hoffe, Sie finden ihn. Und grüßen Sie ihn bitte von seiner alten Klassenlehrerin.«

Es hatte aufgehört zu regnen, als sie auf den Bürgersteig traten und sich ins Auto setzten. Nina schaute auf die Uhr. Es war spät. Sie hatte Jonas per SMS versprochen, ihn abzuholen, obwohl es nur wenige Hundert Meter von der Schule bis nach Hause waren.

»Und jetzt, Portland? Wir haben nicht viel zur Fahndung beigetragen, was?« Wejse lehnte sich zurück und lächelte schief.

»Nein, aber dafür haben wir etwas anderes erledigt. Man kann nicht nach jemandem suchen, ohne zu wissen, wer er ist. Und nun wissen wir mehr als noch vor ein paar Stunden.«

»Korrekt.«

Für einen beinahe waschechten Kopenhagener hatte sich ihr neuer Kollege den ganzen Nachmittag über erstaunlich wortkarg und zurückhaltend verhalten. Dann musste sie sich erneut eingestehen, dass sie sich auch nicht besonders entgegenkommend benommen hatte.

»Nina, ich heiße Nina. Ich glaube, das hatte ich noch gar nicht gesagt. Und die Sache mit dem Platz vorhin … Vergiss es. Es war bescheuert. Ich bin nun mal ein Gewohnheitstier.«

Wejse nickte. »Ist schon okay. Ein Stammplatz ist ein Stammplatz. Und jetzt?«

»Ich muss meinen Sohn abholen. Er geht auf die Schule, in der wir vorhin gewesen sind.«

Sie ließ den Wagen an.

»Dein Sohn?«

»Ja, ich habe einen Sohn. Ist das so merkwürdig?« Ihr schneidender Ton stellte die Freundlichkeit, die sie gerade aufgeboten hatte, sofort wieder in Frage.

»Nein, daran ist überhaupt nichts Merkwürdiges. Ich dachte nur, dass wir uns in der Stadt tummeln und an der Fahndung beteiligen sollen.«

»Ich hatte ganz vergessen, es dir zu erzählen: Ab morgen stehe ich unter Polizeischutz. Auf Befehl von Birkedal. Wir müssen uns miteinander unterhalten, bis du heute Abend irgendwann abgelöst wirst. Tut mir leid, aber ich habe auch nicht gerade darum gebeten.«

Wejse nickte nachdenklich und rieb sich die Bartstoppeln am Kinn.

»Nein, das kann ich mir lebhaft vorstellen.«

Jonas stand auf dem Schulhof und kickte einen Fußball an die Mauer. Unbegreiflicherweise konnte er sich stundenlang auf diese Weise beschäftigen. Als er sie sah, kickte er den Ball weit weg und lief ihr entgegen.

»Hej, Jonas. Komm, wir wollen nach Hause.«

»Wieso muss ich abgeholt werden, Mama?«

»Es hat ein bisschen Ärger mit ein paar Burschen gegeben, die ich mal festgenommen habe. Jetzt sind sie sauer auf mich. Ist nichts Besonderes. Wir werden nur einen Tag lang bewacht. Im Auto sitzt ein Kollege von mir. Er kommt mit nach Hause, und irgendwann kommt dann ein anderer und löst ihn ab.«

»Um fünf muss ich aber zum Fußball.«

»Oh, das hatte ich vergessen, ist aber auch kein Problem. Wir kommen einfach mit.«

Sie hatte gerade Jonas' verdreckte Fußballklamotten in den Waschkeller gebracht, als er mit einem Handtuch um die Hüften aus der Dusche kam. Sein helles Haar war tropfnass, und er hinterließ auf dem Dielenboden im Flur eine nasse Spur.

»Wann kommt er endlich mit der Pizza? Mann, ich hab einen tierischen Hunger.«

»Ich bin kein Mann. Ich bin deine Mutter. Denk mal dran.«

In diesem Augenblick klingelte es. Das musste Tim Wejse mit ihrem Abendessen sein. Sie ging zur Tür und öffnete. Schon wieder Pizza, aber was sollte man machen, wenn man unerwartet einen Gast bekam? In fünf Minuten ein fantastisches Abendessen zaubern, mit einem hausfraulichen Lächeln und einem liebevoll klopfenden Herzen unter der Schürze?

Sie aßen in der Küche. Ein Bier lehnte Wejse dankend ab.

»Nicht im Dienst, aber ein andermal gern.«

Jonas befragte ihn, als würde er ein Verhör leiten: nach seiner Pistole, der Arbeit in Kopenhagen und dem Grund dafür, dass er den ganzen Abend bleiben sollte. Nina ließ ihn fragen und reden. Glücklicherweise hatte sie während des Fußballtrainings daran gedacht, mit Wejse abzusprechen, wie sie ihren Polizeischutz erklärten, sodass Jonas die richtigen Antworten bekam.

Schließlich verschwand er in seinem Zimmer. Tim Wejse blieb am Küchentisch sitzen und blätterte in der Zeitung. Sie war verblüfft, dass er sich so ruhig und abwartend verhielt. *Wohnt ihr allein hier? Bist du geschieden?* Überraschenderweise blieben die obligatorischen Fragen aus.

Nina wollte die 19-Uhr-Nachrichten im Fernsehen verfolgen und bat ihn, sich ins Wohnzimmer zu setzen, während sie Kaffee kochte.

Er stand am Fenster und schaute hinüber zur Vor Frelsers Kirke, als sie mit den Bechern hereinkam.

»Wunderschöne Aussicht. Wenn ich bloß etwas Ähnliches finden könnte.«

»Das gibt's auch nicht noch einmal.« Nina fiel auf, dass sie nicht einmal die naheliegende Höflichkeitsfrage gestellt hatte:

Hast du schon eine Wohnung gefunden? Warum verhielt sie sich so zugeknöpft? Es lag nicht nur an dem ganzen Trubel. Aber sie hatte keine Lust, darüber nachzudenken. Stattdessen ließ sie sich ins Sofa sinken und schaltete den Fernseher ein.

»Ich dachte, du hättest schon eine Wohnung gefunden?«, meinte sie irgendwann.

»Hab ich auch. Zwei Zimmer in der Norgesgade. Ist nur kein Vergleich mit der hier.«

Er antwortete, ohne sich umzudrehen, und blieb am Fenster stehen. Wejse war groß und breitschultrig, nicht auffallend, eher auf eine athletische Weise. Sie ließ ihren Blick auf seinem Nacken ruhen.

»Setz dich, Wejse. Hier ist der Kaffee – und jetzt kommen die Nachrichten.«

Nina fragte sich, was sie so an Wejse irritierte. Dass er überhaupt nicht so war, wie sie es sich vorgestellt hatte – nicht das smarte Arschloch aus der City? Oder dass er darüber hinaus auch noch gut aussah?

Ein solcher Kollege könnte ihre Kreise bedrohen, er war tüchtig, wie Birkedal sagte. Hätte sie lieber noch einen wie Monberg gehabt? Bei dem wusste man wenigstens, woran man war: schlicht und dumm wie Bohnenstroh.

Es lief bereits der Wetterbericht, als sie über ihren Schatten sprang und die *eigentliche Frage* stellte, etwas, was die meisten Leute wohl sofort getan hätten.

»Und was treibt dich hierher zu uns, in den tiefsten Westen? Die Erklärung, die du Jonas gegeben hast, es sei eine ›spannende Herausforderung‹, kannst du dir für deine Großmutter aufsparen.«

Er lächelte und schlug gelassen die Beine übereinander. Er ließ sich Zeit. Wenn er jetzt anfangen würde, über die Faszination des wilden Westens zu faseln, über seine urwüchsigen Einwohner und die ewigen Wirtshausprügeleien unter breitschultrigen Fischern, würde sie richtig wütend werden. So ein Geschwätz bekam man oft genug von Kopenhagenern zu hören, allerdings auch von einer Menge Jütländern. Darauf hatte sie jetzt überhaupt keine Lust.

»Eigentlich bin ich hier aus der Gegend, geboren und aufgewachsen in der Nähe von Varde. Mein Vater wohnt noch dort. Und meine Schwester lebt in Esbjerg. Sie hat drei Kinder und einen Mann, also nicht sonderlich viel Platz. Da habe ich mir lieber eine eigene Wohnung gesucht. Ich war gern in Kopenhagen und mochte die vielen Möglichkeiten dort, aber ich mag Westjütland auch sehr gern, vor allem die Natur.«

»Aber du hast lange in Kopenhagen gearbeitet?«

»Ich bin ein paar Jahre nach dem Abitur nach Kopenhagen gezogen und habe seitdem dort gelebt. Ich wollte Agronom werden.«

»Agronom?«

»Ja, ist das so komisch?«

Sie musste lächeln.

»Nein, sicherlich nicht, nur trifft man nicht jeden Tag ...«

»... einen Bullen, der eigentlich Agronom werden wollte?« Er lachte. »Aber keine Sorge, ich bin ein Klischee von einem Polizisten, ein jütländischer Bauerntrampel. Meine Eltern waren Bauern, ich selbst bin auf einem Hof aufgewachsen. Vielleicht wollte ich deshalb Agronom werden, aber die Uni, das war einfach nicht meine Welt. Ich konnte nicht so lang stillsitzen – und dann die vielen Bücher. Anderthalb Jahre habe ich durchgehalten. Mein Onkel war damals Kriminalkommissar in Kopenhagen, in Bellahøj. Das schien mir doch erheblich interessanter, und so wurde es die Polizei ...«

»Aha. Wahrscheinlich bist du einer dieser Naturburschen, die am liebsten das Trillern der Lerche und das Klopfen des

Spechts mögen, und nach deiner Scheidung war es an der Zeit, aus der Hauptstadt heim ins geliebte Westjütland zu fliehen, um wieder Boden unter die Füße zu bekommen?«

Das klang wirklich unglaublich blöd und zickig. Spitzer, als sie beabsichtigt hatte – aber aus irgendeinem Grund fiel es ihr schwer, sich zurückzuhalten.

»Hör zu, Nina Portland. Es ist okay, wenn wir uns nicht um den Hals fallen, aber soweit ich weiß, habe ich dir nichts getan. Außer dass ich deinen Stammplatz im Besprechungsraum besetzt habe. Trotzdem bist du total aggressiv und warst es schon den ganzen Tag. Ich befinde mich hier in deiner Wohnung, weil ich den Auftrag dazu bekommen habe. Ich mache also nur meinen neuen Job. Ist wirklich eine merkwürdige Form des Umgangs … Aber bitte, wie du willst.«

Sein Tonfall war eiskalt.

Sie starrten lange in den Fernseher, jeder mit einem Kaffeebecher in der Hand. Erst gegen Ende der Sportnachrichten brach Nina das Schweigen.

»Sorry, Wejse. Das war blöd von mir. Heute war einfach so ein Scheißtag. Und ich habe nicht ordentlich geschlafen. Es passiert bloß so selten, dass Leute in deinem Alter sich von Kopenhagen nach Westjütland versetzen lassen, es sei denn, es gibt einen guten Grund dafür. Und oft ist das doch eine Scheidung. Nur so hatte ich's gemeint.«

»Dann hast du's aber wirklich unglaublich uncharmant formuliert. Nein, ich bin nicht geschieden. Ich war nie verheiratet, und das muss man meines Wissens sein, wenn man sich scheiden lassen will, oder? Und es gibt auch keine Lebenspartnerin und keine Kinder. Single nennt man das dort, wo ich herkomme. Ja, ich bin ein Naturmensch. Ich bin Angler und Jäger. Und das hat in der Tat eine Rolle gespielt, als ich mich nach einem Job weit weg von der Großstadt umgesehen habe.«

»Und das ist alles? Na ja, das ist ja schon eine ganze Menge. Wie gesagt, entschuldige.«

»Nein, da gibt's noch mehr ...«

Er stellte den Becher ab und schaute sie an, als würde er überlegen, ob er noch weitergehen sollte.

»Du kannst ebenso gut alles erfahren, da du ja ohnehin mit dieser sturen Tour angefangen hast ... In den letzten Jahren habe ich viel mit Überwachung und Infiltration von verschiedenen Netzwerken zu tun gehabt. Exjugoslawen und Schmuggel, Pakistaner und Drogen, Rumänen und eingeschleppte Prostituierte ... Ich war einer der Hintermänner, als wir eine Gruppe Albaner hochnahmen, die eng mit den Rumänen zusammengearbeitet hatten. Das haben sie mir nicht vergessen. Es sind Mitglieder eines Clans, und wenn sie erst einmal beschlossen haben, sich zu rächen, kann das ein ziemlich ungesundes Ende nehmen. Tja ... Es war also in gewisser Weise vernünftig, sich weit weg von Kopenhagen und diesen Milieus versetzen zu lassen. Im Grunde hat mein Chef mir den Befehl gegeben. So sieht es aus. Tut es mir leid? Nicht besonders. Ich habe hier, wie gesagt, Familie, ich kann angeln, auf die Jagd gehen – warum also nicht? Wenn überhaupt, dann jetzt.«

Sie nickte schweigend. Das klang immerhin nach einer Erklärung.

»Aber du bist wahrscheinlich geschieden? Vollkommen unverständlich, finde ich ...«

Diesmal gab es kein schiefes Lächeln, höchstens ein Zwinkern mit Augen, die plötzlich gar nicht mehr so freundlich wirkten. Wejse spielte ihren Aufschlag mit beißender Ironie zurück und traf sie mitten in die Visage. Sie hatte es mehr als verdient.

»Nein, denn um geschieden zu werden, muss man verheiratet sein, nicht wahr?«

»Aber du hast Jonas?«

»Es ist nicht verboten, alleinerziehende Mutter zu sein. Jedenfalls nicht in Esbjerg.«

»Und sein Vater?«

Sie zuckte die Achseln.

»Das ist lange vorbei.«

»Kein Kontakt?«

»Nein, kein Kontakt. Und das ist …«

Jonas erschien in der Tür. »Mama, ich geh ins Bett. Ich bin müde. Liest du mir ein bisschen vor, nur ausnahmsweise?«

»Na gut. Kriech unter die Decke, ich komme gleich.« Jonas verschwand. Sie schob Wejse die Fernbedienung zu.

»Ich lese ihm noch ein wenig vor. Und wir müssen uns auch noch ein bisschen unterhalten. Er ist gestern die halbe Nacht mit meinem Onkel wachgeblieben, weil ich nicht aufgetaucht bin … Schalt einfach um, wie du willst. Und wenn du ein bisschen schlafen möchtest, leg dich aufs Sofa.«

Er schüttelte abwehrend den Kopf. »Ich bin doch dienstlich hier.«

Die Tasche stand gepackt zu Hause. Nina musste sich nur noch eine zusätzliche Jacke abholen, dann konnte die Reise nach Berlin beginnen. Abends könnte sie dort sein, ein Gedanke, der ihr gefiel. Birkedal hatte ihr gerade sämtliche Unterlagen überreicht. Die Deutschen freuten sich, sie begrüßen zu dürfen, hieß es.

Der Morgen und der Vormittag hatten nichts Neues gebracht. Keine Spur von Ib Munk. Keine Spur von den beiden Männern. Weder dänische noch internationale Reaktionen auf die beiden Fahndungsfotos.

Wejse und Monberg wurden nach Kopenhagen geschickt. Sie hatten von den Kollegen in der Hauptstadt endlich eine Adresse von Ib Munk bekommen, ein möbliertes Zimmer in Valby.

Was richtig interessant werden könnte, war aber die bevorstehende Hausdurchsuchung von Morten Busks Wohnung, an der die Polizei von Esbjerg teilnehmen sollte. Den Nachlass des Kameramanns verwaltete ein Rechtsanwalt aus Kopenhagen.

Anfangs hatte es so ausgesehen, als ermittelten sie in einem Fall von isoliertem Totschlag, einem bestialischen, aber nicht ungewöhnlichen Verbrechen in Dänemark, inzwischen führten die Spuren bis ins Ausland. Im Augenblick gab es genügend lose Fäden, die man aufgreifen konnte, dennoch war es bitter, dass der Mann, der möglicherweise auf alle Fragen eine Antwort hatte, vor ihrer Nase, in ihrer eigenen Stadt, verschwinden konnte.

Wie lange konnte Ib Munk untertauchen? Er dachte kaum rational und schon gar nicht unter Stress. Es war nur eine Frage der Zeit, bis er gefunden wurde.

In der Zwischenzeit würde Nina sich dorthin begeben, wo alles begonnen hatte, ins Umfeld des Kohlenmanns. Sie würde nicht ohne Resultate nach Hause zurückkehren – und wenn sie das gesamte türkische Milieu in Kreuzberg umgraben musste.

Sie ordnete einige Papierstapel auf ihrem Schreibtisch, sodass er ein wenig aufgeräumter aussah. Dann ging sie an den Waffenschrank und deponierte ihre Pistole. Sie würde sich an die Regeln halten. Die Polizei eines anderen Landes um Amtshilfe zu bitten, war das eine. Eine Reise dorthin bewaffnet anzutreten, das andere. Das war ausgeschlossen und im Übrigen auch nicht nötig. In Berlin ging es um zwei Dinge: zuzuhören und genau hinzusehen.

Sie nahm ihre Jacke und steckte beim Gehen den Kopf in Birkedals Büro. »Ich fahre jetzt.«

Einen Moment sah Birkedal aus, als hätte er keine Ahnung, wohin es gehen sollte. Dann fiel der Groschen.

»Ah ja, gute Reise. Fahr vorsichtig. Und mach da unten keinen Ärger!«

»Irgendwas Neues?«

»Ja – es gibt eine sehr wichtige Angelegenheit, die wir überprüfen sollten. Ich wollte gerade in Kopenhagen anrufen.«

Birkedal blätterte in seinem Notizbuch, als wäre das Gespräch beendet. Dann griff er zum Telefonhörer.

»Wichtig? Worum geht's denn?«

Er schaute auf, verwundert, dass sie noch immer in der Tür stand. »Die Handy-Telefonate. Wir haben neue Daten zu Zamanis Telefonverbindungen. Er hat ziemlich viel telefoniert, ein paarmal nach Deutschland, ein paarmal in die Türkei – und einmal nach Kopenhagen. Er hat mit einem kurdischen Fernsehsender gesprochen – ROJ TV. Erinnerst du dich?«

»ROJ TV? War das nicht der Sender, mit dem der türkische Regierungschef nicht reden wollte?«

»Ganz genau. Der war es.« Birkedal nickte. Dann wählte er eine Nummer. »Gute Reise, Nina.«

Sie blieb mitten auf der Treppe stehen. Sie erinnerte sich noch gut. Es war ein paar Jahre her. Der dänische Ministerpräsident, Anders Fogh Rasmussen, hatte den Regierungschef der Türkei empfangen, Recep Erdogan. Als sie anschließend eine Pressekonferenz geben wollten, um zu berichten, wie ergiebig und angenehm ihr Treffen gewesen sei, fiel Erdogans Blick auf einen Journalisten des kurdischen Senders ROJ TV. Umgehend hatte der Türke mitsamt seinem Gefolge die Pressekonferenz verlassen. Und Ministerpräsident Rasmussen musste allein vor die Presse treten und erklären, wie gut man sich verstanden habe.

Die Türkei beschuldigte den Fernsehsender, der seinen Sitz in Kopenhagen hatte, enge Verbindungen zu der kurdischen Terrororganisation PKK zu unterhalten, und verlangte von Dänemark die Schließung des Senders. Die USA unterstützten die Türken, aber es half nichts. Der Ministerpräsident wies alle Forderungen zurück, denn ROJ TV hielt sich an die dänischen Gesetze.

Möglicherweise hatte es doch etwas zu bedeuten, dass die beiden Toten Kurden waren. Es gab ein kurdisches Schloss in der Ermittlungskette. Ihnen fehlte nur der Schlüssel.

Der Kohlenmann hatte mit dem kurdischen Fernsehsender Kontakt aufgenommen. Und der Kohlenmann und sein Kumpel hatten einen Konferenzsaal gebucht. Sie wollten offenbar irgendetwas veröffentlichen. Fotos, einen Film, Dokumente, irgendetwas, das durch die Ungunst des Schicksals in den Besitz des armen Ib Munk gelangt war. Es würde ein interessanter Tag werden. Sowohl in Kopenhagen wie in Berlin könnten sie Erfolg haben. Aber am liebsten wäre ihr gewesen, wenn sie in Esbjerg Erfolg hätten. Denn Ib Munk musste schnellstens gefunden werden – lebendig.

14

Ein kalter Wind fegte durch die Straßen von Berlin. Ein paar lose Zeitungsseiten wirbelten über das Kopfsteinpflaster, und eine Staubwolke fuhr ihr ins Gesicht, sodass sie die Augen zusammenkneifen musste. Sie schlug den Kragen ihrer Lederjacke hoch und beglückwünschte sich dafür, dass sie die dicken Jeans angezogen hatte.

Der glühend heiße Kaffee tat gut. Nina lehnte an einem kleinen Tisch, den der Besitzer vor die Imbissbude gestellt hatte. Von hier aus konnte sie die hektische Aktivität im Polizeipräsidium, das schräg gegenüber auf der anderen Straßenseite lag, beobachten.

Paul Richter hieß der Kommissar, mit dem sie sich um zehn Uhr treffen sollte. Sie hatte noch eine Viertelstunde Zeit und wollte pünktlich sein.

In ihrer Umhängetasche steckten die Kopien der Faxe, die Birkedal abgeschickt hatte, um das Treffen vorzubereiten. Sie würde sie auf den Tisch knallen, wenn sich herausstellen sollte, dass sie aus irgendeinem Grund doch nicht erwartet wurde.

Die gut sechs Stunden lange Fahrt von Esbjerg hatte sie gut überstanden, obwohl es die meiste Zeit geregnet und sie wegen eines Unfalls im Stau gestanden hatte. Erst gegen Abend war sie im Hotel Alsterhof in der Augsburger Straße angekommen, obwohl sie sich nur einmal verfahren hatte.

Nina hatte Mühe, sich eine Zigarette anzuzünden, die erste des Tages. Zum Kaffee konnte sie nicht darauf verzichten.

Sie war heute früh aufgestanden. Als Erstes hatte sie Tim

Wejse angerufen, um von seiner Reise mit Monberg nach Kopenhagen zu hören. In den ersten Minuten klang er merkwürdig abwesend, sie musste ihn geweckt haben. Leider hatte sich nicht sehr viel ergeben. Auch Ib Munks kleines Zimmer hatte nichts Interessantes geboten. Dafür war in Morten Busks Wohnung eingebrochen worden. Die Kollegen hatten sie vollständig durchwühlt vorgefunden und einiges an Material konfisziert, überwiegend Bänder, Papiere und eine Festplatte, die derzeit noch untersucht wurde. Auch der Besuch im kurdischen Sender hatte nichts Neues erbracht. Von der kleinen Mitarbeiterschar konnte – oder wollte – sich niemand an einen Telefonanruf des Kohlenmanns, Serhat Zamani, erinnern.

Dann hatte Nina die U1 am Wittenbergplatz genommen, war am Halleschen Tor umgestiegen und bis zum Platz der Luftbrücke gefahren. Von dort war es nur ein kurzer Spaziergang zum Präsidium.

Die Uhr zeigte zwei Minuten vor zehn. Sie trank den letzten Schluck Kaffee und ließ den Zigarettenstummel in den Plastikbecher fallen. Es konnte losgehen. Nachdem sie die Straße überquert hatte, meldete sie sich bei Torwache, einer Frau, die in einem Häuschen neben dem Schlagbaum saß.

»Kriminalkommissarin Nina Portland, dänische Polizei.« Nina schob ihren Ausweis durch den Schlitz ganz unten in der Glasscheibe. »Ich bin um zehn mit Paul Richter vom VB I verabredet.«

Die Frau mit der grünen Mütze studierte den Ausweis und schaute sie an. Dann rief sie jemanden an, nickte ein paarmal und lächelte freundlich.

»Willkommen, Frau Portland. Gehen Sie bitte über den Hof, durch das Tor dort im Zaun und dann ganz bis zum Ende des Geländes.«

Nina bedankte sich und ging über den Parkplatz auf das Gebäude zu. VB stand für »Verbrechensbekämpfung« – eigentlich logisch. Paul Richter arbeitete im Bereich VB I, der sogenannten Kriminalbereitschaft, die in schwierigen Fällen die Ermittlungsarbeit übernahm. Sie lief die Treppe hinauf und trug noch einmal ihr Anliegen vor, diesmal war es ein junger Mann. Nach einem weiteren Anruf wurde sie gebeten, sich zu setzen und zu warten. Kriminalkommissar Richter saß in einer Besprechung.

Es vergingen zehn, zwanzig, fünfundzwanzig Minuten, ohne dass etwas geschah. Sie saß auf einem Stuhl in der Nähe des Eingangs, während Leute geschäftig hin- und herliefen. Sie hatte das Gefühl, im Weg zu sein. Wie ein Auto, das mitten auf einer Kreuzung liegengeblieben war.

Endlich kam ein großgewachsener Mann den Korridor entlang, direkt auf Nina zu. Er wirkte gestresst, lächelte aber, während er die Hand ausstreckte, eine riesengroße Pranke, und zuckte entschuldigend die Achseln.

»Paul Richter. Willkommen, Frau Portland. Bitte entschuldigen Sie die Wartezeit. Wir hatten eine größere Schießerei letzte Nacht, Bandenkrieg, Sie wissen schon … Es war ziemlich viel los heute Morgen. Aber kommen Sie doch in mein Büro. Hatten Sie eine gute Reise?«

»Danke, ausgezeichnet. Ich bin gestern Abend angekommen.«

»Wo wohnen Sie?«

»Im Hotel Alsterhof in der Augsburger Straße.«

»Bestimmt eine gute Adresse. Und nahe am Kurfürstendamm.«

Höflich hielt Richter Nina die Tür zu seinem Büro auf und bat sie, Platz zu nehmen. Er selbst ließ sich schwer auf einen Stuhl hinter dem Schreibtisch fallen, auf dem sich Aktenstapel türmten.

»Ich gehe davon aus, dass Sie den vorläufigen Bericht lesen konnten, den wir nach Esbjerg geschickt haben?«

Sie nickte. Richter holte seine Lesebrille aus der Brusttasche und setzte sie auf, während er hastig in einigen Unterlagen blätterte. Dann seufzte er tief. »Ich muss Ihnen zu meiner Schande gestehen, dass wir noch nicht sehr viel weiter sind. Die Ressourcen, Sie wissen schon …«

Er schüttelte den Kopf, sodass die Haut unter seinem Kinn wackelte.

Nina nickte abwartend.

»Das klingt wahrscheinlich wie eine Entschuldigung, die Sie schon häufiger gehört haben, Frau Portland, aber uns fehlen im Augenblick wirklich die Mittel.« Richter lächelte und knetete seine gewaltigen Pranken. »Wir haben noch immer mit Urlaubsvertretungen zu kämpfen. Was erhoffen Sie sich eigentlich genau von Ihrem Besuch in Berlin?«

Es dauerte einige Sekunden, bis Nina begriff, dass die Frage keine Falle war. Richter sah tatsächlich aus wie jemand, der zu ehrlich ist, um anderen ein Bein zu stellen.

»Ich rechne bestimmt nicht damit, irgendetwas zu finden, das Sie nicht hätten finden können. Es geht wohl eher darum … eine Art Gefühl zu bekommen … Wie gesagt, wir haben zwei Tötungsdelikte. Beide Opfer sind ausländische Staatsbürger, der eine ein Kurde aus London, der andere Ihr Mann aus Berlin. Dass wir nicht vor Ort, also nicht in der unmittelbaren Umgebung der Opfer ermitteln können, macht die Sache ziemlich kompliziert.«

»Das kenne ich. Furchtbar, wenn man von den Ermittlungen anderer abhängig ist.«

Paul Richter blickte freundlich über seinen Brillenrand.

»Wir setzen unsere Befragungen natürlich fort. Aber vorläufig haben wir lediglich eine weitere Person vernommen, also über den Bericht hinaus, den wir Ihnen bereits geschickt haben. Nichts deutet darauf hin, dass Serhat Zamani jemals in irgendetwas Kriminelles verwickelt war. Im Gegenteil, er scheint in überhaupt nichts verwickelt gewesen zu sein. Ein ruhiger und hilfsbereiter Mann, der sehr zurückgezogen lebte. Zusammen mit seinem netten Hund.«

»Was ist mit politischen Aktivitäten? Was sagen die Leute in seinem Umfeld?«

»Wie gesagt, wir haben noch nicht alle befragen können. Aber bisher – nichts. Zamanis Leidenschaft galt dem Fußball und Tieren. Allerdings muss man auch sagen, dass wir hin und wieder Schwierigkeiten haben, gegenüber Leuten aus dem türkischen Milieu das Eis zu brechen. Sie vertrauen uns nicht. Das gilt vor allem für die ältere Generation. Wir haben eine riesige Gruppe türkischer Bewohner hier in Kreuzberg, wussten Sie das?«

»Ja, Sie nennen den Stadtteil auch Klein-Istanbul, nicht wahr?«

»Genau. Sechzigtausend Menschen türkischer Abstammung …«

»Ich bin schon mal hier gewesen. Als ich jung war. Ich hatte eine Freundin, die in Berlin studierte.«

Paul Richter nickte – und warf einen verstohlenen Blick auf seine Armbanduhr, der Nina nicht entging.

»Tja, Frau Portland, fahren wir raus und sehen uns die Wohnung an? Dann können Sie sich einen Eindruck aus erster Hand verschaffen. Das ist im Augenblick leider alles, was ich für Sie tun kann.«

Der Mann im VW Golf war vorsichtig gewesen und hatte die ganze Zeit einen vernünftigen Abstand eingehalten. Jetzt sah er, wie der Wagen vor ihm blinkte und am Straßenrand hielt. Ruhig ließ er seinen VW an ihnen vorbeirollen, blinkte und bog links ab zum Gröbenufer, einer kleinen Straße an der Spree.

Dann hielt er und drehte sich auf dem Sitz um. Er sah, wie der Mann hinter dem Steuer dieser Nina Portland mit großen Gesten irgendwas erklärte. Dann stiegen beide aus.

Paul Richter schloss den Wagen ab.

»Da ist die Oberbaumbrücke, und Zamanis Wohnung liegt gleich hier, im dritten Stock«, erklärte er und deutete auf ein Gebäude.

Sie schaute sich um. Die Häuser, die zusammen ein langes Karree bildeten, unterschieden sich deutlich voneinander. Serhat Zamanis Wohnhaus war das viertletzte, vom Fluss aus gesehen. Es schien einigermaßen instand, aber durch die Abgasschicht, die sich mit den Jahren auf der braunen Fassade abgelagert hatte, wirkte es unansehnlich. Eine Reihe von Müllcontainern stand neben dem Eingang, Graffitis überzogen die Wände.

Das Straßenbild war von der enormen Stahlkonstruktion geprägt, das die Hochbahn trug. Bis zur Skalitzer Straße waren sie parallel dazu gefahren, nun bog die Bahnlinie fast direkt vor Zamanis Fenstern ab und führte über die Brücke.

»Wollen wir hochgehen?« Richter hielt Nina die Tür auf, und sie traten ein. Auch das Treppenhaus war braun gestrichen. In einer Ecke lag ein verstreuter Haufen Reklamezeitungen. Richter ging voraus, wobei er in seinen Taschen wühlte. Er fand den richtigen Schlüssel erst, als sie vor der Tür standen; sie war mit einem Klebeband versiegelt, das die Aufschrift *»Polizei«* trug.

»Kommen Sie herein, Frau Portland, sehen wir uns um.«

Die Wohnung verfügte über einen kleinen Flur, ein Badezimmer, ein Wohnzimmer, ein Schlafzimmer und eine enge Küche, durch deren Fenster man direkt auf die Hochbahn schaute. Schweigend ging Nina durch die Zimmer, blieb hin und wieder stehen und sah in Schränke oder Schubladen.

Sie suchte nach Details, kleinen Hinweisen, die ihr etwas über den toten Serhat Zamani erzählen würden. Seine Wohnung sah ungefähr so aus, wie sie sich die Wohnung eines alleinstehenden Mannes mittleren Alters vorgestellt hatte. Es herrschte keine Unordnung, alles machte einen sorgfältig aufgeräumten und sauberen Eindruck. Die Einrichtung wirkte spartanisch, ohne jeden Hinweis auf eine weibliche Hand. Keine Blumen auf dem Fensterbrett und nur ein paar vereinzelte Bilder an den Wänden, vermutlich türkische Landschaften.

Am Wohnzimmerfenster stand ein kleiner Schreibtisch, daneben ein geflochtener Hundekorb.

»Suchen Sie etwas Bestimmtes?« Paul Richter erschien in der Tür zum Flur.

»Nein, ich versuche nur, mir ein Bild von Zamani zu machen, aber es ist schwer. Die Wohnung wirkt ordentlich und … ziemlich normal, oder?«

Richter nickte.

»Tja, meine Leute haben alles durchsucht. Nichts Ungewöhnliches, keine Spuren, die auf irgendetwas hinweisen.«

»Vielleicht ist es hier verdächtig ordentlich?«

»Hm, damit mögen Sie recht haben. Wenn ich allein wohnen würde, wäre es unordentlicher. Keine Frage. Aber zum Glück habe ich ja meine Frau, die hinter mir herräumt«, meinte Richter lachend.

Es war genauso, wie Nina befürchtet hatte: Sie konnte sich nicht konzentrieren, sich nicht in die Wohnung einleben, kein inneres Bild entwickeln. Sie hatte das Gefühl, von Richter überwacht zu werden. Bestimmt war es dem sympathischen Kommissar gar nicht bewusst, aber darauf lief es hinaus. Als würde ihr jemand über die Schulter blicken, wenn sie am Computer arbeitete.

Sie öffnete eine Schreibtischschublade nach der anderen. Der

Inhalt war beliebig. In der untersten lag ein Haufen Verlängerungskabel. Darunter ein kurzes graues Kabel, ein USB-Kabel, das man unter anderem dazu verwenden konnte, eine Kamera oder einen Drucker an einen Computer anzuschließen.

»Haben Ihre Leute irgendwas beschlagnahmt? Einen Video- oder DVD-Recorder, Tonbänder, Computer?«

»Soweit ich weiß, nicht.«

Paul Richter zog den Bericht aus der Jackentasche und blätterte darin.

»Nein, nichts. Es gab weder ein Videogerät noch einen Computer.«

»Haben Sie die Anbieter überprüft? Ich meine, vielleicht hatte Zamani ja einen Internetanschluss?«

Richter blätterte noch einmal in den Unterlagen. Dann schüttelte er betrübt den Kopf.

»Dazu sind wir offensichtlich noch nicht gekommen. Oder wir haben es versäumt. Peinlich. Aber wir haben die Protokolle der Handy- und Festnetzverbindungen, und da ist uns nichts Verdächtiges aufgefallen. Zamani hat fast ausschließlich seine Familie in der Türkei angerufen. Das stand auch in dem Bericht, den wir Ihnen geschickt haben, nicht wahr?«

»Ja.« Sie nickte nachdenklich. Eigentlich konnte sie gleich wieder aufhören und die Wohnung verlassen.

»Ich werde hier kaum klüger. Was ist mit der Frau mit dem Hund, Zamanis Nachbarin?«

»Wenn Sie sie gern kennenlernen möchten, besuchen wir sie.«

»Lassen Sie uns das tun.«

Nina stand vom Schreibtisch auf und begleitete ihren deutschen Kollegen ins Treppenhaus. *»Hannelore Lossau«*, stand an der Tür. Nina klopfte, während Richter Zamanis Wohnung abschloss und die Tür wieder mit Klebeband versiegelte.

Es wurde sofort geöffnet. Eine ältere Dame mit silbergrauem, lockigem Haar erschien in der Tür. Sie musste um die siebzig sein. Hannelore Lossau schien nicht überrascht zu sein.

Lächelnd ergriff Paul Richter das Wort.

»Guten Tag, Frau Lossau. Wir sind von der Kriminalpolizei, mein Name ist Paul Richter, und das ist meine Kollegin aus Dänemark, Frau Portland.«

»Ich habe Sie an der Tür gehört, als Sie kamen. Ich dachte mir schon, dass es sich nur um die Polizei handeln kann«, sagte Frau Lossau und bat sie, in dem kleinen Wohnzimmer Platz zu nehmen. Ein grauer Pudel, einer der kleinsten Vertreter seiner Rasse, kam aus einem Nebenzimmer angetrippelt. Mit einem koketten Hüpfer sprang er auf Frau Lossaus Schoß.

»Armes Prinzesschen, vermisst du den Papa?« Sie strich sanft über das Fell des Hundes, der sich zutraulich auf ihren Schoß kuschelte.

»Der Hund von Herrn Zamani, vermute ich?«

Frau Lossau nickte und seufzte tief. »Ja, das arme Mädchen … Sie hat es schwer ohne ihren Papa, aber ich liebe sie ja auch. Haben Sie einen Hund, Frau Portland?«

Nina schüttelte den Kopf und lächelte freundlich, obwohl es ihr bei so kleinen Teppichpissern schwerfiel – und noch schwerer bei Leuten, die mit ihren Tieren redeten, als wären es Menschen.

»Wir waren ja schon einmal bei Ihnen, Frau Lossau, und haben Ihre Aussage zu Protokoll genommen, aber heute würden wir gern wissen, ob Ihnen inzwischen vielleicht noch etwas eingefallen ist. Auch scheinbar Unbedeutendes kann für unsere Ermittlungen wichtig sein.«

»Nein, ich glaube, ich habe dem freundlichen Herrn beim letzten Mal alles erzählt.«

Paul Richter zog diskret seinen Jackenärmel hoch, um auf die Uhr zu schauen.

»Noch zehn Minuten?« Nina sah Richter fragend an.

»Selbstverständlich. Fragen Sie einfach, Frau Portland.«

»Gut. Wären Sie so freundlich, mir noch einmal von Herrn Zamani zu erzählen, Frau Lossau? Er war doch arbeitslos, oder?«

»Ja, aber er hat früher bei der Eisenbahn gearbeitet. Als dann eingespart wurde, hat man ihn rausgeworfen. Das ist fünf oder sechs Jahre her.«

»Waren Sie gut mit ihm befreundet?«

»Ich glaube eigentlich, ich bin die Einzige hier im Haus, mit der er sich unterhalten hat. Manchmal habe ich ihn vormittags auf einen Kaffee eingeladen.«

»Haben Sie irgendeine Idee, womit er seine Zeit verbrachte?«

Frau Lossau blickte zur Decke, als versuchte sie, sich besonders zu konzentrieren. »Er verbrachte seine ganze Zeit mit der kleinen Prinzessin hier. Außerdem ging er zum Fußball. Er war Anhänger von Hertha. Und er machte jeden Tag einen langen Spaziergang mit unserem kleinen Schatz, immer unten im Görlitzer Park. Und immer haben sie Halt am kleinen Kanal gemacht, der die Spree mit dem Landwehrkanal verbindet. Das hat er mir selbst erzählt. Ich glaube nicht …«

Richters Mobiltelefon klingelte in der Manteltasche. Er entschuldigte sich und fummelte das lärmende Gerät heraus. Mehrfach sagte er nur Ja, und dann erklärte er: »Ich komme sofort.«

Entschuldigend breitete er die Arme aus. »Ich muss leider los, Frau Portland. Es gibt neue Festnahmen im Zusammenhang mit der Schießerei von heute Nacht. Ich muss zu einer Vernehmung ins Präsidium. Wenn Sie fertig sind, können Sie mitfahren. Wenn nicht, dann bleiben Sie einfach.«

»Ich habe noch ein paar Fragen. Fahren Sie ruhig. Auf jeden Fall herzlichen Dank für Ihre Hilfe.«

Sie erhob sich und gab ihrem Kollegen die Hand.

»Wenn Sie noch etwas benötigen, können Sie gern morgen noch einmal vorbeikommen. Bedaure, dass es nach der langen Anreise keine größere Ausbeute gibt, aber jedenfalls haben Sie jetzt einen Eindruck bekommen, nicht wahr?«

»Machen Sie sich keine Gedanken. Ich sehe mich noch ein bisschen im Viertel um und werde morgen noch einmal vorbeikommen, wenn es nötig sein sollte. Ansonsten fahre ich einfach wieder nach Hause. Vielen Dank.«

»Es war mir ein Vergnügen, Frau Portland.«

Er schüttelte ihr eifrig die Hand. Endlich ließ er los. Dann verabschiedete er sich von der alten Dame und stapfte durch den Flur.

»Ach, die Polizei ist ja immer so beschäftigt hier in Berlin. Armer Mann«, seufzte Frau Lossau und streichelte den Pudel, der aussah, als wäre er eingeschlafen.

»Wo waren wir stehengeblieben? Ach ja … Und Herr Zamani tat also nichts anderes, als seinen Hund auszuführen und zum Fußball zu gehen, ein Mann von dreiundfünfzig Jahren? Ihm muss doch die Zeit lang geworden sein?«

Frau Lossau zögerte eine wenig. »Na ja, er stand oft drüben am Imbiss, zusammen mit den anderen. Die Prinzessin nahm er meistens mit. Ich glaube, er brauchte jemanden, mit dem er reden konnte.«

»Und das war alles? Keine Nebenjobs, keine Freundschaftsdienste?«

Frau Lossau zögerte wieder. Dann wagte sie sich vorsichtig aus der Deckung. »Er ging wohl hin und wieder jemandem zur Hand, aber man bekommt ja keine Stütze, wenn man Arbeit hat, wissen Sie. Und ich will ihn wirklich nicht in Schwierigkeiten bringen.«

Nun wurde es doch noch interessant. Nina lächelte der alten Dame zu.

»Frau Lossau … Herr Zamani ist leider tot. Schwierigkeiten bekommt er bestimmt nicht.«

»Nein, da haben Sie wohl recht. Also … Ich weiß, dass er drüben in dem kleinen Bistro aushalf, Bagdad heißt es. Und er hat bei einem Freund mitgearbeitet, der einen kleinen Lebensmittelladen in der Cuvrystraße hat. Herr Zamani war sehr hilfsbereit. Mir hat er die Küche und das Wohnzimmer gestrichen.«

»Wissen Sie etwas über seine Familienverhältnisse?«

»Er hat ja allein gewohnt … und nie etwas von einer Frau oder Kindern erzählt. Aber ich weiß, dass er Geld nach Hause geschickt hat. Es gibt ja in der Türkei viele, die es schwer haben.«

Nina nickte und erhob sich, um zu zeigen, dass die Unterhaltung beendet war. Mehr würde sie vermutlich nicht erfahren.

»Mögen Sie nicht noch eine Tasse Kaffee trinken, Frau …«

»Portland, Nina Portland … Das ist sehr freundlich von Ihnen, aber ich muss jetzt wirklich aufbrechen. Vielen Dank für Ihre Hilfe.«

Die alte Dame konnte ihre Enttäuschung nicht verhehlen. Im Flur legte sie zögernd eine Hand auf Ninas Arm. »Ich habe hin und her überlegt, Frau Portland … Glauben Sie, dass ich meine Prinzessin behalten darf?«

Handelte es sich hier um das Prinzip »eine Hand wäscht die andere«? Es war das erste und hoffentlich auch letzte Mal in ihrer Karriere, dass sie einen Hund gegen Informationen tauschte.

»Ich kann mir nichts anderes vorstellen. Behalten Sie den Hund ruhig, es geht ihm doch gut bei Ihnen. Ach, eine letzte Frage habe ich noch: Wissen Sie, ob Herr Zamani einen Computer besaß?«

»Einen Computer? Das weiß ich wirklich nicht. Davon hat er nie etwas gesagt.«

»Danke. Auf Wiedersehen, Frau Lossau.«

Nina empfand den kühlen Wind in ihrem Gesicht wie eine Befreiung.

Als sie die Straße überquerte, sah sie sich um. Im dritten Stock erkannte sie Frau Lossaus Gesicht am Fenster. Es verschwand auch nicht, als sie sich auf eine Bank zwischen zwei Weiden setzte und sich eine Zigarette anzündete.

Was sollte sie jetzt tun?

Sie blickte auf den blanken Spiegel des Flusses und versuchte, ihre Gedanken zu ordnen. Als Erstes musste sie die Leute im Bistro und in dem kleinen Laden befragen, bei denen Serhat Zamani offensichtlich gearbeitet hatte. Die Chancen schienen von vornherein gering. Jemand von der dänischen Kripo, dazu noch eine Frau … Schon jetzt sah sie das Misstrauen in den Blicken, aber sie musste es versuchen. Sie musste ein paar Brocken von Zamanis Leben einsammeln.

Danach würde sie auf dem Weg zurück zum Hotel einige notwendige Einkäufe erledigen. Der Rest bestand aus Wartezeit.

Gegen Mitternacht würde sie zurückkehren und ihren Job in Berlin im Schutz der Dunkelheit beenden.

15

Der Spiegel war beschlagen. Nina stieg vorsichtig in die Wanne und ließ sich langsam in das brühheiße Wasser gleiten. Sie faltete ein Handtuch zusammen, legte es sich in den Nacken und tauchte ein, bis ihr das Wasser unterm Kinn stand. Eine Badewanne war ein unbekannter Luxus.

Mit geschlossenen Augen dachte sie an die Leiche in der Rechtsmedizin und an das Skalpell, das sie aufgeschnitten hatte. Vor nicht allzu langer Zeit hatte es noch Leben in Serhat Zamanis Wohnung gegeben. Mit seinem geliebten Hund hatte er seine Zeit vertrödelt. Jetzt war er tot.

In Berlin ging das Leben weiter, egal, ob es einen Bürger weniger gab.

Wie erwartet hatte sie mit ihren Fragen in dem Bistro und in dem Lebensmittelladen, wo Zamani schwarz gearbeitet hatte, keinen Erfolg gehabt.

Als sie das Foto des Toten auf den Tresen knallte und sein aufgedunsenes Gesicht präsentierte, spürte sie die Bestürzung. Man räumte ein, Zamani durchaus gekannt zu haben, aber eher als »einen Freund des Hauses, der öfter vorbeischaute«. Er hatte sich eine Zeit lang nicht sehen lassen, und man war davon ausgegangen, dass er im Urlaub bei seiner Familie in Istanbul sei. Nina hinterließ ihren Namen und ihre Telefonnummer, falls ihnen noch etwas einfiel, was für die weiteren Ermittlungen hilfreich sein könnte. Unter kräftigem Nicken wurden große Versprechungen gegeben. »Armer Mann … Da oben in Dänemark ermordet.«

Auf dem Rückweg hatte sie in einem Kaufhaus ihre Einkäufe

erledigt. Eine Rolle Gaffa-Tape, eine Taschenlampe und zwei Schraubenzieher, einen kleinen und einen sehr großen. Vorausschauend, wie sie war, hatte sie einen Dietrich aus Dänemark mitgebracht. Der Gedanke, dass man ihr ständig über die Schulter schauen würde, hatte sie auf die Idee gebracht. Denn natürlich war es völlig undenkbar, dass ein Kollege aus dem Ausland die Erlaubnis bekam, versiegeltes Terrain allein zu untersuchen. Und ebenso undenkbar wäre es gewesen, um Erlaubnis zu fragen.

Vom Hotel aus hatte sie in Sønderho angerufen und sich bei Jonas versichert, dass es ihm gut ging, und Birkedal Bericht erstattet.

Als das Wasser langsam abkühlte, stieg Nina aus der Wanne. Sie fühlte sich regelrecht benommen von dem langen Bad, legte sich nackt aufs Bett und schaltete den Fernseher ein.

Es war fast neun, als sie mit einem Ruck erwachte. Sie musste sofort eingeschlafen sein. Hastig zog sie sich an und fuhr mit dem Fahrstuhl ins Restaurant im Untergeschoss.

Sie setzte sich an einen kleinen Tisch in der Ecke, mit dem Rücken zur Wand, und gab ihre Bestellung auf. Ein medium gebratenes Steak mit einer Ofenkartoffel und Gemüse. Und eine Karaffe Wasser. Nina träumte von einem kühlen Bier, aber bei ihrem Vorhaben musste sie nüchtern sein.

Als sie aufgegessen hatte, zeigte die Uhr erst Viertel vor zehn.

Ein paar Stunden musste sie noch warten.

Unter der Hochbahn kam ihr Berlin merkwürdig dunkel vor. Sogar die breitesten Straßen schienen schlecht beleuchtet zu sein. Der Abstand zwischen den einzelnen Straßenlaternen war groß, und das Licht wirkte merkwürdig schummrig.

Mit der U-Bahn fuhr sie bis zum Bahnhof Schlesisches Tor. Von dort waren es zu Fuß nur wenige Hundert Meter bis zu Serhat Zamanis Wohnung in der Falckensteinstraße.

Am U-Bahnhof wankte ein junger Mann mit blutunterlaufenen Augen und einer Plastiktüte in der Hand auf sie zu. Er fragte, ob sie einen günstigen Fahrschein brauche. Auf einer Bank am Bahnsteig lag ein junger Mann auf dem Bauch. Seine Arme hingen schlaff herunter. Und ein Stück weiter wühlte eine alte Frau in einem Abfalleimer.

Das ganze Gebiet bis zur Brücke erschien Nina noch düsterer als der U-Bahnhof. Erhellt wurde die Dunkelheit nur von einer Reihe Imbissbuden, mit dem Bagdad Bistro als größter Lichtquelle. Nina ging den Bürgersteig entlang und unter der Hochbahn hindurch bis zu der Bank zwischen den Weidenbäumen.

Ihre Tagesration hatte sie längst aufgeraucht, dennoch zündete sie sich eine Zigarette an.

In dem braunen Gebäude brannte vereinzelt Licht – im Parterre und irgendwo im fünften Stock. Auch im graffitigeschmückten Eingang sah sie Licht. Sie würde es über die Treppe versuchen. Notfalls musste sie improvisieren. Sie schaute auf ihre Armbanduhr. Inzwischen war es zwanzig nach zwölf.

Jetzt wurde auch das Licht im Fenster des fünften Stocks gelöscht. Es gab keinen Grund, länger zu warten. Die neugierige Frau Lossau lag bestimmt schon längst im Bett. Nina ging über die Straße und probierte es vorsichtig an der Haustür. Wie sie vermutet hatte, war sie nicht verschlossen.

Im dritten Stock versiegelte das Klebeband der Polizei noch immer Zamanis Wohnung, aber Richter hatte schlampig gearbeitet. Es hielt nur auf einer Seite. Sie fummelte fünf Minuten am Schloss, dann gab sie auf. Aus irgendeinem Grund konnte sie es mit ihrem Dietrich nicht öffnen. Verärgert ging sie wieder hinunter. Jetzt wurde es richtig schwierig.

Auf dem Bürgersteig blickte Nina sich um, bevor sie ums Haus herumschlich. Ein Gittertor versperrte den Zugang zum

Hinterhof. Sie kletterte auf einen Müllcontainer und schwang sich über das Gitter.

Der Hof lag im Halbdunkel. Aus den angrenzenden Häusern fiel nur wenig Licht herein. Nina erkannte die Umrisse von ein paar Büschen und einigen niedrigen Bäumen in der Mitte. Es gab einen Lichtschacht, aber für das Schloss benötigte man einen dieser alten großen Schlüssel, sie versuchte es gar nicht erst. Stattdessen blickte sie die Mauer hinauf. Das Risiko musste sie eingehen. Nina war bereits zu weit gegangen, um sich jetzt noch aufhalten zu lassen. Jede Wohnung hatte einen kleinen Balkon zum Hinterhof. Nina kletterte auf den Zaun, der die kleine Terrasse der Parterrewohnung begrenzte, und hielt das Gleichgewicht, indem sie sich an der Mauer abstützte. So konnte sie gerade das Geländer erreichen, das den Balkon im ersten Stock einfasste. Es gelang ihr ohne große Probleme, sich hochzuziehen und ein Bein hinüberzuschwingen. Wenn sie jetzt vom Geländer abrutschte, würde sie direkt auf die Steinplatten fallen und sich dabei womöglich umbringen. Was wäre dann mit Jonas? Im nächsten Augenblick balancierte sie schon auf dem Geländer, während sie nach einem sicheren Halt am Balkon über ihrem Kopf suchte. Sie zog sich hoch, schwang das linke Bein über das Geländer und rollte sich über die Gitterstäbe.

Plötzlich kam aus dem Hof das Geräusch fester Absätze auf Beton, eine Männerstimme sagte irgendetwas Unverständliches. Sie presste sich flach auf den Balkonboden. Ein Mann mit einem Hund. Er ging über den Hinterhof auf das Tor zu und hatte sie offenbar noch nicht entdeckt.

Sobald Nina hörte, wie das Tor in der Dunkelheit unter ihr zufiel, begann sie die nächste Etappe. Langsam zog sie sich hoch, bis sie mit einem Bein Halt fand.

Sie atmete stoßweise, als sie auf Zamanis Balkon ankam. Für

den Rückweg würde sie die Wohnungstür benutzen, das versprach sie sich und Jonas.

Nina holte das Gaffa-Tape aus der Jackentasche und biss einige lange Streifen ab. Einen nach dem anderen klebte sie sorgfältig an die Scheibe der Balkontür, bis sie ein ziemlich großes Feld abgedeckt hatte. Dann schlug sie mit dem Ellenbogen die Scheibe ein.

Die Glasscherben blieben an dem Tape hängen, und als sie das Klebeband entfernte, zeigte sich ein Loch, durch das sie bequem die Hand stecken und den Schlüssel der Balkontür umdrehen konnte.

In der Wohnung zog sie als Erstes die Gardinen zu. Endlich war sie allein in Serhat Zamanis Räumen. Sie wagte nicht, das Licht anzuschalten, sondern benutzte lediglich die Taschenlampe.

Das Kabel mit dem USB-Stecker … Vor allem deswegen hatte sie sich diese gefährliche Kletterei von Balkon zu Balkon zugemutet. Wieso hat man ein USB-Kabel in der Schublade, wenn man keinen Computer besitzt?

Langsam ließ sie den Lichtkegel der Taschenlampe über die Wohnzimmerwand gleiten. Das Wohnzimmer war der größte Raum und somit auch die größte Aufgabe, also entschied sie sich, mit dem Schlafzimmer zu beginnen.

Mit der Taschenlampe zwischen den Zähnen kroch sie die Fußleisten entlang und prüfte, ob der Teppichboden fest saß. Dann ging sie den Kleiderschrank durch und suchte nach einer falschen Wand. Schließlich versuchte sie es mit dem großen Schraubenzieher an den Bodenbrettern des Schranks. Ohne Erfolg.

Die Küche unterzog sie der gleichen Prozedur, dann sah sie sich rasch im Badezimmer um. Blieb nur noch das Wohnzimmer.

Langsam musste sie sich eingestehen, dass sie sich durchaus geirrt haben konnte.

Auf allen vieren kroch sie zu dem kleinen Sekretär in einer der Zimmerecken. Plötzlich blieb der Schraubenzieher hängen, der Teppichboden löste sich von der Fußleiste. Ninas Puls ging schneller, als sie aufstand und den Sekretär leise zur Seite schob.

In den Ritzen der alten Bodendielen hatten sich Dreck und kleine Sandkörnchen gesammelt, genau wie bei Jonas und ihr zu Hause. Aber drei Bretter sahen sauber aus. Sie waren so zugesägt, dass sie sich wie ein kurzer, breiter Deckel in den Boden fügten. Als Nina sie anhob, stieß sie auf einen schwarzen Hohlraum.

Sie beugte sich vor und leuchtete hinein. Dort lag er, der Computer. Undeutlich konnte sie die Tasche erkennen. Der Lichtkegel fiel auf zwei kleine, rote Hüllen, die neben dem Dämmmaterial steckten. Sie griff in den Hohlraum und holte sie heraus. Zwei CD-ROM-Hüllen. Die Scheiben darin waren nicht beschriftet.

Plötzlich durchzuckte ein heftiger Schmerz ihren rechten Oberschenkel. Sie sprang auf, warf die CD-Hüllen auf den Schreibtisch, streckte das Bein aus und stemmte die Ferse auf den Boden. Rächte sich die viele Kletterei und Krabbelei jetzt mit einem Krampf? Als sie sich an der Tischkante abstützte, wackelte der Schreibtisch bedenklich. Sie griff zu, um den Tisch zu stabilisieren, dabei verschob sich ein Zeitschriftenstapel, wodurch die CD-ROMs über die Tischkante kippten und in den Spalt zwischen Schreibtisch und Wand fielen.

Nina blieb stehen, um den Schaden zu begutachten, während der Krampf langsam nachließ. Die CD-ROMs mussten warten. Wichtig war jetzt vor allem der Computer. Die Hüllen würde sie hinterher herausholen, möglichst ohne dabei allzu sehr mit dem Schreibtisch zu lärmen.

Bäuchlings auf dem Boden liegend zog sie die Tasche herauf. Sie nahm das Notebook heraus, klappte es auf und schaltete es ein. Mit einem leisen Summen erwachte der Computer zum Leben.

Dann hörte sie es – ein Knarren der Bodendielen hinter sich. Sie fuhr herum. Zu spät. Eine dunkle Gestalt, ein erhobener Arm. Dann knisterte ein Lichtermeer vor Ninas Augen.

Als sie wieder zu Bewusstsein kam, hatte sie fürchterliche Schmerzen im Hinterkopf. Sie lag ausgestreckt auf dem Bauch. Als Erstes drang ihr der strenge Geruch des Teppichbodens in die Nase.

Sie schlug die Augen auf, rührte sich aber nicht. Es tat höllisch weh. Mühsam drehte sie sich auf den Rücken. Dann tastete sie ihren Nacken ab. Die Finger klebten. Ein Stück von ihrem Kopf entfernt lag die Taschenlampe. Sie hielt die Finger in den Lichtkegel – rot und blutig. Der Computer war verschwunden.

Nina fluchte mit zusammengebissenen Zähnen, während sie sich langsam aufsetzte. Des Rätsels Lösung war in Reichweite gewesen, oder zumindest ein Teil davon. Sie ließ den Strahl der Taschenlampe über den Boden gleiten. Der Inhalt ihrer Taschen – Zigaretten, Feuerzeug, Ausweis, Hotelkarte, Kaugummi, Gaffa-Tape, Dietrich – alles lag über den Fußboden verstreut.

Erst jetzt fielen ihr die beiden CD-ROMs wieder ein. Sie kroch zum Schreibtisch und schob ihn vorsichtig von der Wand. Die Kraftanstrengung jagte ihr spitze Schmerzpfeile durch den Hinterkopf. Im Licht der Taschenlampe erkannte sie etwas Rotes. Da waren sie. Die CD-ROM-Hüllen lagen an der Wand. Es gab also doch noch ein wenig Gerechtigkeit.

Langsam kam Nina auf die Beine und stolperte ins Badezimmer, schaltete das Licht ein. Ihr Hinterkopf fühlte sich an wie ein verfilzter Morast aus blutigem Haar. Das würde eine gigantische Beule geben. Es musste ein kräftiger Schlag gewesen sein. Sie drehte das warme Wasser auf und hielt den Kopf unter den Hahn. Elend lang floss rotes Wasser an ihren Augen vorbei und verschwand im Abfluss des Waschbeckens.

Nina wartete, bis die rötliche Färbung des Wassers nachließ. Dann drehte sie das kalte Wasser auf. Ein wenig linderte es den Schmerz. Als die Kälte nicht mehr auszuhalten war, nahm sie ein Handtuch und trocknete sich ab. Die Wunde blutete nur noch leicht. Es wurde Zeit, hier rauszukommen.

Wie lange mochte sie bewusstlos in Zamanis Wohnzimmer gelegen haben? Nina hatte jedes Zeitgefühl verloren. Als sie nach der Klinke der Wohnungstür griff, wurde ihr schwindelig. Die Tür war nicht verschlossen. Sie ließ das Schloss einschnappen, zog die Tür hinter sich zu und klebte das Polizeisiegel so gut es ging über die Tür und den Rahmen. Dann schwankte sie die Treppe hinunter, wobei sie sich am Geländer abstützen musste. Sie hatte das Gefühl, sich jeden Moment übergeben zu müssen.

Nur ein Gedanke drängte sich zwischen die Schmerzen und die Übelkeit. Wie ein elender Amateur hatte sie sich von dem Angreifer beschatten lassen – ohne auch nur das Geringste zu merken. Aber wer war ihr gefolgt? Und warum?

16

Glücklicherweise hatte Nina sich während der langen Rückfahrt im Auto nicht übergeben. Nach Aussage des Notarztes, den der Hotelportier gerufen hatte, war das ein gutes Zeichen.

Er hatte ihr geraten, zu Hause in Dänemark einen Arzt aufzusuchen und die Wunde mit vier, fünf Stichen nähen zu lassen, wenn die Schwellung abgeklungen sei; außerdem hatte er die Rezeption beauftragt, sie alle zwei Stunden aufzuwecken.

Logisch, dass sie miserabel geschlafen hatte. Jedes Mal, wenn sie endlich weggedöst war, hatte das verdammte Telefon geklingelt.

Auf der Autobahn von Berlin bis an die dänische Grenze legte sie nur ein paar kurze Pausen ein, aber direkt hinter dem Grenzübergang bei Kruså musste sie auf einen Rastplatz fahren, um eine Weile auszuruhen. Die ganze Fahrt über hatte sie an die Ereignisse in Kreuzberg gedacht. Was hätte sie wohl auf Zamanis Notebook entdeckt? Was würden sie auf den CD-ROMs finden? Und wer hatte sie überfallen?

Birkedal erzählte sie die ganze Geschichte unterwegs am Handy. Ihr Vorgesetzter kaschierte seine Sorge mit einem militärisch klingenden »Jawohl«. Mitgefühl, Überraschung über die neuerliche Wendung, höchste Konzentration. Man brauchte einige Erfahrung, um diese knappe Birkedal'sche Äußerung nicht mit Zynismus zu verwechseln.

Er hatte bereits informell mit Gudmundsen telefoniert, dem Chef des PET. Gudmundsen hatte offenbar nicht sonderlich beeindruckt reagiert, aber versprochen, sich die Akten des Falls anzusehen und dann eine etwas offiziellere Stellungnahme abzugeben.

Birkedal wollte noch einmal Kontakt zu ihm aufnehmen, aber zunächst war er neugierig, was die beiden CD-ROMs enthielten. Nina sollte sie sofort in Thøgersens oberste Schreibtischschublade legen, wenn sie in Esbjerg ankam. Der stellvertretende Polizeiinspektor war schon auf dem Weg ins Präsidium.

Von Ib Munk gab es weiterhin keine Spur, und das machte Nina große Sorgen. Sie spürte, wie ihnen die Zeit davonlief. Denn irgendwo im Hintergrund trieben sich ihre beiden unbekannten Gegner von Langli herum. Auch von ihnen gab es bisher keine Spur, aber Nina war überzeugt, dass sie sich noch immer im Land aufhielten. Sie würden nicht aufgeben. Und dann war da noch dieser dritte Mann. Der Mann mit dem Hut. Aber auch er schien wie vom Erdboden verschluckt.

Als Nina durch das flache Marschgebiet bei Tjæreborg fuhr, wo sich die Windkrafträder drehten und Wolken über den hohen Himmel fegten, hatte sie das Gefühl, als käme sie von einer langen und kräftezehrenden Reise zurück.

Sie nahm die trostlose südliche Zufahrtsstraße nach Esbjerg. Die schweren Hochspannungskabel hingen wie dichtes Flechtwerk über der Industrielandschaft und der Straße. Links lag die Verbrennungsanlage wie ein zusammengekauertes Tier. Ein Stück weiter, hinter den Kohlenhalden, ragte der enorme Schornstein von Block 3 des Esbjergwerks über den Horizont auf.

Dort hatte nach dem gewaltigen Gewitter alles angefangen. Wie Abfall hatte man Zamani, der in den letzten Jahren seines Lebens von seiner kleinen Wohnung in Kreuzberg aus über die Spree blicken konnte, abgeladen und in den Kohlen begraben.

Schließlich hieß das Ortsschild sie willkommen. Sie bog ab und fuhr zum Polizeipräsidium. Es gelang ihr, sich hineinzustehlen und ihre Pistole aus dem Waffenschrank zu holen, ohne von irgendjemandem belästigt zu werden. Die beiden CD-ROMs legte sie in Thøgersens oberste Schreibtischschublade. Vorher schickte sie jedoch sämtliche Daten an ihre eigene Mailadresse, alles gewöhnliche Worddokumente mit merkwürdigen Namen, vermutlich Türkisch. Sie konnte nicht auf Thøgersen warten. Sie musste die Daten so schnell wie möglich selbst überprüfen.

Aber im Augenblick wollte sie nur so schnell wie möglich nach Fanø. Als sie ihre Pistole holte, war sie einer plötzlichen Eingebung gefolgt. Wenn sie in Berlin überfallen werden konnte, dann …

Nina lief hinaus, setzte sich ins Auto und fuhr zum Hafen. Erst am folgenden Tag, einem Sonntag, hatte sie wieder zum Dienst zu erscheinen, laut Absprache mit Birkedal um zwölf Uhr. Er wollte einigen seiner Leute am Wochenende eine Verschnaufpause gönnen.

Auf Ninas Bitte hin hatte Astrid nicht im Esszimmer, sondern in der Küche gedeckt. Ihren Vater hatten sie auch eingeladen. Nach Jonas war er ihr als Erster in der Einfahrt entgegengekommen und hatte sie auf die Wange geküsst. Jetzt saß er in einem frischgebügelten Hemd am Tisch und betrachtete sie mit einem breiten Lächeln unter dem silbernen Vollbart.

»Nina, du bist ja ganz in Gedanken. Wach auf, Mädel.«

Ihr Vater reichte ihr die Platte mit dem Rinderbraten. Das Licht der Kerzen schimmerte in seinen freundlichen Augen. Das Leben war besser, seit er wieder zu Hause war, es war einfach ausgeglichener und erfüllter.

»Danke. Das sieht ja lecker aus, Astrid.«

Nina tat sich auf und half dann Jonas mit der Platte. Die Unterhaltung plätscherte leicht und unbeschwert dahin. Auch zwischen Jørgen und ihrem Vater herrschte ein herzlicher Ton – ihren beiden Vätern. Der erste aus Zuneigung, der zweite aus Blutsverwandtschaft.

Kapitän Frederik Portland hatte in seinen jüngeren Jahren kein Hehl daraus gemacht, dass er den Dorfpolizisten Jørgen für eine jämmerliche Landkrabbe hielt – und dann auch noch Sozialdemokrat. Und Onkel Jørgen seinerseits hatte ebenfalls wenig für den barschen Kapitän übriggehabt, der sich den Verpflichtungen seiner Tochter gegenüber entzog und sein Heil auf See suchte, als sein Lebensentwurf zerbrach.

Nachdem Frederik Portland plötzlich aus Chile zurückgekehrt war, hatte die Versöhnung ihre Zeit gebraucht. Aber nun war offenbar alles in Ordnung. Nina wurde warm bei dem Gedanken.

»Bist du müde oder in Gedanken, Port?« Jørgen sah sie besorgt an.

»Oh, Nina geht es gut. Könntest du Hunderte von Kilometern fahren, ohne müde zu werden? Du bist doch in der Lage, schon auf dem Weg nach Nordby einzuschlafen.«

Astrid fegte die Besorgnis ihres Mannes entschieden vom Tisch. Es sollte ein gemütlicher Abend im Schoß der Familie werden. Da hatte er nicht solche Fragen nach Ninas Befinden zu stellen. Diese ganze Geschichte mit Berlin konnten sie beim Kaffee besprechen, später.

Nina hatte kurz von dem Fund der Datenträger und den Ereignissen in Berlin erzählt. Den Überfall hatte sie natürlich nicht erwähnt, und sie hoffte, dass ihr Haar die Kopfwunde verdeckte. Weder Jonas noch Jørgen mussten von dem Zwischenfall erfahren.

Ninas Herz begann schneller zu schlagen, als der Computer hochgefahren war und sie das E-Mail-Programm öffnete. Nach dem Abwasch hatte sie sich in Jørgens kleines Arbeitszimmer zurückgezogen. Die anderen gingen vor dem Abendkaffee noch ein bisschen spazieren. Es herrschte absolute Ruhe in dem alten Haus.

Die erste CD-ROM enthielt zehn Dokumente. Nina klickte sie nacheinander an. Bei den ersten drei Texten seufzte sie vor Enttäuschung. Sie verstand nichts. Es war Türkisch.

Beim vierten Dokument hellte ihr Ausdruck sich auf. Der Text erschien auf Englisch. Es handelte sich um eine Propagandaschrift für die kurdische Arbeiterpartei PKK. Die EU, die USA und nicht zuletzt die Türkei stuften die PKK als Terrororganisation ein. Immer wieder ging es um Abdullah Öcalan, den inhaftierten Anführer, und eine Reihe offensichtlicher türkischer Lügen über das kurdische Volk. Der fünfte Text schlug einen ähnlichen Ton an, beschäftigte sich aber mehr mit historischen Zusammenhängen.

Beim sechsten Dokument handelte es sich um eine längere Statistik der PKK über Angriffe, Übergriffe und Morde an Kurden durch das türkische Heer, mit Daten, Uhrzeiten und Orten. Das siebte Dokument setzte mit der Jahreszahl ein, mit der die vorherige Liste endete. Die Aufzählung schien aktuell zu sein. Der letzte Eintrag betraf die Erschießung zweier Kurden durch das türkische Militär während einer Gefangennahme im Grenzgebiet zum Irak.

Der achte Text war ellenlang. Nina trank einen Schluck Kaffee und zündete sich eine Zigarette an. Englisch zu lesen, strengte sie an. Es tauchten viele Wörter auf, deren Bedeutung sie vergessen hatte oder die sie sich erst aus dem Zusammenhang erschließen musste.

Der Text enthielt eine Rechtfertigung der Aufkündigung der Waffenruhe durch die PKK 2004. Dann folgte eine lange Passage über die Einschränkung der Meinungsfreiheit durch die

Türkei. Es handelte sich um die Wiedergabe eines Gerichtsverfahrens aus dem Jahr 2005, bei dem zwanzig Kurden in der Stadt Siirt zu Strafen verurteilt worden waren, weil sie während der Neujahrsfeier Plakate mit Parolen hochgehalten hatten, die die Buchstaben q und w enthielten. Sie wurden verurteilt, weil es diese Buchstaben im türkischen Alphabet nicht gab, im kurdischen hingegen schon. Und das kurdische Alphabet war verboten.

Es folgten etliche Beispiele von Journalisten, Redakteuren und Verlegern, die Ähnliches erlebt hatten. Zuletzt wurde das Verfahren gegen den bekannten Schriftsteller und Nobelpreisträger Orhan Pamuk aufgeführt, der »die Nation beleidigte«, indem er offen über den türkischen Völkermord an den Armeniern während des Ersten Weltkriegs und den Mord an ungefähr dreihunderttausend Kurden in den letzten Jahrzehnten gesprochen hatte. Nur widerwillig hatte die Staatsanwaltschaft es aufgegeben, den Fall weiterzuverfolgen.

Das vorletzte Dokument schilderte die Sicht der PKK auf die Situation des kurdischen Volks und die Hoffnung auf ein unabhängiges Kurdistan angesichts der Beitrittsverhandlungen mit der EU. Sollte es zu einer Eingliederung in die EU kommen, müsste der Traum eines eigenen Heimatlands für immer begraben werden, hieß es, er würde erstickt durch die notwendigen Gesetzesänderungen der EU.

Der letzte Text war auf Deutsch abgefasst. Es war eine Art Werbeschrift für in Deutschland lebende Kurden.

Nina lehnte sich zurück.

Serhat Zamani, der Kohlenmann, hatte enge Verbindungen zur PKK unterhalten.

Damit war nicht ausgeschlossen, dass er in kriminelle Aktivitäten verwickelt gewesen war, wenn es darum ging, liquide Mittel für die PKK und ihren Widerstandskampf zu beschaffen.

Aber ein politisch engagierter Kurde war dieser unauffällige Mann mit dem scheinbar völlig zurückgezogenen Leben ohne Zweifel gewesen.

Mit ein paar Mausklicks öffnete Nina die Dateien der zweiten CD-ROM. Es gab zwei Ordner. Er hatte sie kurz und knapp Mails 1 und Mails 2 genannt.

Der erste Ordner bestand aus türkischen – oder kurdischen – Texten und hatte einen Unterordner. Nina erkannte lediglich den Namen Ercan Duru. In einer Mappe waren die Mails von Zamani an Duru in London gespeichert; in der anderen offenbar die Mails, die Duru nach Berlin geschickt hatte. Die Texte mussten sofort einem Übersetzer übergeben werden. Thøgersen hatte das möglicherweise bereits veranlasst.

Sie bereitete sich auf eine neue Enttäuschung vor, als sie den zweiten Ordner öffnete. Eine Reihe nummerierter Mails erschien auf dem Bildschirm. Diese waren jedoch auf Deutsch verfasst! Allerdings war nicht die gesamte Korrespondenz vorhanden, sondern nur einige knappe Nachrichten.

Doch nachdem Nina ein paar Sätze gelesen hatte, griff sie unwillkürlich nach der Zigarettenschachtel. Jetzt wurde es wirklich interessant. Langsam las sie den Text noch einmal von vorn.

Lieber Z. Unsere Firma wurde durch Ihren Assoziierten darüber informiert, dass Sie die Abholung der Ware akzeptieren. Wir können Ihnen mitteilen, dass die vereinbarte Absprache gilt und die Lieferung innerhalb weniger Tage vorgenommen werden kann. Bitte berücksichtigen Sie, dass diese E-Mail-Adresse die einzige Verbindung ist. Bestätigen Sie bitte umgehend, dass Sie akzeptieren.
Freundlichst, X.

Lieber X. Ich bin über die Lieferung und die Bedingungen informiert. Hiermit warte ich weitere Informationen ab.
Freundlichst, Z.

Lieber Z. Wir kündigen hiermit eine Änderung der Lieferung aufgrund besonderer Umstände an. Die Ware wird aus Sicherheitsgründen nach Dänemark geschickt. Nähere Details zur Abholung folgen.
Freundlichst, X.

Lieber Z. Wir vermuten, dass Sie von Ihren Assoziierten über die eingetroffenen besonderen Umstände informiert wurden. Wir gehen davon aus, dass dieser bedauerliche Todesfall die Absprache nicht beeinflussen wird, wenngleich wir ein wenig zusätzliche Zeit für die endgültige Wiederherstellung der Lieferung benötigen.
Freundlichst, X.

Lieber Z. Es ist uns eine Freude, Ihnen mitteilen zu können, dass die Ware zur Abholung bereit liegt. Wir bitten Sie, allergrößte Vorsicht walten zu lassen. Aus dem gleichen Grund senden wir einen Boten, der Ihnen persönlich die notwendigen Details, die mit der Abholung in Dänemark zusammenhängen, mitteilen wird. Wir bitten um Bestätigung per E-Mail, sobald Sie die schriftlichen Instruktionen und Informationen erhalten haben. Gleichzeitig bitten wir Sie, diese Informationen nach Empfang zu vernichten.
Freundlichst, X.

Lieber X. Instruktionen mit dem heutigen Datum eingetroffen – und vernichtet. Die Ware wird von Unterzeichnendem und Partner in Dänemark abgeholt.
Freundlichst, Z.

»Mama! Wir sind wieder da! Oma sagt, dass ich Kakao mit Sahne kriege. Wo bist du?«

Die Haustür wurde geöffnet, und sie hörte, wie Jonas' Stiefel in den Flur flogen.

»Ich bin hier, Schatz, im Büro.«

Jonas erschien in der Tür. Er strahlte über das ganze Gesicht.

»Opa will auch einen. Er sagt, alle Seemänner mögen Kakao. Stimmt das?«

»Keine Ahnung. Möglicherweise nimmt dich dein verrückter Großvater auf den Arm.«

»Hm, und du, willst du auch?«

»Ja, sag Oma, dass ich auch gern einen hätte.«

»Was machst du da?«

Sie blickte geistesabwesend auf.

»Och, ich lese nur ein paar Mails.«

Jonas verschwand wieder. Nina las die nummerierten E-Mails noch einmal. Z konnte eigentlich nur Zamani sein. Der Kohlenmann fungierte also als Kurier.

Er war zusammen mit seinem englischen Kompagnon Duru nach Blåvand gekommen, um »Ware« abzuholen, die vermutlich bereits in der Türkei hätte übergeben werden sollen. Die Bilder, der Film, die Dokumente oder was immer diese Ware sein mochte, etwas, das Morten Busk Ib Munk mitgegeben hatte. Aber wer zog die Fäden? Wer war dieser X, der die Vereinbarung arrangiert hatte?

Bei dem angesprochenen Todesfall konnte es sich nur um den Verkehrsunfall handeln, der Morten Busk das Leben gekostet hatte. Wenn es denn ein Unfall gewesen war … Und da Busk die »Ware« nicht selbst mit sich führte, sondern sie Ib gegeben hatte, musste er etwas geahnt haben. Vielleicht fürchtete er um sein Leben? War der Unfall in Wahrheit ein Attentat gewesen?

»Mama! Wieso kommst du nicht? Wir sind fertig. Und es gibt Vanillekränze dazu. Frischgebacken von Oma. Komm jetzt!«

Sie mussten Ib finden. Die naheliegende Idee war, sämtliche Orte der Gegend abzusuchen, die irgendetwas mit Vögeln zu tun hatten. Und die hatte sie schon verworfen. Wenn Ib nicht gefunden werden wollte, wusste er genau, dass er die Nummer mit Langli nicht wiederholen durfte. Außerdem hatte sie ihm selbst erzählt, wie sie sein Versteck erraten hatte.

Ib Munk war ein Mensch, der Geborgenheit suchte, das Wohlbekannte. Da blieb nur eine einzige Möglichkeit. Sie mussten sein altes Viertel um die Vesterhavsgade durchkämmen. Jedes Gebäude, jeden Dachboden, jeden Keller, jedes Hinterhaus und jeden Geräteschuppen. Sie mussten ihn finden.

»Ja, ja, Jonas. Ich komme schon!«

Sie rief Thøgersen an. Er hatte das Material ebenfalls durchgesehen und bereits einen Übersetzer organisiert.

Alles ging jetzt rasend schnell. So weit, so gut.

17

Die meisten Kakteen befanden sich schon im Winterschlaf. Die argentinische Lobivia und die hübsche mexikanische Mammilaria longiflora mit ihren dunkelvioletten Blüten hatte Nina bereits vom Balkon geholt. Sie hielt inne und betrachtete ihre stacheligen Gewächse. Die einzigen Grünpflanzen, deren Aufzucht ihr einigermaßen gelang.

Nina war gerade vom Sportplatz des EfB am Gl. Vardevej nach Hause gekommen. Jonas spielte in einem der letzten Fußballspiele der Saison, und sie hatte ihn im Dienstwagen hingebracht.

Eigentlich hätte sie sich als gute Mutter die erste Halbzeit ansehen sollen, aber viel Zeit blieb ihr nicht bis zwölf. Und dann musste sie im Präsidium sein. So war es mit Birkedal besprochen, der vermutlich bereits am Schreibtisch saß und über die neuen Informationen nachgrübelte, die er von Thøgersen über den Inhalt der CD-ROMs bekommen hatte.

Sie mochte nicht schon wieder Pizza essen, also strich sie sich drei Butterbrote und wickelte sie in Papier. Plötzlich klingelte das Telefon.

»Hier Nina Portland.«

»Guten Tag«, meldete sich eine Stimme auf Deutsch. »Mein Name ist … lassen Sie uns sagen … Axel. Ist es in Ordnung, wenn wir Deutsch sprechen?«

Überrascht gelang es ihr, Ja zu sagen. Es war eine tiefe, weiche Männerstimme: »In wenigen Minuten bin ich in Esbjerg. Ich verfolge die beiden türkischen Männer. Das Leben von Herrn

Munk steht auf dem Spiel. Kann ich mit Ihnen rechnen, Frau Portland?«

»Was meinen Sie? Wer sind Sie?«

»Vertrauen Sie mir. Wir haben keine Zeit für Diskussionen. Im Augenblick geht es nur darum, das Leben von Herrn Munk zu retten. Ich habe das Gefühl, dass Sie eine Ahnung haben, wo er sich versteckt hält, und ich brauche Ihre Hilfe. Kann ich Sie vor Ihrer Wohnung abholen? In ein paar Minuten?«

»Warum sind Sie an Ib Munk interessiert? Woher kennen Sie ihn? Was wollen Sie von ihm?«

»Nicht jetzt, nicht jetzt. Antworten Sie mir einfach. Kann ich mit Ihnen rechnen?«

»Hören Sie mal … Ich habe keine Ahnung, wer Sie sind. Und Sie antworten nicht auf meine Fragen. Warum um alles in der Welt sollte ich auf Ihren Vorschlag eingehen?«

Zunächst herrschte Schweigen am Telefon. Dann hörte sie ein tiefes Seufzen. »Hm, aber Sie wissen, dass es jemanden gab, der Ihnen auf der Insel Langli aus der Klemme geholfen hat, nicht wahr? Jemand, der das Feuer erwiderte, als Sie sich im Wasser befanden …?«

»Ja … Vielleicht …«

»Das bin ich gewesen.«

»Aber wieso haben Sie …«

»Keine weiteren Fragen jetzt, Frau Portland. Seien Sie in ein paar Minuten unten. Und sehen Sie davon ab, das ganze Aufgebot zu alarmieren. Wenn ich auch nur irgendetwas Verdächtiges sehe, bin ich weg. Und das würde Herrn Munk nur schaden. Haben Sie mich verstanden?«

»Ja. Ich gehe jetzt vors Haus.«

»Ich vermute, Sie sind bewaffnet?«

»Ja.«

»Gut, ich bin gleich da.«

Nina lief in den Flur, griff nach ihrer Jacke und schloss den Schrank auf, in dem sie ihre Pistole verwahrte. Das Halfter hing an einem Kleiderbügel, eilig streifte sie es über. Die Pistole glitt an ihren Platz, sie spürte das Gewicht unter der linken Achselhöhle. Das Gefühl der Sicherheit war trügerisch. Nina wusste, dass sich irgendetwas anbahnte. Und der fremde Mann rechnete ebenfalls damit. Sonst hätte er nicht angerufen.

Das Diensthandy hatte Ib zerstört, und sie hatte bisher keine Zeit gehabt, sich ein neues zu besorgen. Sie steckte ihr privates Handy ein und wählte den Kameramodus. Der Mann sollte nicht glauben, dass sie sich verarschen ließ.

Schon nach wenigen Minuten hielt ein schwarzer Ford Kombi am Bürgersteig. Hinter dem Steuer saß ein älterer Herr mit silbergrauem Walrossbart und Brille. Er trug einen grünen Filzhut …

Der Mann beugte sich über den Beifahrersitz und öffnete ihr die Tür. Nina stieg mit dem Handy in der Hand ein. Er nickte ihr kurz zu, verlor aber keine Zeit mit Höflichkeiten.

»Wie ich schon sagte: Sollte ich irgendein Anzeichen dafür bemerken, dass Sie Ihre Kollegen angerufen haben, dann verabschieden wir uns.«

»Ich habe niemanden angerufen.«

»Ausgezeichnet.«

Er nickte. In seinem Schoß lag etwas, das sie am ehesten an Jonas' Gameboy erinnerte. Er hob das Gerät hoch und betrachtete es eingehend.

»Sie fahren ein paar Straßen unter uns im Kreis«, stellte er fest.

»Sie können sehen, wo die Männer sich gerade befinden?«

Er nickte.

»Und Sie waren das auf der Insel? Sie haben geschossen?«

Wieder nickte er. Nina hatte keinen Grund, ihm nicht zu glauben. Außer ihr wusste niemand auf der Welt, dass ihr irgendjemand zu Hilfe gekommen war, als sie in das kalte schwarze Wasser floh, um Ib im Kajak zu erreichen.

»Und Sie haben uns auch damals am Kraftwerk mit dem Fernglas beobachtet, oder? Und mit Ihnen hatte ich diesen Zusammenstoß im Hinterhof?«

Der Fremde zuckte nur die Achseln.

»Wie haben Sie die Männer gefunden?«

»Nicht in einem gewöhnlichen Hotel, sondern beim Anglersee in Ribe, in einer Hütte des kleinen Feriendorfs. Gar kein dummes Versteck. Ich habe ihnen meinen kleinen Sender unter die Stoßstange gepflanzt.«

Der Mann kratzte sich nachdenklich am Kinn, während er das Gerät im Auge behielt.

»Sie sind ständig in Bewegung. Sie kreisen die ganze Zeit im gleichen Viertel, sehen Sie …«

Er zeigte ihr das kleine Farbdisplay. Ein roter Punkt, der sich langsam bewegte. Unauffällig hielt Nina ihr Mobiltelefon ein wenig schräg und drückte die kleine Taste.

»Die machen sich bereit. Sind *Sie* bereit, Frau Portland?«

Nina nickte.

»Dann ihnen nach.«

Während er den Wagen in Richtung Strandbygade lenkte, ließ er sie das Gerät halten. Der rote Punkt stand still.

»Es tut sich nichts mehr.«

Sie wusste nicht, ob sie besorgt sein sollte. Ob sie Ib Munk auf der Spur waren oder nicht, schien ihr eher eine Frage der Interpretation zu sein. Aber der Deutsche klang durchaus überzeugend. Er fuhr ein paar Straßen weiter, hielt an und bat um das Gerät. Als er den Kopf abwandte, machte sie noch ein Bild. Er drückte auf ein paar Knöpfe und kniff die Augen hinter den Brillengläsern zusammen.

»Jetzt haben sie sich wieder in Bewegung gesetzt. Hier, dirigieren Sie mich, Frau Portland.«

Es war surreal. Vor wenigen Minuten hatte sie ein Mann angerufen und sich als Axel vorgestellt. Und nun saß sie neben ihm – und befolgte seine Anweisungen. Einzig und allein aus dem Grund, dass er sie auf Langli gerettet hatte. Wer war er? Und wen repräsentierte er in diesem Spiel, dessen Dimension ihr erst am Abend zuvor wirklich aufgegangen war?

Nina konzentrierte sich darauf, dem kleinen roten Punkt zu folgen.

In der Vesterhavsgade verschwand der Punkt auf dem Display. Nina bat den Mann, anzuhalten. Er griff nach dem Gerät und drückte ein paar Knöpfe.

»Wir verlieren kostbare Zeit. So eine Scheiße«, fluchte er.

Nach ein paar Minuten gab er es auf und warf das Gerät auf den Rücksitz. »Was sagen Sie, Frau Portland? Nach rechts oder nach links?«

»Das ist Ib Munks Straße, hier wurde er geboren, und hier ist er aufgewachsen. Das Gebäude liegt da vorne links. Wonach halten wir Ausschau?«

»Nach einem dunkelblauen Audi … Gut, wir biegen links ab.«

Sie fuhren langsam die Vesterhavsgade entlang. Nina hielt Ausschau nach beiden Seiten. Nirgendwo ein dunkelblauer Audi. Der Mann bremste an der Tordenskjoldsgade.

»Dort! Dort unten links!«, stieß er hervor und trat aufs Gas.

Nina spürte, wie sich ihr Puls beschleunigte. Instinktiv glitt ihre rechte Hand unter die Jacke, um sich zu vergewissern, dass die Pistole steckte, wo sie hingehörte. Vor dem City Center parkte ein dunkelblauer Audi am Straßenrand.

Das City Center war ein ehemaliges Einkaufszentrum, ein gewaltiger Koloss aus Beton und rotem Backstein. Früher, in den späten Siebzigern, war das City Center der Publikumsmagnet der Stadt gewesen. Damals hatte es im Center eine Menge Läden, einen Supermarkt und eine Cafeteria gegeben, aber nach und nach hatten alle vor der Konkurrenz des neuen Zentrums im Stadtteil Gjesing kapituliert. Mittlerweise war das City Center ein ausgelöschter Riese, der nur noch ein paar Wohnungen beherbergte. Nina blickte hinüber zu den beiden Einfahrten der Tiefgarage. Könnte es hier sein? Hatten sie genau diese Möglichkeit übersehen?

»Was ist in dem Gebäude?« Die Frage des Mannes kam inquisitorisch scharf.

»Das ist ein altes Ladenzentrum. Es steht seit Anfang der Neunzigerjahre leer. Der einzige Mieter ist ein Fitness-Studio.«

»Sie müssen dort drinnen sein. Wie kommt man rein?«

»Keine Ahnung. Bis auf die Trainingsräume ist wahrscheinlich alles verschlossen.«

Der Mann, der sich erstaunlich leichtfüßig bewegte, sprang aus dem Wagen und schlug die Tür zu. Nina folgte ihm. Einen Moment blieben sie auf dem Bürgersteig stehen. Dann lief er über die Straße.

»Kommen Sie! Irgendwo muss es eine Tür geben.«

Sie lief mit ihm eine der Rampen zur Parkgarage hinunter. Vielleicht hatte er recht. In diesem Viertel fühlte Ib Munk sich zu Hause. Hätten sie es wissen müssen?

Der Mann blieb stehen und sah sich um, ohne außer Atem zu sein. Ein dunkler und niedriger Betonkeller wie in einem amerikanischen Gangsterfilm. Irgendwann vor Urzeiten hatte man versucht, diesen Ort zu beleben, indem man einige der vielen Betonpfeiler bunt anmalte. Weiter hinten entdeckten sie mehrere parkende Autos. Nina begann zu laufen. Der Mann folgte ihr.

Es gab ein Treppenhaus mit einem Aufzug.

»Was steht da?« Er deutete auf die Schilder.

»Dort geht es zu den Wohnungen.«

»Verdammt …«

Sie trat ein Stück zur Seite und bemerkte ein gelbes Schild, das sie übersehen hatten. »Eingang B« stand darauf.

»Kommen Sie!« Nina lief auf die dicke Betonsäule zu. Unter dem Eingangsschild befand sich eine Metalltür. »Eingang B«? Es musste sich um den alten Kundenaufgang zum City Center handeln.

Warnend hob der Fremde die Hand und öffnete die Tür mit einiger Mühe gerade so weit, dass sie sich durchquetschen konnten. Er griff unter seine Jacke, und sie sah etwas aufblitzen, das einer schwarzen Beretta glich. Jetzt hielt er einen Zeigefinger vor den Mund. Nina folgte ihm die dunkle Treppe hinauf.

Die nächste Tür stand einen Spalt weit auf. Der Deutsche schob sie vorsichtig auf, die Pistole jetzt in der rechten Hand. Sie hatte das Gefühl, eine Grabkammer zu betreten.

Plötzlich erinnerte sie sich daran, wo welcher Laden gewesen war. Die Drogerie, die Läden mit Sportartikeln und Kleidung, Løvbjergs Supermarkt. Jetzt war alles voller Dreck, und es roch muffig. Bei dem ganzen Staub konnte man die Fußspuren auf dem Boden gar nicht übersehen. Sie folgten den Spuren auf dem Gang und bogen rechts um eine Ecke. Dann hörten sie Stimmen. Entschlossene, laute Stimmen. Sie blieben stehen.

Nina nahm das Handy aus der Tasche und schaute den Mann fragend an. Er schüttelte ablehnend den Kopf und deutete hektisch auf seine Uhr, als würde die Zeit ablaufen.

Sie schlichen näher. Nina zog ihre Pistole und lud vorsichtig durch. Sie umfasste den Schaft mit beiden Händen. Dann konnte sie sie sehen. Vornübergebeugt standen sie in dem leeren Raum, bloßgestellt wie in einem Aquarium. Zwischen ihnen ein Stuhl. Darauf saß Ib Munk. Mit den Händen auf dem Rücken, geknebelt mit einem Stück Stoff.

Die Männer gingen gleichzeitig in die Knie. Sie registrierte es mechanisch. Das Aufblitzen einer Messerklinge. Zuerst ein Stoß, dann ein zweiter. Der Arm des Mannes schoss auf Ib Munks Bauchpartie zu.

In diesem Moment drückte sie ab. Feuerte drei Schüsse in schneller Reihenfolge durch die Glaswand. Alles um sie herum splitterte. Ihr unbekannter Begleiter eröffnete im gleichen Augenblick das Feuer.

Er rief irgendetwas. Sie verstand ihn nicht.

Jetzt drehten sich die Männer um. Nina sah ihre Waffen. Hörte es krachen. Dann zerfiel alles in Einzelteile.

Instinktiv warf sie sich auf den Boden. Scherben flogen ihnen um die Ohren. Glaswände zersprangen. Aus den Augenwinkeln sah sie die beiden dunklen Gestalten davonlaufen und im Korridor verschwinden.

Nina kam auf die Knie. Ihr Begleiter lief hinter den Männern her. Sie selbst rannte oder vielmehr rutschte über die Glassplitter zu Ib. Es gelang ihr nicht, ihn loszubinden, also half sie ihm hoch, bis seine zusammengebundenen Hände über die Stuhllehne glitten. Er blutete im Bauchbereich. Nina bettete ihn auf den Boden und brachte ihn in die stabile Seitenlage. Dann gelang es ihr, das Seil zu lösen, das um seine Handgelenke geknotet war.

»Ib, kleiner Ib. Ich bin hier. Nina ist hier. Halt durch, mein Freund.«

Sie hielt sein Gesicht zwischen ihren Händen. Ein dünnes Blutrinnsal zeigte sich in seinem Mundwinkel. Sie riss ihr Handy aus der Tasche und wählte die 112.

Ihre Anordnungen waren kurz. »Verdammt, beeilt euch!«

Aus Ibs Mund kam ein gurgelndes Geräusch.

»Das wird schon wieder, Ib. Halt durch. Der Krankenwagen ist gleich hier, halt durch, mein Freund …«

Wieder gurgelte es. Sie hielt ihr Ohr an seinen Mund.

»Ich glaube, ich sterbe, Nina …«

»Sag jetzt nichts.«

Sie strich ihm über Haar und Wange. Ib drehte den Kopf ein wenig. Seine Augen blickten zu ihr auf, groß und hilflos.

»Nina, Nina … Ich kann den Kiebitz hören … Jetzt ruft der Kiebitz …«

Sie sah ihn an. Seine Pupillen glitten langsam weg. Sie legte zwei Finger an seinen Hals. Gott sei Dank, noch spürte sie seinen Puls.

Vielleicht vergingen Sekunden, vielleicht Minuten. Dann hörte sie die Sirenen. Und darauf das Geräusch schwerer, rennender Schritte. Männer in Uniform beugten sich über sie und griffen nach Ibs leblosem Körper.

Er wurde abtransportiert.

Nina blieb allein auf dem Boden sitzen. Dann ließ sie sich hintenüberfallen und verbarg ihr Gesicht in den Händen. Ihr ganzer Körper zitterte.

»Nina, geht es dir gut?«

Die Stimme kam von weit, weit her. Sie spürte eine Hand an ihrer Schulter. Dann berührte die Hand ihre Wange, behutsam.

»Ich bin's, Tim. Geht es dir gut?«

»Er ist tot. Ib ist tot. Die haben ihn abgestochen.« Sie schlug die Augen auf und sah ihn durch einen Tränenschleier an.

»Komm, steh auf, Nina. Ib ist jedenfalls nicht tot gewesen, als sie mit ihm davonfuhren.« Tim nahm ihre Hände und zog sie hoch. Ihr Körper fühlte sich schwer und fremd an.

»Wo ist er? Habt ihr ihn? Den Alten … Axel …«

»Welchen Axel?«

»Einen älteren Mann, in einer hellen Jacke, mit einem grünen

Jägerhut, kräftiger Schnurrbart, Brille, in einem schwarzen Ford Kombi … Habt ihr ihn?«

»Nein, natürlich nicht. Von wem sprichst du überhaupt?«

Schließlich kam sie auf die Beine und blieb unsicher stehen, gehalten von Tim.

»Habt ihr alle Zufahrtsstraßen gesperrt? Sie sind auf der Flucht. Zwei Männer, mit südländischem Aussehen.«

»Was für einen Wagen fahren sie?«

»Es ist ein dunkelblauer Audi …«

Sie registrierte, wie er zu seinem Handy griff und energisch hineinsprach. Das Schwindelgefühl war verschwunden.

»So, alles geregelt. Alle Mann sind ausgerückt. Im gesamten Gebiet. Die Hubschrauber werden bald in der Luft sein.«

»Gut.«

Er sah sie mit einem Blick an, der auch von Onkel Jørgen hätte kommen können. Sie trocknete sich irritiert die Augen mit dem einen Jackenärmel.

»Also, dann lass uns weitermachen, verdammt noch mal! Sie können noch nicht weit sein! Wo ist dein Wagen, Wejse?«

»Draußen.«

»Dann komm!«

Nina rannte los, in Richtung Ausgang. Sie mussten jetzt raus, auf die Straße, einfach in Bewegung sein – und suchen. Weder die beiden Türken noch der Mann mit dem Jägerhut konnten weit sein.

Die Clogs des Arztes klapperten unheilverkündend auf dem harten Fußboden. Er nahm die Brille ab und rieb sich die Augen. Dann blieb er stehen. Nina stand vom Sofa auf und sah ihn fragend an.

»Es sieht nicht gut aus. Wir haben mehrfach operieren müssen. Im Augenblick ist die Blutung gestoppt, aber … Es ist kritisch. Machen Sie sich keine allzu großen Hoffnungen. Überlebt er die nächsten paar Tage, ja, dann …« Der Arzt zuckte die Schultern und schaute zu Boden.

Sie nickte. Klammerte sich irgendwie an seine letzte Bemerkung. Komm schon, Ib …

Der weiße Kittel verschwand auf dem Flur. Dann klingelte das Telefon in ihrer Tasche. Es war Birkedal.

»Ist er tot, dieser Ib Munk?«

»Nein, aber die Lage ist kritisch. Ich habe gerade mit einem Arzt gesprochen. Wenn er die nächsten zwei Tage übersteht, gibt's eine Chance, meinen sie. Was jetzt?«

»Sämtliche Reviere sind alarmiert. Wir werden sie kriegen.«

»Was ist mit dem Deutschen, der mir den Weg gezeigt hat?«

»Keine Spur.«

Plötzlich fiel ihr ein, was ihr am nächsten Tag bevorstand.

»Und was ist mit Avnø und dem Kurs morgen?«

»Wir haben eine Abmachung. Du kannst im Augenblick ohnehin nichts machen. Die gesamte Maschinerie läuft auf Hochtouren.«

»Ich kann doch jetzt nicht einfach eine Auszeit nehmen.«

»Nina, verhalt dich bitte professionell, ja? Alle Mann sind im Einsatz. Du musst langfristig denken. Es geht um deine Karriere.«

»Karriere? Die ist mir scheißegal …«

»Stopp! Verhalt dich professionell, habe ich gesagt. Hast du verstanden? Geh nach Hause und pack deine Sachen!«

Sie saß in ihrem Schaukelstuhl und schaute auf die angestrahlte Kirche, wie sie es schon den ganzen Abend getan hatte, seit Jonas im Bett war. Im Flur stand ihre gepackte Tasche.

Auf allen Kanälen wurde über die großangelegte Verbrecherjagd in Westjütland berichtet. Solche Ereignisse lösten eine ganz eigene Dynamik bei der Presse aus. Alle Grenzübergänge, alle Fluchtmöglichkeiten hatten sie hermetisch abgeriegelt. Über ganz Dänemark lag nach dem Schusswechsel eine einzige große Reuse. Alles war nur eine Frage der Zeit.

Ein absurdes Gefühl, so passiv dazusitzen, an einem Sonntagabend, während das ganze Land zwei Männer jagte und Ib in einem Krankenhausbett um sein Leben kämpfte.

Oh ja, ihre Tasche hatte sie gepackt. Sie konnte am nächsten Morgen früh um sechs aufbrechen. Jørgen war mit der Fähre gekommen und hatte seinen alten BMW im Hinterhof geparkt. Offensichtlich hatten alle den Wunsch, dass sie morgen früh die Schulbank drückte.

Sie hatte bereits zwei große Flaschen Carlsberg geleert, als sie nach dem Handy griff. Die Uhrzeit war ihr egal. Es gelang ihr, die ersten vier Zahlen von Birkedals Privatnummer zu drücken. Dann legte sie wieder auf.

Ein verdammtes Dilemma. Sie wollte die Ausbildung machen, aber sie wäre noch viel lieber bei der Aufklärung dieses verzwickten Falls dabei, der mit dem Kohlenmann begonnen hatte – und bei der Festnahme der Schuldigen.

Aber das Bier hatte sie beruhigt. Sie ging davon aus, dass sie jetzt schlafen konnte.

Es war kurz nach fünf, als sie aufwachte. Ihr ganzer Körper fühlte sich schwer an. Sie griff nach dem Telefon und versuchte noch einmal, die Handynummer anzurufen, die ihr der Speicher anzeigte. Sie gehörte dem dritten Mann auf Langli, der sich Axel nannte. Im Lauf des Abends hatte sie es immer wieder versucht, doch ohne Erfolg. Auch diesmal antwortete er nicht. Der Mann wurde natürlich im ganzen Land gesucht. Nicht wegen eines Verbrechens – er sollte zu seiner Rolle in diesem undurchschaubaren Drama vernommen werden.

Sie kroch noch einmal unter die Bettdecke. Die Zeit direkt nach dem Aufwachen war manchmal schockierend produktiv, wenn es darum ging, lose Fäden zu verbinden und neue Perspektiven zu entwickeln.

Sie versuchte, sich mit aller Kraft auf die beiden Täter zu konzentrieren. Sie hatte das deutliche Gefühl, dass die Polizei versagen würde. Die beiden würden durch die Maschen schlüpfen. Hier handelte es sich nicht um irgendwelche Kleinganoven. Die hatten im Vorfeld abgeklärt, dass eine Hintertür offen stand. Wer waren die Männer? Noch immer fehlte jeder Hinweis auf ihre Identität.

Unerwartet traf Nina ein Gedankenblitz, der eine kleine Explosion auslöste – und ihr plötzlich eine vollkommen andere Perspektive eröffnete. Sie sah ein freundliches, runzliges Gesicht vor sich. Sir Walter Draycott, der Ritter, der sie damals im Axtschiff-Fall aus dem dunklen Labyrinth der Geheimdienste geführt hatte.

In der Stunde der Not hatte sich eine einmalige und wohl auch etwas seltsame Freundschaft zwischen ihnen entwickelt. Nina war überzeugt davon, dass Sir Walter sie als seine zweite Tochter betrachtete und eine gewisse Verantwortung empfand. Und sie hielt ihn für einen warmherzigen, älteren Gentleman, der eine Reihe menschlicher Eigenschaften in sich vereinte, die im Lauf der Evolution verschwunden zu sein schienen. Trotzdem hatte er sein ganzes Leben in einer Welt verbracht, in der kaltes Kalkül und doppeltes Spiel akzeptierte Größen waren – der Welt der Geheimdienste.

Sir Walter, graue Eminenz und pensionierter MI6-Chef, war ein Mann, der noch immer über ein mächtiges Netzwerk verfügte. Vor ihrem inneren Auge sah Nina die enormen Datenbankarchive im Hauptquartier des MI6 an der Themse schnurren und blinken. Für die Briten dürfte es ein Leichtes sein, eine Antwort zu finden – wenn es denn eine Antwort gab.

Dass der PET sich die Blöße gab und die Briten um einen Suchlauf in ihren Archiven bat, hielt sie für eine bürokratische Unmöglichkeit. Also gab es nur den inoffiziellen Weg. Sir Walter und seine Kontakte.

Erleichtert über ihren Einfall sprang sie aus dem Bett und zog ihren Jogginganzug an. Wie spät war es in Südafrika? Egal. Er würde ihre Mail beantworten, sobald er sie gelesen hatte. Nachdem sie sich in der Küche eine Tasse Nescafé überbrüht hatte, ging sie ins Wohnzimmer und schaltete den Computer ein.

Eigentlich hätte sie ihm schon lange einen richtigen Brief schreiben wollen, wie es ihnen zur Gewohnheit geworden war. Stattdessen würde sie ihm nun eine Mail ohne große Höflichkeitsfloskeln schicken. Sie brauchte seine Hilfe.

Sie wühlte in den Briefen in ihrer Schreibtischschublade. Sir Walter hatte ihr doch einmal die Mailadresse seiner Tochter Heather gegeben.

Endlich fand sie den richtigen Brief, öffnete ihr E-Mail-Programm und schickte die drei Fotos an Heather. Die beiden Bilder der mysteriösen Täter und ein Foto des Mannes, der sich Axel nannte, das sie mit ihrem Handy aufgenommen hatte.

In die oberste Zeile schrieb sie: *»Liebe Heather, lass deinem Vater bitte so schnell wie möglich diese E-Mail zukommen.«*

Dann sprang sie einige Zeilen weiter und begann den eigentlichen Brief: Sie bat Sir Walter, seine alten Kontakte anzuzapfen. Vielleicht kannte er ja sogar selbst eine Antwort? Schließlich war er fast ein Menschenleben lang mit Ländern des Ostblocks befasst gewesen. In groben Zügen beschrieb sie den Fall und bat ihn zu versuchen, die Identität der drei Männer herauszufinden.

Dann traf sie eine schnelle Entscheidung. Sie würde hinfahren und an dem Kurs teilnehmen. Sich alles ein, zwei Tage lang ansehen und gleichzeitig aus der Ferne die Ermittlung verfolgen. So zeigte sie zumindest eine Form von gutem Willen.

Nachdem sie geduscht hatte, weckte sie Jonas. Die ganze Diskussion darüber, ob sie oder Jonas unter Personenschutz gestellt werden mussten, hatte sich erledigt. Die Männer befanden sich vermutlich auf der Flucht außer Landes, und Jonas würde ohnehin in Sønderho bleiben. Jørgen durfte das Auto des Nachbarn benutzen, sodass er Jonas jeden Tag zur Fähre bringen und wieder abholen konnte, während sein eigener Wagen auf dem Gelände eines Schulungszentrums in Südseeland stand.

Aber als ordentliche Mutter konnte sie zumindest dafür sorgen, dass Jonas und sie einen anständigen Start in die Woche bekamen und zusammen frühstückten.

Sie wählte die Nummer des Krankenhauses. Ob es wohl noch Hoffnung gab? Oder war Ib im Lauf der Nacht gestorben?

Sie spürte, wie ihr Herz schlug, als sie darauf wartete, dass irgendjemand abnahm.

Es war ein schöner Morgen. Der Tau im Gras glänzte im blassen Licht. Die Wolkendecke hatte Löcher, bald würde die Sonne durchkommen. Es war nicht kalt. Es war auch nicht warm. Es war einfach ein sehr früher Morgen nach einer Nacht, in der er verdammt unruhig geschlafen hatte.

Er zog den Gartenstuhl auf die Terrasse und setzte sich mit dem Kaffeebecher in der Hand. Die hohen Tannen und immergrünen Büsche begrenzten die Sicht auf das Grundstück, sodass er sorglos im Freien sitzen konnte.

Er wusste genau, weshalb er so schlecht geschlafen hatte. Es lag an dem Drama in diesem alten Einkaufszentrum von Esbjerg. Wann hatte er zuletzt geschossen? Es lag viele, viele Jahre zurück. Er fand sich zu alt für diese Art von Action – schon seit Langem. Aber er war in eine Notsituation geraten.

Und notgedrungen saß er nun auch hier in diesem kleinen Ferienhaus auf Rømø. Im Augenblick suchte man ihn und die beiden südländisch aussehenden Männer zweifellos in ganz Dänemark. Man würde nach einem Axel mit buschigem Schnauzer, Brille und Hut fahnden. Er musste sich in Geduld üben und einige Tage hier bleiben, bis das Schlimmste vorbei war.

»Ein Fuchsbau hat immer mehrere Ausgänge.« Das hatte ihm sein Lehrmeister in jungen Jahren unzählige Male eingebläut. Bei dem Ferienhaus, das er auf den Namen Schmidt gemietet hatte, handelte es sich allerdings nicht um einen Ausgang, sondern lediglich um ein Versteck und um einen Beweis seiner Vorsicht.

Den Mietwagen mit den dänischen Nummernschildern hatte er auf einem Parkplatz in Ribe abgestellt, als er einsah, dass es nutzlos war, den beiden Männern folgen zu wollen. Von da an hatte er sein zweites Fahrzeug benutzt, einen Mietwagen mit deutschem Kennzeichen. Rømø erwies sich als glänzendes Versteck, denn um ihn herum gab es ausschließlich Landsleute.

Er nippte an dem heißen Kaffee und beobachtete eine Amsel, die über den Rasen hüpfte. Das Versteck auf Rømø hatte er sorgfältig ausgewählt, weil er sein Handwerk noch immer verstand. Trotzdem gingen ihm Gedanken durch den Kopf, die ihn belasteten.

Hätte er erkennen müssen, dass die Aufgabe in Dänemark nichts für einen einzelnen Mann war? Hätte er einen Helfer angeheuert, hätte er nicht die Unterstützung dieser Kriminalkommissarin gebraucht, als es darauf ankam. Aber er arbeitete am liebsten allein. Ein alter Fuchs hält nichts von anderen Füchsen. Und zu Beginn hatte es nach einem überschaubaren Job ausgesehen. Nein, er konnte sich keinen Vorwurf machen.

Das Kapitel Esbjerg war abgeschlossen. Dort konnte er sich nicht mehr sehen lassen. Sein Verstand sagte ihm aber auch, dass der Ort der Handlung sich ohnehin verlagert hatte – und zwar weit weg.

Die beiden Männer hatten bekommen, was sie von Ib Munk wollten. Und sie hatten ihm ein Messer in den Bauch gestoßen. Sie waren ebenso sehr Profis, wie er einer war. Sie kannten einen Notausgang. Vermutlich war es nur eine Frage der Zeit, wann sie wieder zu Hause in der Türkei auftauchen würden.

Die Türkei war auch sein nächstes Ziel. Noch immer hatte er einen Job zu erledigen. Aber allmählich benötigte er Hilfe. Bereits am Abend zuvor hatte er seinen Verbindungsleuten ein paar Fragen gemailt: Zum einen ging es um einen Kontakt in Istanbul. Und zum anderen hatte er einen ehemaligen Kollegen gebeten, die Reservierungen der Fluggesellschaften zu überwachen, die von Dänemark aus die Türkei anflogen.

Es hatte nur wenige Aufgaben in seinem Leben gegeben, die er nicht hatte lösen können. Diese sollte nicht eine davon werden. Es würde seine letzte sein. Und er wollte sie anständig beenden.

18

Die Wolken hingen tief über dem Kleinen Belt, als Nina über die Brücke fuhr. Mehrfach hatte sie versucht, mit Thøgersen oder Birkedal zu telefonieren. Oder mit Ulbæk. Seit dem frühen Morgen herrschte im Präsidium vermutlich helle Aufregung. Sie hatte niemanden erreicht.

Im Krankenhaus hatte sie jemanden ans Telefon bekommen, der ihr sagen konnte, dass Ib Munk noch lebte.

Als sie die Hälfte der Brücke hinter sich hatte, begann es zu schütten. Die Scheibenwischer fegten hektisch über die Frontscheibe. Im Radio kamen die Acht-Uhr-Nachrichten.

»Trotz intensiver Fahndungen, die sich bis in die Morgenstunden über das gesamte Land erstreckten, hat die Polizei von Esbjerg noch immer keine Spur der beiden Männer, die gestern Nachmittag einen zweiundvierzigjährigen Mann aus Esbjerg in einem verlassenen Einkaufszentrum niederstachen und sich anschließend mit der Polizei ein Feuergefecht lieferten. Gesucht wird auch nach einem unbekannten dritten Mann, der sich ebenfalls am Tatort aufhielt. Laut dem Krankenhaus in Esbjerg ist der Zustand des Opfers sehr kritisch. Von offizieller Seite noch unbestätigt ist die Annahme, dass die Ereignisse mit den beiden Leichenfunden am Kraftwerk von Esbjerg und in einem Ferienhaus in Blåvand an der jütländischen Westküste zusammenhängen. Beide Opfer wurden durch Messerstiche getötet. Am Telefon ist jetzt Polizeiinspektor Erik Birkedal.«

Der Journalist bat Birkedal, den möglichen Zusammenhang zwischen den Leichenfunden und dem Mordversuch zu kommentieren. Birkedals Stimme dröhnte durch den Wagen: »Ich kann lediglich mitteilen, dass wir von einem Zusammenhang zwischen …«

Sie schaltete das Radio aus. Die Richtung war völlig falsch. Sie fuhr nach Fünen, über den Großen Belt und dann nach Seeland, anstatt im Zentrum der Ermittlungen zu bleiben.

Es regnete in Strömen, und sie drosselte die Geschwindigkeit. Sie schielte zum Aschenbecher, drehte das Fenster ein Stück herunter und zündete sich eine Zigarette an. Dann rief sie Wejse an.

»Hier ist Nina, was machst du gerade, störe ich?«

»Nein, du störst nicht. Bist du schon wieder auf den Beinen?«

»Auf den Beinen? Ich bin auf dem Weg zu dieser Fortbildung. Wie ist die Lage bei euch? Ich habe Birkedal gerade im Radio gehört, aber er hat nichts gesagt.«

»Soweit ich weiß, gibt es nichts Neues, aber das Briefing hat noch nicht stattgefunden. Für zehn ist eine Pressekonferenz angesetzt. Ich habe eben den Inhalt der beiden Datenträger aus Zamanis Wohnung erhalten. Die Texte sind bereits übersetzt. Sieht interessant aus. Wenn die Verfasser nicht sogar Mitglieder der PKK waren, deutet jedenfalls alles darauf hin, dass sie sich ziemlich stark im Kampf für ein unabhängiges Kurdistan engagiert haben.«

»Stille Wasser sind tief, oder wie das heißt. Zamani war ja nur ein Herr im besten Alter mit einem kleinen Hund. Sie waren sich offenbar so sicher, dass sie bekommen würden, was Ib Munk aus der Türkei mitgebracht hatte, dass sie einen Konferenzsaal im Radisson gemietet und Kontakt zu ROJ TV aufgenommen haben. Können wir den Leuten von dem Fernsehsender nicht mal auf den Zahn fühlen? Sie zum Verhör vorladen, die ganze Bande?«

»Vielleicht. Aber nach dem Mordversuch an Munk sieht jetzt

alles ein bisschen anders aus. Ich wollte mit Birkedal darüber reden, aber im Augenblick konzentriert er sich ganz auf die Suche nach den Flüchtigen. Wir können sie jederzeit schnappen. Sie können nicht weg.«

»Da irrst du dich, Wejse. Wir kriegen sie nicht. Ich spüre es.«

Hoch über den regenschweren Wolken setzte eine kleine, in Deutschland registrierte zweimotorige Propellermaschine zu einer sanften Kurve an. Irgendwo tief unter dem Flugzeug lag der Große Belt. Von nun an würde der Pilot auf die Ostsee zuhalten. Erst wenn sie das polnische Festland erreichten, würde er wieder eine Kurve fliegen. Diesmal nach Süden. Bei Jedrzejów, nördlich von Krakau, würden sie auf einem ehemaligen Segelflugplatz landen und tanken. Der Pilot hatte die Aufgabe, die beiden Männer sicher zu einem ehemaligen Militärflugplatz außerhalb von Lüleburgaz, westlich von Istanbul, zu bringen.

Er hatte die beiden auftragsgemäß auf einer dänischen Insel abgeholt. Sie hatten nur einige unbedeutende Sätze gewechselt, wie Landsleute es tun, die sich in einem fremden Land begegnen. Er war zu klug, um zu fragen. Die Bezahlung für den Flug bewegte sich in einer Größenordnung, die für sich sprach. Der junge Landsmann, mit dem er die Vereinbarung getroffen hatte, hatte im Voraus gezahlt. Gleichzeitig hatte ihm der Fremde deutlich zu verstehen gegeben, dass dieser Flug niemals stattfand. Wenn er plauderte, würde er nie wieder fliegen beziehungsweise überhaupt nie wieder irgendetwas tun können.

Aber all das war vollkommen gleichgültig. Für fast zwei Jahresgehälter war er zu ziemlich vielem bereit. Die beiden schweigsamen Männer würde er schon nach Lüleburgaz verfrachten, und ein Flug über die ehemaligen Länder des Ostblocks war inzwischen ja auch unproblematisch.

»Nina Portland«, stand auf dem kleinen Namensschild, das sie zusammen mit dem Zimmerschlüssel ausgehändigt bekam und gleich in ihrer Tasche verschwinden ließ. Sie lief prinzipiell nicht mit Namensschildern herum. Schließlich war sie nicht das unschlagbare Wochenangebot bei Netto – und auch nicht die Reiseleiterin einer Horde blökender Chartertouristen. Wenn jemand wissen wollte, wie sie hieß, brauchte er nur zu fragen.

Zweiundzwanzig Teilnehmer hatten sich für den Fortbildungskurs qualifiziert. Nachdem sie ihr Gepäck auf ihre Zimmer gebracht hatten, trafen sie sich auf dem Flur.

Viele redeten über die landesweite Fahndung. Nina war die einzige Frau, und als jemand an einer Pinnwand die Teilnehmerliste entdeckte und »Esbjerg« rief, wurde sie zum Mittelpunkt der Gruppe. Glücklicherweise wusste niemand, dass sie in die Schießerei verwickelt gewesen war.

Nachdem das erste Interesse sich ein wenig gelegt hatte, drehten sich die Gespräche wieder um den Kurs. Nina versuchte noch einmal, Thøgersen anzurufen, aber ohne Erfolg. Ein jüngerer Bursche kam auf sie zu, lehnte sich an die Wand und klopfte eine Zigarette aus der Packung.

»Hm, das einzige Huhn im Korb, was?« Er lächelte und zündete sich die Zigarette an, aber das Manöver konnte nicht davon ablenken, dass er sie von oben bis unten taxierte.

»Sieht ganz so aus.«

»Das wird eine lange und zähe Zeit. Die ganzen Wochen, das Pensum … Was sagt denn dein Mann dazu? Übrigens, ich bin Torben. Torben Andersen, Station City.« Der Typ streckte die Hand aus.

»Hallo, ich bin Nina.« Sie ließ seine Bemerkung einen Augenblick in der Luft hängen, während er sie fragend ansah. »Mein Mann? Der findet das gar nicht toll. Jetzt hat er die nächsten zwei Wochen die Kinder, tja, wahrscheinlich sogar den ganzen

Herbst. City Station? Dann kennst du bestimmt Tim Wejse. Er hat gerade bei uns in Esbjerg angefangen.«

»Wejse? Na klar. Bei uns ist es ihm offenbar etwas zu heiß geworden. Er ist …«

Ein kleiner, drahtiger Mann erschien in der Tür. Er klatschte in die Hände, und die Gespräche verstummten. »Es ist halb zehn. Bitte folgen Sie mir.«

Der Unterrichtsraum lag am Ende des Flurs. Ganz hinten stand eine Reihe Computer. Die Tische waren hufeisenförmig angeordnet, genau wie damals, als sie noch auf die Universität von Århus ging. Torben schnappte einem Kollegen den freien Platz links von ihr vor der Nase weg – wie ein Habicht, der sich auf eine Maus stürzt. Es würde nicht mal eine Stunde dauern, dann hätte er ihr beiläufig erzählt, dass er Junggeselle war. Sie konnte darauf wetten. Es gab nur niemanden, mit dem sie hätte wetten können.

Sie holte ihr Handy aus der Tasche und stellte es auf lautlos.

Ihre Rettungsleine zur Außenwelt.

Um elf gab es die erste Pause. Ihr Hintern schmerzte vom langen Sitzen. Nina gehörte zu den ersten Teilnehmern, die den Raum verließen. Draußen stellte sie sich vor den Haupteingang und wählte die Nummer des Krankenhauses, während sie sich eine Zigarette anzündete. Als sich die Vermittlung meldete, nannte sie ihren Namen und ihr Anliegen und bat eindringlich darum, mit jemandem verbunden zu werden, der Bescheid wusste.

»Ich werde es beim Oberarzt versuchen«, lautete die Antwort.

Schließlich meldete sich eine Männerstimme. Es schien der Arzt zu sein, mit dem sie nach der Operation gesprochen hatte.

»Ib Munk hat die Nacht absolut zufriedenstellend überstanden. Ich denke, der Verlauf ist positiv. Aber in den ersten Tagen kann es schnell zu Komplikationen kommen, daher würde ich gern bis Mittwoch warten, bevor ich wirklich Optimismus verbreite.«

»Vielen Dank, ich werde trotzdem hin und wieder anrufen und mich erkundigen. Entschuldigen Sie die Störung.«

Nina inhalierte tief. Das war doch eine gute Nachricht, oder?

Auch Birkedal erreichte sie endlich. Er reagierte kurz angebunden. Es gab nichts Neues. Er hatte gerade erst die Übersetzungen der beiden Datenträger durchgesehen und gleich eine weitere Unterredung mit Gudmundsen vom PET.

»Denk dran, was du mir versprochen hast.«

»Was?«

»Ein Teil der Vereinbarung bestand darin, dass du mich auf dem Laufenden hältst.«

»Ja, ja, Portland, selbstverständlich.« Birkedal knallte den Hörer auf.

Er war gestresst. Nichts Ungewöhnliches. Er sollte sie nur nicht mit »Portland« und »selbstverständlich« abspeisen. Sie hatte ihren Teil der Vereinbarung erfüllt.

»Du hängst viel am Telefon, was? Wie gut, dass du von Stromausfällen unabhängig bist.« Der Mann von Station City trat aus dem Haupteingang. »Wir Raucher müssen zusammenhalten«, fügte er lächelnd hinzu und steckte sich eine Zigarette an.

»Tja, es kommt noch so weit, dass man nur noch unter Wasser rauchen darf.« Nina steckte das Telefon in die Tasche.

»Ha! Ja, das Alleinsein hat schon seine Vorteile. Keine Frau, die einen auf den Balkon jagt, wenn man rauchen will, und keine Kinder, auf die man Rücksicht nehmen muss. Wie viele hast du?«

»Drei. In der Wohnung rauche ich auch nicht, nur auf dem Balkon, aber eigentlich versuche ich gerade aufzuhören.«

»He, sieh mal einer an.« Der City-Mann lächelte. Es hatte anderthalb Stunden gedauert, bis er ihr erzählte, dass er Single war. Das war überraschend lang.

»Du wolltest mir was über Tim Wejse erzählen, bevor es klingelte. Was denn?«

»Nur, dass die Leitenden meinten, es sei am besten, ihn für einige Zeit zu versetzen. Sein Leben wurde bedroht, mehrfach. Wieso würde man wohl sonst nach Esbjerg ziehen, na ja, entschuldige …«

»Bedroht, von wem?«

Er sah auf seine Uhr. »Von ein paar Albanern, glaube ich. Aber ich weiß nicht viel darüber. Wejse hielt sich … na ja, ziemlich bedeckt. Ich kann dir ja heute Abend erzählen, was ich weiß. Besser, wir halten uns am Anfang noch an die Zeiten, hm? Ist nur eine Fünfminutenpause.«

Er drückte seine Zigarette aus und machte ein zufriedenes Gesicht bei dem Gedanken, dass ihre Aufmerksamkeit ihm sicher war.

Der Nachmittag verging in Zeitlupe. Nina schaute immer wieder aus dem Fenster und wünschte, sie wäre zu Hause.

Der kleine, drahtige Kursleiter, Rasmussen, informierte gerade über die Abschlussarbeit, als ihr Telefon klingelte und den Raum mit swingenden Salsarhythmen füllte. Verdammt. Sie hatte vergessen, den Ton abzuschalten. Der Anruf kam von Wejse.

Erst in der Kaffeepause konnte sie zurückrufen. Es gab nichts Neues von der Jagd nach den drei Männern. Wejse wollte ihr nur sagen, dass Birkedal entschieden hatte, sämtliche Mitarbeiter des Fernsehsenders ROJ TV zum Verhör auf das Kopenhagener Polizeipräsidium bringen zu lassen. Wejse sollte nach Kopenhagen fahren und die Verhöre durchführen, und er würde

Monberg mitnehmen, der bestimmt stolz wie ein Pfau war. Wenn Birkedal bereits jetzt, mitten in dem ganzen Chaos, an dieser Front weiterarbeitete, hieß das, dass ihnen die Zeit davonlief.

Bevor der Unterricht weiterging, musste sie die Fragen ihrer Kurskollegen beantworten. Gab es neue Entwicklungen im Esbjerg-Fall, irgendwelche Spuren von den Tätern? Sie konnte nur mit den Schultern zucken und den Kopf schütteln.

Nach der Pause wurden Arbeitsgruppen gebildet, die während des gesamten Kurses bestehen bleiben sollten. Jede Gruppe hatte bis zum Ende des Kurses eine Abschlussarbeit vorzulegen, aber zunächst sollten sie über mögliche Fragestellungen diskutieren und sich für ein Thema entscheiden.

Nach einem unendlich langen Hin und Her fand ihre Gruppe zu einem brauchbaren Thema: Mit Blick auf die Polizeireform wollten sie den Einsatz der Ressourcen im neuen südjütländischen Polizeigroßbezirk analysieren, kritisch durchleuchten und bewerten.

Kurz vor dem Abendessen versammelten sie sich wieder im Unterrichtsraum, und der zweite Kursleiter, der Husum hieß, präsentierte ihnen ihre erste praktische Aufgabe. Im Lauf des Abends hatten sie eine Unmenge Fragen zu beantworten, die dann am nächsten Morgen im Plenum diskutiert werden sollten.

Zum Abendessen im Speisesaal gab es Koteletts mit Soße, Kartoffeln und Gemüse. Nina hatte gerade einen Platz gefunden, als der Typ von Station City sich ihr gegenübersetzte. Es schien ein langer und mühsamer Herbst zu werden.

»Was für ein Start, was, Nina? Mit diesen Aufgaben ist man ja die ganze Nacht beschäftigt«, leitete er grinsend das Gespräch ein.

»Ist 'ne ganze Menge«, bestätigte sie und beantwortete im

gleichen Atemzug die Frage ihres Nebenmannes, der wissen wollte, für welches Abschlussthema sie sich entschieden hätten.

Der Typ von Station City mischte sich blitzschnell ein.

»Die Polizeireform? Nicht uninteressant, aber uns schien das Thema einfach zu naheliegend. Wir wollen die internationale Zusammenarbeit der dänischen Polizei analysieren, wirklich in die Tiefe gehen bei den internationalen Verbindungen und Verflechtungen. Die grenzüberschreitende Kriminalität ist doch das, was in den nächsten Jahren unsere Tagesordnung bestimmen wird, oder?«

Glücklicherweise klingelte in diesem Moment ihr Telefon. Es war Birkedal. Nina stand auf und ging auf den Flur. Es gab gute Neuigkeiten. Die Ärzte waren der Ansicht, dass Ib Munk das Schlimmste überstanden hatte. Er würde durchkommen.

»Aber ich habe ein ganz schlechtes Gefühl bei den beiden Türken«, sagte Birkedal. »Ich glaube, sie sind uns entkommen. Wir haben nicht die geringste Spur, und das ganze Land ist auf den Fall angesetzt. Sieht nicht gut aus. Und auch der dritte Mann, der mit dem Hut, ist spurlos verschwunden.«

Das Gespräch war kurz. Birkedal musste nach Hause, zum Essen und zum Verschnaufen. Ib würde überleben. Sie hatte es nicht zu hoffen gewagt. Glücklich und erleichtert kehrte Nina in den Speisesaal zurück, wo sie vielen fragenden Blicken begegnete.

Nach dem Dessert stand sie als eine der Ersten auf. Sie verschwand aus dem Saal, bevor irgendjemand sie etwas fragen konnte. Glücklicherweise stand die Tür des Unterrichtsraums offen. Nina setzte sich an einen der Computer, fuhr ihn hoch und wartete. Dann loggte sie sich in ihren Mailaccount ein. *Yes*! Ein Treffer. Eine Antwort von Sir Walter.

Liebe Nina,
schön von Dir zu hören. Ich kann Dich gut verstehen. Die Arbeit kommt an erster Stelle, also verschieben wir die Briefschreiberei und die Träumereien von der Safari auf später. (Allerdings habe ich letztens einige prachtvolle Fotos von einem Nashorn gemacht.)
Nun zur Sache. Natürlich helfe ich Dir gern, und ich habe bereits eine Anfrage an meine alten treuen Freunde in Vauxhall Cross gesendet.
Zu der Handyaufnahme von Dir kann ich persönlich etwas beitragen. Der Mann mit dem Hut heißt Julius Hirschfeld, aber mindestens ebenso bekannt ist er in meinen Kreisen unter dem Namen Axel. Er ist ein ehemaliger operativer Agent der Stasi und dürfte heute Mitte sechzig sein. Ein höflicher und angenehmer Mensch – und durch und durch professionell.
Ich selbst habe einmal seine Dienste in Anspruch genommen, als Markus Wolff (der Spionagechef der Stasi) und ich gemeinsame Interessen hatten. So lief das Spiel schon damals. Aus ganz pragmatischen Gründen konnten aus Feinden Freunde werden. Axel war einer der Besten, ein absoluter Profi und in den letzten Jahren der alten Welt auch ein ausgezeichneter Führungsoffizier. Womit er im Moment sein Geld verdient, weiß ich leider nicht, aber es wäre leicht herauszubekommen.
Was die beiden anderen angeht, erwarte ich Nachrichten von meinem Mann in Vauxhall Cross. Wenn sie in der Branche beschäftigt sind, werden sie auch im System auftauchen.
Ich hoffe, im Lauf der kommenden Tage mehr zu wissen.
Hochachtunsvoll, Walter

Es überraschte sie nicht wirklich. Die Akteure aus der Unterwelt der Geheimdienste warfen also ihre Schatten auf den Fall des Kohlenmanns. Die Sache hatte gewaltige Dimensionen angenommen. Nina antwortete knapp.

Lieber Walter, Nachricht erhalten. Interessante Informationen. Vorläufig vielen Dank! Warte gespannt.
Liebe Grüße, Nina

Wieder auf ihrem Zimmer, gelang es ihr nicht, sich auf die Kursaufgaben zu konzentrieren.

Ib würde es schaffen. Bald konnte er verhört werden, und sie würden einen großen Schritt weiterkommen.

Sir Walters E-Mail hingegen öffnete nur neuen Spekulationen Tür und Tor.

Axel, der ältere Herr mit der Stasi-Vergangenheit, brachte ganz neue Perspektiven in den Fall. Morgen früh würde sie im Unterricht bestimmt nicht besonders glänzen. Ihre Antworten wurden kürzer und kürzer. Genau wie bei Jonas, wenn er lieber Fußball sehen wollte, statt Hausaufgaben zu machen.

Axel mit dem Walrossbart und dem Jägerhut ließ sie nicht los. Ähnlich wie Piep-Ib hatte er eine Schlüsselrolle in dem Fall. Und im Gegensatz zu Ib wusste der alte Stasi-Agent bestimmt, welche Akteure sich im Hintergrund bewegten und welche Motive sie leiteten.

Aber ebenso wie die beiden anderen Männer war Axel wie vom Erdboden verschluckt. Normale Gewohnheitsverbrecher, große oder kleine, würden immer über irgendetwas stolpern und irgendwann Fehler begehen. Mit diesen Männern verhielt es sich anders. Sie waren gewohnt herumzuschleichen, ohne einen Fußabdruck zu hinterlassen.

19

Wie es überhaupt schon Mittwochmorgen sein konnte, wusste sie nicht, als sie sich verschlafen zum Frühstück in den Speisesaal setzte.

Irgendwie verschmolz alles miteinander. Unterricht, Gruppenarbeit, Vorträge, Problemstellungen. Den gestrigen Abend hatte sie mit einem weiteren Satz Aufgaben verbracht. Über Mittag würde der Polizeichef höchstpersönlich da sein, um vor seinen ambitionierten Untergebenen einen Vortrag über »Die moderne Polizei« zu halten. Wenn es denn sein musste …

Für den frühen Abend war ein Vortrag des Leiters der Kopenhagener Mordkommission angekündigt. Darauf freute sie sich schon.

Sie alle hatten so viel zu tun und waren so müde, dass auch dem Typen von Station City die Luft ausging. Die beiden letzten Abende hatte er bis mitten in der Nacht über den Aufgaben gebrütet, das erzählte er jedem, der es hören wollte. Nun setzte er sich auf seinen Platz ihr gegenüber.

»Guten Morgen, ich habe ganz vergessen zu fragen, was war nun mit meinem neuen Kollegen Wejse?«

Torben Andersen trank einen Schluck und blieb mit der Kaffeetasse in der Hand sitzen. »Er hat eine ganze Menge eingebuchtet, wahrscheinlich Albaner und irgendwelche anderen Kanaken. Er hat nie erzählt, woran er arbeitete, aber es ging irgendwie um die Infiltration des Drogenmilieus. Soweit ich es über den Flurfunk mitbekommen habe, ist er aufgeflogen.«

»Und dann wurde sein Leben bedroht?«

»So heißt es, ja. Diese Albaner sind nicht ohne. Na ja … dann war man der Ansicht, dass es am besten wäre, wenn er von der Bildfläche verschwindet.«

»Und wie ist er so?«

Torben zuckte nachsichtig die Achseln. »Ein einsamer Wolf, glaube ich. Aber so gut kenne ich ihn auch wieder nicht.«

Glücklicherweise stand er auf und verschwand zum Büfett. Sie nutzte die Gelegenheit, ging auf ihr Zimmer und rief Wejse an.

»Nina hier. Irgendetwas Neues?«

»Hallo, Nina. Was Neues?« Tim klang ziemlich verschlafen. »Nein, ich liege hier in einem ziemlich miesen Hotelzimmer in Kopenhagen. Gut, dass du anrufst. Wir müssen aufstehen und nach Hause fahren.«

»Habt ihr gestern die Mitarbeiter von ROJ TV verhören können, du und Monberg?«

»Ja. Eine Frau war ein bisschen gesprächiger als die anderen. Sie meinte sich an einen Mann zu erinnern, der sich bei ihr telefonisch erkundigt hatte, ob sie ein Fernsehteam zu einer Pressekonferenz schicken würden. Sie sollte prüfen, ob das möglich wäre, dann wollte der Typ zurückrufen. Einzelheiten wollte er erst mitteilen, wenn sie versichern könnte, dass ein Kamerateam erscheinen würde. Sie behauptet, er habe noch einmal angerufen, und laut den Protokollen der Handynummern stimmt das auch. Ich habe allerdings das Gefühl, dass sie mehr weiß, als sie sagt. Und wie läuft's in Avnø? Macht's Spaß?«

»Nicht gerade das Wort, das ich benutzen würde. Ich habe übrigens einen deiner früheren Kollegen von Station City hier getroffen, Torben Andersen.«

»Hm, kenne ich nur flüchtig.«

»Na, gleich beginnt die erste Stunde, ich muss los. Es kommt eine Frau von der Handelshochschule in Århus, um uns etwas über Führung und Motivation zu erzählen. Letzteres kann ich gut gebrauchen. Bis bald.«

Das Handy in Ninas Hosentasche begann zu vibrieren, als die Dozentin sich gerade über eine neue Führungstheorie aus Amerika verbreitete. Auf dem Overheadprojektor sah die Theorie aus wie eine bunte Sahnetorte, ebenso wie die meisten anderen Theorien. Aber die Begriffe seien nicht nur neu, sondern brandneu, versicherte die Frau, um deren riesige knallrote Brille sie sogar Elton John beneidet hätte.

Nina zog das Handy unter dem Tisch aus der Tasche. Ein Anruf von Birkedal. Nina brauchte ohnehin ein bisschen frische Luft, also stand sie auf und verließ den Raum.

Vor dem Haupteingang zündete sie sich eine Zigarette an und wählte die Nummer. Birkedal nahm sofort ab.

»Gut, dass du zurückrufst, Nina. Du musst zurückkommen – sofort. Dieser Ib Munk will nicht aussagen. Er will nur mit einer einzigen Person reden, und zwar mit dir. Wir können nichts machen, tut mir leid.«

»Und ich dachte, ich sollte meine Karriere nicht vernachlässigen? Ich packe sofort, aber du musst einen der Kursleiter informieren. Ich gehe rein und stupse ihn an. Er ruft dich dann gleich zurück, okay?«

»Mach das. Und beeil dich!«

»Du hast mich nie schneller gesehen. Tschüs.«

Als Nina in die Kirkegade bog und auf den Hinterhof des Präsidiums fuhr, zeigte die Uhr am Armaturenbrett 15:05 Uhr an. Jørgens alter BMW war garantiert nie schneller gefahren.

Als Nina durch die offene Tür in Birkedals Büro trat, telefonierte er – natürlich. Dabei blickte er über den Rand seiner Brille und hob einen Zeigefinger zum Gruß. Kurz darauf legte er auf.

»Tag, Nina. Fein, dass du so rasch kommen konntest. Läuft's gut in Avnø?«

»Sagen wir mal so: Im Moment hapert es ein wenig an der Konzentration. Kann ich gleich zum Krankenhaus und mit Ib reden?«

»Ja. Sie wissen, dass wir kommen. Und noch etwas anderes solltest du wissen. Du bist schließlich unser PET-Kontakt. Gudmundsen hat gestern zugestimmt, er beteiligt sich an den Ermittlungen. Ganz offiziell.«

»Was hat den Ausschlag gegeben?«

»All diese kurdischen Kampfschriften und die Tatsache, dass irgendein Handel auf dänischem Territorium durchgeführt werden sollte.«

Irgendetwas sagte Nina, dass sie noch ein bisschen warten sollte, bevor sie von Sir Walter Draycotts Informationen über den dritten Mann berichtete. In ein oder zwei Tagen hatte sie vielleicht die vollständigen Informationen über alle drei Gesuchten.

»Hm, jedenfalls hat Gudmundsen erklärt, dass der PET auf uns zukommt, wenn sie die Sache gründlich untersucht haben. Er wollte im Übrigen wissen, wer am längsten mit dem Fall befasst sei. Deinen Namen habe ich genannt. Du bist ja … wie gewöhnlich … ziemlich involviert. Ib Munk, Langli und dann die Sache im City Center. Gudmundsen kann sich vom Axtschiff-Fall ausgezeichnet an dich erinnern. Nur damit du Bescheid weißt, falls du plötzlich von ihnen hörst.«

Sie biss sich auf die Unterlippe und nickte nachdenklich. Birkedal sah sie fragend an. »Hast du ein Problem damit Nina?«

»Überhaupt nicht. Der PET kann anrufen, wann er will.«

Sie schwieg. Birkedal begann zerstreut, in seinen Unterlagen zu kramen. Ein Zeichen, dass er das Gespräch für beendet hielt.

»Nur eine Sache noch … was ist mit dem Kurs?«

»Ich habe dem Kursleiter versprochen, dass du spätestens morgen früh zurück bist.«

Sie wollte lauthals protestieren, hielt sich aber zurück. Wenn sie jedes Mal aufmuckte, würde es seine Wirkung verlieren. Und schon bald, sowie sie von Sir Walter hörte, könnte sie eine Trumpfkarte im Ärmel haben. Dann musste etwas geschehen. Sie nickte gehorsam.

»Okay, aber ich fahre erst morgen früh. Dann kann ich heute Abend noch auf einen Sprung nach Fanø. Und jetzt rede ich mit Ib Munk.«

Die grüne Farbe wies ihr den Weg in die erste Etage zur Intensivstation. Ib Munk lag wie ein schwaches Vogeljunges in dem großen Bett, angeschlossen an ein Gewirr von Schläuchen. Er bemerkte Nina erst, als sie sich an die Bettkante stellte. Auf seinem sommersprossigen Gesicht zeigte sich ein Lächeln. Sie zog einen Stuhl heran, setzte sich und nahm seine Hand.

»Hallo, Ib. Wie geht's dir?«

»Nina … Du bist gekommen.«

»Selbstverständlich, Ib. Schön, dich zu sehen – und zwar lebendig.«

»Ich dachte schon, ich sei tot und im Himmel, als ich das erste Mal die Augen aufmachte. Aber Mutter und Morten waren nicht da. Nur eine Krankenschwester. Aber dafür war sie nett …«

»Wie gut, dass wir dich sofort in einen Krankenwagen geschafft haben.«

Er nickte und schnitt eine Grimasse, als würde ihn ein plötzlicher Schmerz durchzucken. Dann lächelte er wieder.

Sie streichelte seine Hand. »Wir können nicht sehr lange reden, Ib. Du brauchst Ruhe und musst wieder zu Kräften kommen. Aber es ist unglaublich wichtig für uns, dass du mir erzählst, was du weißt. Willst du das tun?«

Er nickte wieder und sah aus, als ob er Mühe hätte, das, was in der letzten Zeit geschehen war, in die richtige Reihenfolge zu bringen.

»Fang mit der Türkei an, Ib. Was hast du mit Morten in der Türkei gemacht?«

»Einen Dokumentarfilm über die Kurden, nur so … ihr Leben, den Alltag … und all das mit der EU.«

»Und was geschah dann?«

»Es war so furchtbar, Nina. Die Soldaten haben sie einfach erschossen. Acht Männer, sie mussten sich hinknien … Sie haben ihnen einfach ins Genick geschossen …«

Ib hustete, und sein Adamsapfel bewegte sich hastig auf und ab. Nina reichte ihm das Wasserglas.

»Und ihr habt es mit eigenen Augen gesehen?«

»Ja.«

»Und Morten hat gefilmt?«

»Ja. Geronimo hätte mit der gleichen Weisheit gehandelt.«

Jetzt flüsterte Ib. Nina behielt seine Hand in ihrer, beugte sich dicht über ihn und konzentrierte sich gewaltig, um jedes Wort zu verstehen. Zwischendurch half sie ihm mit dem Wasserglas.

Es war eine gewalttätige und blutige Geschichte. Und er, der arme Teufel, hatte versucht, all dem zu entkommen, als er nach Hause kam. Sie strich ihm über die Stirn und richtete sich auf. Die beiden geheimnisvollen Männer hatten sich im City Center das Band mit den Filmaufnahmen gesichert.

»Du musst jetzt schlafen, mein Freund. Ich komme wieder und sehe in den nächsten Tagen nach dir. Versprochen. Okay?«

Mit einem Zeigefinger signalisierte er, dass sie sich noch einmal zu ihm hinunterbeugen sollte. Er flüsterte ihr etwas Unglaubliches zu. Ib hatte getan, was Morten Busk ihm aufgetragen hatte. Eine Kopie … Es gab eine Kopie. Ib hatte eine Kopie des Filmmaterials angefertigt.

20

War man ein Lügner und Betrüger, wenn man nur achtzig Prozent einer Geschichte erzählte, vielleicht neunzig Prozent? Nun ja, sie hatte nicht gerade gelogen – aber eben auch nicht alles erzählt.

Esbjergs Hafen verschwand schnell in dem dichten Nebel, die Kräne und Silos waren bereits nicht mehr zu sehen. Die Fanø-Fähre arbeitete sich langsam zwischen den grünen und orangefarbenen Bojen der Fahrrinne hindurch. Voraus lag Nordby, ebenfalls verborgen unter einem undurchsichtigen Schleier.

Nina saß oben an Deck. Und sie rauchte. Ausgerechnet jetzt konnte sie doch nicht damit aufhören. Die Zigaretten regten sie an. Und genau das brauchte sie. Im Augenblick tastete sie sich in einer Nebellandschaft vor, in der die Konturen von Richtig oder Falsch nur schwer zu erkennen waren.

Sie hatte Birkedal angerufen, sobald sie sich auf dem Krankenhausparkplatz ins Auto setzte. Die Nachricht hatte ihm die Sprache verschlagen. Mit einem Mal lag das zentrale Teilchen des Puzzlespiels auf seinem Schreibtisch: das Motiv.

Die Dokumentation einer Hinrichtung. Gefilmt von einem Dänen. In der Türkei. Weit weg von Esbjerg.

Er selbst hatte das Wort »Sprengstoff« benutzt, und besser konnte man es nicht ausdrücken. Türkische Soldaten, die acht Männer durch Genickschuss hinrichteten – und das in einer Zeit, in der die Türkei ständig auf eine Aufnahme in die EU hin überprüft wurde und in regelmäßigen Abständen Rede und Antwort zu stehen hatte. Das war hochexplosives Material. So gefährlich, dass jemand deswegen mehrfach getötet hatte. Auf Birkedals Terrain. Nina konnte beinahe hören, wie sein Gehirn auf Hochdruck arbeitete.

Lediglich die letzten zwanzig Prozent der Geschichte hatte sie ihm nicht erzählt. Das, was Ib Munk zuletzt gesagt hatte.

Irgendwie verhielt sie sich wie ein Eichhörnchen beim Vorrätesammeln. Sie hatte inzwischen derart viele Informationen, dass sie einen Höllenärger bekommen konnte, wenn sie damit nicht herausrückte. Warum nur verschwieg sie schon wieder etwas? Die Fähre glitt ruhig in den Hafen. Nina erkannte ihren Vater, der unter dem Schutzdach stand. Er kam ihr winkend entgegen und machte einen vergnügten Eindruck. Wahrscheinlich war allein die Aussicht, dass er aufs Meer sollte, Grund genug für sein breites Lächeln. Er umarmte sie, fragte aber nicht nach.

»Hast du alles vorbereitet, Vater? Wir müssen aufbrechen, bevor es dunkel wird.«

»Immer mit der Ruhe, wir schaffen das schon.«

»Aber es ist diesig.«

»Nur gut, dass ich Kapitän bin. Zwar im Ruhestand, aber dennoch … Das wird schon, mein Mädel.«

»Konntest du dir ein Boot leihen?«

»Ja. Das von meinem Nachbarn, Lehmann.«

»Und der Spaten?«

»An den hab ich auch gedacht. Und ich habe dir eine ordentliche Jacke mitgebracht – und eine Schwimmweste und eine Thermoskanne mit Kaffee. Liegt alles im Boot. Aber eigentlich ist es ja verboten, sich um diese Jahreszeit dort aufzuhalten.«

»Ich weiß. Vielleicht ist es ja gar nicht so schlecht, dass es so diesig ist.«

Erst als sie in den kleinen Bereich kamen, der als Jachthafen diente, fragte er: »Was ist auf Langli eigentlich versteckt? Diebesgut?«

»Nein, eine kleine Schachtel mit einer DVD.«

»Einer DVD?«

»Sieht so aus wie eine Musik-CD. Nur mit einem Film drauf. Dann nennt man es eine DVD. Sie ist da drüben vergraben.«

»Hoffentlich ist es ein guter Film.«

»Entschuldige, Vater, aber es ist am besten, wenn …«

»Beruhige dich, Mädel. Ich hör schon auf zu fragen.«

Der alte Kapitän saß an der Motorpinne und strahlte wie die Sonne im Nebeldunst. Sie hatte nicht auf die Uhr gesehen, aber die Überfahrt kam ihr kurz vor. Sie beruhigte sich, als sie über Grådyb hinaus waren und sich nach und nach die Konturen von Langli und der Forschungsstation über dem flachen Marschland abzeichneten. Vor einer gefühlten Ewigkeit war sie hier durch die Dunkelheit gehetzt, um auf die andere Seite zu entkommen.

Ihr Vater ließ das Boot vorangleiten, bis sie hörten, wie Sand und Muscheln am Boden kratzten. Dann warf er den kleinen Anker aus.

Sie zogen die Stiefel aus und krempelten die Hosenbeine hoch. Dann stiegen sie aus und wateten die letzten fünfzig Meter an Land. Den Spaten trug Nina über der Schulter wie Long John Silver. Am Strand blieben sie stehen.

»Und was meinst du, wo sollen wir graben?«

Sie deutete auf die höchste Düne, rechts neben der Forschungsstation.

»Dort oben. Komm.«

Es dauerte nur wenige Minuten, bis sie dort waren und feststellten, dass Ib Munk die Wahrheit gesagt hatte. Auf dem obersten Stück der Düne befand sich ein Messpfosten, ein Betonpfahl mit einem weißen Schild, auf dem »Küsteninspektorat« stand.

Schon nach wenigen Stichen stieß Nina auf etwas Hartes. Sie legte sich auf die Knie und entfernte die letzte Handvoll Sand mit den Händen. Ibs rote Butterbrotdose aus Plastik kam zum Vorschein. Sie nahm sie heraus und riss den Deckel herunter. Und dort lag sie – eine DVD in ihrer Hülle.

»Und auf dem Ding soll ein Film sein?«, unterbrach ihr Vater das Schweigen.

Sie nickte.

Die Scheibe sah nach nichts aus, aber wenn man sie in einen DVD-Player steckte, würde man sehen, wie das Leben von acht Männern endete. Man würde sehen, wie einer nach dem anderen leblos vornüber in eine Grube fiel.

»Mädel, alles in Ordnung?«

»Ja, lass uns zurückfahren.«

Für einen Besuch in Sønderho blieb Nina keine Zeit mehr. Sie musste am nächsten Morgen schon früh nach Avnø aufbrechen. Jørgen brachte Jonas nach Nordby, und nach einem raschen Abendbrot bei ihrem Vater, bei dem sie sich auf nichts anderes konzentrieren konnte als auf die DVD in ihrer Tasche, hatten Jonas und sie die Fähre nach Esbjerg genommen.

Jetzt saß sie vor dem Fernseher auf dem Fußboden. Jonas spielte am Computer. Sie war sicher, dass er sich selbst beschäftigen würde, bis sie ihn holte. Dennoch hatte sie die Tür zum Wohnzimmer abgeschlossen. Sie wollte kein Risiko eingehen, dass ihr Sohn vielleicht doch plötzlich in der Tür stand.

Ihre Hände zitterten, als sie die DVD in dem Gerät verschwinden sah.

Sie hatte ein eigenartiges Gefühl. Als sei jede Faser ihres Körpers in Alarmbereitschaft. Nina spürte eine leichte Übelkeit, als sie zur Fernbedienung griff und ein Stück vom Fernseher abrückte. Dann atmete sie ein paarmal tief durch und drückte auf *Play*. Nach einigen Sekunden flimmerten die ersten Szenen über den Bildschirm.

Ein Mittagessen. Ib vor einem roten Wagen, die Kamera zoomt sein Gesicht heran, er lächelt. Ein Mann am Steuer, ein Türke. Er steigt aus, holt Sandwiches aus der Kühlbox, schenkt Kaffee ein. Beide heben die Becher, als wollten sie dem Kameramann zuprosten.

Schnitt.

Unruhige Aufnahmen von Erde, Steinen, dann gerät plötzlich ein Fuß ins Bild. Die Kamera hält inne. Das Bild gleitet nach unten. In eine Schottergrube oder einen Steinbruch. Die hellen Farben wirken hart im gleißenden Sonnenlicht.

Ein militärgrüner Kastenwagen fährt ins Bild, hält an. Zoom auf den Wagen.

Weiter entfernt, an einer Wand des Steinbruchs, knien zwei Männer. Ihre Hände sind auf den Rücken gebunden. Neben ihnen steht ein Soldat mit einer Maschinenpistole. Ein weiterer Soldat kommt dazu. Er führt einen gefesselten Gefangenen zu den anderen und zwingt auch ihn auf die Knie. Auf der anderen Seite des Kastenwagens erscheint ein dritter Soldat. Er brüllt einige Befehle und dirigiert die anderen. Vier, fünf, sechs, sieben, acht. Acht Gefangene, die Hände auf dem Rücken gefesselt und auf Knien im Sand, am Rand von etwas, das aussieht wie ein Abgrund – eine Grube vor der Felswand. Der Vorgesetzte hält seine Pistole mit ausgestrecktem Arm. Zielt auf den Nacken des ersten Mannes von links. Ein Schuss ist zu hören. Der Mann fällt vornüber und verschwindet. Zwei weitere Schüsse. Zwei Gefangene kippen nach vorn, sind nicht mehr zu sehen.

Zoom auf den Befehlshaber. Er ist jung, um die dreißig, trägt einen dünnen Schnurrbart.

Einer der beiden anderen Soldaten tritt vor, hebt seine Pistole und schießt. Kaskaden von Blut. Das Gesicht des Gefangenen ist verschwunden. Die Leiche bleibt am Rand des Abgrunds liegen. Mit der Fußsohle schiebt der Soldat sie hinunter. Jetzt wird der nächste nach vorn befohlen, er hebt die Pistole, lässt sie sinken, breitet die Arme aus. Er protestiert.

Er wird herangezoomt.

Sein Gesichtsausdruck ist unsicher. Er schüttelt den Kopf und schreit. Der Befehlende tritt auf ihn zu. Ansatzlos schlägt er dem Untergebenen seinen Gewehrkolben ins Gesicht. Der Soldat fällt bewusstlos in den Sand. Der Mann schießt zweimal. Zwei weitere Körper verschwinden.

Flüstern ist zu hören. »Morten, Morten, wir müssen irgendwas tun.« Es ist Ibs Stimme, verzweifelt. Ein weiterer Schuss. Dann Ibs gellender Schrei: »Stopp, stopp!« Die Kamera erfasst seinen Rücken, den Nacken und die um sich schlagenden Arme.

Sand, Steine und Gras wirbeln auf. Im Vordergrund ein paar rennende Beine, Kies. Dann eine rote Autotür. Jemand schreit etwas auf Englisch. Die Wagentür wird zugeworfen. Sitze, Schenkel und Schuhe, ein einziges Durcheinander. Dann wird die Kamera nach hinten gedreht. Lichteinfall durchs Rückfenster.

Zwei Soldaten, kleine Gestalten, sind am Ende der Reifenspuren zu erahnen. Ein Schuss ist zu hören. Die Heckscheibe splittert. Das Bild kippt weg. Erneut, ein Schuss. Gefolgt von: »Alles in Ordnung, Ib?« Dann: »Ja – fahr, fahr!«

Hier endete die Aufnahme.

Nina drückte die Stopptaste, blieb auf dem Fußboden sitzen und starrte in die Luft. Erst glaubte sie, sich übergeben zu müssen, aber nach einer Weile wurde das das Gefühl schwächer. Sie kniete vor dem Fernseher und drückte auf *Eject*. Da hörte sie, wie die Klinke der Wohnzimmertür gedrückt wurde. Jonas klopfte.

»Mama! Wieso hast du denn abgeschlossen?«

Sie sprang zur Tür und drehte den Schlüssel um. Zum ersten

Mal in seinem Leben stand Jonas in ihrer Wohnung vor einer verschlossenen Tür, der ersten verschlossenen Tür zwischen ihnen.

»Bist du schon fertig mit dem Spiel?«

»Wieso hast du abgeschlossen, Mama? Das hast du doch noch nie gemacht.«

»Ich weiß, Jonas, aber ich wollte mir etwas ansehen, was du nicht sehen solltest.«

»Was denn? Einen Pornofilm? Schaust du dir Pornos an, Mama?« Jonas machte ein verlegenes Gesicht, als würde ihm plötzlich klar, was er da sagte.

»Pornos? Was weißt du denn von Pornos?« Nina sah ihn mit hochgezogenen Augenbrauen an. Es war das erste Mal, dass sie ihn das Wort Porno hatte sagen hören. Jonas wand sich unter ihrem Blick. »Es ist einfach nur Beweismaterial, wenn du es unbedingt wissen willst. Aber mit Prügeleien und Blut. So etwas sollst du nicht sehen. Darum habe ich abgeschlossen.«

»Hm.«

Sie nahm die DVD heraus, zog eine Schreibtischschublade auf und versteckte sie unter einem Haufen Papier.

»Spiel weiter, Jonas. Ich hab noch ein paar Dinge zu erledigen. Dann können wir uns eine Tasse Kakao machen. Ich ruf dich.«

Jonas nickte.

Kaum war er aus der Tür, ließ Nina sich aufs Sofa fallen und schloss die Augen. Sofort drängten sich die Bilder wieder auf. Blut. Leblose Körper …

Sie lief ins Badezimmer und ging vor der Toilettenschüssel auf die Knie.

Es war, als hätte eine eiserne Hand sich um ihren Magen gelegt und würde alles aus ihr herauspressen. Nina übergab sich dreimal.

Schließlich stand sie auf, wusch sich das Gesicht am Waschbecken und trank kaltes Wasser aus der hohlen Hand. Das, was sie gerade gesehen hatte, war Realität. Es war wirklich geschehen.

Erst als sie wieder in der Lage war, geradeaus zu denken, trat Nina aus dem Bad. Sie goss sich ein Glas Milch ein und setzte sich an den Küchentisch.

Diese Aufnahmen hatten so viele Menschenleben gekostet. Das Leben von Duru, das des Kohlenmanns, das Leben von Morten Busk und vielleicht sogar das der alten Ellinor Munk. Und Ib war nur knapp davongekommen.

Sie leerte das Glas in einem Zug.

Dies also war der Augenzeugenbericht, den die beiden Kurden bei einer Pressekonferenz im SAS-Hotel in Kopenhagen präsentieren wollten. Aufnahmen, die Schockwellen in die Welt gesendet hätten. Sie würden alle europäischen Regierungen und sämtliche Befürworter einer Aufnahme der Türkei in die Europäische Union aufrütteln und den Gegnern dieses Vorhabens einen orkanartigen Rückenwind verschaffen. Um diese Entwicklung vorauszusehen, musste man kein politischer Analytiker sein.

Die Aufnahmen würden zu einem politischen Kurssturz mit gewaltigen Konsequenzen für die Türkei führen. Worüber wurde im Augenblick so viel in den Medien geredet? Über die Türkei und die Rechte der Frauen, über Folter, die Rechte der Minderheiten, über Meinungsfreiheit. Die Liste der kritischen Punkte war jetzt schon lang genug. Doch all das schien abstrakt, schwer greifbar, verglichen mit dem, was sie gerade in ihrem Wohnzimmer zu Gesicht bekommen hatte.

Den Tod.

Sie verstrickte sich immer tiefer in Spekulationen, Fragen, auf die sie keine Antwort wusste.

Schließlich ging sie ins Wohnzimmer, setzte sich an den Schreibtisch und schaltete den Computer ein. Einen Moment lang wartete sie gespannt – aber es gab keine neuen Nachrichten in der Mailbox. Keine Neuigkeiten von Sir Walter Draycott.

Nina starrte gedankenverloren auf den Schirm, als es an der Wohnungstür klopfte. Es war Bent.

»Hallo, Nina, ich weiß, du musst früh raus und hast keine Zeit, aber komm doch rüber auf einen Kaffee. Es ist schon so lange her. Und ich wollte dich fragen, ob du mir kurz ein paar Lautsprecher halten kannst, während ich die Bohrlöcher markiere. Ich habe mir nämlich eine neue Videoanlage gekauft. Dolby Surround, gigantisch. Komm schon, die musst du dir ansehen. Jonas kann auch gern mitkommen.«

»Na, okay. Ich frag ihn.«

Jonas hatte keine Lust. Er wollte lieber weiterspielen. Sie versprach ihm, nicht länger als eine halbe Stunde wegzubleiben. Dann würde sie vor dem Schlafengehen noch einen Kakao für sie beide machen.

Bents Wohnzimmer sah inzwischen eher wie ein Kino aus. Der Fernseher war enorm. Überall auf dem Boden standen Pappkisten.

»Insgesamt sechs Lautsprecher. Was sagst du dazu, Nina?«

»Imponierend. Wirklich imponierend. Und vermutlich sauteuer?«

»Qualität kostet, Nina. Wenn du mir nur kurz bei zwei Lautsprechern helfen würdest, der Rest wird auf dem Boden stehen.« Bent wies sie sorgfältig an, wie sie die Lautsprecher an die Wand halten sollte. Dann trat er zurück und dirigierte sie hin und her, ein Stück nach rechts, etwas höher, nein, das war zu viel, wieder etwas tiefer. Schließlich schien er zufrieden. Er nahm mit einem Zollstock Maß und rechnete, bevor er zwei kleine Kreuze auf die Tapete zeichnete. Die Show wiederholte sich auf der anderen Seite des Flachbildschirms. Der Rest musste bis zum nächsten Tag warten.

»So, und jetzt gibt's Kaffee, Nina. Den haben wir uns ehrlich verdient. Komm, ist schon in der Kanne.«

Sie hatte die Zeit vergessen. Fast eine Stunde war sie bei Bent geblieben. Aus Jonas' Zimmer waren Explosionsgeräusche zu hören. Er spielte also noch immer. Wenn sie nicht den Stecker zog, würde er die ganze Nacht vor dem Computer verbringen.

»Ich bin wieder da, Jonas!« Sie stellte sich in die Tür. Er starrte konzentriert auf den Schirm, über den Soldaten hetzten.

»Hab schon mitbekommen, dass du da bist, Mama. Du brauchst nicht zu schreien. Und jetzt will ich meinen Kakao.«

»He. So nicht, mein Lieber. Würdest du wohl bitte sagen?«

»Hm … also, dann möchte ich, *bitte* …«

21

Es dampfte aus dem Kaffeebecher neben der Tastatur. Sie ließ sich viel Zeit mit ihrem Brief, zumal sie gerade erst aufgestanden war. Jonas schlief noch. Sie hatte über eine plausible Erklärung nachgedacht, als sie am Vorabend wach lag und nicht schlafen konnte.

Die Vorgesetzten mussten sich nach bestimmten Regeln richten. Die Untergebenen konnten das Reglement besser umgehen und sich Pfade abseits der Kommandowege suchen. Zumindest dies hatte sie aus dem Axtschiff-Fall mit seinen verwirrenden Ränkespielen gelernt. Diesmal stand sie auf der richtigen Seite. Mit beinahe reinem Gewissen konnte sie die Beute apportieren, wie ein Jagdhund. Die schwierigeren Überlegungen überließ sie getrost Birkedal.

Sie las ihren Brief noch einmal durch. Sie hatte die Wahrheit ein wenig geschönt, aber das Ergebnis blieb dasselbe.

Nachdem sie den Brief ausgedruckt hatte, holte Nina die DVD aus der Schreibtischschublade und steckte beides in einen großen Umschlag.

Es war sechs Uhr. Sie duschte noch schnell, bevor sie Jonas weckte. Er musste selbst für sein Frühstück sorgen und allein zur Schule gehen. Sie hatte gerade noch Zeit, am Präsidium vorbeizufahren und den Umschlag beim Wachhabenden abzugeben, mit der strengen Auflage, ihn Birkedal persönlich zu überreichen, sobald er erschien. Allein der Gedanke an die lange Autofahrt, die auf sie wartete, ermüdete sie, aber bis auf

Weiteres hatte sie wie vereinbart bei der Fortbildung zu erscheinen.

Nina erreichte das Ausbildungszentrum so früh, dass sie noch mit den anderen frühstücken konnte. Gerade entwickelten sie die unterschiedlichsten Theorien, wie den beiden Türken die Flucht außer Landes gelungen sein könnte. Norden, Süden, Osten, Westen. Jede Vermutung konnte richtig sein. Und sie fürchtete, dass die Kollegen recht hatten.

Sie waren noch nicht sehr weit gekommen mit der ersten Lektion, einer komplizierten Fragestellung zur Interpretation des Strafgesetzes, als das Handy in Ninas Tasche vibrierte. Es war Birkedal, sah sie auf dem Display. Obwohl es nicht verboten war, auf die Toilette zu gehen, spürte sie doch die Blicke der anderen, als sie leise aufstand und den Unterricht verließ.

Birkedal nahm sofort ab. Er klang aufgebracht.

»Verflucht noch mal, Nina! Was ist das für ein Film, den du dem Wachhabenden da hingeschmissen hast?«

»Entschuldige, aber wie ich geschrieben habe … Es war nach zwei Uhr heute Nacht. Du hättest ihn dir also nicht sofort ansehen können. Und im Übrigen hätte es nichts geändert. Mittlerweile hast du ihn aber gesehen, oder?«

»Ob ich ihn gesehen habe? Natürlich habe ich ihn gesehen – vor fünf Minuten, zusammen mit Thøger und Ulbæk. Großer Gott …« Birkedahl stöhnte.

Nina erlaubte sich ein vorsichtiges »Und was passiert jetzt?«.

»Jetzt geht es um Außenpolitik …« Birkedal schnaufte erneut. »Sogar um Weltpolitik … Komm rein, Thøger, setz dich. Wir überdenken die Situation, Portland. Die beiden Männer müssen verhaftet werden. Egal, wie. Und jetzt müssen wir Friis erreichen. Ich melde mich später noch mal.«

»Soll ich zurückkommen?«

»Was? Zurückkommen? Nein, Portland ... Du bleibst in deinem Kurs.«

Ob sie diese Wendung des Gesprächs wirklich erwartet hatte, wusste sie nicht. Allerdings war sie auch nicht so naiv gewesen zu glauben, dass ihre persönliche Anwesenheit in dieser Sache entscheidend war.

Es würde nicht sehr lange dauern – vielleicht Minuten, vielleicht Stunden –, bis die gesamte Führung des Nachrichtendienstes der Polizei informiert war.

Der Fall reichte weit in den Kompetenzbereich des PET hinein, nicht nur wegen der außenpolitischen Beziehungen, sondern auch, weil ehemalige und möglicherweise noch aktive Agenten auf dänischem Territorium operiert hatten. Allerdings konnte der PET kaum eingreifen, wenn es darum ging, zwei Doppelmörder zu fassen. Das war und blieb Angelegenheit der Polizei von Esbjerg.

Sie ging wieder in den Unterricht und bemühte sich um eine möglichst unbeteiligte Miene.

Der salzige Geschmack auf den Lippen fühlte sich gut an. In der warmen Spätsommersonne hatte sie schnell angefangen zu schwitzen, als sie durch den kleinen Wald und die Strandwiesen bis zur Spitze der Halbinsel lief. Nun absolvierte sie durchgeschwitzt ihre Dehnübungen.

In der Reißverschlusstasche klingelte ihr Handy. Die Salsarhythmen klangen seltsam in der Stille. Zu ihrer Überraschung kannte sie die Nummer nicht.

»Nina Portland am Apparat.«

Eine beschäftigt klingende Männerstimme meldete sich am anderen Ende: »Gudmundsen. Guten Tag, Nina Portland.«

Blitzschnell dachte sie nach. Also hatten die Nachrichten die Instanzen bereits durchlaufen.

»Äh, hallo, guten Tag.«

»Ich habe von Birkedal gehört, dass Sie auf Avnø sind.«

»Das kann ich bestätigen. Worum geht's denn?«

»Nun ja … ich hätte gern ein kleines Gespräch mit Ihnen geführt. Das Thema ist nicht sonderlich gut geeignet für längere Erklärungen am Telefon, aber Sie kennen diesen Fall offensichtlich am allerbesten.«

»Ich verstehe. Wann?«

»Jetzt.«

»Aber … Ich bin auf einem Lehrgang.«

»Können Sie sich nicht befreien lassen?«

»Das habe ich gestern auch schon getan. Sie müssen mit einem der Kursleiter sprechen. Wie lange wird es dauern?«

»Das hängt von unserem Gespräch ab. Möglicherweise muss ich Sie ein oder zwei Tage ausborgen. Ich habe Birkedal informiert.«

»Okay, aber ich muss am Wochenende zu Hause sein.«

»Natürlich.«

»Und noch etwas.«

»Ja?«

»Sie müssen dafür sorgen, dass ich grünes Licht bekomme und den Rest des Kurses canceln darf. Ich kann beim nächsten Modul wieder einsteigen.«

Es wurde still am anderen Ende. Gudmundsen schnalzte nachdenklich mit der Zunge. Dann erklärte er zögernd: »Ich habe hin und wieder mal eine Gastvorlesung dort gehalten. Das ist so eine Sache, einen Teil zu überspringen.«

»Sie können das hinbiegen, wenn Sie wollen. Tun Sie es. Dann haben wir eine Vereinbarung, und ich fahre gleich los. Sonst nicht …«

Gewagtes Spiel. Der PET-Chef konnte sicher nicht über sie verfügen, aber er konnte ohne Weiteres mit Birkedal reden …

»Hm, genauso habe ich Sie in Erinnerung. Also gut. Ich werde mit Husum sprechen. Bitten Sie ihn, mich zurückzurufen, sobald Sie ihn sehen.«

»Okay, in zehn Minuten.« Sie begann zu laufen.

Die meisten ihrer Kollegen saßen noch immer im Speisesaal, als Nina atemlos und schweißtriefend durch die Tür trat und zielstrebig auf Rasmussen und Husum zuging, die sich bei einer Tasse Kaffee unterhielten.

Das angeregte Geplauder im Raum erstarb.

»Können wir bitte kurz rausgehen, um … uns für einen Moment zu unterhalten?« Nina war direkt vor Husum stehengeblieben. »Es ist wichtig!« Sie war noch immer außer Atem. Der großgewachsene Husum sah sie verwundert an, nickte aber und erhob sich.

Als sie auf den Flur traten, holte Nina ihr Handy heraus, drückte ein paar Tasten und reichte es ihm. Husum glich einem großen Fragezeichen, als er misstrauisch auf das Telefon in seiner Hand blickte.

»Es ist Gudmundsen vom PET. Er möchte mit Ihnen sprechen. Ich habe seine Nummer gewählt …«

Als der PET-Chef abnahm, schlug Husum einen zuvorkommenden Tonfall an. Das Gespräch war kurz. Nachdem er sich verabschiedet hatte, gab er ihr mit einem leichten Kopfschütteln das Mobiltelefon zurück.

»Aber ich sage Ihnen eins, Portland …«, Husum sah sie mahnend an. »Es wird Ihnen schwerfallen, wieder einzusteigen. Im ersten Modul passiert sehr viel. Immer wieder fallen Leute durch. Obwohl sie jeden einzelnen Kurstag hier gewesen sind und auch zu Hause fleißig waren. Also …«

»Ich kann mich ohnehin im Moment auf nichts konzentrieren.« Nina hob die Schultern. »Und ständig klingelt mein Telefon. Gibt es einen Computer, der nicht im Gemeinschaftsraum steht? Ich muss schnell noch etwas überprüfen, bevor ich fahre.«

»Sie können den PC in meinem Büro benutzen. Er ist eingeschaltet.« Husum ging zurück zu den anderen, und Nina lief in sein Büro, setzte sich an den Schreibtisch und loggte sich in ihr Mailprogramm ein. Sie trommelte ungeduldig mit dem Zeigefinger auf die Tischplatte. Ja! Eine E-Mail von Sir Walter war eingetroffen.

Die Uhr zeigte halb zwei, als sie von der Autobahn abbog und auf den Gladsaxe Ringvej fuhr. Weit war es jetzt nicht mehr. Sie spürte ein gewisses Kribbeln im Bauch bei der Aussicht auf ihre Unterredung im PET-Hauptquartier in Søborg. Im Rahmen ihrer Tätigkeit als PET-Kontakt war sie schon dort gewesen, aber ihr Besuch jetzt war doch von ganz anderer Tragweite, sonst hätte Ove Gudmundsen nicht persönlich interveniert.

Unterwegs hatte sie mit Birkedal gesprochen. Natürlich wusste er bereits, dass der PET sie sehen wollte. Auf Geheiß des Polizeidirektors hatte er selbst Kontakt mit Gudmundsen aufgenommen. Die DVD mit den Hinrichtungen fiel nicht in den Kompetenzbereich der Polizei von Esbjerg, obwohl die polizeiliche Fahndung weiterlief. Über die nächsten Schritte würde der PET entscheiden.

Vielleicht wusste man in Søborg bereits, was sie von Sir Walter erfahren hatte? Nämlich dass vieles darauf hinwies, dass der türkische Geheimdienst seine Finger im Spiel hatte. Wie ließ sich ein nationaler Geheimdienst zur Verantwortung ziehen? Sie hatte keine Ahnung.

Nina atmete ein paarmal tief durch, zündete sich eine Zigarette an und kurbelte das Fenster hinunter, als sie am Kreisel in den Buddingevej einbog. In wenigen Augenblicken hatte sie ihr Ziel erreicht. Ihre Strategie war klar. Sie würde sich zurückhalten und abwarten. Sie war absolut damit einverstanden, dass Sir Walters Informationen niemals offiziell verwendet werden durften. Aber sie verschafften ihr ein nützliches Hintergrundwissen.

Es gab Julius Hirschfeld – und es gab die beiden Türken. Einen aktiven und einen ehemaligen Mitarbeiter des türkischen Geheimdienstes.

Nun würde sich zeigen, was der PET wusste.

Gudmundsen war ein großer Mann mittleren Alters mit einer etwas nachlässigen Haltung. Ein ausgebildeter Jurist mit einer fernen Vergangenheit als Ministerialdirektor im Justizministerium. Obwohl er erst Mitte fünfzig war, leitete er den Nachrichtendienst der Polizei, solange sie denken konnte.

Er war der diametrale Gegensatz zu den eher stromlinienförmigen Typen in ihren teuren, dunklen Anzügen, denen sie bisher im Hauptquartier begegnet war. Gudmundsen trug eine dunkle Hose und ein altmodisches kariertes Hemd. Mit einem zuvorkommenden Lächeln eilte er auf sie zu.

»Guten Tag, Nina Portland. Tja, so sehen wir uns wieder. Es muss schon ein paar Jahre her sein, oder?«

Ein kurzer, kräftiger Händedruck. Sein Blick ruhte auf ihr.

»Aber Sie haben sich nicht verändert. Kommen Sie, begleiten Sie mich nach oben.«

Auf der Treppe ging Gudmundsen voraus, bis er vor einer Tür stehenblieb und sie mit einer Handbewegung hereinbat.

»Bitte, setzen Sie sich doch.«

Sie nahm auf einem der Stühle an dem runden Sitzungstisch Platz, während Gudmundsen seinen Assistenten um Kaffee bat. Das Büro war groß, hell und luftig. An der Wand hinter dem großen Schreibtisch hingen ein paar bunte Gemälde, vor der Fensterfront stand eine einzelne Pflanze in einer großen Bodenvase.

Der Assistent, ein magerer Hering, brachte zwei Becher mit dampfendem Kaffee. Gudmundsen setzte sich ihr gegenüber.

»Gut, dass Sie gekommen sind, Frau Portland. Lassen Sie uns gleich zur Sache kommen.« Gudmundsen schielte auf seine Armbanduhr. »Sie sind diejenige, die den gesamten Sachverhalt am besten kennt.«

Nina nickte und trank einen Schluck, während Gudmundsen seine Handflächen vor dem Mund faltete, als sende er ein Stoßgebet an die höheren Mächte.

»Es gibt so viele unbeantwortete Fragen, und wir hoffen, dass Sie uns dabei helfen können.«

»Ich werd's versuchen.«

»Gut. Das eigentliche Debriefing übernehmen Kollegen aus der Abteilung 1, das ist die Gegenspionage, und aus der Abteilung 4, zuständig für Analyse.«

Es klopfte, und der Assistent trat ein. »Tut mir leid, dass ich unterbreche, aber der Kurier hat den Umschlag gebracht.« Er reichte Gudmundsen einen großen, gefütterten Umschlag.

»Ruf bitte Tarp, Skovgaard und Nielsen an – sofort. Sie sollen sich in fünf Minuten in der Zwei einfinden«, bat Gudmundsen seinen Assistenten, ehe er den Umschlag aufriss und den Inhalt herausnahm. Eine kleine, flache Hülle aus durchsichtigem Kunststoff. Er hielt sie hoch, sodass Nina den Inhalt sehen konnte. Es war die DVD.

»Was passiert denn jetzt – mit dem Film?«

»Er wird zur technischen Untersuchung geschickt. Es könnte sich doch auch um eine Fälschung handeln, oder? Hausgemachter Sprengstoff. Ich habe versprochen, Sie ins Sitzungszimmer zu begleiten. Sie müssten jetzt eigentlich zum Debriefing bereit sein.«

»Haben Sie einen der drei Männer, die wir suchen, identifizieren können?«

»Wir arbeiten daran. Aber noch gibt es nichts Neues. Bitte kommen Sie mit, wir müssen ein Stockwerk höher.«

»Und das, was Sie herausbekommen … Wird die Polizei in Esbjerg darüber informiert?«

Nina ging hinter Gudmundsen den Flur entlang. Erst an der Treppe drehte er sich um und antwortete. »Das kommt darauf an. Soweit wir es für relevant halten, wird Esbjerg natürlich informiert. Es geht doch um eine Zusammenarbeit zum Besten aller, oder?«

»Davon gehe ich aus.«

Die Tür zu einem kleinen Konferenzzimmer stand offen. An einem Tisch saßen ein Mann und eine Frau, die Unterlagen austauschten.

Gudmundsen steckte den Kopf hinein.

»Das ist Nina Portland aus Esbjerg. Jetzt seid Ihr dran.« Er wandte sich Nina zu. Noch immer hatte er einen düsteren Gesichtsausdruck. »Wir reden noch mal, bevor Sie uns verlassen, ja? Viel Vergnügen.«

Der Mann, der ungefähr in ihrem Alter zu sein schien, erhob sich und gab ihr die Hand. »Henrik Thorsen, hallo.«

Sie nickte.

»Ich bin Nina, Nina Portland.«

»Pernille Månsson, guten Tag.«

Henrik Thorsen ergriff das Wort. Vielleicht, weil er mehr Erfahrung hatte, vielleicht, weil er ein Mann war. »Willkommen, Nina, gut, dass du kommen konntest.«

Bei diesem leutseligen Ton wurde sie sofort misstrauisch. Sie würde darauf achten, was sie sagte.

Thorsen lächelte.

»Ich bin in Abteilung 1 und beschäftige mich mit Terror und Spionage. Pernille arbeitet in Abteilung 4 und ist Analytikerin, für die Einschätzung von anonymen Drohungen und Erpresserschreiben.«

Pernille Månsson lächelte und schwieg. Ihrem Aussehen nach war sie Mitte dreißig, sie trug einen dunkelblauen Blazer, der besser zu einer Stewardess gepasst hätte. Thorsen setzte sich wieder und schnippte ein paar unsichtbare Flusen von seiner schwarzen Hose. Mit seinem kurzärmligen weißen Hemd hätte er den Flugkapitän geben können.

»Ihr wisst ja, wer ich bin«, ergriff Nina das Wort. »Also lasst uns anfangen.«

Jetzt bewies Pernille Månsson, dass sie tatsächlich sprechen konnte. Sie schob ein Mikrofon in die Mitte des Tisches und drückte auf einen Knopf des Tonbandgeräts, das auf dem Stuhl neben ihr stand.

»Debriefing von Kriminalkommissarin Nina Portland, Polizei Esbjerg, durch Henrik Thorsen und Pernille Månsson. Beginn Donnerstag, 27. September, 14:45 Uhr.«

Die Uhr zeigte kurz vor vier, als Nina sich streckte und laut und vernehmlich gähnte. Sie war müde. Sie hatte viele Fragen beantwortet und Hintergründe erhellt. Nachdem sie über den sogenannten Kohlenmann und den Fund der zweiten Leiche in Blåvand gesprochen hatten, befassten sie sich nun mit dem Tod von Ellinor Munk. Nina wusste, dass man für sie ein Zimmer im Scandic Hotel Eremitage am Klampenborgvej gebucht hatte, und sie konnte den Augenblick kaum erwarten, wenn sie die Tür hinter sich schließen würde. Aber bis dahin lagen noch einige Stunden Arbeit vor ihnen.

22

Am Freitag um 15:45 Uhr war das Debriefing beendet.

Pernille Månsson schien mindestens so erleichtert wie sie selbst, als sie das Tonbandgerät mit einem Knopfdruck abstellte.

»Wir bedanken uns vielmals und hoffen, dass wir nicht zu penibel waren«, sagte Thorsen und lächelte zum tausendsten Mal.

»Überhaupt nicht. So etwas ist einfach nur etwas ermüdend, oder? Aber jetzt müsst ihr mich entschuldigen. Ich muss los. Und vorher muss ich noch mal kurz zu Gudmundsen.« Sie gab den beiden rasch die Hand und ging zum Büro ihres Vorgesetzten.

Ihr festes Klopfen an der Tür wurde mit einem lauten »Herein« beantwortet. Gudmundsen hatte sich in einen Stapel Unterlagen vertieft.

»Auf dem Weg nach Hause, Portland?« Er schien wieder der Alte zu sein. Sein Tonfall war entspannt.

»Ja, wir sind gerade fertig geworden.«

»Und womit kann ich dienen?«

Eine seltsame Frage. Was sie wollte, lag doch auf der Hand. Sie wollte Bescheid wissen.

»Wo stehen wir?«

Gudmundsen fuhr mit der Hand über seine Glatze und sah sie nachdenklich an. Oder lag etwas Prüfendes in seinem Blick, wollte er herausfinden, ob Nina etwas zurückhielt, so, wie er es tat?

»Wo wir stehen? Tja, vermutlich ist es noch zu früh, um darüber etwas sagen zu können. Wir haben den Fall auf der Führungsebene diskutiert, und wir haben diverse Fragen an unsere Freunde da draußen. Vorläufig warten wir ab, könnte man sagen.«

»Die Filmaufnahmen, sind sie echt?«

»Auch hier warten wir noch auf ein endgültiges Ergebnis.«

»Was ist mit der Identifikation der drei Männer?«

Gudmundsen zuckte mit den Schultern. »Wie gesagt, wir müssen ein wenig Geduld haben. Sowohl hier ... als auch in Esbjerg ...«

Gudmundsen war nicht bereit, auch nur das Geringste preiszugeben, und im Grunde hatte Nina nichts anderes erwartet. Es gab sicher niemanden im Hauptquartier des PET, der einer kleinen Kriminalkommissarin aus Esbjerg eine Antwort schuldete. Egal, ob es sich um eine Kontaktperson handelte oder nicht.

»Na gut. Schön, dass Sie jetzt dank unserer Informationen eine so gute Ausgangslage für Ihre Untersuchung haben. Ich darf mich jetzt verabschieden.«

Gudmundsen reichte ihr über den Schreibtisch die Hand – offensichtlich vollkommen unbeeindruckt von ihrem beißenden Sarkasmus

»Danke für die Hilfe. Auf Wiedersehen, und fahren Sie vorsichtig. Wir informieren Birkedal, sobald wir etwas haben.«

Jonas und Nina hatten sich in eine gemütliche Ecke des China House in der Skolegade gesetzt, beinahe direkt gegenüber von ihrer Wohnung.

Jonas hatte für »Chinafutter« plädiert, wie er es nannte. Für ihr Budget wäre es besser gewesen, wenn sie zu Hause gegessen hätten, aber mit ihrer Einladung erkaufte Nina sich einen kleinen Ablass für eine chaotische Woche.

Sie war direkt zur Fanø-Fähre gefahren und hatte Jonas dort

abgeholt. Jørgens Auto sollte auf dem Festland bleiben, weil er zusammen mit Astrid am Wochenende irgendjemanden in Århus besuchen wollte. Sie würden den Wagen am nächsten Tag abholen.

»Eine große Cola light und eins von euren chinesischen Bieren«, bestellte Nina. »Hier, Jonas, such dir etwas aus. Du kannst nehmen, was du magst.«

Jonas blätterte die Speisekarte durch und seufzte über die riesige Auswahl an Gerichten. »Da findet man sich doch überhaupt nicht zurecht. Was nimmst du, Mama?«

»Keine Ahnung, lass mal sehen.«

»Wollen wir ›Familienglück‹ nehmen? Klingt lustig.«

»Okay, wie der Herr wünschen. Lass uns eine glückliche Familie verspeisen.«

Als Ninas Handy klingelte, hatten sie sich bereits durch eine Unmenge leckerer Gerichte gearbeitet. Es war Wejse.

»Hier ist Nina, einen Moment.« Sie erklärte Jonas, dass sie eben zur Garderobe gehen würde. »Jetzt bin ich da. Gibt es etwas Neues?«

»Ja, kann man wohl sagen. Ich dachte mir, ich schau mal eben vorbei und rede mit dir darüber, aber wie ich höre, bist du in der Stadt?«

»In der Stadt ist vielleicht ein bisschen zu viel gesagt. Jonas und ich sitzen gerade im China House.«

»Wir können auch bis morgen warten.«

»Nicht, wenn es etwas Neues gibt. Komm vorbei. Sagen wir in einer Stunde?«

»Okay. Bis dann.«

Sie ging zurück und setzte sich. Jonas schaufelte sich gerade eine weitere Portion Reis auf den Teller.

»Wer war das, Mama?«

»Nur ein Kollege. Der, der bei uns gewesen ist, als wir dich von der Schule abgeholt haben. Er kommt heute Abend. Wir müssen reden.«

»Über den Kohlenmann?«

»Genau, auch über den Kohlenmann. Wie kommst du darauf, Jonas?«

Er schüttelte nur abwehrend den Kopf.

»Auf dem ganzen Weg von Kopenhagen hierher habe ich darüber nachgedacht, ob wir uns nicht auch ein Aquarium kaufen sollten. So ein großes, wie Opa hat.«

»Mann! Mit Guppys und Zebrafischen! Das wäre super.«

»Dann ist es hiermit beschlossen. Aber wir wechseln uns beim Saubermachen und Füttern ab, okay?«

»Natürlich.«

Es klingelte, und sie lief hinaus, um zu öffnen. Wejse stand mit einer Flasche Rotwein vor der Tür.

»Komm rein, Tim.«

Sie warfen einen Blick ins Wohnzimmer. Tim Wejse begrüßte Jonas, der aber so in eine Fernsehsendung vertieft war, dass er ihn kaum wahrnahm. Dann gingen sie in die Küche, Wejse stellte den Rotwein auf den Küchentisch und holte zwei Tüten Cashewnüsse aus der Jackentasche.

»Es ist Freitag, da können wir uns doch mal ein Glas Rotwein gönnen, oder? Ich bin ganz verrückt nach diesen Nüssen.«

»Nur zu. Leider mag ich keinen Rotwein, ich trinke nur Bier. So war das schon immer. Hier ist der Korkenzieher.«

Sie holte sich ein Bier aus dem Kühlschrank und stellte zwei Gläser auf den Tisch. »Neuigkeiten, sagst du?«

Wejse zog den Korken mit einem Knall aus der Flasche. Er schenkte sich Wein ein und riss eine der Tüten mit den Nüssen auf. Dann begann er zögernd.

»Das Datum, kannst du dich an das Datum erinnern, an dem

Serhat Zamani und Ercan Duru einen Konferenzraum im Radisson SAS Royal bestellen wollten?«

»Ja, der 5. Oktober, warum?«

»Es kann natürlich reiner Zufall sein, aber ... Ich bin heute beim Frühstück über einen Artikel in Jyllands-Posten gestolpert. Es ging um das bevorstehende Gipfeltreffen der EU in Brüssel. Thema sind die Beitrittsverhandlungen mit der Türkei. Es wird eine zweitägige Revision der bisherigen türkischen Initiativen stattfinden, sie wollen bewerten, wie die verschiedenen Forderungen der Europäischen Union erfüllt wurden: Gesetzesänderungen, Minderheitenrechte, Behandlung von Gefangenen und so weiter. Und dann wollen sie prüfen, welche Folgen die Wirtschaftssanktionen hatten, die verhängt wurden, als das Ganze wegen der Zypern-Frage aus der Spur zu geraten drohte. Und das wird nicht die letzte Überprüfung sein. Die nächste folgt in einem halben Jahr.«

»Und das Datum der Gipfelkonferenz fällt genau auf den Tag, für den unsere beiden Freunde den Saal im Hotel bestellen wollten?«

»Ja, das Gipfeltreffen beginnt Freitag, den 5. Oktober, und wird am Sonnabend fortgesetzt. Erkennst du die Dimension, Nina?«

»Angenommen, die Aufnahme der Hinrichtung würde von allen europäischen Fernsehkanälen gleichzeitig ausgestrahlt ...«

»Das Datum könnte ein Zufall sein, aber ehrlich gesagt, glaub ich's nicht.«

»Natürlich ist das kein Zufall. Gut kombiniert, Tim. Jetzt haben wir das Ziel der beiden Männer. Und genauso sonnenklar ist das Motiv der Gegenseite – sie mussten verhindern, dass es so weit kam.«

»Morten Busks Aufnahmen würden die Türkei in eine tiefe internationale Krise stürzen. Wenn man bedenkt, wie sehr die

Bevölkerung der EU-Länder bereits im Vorfeld gegen eine Aufnahme ist, sollte es mich nicht wundern, wenn die Veröffentlichung einer solchen Hinrichtung die Beitrittsverhandlungen scheitern ließe – und zwar endgültig.«

Nina schwieg einen Augenblick und überlegte. Wejse hatte recht. Vor ihrem inneren Auge sah sie, wie ein Politiker nach dem anderen hinter einem Wald von Mikrofonen die Türkei auf das Schärfste verurteilte.

»Du hast recht, aber was würde ein solcher Skandal bedeuten? Vielleicht würde er den europäischen Staatsschefs ja sogar in die Hände spielen? Endlich hätten sie triftige Gründe, vor die Kameras zu treten und zu erklären, dass sich der Wind gedreht hat und sie die Türkei nun nicht mehr länger als Beitrittsland empfehlen können. Schwups ... Glaubst du nicht, dass die Engländer, die Italiener, die Spanier und wer sonst noch zu den sogenannten Freunden der Türkei gehört, gerne ein derartiges Hintertürchen hätten? Plötzlich könnten die Politiker den Wählern nach dem Mund reden und trotzdem ihre Glaubwürdigkeit behalten. Soweit ich weiß, haben die Regierungen der Türkei ihre volle Unterstützung in den Beitrittsverhandlungen zugesagt. Erst hinterher zeigten die Umfragen zu Hause, dass sie sich gewaltig vertan hatten.«

»Stimmt, Frankreich, Deutschland und Österreich würden die Axt schwingen.« Er machte eine kurze Pause. Dann beugte er sich vor und stützte die Ellenbogen auf den Küchentisch. »Ich bin mir sicher, dass es um Schadensbegrenzung geht, dass der türkische Geheimdienst eine Putztruppe geschickt hat. Ich habe immer wieder darüber nachgedacht. Es kann gar nicht anders sein. Die beiden Männer auf Langli waren Profis – die längst über alle Berge sind. Die kriegen wir nie.«

Tim Wejse wusste nicht, wie recht er hatte. Und Nina war nicht sicher, wie viel sie preisgeben sollte. Ob sie den Vorhang heben und Ex-Stasi-Agenten Julius Hirschfeld und die beiden türkischen Agenten auftreten lassen durfte.

»Hast du mit Birkedal über deine Entdeckung gesprochen, Tim?«

»Nein, ich habe nur den ganzen Tag darüber nachgedacht. Ich wollte es erst bei dir versuchen. Es ist ja nichts, was uns in der Ermittlung weiterbringt. Es macht uns nur klüger.«

Nina hob ihr Glas und stieß es vorsichtig an sein Weinglas. Endlich erkannte sie einen übergeordneten Zusammenhang. Die Motive hinter den Handlungen.

In gewisser Weise war sie erleichtert, dass sie sich mit einem Kollegen auf gleicher Wellenlänge befand. Sie machten dieselben Entdeckungen, dachten in den gleichen Bahnen. Und dieser Tim Wejse gab nicht auf. Am Freitagabend tauchte er bei einer Kollegin auf, während die anderen schon längst im Wochenende waren.

»Ich habe auf dem Heimweg vom PET an Morten Busks Computer gedacht. Gibt es neue Erkenntnisse aus der Kriminaltechnik?«

»Davon wollte ich dir auch erzählen. Die Festplatte ist leer – komplett leer.«

»Leer? Wie das denn?«

»Die Festplatte wurde mit einem extremen Magnetfeld bombardiert, das sie total zerstört hat. Das nennt sich Degaussing. Auch hier sind unsere türkischen Freunde besonders effektiv gewesen. Vorausgesetzt, sie waren es.«

»Was bedeutet, dass sich auf Busks Computer wichtige Informationen befanden?«

»Darüber kannst du bis Neujahr spekulieren, Nina. Du wirst es nie herausfinden.«

»Und was ist mit den türkischen Dokumenten des Kohlenmanns? Was stand drin?«

»Stimmt, das hab ich vergessen, dir zu erzählen. Es ist nur eine Menge Gelaber, Propaganda für die verbotene Arbeiterpartei PKK. Warum sie die Waffenruhe gebrochen haben und verschiedene Reaktionen darauf, dass sie auf der Terrorliste der USA und der EU stehen. Außerdem Propaganda für die TAK, die Freiheitsfalken Kurdistans. Sie sind für einige Bombenattentate in den letzten Jahren verantwortlich, vor allem in Feriengebieten, aber auch in Istanbul.«

»Freiheitsfalken? Wie poetisch …«

»Oder Befreiungsfalken, von den Medien werden beide Bezeichnungen verwendet. Ich habe versucht, mich ein bisschen mit den verschiedenen kurdischen Separatistengruppen und Organisationen vertraut zu machen. Es wird angenommen, dass die TAK eng mit der PKK zusammenarbeitet, aber alles in allem ergibt sich ein ziemlich buntes Bild, und es ist einigermaßen unklar, was die meisten Gruppen eigentlich wollen.«

»Hätten wir bloß den Computer des Kohlenmanns, dann könnten wir zumindest versuchen, seine E-Mail-Korrespondenz mit X zu verfolgen.«

»X wird sich kaum aufspüren lassen. Höchstens ein Computer in einem Internetcafé. Den PC hast du ja gegen eine Beule am Hinterkopf eingetauscht.«

Nina lächelte. »Ich wollte mich auch über die Kurden informieren, aber die Zeit lief mir davon.«

»Du musstest ja auch an deine Weiterbildung denken.«

»Übrigens habe ich Gudmundsen eine Vereinbarung abgerungen. Es reicht, wenn ich erst beim nächsten Modul wieder einsteige.«

Wejse nickte langsam. Sie sah, dass er das für ein zweifelhaftes Unterfangen hielt. Einen Moment lang schwieg sie und dachte nach. Wäre es richtig, ihn einzuweihen? Wenn es jemand verdient hatte, dann er.

»Du siehst nachdenklich aus.«

Sie zögerte eine Sekunde. Dann traf sie eine Entscheidung.

»Du hast recht, Wejse. Es ist tatsächlich der türkische Geheimdienst gewesen, der aufgeräumt hat. Bei den Tätern handelt es sich um einen gewissen Sarvan Koksal, sechsundvierzig Jahre alt, und um einen Kartal Kilci, dreiundfünfzig. Der Erste arbeitet als operativer Agent im türkischen Geheimdienst MIT. Sein Kumpane ist ein ehemaliger Agent.«

Wejse erstarrte. »Woher in aller Welt weißt du das?«

»Das kann ich dir nicht sagen.«

»Ach, komm schon, Nina … Du könntest mir ja alles Mögliche erzählen.«

»Tut mir leid, Tim, nichts zu machen. Ich habe versprochen, meine Quelle nicht preiszugeben. Aber du kannst getrost davon ausgehen, dass die Informationen korrekt sind. Und der dritte Mann, der mit dem Hut, der mich zum City Center mitgenommen hat. Er heißt Julius Hirschfeld. Ein ehemaliger Stasi-Agent. Axel nannte er sich zu Zeiten des Eisernen Vorhangs. Er passt überhaupt nicht ins Bild. Ich habe keine Ahnung, wo wir ihn verorten können.«

»Bist du sicher, dass deine Informationen valide sind?«

»Hundertprozentig sicher.«

»Zwei Agenten des türkischen Geheimdienstes … Und ein altes Stasi-Gespenst … Was hat das alles zu bedeuten, Nina?«

»Wenn ich's nur wüsste.«

Nach einer halben Stunde in der Sauna setzte sie sich dem eiskalten Schock der Brause aus. Es erweckte jede schlummernde Zelle ihres Körpers zum Leben.

Über zwei Stunden hatte sie im Fitnesscenter auf dem ehemaligen Seilereigelände trainiert. Sie hatte das Bedürfnis nach einer gründlichen Reinigung gehabt, und physische Anstrengung erfüllte diesen Zweck am besten. Dabei wurde der Kopf klar, und man entspannte sich.

Es war ein hektischer Vormittag gewesen. Zunächst hatte Nina in einer Buchhandlung eine Landkarte der Türkei und einen Bildband mit Vogelbildern gekauft. Dann war sie mit dem Rad zum Krankenhaus gefahren, um Ib Munk zu besuchen, hatte ihn aber nicht sprechen können, weil er schlief.

Die übrige Zeit hatte sie in einer Tierhandlung verbracht.

Ein Einhundertzehn-Liter-Aquarium, eine Leuchtstoffröhre, eine Pumpe, ein Wärmeregulator, ein Thermometer und diverse Kleinteile wurden eingekauft. Alles zusammen kostete eine gewaltige Summe, die ihr Budget bei Weitem überstieg. Jonas war vollkommen aus dem Häuschen.

Es hatte einige Mühe gekostet, das Aquarium im Wohnzimmer aufzubauen. Die Küche sah aus wie eine Mischung aus einer Kiesgrube und einer Gärtnerei unter Wasser, aber Jonas war überglücklich. Zu seinem großen Ärger mussten sie allerdings noch eine Woche warten, bevor sie Fische in das Aquarium setzen konnten.

Die Sonne schien aus einem beinahe wolkenlosen Himmel, als Nina sich am Fitnesscenter auf ihr Fahrrad setzte und Kurs auf Birkedals Wohnung in Sædding nahm.

Sie fuhr nach Westen durch die Villenviertel, bis sie den Strandvej erreichte. Früher war sie oft mit Martin dort spazieren gegangen. Sie musste zu ihrer eigenen Verblüffung feststellen, dass sie im Grunde genommen keinen Gedanken an ihn verschwendet hatte, seit sie an jenem Abend Schluss gemacht hatte.

Wenn Menschen sie enttäuschten, verlor Nina das Interesse. Und Martin hatte sie mehrfach enttäuscht.

Ihre Wangen glühten, als sie endlich in Birkedals Einfahrt bog und vom Rad stieg. Birkedal wohnte in einem gelben, einstöckigen Einfamilienhaus – nicht direkt am Strand, sondern einige Straßen dahinter. Das Gehalt, das ihm eine geizige Behörde zugestand, reichte gerade aus, um von seinem Haus aus noch einen Blick aufs Wasser zu erhaschen – »mit Meeresblick«, wie die Grundstücksmakler dieses Streifchen Blau in der Ferne so verlogen nannten. Dafür war sein Haus ziemlich groß und ansehnlich.

Sie klopfte, und seine Frau, deren Namen Nina vergessen hatte, öffnete mit einem Lächeln.

»Willkommen«, grüßte sie und gab ihr die Hand. »Er wartet schon auf dich ...«

Sie wurde durchs Haus bis zu einer Veranda geführt, auf der Birkedal mit einer Zeitung saß. »Hallo, Nina, willkommen.«

Er erhob sich und gab ihr die Hand. Dass er sie heute »Nina« und nicht »Portland« nannte, war ein gutes Zeichen. Sie bewegten sich außerhalb ihres üblichen Umfelds. Im Augenblick sah Birkedal nicht aus wie ein Mann, der die schwere Bürde eines Chefs trug. Und noch weniger sah er aus wie ein Löwe, eher ähnelte er mit seiner Strickjacke und seinen Pantoffeln einer müden, etwas in die Jahre gekommenen Hauskatze.

Nina setzte sich in einen der Korbsessel am Bambustisch, während Birkedal Kaffee in die beiden Tassen schenkte, die bereitstanden.

»Bitte sehr. Nun, was treibt dich an einem Samstag hierher, Nina?«

Sie hatte sich vorgenommen, direkt zur Sache zu kommen.

»Ich habe Angst, dass der PET uns verarscht.«

»Das musst du mir schon genauer erklären.«

»Sie bagatellisieren den Fall, oder zumindest bagatellisiert Gudmundsen ihn. Nicht, weil sie nichts unternehmen wollen, sondern um uns auf Abstand zu halten.«

»Auf Abstand, was meinst du damit?« Birkedal schaute skeptisch über den Brillenrand.

»Wir sind uns doch einig, dass es sich noch immer um eine Angelegenheit der Polizei handelt?«

»Sicher.«

»Ich glaube, da prallen im Augenblick ganz unterschiedliche Interessen gewaltig aufeinander. Bei uns liegt der gesamte Komplex der Tötungsdelikte, Frau Munks Tod unter ungeklärten Umständen miteingeschlossen. Und der PET verantwortet den rätselhaften Teil des Falls, in dem es um die nationale Sicherheit geht. Aber entweder sind die da drüben komplett unfähig, oder sie arbeiten hinter den Kulissen hektisch an Dingen, von denen wir nichts wissen dürfen. Darf man hier rauchen?«

Sie sah Birkedal fragend an. Sie hatte ihm absichtlich nicht alles sofort erzählt. Er sah gespannt aus. »Meine Frau raucht, also bitte …«

Nina zündete sich eine Zigarette an und zog ein Blatt Papier aus ihrer Jackentasche, faltete es auseinander und legte es auf die Glasplatte. Es handelte sich um eine Fotokopie der Bilder von den drei gesuchten Männern. Birkedal schaute sie verwundert an.

»Das, was ich jetzt sage, hast du nie gehört. Betrachte es als Hintergrundrauschen – und nur als Rauschen. Du darfst diese Informationen niemals in irgendeinem offiziellen Zusammenhang verwenden. Okay?«

Birkedal schaute noch immer skeptisch, nickte aber.

»Diese drei Männer hier … Ich weiß, wer sie sind.«

»Wie bitte? Nicht einmal der PET kennt ihre Identität!«

»Tja, das behaupten sie zumindest.«

Während sie ihn darüber aufklärte, wer die Männer waren, zogen sich Birkedals Augenbrauen zusammen, und tiefe Furchen erschienen auf seiner Stirn. Dann berichtete Nina von Wejses Beobachtung – dem Datum der Reservierung im Radisson SAS Royal, das mit dem Brüsseler Gipfeltreffen zusammenfiel, auf dem es vor allem um die Türkei gehen sollte. Und schließlich erzählte sie von Morten Busks Festplatte, die von Fachleuten gesäubert worden war.

Birkedal lehnte sich zurück und kratzte sich am Kopf. Die Hauskatze hatte sich verabschiedet. Jetzt war der alte Löwe wieder da, saß mit verschränkten Armen in seinem Bambusstuhl, schwieg und dachte nach.

Nachdem Nina Birkedal etwas Zeit gelassen hatte, ihre Geschichte auf sich wirken zu lassen, fuhr sie fort: »Also, die Filmaufnahmen der Hinrichtung sind nicht nur eine peinliche Angelegenheit. Das ist Sprengstoff, hochpolitisch. Wenn der Film veröffentlicht wird, zerplatzen sämtliche Träume der Türkei von einem EU-Beitritt. Die Politiker können sich momentan keinen Rückzieher erlauben, da sie doch bisher so herzlich über das Vernünftige an einer Verbindung mit der Türkei gesprochen haben. Wenn der Film publik wird, können sie sofort ohne Gesichtsverlust den Rückzug antreten. Einen besseren Vorwand kann es gar nicht geben, oder? Die Türkei ist dann fertig, und zwar lange bevor sie das Jahr 2014 überhaupt anvisieren kann.«

Birkedal nickte mürrisch. »Der Film kann eine Fälschung sein, Nina.«

»Jetzt redest du genau wie Gudmundsen. Das Material ist echt. Ib Munk hat alles gesehen. Er war dabei. Die Aufnahmen sind die reine, gnadenlose Realität.«

Wieder nickte Birkedal, als wüsste er genau, dass sein Argument ein kläglicher Versuch war, den Advocatus Diaboli zu spielen.

»Wir reden über den PET, den dänischen Sicherheitsdienst. Wenn sie sich nicht im Tiefschlaf befinden, wissen sie natürlich längst, wer die drei Männer sind. Ich habe lediglich ein paar Tage gebraucht, bis ich die Informationen hatte.«

»Hm, über den alten Engländer, Sir Irgendwas, oder?«

Nina überging die Frage. »Genau in dieser Sekunde überlegen sie beim PET wie die Besessenen, wie sie mit diesem Fall umgehen sollen. Ich befürchte, dass sie das Ganze auf ihre Weise regeln werden. Sie deckeln die Geschichte – und wir bekommen niemals auch nur den Hauch einer Chance, unsere Ermittlungen zu Ende zu bringen und die Schweine vor Gericht zu stellen. So wird es kommen.«

Nina spürte, wie ihre Wangen aufflammten, als sie sich zurücklehnte und einen Schluck Kaffee trank, der inzwischen lauwarm geworden war.

»Wenn im Lauf des Montags nicht irgendetwas vom PET auf meinem Schreibtisch landet, muss ich mich wohl um eine Unterhaltung mit Gudmundsen bemühen. Verdammt noch mal, nein, wir werden uns nicht auf deren Wink hin zurückziehen. Wir haben zwei Todesfälle, mit Frau Munk vielleicht drei, plus den Mordversuch an ihrem Sohn – mitten in unserem Bezirk. Und den Tod von Busk in der Türkei, obwohl das nicht unser Fall ist. Nichts da, so haben wir nicht gewettet, so haben wir überhaupt nicht gewettet, Nina.«

»Gut. Aber denk dran, du kannst ihnen nicht erzählen, dass wir die Identität der drei Männer kennen.«

»Aber ich kann ihnen zumindest mal auf den Zahn fühlen – und mich skeptisch zeigen.«

Nina machte Anstalten aufzustehen.

»Und was unternimmst du jetzt? Du rennst nicht auf eigene Faust herum und wühlst alles auf, verstanden?«

»Ich wühle nicht herum. Ich habe dir alles, was ich weiß, erzählt. Ich habe mir gedacht, ich besuche Ib Munk im Krankenhaus. Ich möchte, dass er mir genau erklärt, wo die Hinrichtung stattgefunden hat.«

»Ausgezeichnet, du bist ohnehin die Einzige, der er sich anvertrauen will. Tu das.«

Sie stand gleichzeitig mit ihm auf.

»Gut, dass du gekommen bist«, brummte er und sah aus, als wäre er mit seinen Gedanken schon ganz woanders. »Lass mich dich hinausbegleiten, Nina.«

An der Haustür drehte sie sich um. »Tschüs, bis Montag. Und denk dran … Ich bin nicht hier gewesen …«

Ib Munk war wach. Ein breites Lächeln zeigte sich auf seinem Gesicht, als er Nina sah. Sie setzte sich auf die Bettkante und nahm vorsichtig seine Hand, in der eine Infusionsnadel steckte.

»Hallo, mein Freund. Wie geht's?«

»Gut, glaube ich. Sie sagen jedenfalls, dass es gut geht. Und ich bin ja nicht tot, oder?« Ib lächelte schief, vielleicht auch ein wenig verlegen, weil sie seine Hand hielt.

»Wenn sie dich wirklich töten wollten, hast du großes Glück gehabt. Sollten wir es nicht so sehen?«

»Vielleicht. Aber ich habe auch gedacht, wenn ich tot wäre, dann wäre das auch nicht so schlimm. Mein bester Freund ist tot – und meine Mutter ist tot. Also …«

»Egal, was passiert ist, das Leben ist zu groß und zu schön, um so zu denken, Ib. Denk an die Vögel …« Sie öffnete ihren kleinen Rucksack und holte das Buch heraus.

»Hier, eine Kleinigkeit für dich.«

Er schaute mit müden, aber glücklichen Augen zu ihr auf, vollkommen überrascht. »Für mich?«

»Ja. Pack's schon aus.«

Ib streifte sorgfältig das Papier ab und hielt das Buch mit beiden Händen hoch. »Ein Königsadler! Ist der toll!«

Er blätterte in dem Fotoband, vorsichtig, als ob die Seiten besonders empfindlich wären. Dann klappte er das Buch zu und betrachtete das Umschlagbild.

»Tausend Dank. Den ganzen Tag, den ganzen Abend und die ganze Nacht werde ich mir das Buch ansehen.«

Ib schaute sie mit feuchtschimmernden Augen an. Er war ein wunderbarer Kerl. Er blätterte wieder in dem Buch und zeigte ihr ein Bild.

»Schau mal, Nina, ein Turmfalke. Falco tinnunculus, Spannbreite achtundsechzig bis achtundsiebzig Zentimeter, einunddreißig bis siebenunddreißig Zentimeter lang, einhundertfünfzig bis zweihundertachtzig Gramm schwer. Der Turmfalke … Ich habe schon viele gesehen. Er ist mein Freund.«

»Ib, ich wollte dich fragen, ob du mir bei einer Sache helfen magst?«

Sein Blick blieb starr auf das Buch gerichtet. Er befand sich auf einem Rundflug mit dem Turmfalken.

»Ib, ich brauche deine Hilfe.« Sie legte eine Hand auf seinen Unterarm. »Ib, hallo?«

Er sah zu ihr auf. »Was sagst du, Nina? Ich habe dich nicht gehört.«

Sie zog die Türkeikarte aus dem Rucksack und breitete sie auf der Bettdecke aus. Ib steckte die Nase noch immer in sein Vogelbuch.

»Schau mal hier auf die Karte, nur einen Moment.« Er ließ das Buch sinken.

»Kannst du mir sagen, wo ihr den Film gedreht habt? Wo liegt dieser Steinbruch, in dem die Männer erschossen wurden?«

»Du brauchst nicht dorthin zu fahren und zu graben, Nina. Ich war dort. Ich habe es selbst gesehen. Mit meinen eigenen Augen. Ich habe das Blut gesehen, die Schüsse gehört – und die Schreie …«

»Ich glaube dir doch, Ib, aber ich würde gern wissen, wo es gewesen ist.«

Ib beugte sich vor und legte einen Zeigefinger auf die Landkarte. »Genau hier, fünfzig Kilometer südlich von Diyarbakir, ungefähr hundert Kilometer vor der Grenze zu Syrien. Gib mir eine detailliertere Karte, dann kann ich dir die Stelle zeigen. Ich habe nämlich immer die Karten gelesen. Morten konnte das nicht. Ich muss nur einmal draufschauen, dann kann ich mich an alles erinnern. Fotografisches Gedächtnis heißt das.«

»Wer ist auf die Idee gekommen, in dem Steinbruch zu Mittag zu essen?«

»Der Fahrer, der türkische Fahrer. Er sagte, er kenne eine gute Stelle, dort gebe es Schatten, und wir könnten uns ausruhen.«

»Kannte Morten ihn von früher?«

»Den Fahrer? Nein, den hat er einfach gefunden, glaub ich. Aber der war schon okay.«

»Und was passierte hinterher, als ihr geflohen seid?«

»Wir sind, so schnell wir konnten, weggefahren. Den ganzen Nachmittag und die ganze Nacht durch, auf kleineren Straßen, und ein paarmal haben wir bewusst einen Umweg gemacht. Über tausendvierhundert Kilometer, wir haben nur zweimal angehalten, um zu tanken. Schließlich haben wir unser Hotel in Istanbul erreicht.«

»Und was dann? Habt ihr im Hotel etwas unternommen?«

»Morten redete die ganze Zeit in sein Handy, ein paarmal auch auf Deutsch. Es war seine Idee, dass wir uns trennen. Ich sollte ein Flugzeug nach Antalya nehmen, mit dem Band in der Tasche – um dann mit seinen Freunden zurück nach Kopenhagen zu fliegen.«

»Band? Also ein gewöhnliches Videoband?«

»Nein, nein. Viel kleiner. Morten ist immer ein Sony-Fan gewesen. Er benutzte das Sony Digibeta-Format. Morten wollte immer das Beste. Eine Superoptik mit drei separaten CCD-Chips, sodass im RGB-Farbraum jede Farbe einem Chip zugeteilt wird. Das gibt ein sehr viel besseres Bild.«

»Ich verstehe kein Wort, Ib. Was hat Morten noch gesagt? Wo wolltet ihr euch treffen?«

»Wenn er nicht schon in Kopenhagen sei oder bald auftauchen würde, sollte ich die Aufnahmen auf eine DVD kopieren. Mehr weiß ich nicht, Nina.«

»Hast du das Band versteckt?«

»Nein, ich hab's die ganze Zeit bei mir gehabt. Es nimmt ja kaum Platz weg. Aber ich musste es den beiden Männern geben. Und trotzdem liege ich hier …«

»Das wird schon wieder. Du wirst bald gesund sein. Danke für deine Hilfe. Ich komme dich bald wieder besuchen. Eine letzte Bitte noch – wenn dich jemand fragt, wo du die DVD versteckt hattest, dann sag, dass sie im Küchenboden deiner Mutter versteckt war, unter einem Stapel Zeitungen, ja? Das mit Langli habe ich meinem Chef nämlich nicht erzählt, obwohl ich es hätte tun müssen. Wenn er es erfährt, wird er stocksauer, aber ich wollte mir den Film erst selbst ansehen, ohne irgendwelchen Wirbel. Im Küchenboden, ja?«

Ib Munk nickte und zwinkerte ihr vertraulich zu. »Im Boden, unter den Zeitungen in der Küche, Nina. Ich werd dran denken. Vielen Dank für das Buch. Dein Sohn mag Schwäne am liebsten. Was ist dein Lieblingsvogel, Nina?«

23

»He, Portland!« Am Dienstag stand Birkedal in seinem Lodenmantel an Ninas Tür und sah aus wie jemand, der gerade eben erst das Präsidium betreten hatte. Unter dem Arm hielt er seine alte Ledermappe.

»Ja?«

»Komm in mein Büro – in fünf Minuten!«

»Okay, was …?«

Nina hätte gern gewusst, wie er sich beim allmächtigen Gudmundsen aufgeführt hatte. Wenn Birkedal erst einmal so weit war, dass seine freundlichen Augen zu schmalen Schlitzen wurden …

Sie schielte auf ihre Armbanduhr und stoppte die Zeit. Bei dieser Laune bedeuteten fünf Minuten weder vier Minuten noch acht Minuten.

Birkedals Tür war geschlossen. Sie klopfte vorsichtig an, wartete diesmal aber einen Moment, bevor sie eintrat.

»Herein!«

Sie dachte daran, die Tür hinter sich zu schließen, bevor sie sich setzte. Eindeutig kein »Nina«-Tag. Birkedal ließ sie warten, während er seine Unterlagen ordnete. Endlich nahm er die Brille ab und rieb sich die Augen.

»Portland, du reist in die Türkei, nach Istanbul«, sagte er müde. »Morgen geht's los. Irgendwelche Einwände?«

Dann hatte er sich drüben bei Gudmundsen tatsächlich durchgesetzt. Diesen Auftrag hatte sie nicht erwartet.

»Nein, völlig in Ordnung. Keine Einwände.«

»Gut.«

»Und?«

Birkedal sah sie verwundert an, als wäre ihr »und?« fehl am Platz.

»Und du fährst nicht allein. Ich dachte an Monberg. Er war ja auch von Anfang an mit dabei, seit diesem verfluchten Morgen am Kraftwerk.«

»Monberg? Nichts da, das kannst du vergessen. Ich hätte ihm den Kopf abgebissen, bevor wir in Kastrup auch nur die Sicherheitsgurte angelegt hätten. Keine Chance. Gib mir Wejse mit. Er arbeitet sehr engagiert an diesem Fall – auch in seiner Freizeit. Außerdem hat er Erfahrung. Das hast du selbst gesagt.«

»Vielleicht, aber Wejse ist neu im Präsidium.«

»Na und? Geht es hier etwa um einen Badeurlaub, für den man jahrelang Punkte sammeln muss wie früher in der Sowjetunion? Es ist ausschließlich eine Frage der Qualifikation. Wejse hat sie, und ich kann mit ihm zusammenarbeiten.«

»Ah ja, kannst du das, so ganz plötzlich, mit jemandem zusammenarbeiten? Nun gut, dann also Wejse. Wo zum Teufel steckt er?«

»Wahrscheinlich in seinem Büro.«

»Na, dann hol ihn! Ich habe keine Lust, alles zweimal zu erklären.«

Als sie kurz darauf mit Tim Wejse zurückkam, stand Birkedal am Fenster, hatte beide Ellenbogen auf das Fensterbrett gestützt und starrte auf die Straße. Wejse zog sich einen Stuhl an den Schreibtisch, und Birkedal ließ sich schwer in seinen Bürostuhl fallen.

»Die Rede ist ausschließlich von sondierenden Gesprächen mit den Türken, jedenfalls zunächst. Deshalb müsst ihr das übernehmen, obwohl ich auch daran gedacht habe, selbst zu fahren.«

»Und warum kommst du nicht einfach mit?«

»Hm, ich habe mich entschieden, hierzubleiben, ich habe noch einiges zu erledigen. Aber wie gesagt, wir werden keinen einzigen Türken verhören, wir führen einen Dialog mit ihnen, verstanden?«

Beide nickten.

»Dann hört mir jetzt gut zu: Ihr nehmt übermorgen ein Flugzeug nach Istanbul. Dort begleitet euch ein eingeweihter Mitarbeiter des PET, der die DVD bei sich hat. Ihr sollt die Aufnahmen mit dem Leiter der Regionalabteilung des türkischen Geheimdienstes in Istanbul diskutieren. Istanbul und nicht Ankara – weil Busk und Munk von Istanbul aus arbeiteten und auch dort ihr Hotel hatten. Ihr sollt dem Mann die Fakten vorlegen – ohne irgendwelche Angriffe. Informiert ihn einfach darüber, dass wir den Verdacht hegen, ehemalige oder derzeitige Mitarbeiter seines Dienstes könnten verantwortlich sein für Verbrechen auf dänischem Territorium – in unserem Polizeibezirk. Zweitens fordert ihr ihn auf, bei der Klärung des Falles mit uns zusammenzuarbeiten. Und drittens soll er die beiden Verdächtigen festnehmen lassen und sie uns entweder während eures Aufenthalts oder später für ein eigentliches Verhör überlassen. Und denkt dran: erst sondieren, breites Lächeln und vorsichtige Ausdrucksweise. Sonst machen die einfach die Schotten dicht.«

»Und was sollen wir mit diesem Typen vom PET? Der gesamte polizeiliche Aufgabenbereich in diesem Fall obliegt doch uns, oder?«

Sie studierte Birkedals Miene sehr genau, als er antwortete.

»Der Repräsentant des PET ist der Leiter unserer kleinen Delegation oder wie wir's nun nennen wollen. Er ist Gudmundsens verlängerter Arm. Ihr müsst euch notgedrungen fügen. Wenn er sagt: ›Geht nach rechts‹, tja, dann geht eben nach rechts. Das ist Teil meiner Absprache mit Gudmundsen. Glaubt mir. Wenn es nach ihm ginge, würde die Kriminalpolizei von Esbjerg überhaupt nicht bei den Türken aufschlagen. Aber so haben wir nicht gewettet. Ich pfeife auf die große Politik. Mord ist Mord. Und gehört aufgeklärt. Von kompetenten Leuten – und das sind wir. Noch Fragen?«

Wejse, der mit einem kleinen Lächeln um die Mundwinkel dasaß und aussah, als könne er sich lebhaft vorstellen, wie Birkedal sich zu diesem Deal vorgearbeitet hatte, fragte: »Wie lange sollen wir bleiben, irgendwelche festen Absprachen?«

»Ihr bleibt einige Tage, bis ihr das Gefühl habt, getan zu haben, was ihr könnt. Bis sie mit uns zusammenarbeiten, diese Scheißkerle, und bis …«

Nina unterbrach ihn. »Und bestimmt dieser Bursche vom PET auch, wann wir wieder nach Hause fliegen?«

Birkedal zögerte. »Nein! Wenn ihr Fortschritte macht, bleibt ihr einfach, egal, was Gudmundsens Lakai sagt. Aber lasst das am Anfang bloß nicht durchblicken. Und noch etwas. Redet mit dem Bruder des Kohlenmanns, wenn ihr schon dort seid. Er heißt …« Birkedal kramte in Unterlagen und grub eine Akte aus. »… Bekir Zamani. Thøgersen hat die türkische Polizei schon vor einiger Zeit gebeten, ihm einen Besuch abzustatten, reine Routine. Angeblich hat der Bruder nichts Verwertbares gesagt. Aber davon überzeugen wir uns selbst. Hier ist alles, was ihr braucht.« Birkedal reichte ihnen die Aktenmappe.

»Okay, wir statten Zamani einen Besuch ab. Spricht er Englisch?«

»Woher, um Himmels willen, soll ich das denn wissen? Fragt ihn selbst!«

Der Löwe war nicht nur mürrisch, er war ausgesprochen gereizt. Die Aufgabenstellung schien zunächst einfach, aber sie würde schon noch kompliziert werden, wenn sie erst einmal einen Fuß auf türkisches Territorium gesetzt hatten. Nina hatte nur noch eine letzte Frage.

»Wer ist beim PET mit dem Fall befasst, mit wem sprechen wir die praktischen Dinge ab, Ankunft, Koordination und so weiter? Doch wohl kaum mit Gudmundsen selbst?«

»Nein, mit Tarp. Nimm einfach zu ihm Kontakt auf.«

»Wie sieht es mit Dienstwaffen aus?«, wollte Wejse wissen.

»Keine Waffen. In den Schrank damit. Ihr braucht sie nicht. Ihr sollt schließlich einen Dialog führen. Wenn das jetzt alles war, dann geh nach oben, Portland, und sorg dafür, dass Tickets für euch bestellt werden. Und ein Hotel. Aber keine fünf Sterne!«

Wejse telefonierte, als sie zurückkam. Sie setzte sich auf die Schreibtischkante und wartete. Es klang, als telefoniere er mit seiner Schwester. Jedenfalls mit jemandem, der wissen sollte, dass er die nächste Zeit nicht zu Hause sein würde. Schließlich legte er auf.

»Das war meine Schwester Jette.«

»Tja, jetzt such mal deinen Fez raus und lass dir einen Schnurrbart stehen.« Nina grinste schief. »Die Tickets sind bestellt, außerdem ein ordentliches Hotel, zentral – mit vier Sternen.«

»Fünf Sterne hast du dich nicht getraut, hm? Was für eine jämmerliche Rebellin.«

»Rebellin?«

»Bist du denn keine Rebellin, Nina Portland? Den Ruf hast du jedenfalls hier im Haus.«

»Wie man hineinruft, so schallt es heraus, oder? Ich bin keine Rebellin. Ich bin eine arme, alleinerziehende Mutter – und eine rechtschaffene Kommissarin.«

Wejse grinste. »Im Übrigen, danke.«

»Danke? Wofür?«

»Ich bin neu auf dem Revier. Ich weiß genau, wie so was normalerweise läuft. Und es war ja wohl kaum ein Zufall, dass ich ausgewählt wurde. Danke.«

»Na ja, die Alternative wäre Monberg gewesen. Jetzt hast du was zum Nachdenken. Und so ein Fez und ein Schnauzer, die würden dir sicher gut stehen.«

Er seufzte resigniert. »Was hältst du davon, wenn du von meinem Schreibtisch runtergehst, Portland?«

In diesem Moment betrat ein älterer Mann in einer blauen Arbeitsjacke das Büro. Auf dem Kopf trug er eine Schiebermütze und in der rechten Hand einen Stock, aber er machte nicht den Eindruck, als sei er darauf angewiesen.

»Zum Teufel, Junge, sitzt du einfach nur herum und arbeitest nichts?« Der alte Mann blieb stehen und gab Wejse einen Klaps auf die Schulter.

»Mensch, Papa? Was machst du denn hier?«

»Ich bin gerade in Esbjerg und dachte mir, ich könnte mal deinen neuen Arbeitsplatz besichtigen. Und hinterher deine Schwester auf eine Tasse Kaffee besuchen.«

Der Alte nickte entschlossen. Dann zwinkerte er Nina zu: »Aber ich sehe, du bist beschäftigt. Esbjerg ist sicher nicht Kopenhagen, was? Guten Tag, sind Sie seine neue Partnerin?«

Der Mann gab ihr einen festen Händedruck, und sie lächelte.

Wejse kam ihr zuvor. »Das ist meine Kollegin Nina Portland. Und Nina, das ist mein Vater. Man hat nicht nur einen Partner, Papa.«

»Ah ja? Vielleicht ist das nur im Fernsehen so. Aber du erzählst mir ja auch nie etwas, woher soll ich das also wissen?«

»Ich habe gerade mit Jette telefoniert. Also erzähl ich's dir auch gleich – ich bin in den nächsten Tagen in der Türkei, wie lange, weiß ich noch nicht genau.«

»Was willst du denn in der Türkei?«

»Das ist eine lange Geschichte. Wir ermitteln in einem Fall.«

»Und was ist mit den Rebhühnern?«

»Ich fürchte, die Jagd muss eine Weile warten.«

»Mist, ich hatte mich darauf gefreut. Ist schon so lange her. Na ja, ruf an, wenn du wieder zu Hause bist.«

Wejse nickte. Sein Vater hob den Stock zum Abschiedsgruß so hoch, dass er gegen die Fassung der Leuchtstoffröhre an der Decke stieß.

»Pass auf das Inventar auf, hat alles der Steuerzahler finanziert«, ermahnte ihn sein Sohn.

»Hm, wo ich herkomme, sind die Decken höher. Na, es ist sicher schon Kaffeezeit. Ich muss weiter.«

»Ich begleite dich hinaus, Papa.«

»Nicht nötig. Wenn ich allein hineinfinde, werde ich wohl auch wieder rausfinden. Wiedersehen.« Der alte Wejse zwinkerte ihr zu und spazierte mit gesenkter Waffe hinaus.

Rabenmutter, Rabenmutter, Rabenmutter.

Schon wieder. Gerade hatte sie Jonas erzählt, dass sie nicht an dem Kurs teilnehmen würde. Und nun musste sie ihn schon wieder verlassen, trotz ihres Versprechens.

Wie lange würde sie fort sein? Möglicherweise würde es eine ganze Woche dauern, bis sie eine Gesprächsbasis mit den Türken gefunden hatten. Andererseits wäre sie jetzt normalerweise beim Kurs in Avnø und auch nicht zu Hause.

Jonas würde bald vom Fußball zurück sein. Besser, sie gestand es sofort. Aus Sønderho hatte Astrid grünes Licht signalisiert.

Sie hatte ja ohnehin damit gerechnet, dass Jonas die ganze Woche bei ihnen wohnte.

Nina inspizierte die breiten Fensterbänke. Die stacheligen Kameraden standen stumm und gut versorgt da. Glücklicherweise brauchten Kakteen ja nicht viel Pflege, diese widerstandsfähigen Biester. Sie waren die besten Partner für eine Rabenmutter.

24

Fasziniert schaute sie aus dem Fenster – wie sie es seit dem Start in Kastrup fast die ganze Zeit über getan hatte. Nina wurde es nie leid, einfach nur im Flugzeug zu sitzen und aus dem Fenster zu sehen. Wälder, Berge, Seen und die scheinbar wahllos wechselnden Farbflächen der Felder. Und jetzt das Meer, das blaue Meer direkt unter ihnen. Das Flugzeug beschrieb eine Kurve und bereitete sich auf den Landeanflug vor. Sie hielten direkt auf die Küste und die hell erleuchteten Landebahnen des Atatürk-Flughafens zu.

Die Maschine überflog dicht über den Dächern der Autos eine Autobahn und eine Hecke, bevor die Räder Kontakt mit dem Boden bekamen und der Bremsschub einsetzte.

Sie hatte das Gefühl, dass es eine Ewigkeit dauerte, bis sie endlich an die Sonne kamen. Wo sie es doch so hasste, im Gänsemarsch zu gehen. Erst aus der Maschine raus, dann in einen Flughafenbus, in einer Schlange vor der Passkontrolle warten, im Gedränge am Gepäckband, den Zoll passieren und schließlich mit entschlossenem Gesichtsausdruck alle Hotel- und Taxihaie abschütteln.

Sie zündete sich eine Zigarette an und setzte sich auf einen Blumenkübel. Wejse hielt Ausschau nach ihrem Mann, der nur wenige Augenblicke später auftauchte. Er war jung, trug einen dunklen Anzug und eine große, modische Sonnenbrille. Ungefähr so, wie man sich einen Fahrer des türkischen Nachrichtendienstes MIT vorstellte.

»Portland und Wejse, aus Dänemark?«

Sie nickten. Er gab ihnen die Hand und stellte sich mit einem Namen vor, den sie Sekunden später bereits wieder vergessen hatten. Dann bat er sie, ihm zu folgen. Sie überquerten die Straße und gingen auf einen dunkelblauen BMW zu. Er nahm ihnen die Koffer ab und verstaute sie im Kofferraum, bevor er hinter dem Steuer Platz nahm und im Rückspiegel seine Frisur überprüfte.

»Wo wollen Sie hin?«, fragte er und wandte sich dabei an Wejse, der sich neben ihn gesetzt hatte.

Wejse zuckte die Achseln. »Keine Ahnung. Nina, du hast den Namen des Hotels?«

Sie suchte in ihrer Jackentasche nach der Reservierung. »Hotel Erguvan, in Sultanahmet, der Altstadt, oder?«

»Ja, das ist die Altstadt.« Der Fahrer nickte. »Aber das Hotel kenne ich nicht. Wie ist die Adresse?«

»Aksakal cad. 3 – oder so ähnlich. Hier.« Sie gab ihm das Blatt.

»Okay, ich werd's schon finden.«

Er lenkte den Wagen auf die Straße und gab Gas.

Ihnen folgte ein betagter weißer Opel mit all den Beulen und Kratzern, die zu einem älteren Fahrzeug in Istanbul gehörten. Der Wagen fuhr nicht so schnell wie der BMW, blieb aber konstant in Sichtweite.

Der Fahrer war ein junger Türke. Neben ihm saß ein älterer Mann mit Brille und einem grünen Hut.

»Verlier sie nicht aus den Augen, nicht einen einzigen Moment«, ermahnte ihn der Passagier, dessen Englisch einen unverkennbar deutschen Akzent hatte.

Die Geschwindigkeit des MIT-Fahrers wurde durch den dichten Verkehr auf der Autobahn rasch gebremst. Niemand sagte etwas. Der junge Mann konzentrierte sich auf die anderen Autos und auf seine Hupe, wenn irgendjemand sich erdreistete, auf ihrer Spur ein riskantes Manöver zu versuchen.

An unbebauten Stellen sah die Landschaft verbrannt aus, aber die Bäume und Büsche an der Autobahn waren grün. Nach kurzer Zeit beschrieb die Straße eine Kurve und verlief so dicht an der Küste, dass das Marmarameer wieder vor ihnen lag.

Es war ein besonderer Anblick. Nie zuvor hatte sie so viele Schiffe auf einem Haufen gesehen. Große und kleine Schiffe, nahezu Seite an Seite, als hätte man sie alle zu einem maritimen Familienfest auf der Trennlinie zwischen Europa und Asien eingeladen. Die Reifen quietschten, und sie wurde nach vorn geschleudert, als ihr Fahrer an einer Ampel hart bremsen musste.

»Scheiße, was ist los mit dem Typ?«, ereiferte sie sich. »So eilig haben wir's doch auch wieder nicht!«

Wejse drehte sich bei ihrem Ausbruch ruhig um und zuckte lediglich die Achseln.

Zu ihrer linken Seite erhob sich nun eine alte Festungsmauer, die das Viertel Sultanahmet begrenzte, einen der drei Stadtteile des modernen Istanbul. Weiter nördlich, auf der anderen Seite der Bucht mit dem exotischen Namen »Goldenes Horn«, lag der neue europäische Stadtteil, und drüben, auf der gegenüberliegenden Seite des Bosporus der asiatische Teil Istanbuls, der größten Stadt Europas – wenn man alle drei Stadtteile zusammenrechnete. So viel hatte Nina sich noch angelesen – aber viel mehr auch nicht.

Der Fahrer bog ab und fuhr durch eine Öffnung im Mauerwerk. Die kopfsteingepflasterte Straße stieg sofort steil an und führte in ein wahres Wirrwarr aus schmalen Gassen und Verzweigungen.

Nach wenigen Minuten in diesem Labyrinth musste der Chauffeur seine Niederlage eingestehen, das Fenster herunterlassen und nach dem Weg fragen. Es verging einige Zeit. Eine Antwort schien überzeugender und gestenreicher als die andere, das Resultat war allerdings immer dasselbe. Der Fahrer konnte ihr Hotel nicht finden.

Sie landeten wieder auf dem breiten Boulevard an der Küste, fuhren zurück und durch eine andere Öffnung der Stadtmauer. Diesmal mit größerem Erfolg. Sie brauchten nur einmal nach dem Weg zu fragen, bevor sie das Hotel Erguvan fanden, das an einer steilen Gasse in der Nähe des Stadttors lag.

Es war neun, als sie sich wie verabredet in der Lobby trafen. Sie hatten Hunger und wollten so rasch wie möglich etwas Essbares auftreiben.

Als sie auf den Bürgersteig traten, schlug ihnen vom Wasser her eine milde Brise entgegen. Nina zögerte einen Moment, begann dann aber, die Straße hinaufzugehen.

»Wohin gehen wir?«

»Zur Blauen Moschee. Die liegt irgendwo hier oben.« Nina blieb stehen und schaute auf den Stadtplan. »Wir sind richtig. Das da oben muss die Kuppel sein.«

Eine Straße höher tauchte die Moschee plötzlich aus der Dunkelheit auf. Hinter ihren hohen Mauern schien sie in Licht getaucht zu sein, eingerahmt von sechs Minaretten, die sich wie leuchtende, lange Zeigefinger gegen den Abendhimmel abzeichneten.

An der Mauer gab es mehrere Restaurants und einige kleine Kebabstände unter einem langen Baldachin. Gleich im ersten Restaurant setzten sie sich an einen Tisch auf dem Bürgersteig und bestellten den Spezialkebab des Hauses. Nina waren müde. Ein langer Tag lag hinter ihnen, erst der Flug von Billund nach Kopenhagen, dann der Weiterflug nach Istanbul – und eine Unmenge Wartezeit, aber so war es, wenn man flog.

Das Essen kam erfreulich schnell. Sie aßen schweigend und begnügten sich mit ein paar anerkennenden Bemerkungen. Es war kein Kebab, den man wie zu Hause abgehobelt und in ein Stück Brot gestopft hatte. Nein, kleine, gewürzte Teigschnittchen mit Rindfleisch waren kreisförmig auf dem Teller angerichtet, garniert mit Tomaten, Zwiebeln und Gurkenstückchen.

Nach dem Essen bestellten sie Kaffee.

Nina trank einen Schluck, stellte die Tasse ab und zündete sich eine Zigarette an, die beste des Tages.

»Finn Holmboe.« Sie hatte den Namen ihres Istanbuler Kontaktmanns eingeworfen. Er arbeitete in einer neuen Einheit des PET, im Center für Terroranalyse, und sollte sich laut Vereinbarung spätestens am nächsten Vormittag melden. Nina hatte keine Zeit mehr gehabt, irgendwelche Auskünfte informeller Art über ihn einzuholen. Aber Wejse hatte einen guten Kumpel aus der Polizeischule, der beim PET in Århus saß. Sie wartete gespannt.

Wejse hatte sein eigenes Tempo und seine eigene Art, eine gewisse Ruhe einkehren zu lassen.

Jetzt lehnte er sich zurück und schlug die Beine übereinander.

»Tja, viel weiß ich auch nicht. Finn Holmboe gehört zu den Neuen, ein Akademiker, einer von denen, die nach dem 11. September eingestellt wurden. Er ist Spezialist für den Orient, für die Verhältnisse in Nahost. Hat an der Uni in Kopenhagen in Philosophie promoviert, bevor er zum PET ging. Mit einer Türkin verheiratet, übrigens. Hübsche Frau, sehr europäisch, kein Kopftuch, unterrichtet an der Uni. Wenn die Stimmung feierlich genug ist, hält Holmboe angeblich gern Vorträge über die Herren aus Cambridge, über Blunt, Philby, Burgess und Maclean und ihre intellektuelle ›Stimulation‹ des Systems damals. Mehr weiß ich auch nicht. Sollte er uns nicht längst kontaktiert haben?«

Nina rümpfte die Nase. Wie konnte ein Mensch heute noch

verherrlichende Reden über berühmte alte Sowjetspione aus der Zeit des Kalten Krieges schwingen?

»Spätestens morgen Vormittag. Klingt nicht so, als wäre er mein Typ«, antwortete sie.

»Mir geht's genauso, aber es heißt, er sei ein vielversprechender Mann.«

»Hm. Da ist er nicht der einzige. Wir halten ihn an der kurzen Leine, oder?«

Wejse nickte ruhig. »Das finde ich auch. Wir sind für ein Auswärtsspiel aufgestellt, Nina, und da ist es umso wichtiger, dass wir uns von Anfang an richtig positionieren. Ich bin nicht nach Istanbul gekommen, um mir irgendwelchen Scheiß von Holmboe anzuhören.«

Wejse sprach leise und wohlüberlegt. Doch, sie mochte ihn. Immer mehr.

»Tim, wenn wir morgen diesen Finn finden, sollen wir dann …« Sie konnte ihren Satz nicht zu Ende führen. Plötzlich brach eine wahre Kakofonie von Stimmen aus allen Himmelsrichtungen los. Der Gebetsruf gellte von jedem Minarett, und davon gab es offenbar eine ganze Menge. Am nächsten standen natürlich die sechs enormen Minarette der Blauen Moschee, die mit einem Mal die gesamte Umgebung mit einem Dolby-Surround-Sound versorgten.

»Ich wage gar nicht daran zu denken, wann die wohl morgen früh losdröhnen«, meinte Nina. »Einen Wecker brauchen wir vermutlich nicht. Lass uns zahlen. Hast du noch Lust auf einen kleinen Spaziergang zum Wasser? Ich würde mich gern dort hinsetzen und eine Zigarette rauchen und mir die Schiffe ansehen.«

Wejse nickte. »Wir können dich doch nicht allein in der Dunkelheit herumlaufen lassen, oder?«

»Wenn du wüsstest …«

Sie saßen still nebeneinander und schauten aufs Wasser hinaus. Lichtpunkte glitten mit Kurs auf den Bosporus ruhig durch die Dunkelheit, andere nahmen den entgegengesetzten Weg in Richtung Marmarameer.

Nina hatte das Gefühl, als sei die Zeit stehengeblieben. So hatte es sich Hunderte und Aberhunderte von Jahren abgespielt – nur mit unterschiedlicher Technologie. Seefahrer hatten sich schon immer hier am Bosporus getroffen, und das taten sie auch weiterhin. Es war beruhigend. Ein unabänderliches Phänomen in einer sich ständig verändernden Zeit.

»Woran denkst du, Nina?«

»An alles und nichts. Ist doch faszinierend, dass die Schiffe sich hier noch immer begegnen, wie sie es seit Jahrhunderten getan haben, oder?«

»Wieso liegen so viele vor Anker?«

»Sie warten darauf, in den Hafen einlaufen zu können, um be- oder entladen zu werden. Vielleicht warten sie auch einfach nur auf Anweisungen. Mein Vater ist als Seemann oft hier gewesen. Er hat mir vom Bosporus erzählt. Ich wollte ihn schon immer gern mit eigenen Augen sehen. Eine schmale Passage von einem Meer zum anderen. Eine Scheidelinie zwischen zwei Erdteilen. Das ist etwas Besonderes.«

»Dein Vater ist zur See gefahren?«

»Meine ganze Familie – seit Generationen. Als Junge wäre ich garantiert auch zur See gegangen. Die Portlands haben Salzwasser in den Adern. Dickes Salzwasser.«

»Und stattdessen bist du ein salzhaltiger Bulle geworden?«

»Tja, genau wie mein Onkel. Er war Dorfpolizist auf Fanø. Da haben wir etwas gemeinsam, du und ich. Unsere Onkel haben uns in diesen Sumpf gebracht.«

Sie betrachtete wieder die Lichter in der Dunkelheit des Bosporus, während sie die letzte Zigarette des Tages rauchte.

Einige Momente im Leben waren es wert, ausgeschnitten und in ein Notizbuch geklebt zu werden.

Sie genossen ihr Frühstück auf der kleinen offenen Dachterrasse. Die Uhr zeigte kurz nach acht, es war so gekommen, wie sie vermutet hatten. Die Muezzine hatten früh am Morgen zugeschlagen. Danach war keiner von ihnen beiden noch mal eingeschlafen.

Auf dem Tisch lag eine knallbunte türkische Zeitung, ›Hürriyet‹. Nina erriet, dass es in dem Artikel auf der Titelseite um das Gipfeltreffen der EU in Brüssel ging, das am kommenden Tag beginnen sollte. Das war aber auch schon alles.

Wejse schenkte ihnen aus der kleinen Kaffeekanne ein, und sie zündete sich ihre morgendliche Zigarette an. Es würde ihr schwerfallen, mit dem Rauchen aufzuhören.

»Strategie-Zeit, Wejse. Was unternehmen wir – abgesehen davon, dass wir diesen Finn an der kurzen Leine halten?«

»Du denkst an den Chef des MIT?«

»Genau.«

»Wie hieß der noch?«

»Er heißt Enis Kahraman«, fiel Nina schließlich ein.

Wejse schnalzte nachdenklich mit der Zunge. »Kommt darauf an, wie er so ist. Es ist okay, wenn wir unseren PET-Finn ein wenig härter anfassen, aber ich denke, wir sollten uns zurückhalten, was den MIT-Chef betrifft. Da geht es um Etikette. Wir sind seine Gäste. Und Gäste sind per Definition höflich. Also versuch, dein Portland'sches Temperament in Zaum zu halten, auch wenn der Mann nur heiße Luft ausstößt. Damit kommen wir am weitesten.«

»Ein bisschen wie bei den Japanern. Wenn er uns bittet, Karaoke zu singen, dann tun wir es?«

Wejse nickte. »Sing einfach.«

»Gut. Dann sind wir uns einig. Wir ziehen die Gästenummer durch und sehen, wie weit wir damit kommen. Und wir statten Zamanis Familie einen Besuch ab. Wann gehen wir hin, was meinst du?«

»Wenn's ins Programm passt. Wenn der MIT uns auf Abstand hält, haben wir jede Menge Zeit.«

Ninas Mobiltelefon wackelte auf der Tischdecke. Jonas hatte daran herumgespielt – mal wieder – und die Salsaklänge gegen Technotrommeln ausgetauscht.

»Hier ist Nina Portland.«

»Hallo, guten Morgen. Finn Holmboe, PET.«

»Guten Tag.«

»Ich rufe an, um euch ein Briefing über den Tagesablauf zu geben. Gestern Abend bin ich leider zu spät angekommen.«

»Schießen Sie los.«

»Wir haben eine Verabredung mit dem MIT-Regionalchef von Istanbul, Enis Kahraman, gegen zwölf, aber wir treffen uns besser vorher.«

»Sie können einfach hier im Hotel vorbeikommen.«

»Ich habe noch einiges zu erledigen, da ich nun schon mal hier bin. Können wir uns nicht in der Stadt treffen? Das würde mir am besten passen.«

»Sicher.«

»Großartig. Ich schlage vor, dass ihr auf eigene Faust zur ersten Brücke am Goldenen Horn, also an der Bucht, geht. Es ist die Galatabrücke, unten bei den Fährterminals. Die untere Ebene ist voller Restaurants und Cafés. Setzt euch ins dritte Lokal auf der rechten Seite. Es heißt Yildizlar Restaurant, aber man kann dort auch einfach nur einen Kaffee trinken. Sagen wir, um kurz nach elf?«

»Erste Brücke, rechte Seite, drittes Restaurant.«

»Ganz genau. Wir sehen uns. Bis dann, alles Gute. Tschüs.«

»Wiedersehen.«

Wejse schaute sie fragend an. »War das Finn?«

»Genau. Der witzige Finn Holmboe. Er ist einer von der Sorte: ›Bis da-hann, alles Gute. Tschü-hüss.‹«

»Sie sind überall. Sogar beim PET.«

»Wieso kann ich ihn jetzt schon nicht leiden?«

»Vielleicht, weil ich gestern Abend meinen Mund nicht gehalten habe?«

»Daran liegt es nicht. Gudmundsen überträgt ihm die Führung einer wirklich wichtigen Mission. Sind sie sich in Søborg eigentlich darüber im Klaren?«

»Nun lass uns die Sache nicht schlimmer machen, als sie ist. Selbstverständlich ist er qualifiziert – egal, ob wir ihn mögen oder nicht.«

»Also gut.«

Als sie gegen halb elf zur Galatabrücke aufbrachen, herrschte in den kopfsteingepflasterten Gassen von Sultanahmet hektischer Verkehr.

Nina hatte darauf bestanden, kein Taxi zu nehmen, sondern zu Fuß zu gehen, um den Stadtteil zu erleben. Respekt vor Fußgängern schien es hier nicht zu geben. Stattdessen warfen sich Jung und Alt mit lässiger Todesverachtung in den Verkehr. An der ersten Kreuzung wäre Wejse als Kühlerfigur einer der gelben Taxen geendet, wenn Nina ihn nicht beherzt am Arm gepackt und zurückgerissen hätte.

Sie übernahm die Führung durch das bunte Gewimmel, indem sie den Schienen der Straßenbahn folgte, die direkt an den Fährterminals endeten.

Schon jetzt herrschte ziemliche Hitze. Der Verkehrsmief hing schwer in den engen Gassen, was aber weder Fußgänger noch Taxifahrer davon abhielt, jederzeit eine Kippe im Mund zu haben.

»Hier stinkt's.«

»So ist es, wenn man Passivraucher ist«, erwiderte Wejse. Nina begnügte sich mit einem unbestimmten Brummen als Antwort, genau wie Birkedal es getan hätte.

Nach einem viertelstündigen zügigen Spaziergang öffnete sich das Viertel zum Wasser, und sie blickten auf einen ganzen Schwarm von Touristendampfern in allen Größen. Sie befanden sich nahe der Einmündung des Goldenen Horns in den Bosporus. Nach weiteren hundert Metern zeigte sich die Galatabrücke, an deren Ende der neue europäische Stadtteil im flimmernden Dunst lag.

»Bosporus tour? Cheapest price. Hurry, we sail now!« Während sie sich durch die Menschenmenge vor den zahlreichen Terminals arbeiteten, prasselten Angebote von geschäftigen Männern jeden Alters auf sie ein. Also war es offensichtlich, dass sie Fremde waren. Vielleicht lag es an ihrer Kleidung, vielleicht an ihrer Art, vielleicht nur an einem kaum wahrnehmbaren Zögern?

Sie erreichten die Brücke. Ganz oben an der Fahrbahn standen Angler Schulter an Schulter, ihre langen Stangen ragten wie Mikado-Stäbchen über das Brückengeländer. An der Treppe bogen Nina und Wejse ab und liefen unter der Fahrbahn über die Fußgängerbrücke, auf der ein Restaurant neben dem anderen lag.

Sie fanden das dritte Restaurant rechts ohne Schwierigkeiten und suchten sich einen Tisch. Die Uhr zeigte fünf Minuten vor elf. Von einem dänisch aussehenden Finn Holmboe war nichts zu sehen. Beide bestellten sie Kaffee, um sich die Wartezeit zu vertreiben.

Wejse sah ihn zuerst. Es war zehn nach elf, für Nina lag das schon im roten Bereich.

»Der da ist es, im hellen Anzug, mit dem Diplomatenköfferchen unter dem Arm. Wollen wir wetten?«

Seine Vermutung bestätigte sich einen Moment später, als Finn Holmboe in einem hellen, eleganten Anzug vor ihrem Tisch stand und breit lächelte. Freundlich streckte er die Hand aus.

»Nina Portland und Tim Wejse, vermute ich«, sagte er. »Ich schlage vor, dass wir uns duzen. Ich bin Finn.« Sie gaben ihm die Hand und grüßten, bevor er sich setzte.

»Willkommen in Istanbul«, fuhr er fort und legte seine Sonnenbrille auf den Tisch. Sie hatte kräftige rote Streifen auf den Bügeln.

Rote Streifen … Es wurde immer schlimmer. Jetzt musste sie sich zusammennehmen.

»Entschuldigt die Verspätung. Ich habe im Verkehr festgesteckt. Es kann hier manchmal ziemlich heftig sein.« Finn Holmboe lehnte sich zurück, schnaufte und strich sein helles, zerzaustes Haar aus der Stirn. Nina schätzte ihn auf Ende dreißig, er war frisch rasiert und gepflegt, fast adrett, was noch bestätigt wurde, als er einen imaginären Fussel von seinem Hosenbein strich. Ihr wäre kein Wort des Protestes eingefallen, wenn er sich als Börsenmakler vorgestellt hätte. Der PET gab sich wirklich alle Mühe heutzutage.

Rasch brachten sie die schlimmsten Höflichkeitsphrasen hinter sich und versicherten Holmboe, dass es ihnen in diesen etwas fremden Breitengraden ausgezeichnet ging.

»Ich bin mit einer Türkin verheiratet. Meine Frau kommt aus Istanbul, und ich kann mich gut daran erinnern, dass die Stadt damals Eindruck auf mich gemacht hat«, erklärte Holmboe und lächelte ausgesprochen verständnisvoll. Dann schaute er auf ihre Kaffeetassen und breitete die Handflächen aus. *»Anyone for tea?«*

Nina biss sich auf die Unterlippe. Um Himmels willen, hatte er das wirklich gesagt? *Anyone for tea?* Aus reiner Irritation wäre sie am liebsten direkt zur Sache gekommen, aber Holmboe kam ihr überraschenderweise zuvor.

»Gut. Dann bleibt ihr beim Kaffee. Lasst uns erst einmal das heutige Treffen durchgehen«, schlug er vor. Also konnte er auch effektiv sein.

Holmboe bestellte sich einen Tee, dann begann er: »Ich gebe euch jetzt ein ultrakurzes Briefing, damit ihr euch im Klaren darüber seid, wo wir stehen, bevor wir zum Treffen mit Enis Kahraman aufbrechen. Wie ihr wisst, ist er der oberste Chef des MIT in Istanbul. Erstens, der Wortführer bin ich, zumindest am Anfang. Ich habe eine Kopie der Kopie dabei und werde Enis den Film zeigen. Zweitens, wir treffen Kahraman nach seinen Prämissen. Das heißt, nicht im Hauptquartier, sondern in der Stadt. Darum hat er gebeten. Ich habe akzeptiert – in Anbetracht des prekären Inhalts der Angelegenheit. Drittens, wir können …«

»Was meinst du mit prekär? Haben wir oder hat er ein Problem? Nur, damit wir einer Meinung sind?«

Wejse hatte wie eine Klapperschlange zugeschlagen. Er hatte sich ohne Zweifel von der ersten Sekunde an von Holmboes schlecht kaschiertem überlegenen Tonfall provoziert gefühlt. Hatte er möglicherweise auch die roten Streifen an der Sonnenbrille bemerkt?

Finn Holmboe sah ihn verblüfft an, bevor seine scharfe Replik kam: »Wir sind nicht hier, um festzustellen, wer am weitesten pinkelt, Wejse. Wir sind hier, um Resultate zu erzielen.«

Finn Holmboe war bestimmt ein vielversprechender Mann. An Ellenbogen mangelte es ihm jedenfalls nicht. Wejse zog sich zurück, aber Nina meinte zu hören, wie der Schwanz der Klapperschlange rasselte.

»Ich war bei Punkt drei«, fuhr Holmboe unangefochten fort. »Wir dürfen uns nicht erlauben, in irgendeiner Form Druck auf den Mann auszuüben. Damit versperren wir uns sofort den Weg. Ich spreche aus Erfahrung. So sind die Türken. Falls ihr also etwas sagen wollt, tut es mit Bedacht. Viertens, ich kenne unseren Treffpunkt nicht, ich weiß nur, welche Straße wir drüben auf der anderen Seite nehmen sollen. Ich rufe Kahraman in genau fünfundvierzig Minuten an, um weitere Instruktionen zu bekommen. Irgendwelche Fragen?«

Nina zündete sich eine Zigarette an und blies den Rauch bewusst in Holmboes Richtung. »Ich habe etwas anzumerken. Du hast gesagt: Falls ihr etwas sagen wollt. Du glaubst doch nicht, dass wir hierhergekommen sind, nur um uns irgendwelchen Unfug anzuhören? Wir haben Polizeiarbeit zu erledigen. Zwei Tötungsdelikte, möglicherweise drei, und ein paar offene Fragen, mein Lieber. Also geh mal davon aus, dass wir etwas sagen werden.«

Finn Holmboe musterte sie kurz und setzte ein versöhnliches Lächeln auf. »Es war nicht so gemeint, Nina. Ich versuche nur, den Rahmen für das Gespräch abzustecken. Ich studiere diese Region und ihre Menschen jetzt seit einigen Jahren, außerdem kenne ich sie durch meine Frau aus nächster Nähe. Es gibt eine gewisse Etikette, die man zu befolgen hat. Das wollte ich eigentlich sagen. Entschuldigt bitte, wenn ich mich ungeschickt ausgedrückt habe. Selbstverständlich sollt ihr euren Auftrag erfüllen, aber geht bitte vorsichtig vor.«

Der Kellner brachte den Tee, der eine rötliche Färbung hatte, genau wie der Tee der Männer in den vielen Straßencafés, die sie auf ihrem Weg durch die schmalen Gassen gesehen hatten. Holmboe hob sein Glas und nippte an der dampfenden Flüssigkeit.

»Ah, es gibt nichts Besseres als ein gutes Glas Tee. Ich liebe türkischen Tee. Sagt Bescheid, wenn ihr euch anders entschieden habt.«

Sie tranken ihren Kaffee, ohne seine Ausführungen weiter zu kommentieren, und Finn Holmboe leerte drei kleine Gläschen, während er ihnen von der Stadt und ihrer Geschichte erzählte. Er plauderte freundlich drauflos, offensichtlich völlig unbeeindruckt von dem Wortgefecht, das sich gerade eben fast zu einem Zusammenstoß entwickelt hätte. Den eigentlichen Anlass für ihr Treffen mit dem Chef des MIT erwähnte er mit keinem Wort. Es war absurd.

Wejse hatte offenbar den gleichen Gedanken. Mitten in einer Geschichte über irgendeinen verrückten Sultan, der seine Lieblingsfrau vergolden lassen wollte, zischte er: »Die DVD, Holmboe. Ich gehe davon aus, dass du die DVD gesehen hast?«

Finn Holmboe nickte, überrascht, dass ihn jemand mitten in einer epischen Erzählung unterbrach. »Natürlich habe ich den Film gesehen, ja.«

»Und was hältst du davon?«

»Vorläufig noch gar nichts. Ich stelle lediglich fest, dass acht Männer hingerichtet wurden. Bang, bang, bang.«

»Hast du irgendeine Idee, von wem?«

»Es handelt sich um Soldaten, das sieht man. Aber wer dahintersteckt und wieso, keine Ahnung.«

Offensichtlich gefiel es dem Abgesandten des PET nicht, welche Wendung das Gespräch genommen hatte. Er wollte viel lieber über Istanbuls Geschichte reden. Doch jetzt war Nina am Zug.

»Was weißt du über die EU-Gipfelkonferenz über die Türkei, die morgen beginnt? Werden Fortschritte erwartet, oder sieht es nach Konfrontation aus?«

Finn Holmboe schenkte sich noch ein Glas Tee ein, während er demonstrativ auf seine Armbanduhr schaute.

»Oh, wir müssen bald aufbrechen«, erklärte er unvermittelt. »Ich erwarte keine lange Analyse.«

»Wir haben im Moment eigentlich keine Zeit für so was, Nina.«

»Aber, du bist doch der Experte für den Orient, wen sollen wir denn sonst fragen?«

»Hm, okay. Ich glaube, der Westen wird überrascht sein, welche Fortschritte die Türken in Rekordzeit realisiert haben. Über das Buschtelefon habe ich gehört, dass die Türkei schon bald einen weitreichenden Vorschlag in der Zypern-Frage vorlegen wird. Vielleicht nicht bei diesem Treffen, aber spätestens beim nächsten. Die Türken werden vermutlich in kleinen Schritten von ihrer Strategie abweichen – und verhandlungsbereiter werden. Aber nicht so schnell, dass man auf die Idee kommen könnte, sie würden mit dem Schwanz wedeln.«

»Und was passiert, wenn die Hinrichtungen plötzlich publik werden?«

Finn Holmboe schaute sie an, als wäre sie zurückgeblieben.

»Dann wäre die Türkei am Ende der Verhandlungen.«

»Wieso? Eine ganze Nation kann doch wohl kaum für eine Situation zur Verantwortung gezogen werden, die außer Kontrolle geraten ist.«

Finn Holmboe nickte ernst. »Doch, Nina. Deutschland würde mit den Franzosen und Österreichern, aber auch mit den Niederlanden, Griechenland und Dänemark die Chance nutzen, jedes Gespräch über die Türkei als Beitrittsland abzuwürgen. Angela Merkel hat den türkeifreundlichen Kurs ihres Vorgängers Gerhard Schröder aufgegeben und obendrein die Religion ins Spiel gebracht. Merkel und die CDU betonen, dass Europas Wurzeln christlich seien. Sie will, wie ihr vielleicht wisst, der Türkei lediglich eine privilegierte Partnerschaft anbieten. Wenn die Hinrichtungen auf der ganzen Welt zu sehen wären, würde sofort eine neue Tagesordnung angesetzt. Sie würden noch an der Furt die Pferde wechseln und wieder nach Hause reiten – ohne die Türken.«

»Also auch ihre Freunde und Fürsprecher würden sie im Stich lassen?«

»Ohne Zweifel.«

»Du meinst, egal ob die Hinrichtungen morgen oder in einem halben Jahr gezeigt würden, das Resultat wäre das gleiche?«

»Ja. Und wenn es eine Entspannung auf türkischer Seite gibt, wie meine Quellen behaupten, trifft eine Veröffentlichung die Türkei umso härter.«

»Aber im Augenblick wartet man also auf eine Lösung bei den festgefahrenen Verhandlungen in der Zypern-Frage?«

»Sicher, es heißt, Zypern sei das Problem. Aber das ist nicht wahr. Das Problem sitzt wesentlich tiefer. Die Bürger Europas sind schlichtweg nicht der Ansicht, dass die Türkei zur Familie gehört. Die Politiker haben das erst sehr spät begriffen. Und jetzt leg noch dreißig Millionen bettelarme und korrupte Bulgaren und Rumänen obendrauf. Das europäische Haus ist ganz einfach voll. Und dann stehen da siebzig Millionen Muslime vor der Tür und klopfen an. Gott steh uns bei! Tja, inzwischen hat man vergessen, dass sie eingeladen waren. Zypern ist also lediglich ein Anlass. Ein hinterhältiger im Übrigen, denn man bittet die Türken, ein Problem zu lösen, das die EU selbst hätte in Ordnung bringen müssen. Man kann ja über die Türkei sagen, was man will, aber sie wurde zum Narren gehalten.«

Plötzlich redete Finn Holmboe mit glühendem Engagement. Wejse nutzte die Gelegenheit und wiederholte seine Frage – allerdings in einer etwas freundlicheren Version.

»Aber, Holmboe … Angenommen, dieses Vebrechen wurde nur begangen, um an die Weltöffentlichkeit zu kommen? Wer würde davon profitieren?«

»Wie ich schon sagte, Wejse, ich habe keine Ahnung.« Holmboe schüttelte den Kopf, schwieg einen Moment, gab dem Impuls dann aber nach.

»Versteht ihr, die Türkei ist ein echter Schmelztiegel. Ein Schmelztiegel von Ost und West, von divergierenden Interessen – sowohl politischen wie religiösen, säkularen wie islamistischen Strömungen. Und jeder weiß, dass es vollkommen unvorhersehbar wird, sobald Religion mit ins Spiel kommt. Nimm so etwas Banales wie das Kopftuch. In der säkularen Verfassung der Türkei sind Staat und Religion strikt getrennt. Wenn man vom Staat beschäftigt wird, sind religiöse Kennzeichen wie das Kopftuch untersagt. Vor nicht allzu langer Zeit gab es den Fall einer Schulleiterin. Sie wollte auf Teufel komm raus ihr Kopftuch tragen. Der Fall ging bis vor den Staatsrat, der obersten administrativen Instanz. Hier lehnte man ab. Sie durfte das Kopftuch nicht tragen, weder in der Schule noch auf der Straße, weil sie den Staat repräsentierte. Und was geschah dann? Tja, ein junger Anwalt ging in eine Staatsratssitzung in Ankara und schoss mit einer automatischen Waffe wild um sich. Er tötete einen Richter und verletzte zwei andere, bevor er überwältigt werden konnte. Und das alles wegen eines Kopftuchs. Der Mann war radikal. Er wollte sich mit dem Kopftuchverbot nicht abfinden. Er wollte einen rein islamischen Staat. Keinerlei Fraternisierung mit einem dekadenten Europa.«

Nina gab sich Mühe, konzentriert und beeindruckt auszusehen. Wejse tat es ihr nach. Der PET-Abgesandte genoss seine Dozentenrolle sichtlich: »Es gibt ein ganz aktuelles Beispiel: den Mord an dem türkisch-armenischen Redakteur Hrant Dink. Er hatte sich ausgesprochen kritisch zur Leugnung des türkischen Völkermords an den Armeniern während des Ersten Weltkriegs geäußert. Man hat ihn auf offener Straße erschossen. Ich habe gerade gesagt, dass die Gegner der Türkei in der EU Zypern als Vorwand nutzen. Aber der Streit um den Völkermord wird ebenfalls schamlos eingesetzt. Es vergingen nach dem Mord an Dink keine fünf Minuten, bis die ersten Konspirationstheorien auftauchten. Könnte es ein nationalistisches türkisches Attentat gewesen sein, um die EU-Verhandlungen zu sabotieren? Das wäre tatsächlich ein plausibles Motiv gewesen. Es zeigte sich allerdings, dass der Mörder ein siebzehnjähriger Bursche war, der gelesen hatte, dass der Redakteur türkisches Blut angeblich als ›giftiges Blut‹ bezeichnet habe. Dafür hat der Bengel ihn abgeknallt, aufgehetzt von ein paar Freunden. Wenn ihr also fragt, wer davon profitieren könnte, wenn der Film mit den Hinrichtungen veröffentlicht wird und damit den türkischen Beitrittsverhandlungen schadet, dann kann ich nur antworten: In diesem Land ist alles denkbar. Es wird ein einziges Rätselraten.«

Finn Holmboe leerte sein Teeglas, lehnte sich zurück und sah erst Nina, dann Wejse prüfend an.

»Wir müssen gehen«, sagte er mit einem Blick auf seine Uhr.

Nina hatte das Gefühl, dass Holmboe sich nicht noch einmal zu einer Vorlesung für die Provinzler hinreißen lassen würde. Als sie das gegenüberliegende Ufer erreichten, leitete Finn Holmboe sie ohne zu zögern quer über die Fahrbahn. Sie schlängelten sich zwischen Autos, Bussen und Straßenbahnen hindurch, bis sie den Anfang einer schmalen Gasse erreichten. Auch diese Gasse war mit Kopfstein gepflastert und führte steil bergauf.

»Die Straße heißt Harraci Caddesi. Wenn man ihr folgt, stößt man am Ende auf die Istiklal Caddesi, die auf den Taksimplatz zuläuft. Da kaufen die Reichen ein. Aber es ist keineswegs sicher, dass wir so weit hochmüssen. Mal sehen, welche Überraschung der gute Enis für uns bereithält.«

Finn Holmboe beschleunigte seine Schritte, leichtfüßig trotz des Anstiegs. Sein Handy klingelte. Er nahm es aus der Jackentasche, während er eilig in eine Seitenstraße bog, um dem Lärmen eines Pressluftbohrers zu entkommen.

Unbeeindruckt von der gewaltigen Staubwolke saß direkt daneben ein zahnloser Greis auf der Straße und verkaufte frischgepressten Orangensaft. Drei Frauen, ganz in Schwarz gekleidet, blieben stehen, um sich eine kleine Erfrischung zu kaufen. Nur ihre Nasen, Augen und ein winziges Stück der Stirn waren sichtbar. Lagen von schwarzem Stoff flossen bis auf den Boden.

Nina konnte ihren Blick nicht von den Frauen abwenden. Das ist ihre Kultur, Nina, begreif es doch. Aber irgendwo tief in ihr wollte etwas ihren Protest über den ganzen Bosporus herausschreien. Kopftücher? Okay. Hermetisch abgeschlossene schwarze Hauszelte – zum Teufel, nein.

Sie erwachte aus ihren Gedanken, als Holmboe sie zu sich winkte. Sein jungenhaftes Gesicht sah ernst aus.

»Enis Kahraman hat mich gerade angerufen. Er sagt, wir werden beschattet.«

25

Finn Holmboe hatte gerade sein kleines Update, wie er es nannte, über den Anruf von Kahraman und die vermutlichen Beschatter beendet, als sein Telefon erneut klingelte. Er nahm den Anruf entgegen und redete Türkisch. Wieder der Geheimdienstchef.

Enis Kahraman schien ein vorsichtiger Mann zu sein, eine verbreitete Eigenschaft in seiner Branche. Er hatte sie offenbar von seinen eigenen Leuten überwachen lassen, und diese hatten zwei Schatten lokalisiert, zwei Männer, die Holmboe, Nina und Wejse bereits unter der Brücke observiert hatten und ihnen nun die steile Straße hinauf folgten.

Holmboe sagte mehrfach *»Evet, evet«*, wobei er eifrig nickte, und noch immer mit dem Telefon am Ohr ging er die Seitenstraße hinunter und bedeutete ihnen mitzukommen.

Wenige Meter später bogen sie in eine weitere Seitenstraße und folgten ihr, bis sie auf eine Querstraße stießen. Die Straße bog links ab und kreuzte kurz darauf die Straße, die sie ursprünglich hinaufgegangen waren. Holmboe sagte wieder *»Evet«* und nickte. Dann steckte er sein Telefon in die Tasche. Rechts lag eine Teppichhandlung. Sie gingen hinein. Holmboe wandte sich an einen gedrungenen Mann mit einem mächtigen Schnurrbart. Sie hörte ihn den Namen Kahraman nennen. Daraufhin wurden sie durch ein Gewirr kleiner Flure geleitet, über einen Hinterhof, durch ein Tor und über einen weiteren Hof. Schließlich standen sie in einer Gasse, zu deren beiden Seiten Geschäfte Töpfe, Kasserollen und Bratpfannen anboten. Offenbar konzentrierten sich die einzelnen Handelszweige auf bestimmte Straßen.

Wieder nahm Holmboe am Handy Anweisungen entgegen. Sie liefen nach links, dann die erste Straße hinauf und blieben vor einem kleinen, orientalisch aussehenden Café stehen. Sie setzten sich an einen Tisch, und diesmal begnügte sich Holmboe mit einem ordinären Kaffee. Er wirkte erstaunlich ruhig. Der Modeakademiker schien nicht nur selbstgefällig zu sein, er war offensichtlich auch professionell.

»Was jetzt?« Nina achtete genau auf Holmboes Reaktion.

»Ach, wir halten uns ein wenig bedeckt, während Kahramans Leute die Gegend durchkämmen. Ich würde sagen, dass es nahezu ein Ding der Unmöglichkeit gewesen sein dürfte, uns bei unseren kleinen Manövern zu folgen, also werden wir wohl schon bald ein Go von Enis bekommen.«

Wejse hielt den Blick auf das Fenster zur Straße gerichtet, und Nina tat es ihm nach.

Wer war ein Schatten und wer nicht? Viele Passanten ähnelten einander, vor allem die älteren Männer mit ihren grauschimmernden Dreitagebärten und dunklen Jacketts. Egal, ob sie in der Ladenzeile von Esbjerg saßen und ihren Vormittagskaffee tranken, in einem Imbiss in Berlin herumstanden oder zu Hause die steilen Straßen von Istanbul hinaufstiegen – für Nina sahen sie alle gleich aus.

Holmboes Telefon klingelte erneut. Nach einem kurzen Gespräch steckte er es wieder zurück in die Tasche.

»Die Luft ist rein. Wir gehen weiter.«

Er warf einen Geldschein auf den Tisch, und sie traten auf die Straße. Einige Minuten später kamen sie wieder zu der steilen Straße, die das Viertel durchschnitt. Jetzt standen sie ziemlich weit oben, und der Charakter der Straße hatte sich geändert. Längst nicht mehr so steil, lagen zu beiden Seiten Geschäfte mit Musikinstrumenten.

Holmboe blieb auf dem Bürgersteig stehen und telefonierte. Dann wandte er sich an Nina und Wejse: »Kein Problem. Kahraman erwartet uns. Gleich sollten rechter Hand drei Briefmarkenläden auftauchen. Wir sollen in den letzten gehen.«

Die drei winzigen Läden sahen nahezu identisch aus. Von den Fassaden bröckelte der Putz, und auf den Fensterscheiben klebte eine dicke Lage Staub. In den breiten Auslagen befand sich eine Unmenge ausgeblichener Briefmarken und Kataloge. Es sah nicht so aus, als gäbe es viel Kundschaft.

Die Tür des letzten Ladens hing lose in den Angeln. Eine Handvoll Glocken klingelte, als Holmboe sie öffnete. Der enge Raum lag im Dunklen. Tabakrauch stand darin wie eine Nebelwand. Die schweren Gardinen des Schaufensters schlossen die Welt aus. Nur ein Philatelist – oder ein Maulwurf – konnte in dieser Dunkelheit gedeihen.

In einer Ecke saß ein alter runzliger Mann auf einer kleinen Bank. Vor ihm stand eine Holzkiste, die als Tisch diente, mit einem Glas Tee und einem bis zum Rand gefüllten Aschenbecher.

Finn Holmboe gab ihm die Hand und sagte irgendetwas, woraufhin der Alte auf die enge Wendeltreppe deutete, die sich wie ein Bohrer durch die Decke schraubte. Sie gingen nach oben. Auf einem kleinen Balkon zum Hinterhof saß ein großgewachsener, schlanker Mann in einem schwarzen Anzug. Er erhob sich sofort und tauschte mit Holmboe die traditionellen Wangenküsse aus. So gut kannten sie sich also.

Finn Holmboe sprach Türkisch, als er sie vorstellte. Sie verstanden lediglich ihre eigenen Namen. Enis Kahraman gab ihnen die Hand und lächelte.

»Und von nun an sprechen wir Englisch, Finn, aus Respekt vor meinen beiden Gästen«, erklärte er.

»Natürlich«, antwortete Holmboe und errötete leicht.

»Wären Sie so freundlich, mir zu folgen?« Der türkische Geheimdienstchef zog einen Vorhang zur Seite, der einen schmalen Gang freigab.

An dessen Ende verdeckte ein weiterer Vorhang eine schwere Holztür. An der Wand hing ein buntes Bild eines kolossalen Sultans mit Schnurrbart und Turban. Er schwang gerade seinen Krummsäbel über dem Kopf eines Feindes.

Kahraman fasste an den Goldrahmen, woraufhin das Bild aufschwang, man hatte es an einer Seite mit Scharnieren befestigt. Dann schob er eine Luke beiseite. Sie deckte etwas ab, das aussah wie eine Glasplatte. Er legte seine Stirn dagegen und drückte einen kleinen Knopf. Ein leise brummendes Geräusch ertönte. Dann klickte es. Kahraman gab ein paar Ziffern auf einer Tastatur ein, die sich hinter dem Vorhang verbarg, griff nach der Türklinke und schob die Tür auf. Schließlich zog er das Bild wieder an seinen Platz zurück und bat sie mit einer Armbewegung einzutreten.

Offenbar machte Nina ein überraschtes Gesicht. Der MIT-Chef erklärte: »Dies ist unser kleiner Ort für eher informelle Begegnungen. Der Irisscanner sorgt dafür, dass nur ich und eine Handvoll anderer befugter Personen diesen Ort nutzen können. Es sei denn, mein rechtes Auge gerät in die falschen Hände. Treten Sie ein, bitte.«

Er bat sie, an einem länglichen Tisch Platz zu nehmen. Vor einer der Wände stand ein Whiteboard, an der anderen hing ein kleines Porträt des Landesvaters Kemal Atatürk. Ansonsten war der kleine Raum kahl. Es gab keine Fenster, nur zwei Lampen unter der Decke.

Enis Kahraman nahm am Tischende Platz. Er musste einen Knopf gedrückt haben, denn kurz darauf kam der alte philatelistische Maulwurf hereingetrottet.

»Kaffee oder Tee?« Kahraman sah sie fragend an.

»Wir hätten gern Kaffee«, antwortete Wejse.

»Tee, bitte«, nickte Holmboe.

»Ausgezeichnet. Ali, eine Kanne Kaffee und eine Kanne Tee, wenn du so freundlich wärst.«

Der Alte nickte und verschwand. Der Geheimdienstchef schaute diskret auf seine funkelnde Armbanduhr, die durchaus zu der Liga gehörte, in der Uhren als Chronometer bezeichnet werden und bei denen es sich um eine Investition fürs Leben handelt.

»Willkommen in Istanbul«, sagte er förmlich und nickte ihnen zu.

Enis Kahraman trug einen perfekt sitzenden schwarzen Anzug und ein weißes Hemd, das er bis zum Hals zugeknöpft hatte. Das längere Haar schimmerte schwarz, an den Schläfen zeigten sich einzelne silberne Streifen. Er hatte es nach hinten gekämmt oder gegelt, und im Nacken lockte es sich ein wenig. Er war glattrasiert, und als Nina im Gang hinter ihm hergegangen war, hatte sie einen diskreten Duft bemerkt. Irgendwas Zitrusartiges? Jedenfalls keineswegs so aufdringlich wie das Duftwasser, das Finn Holmboe benutzte.

Enis Kahraman war ein eleganter Mann mit feinen, regelmäßigen Zügen. Er mochte um die fünfundvierzig Jahre alt sein, vielleicht aber auch älter. Nina musste sich eingestehen, dass sie einen gröberen oder klobigeren Typ Mann als Chef des türkischen Geheimdienstes erwartet hätte.

»Wie gesagt, hier können wir unsere Gäste in Ruhe empfangen. Ali hütet unsere kleine Höhle – und verkauft ab und zu ein paar Briefmarken. Ich habe zwei Stunden für dieses Gespräch angesetzt, wir haben also genügend Zeit, die Situation zu erörtern. Aber gestatten Sie mir, Ihnen unseren Dienst kurz vorzustellen. Viele Menschen haben eine falsche und häufig auch etwas veraltete Vorstellung von der Funktion des türkischen

Nachrichtendienstes. Vielleicht, weil wir zurückgezogener agieren als unsere Kollegen im Westen.«

Er sprach perfekt Englisch, und wenn man überhaupt irgendeinen Akzent heraushörte, dann allenfalls einen britischen. Philatelie-Ali kam zurück und stellte lautlos Tassen und Kannen auf den Tisch. Dann schloss er die schwere Tür hinter sich.

»MIT heißen wir umgangssprachlich, so, wie Ihr Dienst PET genannt wird. Wir sind eine hochmoderne Diensteinheit, die vor einigen Jahren nach dem Vorbild unserer westlichen Partner reorganisiert wurde. Genau wie beispielsweise die CIA verfügen wir über gründliche Programme zur Fortbildung unserer Mitarbeiter und Stärkung der Kompetenzen. Wir finanzieren ein Sozialprogramm und betreiben Kindergärten für unsere Beschäftigten. Der Stab wurde aus den Besten ausgewählt, die Polizei und Militär ausgebildet haben, dies gilt ebenso für die diversen Analytiker. Unser Stab an akademischen Fachkräften ist groß – und wächst ständig. Er umfasst Wissenschaftler aus sämtlichen Fakultäten – auch Geisteswissenschaftler wie Finn.«

Holmboe nickte und strich sich eine Locke aus der Stirn. Enis Kahraman fuhr fort.

»Wie gesagt, ich bin der Leiter der Außenstelle hier in Istanbul, früher hatten wir hier auch unser Hauptquartier. Das ist inzwischen nach Ankara verlegt worden. Dazu kommen die regionalen Außenstellen in den meisten größeren Städten des Landes. Dass der Fall mir übertragen wurde, hängt mit drei Faktoren zusammen: Der dänische Dokumentarfilmer, der gestorben ist, hat während seiner Arbeit hier in Istanbul gewohnt. Die beiden Männer, die von der dänischen Polizei gesucht werden, wohnen normalerweise ebenfalls hier in der Stadt – und beide sind oder waren in der Istanbuler Außenstelle des MIT beschäftigt. Für Sarvan Koksal gilt, dass er noch immer unter Vertrag steht. Kartal Kilci wurde schon vor einigen Jahren unehrenhaft entlassen.«

Kahraman legte eine kurze Kunstpause ein. Er war nicht nur gutaussehend – er hatte leider auch etwas von einem Schulmeister.

Nina warf Wejse einen verstohlenen Blick zu. Er hielt seine Kaffeetasse zwischen den Händen und verhielt sich absolut ruhig. Er war nicht so elegant wie der Türke, nicht so ein Adonis. Sondern ein absolut solider Typ, unverrückbar wie Urgestein, hellwach und mit liebenswerter Selbstironie. Und dann diese leise, aber unmissverständliche Drohgebärde im Gespräch mit Holmboe, das leise Rasseln einer Klapperschlange …

Kahramans Stimme erreichte sie wieder. Er unterrichtete sie gerade über die wichtigste Mission der Istanbuler Außenstelle: den Brückenschlag zwischen den Kulturen. Eine Arbeit, deren Bedeutung dem MIT ausgesprochen bewusst und die auf lange Sicht für den Eintritt der Türkei in die EU unbedingt erforderlich sei.

»Die Türkei hat noch immer ein erhebliches Stück des Wegs vor sich, aber mit jedem Tag kommen wir weiter. Die EU wird erleben, dass wir uns zu unseren Verpflichtungen bekennen und alle Anforderungen erfüllen. Schon morgen, wenn es in Brüssel losgeht, wird Europa erkennen, dass wir in der letzten Zeit mit Siebenmeilenschritten vorangekommen sind. Eines Tages wird die Tür für uns aufgehen.«

Es sah aus, als wolle der MIT-Chef dem Atatürk an der Wand zunicken. Dann fuhr er fort: »Und nun müssen wir uns Ihrem Anliegen zuwenden, nicht wahr? Finn, du hast etwas dabei, das du mir zeigen möchtest, wenn ich richtig verstanden habe?«

»Ja, ich habe eine Kopie der Filmaufnahmen des dänischen Journalisten dabei. Morten Busk. Sie sind ja offensichtlich der Grund dieser ganzen … Misere.«

War das die stumme Übereinkunft von Finn und Enis: Man zog sich ordentlich an und sprach die gleiche teflonbelegte Sprache? Die Diplomatie arbeitete auf Hochdruck.

Aber hier ging es um Mord. Mord, Mord, Mord. Wann würde irgendjemand dieses unaussprechliche Wort erwähnen?

Finn Holmboe holte einen kleinen, schicken Computer aus seinem Diplomatenköfferchen, legte eine DVD ins Laufwerk und schob den Computer dem MIT-Chef zu.

Auch Nina und Wejse standen auf und stellten sich hinter Kahraman. Holmboe drückte ein paar Tasten und fragte, ob sie bereit seien. Nina hasste es.

Enis Kahraman nickte. Während der Wiedergabe sagte niemand ein Wort. Kahraman schaute konzentriert auf den Bildschirm. Nina hörte nur das Knallen, während sie ihren Blick entschlossen auf Atatürks Nase an der gegenüberliegenden Wand heftete.

Endlich war es vorbei. Jetzt war sogar Finn Holmboe um einen Kommentar verlegen. Er räusperte sich, schob den Computer an seinen Platz und fuhr ihn herunter. Kahraman saß mit ernster Miene da. Wejse wirkte ungerührt.

»Womöglich erwarten Sie jetzt, dass ich das alles leugne? So sind Geheimdienstchefs doch, oder? Aber so leicht mache ich es Ihnen nicht. Sie sollen nicht den ganzen Weg von Dänemark hierhergekommen sein, um mit irgendwelchen Ausflüchten zum Narren gehalten zu werden.«

Kahraman schaute sie der Reihe nach an, während er sprach. Es überraschte sie. Und was kam jetzt? Der MIT-Chef räusperte sich und fuhr mit gedämpfter Stimme fort. »Diese Hinrichtungen können nicht geleugnet werden. Sie sind nicht fingiert. Das sieht jeder. Lassen Sie mich festhalten: Sie *haben* stattgefunden. Genau so, wie dieser dänische Kameramann sie aufgenommen hat. Wir haben bei unseren Grabungen die Leichen der Männer gefunden.«

Mein Gott. Wejse erwiderte ihren Blick. Es überraschte ihn genau wie sie.

»Und lassen Sie mich auch festhalten: Ich hatte Kenntnis von der Existenz dieser Aufnahmen. Obwohl ich sie bisher noch nicht gesehen hatte. Die Originalaufnahmen, die Koksal und Kilci angeblich aufgespürt und aus Dänemark hierhergebracht haben, befinden sich in unserem Hauptquartier in Ankara.« Kahraman hob die Hand. »Mein Eingeständnis wird natürlich sofort Fragen bei Ihnen aufwerfen, Wejse und Portland, aber ich darf Sie noch um einen Augenblick Geduld bitten?«

Ja, der Mann genoss es, das Wort zu führen.

»Danke. Ich habe natürlich einige Untersuchungen angestellt, seit mich Ove Gudmundsen vom PET angerufen hat. Und ich habe natürlich auch mit meinen Vorgesetzten in Ankara konferiert. Es gibt gewisse … Unklarheiten über den eigentlichen Verlauf und die Verantwortlichkeiten bei dieser Aktion. Es ist eine interne Angelegenheit des MIT, und wir arbeiten momentan daran, sie aufzuklären. Aber es ist klar, dass der türkische Nachrichtendienst nicht damit leben kann, dass seine Leute angeblich, denn das ist für uns noch nicht erwiesen, angeblich Verbrechen auf dänischem Territorium begangen haben. Daher hat der Fall höchste Priorität. Wir arbeiten daran, Koksal und Kilci aufzuspüren. Seit ihrer Rückkehr sind die beiden wie vom Erdboden verschluckt. Erst vor zwei Tagen habe ich einen Haftbefehl gegen sie ausgestellt – und ich erwarte eigentlich, dass sie sich jeden Moment in Gewahrsam befinden.«

Kahraman sah wieder von einem zum anderen.

Finn Holmboe nickte ernst, sah aber außerordentlich zufrieden aus. »Genau das hätte ich jetzt auch im Namen des PET vorgeschlagen – dass ihr sie verhaftet und unsere beiden Gäste aus Esbjerg an dem Verhör teilnehmen lasst«, sagte er.

Kahraman nickte. »Wenn möglich, ja. Vorausgesetzt, wir greifen sie bald auf. Ob diese beiden Männer allerdings ausgeliefert und vor ein dänisches Gericht gestellt werden können, ist eine Frage, die ich nicht zu beantworten wage. Dieser Teil der Juristerei ist nicht mein Gebiet. Das ist letzten Endes eine Entscheidung des Ministeriums in Ankara.«

Jeder für sich versuchte, Kahramans Informationen zu verdauen. Wejse rührte sich als Erster. Genau wie Nina war er offensichtlich zum Ergebnis gekommen, dass Enis Kahramans offenherziges Bekenntnis nichts anderes bedeutete als unverbindlichen Leerlauf.

»Wenn das Band mit den Filmaufnahmen jetzt in Ankara liegt, dann doch nur, weil es den Auftrag gab, sie heimzubringen? Und weshalb?«

Wejse schaute den MIT-Chef unverwandt an. Dieser nickte anerkennend. »Nun ja, das ist der wunde Punkt, Herr Wejse. Ja, die Mission in Dänemark wurde von irgendeiner Stelle in unserem Nachrichtendienst sanktioniert. Aber wo und von wem – wie gesagt, wir arbeiten noch daran, das herauszufinden. Bedenken Sie, der MIT ist ein Koloss. Es gibt viele Abteilungen, viele Arbeitsbereiche und große Verantwortung, die auf vielen Schultern verteilt ist. So ist das doch wahrscheinlich auch bei der Polizei in Esbjerg?«

Wejse biss noch einmal zu: »Aber das Motiv? Das Motiv, die Aufzeichnungen aufzuspüren und nach Ankara zu bringen? Dazu haben Sie sich doch bestimmt schon Ihre Gedanken gemacht?«

Finn Holmboe schaltete sich plötzlich ein – in gewohnt diplomatischer Manier. »Wejse, Enis Kahraman war uns gegenüber ungewöhnlich offen, aber wir müssen auch respektieren, dass er jetzt und hier nicht unbedingt Detailfragen beantworten kann. Wie gesagt, eine Untersuchung ist im Gang.«

Nun brach es aus Nina heraus. »Jetzt hör mal zu, Finn, bist du beim türkischen Geheimdienst angestellt oder beim dänischen? Ich habe meine Zweifel. Wejse und ich arbeiten an mehreren Mordfällen, begangen von zwei Männern, die in Verbindung mit dem türkischen Geheimdienst stehen, und du sitzt da und bittest darum, dass wir uns zurückhalten und Verständnis zeigen!«

Finn Holmboe wurde knallrot.

Kahraman hob erneut die Hand. »Danke, Finn, nicht nötig. Ich verstehe die Frage. Und ich respektiere die Polizeiarbeit sehr. Ich habe selbst einmal in der Mordkommission gearbeitet. Und was Ihre Frage angeht: Ja, es war absolut existenziell, diese Filmaufnahmen in die Türkei zu holen. Sie könnten zur Bedrohung unserer Gesellschaft mit ihren Hoffnungen und Träumen werden. Sie könnten die Verhandlungen mit der EU sabotieren, wenn sie veröffentlicht würden. Wäre das wie geplant morgen geschehen, würde das Treffen in Brüssel für mein Land mit einer Katastrophe enden. Daher konnte der MIT nicht so tun, als ginge ihn das alles nichts an. Es handelte sich um eine türkische Notwehrmaßnahme. Es ist mein Standpunkt, den übrigens auch Ankara teilt, dass sich hinter diesen Hinrichtungen ein Komplott verbirgt, eine sehr genau vorbereitete Konspiration gegen den Nationalstaat und seine Zukunft. Deshalb können wir die Mission in Ihrem Land nicht verurteilen – aber bedauern, wenn sie mit unnötig scharfen Mitteln durchgeführt wurde. Und dafür haben sich Koksal und Kilci zu verantworten. Und wenn es Personen innerhalb des MIT gibt, die ihnen unangebrachte Befugnisse übertragen haben, werden die Betreffenden ebenfalls zur Verantwortung gezogen.«

»Und wie hat der MIT von der Existenz dieser Filmaufnahmen erfahren?« Wejse ließ nicht von seiner Beute ab. Sie hatte sich nicht getäuscht – er war wirklich giftig.

Enis Kahraman zögerte sichtlich. Zum ersten Mal.

»Wir wussten davon durch einen der Soldaten«, erklärte er langsam. »Den, der sich geweigert hat zu schießen, wie Sie gesehen haben, und der dann niedergeschlagen wurde. Die beiden anderen konnten wir nicht finden. Sie sind spurlos verschwunden. Der Soldat floh und meldete sich bei seinem Oberkommandierenden. Von dort durchlief die Zeugenaussage die Instanzen und landete in Ankara. Daher wussten wir Bescheid.«

»Konspiration gegen den Nationalstaat, sagten Sie. Eine kurdische Konspiration vielleicht? Mit anderen Worten: Wer steht hinter den Hinrichtungen?«

Kahraman zuckte die Achseln. »Die Türkei hat viele Feinde, Frau Portland, leider. Interne und externe. Religiöse und nichtreligiöse. Sicher, es könnten die Kurden sein. Es könnte aber auch sein, dass die Kurden unwissentlich jemand anderem in die Hände spielen – dass man sie benutzt.«

»Was meinen Sie damit?«

»Vielleicht wurden die Kurden dazu benutzt, der Weltgemeinschaft die Aufzeichnungen zu zeigen, um die Beitrittsverhandlungen mit der EU zu sabotieren? Vielleicht stehen aber auch tatsächlich kurdische Kräfte dahinter, weil ein EU-Beitritt einmal mehr die Lebensbedingungen ihres Volks verbessern würde, sodass jeder Gedanke an ein unabhängiges Kurdistan in Wohlstand erstickt würde. Es gibt aber auch Türken, die den Gedanken an eine Verbrüderung mit dem dekadenten Westen hassen.«

Nina nickte nachdenklich. Das stimmte. Es gab genügend Motive. Das hatte auch Holmboe bereits deutlich gemacht.

»Und nicht zu vergessen, gibt es auch Frauen und Männer unter Ihren Leuten, den Westeuropäern, für die es ein abscheulicher Gedanke ist, ›religiöse Fanatiker‹ wie uns in ihre gute Gesellschaft zu lassen. Denken Sie nur an Frauen mit Kopftuch – als Bürgerinnen der EU! Der Islam unter den goldenen Sternen auf der blauen Flagge. Damit sind bei Weitem nicht alle einverstanden, und das wissen Sie genauso gut wie ich. Fragen Sie den kleinen Mann auf der Straße. Fragen Sie Frau Merkel. Fragen Sie Ihren eigenen Ministerpräsidenten, Fogh Rasmussen, der 2002 in Kopenhagen so stolz darauf war, dass unter seiner EU-Präsidentschaft die Verhandlungen mit zehn neuen Beitrittsländern abgeschlossen werden konnten – und dass es ihm gelang, uns mit einem Schulterklopfen und großen Hoffnungen nach Hause zu schicken. Fragen Sie. Mein Land hat genügend Gegner. Sicher ist nur, dass diese unglückseligen Hinrichtungen einem einzigen Motiv dienen: die Türkei zu kompromittieren. Und diejenigen, die dieses ekelhafte Verbrechen zu verantworten haben, werden wir finden und bestrafen.«

»Und was soll Ihrer Meinung nach mit der Kopie in Holmboes Computer geschehen?«, fragte Wejse scharf.

Kahraman breitete theatralisch die Arme aus – mit gespielt betrübtem Gesichtsausdruck. »Natürlich ist es meine und Ankaras Hoffnung, dass der dänische Nachrichtendienst Verständnis und Kulanz zeigt. Dass man das Prekäre unserer Situation sieht und begreift, dass wir Opfer einer Konspiration wurden. Und uns letzten Endes diese und andere Kopien übergibt, die sich eventuell noch in dänischem Besitz befinden.«

»Die Kopie ist aber polizeiliches Beweismaterial. Wir haben in Esbjerg noch immer einen Mord aufzuklären. Und die Täter müssen bestraft werden. Die Aufzeichnungen sind ein wesentlicher Teil des Falls.«

»Korrekt, korrekt, aber möglicherweise werden der PET und Dänemark hier Gnade vor Recht ergehen lassen. Und wenn nicht, werden wir sehen, worauf das Ganze hinauslaufen wird.«

Kahraman machte jetzt ein todernstes Gesicht. Würde man ihn rauswerfen, wenn er die Scherben nicht kitten konnte? Na ja, er konnte ja immer noch Model werden. Jetzt warf er einen Blick auf seinen Chronometer. »Wenn es keine weiteren Fragen gibt …«

»Wir operieren also mit drei Abläufen«, unterbrach ihn Wejse. »Erstens: Jemand plant die Hinrichtungen, um sie später durch Morten Busk publik zu machen und so der Türkei zu schaden. Zweitens: Jemand, nicht notwendigerweise derselbe, führt die Hinrichtungen aus. Drittens: Der MIT besorgt sich die Aufnahmen, als man erfährt, dass sie in Dänemark aufgetaucht sind. Aber, und hier bitte ich Sie um Entschuldigung, es erscheint mir vollkommen unverständlich, dass ein moderner Nachrichtendienst wie der MIT noch immer keine Hypothese hat. Die Hintermänner sind unbekannt, wer die Hinrichtungen zu verantworten hat, ist unbekannt, der oder diejenigen im MIT, die diese Mission in Dänemark steuerten, sind unbekannt. Kurz gesagt, ich frage Sie nach *Theorien*, Herr Kahraman. Wie lauten Ihre Antworten auf all die offenen Fragen?«

Wejse hielt das Streichholz wirklich dicht ans Pulver. Wieder dachte Nina, wie gut es war, ihn dabeizuhaben, diesen Jütländer aus Kopenhagen. Holmboe sah Wejse erschrocken an. Kahraman räusperte sich. Focht er einen inneren Kampf aus? Als er antwortete, klang er beherrscht.

»Es gibt Antworten, nach denen wir alle suchen, sowohl Sie als auch ich, Wejse. Das ist das Wesen Ihrer Arbeit, und ich verstehe Ihre Ungeduld. Aber es verhält sich so, wie ich es Ihnen bereits skizziert habe. Wir ermitteln an mehreren Fronten – können aber noch keine qualifizierten Antworten geben. Unsere Theorien habe ich soeben dargelegt, wenn Sie mir zugehört haben. Aber im Augenblick ist die eine Theorie nicht besser als die andere. Gibt es weitere Fragen?«

»Ich habe Ihnen zugehört. Sie haben keine qualifizierten Theorien entwickelt, sondern es bei einer spontanen Aufzählung von Möglichkeiten belassen«, zischte Wejse.

Enis Kahraman erhob sich. »Ich wiederhole, gibt es weitere Fragen?« Nacheinander blickte er sie an. Niemand reagierte.

»Dann darf ich mich für heute verabschieden. Sie bleiben noch einige Tage, habe ich gehört. Tauchen Fragen auf, dann nehmen Sie bitte über Finn Kontakt zu mir auf. Wenn ich etwas Neues weiß, bekommen Sie natürlich umgehend Bescheid.«

Die Dunkelheit senkte sich über Istanbul, während sie die Küstenstraße entlang zur Mole gingen. Die Muezzine hatten zum Gebet gerufen, und drüben auf der asiatischen Seite des Bosporus schimmerten die Lichter wie winzig kleine Perlen.

Nina hatte Wejse wieder ans Wasser gelockt. Sie wollte einfach nur dasitzen und die Schiffe beobachten. Gegessen hatten sie in einem kleinen Restaurant in einer Seitenstraße. Finn Holmboe hatte sich entschuldigt, er musste zum Geburtstag seines Schwiegervaters. Beide hatten betont, wie »ärgerlich« das sei – die Welt war schon künstlich. Wie oft sagte man etwas und meinte das Gegenteil, segelte unter der Flagge der Bequemlichkeit. Nina hoffte, dass sie nie wieder längere Zeit in der Gegenwart dieses Mannes verbringen musste.

Wejse öffnete eine Dose Bier und trank einen Schluck. Sie tat es ihm nach. »Hast du seinen Anzug bemerkt?«, fragte sie dann. »Er hatte ein A auf den Ärmelknöpfen. Versuch dir mal Birkedal in einem schwarzen Armani-Anzug vorzustellen. Oder erst Thøgersen. So ein Anzug kostet bestimmt so viel wie zwanzig, dreißig Vorderlader.«

Wejse gluckste. »Das A hab ich nicht gesehen, aber er hat von Weitem nach Geld gestunken. Smarter Bursche, oder?«

»Was meinst du mit ›smart‹?«

»In den Augen einer Frau – attraktiv.«

»Ziemlich attraktiv, finde ich. Überhaupt nicht so, wie ich ihn mir vorgestellt habe.«

»Ich habe da nicht viel Erfahrung, aber ich dachte mir schon, dass du das sagen würdest«, brummte Wejse.

»Wieso?«

»Reine Neugier.«

»Hör mal, ein teurer Anzug ist nicht alles. Und auch nicht die Penisgröße – oder besser gesagt Enisgröße …«

Wejse lachte so laut auf, dass sich einige Angler umdrehten.

»Aber er war auch auf andere Art ziemlich smart, oder, Nina?«

»Ja. Ziemlich.«

»Ich könnte wetten, dass diese Taktik angelernt ist. Skepsis abwehren mit Offenheit. Moderner Führungsstil, nicht? Früher hätte der MIT-Chef Leuten wie uns die kalte Schulter gezeigt und in den Arsch getreten. Jetzt schmiert er uns Honig ums Maul. Ich wette, wir reisen ab, ohne auch nur einen Deut klüger geworden zu sein. In Wirklichkeit hat er doch nichts gesagt.«

»Nein. Und natürlich hören wir nichts mehr von ihm. Und natürlich werden sie bedauern, dass es ihnen nicht gelungen ist, die beiden Schweine zu finden. Und natürlich endet dieser Fall bei den Akten im Archiv. Scheiße, Wejse. Ich hasse es, wenn etwas unaufgeklärt endet. Am Ende einer Ermittlung muss ein Urteil stehen.«

»Kahraman hat sich das gut ausgedacht. Hier in Istanbul haben wir keine Chance.« Wejse seufzte.

Sie zog kräftig an ihrer Zigarette. Es schien hoffnungslos, doch noch mit etwas Verwertbarem nach Hause zu kommen.

»Und Finn Holmboe öffnet uns keine Türen. Ganz im Gegenteil. Abgesehen davon, dass er ein unerträglicher Schleimer ist, hält Gudmundsen ihn vermutlich an der kurzen Leine.«

»Ja, und außerdem kennt er Kahraman sehr gut. Sonst würden sie sich wohl nicht mit einem Wangenkuss begrüßen, oder?«

Ein paar Minuten schwiegen sie. Alles zerrann ihnen zwischen den Fingern, es war zum Verrücktwerden.

»Wenn man hier am Bosporus sitzt und in die Dunkelheit hinaus auf die kleinen Lichter der Schiffe starrt, hat man das Gefühl, dass alles verschwimmt, oder? Als würde alles einfach von diesem dunklen Schlund zwischen Europa und Asien verschluckt, obwohl es doch zu Hause in unserem kleinen popligen Esbjerg angefangen hat. Verstehst du, was ich meine?«

Wejse nickte und trank einen Schluck aus der Dose.

»Mir geht es genauso.«

»Jetzt sind wir hier, in Istanbul. Wir sind den Antworten, nach denen wir suchen, nie näher gewesen. Und nie weiter davon entfernt. Worum geht es eigentlich, Tim?«

Er zuckte die Achseln. »Das Motiv und die Hintermänner kennen wir nicht, aber wenn wir mal die Morde in Dänemark beiseitelassen, dann geht es doch darum, ob die Türkei in die EU aufgenommen wird, oder? Ganz einfach.«

»Tja, irgendwo da draußen gibt's welche, die der Ansicht sind, dass die Türkei nicht mitspielen darf, aber wer ist das?«

»Und was meinst du, sollten sie mitspielen?«

»Ach, musst du das gerade jetzt fragen, um diese Uhrzeit? Ich habe so oft darüber nachgedacht, seit diese Frage in unserem Fall aufgetaucht ist. Auch heute, als wir durch die Straßen gingen. Wenn ich Frauen sehe, die von Kopf bis Fuß verhüllt sind und nur ein Guckloch für die Augen haben, habe ich das Gefühl, mich würde das Mittelalter anspringen. Dagegen wehrt sich jede Faser meines Körpers.«

»Also ist die Antwort negativ?«

Sie seufzte tief und holte eine Zigarette aus der Packung. Die Flamme des Feuerzeugs wurde plötzlich zu einer Laterne in der

Dunkelheit. Sie beobachtete, wie die Brise den Rauch davontrug.

»Meine Antwort muss wohl Nein sein. Und zwar nicht aufgrund irgendeiner vorgefassten politischen oder religiösen Ansicht. Es ist ganz einfach eine Frage meiner persönlichen Haltung. Ich komme gut damit klar, wenn jemand ein Kopftuch trägt. Aber ich kann dieses Frauenbild nicht akzeptieren. Frauen, die ganz hinter Schichten von Stoff verschwinden. So einfach ist das. Das ist uneuropäisch.«

»Dieses Frauenbild ist bei Weitem nicht überall verankert. Der größte Teil der Frauen hier trägt ja nicht einmal ein Kopftuch. Und wie viele dieser total verschleierten Frauen hast du gesehen? Doch nur eine Handvoll.«

»Ich gehe davon aus, dass Istanbul die modernste, die europäischste Stadt der Türkei ist. Und wie sieht es dann auf dem Land aus? In den kleinen Gemeinden, in denen noch Ehen arrangiert und Ehrenmorde begangen werden? Es liegen Lichtjahre zwischen der Kirkegade in Esbjerg und diesen Verhältnissen.«

»Es geht hier nicht um Islam contra Christentum. Die EU ist keine religiöse Gemeinschaft.«

»Hallo, das habe ich doch auch nicht gesagt.«

»Es geht ausschließlich um Politik. Wenn die Türkei die Anforderungen erfüllt, soll sie mitmachen. Gemeinschaften und Unionen bauen Brücken und fördern Verständnis, beeinflussen von innen. Und die Türkei kann Brücken bauen. Vor allem in einer Zeit, in der Gräben vertieft werden – und in der es Terrorismus gibt.«

»Das ist eine pragmatische Haltung, eine richtige Politikerhaltung, bei der man das Problem einfach ignoriert – und sich davor drückt, persönlich Stellung zu beziehen. Aber ich kann nicht mehr, Tim. Ich will ins Bett, um für unseren Besuch bei

Zamanis Bruder Kräfte zu sammeln. Dort kannst du so viele Brücken bauen, wie du willst.«

Schweigend schlenderten sie den kurzen Weg zum Hotel hinauf. Nicht zerstritten, schien ihr, sondern einfach müde. Im Hotel saß der Portier gähnend vor dem Fernseher. Er gab ihnen die Schlüssel, und sie nahmen die Treppe zur zweiten Etage. Vor Ninas Zimmertür blieben sie stehen.

»Wann frühstücken wir morgen, Nina?«

»Ist acht okay?« Wejse nickte.

»Gut, dann um acht auf der Dachterrasse. Ich werde vor dem Schlafengehen noch ein Bad nehmen. Magst du Wannenbäder?«

»Ja, aber das ist ein seltener Luxus. Ich habe noch nie eine Badewanne gehabt.«

»Ich auch nicht, aber ich liebe es, einfach dazuliegen und mich im heißen Wasser hin- und herschaukeln zu lassen. Und wer weiß? Möglicherweise dauert es, bis ich wieder in ein Hotel mit Badewanne komme …«

Wejse wich ihrem Blick aus. Als er sie wieder ansah, glaubte sie, etwas wie eine leichte Verlegenheit zu ahnen, die noch nicht ganz verflogen war.

»Na ja, ich muss jetzt auch ins Bett. Wir sehen uns um acht, gute Nacht.«

Als sie die Zimmertür zugeworfen hatte, ließ sie sich rücklings aufs Bett fallen. Ups. Hatte sich Wejse eine Sekunde lang vorgestellt, wie sie in die Wanne stieg? Konnte man eine Klapperschlange wie ihn dadurch in Verlegenheit bringen?

Sie blieb liegen und sah an die Decke. Der Gedanke amüsierte sie. Hatte sie ihn absichtlich herausgefordert? Vielleicht, aber gelogen hatte sie nicht. Sie liebte Wannenbäder.

Nina schloss die Augen. Konnte die Vorstellung nicht verdrängen, wie es wohl wäre, zusammen mit Tim Wejse ein Bad zu nehmen. Eine Hand auf seinen feuchten Nacken zu legen, die andere über seine muskulösen Schultern wandern, über seine Brust gleiten zu lassen …

Der Mann, der unter dem Sonnenschirm an dem kleinen Kiosk stand, in dem es so ziemlich alles zu kaufen gab, registrierte, dass das Licht im Hotelzimmer des Mannes gelöscht wurde.

Er wählte eine Nummer auf seinem Mobiltelefon.

»Schluss für heute. Sie sind vor einer Stunde ins Hotel zurückgekommen. Er ist ins Bett gegangen. In ihrem Zimmer ist noch Licht. Ich würde gern abgelöst werden.«

Jetzt hoffte er nur, dass ihm der Deutsche rasch eine Ablösung schicken würde. Er hatte Hunger. Und war müde.

26

An diesem Vormittag herrschte reger Betrieb auf dem Bosporus. Sie saßen auf einer wackligen Bank auf der alten, vollbesetzten Fähre und sahen zurück zum Kai. Allmählich wurde der Lärm an den Fährterminals leiser.

Widerstrebend hatte Bekir Zamani ihrem Besuch zugestimmt, als sie ihn vor einigen Tagen aus dem Präsidium angerufen hatten. Das Gespräch lief über seinen ältesten Sohn, der Englisch konnte, und dieser Sohn wollte auch bei ihrem Besuch zu Hause sein. Er hatte gesagt, dass sein Vater ihr Interesse an einem persönlichen Gespräch nicht verstehe. Der Vater habe nicht mehr zu erzählen als das, was er bereits gesagt habe. Damit meinte er offenbar seine Aussage gegenüber der türkischen Polizei. Laut Bericht hatte er so gut wie nichts gesagt. Nur Trauer und Verwunderung darüber geäußert, dass sein Bruder in einem unbekannten Land ermordet worden war.

Dreizehn Minuten dauerte die Überfahrt, ungefähr genauso lange wie von Esbjerg nach Fanø, bevor ihre Fähre den Kai in Üsküdar erreichte und an dem massiven Bollwerk aus alten Traktorenreifen anlegte.

Der Bruder des Kohlenmanns wohnte im Hasanpafla-Viertel, dicht an einer Moschee. Es war nicht weit. Zwischen Fußgängern, Buden und ungeduldigen Autofahrern drängelten sie sich über den breiten Boulevard, der am Hafen begann. Begrenzt wurde er von großen Laubbäumen, die Schatten spendeten, aber das flirrende Glitzern in den Schaufenstern der vielen Schmuckgeschäfte nicht verdeckten. So weit das Auge reichte – alles war vergoldet. Wenn es denn wirklich Gold war.

Nina musste lachen. Wejse wurde ständig von den obligatorischen Händlern aufgehalten, die auch den Bürgersteig vor ihren Geschäften als ihr Territorium ansahen. Jedes Mal mit dem warmherzigen Appell, seiner hinreißenden Frau doch ein Schmuckstück zu kaufen.

Nach ein paar vergeblichen Versuchen fanden sie die richtige Straße, Kartal Baba Caddesi, die sie direkt zu Zamanis Bruder führen würde. Die Straße wand sich und wurde, je weiter sie sich ins Viertel vorarbeiteten, immer schmaler und steiler. Sie kamen an einer Schule vorbei, in deren Fenstern Fahnen mit einem weißen Halbmond und Sternen hingen. Die Bronzestatue eines ernsten Mannes thronte am Eingang, Atatürk wachte über seine Nachkommen. Den Schulhof umgab eine lange Mauer mit Stacheldraht auf der Krone. Es schien gerade Pause zu sein. Fröhliche Rufe und das unverkennbare Geräusch eines Fußballs, der gegen die Mauer gekickt wurde, drangen zu ihnen.

Sie bogen um eine Ecke und gingen nun die lange Mauer an der Rückseite eines Gebäudes entlang, bei dem es sich um eine Moschee handeln musste. Dann endete die Straße. Es gab keine Hausnummern an den Gebäuden, an deren verputzten Fassaden die Parabolantennen wie Pilze sprossen.

Auf der linken Seite befanden sich einige kleine Geschäfte, doch durch die Unzahl von bunten Schildern ließ sich nur schwer identifizieren, was sie verkauften. Endlich entdeckten sie Bekir Zamanis Laden und überquerten die Straße. Er handelte mit Schlössern in allen Varianten, für Türen und Tore bis hin zu einfachen Vorhängeschlössern, mit Ketten in allen Größen, mit Namensschildern, Nägeln und Schrauben.

Die Familie Zamani sollte im zweiten Stock wohnen. Wejse

fasste sie am Arm, als sie die letzten Stufen der Treppe erreichten.

»Denk dran, Nina, wir sind unglaublich freundlich, ja?«

»Ich bin von Natur aus freundlich. Das weißt du doch.«

Sie klingelte. Einen Augenblick später wurde von einem jungen Mann geöffnet. Er streckte die Hand aus und lächelte.

»Sie müssen die Leute aus Dänemark sein, oder? Mein Name ist Mehmet. Kommen Sie herein.«

Sein Englisch war gepflegt. Sie stellten sich vor und folgten ihm durch den Flur und durch ein Zimmer mit einem niedrigen Tisch bis hinaus auf einen großen Balkon.

»Bitte warten Sie hier. Setzen Sie sich einfach. Ich hole meinen Vater aus dem Laden.« Der junge Mann verschwand.

Irgendwo in der Wohnung hörten sie jemanden husten. Sie setzten sich auf die Plastikstühle, die einen kleinen Holztisch umgaben.

Es dauerte nicht lange, bis die Tür aufging. Ein gedrungener Mann mittleren Alters trat auf den Balkon, der Sohn folgte ihm. Der Mann gab ihnen die Hand, sagte irgendetwas, das sie nicht verstanden, und setzte sich ihnen gegenüber.

»Das ist mein Vater. Er heißt Sie willkommen.«

Bekir Zamani betrachtete sie schweigend, ohne seine Skepsis zu verbergen.

Wejse ergriff das Wort und erklärte ihr Anliegen. Er unterließ es natürlich, den türkischen Geheimdienst zu erwähnen, sprach nur von der polizeilichen Ermittlungsarbeit.

Der junge Mann nickte und übersetzte, sein Vater hörte konzentriert zu. Danach sprachen die beiden kurz miteinander.

»Wie mein Vater schon sagte, hatten wir bereits zweimal Besuch von der Polizei, und er versteht nicht, was der Sinn eines dritten Besuches sein soll, aber bitte, stellen Sie Ihre Fragen. Er will tun, was er kann, um zu helfen. Wir sind alle in tiefer Trauer und schockiert über den Mord an meinem Onkel.«

Nina dachte nach. Zwei Besuche. Wieso hatte die Polizei Zamanis Familie zweimal besucht?

»Die hiesige Polizei war also zweimal hier? Ist das lange her?«

»Das erste Mal kamen sie, kurz nachdem wir vom Tod meines Onkels erfahren hatten. Und das zweite Mal ist noch nicht lange her.«

Mehmet sprach gedämpft mit seinem Vater. Dann fügte er hinzu: »Mein Vater meint, dass es beim zweiten Mal der MIT war, unser Geheimdienst. Das ist nur so ein Gefühl, sagt er. Sie haben behauptet, dass sie von der Polizei seien.«

»Und was wollten sie bei diesem zweiten Besuch?«

»Dasselbe. Nach meinem Onkel fragen, nach seiner Vergangenheit, seinem Bekanntenkreis, nach seinem Leben in Berlin und dem Kampf der Kurden. Sozusagen alles. Ich bin dabei gewesen.«

»Selbst wenn es jetzt nach einer weiteren Wiederholung aussieht, würden wir gern mit eigenen Ohren hören, was Ihr Vater zu sagen hat«, schaltete sich Wejse ein. »Weil man Dinge unterschiedlich verstehen kann. Wir möchten gern vom Leben Ihres Onkels hören, von seiner Familie, warum er nach Deutschland gezogen ist. Woher stammt Ihre Familie?«

Nina wusste nicht, wie viel Zeit vergangen war, als Bekir Zamani ungeduldig auf seine Uhr sah. Sie tat dasselbe, nur diskreter. Fast eine Stunde.

Es lief zäh. Wejse stellte die meisten Fragen, während sie Notizen machte. Frage an den Sohn, Übersetzung für den Vater, seine Antwort an den Sohn – und zurück an sie auf Englisch. Alles viel zu umständlich für Ninas Temperament.

Serhat und Bekir stammten aus einer großen Familie mit vier Brüdern und drei Schwestern. Sie waren auf dem Land in der

Nähe von Hakkari im äußersten Osten der Türkei aufgewachsen, dicht an der Grenze zum Irak. Ein Bruder war an einer Krankheit gestorben. Der Älteste zog als Jugendlicher nach Österreich, wo er heute als Rentner lebte. Serhat hatte sich ihn zum Vorbild genommen, als er nach Deutschland ging und nach einigen Jahren in Hamburg schließlich im türkischen Stadtteil von Berlin landete. Die Schwestern hatten alle geheiratet und waren in der Heimat geblieben.

Bekir und Serhat hatten den engsten Kontakt von den sieben Geschwistern. Mit kräftiger Unterstützung durch das deutsche Geld von Serhat war Bekir vor Jahren mit seiner Familie nach Istanbul gezogen. Hier hoffte er auf ein gutes Leben und eine Ausbildung für seine vier Kinder. Die Unterstützung von Serhat hatte auch den Erwerb des kleinen Ladens ermöglicht. Der Vater war längst tot, aber die Mutter hatte den Umzug in die Großstadt mitgemacht. Sie war im vergangenen Jahr gestorben.

Wejse hatte sich nach den politischen Interessen der Brüder erkundigt, erhielt als Antwort aber lediglich ein Kopfschütteln.

Alles in allem hörten sie eine Lebensgeschichte, die aussah wie viele andere.

Serhat Zamani, der unverheiratet geblieben war, hatte viele Jahre in Deutschland gearbeitet, bis man ihn im Rahmen von Einsparungsmaßnahmen bei der Bahn entlassen hatte. Er lebte zurückgezogen mit seinem kleinen Hund und hatte der Familie seines Bruders weiterhin ein bisschen Geld schicken können – und er war jedes Jahr für zwei Wochen zu Besuch gekommen.

Nun hatte man ihn in einem fremden Land ermordet. Und niemand wusste, warum.

»So. Wenn ich das Ganze richtig verstanden habe, dann hat Serhat nie irgendein Interesse an der sogenannten Kurdenfrage gezeigt, dem Freiheitskampf oder einem unabhängigen Kurdistan?«

Die Antwort auf ihre Frage kam prompt. Etwas zu entschieden. »Nein!«

Sie hatten den Punkt erreicht, an dem ihre Freundlichkeit ein Ende fand. Wejse eröffnete die letzte Runde: »Wir wissen aus Dokumenten, die wir auf Serhats Computer gefunden haben, dass er in den Kampf für einen unabhängigen kurdischen Staat involviert war. Wir wissen dies mit absoluter Sicherheit.«

Nach einer kurzen Konferenz zwischen Vater und Sohn lautete die Antwort: »Das kommt für uns vollkommen überraschend. Davon haben wir nichts gewusst.«

Nina hatte ihre Blicke beobachtet. Erst den des Vaters, dann den des Sohnes. Sie logen.

»In Esbjerg arbeiten wir hart, um diejenigen zu finden und vor Gericht zu stellen, die schuld sind an Serhats Tod. Uns ist egal, welche Überzeugung Serhat hatte. In Deutschland und in Dänemark darf man sagen, was man will, und auch für eine Sache kämpfen. Hauptsache, man hält sich an die Gesetze. Und es ist nicht kriminell, an ein unabhängiges Kurdistan zu glauben und dafür zu kämpfen – mit legalen Mitteln. Sagen Sie das Ihrem Vater.«

Als der Sohn übersetzt hatte, fügte sie, den Blick auf Bekir Zamani gerichtet, hinzu: »Wir haben Grund zur Annahme, dass der Tod Ihres Bruders mit seinem Interesse an der Zukunft der Kurden zusammenhängt. Wenn Sie also wollen, dass der Schuldige festgenommen und verurteilt wird, bitte ich Sie, mit uns zusammenzuarbeiten. Ich kann Ihnen garantieren, dass alles, was wir über Serhats Engagement für das kurdische Volk erfahren, unter uns bleibt. Die Ermittlungen werden von Dänemark aus geleitet – nicht von Istanbul. Und nun frage ich Sie noch einmal: Was wissen Sie über den politischen Standpunkt Ihres Bruders, seine Sicht auf die Situation der Kurden in der Türkei?«

Auf Bekir Zamanis Stirn zeigten sich tiefe Furchen. Er ließ

den Blick stumm über die Moschee schweifen, dann sah er seine Gäste an. Schließlich, nach mehreren Minuten Schweigen, räusperte er sich und begann zu sprechen. Es war ein eigenartiges Gefühl. Er schaute sie abwechselnd durchdringend an, und doch verstanden sie kein Wort. Endlich unterbrach er sich, und der Sohn übersetzte.

»Mein Vater sagt, dass er sich nichts mehr wünscht, als dass die Gerechtigkeit siegt und die Mörder meines Onkels festgenommen werden. Aber gleichzeitig müssen Sie verstehen, dass es für eine kurdische Familie problematisch ist, mit dem Kampf für ein unabhängiges Kurdistan in Verbindung gebracht zu werden. Der Staat betrachtet die Freiheitskämpfer als Terroristen, einige von ihnen sind es nach Auffassung meines Vaters auch, aber er sagt: Wenn man einen Kampf mit Worten und Respekt vor dem menschlichen Leben kämpft, ist man kein Terrorist. Mein Onkel kämpfte mit Worten. Er hatte in Berlin Kontakt zu kurdischen Kreisen, die für eine Heimat der Kurden arbeiten. Aber mein Onkel war ein friedlicher Mann.«

»Und für diese Fragen hat er sich schon immer interessiert?« Die Antwort des Vaters fiel verhältnismäßig kurz aus. Ja, Serhat war immer rebellischer und politisch engagierter gewesen als der Rest der Familie. Schon bevor er nach Deutschland ging, hatte er sich für den kurdischen Kampf eingesetzt.

»Sprach er über sein Engagement, wenn er Sie besuchte?«

»Nein, er erzählte keine Details über seine Aktivitäten. Nur, dass er sich beteiligte. Darüber haben wir immer diskutiert.«

»Also war Ihr Vater in diesen Fragen nicht derselben Meinung wie Ihr Onkel?«, fragte Wejse nach.

Vater und Sohn sprachen ausführlich miteinander, bevor die Antwort kam: »Nein, mein Vater war nicht einverstanden, aber er respektierte meinen Onkel und ist ihm ewig dankbar für die Hilfe, die er uns zukommen ließ. Mein Vater sagt, dass unsere

Familie kurdisch ist, aber wir sind auch Türken. Für uns, seine Kinder, erhofft er sich eine moderne Türkei, die Mitglied der Europäischen Union ist. Denn wenn die Türkei aufgenommen wird, werden die Kurden bessere Lebensbedingungen haben, und der Traum von einem unabhängigen Kurdistan wird überflüssig, sagt mein Vater. Ein Staat für Kurden aus vielen verschiedenen Ländern? Nein, wir sind Türken.«

Sie nickten. Mehmet und sein Vater berührten einen Punkt, auf den sie bei ihren Ermittlungen bereits selbst gestoßen waren. Auch der türkische Geheimdienstchef hatte darauf hingewiesen.

»Wir würden unsere Ermittlungen gern in Berlin fortsetzen, aber wir brauchen Namen. Hat Serhat Namen genannt? Personen aus dem kurdischen Milieu in Kreuzberg? Wir wollen sie lediglich befragen. Mehr nicht. Aber wir brauchen Namen.«

Wejse klang eindringlich, doch wie Nina befürchtet hatte, bekamen sie als Antwort ein Kopfschütteln und ein bedauerndes Achselzucken. Keine Namen, Namen seien nie genannt worden. Nina musste eine letzte Frage stellen, auch wenn es utopisch war, dass die Antwort positiv ausfiel: »Hat Serhat mal von einem Film gesprochen? Einer wichtigen Aufnahme hier aus der Türkei, die ein dänischer Kameramann gemacht hat?«

Sie schüttelten die Köpfe. In Bekir Zamanis Augen sah sie die Verwunderung über diese Frage und dachte instinktiv, dass er die Wahrheit sagte.

Nina hatte darauf bestanden, ein Restaurant zu finden, von dem aus sie aufs Wasser schauen konnten, und schließlich, kurz bevor Wejse die Lust verlor, weiterzusuchen, hatten sie eins mit einer schönen Dachterrasse gefunden.

Noch immer war es angenehm warm, obwohl es bereits nach zehn war. Sie saßen beim Kaffee und hatten soeben Bilanz gezogen. Der Fall steuerte pfeilgerade auf den Archivschrank zu, darin waren sie einig.

Finn Holmboe hatte sich nicht gemeldet. Auch vom türkischen Geheimdienstchef Enis Kahraman hatten sie nichts gehört. Und der Besuch beim Bruder des Kohlenmanns hatte nichts Neues gebracht außer der Bestätigung, dass sich Serhat Zamani tatsächlich aktiv in der kurdischen Unabhängigkeitsbewegung engagiert hatte.

Es gab keine Spuren mehr, denen sie hätten nachgehen können. Sie befanden sich in einer Sackgasse.

Sie hatten gerade noch zwei Tassen Kaffee bestellt, als Wejses Mobiltelefon klingelte. Das Gespräch war kurz. Wejse notierte sich etwas auf einer Serviette.

»Wir kommen sofort!«, sagte er und steckte das Telefon ein.

»Was ist? Wer war das?«

»Finn Holmboe. Er hat einen Anruf von Enis Kahraman erhalten. Die Türken haben die beiden Gesuchten gefasst. Sie liegen in einem Krankenhaus. Einer der beiden Männer ist offenbar tot, der andere wird gerade operiert. Wir müssen los!«

27

Sie hatten sich in das erstbeste gelbe Taxi geworfen, und Wejse hatte dem Fahrer die Papierserviette in die Hand gedrückt, auf der der Name des Krankenhauses stand. Der Mann nickte, und sie baten ihn, so schnell wie möglich loszufahren.

Das Krankenhaus war ein unauffälliges, verblichen pistaziengrünes Gebäude. Sie liefen in die Einfahrt. Über einer Glasluke stand in weißen Buchstaben »Polis«. Holmboe hatte sie angewiesen, sich dort zu melden.

»Wejse und Portland, von der dänischen Polizei.«

Der Mann in dem kleinen Raum nickte und verschwand. Kurz darauf kam er aus der Tür der Aufnahme und bat sie, ihm zu folgen. Er führte sie durch Gänge, in denen Personal herumwuselte, und durch andere, die völlig leer zu sein schienen. Schließlich hielt er bei einer Treppe, deutete auf eine Stuhlreihe und verschwand. Auf einem der Stühle saß vornübergebeugt eine einsame Gestalt. Finn Holmboe. Als er sie bemerkte, stand er auf.

»Gut, dass ihr so schnell kommen konntet.«

»Was weißt du?«, fragte Wejse.

»Nicht mehr, als ich dir erzählt habe. Ich bin auch gerade erst gekommen und habe bisher mit niemandem sprechen können.«

Nina sah sich nach einem »Rauchen verboten«-Schild um, doch es gab keins. Sie zündete sich eine Zigarette an und ließ sich auf den nächsten Stuhl fallen, aus dem die Schaumstoff-Füllung quoll wie Gedärm aus einem aufgeschlitzten Bauch. Der Premierminister würde sich wohl kaum hier operieren lassen, wenn sich seine Eingeweide eines Tages mal verknoten sollten.

Sie beobachtete Finn Holmboe, der weniger selbstsicher schien als am Vortag.

»Einer der beiden Scheißkerle lebt also – oder vielleicht sogar beide?«

Er zuckte mit den Schultern und sah sie an. »Die Meldungen widersprechen sich. Vermutlich ein Toter, aber ich bin nicht sicher. Sie sagten, Kahraman würde kommen und uns Näheres mitteilen.« Er schielte auf seine Uhr. »Wo zum Teufel bleibt er?«

Wejse setzte sich auf einen Stuhl neben Holmboe. Sie schwiegen und warteten gespannt darauf, dass sich irgendwo eine Tür öffnete. Nach einer Weile unterbrach Wejse die Stille.

»Wir werden natürlich darauf bestehen, sie so schnell wie möglich zu verhören, wenn es denn Überlebende gibt – und wenn sie dazu in der Lage sind. Wirst du das Kahraman so klarmachen, dass es nicht missverstanden werden kann?«

»Natürlich«, antwortete Holmboe, der keineswegs so kontrolliert wirkte wie bei ihrer letzten Begegnung.

Sie hörten das Geräusch fester Schritte auf dem gefliesten Boden, bevor sie ihn sahen. Der Chef des Istanbuler MIT kam um die Ecke und steuerte mit langen Schritten auf sie zu. Er blieb an der Stuhlreihe stehen und lächelte freundlich – vielleicht eine Spur angestrengter und müder als beim letzten Mal. Diesmal trug er einen dunkelgrauen Anzug.

»Ich komme gerade aus dem Operationstrakt. Leider …« Kahraman schnaufte und fuhr sich mit einer Hand durchs Haar. Er wirkte verärgert. »Leider gab es ein Problem. Sie sollten lebendig gefasst werden, egal wie, aber Koksal und Kilci versuchten sich freizuschießen, nachdem sie ein Haus in Brand gesetzt hatten. Sie waren in Fener, im Westen der Stadt. Die Operation geriet außer Kontrolle. Meine Leute eröffneten das Feuer. Man muss sagen, notwendigerweise. Kilci war bereits bei der Ankunft im Krankenhaus tot und …« Kahramans Kiefermuskulatur bewegte sich, sein Mund wurde zu einem schmalen Strich. »… und Koksal ist vor fünf Minuten auf dem Operationstisch gestorben. Es hatte ihn offenbar zu schwer erwischt. Schüsse in den Bauch und in den Kopf.«

Nina rutschte von ihrem Stuhl, schaute an die Decke und seufzte. Die letzte Hoffnung schien zerplatzt. »Können wir sie sehen, die Leichen?«

»Natürlich, Frau Portland. Ich hätte Sie in jedem Fall darum gebeten. Folgen Sie mir bitte. Wir müssen in den Keller.«

»Konnte Koksal noch etwas sagen? War er dazu in der Lage?«, erkundigte sie sich, während sie zu viert den Gang entlanggingen.

Enis Kahraman schüttelte den Kopf. »Nein. Er ist nicht mehr zu Bewusstsein gekommen, wie man mir sagte.«

Schließlich klopfte Kahraman an eine Tür, und ein Krankenpfleger erschien, der sie in den Keller begleitete. Er ließ sie allein, nachdem er sie in einen großen, kahlen Raum mit Neonröhrenbeleuchtung geführt hatte. In einer Ecke des Raumes beugte sich ein Mann in einem grünen Kittel über einen Körper.

Sie traten näher heran. Kahraman sagte irgendetwas, der Mann blickte auf und nahm die Maske ab. Sie besprachen sich kurz, dann zog der Mann sich zurück.

»Das ist einer der Rechtsmediziner. Das Zahnschema wurde gerade verglichen. Es stimmt mit unserer Kartei überein. Es *ist* Kilci.«

Enis Kahraman trat zur Seite und nickte in Richtung der Leiche auf der Metallpritsche. Man hatte den Toten nur notdürftig gesäubert. Noch immer war sein Körper blutverkrustet. Einschusslöcher von Projektilen im Bein, im Bauch- und Brustbereich und an einer Stelle am Hals. Das Gesicht des Mannes war teilweise verbrannt.

Nina musterte es. Versuchte, es mit dem Gesicht zu vergleichen, an das sie sich erinnerte. Ja, es gab durchaus Ähnlichkeiten. Aber sie war Kilci nie besonders nah gekommen. Sie hatte ihn nur einmal aus der Nähe gesehen, als er vor der Tür der Forschungsstation auf Langli stand.

»In der Tüte liegen die Papiere, die wir bei ihm gefunden haben.« Kahraman deutete auf einen kleinen durchsichtigen Beutel zu Füßen der Leiche.

Wejse trat an die Pritsche und studierte die Leiche sorgfältig. Finn Holmboe schnitt unbewusst eine Grimasse. Es lagen Welten zwischen seinem Uni-Institut und einer zusammengeschossenen Leiche.

»Sieben Schusswunden. Wieso ist er so verbrannt?«

»Wie gesagt, Herr Wejse, sie haben das Haus angezündet, in dem sie sich befanden, jedenfalls einen Teil davon. Wahrscheinlich, um im Chaos ungehindert zu fliehen. Aber dann wurde er getroffen. Davon gehe ich zumindest aus.«

Sie hörten ein mechanisches Rumpeln, das Geräusch eines Aufzugs, der knirschend den Schacht herunterkam. Irgendwo wurde eine Tür geöffnet. Räder ratterten über die Bodenfliesen. Einen Augenblick später erschien ein Krankenpfleger in der Tür. Er schob ein Gestell auf Rädern vor sich her. Über den Körper auf der Bahre hatte man ein weißes Laken gelegt. Der Mann rollte das Gestell neben die Leiche von Kilci, sagte ein, zwei Sätze zu Kahraman, nickte und verschwand.

»Wollen wir nicht den Rechtsmedizinern den Platz überlassen, damit sie in Ruhe ihre Arbeit erledigen können?«, fragte Kahraman und bat sie mit einer Handbewegung, sich zurückzuziehen.

Nina ging ans andere Ende des Raums, der sie am ehesten an eine Art Depot erinnerte. Verschiedene alte Geräte, eine Pritsche und ein paar Metallregale standen dort. Sie zündete sich eine Zigarette an. Wejse lehnte sich an die Wand, in gebührendem Abstand zum Rechtsmediziner. Kahraman hatte die Arme verschränkt und sah einfach müde aus. In diesem Moment passte er in keinen Herrenmodekatalog. Finn Holmboe kam auf sie zu.

»Nina, darf ich eine Kippe schnorren?«

»Rauchst du?«

»Eigentlich habe ich seit Langem aufgehört, aber jetzt könnte ich schon eine brauchen.«

Er hatte kaum noch Farbe im Gesicht. Sie gab ihm eine Zigarette und Feuer. Holmboe inhalierte und bekam auf der Stelle einen Hustenanfall. Sie lächelte.

»Was jetzt, Finn? Was geschieht jetzt?«

Finn Holmboe zuckte nach Atem ringend mit den Schultern.

»Na ja, im Augenblick ist wohl erst mal Schluss. Schade, dass man sie nicht lebend erwischt hat. Das wäre besser gewesen für eure Arbeit, oder?«

Sie nickte und schnalzte ein paarmal nachdenklich mit der Zunge. »Und was ist mit dem Rest? Wer räumt auf?«

»Das erledigen wir, ist ja unsere Angelegenheit, nicht wahr? Wir müssen ständig in Kontakt mit dem MIT sein, aber wir können nicht sehr viel mehr tun, als abzuwarten, bis sie ihre internen Untersuchungen beendet haben. Und dann, wer weiß? Vielleicht endet es mit dem Austausch interner Berichte, wie man offiziell-inoffiziell, sozusagen zwischen den Diensten, eben den Fall abschließt. Von Seiten des PET nicht ohne, dass scharfer Protest formuliert wird, vermute ich. Aber das ist nicht unbedingt mein Bereich.«

»Und das war's dann?«

»Davon gehe ich aus. Was stellst du dir vor? Dass eine Krise zwischen den Regierungen ausgelöst wird?«

Sie ging nicht auf Holmboes Frage ein, rauchte zu Ende, warf die Kippe auf den Boden und trat sie aus.

»Ach, noch was, Finn. Hast du schon etwas über das Gipfeltreffen heute gehört?«

»Selbstverständlich. Am ersten Tag lief es gut für die Türkei.«

»Wie, gut?«

»Der Bilanzbericht zeigt einen Fortschritt in allen Bereichen, auch den problematischen. Einen so großen Fortschritt in so kurzer Zeit, dass die Kritiker einen schweren Tag hatten. Morgen geht es nur noch darum, das Gesamtbild abzurunden.«

»Und was ist mit Zypern?«

»Kein konkreter Vorschlag diesmal, aber die Türkei hat versprochen, beim nächsten Mal einen Vorschlag vorzulegen, der das gesamte Problem lösen wird. Die türkischen Vertreter klingen selbstsicher.«

»Also ein Schritt nach vorn für die Türkei?«

»Absolut.«

Die Unterhaltung verebbte. Holmboe hatte nach und nach wieder Farbe bekommen, aber die Nähe des Todes schien ihm seine Gesprächigkeit genommen zu haben.

Sie hatten eine geraume Zeit schweigend gewartet, als Kahraman sie endlich bat, wieder näher zu treten.

»Das Zahnschema passt. Es ist Koksal«, sagte der MIT-Chef und seufzte.

Wieder versuchte Nina, die Leiche mit dem Bild zu vergleichen, das sie sich vor Augen rief. Ja, Bart, Hakennase und Stirn – der Tote sah aus wie Sarvan Koksal. Sein Unterkiefer war praktisch weggeschossen. Der ganze Körper war blutverschmiert und sie zählte mindestens vier Schusswunden im Bauch- und Brustbereich. Auch zu den Füßen dieser Leiche lag ein Klarsichtbeutel. Nina nickte Wejse zu, der ihren Blick begriff.

»Können wir die persönlichen Papiere der beiden Männer einsehen?«, erkundigte er sich.

»Natürlich, bitte sehr«, erwiderte Kahraman.

Wejse bedeckte die Beine des Toten mit dem Tuch und schüttete den Inhalt der Tüte darauf aus. Zum Vorschein kamen verschiedene Dokumente, einige davon mit Koksals Namen, eine Kreditkarte und etwas, das aussah wie ein Führerschein. Außerdem ein Portemonnaie, das einige Scheine und Münzen enthielt. Wejse nickte, legte alles zurück in die Tüte und schaute sich die Papiere der anderen Leiche an. Auch hier fand sich ein Führerschein. *»Kilci, Kartal«* stand darauf. Kilci besaß zwei Kreditkarten. Das kleine Portemonnaie aus schwarzem Leder enthielt einige Scheine und Münzen. Sie hatten das Ende des Weges erreicht.

Während sie die Gesichter der beiden Toten studierte, versuchte Nina sich vorzustellen, wer Ib Munk das Messer in den Bauch gestochen hatte. Sie neigte dazu, dass es Koksal war, obwohl er ohne Unterkiefer längst nicht mehr so bedrohlich aussah.

»Das war's dann wohl. Leicht und bequem.«

»Was meinen Sie damit, Frau Portland?« Kahramans Augenbrauen zogen sich zusammen, er schaute sie mit finsterer Miene an.

»Ich meine … jetzt gibt es keinen Ärger mit einem Gerichtsverfahren. Und es gibt niemanden, dessen Auslieferung man beantragen könnte.«

»Nun ja.« Kahramans Gesichtsausdruck entspannte sich. »Wir haben alles getan, was wir konnten. Und sie sind bestraft worden, ohne Gerichtsverfahren, zugegeben. Doch damit müssen wir und Sie, Frau Portland, uns zufriedengeben. Natürlich hätte es unsere interne Untersuchung erleichtert, wenn ich die Männer hätte verhören können. Wann reisen Sie denn eigentlich zurück?«

Sie blickte zu Wejse. Er zuckte mit den Schultern. »Laut Plan übermorgen früh. Wenn wir die Tickets nicht umbuchen können.«

»Tja, das war dann wohl alles für heute Abend. Ich werde Sie auf dem Laufenden halten. Ich muss morgen früh zum Briefing nach Ankara«, erklärte Kahraman. Dann wandte er sich dem Rechtsmediziner zu, der herantrat und die Tücher wieder über die Leichen zog.

Es war kurz nach Mitternacht, als sie sich beim Krankenhaus ein Taxi nahmen. Finn Holmboe begleitete sie. Er wollte sich bei seinem Hotel absetzen lassen, das auf der Strecke zurück in die Altstadt lag.

Niemand sagte ein Wort. Es gab nichts zu sagen.

Als sie um die Landspitze fuhren, sahen sie eine Rauchsäule, die sich ein Stück weiter vorn über der Küstenstraße erhob, beleuchtet von kräftigen Scheinwerfern.

»Es brennt«, stellte Wejse nüchtern auf dem Beifahrersitz fest. »Das muss ganz in der Nähe deines Hotels sein, Holmboe.«

Finn Holmboe duckte sich ein wenig, um besser durch die Frontscheibe schauen zu können. Als sie näher kamen, sahen sie in der Dunkelheit ein Durcheinander von Polizei- und Feuerwehrwagen, von blauen und gelben Blinklichtern. Nur eine Spur der Straße war passierbar. Die Einsatzfahrzeuge versperrten die andere.

Nina musterte Holmboes Gesicht. Er biss sich in die Unterlippe und kniff die Augen zusammen. »Das ist ja mein Hotel, das Kalyon!«

Das Taxi hielt hinter einem Feuerwehrwagen an der Bordsteinkante, und sie stiegen aus. Ein barscher Beamter scheuchte sie weg, als sie sich näherten, er wollte nichts hören, obwohl Holmboe ihm klarzumachen versuchte, dass er ein Gast des Hotels sei.

Sie überquerten die Straße und blieben auf der gegenüberliegenden Seite stehen. Die Flammen schienen gelöscht, aber die graue Betonfassade des Blocks, der teilweise im Windschatten der alten, bröckelnden Stadtmauer lag, war auf der Höhe der ersten Etage schwarz vor Ruß. Es sah aus, als hätte das Feuer sich über drei, vier Zimmer ausgebreitet. Die Feuerwehrleute spritzten noch immer Wasser durch die Fenster, die wie dunkle Augenhöhlen in der Fassade saßen.

»Das … Das ist mein …«

Sie wandten sich Finn Holmboe zu, der sichtlich um Fassung rang.

»Das ist mein Zimmer. Eins von denen, die ausgebrannt sind.«

»Verdammtes Pech. Hattest du etwas Wertvolles da oben?« Wejse hatte den Satz kaum ausgesprochen, als es ihm einfiel – in der gleichen Sekunde, in der Nina derselbe Gedanke durch den Kopf schoss.

»Die DVD? Die Kopie? Du hast sie doch wohl …«

»Nein! Nein, zum Henker!« Holmboe unterbrach sie mit einer hitzigen Handbewegung.

»Was soll das heißen?«, fragte Wejse scharf.

»Das soll heißen, dass ich doch nicht die ganze Zeit mit dem Ding in der Hosentasche herumlaufe. Ich habe sie in meinem Zimmer versteckt.«

»Verdammte Scheiße, was hast du gemacht?«, brüllte Nina.

»Sie versteckt! Unter einer Deckenplatte. Ein guter Ort, viel besser als irgendein beliebiger Hotelsafe.«

Beide starrten ihn fassungslos an.

»Beruhigt euch doch! So schlimm ist das auch wieder nicht. Wir haben Sicherheitskopien in Dänemark. Glaubt ihr, ich ziehe mit der einzigen Kopie herum? Natürlich nicht.«

Finn Holmboe wurde langsam wieder der Alte. Er klang wütend – und sein Gesichtsausdruck lag irgendwo zwischen beleidigt und besorgt.

»Aber mein Computer, meine Sachen. Verflucht …«

»Mir sind deine Klamotten und deine vornehmen Sonnenbrillen scheißegal. Du rufst jetzt sofort zu Hause an und findest jemanden, der bestätigen kann, dass ihr Kopien der Aufnahmen habt!«

Nina tobte. Holmboe sah Wejse an, doch der wiederholte nur ihren Befehl. »Sofort!«

»Seid ihr euch darüber im Klaren, wie spät es ist? Ich werde jetzt niemanden antreffen, der …«

»Ruf an! Es gibt einen Wachhabenden. Und sonst weckst du eben irgendjemanden. Wir wollen eine Bestätigung, jetzt!«

Eine halbe Stunde und diverse Telefonate später breitete Finn Holmboe bedauernd die Arme aus. Niemand im Hauptquartier in Søborg wusste genau Bescheid über eine eventuelle Kopie von Morten Busks Aufnahmen. Sie wurden an Tarp oder Gudmundsen persönlich verwiesen.

»Ruf Tarp an!«

Holmboe sah nicht so aus, als gefiele ihm der Gedanke, aber er gehorchte. Das Gespräch mit dem operativen Chef des PET fiel kurz aus. Holmboe schüttelte den Kopf.

»Er weiß es nicht. Aber er hat mit Gudmundsen darüber gesprochen und meint, dass Gudmundsen die DVD selbst weitergeleitet habe. Er wird mit ihm darüber reden, gleich morgen früh.«

Wejse schüttelte den Kopf. »Das reicht mir aber nicht, Kamerad. Versuch's bei Gudmundsen.«

»Jetzt? Um diese Uhrzeit?«

»Genau jetzt«, bestätigte Nina.

»Es geht doch nur um ein paar Stunden. Morgen früh wissen wir mehr. Ich sag euch doch, ich weiß mit Sicherheit, dass angeordnet wurde, eine Kopie zu machen. Und ihr könnt ruhig …«

»Sofort! Und wenn du zu feige bist, dann lass mich.«

Sie streckte die Hand nach seinem Handy aus. Er schüttelte ablehnend den Kopf. »Nein, ich rufe selbst an.«

Nach wenigen Augenblicken konnten sie aus den Fetzen des Gesprächs zwischen Holmboe und dem Chef des Nachrichtendienstes schließen, dass sie vor dem nächsten Morgen nichts Genaues erfahren würden. Holmboe wollte gerade auflegen, als sie darum bat, mit Gudmundsen sprechen zu dürfen.

»Nina Portland hier. Ich wüsste gern bestätigt, dass eine Kopie der DVD mit den Hinrichtungen erstellt wurde. Ich gehe davon aus, dass das der Fall ist?«

»Guten Abend, Portland, was für eine Bescherung, und dann noch um diese Zeit.« Gudmundsen gähnte laut und vernehmlich. »Eine Kopie? Immer mit der Ruhe, ich habe Tarp gebeten, sich darum zu kümmern.«

»Tarp sagt, er sei der Ansicht gewesen, dass Sie für eine Kopie sorgen wollten.«

»Aha, ich habe aber einen von Tarps Leuten beauftragt. Er sollte das mit der technischen Abteilung erledigen. Vielleicht weiß Tarp einfach nichts davon. Ich bin sicher, dass sich das aufklärt.«

»Das klingt überhaupt nicht beruhigend, ganz im Gegenteil. Die DVD ist unser einziges Beweismaterial!«

»Ich nehme mich der Sache morgen als Erstes persönlich an. Keine Panik, wir haben eine Kopie, natürlich.«

»Hm.«

»Ich rufe Sie morgen früh an, Portland. Okay?«

»Hm. Tun Sie das.«

Finn Holmboe sah sie triumphierend an, als sie ihm das Telefon zurückgab. »Was habe ich gesagt?«

Sie würdigte ihn keines Blickes, sondern wandte sich an Wejse. »Das klingt nicht sonderlich vielversprechend. Die rechte Hand weiß offenbar nicht, was die linke getan hat. Wir müssen abwarten. Gudmundsen meldet sich morgen früh.«

Nachdem sie sich eine Dreiviertelstunde lang im Bett hin und her gewälzt hatte, ohne Ruhe zu finden, stand sie auf und schaltete den Fernseher ein, um sich abzulenken.

Sie nahm ein eiskaltes Bier aus der Minibar und setzte sich in den einzigen Sessel des Zimmers. Es war nach zwei, und sie war hellwach. Sie hoffte, dass das Bier ihre Unruhe ein wenig dämpfen würde. Aber Körper und Kopf befanden sich in Alarmbereitschaft.

Sie tauchten auf, sobald sie unter die Bettdecke kroch und ihren Kopf auf das Kopfkissen legte – die Bilder der beiden Leichen, Kilci und Koksal. Blutige Löcher, verbranntes, totes Fleisch. Ihr Hirn arbeitete. Scannte, zoomte heran, verglich, frontal, im Profil, Augen, Kinn, Nase, Mund. Und wenn alles überstanden schien und sie das Gefühl hatte, dass es sich tatsächlich um die Leichen der beiden Männer handelte, die versucht hatten, sie auf Langli umzubringen, begann ihr Kopf mit einem neuen Durchgang.

Wie wäre wohl eine Konfrontation mit Zeugen ausgegangen? Und wieso hatte sie überhaupt diese Zweifel? Doch wohl nicht aufgrund eines fehlenden Kinns oder einer verbrannten Augenbraue?

Nein, sie war misstrauisch, weil alles ein wenig zu gut passte. Wenn ihr Kopf aufhörte, die Sequenz mit den beiden Leichen abzuspulen, sprang er weiter zu der Stelle mit dem Brand in Finn Holmboes Hotel.

Es war zu bequem. Die Mörder waren verschwunden. Die Filmaufnahmen mit den Hinrichtungen waren verbrannt. Die einzige existierende Aufnahme lag irgendwo in einem Safe im Hauptquartier des MIT in Ankara.

Der türkische Geheimdienst hatte alles vorbereitet, damit sie nach Hause geschickt werden konnten. Es fehlte nur noch ein Anruf von Gudmundsen, aber sie kannte das Ergebnis. Der PET würde es zutiefst bedauern. Ein unverzeihlicher Fehler, dass niemand eine Kopie gemacht hatte, bevor Holmboe mit der DVD aufbrach. Der MIT hatte aufgeräumt und einen internationalen Skandal vermieden.

Und Gudmundsen hatte sich daran beteiligt, sie in den Sack zu stecken. Anders konnte es gar nicht sein. Wieso ein Hotelzimmer in Brand stecken und sämtliche Spuren vernichten, wenn man nicht absolute Gewissheit hatte, dass in Søborg *keine* Kopie lag?

Sie hatte das Gefühl, gerade erst eingeschlafen zu sein, als das Geräusch ihres Handys auf dem Nachttisch sie weckte.

Sie war erst gegen vier ins Bett gekommen. Gebetsrufe hatten sie geweckt, aber sie musste noch einmal eingedöst sein. Sie war benommen und gleichzeitig hellwach, als sie zum Telefon griff und das Gespräch annahm.

»Nina Portland.«

»Gudmundsen hier.«

»Ja?«

»Was diese DVD betriff … Hören Sie zu …«

28

Sie saß auf dem Oberdeck und wartete. Normalerweise wäre sie ungeduldig gewesen. Nun war sie nur unglaublich müde, sie ging einfach mit, ohne Widerstand zu leisten, wenn der Touristendampfer am Kai im Kielwasser der großen Fähren heftig schaukelte.

Sie hatten nicht umbuchen können und mussten nun einen ganzen Tag in Istanbul totschlagen.

»Eine verfluchte Situation, Portland. Ich übernehme die volle Verantwortung und bedauere es zutiefst.«

Gudmundsen hatte ungefähr das gesagt, was sie erwartet – und befürchtet – hatte. Ein Fehler in der internen Kommunikation des PET, der eine hatte geglaubt, dass der andere sich um die Kopie des Beweismaterials auf der DVD kümmern würde, und umgekehrt. Aber niemand hatte etwas getan. Gudmundsen hatte einen von Tarps Leuten beauftragt, aber der Mann hatte den Befehl in der Eile missverstanden und geglaubt, Gudmundsen nehme sich selbst der Sache an.

Reine Augenwischerei, aber dennoch eine so plausible Erklärung, dass niemand etwas dagegen unternehmen konnte. Menschliches Versagen gab es immer. Kam das bei der Polizei nicht auch bisweilen vor? Jemand vergaß, einen Beweis zu sichern? Vergaß, eine wichtige Nachricht weiterzugeben? Und zersägte auf diese Weise eine vielversprechende Anklageschrift? Ja, solange es Systeme gab, gab es auch Fehler in den Systemen.

Aber die Filmaufnahmen nicht zu kopieren, war ein so unglaublicher Bock, dass nur Gudmundsen selbst ihn schultern konnte. Er wusste, dass er eine wasserdichte Erklärung hatte, und übernahm die Verantwortung, ohne zu murren. Durchaus möglich, dass er selbst die Idee gehabt hatte, die DVD verschwinden zu lassen.

Der Fall jedenfalls war gestorben.

Einflussreichere Kräfte hinter den Kulissen hatten alles geregelt. Die Kripo in Esbjerg war doch nur eine Gruppe von Provinzbauern – auf dem Schachbrett in Stellung gebracht von irgendwelchen Strategen, die mit ganz anderen Größen umgingen als mit etwas so Banalem wie einem Mord in Westjütland. Und jetzt hatte das Spiel ein Ende. Sie konnten nach Hause fahren und die kleinen, alltäglichen Fälle aufarbeiten, die liegengeblieben waren, seit man den Kohlenmann gefunden hatte.

Wejse und Nina würden heute getrennte Wege gehen. Nina wollte eine Bootsrundfahrt auf dem Bosporus unternehmen. Wejse hatte vor, sich den großen Bazar anzusehen.

Während des Frühstücks hatte er ausgesehen wie eine Gewitterwolke. Gudmundsens Nachricht überraschte auch ihn nicht. Außerdem hatte er ebenfalls miserabel geschlafen.

Keiner von beiden hatte das Bedürfnis, das Geschehene zu kommentieren. Sie wussten, dass man sie hereingelegt hatte. Nachdem Nina von ihrem Gespräch mit Gudmundsen berichtet hatte, wechselten sie kaum mehr ein Wort.

Eine Dreiviertelstunde nach dem versprochenen Beginn der Sightseeingtour füllten sich die letzten Plätze auf den Bänken, und endlich manövrierte der Kapitän das Schiff in den dichten Verkehr auf der Wasserstraße.

Teilnahmslos registrierte sie, wie der Dampfer unter der ersten Brücke über den Bosporus hindurchfuhr. Sie hatte gedacht, es wäre ein großer Moment, die Grenze zwischen Asien und Europa zu überqueren, doch nun war es ihr gleichgültig. Während die übrigen Passagiere um ihr Leben fotografierten, betrachtete sie gedankenverloren ihre Schuhspitzen.

Ihre eigene Brücke, ein neuer Weg der Ermittlungen, eine Verbindung zwischen Dänemark und der Türkei, war eingestürzt.

»Erlauben Sie?«, fragte ein Mann auf Englisch und setzte sich auf den Platz neben ihr, auf dem kurz zuvor noch ein japanisches Liebespaar gesessen hatte. Nina nickte, ohne den Mann weiter zu beachten. Erst, als es ihr gelungen war, seinen Akzent einzuordnen, blickte sie misstrauisch auf.

Er war es! Der ältere Mann, der Deutsche, den sie zum City Center begleitet hatte. Der Mann neben ihr war Julius Hirschfeld – alias Axel. Walrossbart und Brille.

»Sie werden gesucht.«

»Ich habe wohl kaum etwas verbrochen. Im Gegenteil, eher habe ich Ihr Leben auf der Insel gerettet – und vielleicht auch das Leben des Herrn Munk.« Der Deutsche klang ruhig und wohlüberlegt.

»Nach Ihnen wird aber gefahndet. Sie sind ein Zeuge. Ich könnte Sie auf der Stelle festnehmen.«

»Das wäre wohl eine Spur übereilt, Frau Portland.«

»Was machen Sie hier?«

»Dasselbe wie Sie, Untersuchungen anstellen.«

»Wieso? Worin besteht Ihr Interesse?«

»Das kann ich Ihnen nicht sagen, aber bitte hören Sie, was ich Ihnen zu erzählen habe. Sie sind gestern Abend mit Ihrem Kollegen im Krankenhaus von Taksim gewesen.«

»Sie haben uns beschattet?«

Julius Hirschfeld antwortete nicht.

»Ja, wir sind im Krankenhaus gewesen – und?«

»Die beiden Toten waren nicht Kilci und Koksal. Es waren einfach geeignete Leichen. Eine stammt aus Istanbul, die andere wurde Ihnen zu Ehren aus Izmir eingeflogen, vielleicht auch zu

Ehren des PET. Die Papiere und die persönlichen Habseligkeiten lagen schon bereit, als die Leichen kamen. Das Zahnschema … gefälscht. Alles nur Theater.«

»Woher wissen Sie das?«

»Man kann alles für Geld kaufen, auch – oder vielleicht vor allem – Informationen, Frau Portland.«

»Können Sie das beweisen?«

»Nein, aber Sie dürfen mich beim Wort nehmen. Der MIT hat Kilci und Koksal aus dem Spiel genommen, bis Gras über den Fall gewachsen ist. Und das wird schnell gehen. Niemandem gefällt diese Geschichte. Sie kommt allen Beteiligten ungelegen. Auch dem dänischen Nachrichtendienst. Schöne Aussichten.«

»Und warum erzählen Sie mir das alles?«

»Weil es in meinem Interesse ist. Vielleicht, weil es so aussieht, als wäre die Schlacht verloren. Ich gehe davon aus, dass gestern Abend bei dem Brand im Kalyon Hotel etwas sehr Kostbares verloren ging?«

»Wie kommen Sie darauf?«

»Hm, dann will ich mich korrigieren: Ich *weiß*, dass etwas Kostbares verloren ging.«

»Und woher wissen Sie das?«

»Wie ich schon sagte, für Geld kann man alles kaufen. Selbst im engsten Kreis von Kahraman. Und vermutlich verhält es sich so, dass der PET keine Sicherheitskopie der Filmaufnahmen hat. Habe ich recht?«

»Was geht Sie das an?«

»Also habe ich recht. Ich sehe es Ihnen an. Ärgerlich, aber nicht anders zu erwarten, wenn dieses Spiel gespielt wird.«

»Was meinen Sie mit Spiel?«

»Wir sprechen über etwas, das nie hätte passieren dürfen. Nun geht es darum, sämtliche Spuren zu tilgen.«

»Und wer genau sind die Mitspieler?«

»Der türkische Nachrichtendienst, der ein Problem hatte. Und indirekt Ihr eigener Geheimdienst, der PET, der in eine peinliche Situation geraten ist. Und dann gibt es offenbar noch einige weitere Parteien.«

Das Schiff wurde langsamer und fuhr auf das asiatische Ufer zu, auf ein kleines Fischerdorf, das abgesehen von den kleinen Booten am Kai genauso aussah wie jede andere Anlaufstelle für Touristen. Sie würden jeden Moment anlegen. Die ersten Passagiere erhoben sich. Der Deutsche, der den Jägerhut mit einer weißen Kappe vertauscht hatte, tat dasselbe.

»Wir folgen besser dem Strom, Frau Portland.«

»Wer hat die Hinrichtungen zu verantworten? Wer steuert das Ganze? Wer beorderte Koksal und Kilci nach Dänemark, um die beiden Kurden umzubringen?«

»Ich weiß es nicht mit Sicherheit, aber die Hinrichtungen waren bis ins Detail geplant.«

»Geplant, wie das?«

»Ich bin sicher, es war Teil des Spiels, dass der dänische Kameramann sich zur richtigen Zeit genau am richtigen Ort befand – dorthin gebracht von einem Fahrer, der vermutlich gut bezahlt wurde. Die Situation geriet erst außer Kontrolle, als es hinterher nicht gelang, sich der Aufzeichnungen zu bemächtigen. Aber ich weiß nicht, wer dahintersteckt.«

Sie gingen eine Treppe hinunter. Die Passagiere strömten auf die Gangway zu. Der Deutsche zog sie zur Seite. Er sprach leise.

»Natürlich war es kein Autounfall. Dem Kameramann und dem Taxifahrer wurde in den Kopf geschossen. Der dritte Mann, der ebenfalls starb, erlitt so starke Verbrennungen, dass er zunächst nicht identifiziert werden konnte. Man glaubte, es handele sich um Morten Busks Assistenten, Ib Munk. Anfangs nahm man an, der Schaden sei behoben, weil die Aufnahmen verbrannt seien. Man fand nur kein Band.«

»Man?«

»Der türkische Nachrichtendienst MIT.«

»Und dann mussten sie noch mal ran, als sie herausfanden, dass Ib Munk noch lebte und mit dem Flugzeug nach Dänemark zurückgekehrt war. Weil nur er im Besitz der Aufnahmen sein konnte.«

»Stimmt, Koksal und Kilci reisten nach Dänemark.«

»Aber wer hatte ein Interesse daran, dass …«

Der Deutsche zuckte mit den Schultern und lächelte. »Viele Kräfte haben ein Interesse daran, mit den Hinrichtungen einen internationalen Skandal zu provozieren.«

»Prima, das sagen alle. Aber wer hat das alles inszeniert?«

»Wie gesagt, ich weiß es nicht. Wer könnte Interesse daran haben, dass die Beitrittsverhandlungen mit der Türkei abgebrochen werden? Da beginnt die Suche … Aber eins steht fest: Egal, welche Geschichte man Ihnen aufzutischen versucht, sie dient nur einem einzigen Zweck: zu vertuschen, dass es sich um eine rein interne türkische Angelegenheit handelt. Eine rein türkische Angelegenheit, die nichts mit den Kurden zu tun hat. Sie haben ja den Mann gesehen, den der PET Ihnen zur Seite gestellt hat. Aber Sie werden ihn sicher durchschaut haben? So, wir gehen jetzt wohl besser.«

Julius Hirschfeld hielt auf die Gangway zu. Eine kleine Familie mit Vater, Mutter und zwei Kindern drängte sich zwischen sie. Sie konnten es kaum erwarten, an Land zu kommen. Eines der Kinder, das auf dem Arm seines Vaters saß, hätte Nina beinahe ein Spielzeugfernglas ins Gesicht geschlagen. Ein Mann versuchte, sich an der Familie vorbeizudrücken, versetzte dabei aber Nina einen Stoß mit der Schulter, sodass sie fast das Gleichgewicht verlor. Der Mann lächelte entschuldigend und murmelte irgendetwas.

Als sie im nächsten Moment aufblickte, war Hirschfeld verschwunden. Sie sah weder eine weiße Kappe noch einen Rücken mit einem blauen Polohemd. Es gab eine Unzahl von Rücken in dieser Menschentraube, unter den Passagieren, die von Bord gingen, und den Händlern, die sie an Land bereits empfingen.

Der Deutsche war wie vom Erdboden verschluckt.

In der hintersten Ecke der Restaurantterrasse hatte sie während des Abendessens mit Wejse die Situation diskutiert. Die Informationen des alten Stasi-Agenten waren interessant, doch sie lieferten keinen wirklich neuen Ansatz. Genau wie alle anderen Hinweise in diesem unsichtbaren Netz vielfältiger Interessen, das sich um ihre Ermittlungen rankte.

Welche Sonderinteressen hatte der alte Agent? Er hatte seine Botschaft abgeliefert, hatte einen Wurm auf den Haken gespießt – und war verschwunden, bevor sie ihn ausfragen konnte. Aber selbst wenn er recht hatte und es sich bei den beiden Toten tatsächlich nicht um Koksal und Kilci handelte, was dann? Sie konnten nicht einfach in Enis Kahramans Büro stiefeln und eine Obduktion verlangen. Und selbst wenn sie es täten, das Ergebnis würde so ausfallen, wie es dem MIT genehm wäre. Koksal und Kilci galten als tot – auch wenn sie lebten.

Es hatte auch keinen Sinn zu behaupten, dass Morten Busk nicht bei einem Unfall ums Leben gekommen war. Wenn es für die Türken ein Autounfall war, dann war es ein Unfall. So stand es im offiziellen Polizeibericht.

Hirschfeld hatte erklärt, die Hinrichtungen seien genau geplant gewesen, und man habe irgendwie arrangiert, dass Morten Busk sich vor Ort befand und das Verbrechen filmte. Damit betraten sie in ihren Ermittlungen einen unsichtbaren Pfad. Es gab keinen Verdächtigen, den sie hätten verhaften können.

Die nüchterne Feststellung des Deutschen, dass sie in den internen Angelegenheiten der Türkei ansetzen mussten, war eine ebenso gute Idee wie die, einen Eiswürfel in die Hölle zu schmeißen. Zwei dänische Kriminalbeamte standen einem staatlichen Machtapparat gegenüber, der sich sofort hermetisch verschließen würde.

Und der dänische Geheimdienst hatte anscheinend keinerlei Interesse daran, ihnen die Binde von den Augen zu nehmen. Ein ungeklärter Fall – das war eigentlich ein inakzeptables Etikett für die Akte. Aber verdammt bequem. Immer wieder hatte sie über Hirschfelds Worte nachgedacht, ohne klüger zu werden. Warum hatte er sie vor Finn Holmboe gewarnt? Oder spielte dieser eine andere Rolle, als sie glaubte? Er war ja ein guter Freund von Enis Kahraman. Hatten die Türken Holmboe gekauft?

Nach dem Abendessen hatten sie auf Wejses Zimmer noch ein Bier getrunken. Und nun ging Nina unschlüssig umher und packte ihren Koffer für die Abreise am nächsten Morgen.

Es war gut für die Stimmung gewesen, dass jeder den Tag für sich verbracht hatte. Beim Kaffee hatten sie sich gegenseitig versichert, dass alles in Ordnung sei. Sie waren nicht die Ersten, die aufgeben mussten. Nicht die Ersten, die sich als zu leicht erwiesen, um etwas so Großes und Schweres zu stemmen.

Auf dem Weg zurück vom Hafen hatte Nina einen tollen kleinen Krummdolch für Jonas gekauft; natürlich mit einer bescheidenen Klinge, die dem gesetzlichen Rahmen Dänemarks entsprach. Sie legte ihn in den Koffer zwischen die beiden Fußballtrikots, die auch für Jonas bestimmt waren – *Fakes* natürlich, aber gute Fakes.

Als ihr Handy klingelte, konnte sie es nicht finden. Erst im letzten Moment entdeckte sie es unter einer Bluse.

Es war Enis Kahraman. »Guten Abend, Frau Portland. Entschuldigen Sie die Störung. Sie wollen ja morgen Früh aufbrechen. Ist es möglich, dass wir uns heute Abend noch treffen?«

»Wozu?«

»Ich würde gerne … einige Dinge mit Ihnen besprechen.«

»Was ist mit meinem Kollegen?«

»Herrn Wejse? Lieber nicht. Sie kennen den Fall am besten. Nur Sie allein. Ein Gespräch unter vier Augen. In der Blauen Moschee hinter Ihrem Hotel, im Hof. Sagen wir in einer halben Stunde?«

29

Sie wartete in der Dunkelheit unter dem Portal, das vom Parkplatz in den Innenbereich der Blauen Moschee führte.

Ihr Telefon klingelte. Es war Wejse, der ihr auf Abstand gefolgt war, um zu kontrollieren, ob sie beschattet wurde – von dem alten Stasi-Agenten und seinen Leuten, dem MIT oder ganz anderen, unbekannten Mitspielern. Offenbar war ihr niemand gefolgt.

Sie verließ den Schutz des Portals, lief die große Steintreppe hinauf und setzte sich. Der Hof der Moschee war von einigen großen Lampen und dem scharfen Licht der Scheinwerfer erleuchtet, die die sechs Minarette illuminierten.

Enis Kahraman trat in den Hof und schlenderte ruhig auf sie zu. »Guten Abend, Frau Portland.«

Er setzte sich neben sie. Die letzten Touristen defilierten hinaus. Jetzt gab es nur sie beide und einen Mann am Eingang der Moschee, der darauf achtete, dass das abendliche Gebet nicht von verirrten Touristen gestört wurde.

»Wissen Sie, warum man das Gebäude die Blaue Moschee nennt?«

»Weil sie innen blau gekachelt ist.«

»Sind Sie drinnen gewesen?«

Sie schüttelte den Kopf. Sie war nicht zum Vergnügen hier.

»Schade, diese Moschee ist einen Besuch wert. Und danke, dass Sie gekommen sind. Ich bin mir darüber im Klaren, dass Sie meine Stadt enttäuscht verlassen, Frau Portland. Mit Koksals und Kilcis Tod haben Sie Ihre Verdächtigen oder sagen wir … Schuldigen verloren. Niemand bedauert das mehr als ich.«

»Hm.«

Die üblichen Höflichkeitsfloskeln des MIT-Chefs. Wenn sonst nichts kam, war das hier reine Zeitverschwendung.

Enis Kahraman zog einen Umschlag aus der Jackentasche und überreichte ihn ihr. Nina öffnete ihn und zog eine Scheibe heraus, eine CD-ROM, schwarz und zerkratzt.

»Das sind die bedauerlichen Überreste aus Finn Holmboes Hotelzimmer.«

Sie zuckte mit den Schultern und legte die zerstörte Scheibe zurück in den Umschlag. Hatte er sie etwa herbestellt, um sie an seinem endgültigen Triumph teilhaben zu lassen?

»Jetzt habe ich sie Ihnen jedenfalls gegeben. Meine Kollegen vom PET haben in Kopenhagen höchstwahrscheinlich eine Kopie«, sagte er und lächelte sanft.

»Sie wissen doch genau, dass dies *nicht* der Fall ist.«

Kahraman breitete bedauernd die Hände aus und seufzte. »In diesem Fall ist man sehr nachlässig gewesen. Ein unverzeihlicher Fehler, nicht wahr?«

»Wer weiß?«

Einen Moment lang schwiegen beide, dann fuhr Kahraman fort: »Wie ich Ihnen gesagt habe, prüfen wir die Anordnung der Mission in Dänemark intern, aber wir suchen natürlich auch weiter nach den Schuldigen hinter diesen Hinrichtungen. In diesem Zusammenhang …« Kahraman zog einen weiteren Umschlag aus der Jacke, behielt ihn aber in den Händen. »… sind wir in den Besitz von sehr interessantem Material gekommen, von dem ich der Ansicht bin, dass Sie es kennen sollten. Vielleicht kann es Ihnen bei Ihren weiteren Ermittlungen behilflich sein. Und wenn das so ist, sollten wir doch gemeinsame Sache machen und uns gegenseitig auf dem neuesten Stand halten.«

Er reichte ihr den Umschlag.

»Öffnen Sie den Umschlag erst später oder morgen im Flugzeug. Behalten Sie ihn einfach.«

Nina nahm den Umschlag in Empfang und sah Kahraman mit einem Blick an, den er sofort entschlüsselte.

»Es ist eine Art ›eine Hand wäscht die andere‹, falls Sie sich über mein Motiv wundern sollten. Sie sind bei den Ermittlungen in Dänemark die Besten. Wir sind am besten auf türkischem Territorium. Und Ihre Ausdauer und Beharrlichkeit haben mir imponiert, Frau Portland.«

»Hm. Und wenn ich sagen würde, dass Koksal und Kilci überhaupt nicht tot sind, was würden Sie dann antworten?«

»Dann würde ich antworten, dass das eine infame Behauptung ist, die von Kräften stammen könnte, die daran interessiert sind, unseren Nachforschungen entgegenzuarbeiten. Kräften, die einzig und allein darauf aus sind, Sie zu verunsichern.«

»Welche Kräfte?«

»Kräfte, die ein Interesse daran haben, die Hinrichtungen zu veröffentlichen. Lesen Sie das Material genau.« Kahraman deutete mit dem Kopf auf den Umschlag, der in ihrem Schoß lag.

»Natürlich.«

»Ach, und noch eine letzte Sache.«

»Ja?«

Kahraman sah sie mit hochgezogenen Augenbrauen an. Dann sagte er leise: »Das Material haben Sie unter keinen Umständen von mir erhalten. Sie könnten es während unseres Treffens eingesteckt haben – durch einen bedauerlichen Fehler. Oder es wurde Ihnen unter der Zimmertür durchgeschoben. Nur – es stammt nicht von mir. Ich werde es gegebenenfalls leugnen. Verstehen Sie, Frau Portland?«

»Ich verstehe.«

Kahraman erhob sich und drückte ihr fest die Hand.

»Ich muss weiter. Die Familie wartet. Gute Heimreise.«

Sie blieb sitzen und sah ihm nach, als er an den Säulen vorbeiging und durch das Tor verschwand. Sie wog den Umschlag in der Hand. Er war schwer.

30

Die Maschine der Turkish Airlines flog einen sanften Bogen über die blaue Fläche des Marmarameeres, bevor sie zum Kurs über den europäischen Kontinent ansetzte, Richtung Kopenhagen.

Wie lange mochte sie geschlafen haben? Es fühlte sich an, als wäre es nur ein kurzer, unruhiger Augenblick gewesen. Wejse hatte sie mit einem kräftigen Stoß in die Seite geweckt. Als sie die Augen aufschlug, schaute Nina direkt auf eine weiße Zahnreihe und ein Paar roter Lippen, die fragten: *»Beef or chicken?«* Sie entschied sich für Hühnchen und gähnte. Wejse sah nicht aus, als ob er geschlafen hätte, obwohl sie beide am Abend zuvor bis tief in die Nacht hinein das Material im Umschlag des türkischen Geheimdienstchefs durchgesehen und die neue Situation diskutiert hatten. Sie hatten diskutiert – und sich gewundert.

Wejse raschelte mit Papier.

»Was machst du?«

»Ich gehe das Ganze noch einmal durch«, antwortete er und legte die Unterlagen beiseite, um Platz für das Essen zu schaffen.

Nina klappte das Tischchen herunter und bestellte eine Flasche Mineralwasser. »Das werde ich auch tun, wenn ich gegessen habe. Hast du irgendwas herausgefunden?«

Wejse schüttelte den Kopf. »Ich sehe keinen anderen Weg, wir müssen der neuen Spur folgen. Das ist zu seriös, wir können es nicht ignorieren. Dabei sollten wir aber auch berücksichtigen, dass Kahraman es uns geschickt hat.«

»Warum nur?«

Nach dem Mittagessen fing sie an, das Material von Enis Kahraman noch einmal durchzugehen. Jetzt schlief Wejse eine Runde, mit offenem Mund.

Sie begann mit der Abschrift der elektronischen Korrespondenz zwischen dem Kameramann Morten Busk und einem Deutschen namens Harald Kobus, dem Inhaber des Konzerns Kobus Electronics in Hannover, wie aus mehreren E-Mails hervorging.

Dieser Teil des Materials konnte nur vom Computer des verstorbenen Dänen stammen. Also war es der MIT gewesen, der Morten Busks Computer abgesaugt und die Festplatte zerstört hatte, bevor die Polizei die Wohnung durchsuchen und den Computer beschlagnahmen konnte.

Der Mailwechsel beschrieb Morten Busks Filmprojekt: eine Dokumentation über das kurdische Volk kurz vor der Aufnahme in die EU. Es wurde eine Reihe von Fragen diskutiert, und die Deutschen hatten eine finanzielle Unterstützung des Projekts zugesagt. Mehrfach wurde auf Gespräche mit einer Frau Rixen aus Esbjerg verwiesen, außerdem stellte sich heraus, dass die Stiftung eines Fabrikanten Otto Rixen einen erheblichen Teil der Finanzierung übernehmen wollte.

Nina blätterte in den Abschriften. Sie enthielten praktische Details zur Überweisung des Betrags und einen Zeitplan für die Reportagereise in die Türkei und die eigentliche Produktion des Films. Außerdem fand sie Unterlagen über die Weiterverwertung der Dokumentation, für die Morten Busk bereits eine Zusage von der britischen BBC hatte.

Summa summarum: Der Däne hatte zwei Mäzene, die sein kurdisches Projekt durch die Unterstützung ihrer Stiftungen ermöglichten. Dahinter standen eine Frau Rixen aus Esbjerg und ein Deutscher aus Hannover, Harald Kobus.

Beigelegt hatte Kahraman jeweils eine Akte mit Material über die beiden. Die Informationen beschränkten sich auf Alter, Adresse, Beruf, Zivilstand und einige weitere Angaben sowie ein paar Fotos, die allerdings aus erheblicher Entfernung aufgenommen sein mussten, so grobkörnig waren sie.

Eine Reihe Aktennotizen des türkischen Nachrichtendienstes belegte, dass man die Agenten vor Ort aufgefordert hatte, tiefer in den Lebensgeschichten von Kobus und Rixen zu graben. Die Ergebnisse allerdings waren gelinde gesagt dürftig ausgefallen.

Aus Kopenhagen kam lediglich ein wenig Hintergrundmaterial über Frau Rixens kirchliches Engagement. Über Kobus hingegen gab es ein bisschen mehr. Der Stützpunkt des MIT in der Berliner Botschaft hatte diverse Einschätzungen von Harald Kobus' politischem Standort geliefert und ihn irgendwo in der religiösen Rechten angesiedelt. Es gab Dokumente über seine Verankerung im Christentum – und einzelne Zeugenaussagen, die deutlich machten, dass er in privaten Momenten seiner Verbitterung über eine »zunehmende Islamisierung des Vaterlands« Ausdruck verliehen habe. Eine Aktennotiz beschrieb eingehend, dass man ihn für einen der großen, anonymen Finanziers einer antiislamischen Aufklärungskampagne hielt, die bundesweit durch die Medien ging.

Der Mailwechsel zeigte eindeutig, dass die beiden, die das Filmprojekt unterstützten, sich kannten. Sie blätterte zurück und fand einen Satz von Morten Busk: »*Ich bin sehr froh, dass Frau Rixen den Weg für unsere Zusammenarbeit gebahnt hat, Herr Kobus.*«

Hielt Enis Kahraman sie für komplette Idioten?

Wie konnte ein Nachrichtendienst sich mit diesen spärlichen Informationen begnügen? Die Antwort lautete: Er konnte es nicht. Ergo musste es mehr geben, dieses Material hatte man absichtlich redigiert.

Nina sah hinüber zu Wejse. Er schlief noch immer. In regelmäßigen Abständen zuckte sein Kopf, als würde er im Schlaf versuchen, ihn zu heben.

Nina blätterte weiter und beließ es dabei, sich in einzelne Passagen zu vertiefen. Unter anderem lag eine Information über den PR-Chef des Kobus-Konzerns bei, Georg Steiner. Er war ein ehemaliger Mitarbeiter des Bundesverfassungsschutzes. Was genau ihn für die Rolle als PR-Chef eines Elektronikunternehmens qualifizierte, blieb ungewiss.

Die vorletzte Aktenmappe war ausgesprochen interessant – und lückenlos. Sie enthielt ein Foto des Mannes, um den es in den Unterlagen ging – einen gewissen Julius Hirschfeld, operativer Agent der Stasi in der ehemaligen DDR. Seine Lebensgeschichte wurde minutiös referiert: von der Anwerbung unter der schützenden Hand von Markus Wolff im Ministerium für Staatssicherheit bis zu seiner derzeitigen Beschäftigung, die als *freelance* bezeichnet wurde – Wohnort unbekannt.

Sie stieß auf ein Foto, das Julius Hirschfeld und Georg Steiner vom Kobus-Konzern zusammen zeigte, offenbar bei einer sehr diskreten Unterhaltung auf einem Parkplatz. Eine Aktennotiz beschrieb, wie die beiden den ersten Kontakt zu Zeiten des Kalten Kriegs aufgenommen hatten, in dem jeder noch auf seiner Seite arbeitete – oft genug überschnitten sich allerdings ihre Interessen.

Die Verkettung schien absurd. Ein ehemaliger Stasi-Agent mit Kontakt zu einem ehemaligen Verfassungsschutz-Agenten, der nun als PR-Chef eines Industriemagnaten arbeitete. Was hatten die beiden mit Kobus vorgehabt? Wieso steckten zwei alte Spione auf einem Parkplatz die Köpfe zusammen? Nina erkannte die Zusammenhänge nicht – wenn es denn welche gab.

Die letzte Aktenmappe enthielt ein vorläufiges Resümee, das ein Mitarbeiter des MIT in Ankara erarbeitet hatte. Es fasste noch einmal zusammen, was bereits vor Abschluss der Lektüre klar war. Nina schob sämtliche Unterlagen zurück in den Umschlag. Sie hätte den kompletten Sachverhalt jetzt auswendig herunterbeten können.

Wieso spielten sie mit ihr? Wieso versuchte man, sie zu verwirren? Weil sie nicht geradeaus gehen sollte. Aber wo in diesem Morast aus undurchsichtigen Personen und Motiven befand sich der direkte Weg?

Eine einzige Sache war eindeutig. Das Material des MIT-Chefs war trotz allem zu gründlich und zu gut dokumentiert, um mit den Händen im Schoß sitzen bleiben zu können. Der überraschenden Achse Esbjerg–Hannover, die den Dreh- und Angelpunkt von Morten Busks Filmprojekt bedeutete, musste nachgegangen werden.

Aber glaubte Enis Kahraman wirklich, sie seien ein debiles Duo aus der dänischen Provinz? Nein. Der türkische Geheimdienstchef wusste ganz genau, dass sie das Spiel durchschauen würden. Er hatte das Material so präpariert, dass das vorenthaltene Wissen und die fehlenden Antworten sie zu weiteren Ermittlungen antreiben mussten.

Doch was wollte Kahraman erreichen? Ihnen neue Hintermänner servieren? Die wahren Schuldigen? Oder nur Zeit gewinnen? Um die Aufmerksamkeit vom MIT abzulenken?

Unabhängig davon, dass sie die Motive der türkischen Hilfsbereitschaft nicht durchschaute, mussten sie der Fährte folgen. Wenn Nina überhaupt irgendeine Erleichterung bei der Durchsicht des Materials verspürte, dann über die Tatsache, dass eine der Spuren trotz allem wieder zurück an den Ausgangspunkt führte – zurück nach Esbjerg, zu der mysteriösen Frau Rixen.

Zurück in ihr eigenes Terrain, nach Westjütland, wo es keine Kuppeln und Minarette gab und keine Märchen aus ›Tausendundeiner Nacht‹.

31

Sie drosselte das Tempo und hielt Ausschau. Nur weil sie die Häuser abzählte, fand sie die richtige Einfahrt. Sie war mit hübschen schwarzen Platten gepflastert und wurde am offenen Gittertor von zwei Natursteinen flankiert. Die Hausnummer war mit schlanken Zahlen in die glänzende Oberfläche des einen Steins graviert.

Nina stieg aus. Es war ein großes, einstöckiges Haus aus braunen Ziegeln, wahrscheinlich aus den Fünfzigerjahren. Anonym im Vergleich zu den weißen, schimmernden Palästen, die in den letzten Jahren direkt an der Straße aus dem Boden geschossen waren. Sie ging über den mit Platten belegten Weg und die Treppe zur Haustür. »*Grethe Rixen*«, stand auf einem Messingschild. Sie konnte förmlich sehen, wie Enis Kahraman hinter seinem Schreibtisch in Istanbul saß und hinterhältig und selbstzufrieden lächelte. Sie folgte seiner ersten Spur.

Fünfmal musste sie anklingeln, bevor geöffnet wurde. Ein hübsches blondes Mädchen, Anfang zwanzig, sah sie fragend an. Nina stellte sich vor und bemerkte den verwunderten Blick bei dem Begriff »Kriminalpolizei«.

»Kriminalpolizei? Okay. Hier entlang, meine Großmutter ist draußen im Garten.«

Das Mädchen, das ein Buch in der Hand hielt, begleitete sie auf die Rückseite des Hauses, auf der sich eine von breiten Rosenbeeten umsäumte Terrasse zum Garten hin ausdehnte.

»Da ist meine Großmutter. Sie können ruhig zu ihr gehen.« Das Mädchen deutete auf eine Gestalt, die im Garten auf einem

Tritt stand. Dann legte sie sich in den Liegestuhl und las weiter.

Die Frau stand seltsam vorgebeugt da, und erst als sie näher kam, entdeckte Nina, dass Frau Rixen durch ein großes Fernrohr auf einem dreibeinigen Stativ blickte.

Sie räusperte sich. Die Frau sah auf, mit dem gleichen fragenden Ausdruck in den Augen wie das Mädchen, das offensichtlich ihre Enkelin war. Frau Rixen, die Witwe Rixen, war einundachtzig Jahre alt, sah aber jünger aus. Hochgewachsen und schlank, mit einem klaren Blick. Sie trug einen schlichten schwarzen Hosenanzug und hatte das graue Haar im Nacken zu einem Knoten gebunden. Um ihren Hals hing ein Kreuz an einer Silberkette.

Die alte Frau hatte etwas Würdevolles und Strenges an sich – aber zugleich auch etwas Mildes.

Nina streckte die Hand aus. »Guten Tag, mein Name ist Nina Portland, ich bin von der Kriminalpolizei. Hätten Sie einen Moment Zeit?«

»Natürlich. Kriminalpolizei? Worum geht es?«

Frau Rixens hochgezogene Augenbrauen signalisierten Verwunderung.

»Nur eine routinemäßige Befragung im Zusammenhang mit dem Tod des Kameramanns Morten Busk. Was für eine herrliche Aussicht!«

Vom Ende des Gartens aus konnte man ungehindert übers Meer sehen. Ein Containerschiff steuerte durch die Fahrrinne Grådyb.

»Ja, es ist schön hier. Ich habe diese Angewohnheit von meinem verstorbenen Mann übernommen.« Sie deutete mit dem Kopf auf das Fernrohr. »Er stand immer hier und hat die Schiffe beobachtet, er kannte sie alle. Und jetzt mach ich dasselbe. Morten Busk, sagten Sie. Setzen wir uns doch.«

Frau Rixen ging auf einen weißen Gartentisch mit ein paar Stühlen zu. Sie setzten sich. »Ach ja, Morten Busk. Wie tragisch …« Die alte Dame schüttelte leicht den Kopf. »Darf ich Ihnen etwas anbieten? Eine Tasse Tee?«

»Nein danke. Woher kannten Sie Morten Busk?«

Grethe Rixen legte den Kopf zurück und sah in den Himmel, als müsse sie sich anstrengen, um sich daran zu erinnern. »Ja, sehen Sie, mein Mann und ich trafen ihn zum ersten Mal vor einigen Jahren bei einem Empfang im Konservatorium. Ein interessanter junger Mann, übrigens mit einem musikalischen Gehör. Und so enthusiastisch. Außerdem ungeheuer tüchtig hinter der Kamera – und zuweilen auch davor. Ja, eins ergab das andere. Er besuchte uns einige Zeit später. Mein Mann hatte ihm von der Familienstiftung erzählt. Morten wollte sich erkundigen, ob wir eventuell ein Projekt unterstützen würden.«

»Wann war das genau?«

»Ach ja, wann war das? 1994, glaube ich. Ich weiß noch, dass Morten gerade aus Sarajewo zurückgekehrt war, als wir ihm das erste Mal begegneten. Sagen Sie, glauben Sie, dass bei dem Unfall in der Türkei etwas Kriminelles vorgefallen ist?«

Grethe Rixens Blick wurde plötzlich scharf.

»Nein, im Moment nicht. Aber wir untersuchen die Umstände seines Todes – und interessieren uns für seine Arbeit. Sie erwähnten eine Familienstiftung und ein Projekt, für das Busk Unterstützung wollte?«

»Es handelt sich um eine Stiftung zur Erinnerung an den Fabrikanten Otto Rixen, meinen Vater. Mein Mann führte nach dem Tod meines Vaters die Fabrik weiter. Mein Mann, ja, vielleicht wundern Sie sich, Frau Portland, hieß Jensen, Alfred Jensen, aber bei unserer Heirat bat er darum, meinen Namen annehmen zu dürfen. ›Jensens gibt es so viele‹, sagte er immer.

Tatsächlich war ich nicht dafür. Ich meine, man muss doch zu seiner Herkunft und seinem Erbe stehen, auch ein Jensen oder ein Hansen, aber mein Vater gab ihm recht. Daher ist mein Name noch immer Rixen.« Frau Rixen lächelte und seufzte. »Sind Sie sicher, dass Sie keinen Tee wollen?«

»Nein danke. Was ist das Ziel der Stiftung, können Sie mir noch ein bisschen mehr erzählen?«

»In einem Satz könnte man sagen: die Unterstützung kultureller Aktivitäten, die menschliches Miteinander und Verständnis fördern. Wenn das jetzt nicht zu kurz war.«

Frau Rixen lachte. Ihr Blick verriet Intelligenz, und sie suchte nicht nach Worten, wie Nina es von anderen älteren Menschen kannte. Sie fügte hinzu: »Und ich darf nicht vergessen zu erwähnen, dass die Stiftung aus einem christlichen Grundverständnis heraus geleitet wird und dann bevorzugt Mittel vergeben werden, wenn es einen christlichen Ansatz gibt. Mein Vater war sehr stark in seinem Glauben. Das Gleiche galt für meinen Mann, und mir geht es ebenso. Ich glaube an Ihn und Seine Gnade.«

»Und heute verwalten Sie die Stiftung allein?«

»Ja, allerdings mit der Hilfe meines Sohnes, er ist Bankdirektor. Seine Tochter Frederikke hat Sie ins Haus gelassen.«

»Ein hübsches Mädchen. Noch mal zum Zweck von Morten Busks Besuch damals – Sie sagten, er plante ein Projekt?«

»Ja, er wollte einen großen Bericht über die Jägergemeinschaften in Grönland machen. Und da gleichzeitig der Glaube, das Christentum, und die dänischen Einflüsse auf die ursprüngliche Kultur ein tragendes Element des Films sein sollten, stimmten mein Mann und ich sehr schnell zu. Der Grönlandfilm war unsere erste Zusammenarbeit.«

»Und dann gab es weitere Projekte?«

»Ja, Morten war wie gesagt ein sehr engagierter Mensch. Fünfmal haben wir ihn unterstützt. Nach Grönland kam ein kleines Projekt über die dänische Hilfe beim Aufbau von Schulen in Nigeria, dann der Film über das Leben und die missglückte Integration der australischen Aborigines, danach ein großes Projekt über persönliche Schicksale, die sich im Balkankrieg abspielten. Darauf folgte ein Dokumentarbericht über ethnische Minderheiten in Dänemark. Morten hatte großes Interesse am Schicksal von Minderheiten und unterdrückten Menschen auf der ganzen Welt. Vor allem, weil er den Bürgerkrieg in Jugoslawien so direkt miterlebt hatte. Und als er starb, steckte er mitten in einem neuen Projekt – über die Kurden, das größte heimatlose Volk der Erde, und ihren Traum von einem unabhängigen Kurdistan.«

»Auch ein Projekt, das Sie unterstützten?«

»Ja, natürlich.«

»Aber das war nicht unbedingt ein Projekt mit einem ausgesprochen christlichen Ausgangspunkt, oder?«

»Ganz im Gegenteil. Es ist ein Teil der christlichen Weltanschauung, für Verständnis zu werben, Brücken zwischen den Völkern zu bauen. Man muss nicht notwendigerweise predigen. Und Mortens Arbeit schlug Brücken zwischen Völkern und Kulturen, sie stärkte die Menschlichkeit, das Vertrauen, die Nächstenliebe.«

»Und Morten Busk steckte mitten in dieser Arbeit, als er umkam?«

»Ja, sein Tod war so sinnlos … Ich vermisse ihn. Er ist mit seinem Assistenten Ib Munk dort unten gewesen, als es geschah. Wie weit sie mit dem Projekt kamen, weiß ich nicht. Ich habe mich nicht eingemischt. Ich diskutierte mit Morten, unterstützte ihn, aber ansonsten hatte er freie Hand als Vermittler von Bildern, lebendigen Bildern. Haben Sie einen seiner Filme gesehen, Frau Portland?«

»Leider nicht, soweit ich mich erinnern kann. Wurden sie bei uns gezeigt?«

»Ja, natürlich, sie kamen im Fernsehen. Auch die BBC hat mehrere ausgestrahlt. Und deutsche Sender, ja, eigentlich Fernsehsender auf der ganzen Welt.«

»Haben nur Sie und Ihre Stiftung dieses neue Projekt unterstützt? Oder gab es noch andere Förderer?«

»Es gab andere, oder besser, einen anderen. Ich habe die Unterstützung eines deutschen Freundes unserer Familie vermittelt. Die Produktion wäre teuer geworden, also war es gut, noch etwas mehr Beistand zu haben.«

»Könnten Sie etwas konkreter werden? Wer stand hinter der deutschen Förderung?«

»Wie gesagt, ein guter Freund der Familie. Harald Kobus ist sein Name. Er besitzt die Firma Kobus Electronics in Hannover. Seit vielen Jahren ist er einer unserer richtig guten Freunde.«

»Wie haben Sie ihn kennengelernt?«

»Kobus kaufte unsere Firma. Mein Mann und ich mussten uns vor vierzehn Jahren zu diesem Schritt entschließen und fanden in Harald Kobus einen Interessenten. Es waren schwere Zeiten. Leider musste Kobus später den Standort Esbjerg aufgeben. Aber er blieb ein Freund der Familie, ein enger Freund. Er verwaltet ebenso wie ich eine Stiftung, die auf kulturellen und christlichen Grundlagen basiert. Er zögerte nicht, Mortens Projekt zu fördern.«

Nina nickte. So hing also alles zusammen – vorläufig. Sie hatte die Antworten bekommen, die sie im Moment benötigte. Frau Rixen hatte allem Anschein nach mit nichts hinter dem Berg gehalten.

»Kennen Sie übrigens einen Mann, der Julius Hirschfeld heißt, einen Deutschen?«

Frau Rixen schüttelte den Kopf. »Müsste ich?«

»Und einen Georg Steiner?«

»Auch nicht, nein.« In Grethe Rixens Blick zeigte sich eine leichte Verwunderung über diese direkten Fragen. Sie sagte die Wahrheit.

»Ausgezeichnet, ich glaube, ich habe keine weiteren Fragen mehr. Danke, dass Sie sich die Zeit genommen haben.«

Sie erhob sich. Die alte Dame tat das Gleiche, verblüffend behände. »Ja, Frau Portland. Ich werde Sie hinausbegleiten.«

Als sie im Haus durch eines der Zimmer gingen, blieb Nina stehen. Auf einer alten Anrichte standen zwei Bilder in Goldrahmen. Eines zeigte die Enkelin, Frederikke, die draußen auf der Terrasse lag. Auf dem anderen war ein anderes hübsches Mädchen zu sehen. Über dem Rahmen hing eine dünne Halskette mit einem Kruzifix. Die beiden Mädchen sahen sich ähnlich.

»Hübsche Mädchen. Sie haben zwei Enkelinnen, oder sogar noch mehr?«

»Nein, nur eine. Susan ist nicht mehr unter uns. Heimgerufen in jungen Jahren, sie war erst siebzehn.«

Die Stille knisterte, als sie die Bilder betrachteten. Grethe Rixen räusperte sich. »Von allen möglichen und unmöglichen Stellen auf dieser Erde hielt sich unsere kleine Susan leider zum falschen Zeitpunkt am falschen Ort auf. Es geschah während der Ferien. Ein Selbstmordattentäter auf einem Marktplatz in Sharm el Sheikh in Ägypten. Es gab viele Opfer. Susan starb im Krankenhaus.«

Nina wusste nicht genau, was sie antworten sollte, aber sie hörte sich sagen: »Es tut mir leid.« Ja, es tat weh, so hübsche junge Augen und ein so herzliches Lächeln zu sehen und zu wissen, dass dieses Leben viel zu früh geendet hatte. Vollkommen sinnlos.

»Allein Er bestimmt, wann die Zeit gekommen ist. Die Familie Kobus hat dasselbe erlebt«, sagte Frau Rixen mit fester Stimme.

»Die Familie Kobus? Was meinen Sie?«

»Die Tragödie, die Willkür, die Schmerzen. Harald und seine Frau haben ihren Sohn verloren. Wir haben zusammen geweint und gebetet und gemeinsam zu neuer Stärke gefunden.«

Nina blieb unwillkürlich stehen und hielt inne. Sie hatte die Fährte – von einem Blutstropfen zum nächsten, sozusagen buchstäblich.

»Was ist dem Sohn Ihres Freundes zugestoßen?« Sie versuchte, die Frage en passant zu stellen, aber das schien die alte Dame nicht ganz zu überzeugen.

»Wollen Sie auch mit Kobus reden, im Zusammenhang mit den Nachforschungen?«

»Nun ja, möglich ist es.«

»Dann, denke ich, sollten Sie ihn selbst fragen. Es steht mir nicht zu, von den Schmerzen anderer zu berichten.«

»Natürlich.«

An der Haustür gaben sie sich die Hand.

»Lassen Sie es mich wissen, wenn sich herausstellen sollte, dass es sich bei Mortens Tod um ein Verbrechen handelte? Ich schätze die Gewissheit, Frau Portland.«

»Ja, natürlich. Ich werde Ihnen Bescheid geben. Auf Wiedersehen.«

An diesem Abend blieb Nina lange wach. Sie hatte einige Zeit vor dem Computer verbracht und »Harald Kobus« bei Google gesucht. Sie war lediglich auf die Homepage des Konzerns gestoßen. Nichts Privates über den Inhaber. Nicht die geringste Andeutung dessen, was sie interessierte: Unter welchen Umständen hatte das Ehepaar Kobus seinen Sohn verloren?

Sie hätte insistieren und sich noch einmal an Grethe Rixen wenden können. Aber sie war ihrer Intuition gefolgt. Druck hätte die alte Dame ihr nur übel genommen. Und wer weiß, vielleicht würden sie ja noch einmal miteinander zu tun haben. Frau Rixen und Harald Kobus verband jedenfalls mehr als nur der Verkauf der Fabrik in Esbjerg. Der Schmerz über einen allzu frühen Verlust.

Sie befand sich mitten auf der Spur, die Enis Kahraman gelegt hatte. Es irritierte Nina gewaltig.

Schließlich löschte sie im Wohnzimmer das Licht, zog den Schaukelstuhl ans Fenster, setzte sich mit einer Decke und einer Tasse Kaffee zurecht und legte die Beine auf die kleine Kommode. Sie hatte ein seltsames Gefühl.

Es lag an Grethe Rixen. Die alte Dame hatte sich in ihren Gedanken eingenistet. Nicht nur wegen der Fragen, die der Besuch aufgeworfen hatte. Nina konnte sich nicht erinnern, wann sie das letzte Mal einem so charismatischen Menschen mit einer derartigen inneren Ruhe begegnet war. Eine Frau, ganz in Schwarz gekleidet, mit einem Kreuz aus Silber und klaren Augen.

War es ihr Glaube? Bestand darin der ganze Unterschied? Aber der Besuch bei Frau Rixen hatte auch zu einem plötzlichen Anflug von Traurigkeit geführt. Man konnte sich nicht vor Zufällen schützen. Sie hatte an Jonas gedacht, als sie aus der Einfahrt in Hjerting fuhr. Hatte Angst gehabt, dass er eine Sekunde später überfahren werden könnte. Dass er einen falschen Schritt zum falschen Zeitpunkt an der falschen Stelle tat. Hatte an Astrid und Jørgen und ihren Vater gedacht.

Ihre Nächsten waren *ihr* Glaube, *ihre* Haltepunkte. Wenn sie ihr genommen würden, was bliebe dann noch?

Es war fast Mitternacht. Am nächsten Tag musste sie zur gewohnten Zeit im Präsidium erscheinen. Als Erstes würde sie Kontakt mit der Polizei in Hannover aufnehmen und erfragen, ob irgendetwas über den Tod eines jungen Mannes aus der Familie Kobus vorlag. Gegen Mittag würde sie Kurs in Richtung

Deutschland nehmen. Birkedal hatte grünes Licht gegeben, dass sie nach Hannover fuhr und ein Gespräch mit dem Inhaber des Kobus-Konzerns führte. Harald Kobus war freundlich und zuvorkommend gewesen, als sie ihn nach dem Besuch bei Frau Rixen anrief und um ein Treffen bat.

Kobus und Hannover ergaben eine Spur – ausgelegt von den Türken –, die sie bis zum Ende verfolgen musste. Bisher hatte der Istanbuler Geheimdienstchef recht behalten. Rixen und Kobus hatten Morten Busks Projekt über die Kurden finanziert, aber darüber hinaus schien die Behauptung einer Verschwörung noch immer weit hergeholt.

Die Reise nach Deutschland bedeutete, dass Jonas schon wieder nach Sønderho musste. Er sollte mit dem Rad von der Schule zur Fähre fahren. Dort würde Jørgen ihn wie immer abholen. Sie hatte das Gefühl, in einer Endlosschleife gefangen zu sein. Wie sollte sie ihren Job und den Alltag bewältigen ohne Astrid und Jørgen? Sie waren immer da. Sie sagten immer Ja. Immer mit einem Lächeln. Was taten all die anderen alleinstehenden Mütter in Dänemark?

32

Das Grand Hotel Mussmann am Ernst-August-Platz in Hannover lag direkt gegenüber dem Hauptbahnhof. Zentraler ging es kaum.

Nina fuhr den weißen Opel Vectra in eine freie Parklücke, stieg aus und streckte sich. Sie, die überhaupt nicht gern lange hinter dem Steuer saß, hatte in letzter Zeit viele Kilometer auf deutschen Straßen abgespult. Sie nahm ihre Reisetasche vom Rücksitz und schloss den Dienstwagen ab.

Nun würde sie sich ausruhen, etwas essen und sich auf den nächsten Tag vorbereiten. Bereits um neun Uhr würde sie sich mit Harald Kobus treffen, im Hauptsitz der Firma im Süden der Stadt.

Die Telefongespräche mit drei verschiedenen und durchaus nicht immer hilfsbereiten Kollegen der Hannoveraner Polizei hatten sie nicht klüger werden lassen. Niemand erinnerte sich daran, dass ein Kobus, der Sohn eines in Hannover ansässigen Industriellen, umgekommen sein sollte. Und Nina hatte keine Ahnung, wann es passiert war. Es konnte viele Jahre her sein. Die Polizei hatte augenscheinlich nichts damit zu tun gehabt.

Der Portier checkte sie zügig ein, und mit einer Zimmerkarte versehen, nahm sie den Aufzug in die zweite Etage.

Die beiden Männer, die auf einer Raststelle geduldig in einem BMW gewartet hatten, um der dänischen Polizistin auf dem letzten Stück nach Hannover zu folgen, schlenderten entspannt durch den Hotelflur der zweiten Etage.

Der Mann, der vor Zimmer 210 stehenblieb, hörte, dass im Badezimmer Wasser lief. Es klang, als würde die Dänin sich ein Bad einlassen.

Er zog ein winziges Plastikkästchen aus der Tasche, riss einen Schutzstreifen ab und klebte das Kästchen direkt an den Schließmechanismus der Tür. Während sein Kollege ein paar Meter weiter ein anderes Zimmer aufschloss, begutachtete er das Resultat. Das schwarze Kästchen war vom Schloss nicht zu unterscheiden, niemand würde misstrauisch werden.

Jetzt mussten sie noch die Ausrüstung einrichten. Das würde nur wenige Minuten in Anspruch nehmen, dann konnten sie sich in aller Ruhe ihrem Abhörauftrag widmen.

Abgesehen davon, dass er diese Portland zu beschatten hatte, wenn sie auf die Idee kam, das Hotel zu verlassen, brauchte er keinen Finger zu rühren. Sein Kollege, der fließend Dänisch sprach, hatte den härteren Job. Er musste wach bleiben, zuhören und einen Bericht mit der Übersetzung anfertigen.

Nina stand im Badezimmer, als sie ihr Mobiltelefon hörte. Sie erwischte es gerade noch, bevor der Anrufbeantworter sich einschaltete. Onkel Jørgen, sah sie auf dem Display.

Noch bevor sie den Mund öffnen konnte, hörte sie an seiner stoßweisen Atmung, dass irgendetwas nicht stimmte.

»Nina … Etwas … etwas Furchtbares ist geschehen. Ich …« Mit einem Mal hatte sie das Gefühl, als geriete ihr Körper völlig außer Kontrolle. Ihr Herz raste, ihr wurde schwindlig, und ihre Hand zitterte so, dass sie kaum das Telefon halten konnte.

»Ist was mit Jonas? Ist ihm etwas passiert? Was!?«

»Nein, nein. Ihm geht es gut. Uns dreien geht es gut, aber …«

»Aber *was*, zum Henker?«

Nina ließ sich auf die Bettkante sinken. Sie spürte die Erleichterung nicht, sie stand unter Schock. Bilder von Jonas, einem Krankenwagen, Sirenen. Sie atmete tief durch, aber ihre Hände zitterten noch immer. Dann drang Jørgens Stimme zu ihr durch.

»Ich wollte dich nicht erschrecken, Port. Entschuldige. Aber ich habe Jonas angebrüllt. Und er weint und weint. Das habe ich doch noch nie getan.«

»Aber weshalb denn?«

»Er hat mit Henrik gespielt. Henriks Vater ist gerade hier gewesen. Er erzählte, dass er die beiden zufällig in Henriks Zimmer erwischt hat. Sie saßen am Computer und haben sich so eine Art Film angeschaut. Ein Film, in dem Männer hingerichtet wurden. Kein normaler Film. Das, was da gezeigt wird, ist passiert, sagt er. Jonas behauptet, es sei eine deiner DVDs. Er habe sie sich genommen und eine Kopie gebrannt, als du einen Nachbarn besucht hast.«

»Was sagst du da, Jørgen! Jonas hat den Film mit den Hinrichtungen geklaut und eine Kopie gemacht? Hast du das gerade gesagt? Bist du sicher?«

»Ja, der Junge hat es zugegeben. Und ich habe ihm den Kopf gewaschen – ziemlich. Jetzt sitzt er bei Astrid in der Küche und heult.«

»Jonas und Henrik haben sich also diesen Film angesehen. Das ist ja furchtbar. Es ist übrigens Beweismaterial, das zum Fall des Kohlenmanns gehört.«

»Es tut mir leid, Port, aber ich bin so wütend geworden, dass ich …«

»Vergiss es. Ist okay. Jonas wurde schon neugierig, als er mitbekam, dass ich die Wohnzimmertür abgeschlossen hatte, damals, als ich mir den Film ansah. Du weißt ja, dass sie normalerweise offensteht. Er fragte sogar, ob es sich um einen Pornofilm handelt. Mein Gott … Eine Kopie … Lass mich bitte mit ihm sprechen, ja?«

Jørgen legte den Hörer ab. Sie schnappte ihre Stimmen auf. Astrid, die Jonas tröstete. Jørgen, der sich entschuldigte. Es verging einige Zeit, bis sie Jonas' belegte Stimme am Apparat hörte. Er schniefte laut.

»Jonas, was ist denn, mein Schatz?«

»Entschuldige, Mama. Ich dachte, es wär …«

Er begann wieder zu weinen, leise und unglücklich.

»Ja, ja, Jonas. Ich weiß genau, was du geglaubt hast. Aber das war es nicht. Onkel Jørgen kann dir alles erklären. Komm wieder zu dir, mein Schatz. Es ist doch nichts passiert, oder? Das ist nur ein Teil eines Films, den die Polizei in Amerika gedreht hat, um zu zeigen, was man mit Computertechnik inzwischen alles simulieren kann. Was ihr gesehen habt, ist in Wirklichkeit nicht passiert. Es ist nur ein Beispiel. Allerdings ist so etwas nichts für kleine Jungs. Es ist zu gewalttätig, verstehst du? Darum habe ich damals die Tür abgeschlossen.«

Jonas schniefte und holte tief Luft. »Das sah so echt aus, Mama. Entschuldige, ich mach das nie wieder. Henriks Vater hat mich auch ausgeschimpft, er war total wütend. Und Onkel Jørgen …« Wieder begann er zu weinen.

»Ach, mein Schatz. Sie haben sich bloß erschreckt. Es ist natürlich ein ziemliches Ding, dass du in meinen Sachen herumwühlst, das ist klar. Aber darüber reden wir in aller Ruhe, wenn ich morgen nach Hause komme. Okay?«

»Ja.«

»Gut. Jetzt lass dir ein bisschen kaltes Wasser über den Kopf laufen. Bestimmt gibt es bald was zu essen. Was gibt's denn heute Abend?«

»Steaks.«

»Hm, wenn ich nur dabei sein könnte. Geh jetzt ins Bad, ja, und sag Onkel Jørgen, dass ich noch einmal mit ihm reden muss. Okay? Mach's gut, mein Schatz. Bis morgen!«

Jørgen kam sofort ans Telefon. »Ich gehe davon aus, dass du die DVD jetzt hast?«

»Ja, natürlich.«

»Gut, ich schicke sofort einen Kollegen, der sie abholt. Wir reden morgen. Ich bin gegen vier zu Hause. Holst du mich in Nordby ab?«

»Natürlich. Und das mit Jonas tut mir leid.«

»Vergiss es. Er hatte einen Riesenanschiss verdient. Und jetzt beruhigt ihr euch wieder.«

»Ich glaube, er hat einen Schock bekommen, als ich ihn anschrie und ihm eine Ohrfeige gab. Henriks Vater war ebenfalls stinksauer. Port, was um Himmels willen ist das für ein Film?«

»Es ist Beweismaterial im Kohlenmann-Fall. Dir jetzt alles zu erklären, würde zu weit führen. Übergeb die DVD einfach an meine Kollegen, wenn sie auftauchen. Wir sehen uns morgen. Ich rufe an, wenn ich weiß, welche Fähre ich erwische.«

Nina ließ sich aufs Bett fallen. Sie spürte noch immer ihren Herzschlag, aber ihre Hände zitterten nicht mehr.

Nicht mehr die Angst um Jonas verursachte jetzt ihren beschleunigten Puls. Plötzlich waren sie wieder im Spiel. Gerade als sie enttäuscht einsehen mussten, dass ihnen die einzige Trumpfkarte aus der Hand geschlagen worden war, stieg dieser Beweis wie Phönix aus der Asche. Zu verdanken hatten sie das der Neugier eines kleinen Jungen.

Das Beweismaterial für die Gräueltaten war wieder da. Sie mussten diesen Vorteil nutzen.

Der Wind fegte kühl über den Platz, als Nina nach ihrem Restaurantbesuch zurück zum Hotel ging. Das schrille Geräusch eines bremsenden Zuges war in der Dunkelheit zu hören, gefolgt von einem dumpfen, metallischen Aufprall, der sich über die

Steinplatten des Platzes fortpflanzte. Hochbetrieb auf dem Bahnhof. Ein Schwarm Taxis stand mit leuchtenden Schildern bereit. Reisende kamen und gingen.

Nina hatte sofort Wejse anrufen wollen, um das Ganze mit ihm zu diskutieren. Und ihn nach Sønderho zu schicken, um die DVD zu holen. Doch dann hatte sie es bleibenlassen. Erst musste sie alles verdauen. Herausfinden, welche Möglichkeiten es gab.

Auch zu Birkedal hatte sie keinen Kontakt aufgenommen. Aus demselben Grund. Sie war ein verdammtes Eichhörnchen. Sie sammelte Wissen. Und wollte selbst daran herumnagen, als Erste.

In der Gegend hinter dem Opernhaus hatte sie ein gutes kleines indisches Restaurant gefunden und Lammcurry gegessen. Ihr schmeckte alles, wenn es nur in einer Currysoße lag.

Während des Abendessens hatte sie noch einmal gründlich über den Fall nachgedacht. Sie befürchtete, Birkedal würde die Kopie an den PET weiterleiten oder zumindest Gudmundsen von ihrer Existenz informieren. So war das mit Hierarchien. Nicht nur die Götter wussten, dass Birkedal sich gar nichts anderes erlauben konnte. Trotzdem konnte sie ihre Entdeckung auf keinen Fall für sich behalten.

Schließlich entschloss sie sich, in Birkedals Büro zu erscheinen und ihm die DVD persönlich auf den Schreibtisch zu legen – um dann mit ihm die Optionen zu diskutieren. Gab es irgendeine Möglichkeit, den PET zu umgehen, der ja trotz allem die Ermittlungsarbeit der Esbjerger Polizei nicht unerheblich sabotiert hatte? In diesem Fall hätten sie eine Trumpfkarte, die sie den Türken auf den Tisch knallen konnten.

Sie blieb auf dem Bürgersteig stehen und rief die Nummer wieder auf. Jørgen nahm ab. Sie schlenderte weiter, während sie ihn kurz darüber informierte, dass sie ihre Meinung geändert hatte. Es komme doch kein Kollege, um die DVD zu holen. Er solle sie lediglich gut verstecken, sie würde sie an sich nehmen, sobald sie wieder zu Hause sei. Glücklicherweise hatte sich Jonas beruhigt, er hatte sogar schon wieder einigermaßen gute Laune. Nachdem sie aufgelegt hatte, legte Nina einen Schritt zu.

Der Mann fröstelte in der viel zu dünnen Lederjacke. An der Ecke blieb er stehen und blickte der dänischen Frau hinterher, die über den Ernst-August-Platz direkt auf das Grand Hotel Mussmann zuging. Sie sah aus, als würde sie ebenfalls frieren.

In der verhältnismäßig kurzen Zeit, die diese Portland draußen war, hatte sich nichts Interessantes ereignet. Abgesehen davon, dass sie gerade telefoniert hatte. Vermutlich sprach sie sich mit ihren Leuten ab. Glücklicherweise war der Ausflug aber nicht ganz umsonst gewesen. Denn er hatte, genau wie sein »Zielobjekt«, Lammcurry gegessen, eine ausgezeichnete Mahlzeit.

Erst als die Dänin durch die Eingangstür des Hotels verschwunden war, ging er zu dem weißen Opel, der an der Bordsteinkante parkte, ein Stück von der nächsten Straßenlaterne entfernt. Er stellte sich an die Vordertür, sah sich vorsichtig um und zog dann ein Schlüsselbund aus der Jackentasche. Erst der sechste Schlüssel passte, außerdem musste er auch den dünnen Metalldraht benutzen. Dann ließ sich der Schlüssel endlich drehen, und er konnte sich hinters Steuer setzen.

Er holte die kleine elektronische Abhöreinrichtung aus der Tasche, riss ein Stück Klebeband ab und klebte sie sorgfältig an die Unterseite des Armaturenbretts. Das Gerät war ein kleines Wunderwerk, nicht sehr viel größer als eine Halspastille, aber mit einer Reichweite von fast eintausendfünfhundert Metern. Sie konnten also einen angenehmen Abstand wahren. Er richtete sich auf und brummte zufrieden. Jetzt war die Portland verwanzt.

Er stieg aus, schloss den Wagen wieder ab und überquerte den Platz. Gleich würde er seinen Kollegen ablösen, der bestimmt gewaltigen Hunger hatte. Er hoffte nur, dass ihr »Objekt« sich für den Rest des Abends ruhig verhielt, damit sie in aller Ruhe in ihrem warmen Hotelzimmer sitzen konnten.

33

Sie verfuhr sich einmal, bevor sie Kobus Electronics fand, deren Firmengebäude auf einem freien Gelände einige Kilometer südlich von Hannover standen. Eine Frau in einem roten Kostüm stand am Empfang und begrüßte sie. Nina nannte ihren Namen.

»Willkommen bei Kobus Electronics. Ich hoffe, Sie hatten eine angenehme Reise.« Die Empfangsdame lächelte professionell. »Es dauert noch einen kleinen Moment. Herr Kobus ist in einer Konferenz. Sobald sie zu Ende ist, begleite ich Sie hinauf.« Auf Bitten der Frau nahm Nina in einer Sitzgruppe aus Leder Platz. Harald Kobus hatte Geschmack, wenn er für die Einrichtung verantwortlich war. Die Möbel hatten die gleiche Farbe wie der dunkle Steinboden, und an den Wänden hingen Gemälde in kräftigen Farben, abstrakte Landschaftsbilder.

Nach einigen Minuten kam die Dame vom Empfang zurück und bat sie, ihr zu folgen. Harald Kobus sei nun bereit, die dänische Polizei zu empfangen.

Schließlich standen sie vor dem Allerheiligsten, einer großen Tür aus massivem Holz. Die Frau klopfte respektvoll und öffnete erst, als sie hereingebeten worden war.

»Ihr Gast aus Dänemark, Herr Kobus.« Die Empfangsdame führte Nina herein.

»Danke. Geben Sie bitte Steiner Bescheid, dass unser Gast gekommen ist.«

Die Frau nickte und verließ mit eiligen Schritten das Büro.

»Aha. Kriminalpolizei aus Esbjerg. Willkommen, Frau Portland.«

Harald Kobus erhob sich hinter einem gigantischen Mahagonischreibtisch. Ein großgewachsener, beleibter Mann. Mit auffallend schwarzem Haar. Trotz seiner Körperfülle war er verblüffend flink. Einen Augenblick später stand er bereits vor ihr und drückte Nina fest die Hand. Er lächelte breit. Beinahe so, als würde ihn der Gedanke amüsieren, dass ausgerechnet er von allen Menschen auf der Welt eine Ermittlerin der dänischen Kriminalpolizei empfing. Seine Augen blickten freundlich durch eine randlose Brille.

»Frau Portland, kommen Sie, setzen Sie sich.«

Harald Kobus führte sie zu einem kleinen Sofaarrangement. Dann klopfte es an der Tür, und eine Frau mit Kaffee und Keksen trat ein.

»Stellen Sie es einfach hierher. Eine Tasse Kaffee und ein paar Kekse kann man immer zu sich nehmen, nicht wahr? Bitte sehr.« Nina setzte sich und stellte die Frage, die ihr auf der Zunge lag: »Was stellt Ihre Firma eigentlich genau her?« Einen Teil der Antwort kannte sie bereits von der Homepage des Konzerns, aber sie erschien ihr eine gute, allgemeine Eröffnung ihres Gesprächs.

»Steuerungssysteme für die Industrie, vor allem für die Nahrungsmittelindustrie. Mit Hardware im alten Stil hat es angefangen. Und heute verfügen wir über eine Entwicklungsabteilung und programmieren unsere eigene Software. Daher der Stacheldraht auf der Umzäunung. Die Konkurrenz ist hart in unserer Branche.«

Sie nickte und versuchte, einen interessierten Eindruck zu erwecken.

Erst nachdem Harald Kobus ein paar Kekse gegessen hatte, nahm er das Gespräch wieder auf. »Ich muss gestehen, dass ich ein wenig verblüfft war über Ihre Bitte. Ich habe mich daraufhin an eine gute Bekannte meiner Familie in Esbjerg gewandt, an Frau Grethe Rixen. Sie haben sie ja offenbar auch aufgesucht.«

Es klopfte, und ein großer, schlanker Mann in dunklem Anzug trat ein.

»Ah, da haben wir Herrn Steiner. Meinen engsten Mitarbeiter. Georg Steiner ist bei meinen Besprechungen immer dabei.«

Der Mann, der um die fünfzig und schon etwas graumeliert war, hatte ein schmales und strenges Gesicht, das sich jedoch vollkommen verwandelte, als er Nina mit einem herzlichen Lächeln die Hand gab. Steiner setzte sich ihnen gegenüber und schenkte sich eine Tasse Kaffee ein.

»Zurück zu Ihrer Verwunderung. Sie ist verständlich, aber sehen Sie, wir sind gezwungen, bei unseren Ermittlungen alle Aspekte des Falls in Betracht zu ziehen. Und das führt mich zu Ihnen, Herr Kobus, genau wie zu Frau Rixen. Es ist reine Routine.« Nina stellte die Kaffeetasse ab und fuhr fort: »Ich würde gern mehr darüber erfahren, warum Sie einen Dokumentarfilm über das kurdische Volk finanziell unterstützen. Möglicherweise aus kulturellem Interesse?«

Kobus aß weiter und ließ sich viel Zeit. »Tja, Frau Portland, wir alle sind Menschen vor dem Herrn. Die Kurden sind ein großes vergessenes Volk, das kein eigenes Land hat, obwohl man behaupten könnte, dass sie ebenso viel Recht darauf haben wie viele andere Völker. Ich finde, wir sind heutzutage zu wenig informiert. Zumindest schulden wir den Kurden wohl eines – nämlich, über ihr Schicksal zu informieren. Nun ja, das klingt vielleicht idealistisch. Mein Engagement hatte wohl auch damit zu tun, dass ich Frau Rixen einen kleinen Gefallen tun wollte. Sie ist – war – diesem dänischen Kameramann sehr zugetan und hat oft von ihm erzählt, bis sie mich eines Tages fragte, ob ich mitmachen würde.«

»Sie gingen darauf ein und unterstützten das Projekt hauptsächlich wegen Frau Rixen?«

»Nein, so kann man das nicht sagen. Eine Mischung …«

»Wie viel haben Sie beigetragen?«

»Doppelt so viel wie Frau Rixen, ungefähr anderthalb Millionen dänische Kronen. Es handelte sich um eine teure Produktion.«

»Und woher kam das Geld? Aus dem Werbebudget des Konzerns?«

Harald Kobus lachte auf und griff nach einem weiteren Keks.

»Nein, nein, Frau Portland. Wir würden wohl kaum erfolgreich bleiben, wenn wir einen Film über die Kurden mit Firmengeldern unterstützen. Nein, das Geld stammt aus der Manfred-Kobus-Stiftung. Mein Vater …«

»Ein Erinnerungsfonds, so wie Frau Rixens Stiftung?«

»Ja, mein Vater starb vor vielen Jahren. Er hatte die Firma gegründet. Noch etwas Kaffee?«

Kobus schenkte nach. Sie blickte ihn verstohlen an. Jetzt war sie sicher, dass er sein Haar färbte. Alte Männer, die ihr Haar färbten … Eine kleine Glocke klingelte in ihrem Hinterkopf. Sie war so voller verdammter Vorurteile.

Flüchtig sah sie zu Georg Steiner hinüber. Er hatte entspannt die Beine übereinandergeschlagen und hörte zu. Nina spürte etwas Hellwaches in seinem Blick und seiner nonchalanten leisen Attitüde. Warum nahm er an einer Besprechung teil, wenn er nur stumm wie ein Fisch dabeisaß? Sie vermisste Wejse. Das Treffen strengte sie schon jetzt an. Zu zweit lief es besser. Man konnte sich ablösen, zuhören und unterdessen neue Fragen vorbereiten.

»Wen unterstützt Ihre Stiftung sonst noch? Könnten Sie mir ein paar Beispiele nennen?«

»Alles habe ich jetzt nicht parat. Neulich haben wir die Reise eines Mädchenchors in die USA finanziert, den Ankauf einer neuen Orgel für eine Kirche, die Errichtung von Sportanlagen. Alles Mögliche, Frau Portland, alles Mögliche.«

»Und die Zielsetzung, wie lautet die?«

»Auswendig weiß ich den Wortlaut der Satzung nicht, aber die Arbeit der Stiftung beruht auf christlichen Werten und einer humanitären Grundlage. Meine Familie gehört seit Generationen zu den Hirten des Herrn. Das Filmprojekt war aber eher im humanitären Bereich angesiedelt.«

»Sie sind gläubig, wie Frau Rixen?«

Harald Kobus nickte. »Wie die liebe Grethe Rixen, ja.«

Nun kam der schwerste Teil. Nina hatte lange darüber nachgedacht, wie sie die Frage angehen sollte, deren Antwort sie am meisten interessierte. Kobus' Bemerkung zur Familie schien eine geradezu ideale Überleitung zu sein.

»Sind Sie der einzige Kobus im Konzern, oder ist es ein Familienunternehmen?«

»Ich bin der Einzige. Meine Schwester arbeitet an der Universität. Sie hat sich fürs Geschäft nie interessiert.«

»Und Sie sind verheiratet und haben Kinder?«

Kobus blickte sie an. Zum ersten Mal während ihrer Unterhaltung schien er misstrauisch zu werden. Jedenfalls verschwand sein Lächeln. Steiner saß noch immer still und entspannt da und schaute vor allem auf seine Schuhe.

»Verheiratet? Ja, seit achtundzwanzig Jahren mit derselben Frau, Beate. Wir haben einen Sohn.«

Kobus' Blick glitt langsam fort, und er starrte auf einen undefinierbaren Punkt hinter der großen Fensterscheibe.

»Ich habe Frau Rixens Enkelin kennengelernt, als ich sie besuchte. Ein hübsches Mädchen. Der Verlust ihrer Schwester muss sehr schmerzlich gewesen sein. Eine furchtbare Geschichte.«

Sie schwieg. Nun stand sie genau dort, wo Enis Kahraman sie haben wollte. Sie wusste es. Die Spur war der Sohn, den Kobus verloren hatte.

Sie atmete tief ein. Würde er es selbst ansprechen? Kobus machte nicht den Anschein. Also musste sie es tun.

»Frau Rixen erwähnte auch, dass Sie einen Sohn verloren haben. Das tut mir leid.«

Kobus nickte, noch immer mit einem abwesenden Blick. »Das ist korrekt. Beate und ich verloren unseren ältesten Sohn Markus vor einigen Jahren. Er war siebenundzwanzig Jahre alt.«

Jetzt galt es, behutsam vorzugehen.

»Darf ich fragen, unter welchen Umständen?«

Die Antwort kam zögerlich. »Markus kam bei einem Unglück ums Leben. Eine verirrte Kugel, ein Querschläger. So sinnlos, so zufällig.«

»War er Jäger?«

»Nein. Er geriet auf offener Straße in ein Kreuzfeuer. Die Polizei vermutete Terroristen. Er suchte Zuflucht in einem Geschäft, wurde aber trotzdem getroffen.«

»Oh, mein Gott.«

Sie schwieg wieder, respektvoll.

»Es hat lange gedauert, bis wir darüber hinwegkamen. Aber es gibt einen höheren Sinn in allem. Das lernt man mit der Zeit, Frau Portland.«

»Passierte es hier in Hannover? Hätte die deutsche Polizei dieses furchtbare Unglück nicht verhindern können?«

Kobus schüttelte sachte den Kopf. Sein Blick entfernte sich wieder. »Nein. Es geschah in der Türkei.«

Nina wollte gerade nach ihrer Kaffeetasse greifen, unterbrach sich aber mitten in der Bewegung. Sie spürte, wie sie langsam vom Hals aufwärts feuerrot wurde. Die Türkei. Das war es.

Sie bemühte sich, die Fassung zu bewahren.

»In der Türkei. Wie konnte das …«

»Markus war ausgebildeter Grundstücksmakler. Er machte eine Blitzkarriere in einer Münchner Firma, man hatte ihn gerade zum Vizedirektor einer Tochtergesellschaft in der Türkei ernannt …« Harald Kobus biss sich auf die Unterlippe und kniff die Augen hinter den Brillengläsern zusammen. »… als er umkam. Es geschah in Marmaris während einer Polizeiaktion gegen eine mutmaßliche Terroristenzelle.«

Ninas Gehirn arbeitete mit Hochdruck. Ihre Fragen mussten nach natürlichem Interesse klingen, nach Mitgefühl – nicht nach Verhör. Aber sie *musste* mehr erfahren. Sie spürte, wie Steiner sie musterte.

»Sie sagen, der Schuss könnte ein Irrläufer gewesen sein? Stammte die Kugel vielleicht aus einer Polizeiwaffe?«

»Das blieb ungeklärt.«

Nina hatte eine Idee. Es schien einen Versuch wert. »Ein harter und zermürbender Entschädigungsfall, könnte ich mir vorstellen?«

»Entschädigung? Aber warum? Nichts kann den Tod von Markus entschädigen.« Kobus schwieg erneut. Sie sah, wie seine Kiefermuskeln arbeiteten. Dann fuhr er fort: »Aber Sie haben sich kaum auf den langen Weg gemacht, um sich nach dem Tod meines Sohnes zu erkundigen, Frau Portland?«

»Natürlich nicht. Entschuldigen Sie, wenn ich …«

»Wir haben es inzwischen hinter uns, aber wir tragen Markus in unseren Herzen. Er wurde jung heimgerufen. Aber auch wenn man es nicht versteht, selbst wenn es einem ungerecht erscheint, so liegt doch ein höherer Sinn in allem. Daran halten wir fest, meine Frau und ich. Ein Jahr später bekamen wir einen Enkel. Die größte Freude für uns.«

»Wie schön. Was macht Ihr zweiter Sohn?«

»Er arbeitet in der Finanzbranche. Holger wohnt in der Schweiz.«

Sie nickte und hielt inne. Das Schweigen wirkte jetzt verkrampft. Ihr fehlte Wejses eisige Ruhe. Sie kam nicht weiter. Oder gab es einfach nicht mehr?

Kobus begann, unruhig an sich herumzuzupfen, zog diskret den Jackettärmel hoch, um auf die Uhr zu sehen. War da noch etwas, nach dem sie fragen sollte? Das Motiv, das Enis Kahraman sie finden lassen wollte, hatte sie gerade gefunden. Markus' Tod – eine zufällige Kugel – in der Türkei …

Ihr Handy klingelte. Sie erkannte Wejses Nummer. »Sie entschuldigen mich?«

Kobus nickte.

»Kann das nicht warten, Tim? Ich sitze in Herrn Kobus' Büro.«

»Nein! Das kann nicht warten.«

Sie stand auf, machte eine entschuldigende Handbewegung und ging vor die Tür.

»Was zum Teufel ist los? Ich bin mitten in …«

»Hör genau zu, Nina. Enis Kahraman hat mir gerade einen Haufen Unterlagen zugefaxt. Er hat angerufen und nach dir gefragt … Es sind Dokumente, die zeigen, dass Harald Kobus' Sohn während einer Polizeiaktion in Marmaris durch einen Unfall ums Leben kam.«

»Ich weiß.«

»Weißt du auch, dass ein verbitterter Kobus mehrere Jahre lang gerichtlich gegen die türkische Polizei vorging? Er beschuldigte sie der totalen Verantwortungslosigkeit, da sie sich auf ein Feuergefecht auf offener Straße eingelassen hatte. Er verlangte von der türkischen Polizei, die Verantwortung für Markus' Tod zu übernehmen, und meinte, die Schussrichtung beweise, dass die tödliche Kugel ein Polizeigeschoss war. Er verlangte zwei Millionen Euro Entschädigung.«

»Meine Herren …«

»Der Fall wurde im vergangenen Jahr von einem Richter abgewiesen. Internen Untersuchungen zufolge konnte die Polizei in Marmaris keineswegs für das Unglück verantwortlich gemacht werden. Im Gegenteil deutete offenbar alles darauf hin, dass der junge Deutsche von der Kugel eines Terroristen getroffen worden sei.«

»Hm, damit hat Kobus ein Motiv, wenn er den Türken schaden will. Hass. Rache …«

»Die tödliche Kugel ist übrigens irgendwie ›verschwunden‹. Kobus hat wahrscheinlich recht mit seiner Anklage.«

»Ich muss wieder rein, Tim. Kobus hat gerade, religiös wie er ist, erklärt, dass es sich um einen Unglücksfall gehandelt habe, mit dem er und seine Frau sich abgefunden hätten, weil die Wege des Herrn unergründlich seien oder so was in der Art. Soll ich ihn mit dem, was wir wissen, konfrontieren, was meinst du?«

»Das musst du. Er muss sich erklären.«

»Und was ist mit seinen rechten Überzeugungen? Westen kontra Muslime, der Verfall des Vaterlandes und all dieser Blödsinn?«

»Vergiss es. Das ist nützliches Wissen – aber es sind Parolen. Vorläufig haben wir, was wir brauchen.«

»Okay. Danke, Tim.«

Sie legte auf, atmete tief durch und ging wieder hinein. Steiner und Kobus plauderten. Normalerweise wäre das Wort »Lüge« angebracht gewesen, aber sie beschloss, sich zurückzuhalten. Eine Konfrontation führte zu nichts. Es blieb nur die Diplomatie.

Nicht gerade ihre stärkste Seite.

»Entschuldigen Sie die Unterbrechung«, begann sie. »Aber ich habe gerade neue Informationen erhalten. Informationen, die mich notwendigerweise noch einmal auf den Tod Ihres Sohnes zurückkommen lassen, Herr Kobus.«

»Informationen? Was meinen Sie?« Kobus sah sie misstrauisch an. Er klang irritiert.

»Ich bin mir darüber bewusst, dass es schmerzlich für Sie sein muss, darüber zu sprechen, aber … Laut meinen Informationen haben Sie tatsächlich mehrere Jahre lang ein Verfahren gegen die türkische Polizei verfolgt, um deren Verantwortung am Tod Ihres Sohnes zu beweisen und eine Entschädigung zu erwirken.«

Es wurde still. Steiner richtete sich kaum merklich auf dem Sofa auf. Kobus kniff die Augen zusammen. »Und woher haben Sie diese Informationen?«

»Von der türkischen Polizei, die natürlich parallel zu uns Morten Busks Tod untersucht. Es wurde ein Fax ans Präsidium in Esbjerg geschickt, während wir uns hier unterhielten.«

»Selbst wenn das wahr sein sollte, was hat das alles mit dem Tod dieses dänischen Kameramanns zu tun, Frau Portland? Was hat mein familiärer Verlust mit diesem Fall zu tun? Würden Sie mir das freundlicherweise erklären?«

»Nichts. Wir sammeln lediglich Informationen. Ich wundere mich nur darüber, dass Sie mir etwas verschweigen, obwohl ich natürlich verstehe, dass das alles sehr schwierig für Sie ist.«

»Herr Kobus hängt die ganze Angelegenheit um den Tod von Markus nicht an die große Glocke, Frau Portland. Das hat er nie getan.«

Zum ersten Mal hatte Georg Steiner das Wort ergriffen, um seinem Chef beizuspringen. Dann fuhr er langsam fort: »Sehen Sie, alles andere würde bei einem so persönlichen Unglück nur zu Missverständnissen führen. Die Menschen würden glauben, es ginge um Rache oder gar um Geld. Aber so verhält es sich nicht. Es geht der Familie nur um eins: Gerechtigkeit.«

Kobus nickte und räusperte sich. »Herr Steiner hat recht. Aber ich hätte Ihnen diese Tatsache natürlich nicht vorenthalten dürfen, Frau Portland. Sehen Sie, meine Frau und ich wollten einfach die Verantwortlichkeit klargestellt wissen. Wir wollten, dass die Türken eingestehen, dass es ihr Versagen war. Das Geld … Herrgott, es ist Kleingeld. Symbolisch. Hätten wir vor Gericht gewonnen, hätten wir den Betrag wohltätigen Zwecken gestiftet. Aber ich verstehe nicht, warum Sie uns und die Tragödie, die wir erlebt haben, in Ihre Ermittlungen hineinziehen, Frau Portland.«

»Sie haben recht. Der Tod Ihres Sohnes hat natürlich nichts mit dem Tod des dänischen Journalisten zu tun. Aber es gibt den Verdacht, dass Morten Busk nicht Opfer eines Verkehrsunfalls geworden ist, wie zunächst angenommen wurde. Deshalb habe ich mit Frau Rixen gesprochen, und deshalb besuche ich Sie. Wir müssen mit allen Personen sprechen, die mit Herrn Busk und seinem Filmprojekt in Kontakt standen.«

Kobus nickte und wurde wieder versöhnlicher.

»Natürlich, natürlich. Ich muss mich entschuldigen …«

Jetzt hatte sie zu nicken, zu lächeln und auszugleichen. Vielleicht war ja doch eine Diplomatin an ihr verloren gegangen?

»Das ist vollkommen in Ordnung. Lassen Sie uns zum eigentlichen Fall zurückkehren. Haben Sie etwas von Morten Busk gehört, während er in der Türkei unterwegs war?«

»Hm, ja, ein einziges Mal. Er rief an und berichtete, dass alles ausgezeichnet vorangehe, dass sie einige gute Interviews geführt hätten und so weiter. Warum sollte er das Opfer eines Verbrechens geworden sein?«

»Es ist wirklich nur eine Hypothese, aber wir müssen jedem Verdachtsmoment nachgehen.«

»Glauben Sie, Herr Busk war in etwas Kriminelles verwickelt?

Oder dass sein Tod im Zusammenhang mit seinem Filmprojekt steht?«, schaltete sich Steiner ein.

Nina schüttelte den Kopf. »Wir wissen es nicht. Alles ist möglich. Vielleicht zeigt sich am Ende, dass es tatsächlich ein Unfall gewesen ist. So ist das mit Verdachtsmomenten. Sie müssen bestätigt oder entkräftet werden … Erinnern Sie sich noch, wann Busk Sie anrief?«

»Nach etwa einer Woche, glaube ich. Nicht weil er Rechenschaft abzulegen hatte. Ich habe ihn nie gebeten anzurufen. Möglicherweise hatte er nur das Gefühl, dass er sich melden sollte, weil ich einer der Sponsoren war.«

Sie nickte. Sie würde Wejses Rat folgen. Die weiteren Informationen über Harald Kobus' antiislamische Ansichten würde sie selbst in Erfahrung bringen. Keinesfalls durfte sie dem Mann durch ihr Interesse zeigen, was sie wussten. Sie hatte bekommen, was sie wollte. Ein Motiv.

»Tja, ich denke, im Moment habe ich keine weiteren Fragen. Ich danke Ihnen sehr, Herr Kobus, dass Sie mich empfangen haben.«

Kobus lächelte. »Gerne, Frau Portland.«

Sie erhob sich und gab beiden die Hand. Dann begleitete Harald Kobus sie bis zum Empfang.

Sie war müde. Unendlich müde von den Höflichkeiten, von der Anstrengung, eine glatte Fassade aufrechtzuerhalten – und der deutschen Sprache, die ihre volle Konzentration erforderte.

Auf dem Parkplatz drehte sie sich um, weil sie wissen wollte, ob Kobus ihr nachsah, aber er war längst wieder verschwunden.

Erst als sie bereits ein gutes Stück auf der Autobahn in Richtung Norden zurückgelegt hatte, begann sie nachzudenken.

Harald Kobus hatte einen glatten und zuvorkommenden Eindruck gemacht, bis sie sich nach dem Tod des Sohnes erkundigte. Genau an diesem Punkt jedoch war das Lächeln des Deutschen verschwunden, genau an diesem Punkt hatte er begonnen, gereizt zu reagieren.

Georg Steiner, der früher beim Verfassungsschutz gewesen war, hatte in erster Linie geschwiegen. Das widersprach seinem Titel – PR-Chef. Ein gespenstischer Typ, dieser Steiner.

Sie hatte das Material benutzt, das ihr Enis Kahraman in der Blauen Moschee überlassen hatte. Inzwischen hatte er ihr noch ein wenig mehr geholfen, indem er einige Dokumente faxte, die er offenbar zunächst bewusst zurückgehalten hatte. Als ob der Geheimdienstchef genau gewusst hatte, dass sie in diesem Moment in Kobus' Büro saß.

Was spielte Kahraman für ein Spiel? Wollte er sie auf eine wohlpräparierte falsche Fährte locken und Zeit gewinnen? Wollte er eine interne türkische Affäre unter den Teppich kehren? Oder entschuldigte er sich indirekt für die Morde, die auf dänischem Territorium begangen worden waren?

Vielleicht hatte er aber auch ohne irgendwelche Hintergedanken die Lösung des Falles vorbereitet, und zwar dort, wo er begonnen hatte – bei der Polizei in Esbjerg.

Sie hatte keine Ahnung.

Ein knallgelber Porsche donnerte mit einer Geschwindigkeit an ihr vorbei, die bei etwa dreihundert Stundenkilometern liegen musste. Ein bunter Strich flog durch die Landschaft. Dann war er verschwunden.

Ninas Gedanken kreisten um dieses seltsame Freundesgespann, Grethe Rixen und Harald Kobus. Beide waren fest verankert in ihrem Glauben. Ihre Wege kreuzten sich, als Rixens Firma verkauft wurde. Dann hatte sie eine eigenartige Schicksalsgemeinschaft enger miteinander verbunden – islamistische Fundamentalisten hatten ihnen ihre Liebsten entrissen, direkt oder indirekt.

Susan Rixen war siebzehn Jahre alt gewesen. Ein Selbstmordattentat in Ägypten.

Markus Kobus wurde siebenundzwanzig. Ein Querschläger in der Türkei.

In jedem Fall hatten beide Familien ein Motiv, um sich an der muslimischen Welt zu rächen.

Würde die lange Reise, auf die der Kohlenmann sie geschickt hatte, mit der schlichten Erklärung enden, dass ein Mann, dem die türkische Polizei bitteres Leid zugefügt hatte, die Gelegenheit beim Schopf gepackt und sich gerächt hatte? Mit oder ohne Frau Rixens Wissen?

Sie mussten weitergraben. Und sie mussten sich noch einmal mit Enis Kahraman treffen. Jetzt hatten sie etwas, womit sie ihm und dem MIT den Arm umdrehen konnten – die DVD, die Jonas kopiert hatte. Hauptsache, Birkedal stimmte zu.

Sie rief in Sønderho an. Astrid nahm ab.

»Hallo, ich bin's, ich bin auf dem Weg nach Hause. Ich muss nur rasch aufs Präsidium und den Wagen abgeben. Ich gehe davon aus, dass ich Jonas auf der Fähre treffe. Wir essen nur kurz was bei euch, dann nehme ich die DVD mit nach Hause. Okay?«

»Ja, Jørgen sagte, dass du deine Meinung geändert hast?«

»Ja, ich will sie Birkedal selbst übergeben und bei der Gelegenheit mit ihm darüber sprechen.«

»Jørgen hat mir alles erzählt. Unheimlich, finde ich.«

»Jonas hätte nur seine Finger bei sich behalten müssen, aber …«

»Sei jetzt nicht zu streng mit ihm, Nina. Er ist kreuzunglücklich.«

»Keine Sorge. Na, ich bin bald da. Bis dann!«

Der Mann auf dem Beifahrersitz hatte ein Headset auf und notierte etwas in einen Block. Plötzlich erstarrte er. Was hatte die Portland da gerade gesagt? Sie würde selbst kommen und die DVD holen?

»Sie ist immer noch dort!«

Sein Partner hinter dem Steuer sah ihn mit einem überraschten Gesichtsausdruck an.

»Was meinst du?«

»Die DVD wurde gar nicht abgeholt. Die Portland hat gerade verabredet, dass sie sie selbst mitnimmt.«

»Verflucht.«

Der Partner wechselte auf die Überholspur und schaute auf die Uhr. »Ruf ihn sofort an, das muss er jetzt selbst entscheiden.«

Die Uhr zeigte halb fünf, bis zur Abfahrt der Fähre hatte Nina noch viel Zeit. Den Wagen hatte sie am Präsidium abgestellt, dann war sie mit dem Fahrrad zum Hafen gefahren. Jetzt saß sie auf einer Bank vor dem kleinen Terminalgebäude und blätterte unschlüssig in einer Zeitung. Ein wenig frische Luft tat gut nach der langen Autofahrt bis Esbjerg.

Obwohl sie noch genug Zeit hatten, wunderte sie sich. Jonas war noch nicht aufgetaucht. Sie hatte ihm von einer Raststätte aus eine SMS geschickt und ihm erlaubt, einen Freund aus der Schule mit nach Hause zu nehmen. Sie hielt weiter Ausschau. Merkwürdig. In knapp zehn Minuten legte die Fähre ab, die SMS hatte sie bereits vor einer Stunde geschickt, und sie hatten verabredet, sich an der Fähre zu treffen.

Aus den Augenwinkeln bemerkte sie eine Gestalt, die sich ans andere Ende der Bank setzte. Sie sah sich noch einmal um. Noch immer kein Jonas. Sie zog ihr Handy aus der Tasche. Jetzt musste sie ihn erwischen, mit dem Jungen *reden*, statt immer nur diese verdammten SMS zu verschicken. Sie wählte die Nummer und wartete.

»Ihr Sohn antwortet nicht, Frau Portland.«

Eine Männerstimme auf Englisch. Mit hartem Akzent. Sie drehte sich verblüfft um. Es war der Mann auf ihrer Bank. Sie kannte ihn.

Unter seiner Jacke hielt er eine Pistole. Der Lauf war direkt auf sie gerichtet.

34

Der alte Stasi-Agent, der vor einigen Tagen vor ihren Augen verschwunden war, saß regungslos auf der Bank. Plötzlich wurde ihr klar, was er gerade gesagt hatte: Ihr Sohn antwortet nicht, Frau Portland.

Jonas! Eine Druckwelle traf ihren Körper. Verwirrt registrierte sie ihren harten Herzschlag. Wie er sich in ihrem Körper ausbreitete. Wie sich alle Muskeln verspannten. Unwohlsein überschwemmte sie.

Jetzt hielt der Deutsche einen Zeigefinger an seine Lippen. Dann deutete er diskret auf die Pistole in seiner rechten Hand.

»Bleiben Sie ruhig. Wenn Sie tun, was ich sage, geschieht Ihnen nichts. Verstanden?«

Nina nickte und meinte, sich übergeben zu müssen. Jonas! Es war das zweite Mal kurz hintereinander. Jørgens Anruf hatte sie aus der Bahn geworfen. Doch jetzt war die Bedrohung real …

Ihre Hände und Knie zitterten. Sie sah den Deutschen fragend an. Er rückte ein bisschen näher.

»Es geschieht jetzt Folgendes, Frau Portland, wir gehen an Bord der Fähre. Sie gehen vier Schritte vor mir, in aller Ruhe. Wir setzen uns aufs Oberdeck. Und dann steigen wir in das Auto Ihres Onkels und fahren zu ihm nach Hause. Sie geben mir die Kopie, die Ihr Sohn gebrannt hat. Und alles ist in Ordnung. So weit verstanden?«

»Mein Sohn, was ist mit meinem Sohn?« Nina konnte sich nicht mehr kontrollieren, rang nach Luft.

»Wenn ich es Ihnen sage, verlassen wir das Haus Ihres Onkels. Sie bekommen Ihren Sohn zurück, sobald es dunkel geworden ist und ich verschwinden kann. Und denken Sie an dieses kleine Detail hier.« Julius Hirschfeld hob die Pistole. »Sie ist permanent auf Sie gerichtet. Für den Fall, dass Sie plötzlich auf irgendwelche dummen Ideen kommen. Aber für so etwas sind Sie ja eigentlich zu intelligent, Frau Portland.«

Sie stieg die Treppe zum Oberdeck hinauf. Julius Hirschfeld ging direkt hinter ihr. Kurz bevor sie das Deck betraten, bat er sie, die Jacke zu öffnen, damit er sich davon überzeugen konnte, dass sie nicht bewaffnet war. Dann befahl er ihr, sich auf eine der Bänke zu setzen, er selbst nahm ihr gegenüber Platz.

Es war kalt. Der Wind ließ die meisten Passagiere unten im Salon bleiben. Sie waren die Einzigen auf dem Achterdeck. Auf dem vorderen Oberdeck stand eine Gruppe Schulkinder.

Im Schutz ihrer Jacke zündete Nina sich eine Zigarette an. Allmählich konnte sie wieder klarer denken, obwohl Bilder von Jonas in ihrem Kopf herumwirbelten. Bilder, bei denen sich ihr Magen zusammenzog. Sie beugte sich vor.

»Ich will mit meinem Sohn reden. Jetzt!«

Hirschfeld antwortete nicht, er saß zurückgelehnt auf der Bank, die rechte Hand in der Jackentasche. Er trug keinen Hut. Sein dünnes Haar wirbelte im Wind. Er sah aus wie ein pensionierter Oberlehrer.

»Ich will mit ihm reden, jetzt sofort! Ich will wissen, ob es ihm gut geht!«

Der alte Stasi-Agent betrachtete sie. Es sah aus, als würde er nachdenken. Dann nickte er und zog mit seiner freien Hand ein Handy aus der Schultertasche, wählte eine Nummer, sagte ein paar Worte auf Deutsch, nickte ein paarmal – und reichte ihr das Telefon.

»Bitte sehr, Frau Portland. Ihr Sohn.«

»Jonas! Haben sie dir etwas getan?«

»Nein.« Er schluchzte. »Nein, sie haben mir nichts getan. Du sollst machen, was sie sagen, Mama! Das hat der Mann gesagt.«

»Hast du …«

Die Verbindung wurde unterbrochen. Bebend vor Wut blieb sie sitzen und starrte das stumme Telefon in ihrer Hand an.

»Jetzt hören Sie mir zu! Wenn ihm etwas passiert, bringe ich Sie um«, presste sie hervor.

»Natürlich wird ihm nichts geschehen. Tun Sie nur, was ich Ihnen sage. Darf ich um mein Telefon bitten?«

Sie reichte es ihm, und nachdem er sich umgesehen hatte, warf er es über die Reling in die braunen Wellen der Fahrrinne.

»Was für einen Wagen fährt Ihr Onkel?«

»Einen BMW.«

»Wir steigen beide ein, ich fahre mit. Keine Dummheiten, dann ist das Ganze bald überstanden. Einverstanden?«

Sie nickte und zog heftig an ihrer Zigarette. »Woher wussten Sie, dass mein Sohn sich eine Kopie gebrannt hat?«

Julius Hirschfeld antwortete nicht, um seinen Mund zeigte sich lediglich ein schwaches Lächeln.

»Sie haben mich abgehört, in Deutschland, im Hotel, oder? Arschlöcher!«

Er schlug die Beine übereinander und strich sich übers Haar.

»Und auch Ihren Wagen. Eine schöne Überfahrt. Ich liebe das Meer. Und stellen Sie sich vor, Frau Portland, er dachte, seine Mutter schaut sich Pornos an …« Hirschfeld sah aus, als amüsierte ihn der Gedanke.

»Ich weiß alles. Sie arbeiten für Harald Kobus und seine rechte Hand, Georg Steiner. Aber warum?«

Hirschfeld zuckte mit den Achseln.

»Sie Scheißkerl! Meinen Sohn da mit reinzuziehen …«

»Wir sind bald da. Denken Sie daran, was ich gesagt habe. Ins Auto, und zwar in aller Ruhe.«

Astrid rief »Hallo«, als sie in den Flur traten. Jørgen ging voraus, Nina hatte Julius Hirschfeld direkt hinter sich. Starr vor Schreck hatte der alte Polizist getan, wozu er aufgefordert wurde. Er war langsam nach Sønderho gefahren, hatte einen alten Bekannten an der Kirche und einen, der am Supermarkt vom Fahrrad stieg, gegrüßt, war ruhig nach Sønderland abgebogen und hatte in der Einfahrt des alten Hauses geparkt.

Astrid stand in der Küche. Es duftete nach frischem Weißbrot.

»Hallo, habt ihr Jonas mitgebracht?«

Erst als Astrid sich umdrehte, bemerkte sie den Mann hinter ihnen. Er hatte seine Pistole gezogen. Sie erstarrte mitten in der Bewegung und stand wie festgefroren am Ofen.

Ohne ein Wort trieb Julius Hirschfeld sie mit einer Geste seiner Pistole zusammen. Er bat sie, ihre Mäntel auszuziehen, und durchsuchte sie. Ninas Handy fand er sofort. Dann kippte er ihre Handtasche auf dem Küchentisch aus.

»Weitere Telefone? Sie haben doch bestimmt auch ein Handy?« Er sah Jørgen fest in die Augen, der zögernd nickte.

»Ich kümmere mich drum«, meinte Nina. »Es ist im Schrank. Ich find's schon.«

Der Deutsche ließ sie bis zum letzten der blauen Küchenschränke gehen. Sie wusste, dass Jørgen dort sein altes Mobiltelefon, das er nicht mehr brauchte, deponiert hatte. Er warf nie etwas weg. Jørgens neues Handy lag dagegen höchstwahrscheinlich im Brotkorb.

Sie öffnete den Schrank, nahm das alte Mobiltelefon heraus und legte es vorsichtig auf den Küchentisch neben ihr eigenes Gerät. Hirschfeld nickte zufrieden. Dann zertrümmerte er mit dem Pistolengriff nacheinander beide Telefone und zog eine Kneifzange aus seiner Tasche.

»Was ist mit den übrigen Anschlüssen im Haus? Wären Sie so freundlich, sie mir zu zeigen?«

Er deutete auf Nina und befahl Astrid und Jørgen, sich nicht zu rühren. Sie zeigte ihm das Wandtelefon, das neben einem Küchenschrank hing, und dann das Telefon, das auf einem kleinen Tisch im Wohnzimmer stand. Er durchtrennte beide Leitungen und befahl ihnen, sich an den Küchentisch zu setzen.

Ninas Gedanken rasten. Blitzschnell spielte sie den Film im Kopf ab, Schritt für Schritt. Alles, was sie tat und sagte, musste natürlich wirken, in der richtigen Reihenfolge ablaufen. Wenn sie jetzt zu hektisch war, würde er misstrauisch werden. Sie hatte nur diese eine Chance.

Sie saßen zu dritt am Küchentisch, niemand sagte ein Wort. Jørgen war noch immer leichenblass und stand mehr oder weniger unter Schock. Astrid blieb ruhig. Sie würde immer der Fels in der Brandung sein.

Julius Hirschfeld lehnte an der Wand. Er beobachtete sie genau. Noch immer hielt er die Pistole in der rechten Hand, doch er hatte den Arm gesenkt.

»Und nun … geben Sie mir bitte diese DVD, die Ihr Sohn frecherweise gebrannt hat, Frau Portland. Wo ist sie?«

»Ich weiß es nicht. Mein Onkel hat sie versteckt«, erwiderte Nina.

»Bitten Sie ihn, mir zu zeigen, wo sie ist! Sie kommen mit, los!«

Jørgen nickte, und sie gingen hintereinander den Flur entlang bis zu Jørgens Büro. Hirschfeld befahl Nina und Astrid, sich in eine Ecke zu stellen, während Jørgen eine Schublade aufzog. Seine Hände zitterten, als er in der Schublade wühlte. Schließlich fand er eine DVD-Hülle und hielt sie hoch.

Hirschfeld nahm sie ihm aus der Hand und scheuchte sie zurück in die Küche. Dort holte er einen kleinen tragbaren DVD-Spieler aus seiner Tasche, schaltete ihn ein und startete den Film. Den Geräuschen war zu entnehmen, dass es sich um die richtige DVD handelte – die Kopie von Morten Busks Aufnahmen. Schüsse. Das Zuwerfen einer Autotür. Und erschrockene, atemlose Ausrufe.

Mit einem zufriedenen Gesichtsausdruck packte Hirschfeld seine Ausrüstung und die DVD ein. Dann zog er ein neues Handy aus seiner Tasche, wählte eine Nummer und führte ein kurzes Gespräch, nur ein paar hastige Sätze. Er zog einen Stuhl an die Wand und setzte sich mit einem tiefen Seufzen. Er sah müde aus.

Sie musste noch ein wenig warten, damit er keinen Verdacht schöpfte. Nina schielte auf ihre Armbanduhr. In fünf Minuten. Fünf Minuten Schweigen. Dann musste sie die richtigen Fragen stellen.

Schließlich war es acht Minuten nach fünf. Jetzt musste sie es versuchen.

»Ich habe Hunger, wir alle haben Hunger. Ist es okay, wenn ich ein bisschen Brot hole – und Kaffee aufsetze?«

Sie sah Julius Hirschfeld an, der zurückgelehnt auf dem Stuhl saß und die Beine übereinandergeschlagen hatte. Er nickte.

»Gern, aber die anderen bleiben sitzen.«

Nina stand auf und ging zur Kaffeemaschine. Mit langsamen Bewegungen füllte sie Bohnen und Wasser ein und holte Becher und Teller aus dem Schrank. Dann öffnete sie vorsichtig den Kühlschrank und nahm etwas Aufschnitt heraus. Die ganze Zeit über wurden ihre Bewegungen genau verfolgt.

Jetzt kam das wichtigste Manöver. Sie musste extrem vorsichtig sein und gleichzeitig natürlich wirken: der Brotkorb.

Tante Astrid hatte ihn schon unzählige Male gebeten, es nicht zu tun, aber man konnte es ihm nicht abgewöhnen: Jørgen legte sein Handy immer in den kleinen geflochtenen Brotkorb, der auf der Spüle stand.

Nina trat einen Schritt vor und zog den Korb zu sich. Ein paar alte Brötchen vom Frühstück lagen darin – und darunter lag halbverdeckt das Handy. Sie nahm die Brötchen aus dem Korb und fasste mit der anderen Hand nach dem Handy und steckte es hinter die Bluse in den Hosenbund, wobei sie Hirschfeld den Rücken zuwandte. Dann nahm sie eines der frischen Weißbrote, die auf einem Geschirrtuch lagen. Sie drehte sich um und schaute Hirschfeld fragend an, als sie zum Brotmesser griff.

Er nickte. Sie schnitt das Brot in Scheiben, legte es in den Korb und wartete, bis der Kaffee durchgelaufen war. Dann stellte sie alles auf den Tisch, an dem Jørgen und Astrid noch immer regungslos saßen.

Sie hatte überhaupt keinen Appetit, aß aber pflichtschuldig. Dasselbe galt wohl für ihren Onkel und für ihre Tante. Hirschfeld versorgte sich reichlich mit Brot und Kaffee, ehe er sich wieder auf seinen Stuhl setzte und aß, während er sie im Auge behielt. Die Pistole lag in seinem Schoß.

Nina spürte das Handy auf der nackten Haut. Der erste Teil der Operation war gelungen.

Sie ließ sich reichlich Zeit, und erst, als sie den letzten Tropfen Kaffee getrunken hatte, begann sie mit dem zweiten Teil.

»Ich muss mal auf die Toilette. Schon die ganze Zeit. Ist es okay, wenn ich …«

»Nein, das kann ich leider nicht zulassen. Sie müssen warten.« Der alte Deutsche klang irritiert. Nach einigen Minuten versuchte sie es noch einmal.

»Mann, ich muss aber pinkeln!«

Hirschfeld schüttelte energisch den Kopf.

Nach einigen weiteren Minuten stand sie langsam auf. »Ich geh jetzt! Sie können mich ja erschießen, wenn Sie wollen. Ich muss aber mal!«

Julius Hirschfeld erhob sich sofort, die Pistole in der Hand. Sie sah ihm an, dass er nicht wusste, was er tun sollte.

»Okay, gut. Aber warten Sie einen Moment.«

Er wühlte in seiner Tasche und fand ein paar Plastikfesseln von der Sorte, wie die Polizei sie auch verwendete.

»Hier, legen Sie ihnen die an.«

Sie gehorchte und band erst Jørgens Hände auf dem Rücken zusammen, dann Astrids. Hirschfeld befahl ihnen, sitzen zu bleiben, und nickte ihr zu.

»Also, wo ist die Toilette?«

Er folgte Nina bis ins Badezimmer, wo er die Schränke über dem Waschbecken untersuchte. Dann nickte er wieder.

»Aber beeilen Sie sich. Ich warte direkt vor der Tür.«

Sofort riss sie das Mobiltelefon heraus, drückte mit zitternden Fingern die Tasten und schickte Wejse eine SMS:

Ich ruf dich an, sag nichts, hör einfach dem Gespräch zu, die haben Jonas

Sie zog die Hose herunter und setzte sich, falls Hirschfeld die Frechheit haben sollte, die Tür zu öffnen, um sie zu kontrollieren. Dann zählte sie bis hundert, während sie die Bluse aufknöpfte – und spülte. Vor dem Spiegel wählte sie noch einmal Wejses Nummer und sah, dass der Anruf angenommen wurde. Sie steckte das Handy in ihren BH, drehte den Wasserhahn auf und betrachtete ihren Ausschnitt im Spiegel. Es ging gerade so, obwohl es schon ein wenig spannte. Sie knöpfte die Bluse wieder zu.

Jetzt hing alles davon ab, ob Wejse und die Kollegen im Präsidium reagieren würden. Das AKS, das Sondereinsatzkommando der Polizei, musste eingreifen. Obwohl es in Kopenhagen stationiert war, würde es schnell vor Ort sein.

»Ich komme jetzt, Hirschfeld«, rief sie dem Deutschen auf der anderen Seite der Tür zu – und hoffte, dass Wejse genau zuhörte. »Müssen mein Onkel und meine Tante gefesselt bleiben?«, fragte sie. Von jetzt an ging es darum, das Gespräch zu steuern.

»Ja. Zurück in die Küche.«

Sie setzte sich wieder an den Tisch und lächelte Jørgen und Astrid angestrengt zu.

»Und was passiert jetzt? Wie lange sollen wir hier sitzen bleiben?«

Julius Hirschfeld blickte auf die Uhr. »Bis es dunkel wird, also noch ein paar Stunden.«

Sie spürte eine Welle der Erleichterung. Noch ein paar Stunden. Dann blieb dem AKS reichlich Zeit. Die Befreiung von Geiseln war eines der Spezialgebiete des geheimen Antiterrorkorps, von dessen Existenz die Öffentlichkeit kaum etwas wusste. In kürzester Zeit konnten die AKS-Leute ihre Plätze im Hubschrauber einnehmen.

»Sie haben die DVD bekommen. Wann bekomme ich meinen Sohn?«

»Sie werden mitkommen. Er wird Ihnen übergeben, wenn wir so weit sind.«

»Und welche Sicherheit habe ich, dass Sie die Wahrheit sagen?«

»Ich lüge nicht. Sie werden ihn bekommen, unversehrt.«

»Wo? Wie?«

Hirschfeld schien zu überlegen. Dann zog er etwas aus der Jackentasche und legte es vor ihr auf den Tisch. Es handelte sich um eine Karte. Nina faltete sie auseinander. Eine sehr detaillierte Karte von Fanø. Er legte einen Finger darauf. Genau auf die Südspitze der Insel, auf das flache Marschgebiet, das Hønen genannt wurde. Nicht weit vom Haus entfernt, fünfzehn bis zwanzig Minuten, höchstens.

»Dorthin werden Sie mich führen.«

»Nach Hønen? Was wollen wir da?«

»Dort verschwinde ich, und Sie bekommen Ihren Sohn.«

»Mit einem Boot – oder einem Helikopter?«

»Tun Sie einfach, was man Ihnen sagt.«

Jetzt musste sie Wejse direkt ansprechen, damit er verstand, was auf dem Spiel stand. »Und Jonas wird da sein? Garantiert?«

»Versprochen. Und jetzt ist Schluss mit dem Gerede. Wären Sie so freundlich und würden noch etwas Kaffee machen?«

Julius Hirschfeld zog sich auf seinen Stuhl zurück. Nina stand auf und starrte ihm in die Augen. »Ich werde tun, was Sie sagen, aber wehe Ihnen, wenn Sie meinen Sohn anrühren!«

Hirschfeld seufzte müde und deutete auf die Kaffeemaschine.

»Kaffee, bitte.«

Sie hoffte inständig, dass Wejse ihre Nachricht verstanden hatte. Wenn ja, wäre das AKS in kürzester Zeit in Alarmbereitschaft.

35

Sie führte ihn an der Hecke entlang bis zum Deich. Hirschfeld befahl ihr, stehenzubleiben.

Er hatte seinen Hut aus der Tasche hervorgeholt und schaute wie ein Jäger erst übers Meer und dann nach rechts über Hønen – über die große Marschwiese, aus der die krumme Südspitze der Insel bestand.

Hier oben spürte sie den Wind erst richtig. Es blies ziemlich kräftig und kam vom Meer. Die ersten Tropfen schlugen ihr hart ins Gesicht.

Schwarze Wolken zogen über den Himmel und sammelten sich zu einer Wolkendecke, die schon bald lückenlos sein würde. Das Wasser kam herein. Es stand bereits hoch in der schmalen Tidenrinne, die die Inselküste von der langgezogenen Sandbank trennte. Bei diesem starken Wind wurde das Wasser hochgedrückt.

Julius Hirschfeld studierte seine Karte. Nina dachte an Jonas. Und an Astrid und Jørgen. Sie lagen im Schlafzimmer im Bett, noch immer gefesselt. Der alte Stasi-Agent hatte ihre Beine mit Gaffa-Tape umwickelt und ihnen einen Streifen über den Mund geklebt. Nina hatte sich davon überzeugt, dass es ihnen gut ging, aber die Angst in ihren Augen war deutlich zu sehen gewesen, als sie aus dem Zimmer geschoben wurde und Hirschfeld die Tür abschloss.

Der Deutsche stopfte die Karte in die Tasche und gab ihr ein Zeichen, damit sie sich wieder in Bewegung setzte.

Sie hasteten über den Pfad. Der Regen peitschte ihnen entgegen. Das Handy in ihrem BH war jetzt nutzlos. Sie trug einen dicken Pullover unter der Lederjacke. Selbst wenn es ihr gelingen würde, ihn zum Reden zu bringen, wäre das Gespräch nicht zu verstehen. Hauptsache, Wejse und die Kollegen hatten genügend Zeit gehabt.

Sie presste im Regen die Augen zusammen und schaute in den dunklen Himmel, während sie ein stilles Stoßgebet sprach: *Lieber Gott, ich weiß, dass wir nicht sonderlich oft miteinander reden, aber ich bitte dich, lass das alles gut ausgehen. Lass nicht zu, dass Jonas etwas geschieht. Im Voraus danke!*

Nina hatte seit undenklichen Zeiten nicht mehr gebetet. Sie tat es nur, wenn sie wirklich in der Scheiße steckte. Wie jetzt. Würde Gott auf so eine jämmerliche Opportunistin wie sie hören?

Am Ende des Pfads erreichten sie offenes Gelände und gingen auf einem Schotterweg weiter, der zu den letzten Ferienhäusern führte. Allmählich verschwand das letzte Licht. Auf der Ebene von Hønen konnte sie jetzt Konturen erkennen. Da draußen teilte sich die Tidenrinne. Der tiefere der beiden Priele lief direkt auf den Hafen zu, während der andere bei Hochwasser anschwoll und in einem weichen Bogen an der Einfriedung entlangfloss, auf der normalerweise schottische Hochlandrinder weideten. Weit draußen vereinten sich die beiden Rinnen wieder, aber nur, um sich erneut zu teilen und jede auf einer Seite der Sandbank ins Meer zu fließen.

Irgendwo dort, vielleicht auf der Düne, die Hønen vom Meer trennte, mussten sie sich in der Dunkelheit formiert haben, die Männer vom Sondereinsatzkommando zusammen mit ihren Kollegen. Vielleicht hielten sie sich in Booten bereit? Möglicherweise hatten sie Froschmänner dabei? Irgendwo musste ihr Hubschrauber stehen und auf den Einsatzbefehl warten. Aber sie sah nichts. Nur eine schwarze Mauer.

Schließlich endete der Schotterweg.

»Stopp!« Julius Hirschfeld trat neben sie. »Wir müssen ganz bis zur Spitze. Lassen Sie uns hier quer rübergehen.«

Sie schüttelte den Kopf und wischte sich den Regen aus dem Gesicht. »Das geht nicht!«, rief sie. »Es ist sumpfig da draußen, voller Löcher. Wir müssen uns an die Einfriedung halten und dem Verlauf der Dünen folgen.«

Der Deutsche murmelte irgendetwas, das sie nicht verstand. Dann bedeutete er ihr, weiterzugehen.

Sie kämpften sich bis zu der Stelle vor, an der sich ein Ausläufer der Dünen bis zur Südspitze erstreckte. Der Wind peitschte den Strandhafer. Sie bildete sich ein, dass sie auf der anderen Seite das offene Meer brausen hören konnte. Als sie das Ende der Dünen erreichten, dort, wo sie zu den Muschelbänken und dem einen Arm der Tidenrinne hin abfielen, blieb sie stehen. Sie drehte sich um und breitete fragend die Hände aus.

»Wir bleiben hier im Windschatten!«, brüllte Hirschfeld und ging in die Hocke. Es sah aus, als überprüfe er seine Armbanduhr.

Sie folgte seinem Beispiel, hockte sich in gebührendem Abstand ebenfalls hin und machte sich so klein wie möglich. Ihre Jacke war längst durchweicht. Sie fror.

»Wie lange?«, wollte sie wissen.

»Eine Viertelstunde.«

»Und wo?«

Julius Hirschfeld deutete auf eine Stelle in der Dunkelheit.

»Per Hubschrauber?« Er nickte.

Mist. Die Abholstelle lag also weit entfernt von den Dünen, in denen sich die AKS-Männer vermutlich versteckt hielten. Im Prinzip könnte einer dieser harten Burschen nur einige Meter von ihnen entfernt liegen, getarnt, eingegraben. Aber wenn die Übergabe dort draußen stattfinden sollte, war es schwieriger, die Situation unter Kontrolle zu behalten und eventuell einzugreifen. Möglicherweise konnte man auf den Hubschrauber schießen, ihn beschädigen und ihn so zur Notlandung zwingen? Von derartigen Dingen hatte sie keine Ahnung. Jetzt ging es um Jonas – und nur um ihn.

»Ich bedauere sehr, dass wir Ihren Sohn in die Sache hineinziehen mussten, Frau Portland.«

Sie drehte sich um. Der Agent sah aus wie ein nasser alter Hund, den etwas betrübte.

»Bisschen spät, sich zu entschuldigen.«

»Ich habe meine Befehle. Ich musste Sie zur Zusammenarbeit zwingen. Es ist nicht mein Stil, Kinder mit hineinzuziehen. Wie auch immer, ich hätte Ihrem Sohn niemals etwas zuleide getan. Ich bedauere …«

»Das würde auch nicht zu dem Eindruck passen, den ich von Ihnen habe – Axel. Haben Sie sich nicht auch früher so genannt, bei der Stasi? Sie sollen angeblich ziemlich rechtschaffen gewesen sein. Ha! Draycott muss verrückt sein.«

Julius Hirschfeld wischte sich den Regen aus dem Gesicht. Er rückte etwas näher. Nun sah sie die Überraschung in seinen Augen. »Draycott?«

Sie nickte.

»Welcher Draycott?«

»Sir Walter Draycott.«

»Sie kennen ihn?«

»Ja.«

»Woher?«

»Was geht Sie das an?«

»Walter Draycott war – ist – ein äußerst feiner Mensch. Ein Freund von mir, könnte man vielleicht sagen, obwohl es nun schon viele Jahre her ist, dass wir uns begegnet sind. Und er hat Ihnen von mir erzählt?«

Sie nickte erneut.

»Hm, ich verstehe. Sehen Sie, die Zeiten haben sich geändert. Alles ist heute anders. Dies hier ist mein letzter Job. Dann ist Schluss. Ich bin zu alt, ich will einfach nur mein Rentnerdasein genießen. Grüßen Sie Walter von mir.«

»Tun Sie nicht so, als seien wir befreundet. Das sind wir nämlich ganz bestimmt nicht. Sie haben meinen Sohn gekidnappt.«

»Sie werden Ihren Sohn zurückbekommen – und ich verschwinde. Dann ist der Fall des Kohlenmanns abgeschlossen.«

Sie starrten stumm in die Dunkelheit. Sie spürte eine Veränderung in der Stimmung des alten Mannes. Er saß nah bei ihr, ohne dass er noch daran dachte, sie mit der Pistole in Schach zu halten. Dann kam es zögernd: »Ich würde gern wissen, woher Sie Walter Draycott kennen – und was er gesagt hat.«

»Und ich würde gern wissen, worum es bei der ganzen Sache geht.«

Es schien, als würde Julius Hirschfeld nachdenken – und das Pro und Kontra abwägen. Sie musste ihn ein bisschen mehr locken.

»Ich kenne Sir Walter von einem früheren Fall, einem Fall mit einem deutschen Schiff, der MS Ursula.«

»Ich habe davon gehört. War Walter beteiligt?«

»Er hat mir geholfen. Und Sie haben mein Leben auf Langli gerettet. Weshalb?«

»Weil ich darauf setzte, dass Sie lebendig den größten Nutzen bringen würden, Frau Portland. Die nüchterne Kalkulation eines zynischen alten Mannes. Der PET kam wohl zu dem gleichen Ergebnis, oder? Was hat Walter über mich gesagt?«

»Dass Sie ein guter Mensch sind. Anständig und zuverlässig. Dass es auch gute Ostdeutsche gab – und dass Sie einer von ihnen gewesen sind. Dass damals nichts einfach schwarz und weiß war. Und dass Sie früher Axel hießen.«

Julius Hirschfeld lächelte wehmütig. Er sah aus, als würde er einen Seufzer der Erleichterung ausstoßen, aber der Wind riss ihn mit sich.

»Der PET kam zum gleichen Ergebnis … Was um alles in der Welt haben Sie damit gemeint?«

»Nun ja, auch der PET ging davon aus, dass Sie zu einer Schlüsselfigur werden würden. Ich habe Sie in Istanbul gewarnt, nicht wahr?«

»Vor Finn Holmboe, ja. Aber der ist ja nur ein Überbringer, ein Trottel. Das war doch offensichtlich.«

»Ich meinte nicht Holmboe, sondern den anderen – Wejse, Tim Wejse.«

Sie spürte plötzlich ein Ziehen im Bauch. Als würde die Kälte einem Glühen weichen, das sich rasend schnell über ihren Hals ausbreitete. Das war nicht wahr, das *konnte* nicht wahr sein!

»Sie irren sich. Wejse ist Kriminalkommissar aus Kopenhagen. Er stammt von hier, seine Familie wohnt hier, ich bin seinem Vater begegnet, und er …« Sie hörte das schwache Echo ihrer eigenen Worte. Als würde jemand anderes sie aussprechen.

»Kriminalkommissar – das könnte meinen Informationen zufolge sogar stimmen. Aber er steht auch in den Diensten des PET, Frau Portland. Er hat an besonderen Aufgaben mitgearbeitet – mit einem doppelten Ziel. Darüber hinaus ist er ein sehr tüchtiger Mann, dieser Wejse. Sagen Sie nicht, dass ich Sie nicht gewarnt hätte.«

Wie hatte das passieren können? Weil Wejse so gut in die Geschichte gepasst hatte. Er suchte eine freie Stelle und bekam sie. Er hatte in Station City gearbeitet, das war nicht mal eine Lüge. Seine Schwester wohnte in Esbjerg, sein Vater in Varde. Und der alte Zausel war sogar im Präsidium aufgetaucht.

Sie hatte keine Chance gehabt, es zu durchschauen. Wusste Birkedal davon?

»Walter Draycott ist ein Mann, den ich bewundere. Ich schulde ihm etwas, eine Ehrenschuld. Wie gut kennen Sie ihn, Frau Portland?«

»Äh, ich habe gerade nicht richtig zugehört ...«

Wejse sauste ihr im Kopf herum, Wejse, der PET und die Konsequenzen.

»Ich fragte, wie gut Sie Draycott kennen?«

»Wir schreiben uns in regelmäßigen Abständen. Er hat meinen Sohn und mich zu einer Safari eingeladen.«

»Safari?«

»Ja, er wohnt jetzt in Südafrika. Seine Frau ist gestorben. Er ist hinuntergezogen, um seiner Tochter Heather und den Enkelkindern näher zu sein. Simon's Town heißt die Stadt, in der Nähe des Kap der Guten Hoffnung. Ehrenschuld? Wieso?«

»Ach, es war an einem Abend in Berlin vor vielen, vielen Jahren. Ich hatte gerade einige Dokumente bei einem westdeutschen Beamten abgeholt, den ich angeworben hatte. Walter wusste aus einer Quelle ganz genau, wo und wann ich den Checkpoint Charlie passieren würde, und er wusste auch ganz genau, wo im Wagen sich der Geheimraum für das Kuriermaterial befand. Er hätte meinen Kopf auf einem Tablett servieren und mich auf Jahre ins Gefängnis bringen können. Aber er hat es nicht getan. All das fand ich natürlich erst später heraus, als wir ziemlich enge Freunde wurden. Wir haben viele gute Gespräche über das Leben geführt, Walter und ich.«

»Waren Sie ein Doppelagent?«

»Nein, nie. Aber sehen Sie, damals konnte es auch von Vorteil sein, wenn man einige Spieler am Tisch kannte. Walter und ich tauschten regelmäßig Informationen aus, wenn es uns beiden in den Kram passte. Auf diese Weise wurden Krisen vermieden und einige Male Menschenleben gerettet. Eine unserer letzten gemeinsamen Operationen galt den einleitenden Manövern für den dritten großen Agentenaustausch auf der Glienicker Brücke. Seither hatten wir sporadisch Kontakt, bis zu Honeckers Fall.«

»Und seitdem arbeiten Sie *freelance*?«

»Wie so viele andere, die in Osteuropa für den Staatsapparat gearbeitet hatten, blieb ich übrig. Seither bin ich Berater, wenn man es so nennen will. Löse die unterschiedlichsten Aufgaben, meist für alte Bekannte. Fälle von Industriespionage, Überwachung, ich bin der neutrale Dritte oder Mittelsmann bei Anwerbungen, in schlechten Zeiten sogar Kurier.«

»Und aus den alten Zeiten kennen Sie auch Georg Steiner, Harald Kobus' rechte Hand?«

»Korrekt. Wissen Sie das von Walter?«

»Nein, von Enis Kahraman.«

»Kahraman?« Julius Hirschfeld klang verblüfft.

»Er hat mich auf die Spur mit der Finanzierung des Kurdenfilms durch die Rixen- und Kobus-Stiftungen gebracht. Es gab auch Material über Sie und Ihre Vergangenheit – und ein Foto, das Sie mit Georg Steiner zeigt.«

»Kahraman ist ein durchtriebener Bursche. Er will offenbar von sich und dem MIT ablenken.«

»Seine Informationen haben sich bisher als korrekt erwiesen.«

»Aber das ändert nichts an der Tatsache, dass das trojanische Pferd ein türkisches Pferd ist.«

»Was meinen Sie?«

»Das Problem ist türkisch, die Hinrichtungen wurden von Türken ausgeführt – auf türkischen Befehl. Eine interne Angelegenheit des MIT.«

»Und an welcher Stelle kommen Sie und Harald Kobus ins Spiel? Würden Sie mir das freundlicherweise mal erzählen, oder bleiben Sie lieber beim Verschleppen kleiner Kinder?«

Die Bemerkung traf den alten Deutschen genauso hart, wie sie gemeint war. Er schaute erneut auf seine Armbanduhr, und ein strenger Zug zeichnete sich um seinen Mund ab.

»Gut, ich schulde Ihnen möglicherweise eine Antwort, Frau Portland, für das, was ich Ihnen mit der Entführung Ihres Sohnes angetan habe. Sie werden niemals etwas beweisen können, und in Kürze bin ich fort. Also stellen Sie Ihre Fragen.«

»Ich könnte Sie jagen lassen, Tag und Nacht.«

»Mein Ruhestand ist vorbereitet. Ich habe viele Jahre Erfahrung im Untertauchen. Es wäre reine Zeitverschwendung. Aber Sie haben vermutlich zwei und zwei zusammengezählt?«

»Ich glaube schon. Harald Kobus hat Sie angeheuert, um die Filmaufnahmen zu beschaffen. Als die Übergabe zwischen den beiden Kurden im Ferienhaus und Ib Munk missglückte, wurden Sie hierhergeschickt, um die Angelegenheit zu erledigen.«

Julius Hirschfeld nickte.

»Aber wenn es *nicht* Kobus gewesen ist, der die Hinrichtungen inszeniert hat, fehlt mir noch immer ein Motiv und der Schuldige im türkischen Apparat. Was Kobus betrifft, ist es reiner Hass auf die Türken, weil sie seinen Sohn erschossen haben? Schlichte Rache? Und welche Rolle spielt Grethe Rixen bei der ganzen Sache?«

Hirschfeld zog den Reißverschluss seiner durchweichten Jacke herunter und holte ein Päckchen Zigaretten heraus. Mit großer Mühe gelang es ihm, eine Zigarette anzuzünden. Sie hätte den Moment nutzen können, um ihn zu überwältigen. Aber sie konnte es nicht. Erst musste Jonas in Sicherheit sein. Sie sah den Deutschen zum ersten Mal rauchen. Nur die Hutkrempe hinderte die Zigarette daran, zu ertrinken.

»Entschuldigung, möchten Sie auch eine?«

Sie nickte. Er gab ihr die Zigarette und zündete sich eine neue an. Sie fror noch immer, zitterte wie ein Hund.

»Also gut, ich kenne nicht alle Motive, aber ich mache meine Hausaufgaben, bevor ich einen Auftrag übernehme. Und Georg Steiner hat mir ein bisschen was erzählt. Er riet Harald Kobus im Übrigen davon ab, die Angelegenheit weiterzuverfolgen, aber Kobus wollte nicht auf ihn hören. Sehen Sie, Kobus ist sehr religiös, ja, offenbar gehört er zur extremen religiösen Rechten. Und der Tod seines Sohnes machte es nicht besser. Er hasst leidenschaftlich alles, was mit der Türkei und dem Islam zu tun hat, das sagt man zumindest. Ergo fand er es eine gute Idee, sein Geld in dieses dänische Filmprojekt über die Kurden und ihre elenden Lebensumstände in der Türkei zu stecken, als seine Glaubensgenossin und Freundin aus Esbjerg, Frau Rixen, ihn fragte. Aber ...«

»Sie haben die Frage nicht beantwortet, ob Frau Rixen auch in die Sache verwickelt ist.«

»Ist sie nicht. Sie hat keine Ahnung. Also, Kobus kann den Gedanken an eine EU-Mitgliedschaft der Türkei nicht ertragen – ein Land, das sich zur Lehre des Propheten bekennt, ein Staat, der nicht bereit ist, seine Behauptungen zum Tod seines Sohnes gründlich zu untersuchen, und der darüber hinaus seine Klage abschmettert. Ein Film über das Leben der Kurden könnte die Türkei zumindest in ein schlechtes Licht rücken. Dachte sich Harald Kobus.«

»Was geschah nach den Hinrichtungen?«

»Als Morten Busk die Hinrichtungen im Steinbruch filmte, wusste er sofort, was er jetzt in der Hand hatte. Und da Kobus ihn mit einem weitaus höheren Betrag unterstützt hatte als Frau Rixen, rief er natürlich Kobus in Hannover an und berichtete von der neuen Situation. Und er bestand darauf, seine Kontakte zur BBC spielen zu lassen, damit der Film sofort ausgestrahlt würde. Exakt das, womit der eigentliche Drahtzieher gerechnet hatte. Aber Kobus bat ihn zu warten – und willigte ein, dafür zusätzliches Geld zu zahlen. Morten Busk nahm wie bekannt ein Taxi zum Flughafen, schickte seinen Assistenten Ib Munk aber auf eine andere Route – mit den Aufnahmen. Der MIT erwischte Busk im Taxi und glaubte, das Allerheiligste sei gesichert und die Aufnahmen verbrannt, bis sie entdeckten, dass Ib Munk nicht im Wagen saß. Kobus und …«

Hirschfeld schnippte die Kippe in die Dunkelheit und schaute wieder auf seine Armbanduhr.

»Jetzt dauert es nicht mehr lange, dann ist der Hubschrauber hier. Und Sie bekommen Ihren Sohn zurück.«

»Das hoffe ich um Ihretwillen. Erzählen Sie weiter.«

»Ja, natürlich. Mit Hilfe von Steiner entwickelte Kobus einen gerissenen Plan. Die Filmaufnahmen des anerkannten und preisgekrönten dänischen Kameramanns sollten im Rahmen eines kurdischen Forums veröffentlicht werden, am Tag vor der EU-Gipfelkonferenz in Brüssel. Was als Filmprojekt begann und als Kratzer im Lack geplant war, ist durch einen Zufall plötzlich zu einer Bombe in Kobus' Hand geworden. Er kann die Pläne der Türkei mit einem Schlag vernichten, ihr wirtschaftlich und politisch schaden. Also nahm Steiner Kontakt zu kurdischen Gruppen in Berlin auf. Verabredete, dass die zwei Boten nach Dänemark reisten und die Übergabe mit dem Assistenten Ib Munk regelten. Den Rest kennen Sie. Ob die beiden MIT-Agenten Frau Munk zu Tode erschreckt haben, weiß niemand. Als ich sie besuchte, saß sie bereits tot im Sessel.«

»Kobus kam zufällig ins Spiel. Aber wer verantwortet die Hinrichtungen, haben Sie gar keine Idee?«

»Mein Job bestand ausschließlich darin, die DVD mit den Aufnahmen zu beschaffen und Harald Kobus zu überbringen. Und es gibt Dinge, die auch ich nicht herausfinden konnte. Aber wie ich schon in Istanbul sagte: Es war von Anfang an geplant, dass Busk Zeuge der Hinrichtung würde und sie filmen konnte.

Laut meinen Quellen ist die Initiative vom Militär ausgegangen. Auch dort gibt es Kräfte, die gegen den EU-Beitritt der Türkei sind. Und es gibt Kräfte, die gegen die islamisch-konservative Regierungspartei sind. Wer letztlich hinter dem Plan steckt, weiß ich wirklich nicht, Frau Portland. Diese Kräfte hielten sich offenbar zurück, als der MIT der Sache auf die Spur kam, weil der flüchtige Soldat plauderte. Aber wer auch immer sich das Ganze ausgedacht hat, wollte die EU-Träume der Türkei vereiteln. Und die Ironie der Geschichte – genau dasselbe will Kobus jetzt auch.«

»Der MIT hat mit allen Mitteln zu verhindern versucht, dass die Lawine ins Rollen kommt – und hinterher kam die Putztruppe zum Einsatz, oder?«

Julius Hirschfeld nickte. »Das ist doch im Grunde die Arbeit der Nachrichtendienste. Oft genug jedenfalls.«

»Und was soll jetzt geschehen? Das Gipfeltreffen ist doch vorbei. Wird der Film an einen Fernsehsender weitergegeben?«

»Das entscheidet allein Kobus. In nicht allzu langer Zeit wird es ein neues Gipfeltreffen geben. Und soweit ich weiß, werden die Türken auch dann interessiert sein, sich in ein gutes Licht zu rücken. Es könnte ein kurzes Vergnügen werden. Die türkische Regierung wird heulen, die kurdischen Separatisten grinsen – und Kobus wird sich über seine Rache freuen und Gott danken. Und die eigentlichen Hintermänner haben ihr Ziel erreicht, obwohl ihr Plan fehlschlug. So geht am Ende alles auf. Ironie des Schicksals? Jetzt wird es Zeit, Frau Portland. Kommen Sie, wir müssen gehen.«

Hirschfeld kramte in seiner Schultertasche und zog eine kräftige Stablampe heraus.

»Wo müssen wir hin?«

»Raus ins Flache.«

Der weiche Sand des Abhangs trug sie beinahe bis zum Fuß der Düne. Julius Hirschfeld ließ den Lichtkegel über das Gelände schweifen, fahle Muschelschalen leuchteten im strömenden Regen auf. Sie ging einige Meter vor ihm. Die Schalen knirschten unter ihren Schuhsohlen.

Sie watete durch die schmalen Rinnen und Wasserläufe, die die Tide auf der Sandbank hinterlassen hatte. An einer Stelle reichte ihr das Wasser bis an die Knöchel. Die Sandbank war weich, ihre Füße sanken ein wenig ein. Noch immer liefen sie geradeaus in die Dunkelheit.

Erst als sie in den Wellen der Tidenrinne einen Lichtkegel spielen sah, befahl Hirschfeld ihr, stehenzubleiben. Sie standen auf einer grasbewachsenen Sandbank.

Hirschfeld sah erneut auf die Uhr. Hier draußen gab es keinen Windschatten. Der Regen peitschte, der Wind zerrte an ihnen. Hatte sich der Deutsche verrechnet? Hier konnte niemand einen Hubschrauber landen. Der Untergrund war viel zu weich. Und bei diesem Wetter. Sollte sie versuchen, ihn zum Aufgeben zu überreden? Ihm erzählen, dass irgendwo in der Dunkelheit das Einsatzkommando bereitliege?

Nein. Möglicherweise würde er dann Jonas behalten – und sie selbst als Geisel nehmen. Das Spiel musste zu Ende gespielt werden. Wie um alles in der Welt sollte sie sich jetzt Wejse gegenüber verhalten?

In diesem Moment hörte sie das entfernte Geräusch eines Hubschraubers. Es kam aus Westen, vom Meer.

Hirschfeld begann, die Stablampe hin und her zu schwenken. Das Geräusch wurde immer deutlicher. Schließlich war es ohrenbetäubend. Jetzt sah sie die Lichter des Helikopters. Er flog offensichtlich eine Aufklärungsrunde über Hønen, bevor er zurückkehrte. Plötzlich war er da. Direkt über ihnen. Die Rotorblätter brachten das Wasser im Priel zum Schäumen. Der Pilot senkte den Hubschrauber ein bisschen tiefer, dann wurde eine Tür zur Seite geschoben.

Sie legte den Kopf in den Nacken. Ihr Herz hämmerte. War Jonas dort oben? Eine schwarze Gestalt tauchte auf. Jetzt schwebte sie frei in der Luft. Eine kleine Gestalt. Jonas! Er hing am Ende eines Drahtseils.

»Ihr Sohn. Ich habe mein Wort gehalten. Erzählen Sie Walter davon, und grüßen Sie ihn von Axel. Auf Wiedersehen, Frau Portland.«

Er hielt seinen Hut in der Hand. Sein dünnes Haar wirbelte herum. Er streckte die Hand aus, doch sie nahm sie nicht.

In ein paar Sätzen lief Hirschfeld zu Jonas, um ihn aus dem Tragegurt zu befreien. Jonas blickte sich verwirrt um. Einen Augenblick später packte sie ihn und drückte ihn an sich.

»Mein Schatz, es ist alles in Ordnung«, schrie sie.

Sie nahm sein Gesicht zwischen ihre Hände und sah ihn an. Seine Augen waren groß und ängstlich. Sie strich ihm übers Haar und küsste ihn.

»Was passiert hier, Mama?«

Sie hielt ihn fest und lächelte. »Ganz ruhig, alles ist in Ordnung!«

Der Hubschrauber bewegte sich in einer Höhe von ungefähr zehn Metern. Julius Hirschfeld befestigte den Tragegurt. Dabei hatte er die Hutkrempe zwischen den Zähnen. Plötzlich stürzte er nur wenige Meter von ihnen entfernt zu Boden. Der Wind riss ihm den Hut weg. Hirschfeld kam schwerfällig wieder auf die Beine, gab es aber offenbar auf, den Gurt richtig anzulegen, stattdessen schlang er beide Arme darum. Jetzt wurde er hochgezogen. Er schaukelte ein Stück nach oben. Dann ging ein kleiner Ruck durch seinen Körper. Er ließ los und fiel.

Sie hörte nichts. Sah nur, wie der leblose Körper des alten Mannes in den Schlick fiel.

Neuer Lärm mischte sich in den infernalischen Krach des Hubschraubers. Sie drehte sich um.

Scharfes Scheinwerferlicht zerschnitt die Luft über den Dünen. Das musste der AKS-Helikopter sein. Der Hubschrauber über ihnen ergriff die Flucht. Versuchte, über das offene Meer zu entkommen. Sekunden später donnerte der andere Helikopter über ihre Köpfe, das Scheinwerferlicht in die Dunkelheit gerichtet.

»Setz dich in die Hocke, mein Schatz. Ich muss noch etwas mitnehmen. Zwei Sekunden ...«

Jonas gehorchte. In wenigen Sätzen war Nina bei der leblosen Gestalt. Hirschfeld lag in einer unnatürlichen Haltung auf dem Rücken. Nicht weit entfernt lag die Stablampe. Sie leuchtete noch. Sie holte sich die Lampe. Unter seinem Hemdkragen trat ein Blutrinnsal hervor. Nina fühlte. Kein Puls.

Sie zog den Reißverschluss seiner Jacke auf. Sofort fand sie, was sie suchte. Die Hülle mit der DVD – in der Innentasche. Ihre Hand war blutverschmiert. Sie trocknete sie an der Hose des Toten ab.

Als sie aufstehen wollte, entdeckte sie einen leuchtenden, roten Fleck, der nervös auf dem nassen Leder der Jacke über ihrer Brust tanzte.

Sie erstarrte. Blieb in der Hocke sitzen. Ließ die Lampe los.

Der rote Lichtstreifen durchschnitt die Dunkelheit.

Sie kniff die Augen zusammen. Die Regentropfen in ihren Wimpern ließen das Licht wie rotes Kristall glitzern. Es kam aus dem Priel. Näher und näher.

Jetzt konnte sie die schwarze Silhouette erkennen. Ein Froschmann. Mit leichten, federnden Schritten bewegte er sich auf sie zu. Er ging rückwärts, den Kopf hatte er ihr zugewandt. Rückwärts, sie erinnerte sich an ihren Taucherkurs vor vielen Jahren. Rückwärts, weil man dann nicht über seine Flossen stolperte.

Dann erlosch der rote Strich.

Noch ein paar Schritte, und der Froschmann stand vor ihr.

Seine Maske hing ihm um den Hals. Vor den Augen hatte er einen Apparat, bei dem es sich nur um ein Nachtsichtgerät handeln konnte. Er schob es in die Stirn. Nina sah nur einen kleinen Ausschnitt seines Gesichts. Das Weiße in seinen Augen blitzte auf.

War er vom AKS? Spielte man ein doppeltes Spiel?

Der Froschmann senkte seine Waffe, ein automatisches Gewehr. Dann streckte er eine Hand aus. Sie gab ihm, was er haben wollte. Er steckte die DVD in eine Tüte, die er in seiner Gürteltasche verstaute.

»Wer sind Sie? Sind Sie vom AKS? Wer hat Sie geschickt?« Fast hätte sie die Frage selbst mit »Tim Wejse« beantwortet, aber sie hielt sich zurück. Dieses Wissen wollte sie noch nicht preisgeben. Noch nicht.

Der Mann antwortete nicht, sondern begann, die Leiche zu untersuchen. Sie fragte noch einmal. Diesmal auf Englisch. Keine Antwort. Dann auf Deutsch. Noch immer keine Reaktion.

Der Froschmann kippte den Inhalt von Hirschfelds Tasche in den Schlick. Kneifzange, Plastikfesseln, Tape, Zigaretten, Mobiltelefon und den DVD-Player. Den schaute er kurz an und warf ihn dann fort.

Der Froschmann trug nicht die übliche Ausrüstung. Kein gewöhnliches Atemgerät und keine der normalen Sauerstoffflaschen. Stattdessen hatte er ein sonderbares Mundstück mit zwei Schläuchen und einen kleinen Kasten auf dem Rücken. Es war die Kampfausrüstung. So viel wusste sie. Eine Konstruktion, die seine ausgeatmete Luft filterte und ihn unter Wasser schwimmen ließ, ohne dass Luftblasen an die Wasseroberfläche stiegen.

»Sie sind vom MIT, nicht wahr? Oder vom PET?«

Der Froschmann beachtete sie nicht. Er zog das Nachtsichtgerät vors Gesicht, sah sich um und tanzte mit raschen Schritten rückwärts in die Dunkelheit, zurück zur Tidenrinne. Kurz darauf war er außer Sichtweite.

Sie kam auf die Beine und lief zu Jonas.

Dann hörte sie das Geräusch eines Außenborders. Sein hitziges Schnarren kam immer näher. Der scharfe Lichtkegel eines Scheinwerfers fegte über das flache Gelände.

Sie saß mit Jonas im Arm in der Hocke, als der Lichtkegel sie erfasste. Kurz darauf erstarben die Geräusche des Motors, und ein Gummiboot glitt an Land, beinahe an der gleichen Stelle, an der der Froschmann verschwunden war.

Das Licht schwenkte. Es streifte eine Reihe ernster, geschwärzter Gesichter, die Männer des AKS. Eine Gestalt sprang auf die Sandbank, in den Lichtkegel. Tim Wejse. Über seiner Brust hing eine Maschinenpistole.

Das Blinklicht des Streifenwagens warf einen bläulichen Schimmer auf das Gras. Sie saßen auf dem Rücksitz, beide hatten sie eine Decke über sich. Nina kraulte Jonas' feuchtes Nackenhaar mit der einen Hand, mit der anderen hielt sie seine Hand.

Sie hatte kurz mit dem Einsatzleiter des AKS gesprochen, einem athletischen, konzentrierten Mann mit kurzen Haaren. Das AKS hatte selbst zwei Froschmänner im Gelände platziert. Einer von ihnen hatte den fremden Froschmann im Visier gehabt, aber der Einsatzleiter hatte den Befehl für den tödlichen Schuss nicht erteilt. Man wollte den Feind lebend. Ein schallgedämpfter Schuss war abgegeben worden – auf den Oberschenkel des Mannes. Man wusste nicht, ob man ihn getroffen hatte. Der Helikopter des AKS jagte noch immer den anderen Hubschrauber.

Der Regen lief in Strömen an den Fensterscheiben des Autos herunter. Weit entfernt sah sie den Lichtschein von Lampen und dazwischen den scharfen Strahl der Scheinwerfer auf dem Gummiboot, das die Umgebung absuchte. Ihr Blick fiel auf einen Lichtpunkt weiter oben in der Dunkelheit. Er wurde immer deutlicher. Der Militärhelikopter kehrte zurück. Das bedeutete, dass das AKS die Verfolgung des anderen Hubschraubers hatte aufgeben müssen.

Durch den Regen auf der Scheibe schien die gesamte Szenerie dort draußen zu funkeln. Doch die hektische Aktivität bedeutete auch, dass sie den fremden Froschmann noch nicht festgenommen hatten.

Sie ließ Jonas' Hand los und tippte dem Kollegen hinter dem Steuer auf die Schulter.

»Fahr.«

36

Regungslos saß sie in der Dunkelheit auf dem einzigen Stuhl, der sich in der Wohnung befand.

Es war still, nächtlich still. Kein Laut im Haus und keine Geräusche auf der Norgesgade. Die Uhr zeigte kurz nach vier.

Als sie hustete, hallte es von den kahlen Wänden wider. Sie hatte die Gardinen ein Stück zur Seite gezogen, sodass ein Streifen Licht der Straßenlaterne auf den Fußboden fiel. Neben dem Stuhl stand ein Bett nachlässig schräg vor der Wand – noch dazu in dem Raum, der eigentlich das Wohnzimmer sein sollte. In einer Ecke befand sich ein kleiner Tisch mit einem Fernseher, und an einer der Wände stapelten sich vier Umzugskartons.

Es war die Wohnung eines Junggesellen. Eindeutig. Alles stand oder lag noch genauso da wie beim Einzug – obwohl der inzwischen schon einige Zeit zurücklag. Sie hatte nichts Verdächtiges gefunden.

Die Wohnung gehörte Tim Wejse. Ein komisches Gefühl, bei dem Kollegen einzubrechen, mit dem sie so eng zusammengearbeitet hatte.

Birkedal hatte ihrem Plan während ihres langen Gesprächs am Küchentisch von Astrid und Jørgen in Sønderho zugestimmt. Er war einverstanden damit, dass sie sich Zugang zu Wejses Wohnung verschaffte. Allerdings mit dem Zusatz, dass er nichts davon wusste, sollte er jemals danach gefragt werden. Thøgersens stummes Nicken hatte bestätigt, dass er es ernst meinte.

Sie dachte an Jonas. Ob er jetzt geborgen und gut in seinem Bett unter dem Reetdach schlief? Oder war er unruhig, hatte er böse Träume? Birkedal hatte sich während des ganzen hektischen Abends freundlich und fürsorglich verhalten. Er hatte darauf bestanden, dass sie sich umgehend mit dem Polizeipsychologen zusammensetzten, der auf Abruf war, seit ihnen im Präsidium der Ernst der Situation klar geworden war.

Jonas würde es schon schaffen, meinte der Psychologe, ein Mann mittleren Alters. Er sei ein robuster Junge und habe keinen Schaden genommen. Im Gegenteil, die Kidnapper hatten ihn mit Burgern gefüttert. Er hatte keine Grausamkeit gesehen, keine Folter – nur, wie die dunkle Gestalt vom Himmel herabfiel. Nina hielt ihr Handy in der Hand. Es war über eine Stunde her, seit Birkedal sie zuletzt angerufen hatte. Da hatte das Sondereinsatzkommando gerade beschlossen, die Suche einzustellen. Sie hatten nicht die geringste Spur des mysteriösen Froschmanns gefunden. Und die Verfolgung des Hubschraubers musste abgebrochen werden, da er zu schnell war für den schweren AKS-Helikopter.

Sie konnten keiner Spur nachgehen. Wejse hatte einen Teil des Einsatzes draußen auf Hønen geleitet – aber sehr genau überwacht von Madsen und Ulbæk, die den strikten Befehl von Birkedal hatten, ihn nicht eine Sekunde aus den Augen zu lassen.

Birkedal hatte nichts von Tim Wejses Funktion gewusst. Das sah sie an seiner Reaktion am Küchentisch, als sie berichtete, dass er ein PET-Mann sei. Zunächst schien er fassungslos, dann wurde er wütend. Thøgersen wirkte paralysiert.

Es war nicht schwierig gewesen, Birkedal von ihrem Plan zu überzeugen. Jetzt saß sie hier, mucksmäuschenstill. Und wartete. Und dachte nach.

Das Display ihres Handys leuchtete auf. Birkedal.

»Wejse und die anderen sind gerade am Hafen abgesetzt worden. Monberg und Madsen verfolgen jeden Schritt, den er macht. Er muss ungefähr in einer Viertelstunde zu Hause sein.«

»Wenn er die DVD nicht in der Stadt abholen muss.«

»Wir folgen ihm. Ulbæk ist auch dabei, falls er den anderen entwischen sollte. Bist du bereit, Nina?«

»Ja, ich bin bereit.«

Sie legte auf. Wie die Sache sich entwickeln würde, hing davon ab, ob sie recht behalten würde. Ob Wejse derjenige war, der den Schatz ins Hauptquartier des PET nach Søborg bringen sollte.

Sie schauderte, als sie sich darauf konzentrierte, an ihn zu denken. Sie spürte seine starken Arme, fühlte die ruhigen, sicheren Bewegungen, seinen Nacken, seine Lippen, seine nackte Brust. Sie hatte diese Fantasien schon einmal gehabt. Als sie in der Badewanne in Istanbul lag.

Tim Wejse hatte es nie auf irgendetwas angelegt. Höchstens gelächelt – auf eine charmante Art verlegen, aber selbstsicher. Wejse schien nicht das zu sein, was in Sir Walters Terminologie *honeytrap* hieß und bei der Stasi Romeo. Eine süße Falle. Draycott selbst hatte einmal eine eingesetzt, als das Axtschiff vor vielen Jahren am Kai von Esbjerg lag.

Die Falle, die zur einzigen unkontrollierten Liebe ihres erwachsenen Lebens geführt – und sie in entsetzlicher Trauer zurückgelassen hatte. Die Falle, deren Folgen sie ärmer – und gleichzeitig unendlich reicher zurückgelassen hatten. Ohne sie hätte Jonas nicht existiert. Er war die Frucht dieser Falle, und heute wusste sie mit Bestimmtheit, dass es echte Liebe gewesen war.

Sie ließ die Finger zur Pistole im Schulterhalfter gleiten. Die Gedanken an die Vergangenheit und die Realität hatten jedes Gefühl von Lust aus ihrem Körper vertrieben. Sie fühlte sich kühl und klar.

Sie sah Birkedals bebende Wut vor sich. Sie ging in sich, aber sie hatte es nicht, sie konnte es ganz einfach nicht mobilisieren –

da war kein Gefühl des Betrugs. Es gab keine Bitterkeit Tim Wejse gegenüber.

Sie schloss die Augen und sah die verschiedenen Situationen vor sich. Seine ruhigen Bewegungen, sein überraschendes Wechseln zwischen Besonnenheit, plötzlichen schlangenhaften Ausfällen und zäher Beharrlichkeit, wie beim Treffen mit dem MIT-Chef in der geheimen Wohnung.

Bodenständig – das war ein Wort, das für sie sonst kreuzlangweilig klang. Aber es passte zu Tim, und gerade jetzt kam es ihr ungewöhnlich schön vor. Integer? Ja, eigentlich noch schöner. Er war integer.

Tim Wejse hatte jede Situation vermieden, die auch nur den Anschein eines engeren Kontakts bedeutet hätte. Hatte er sie überhaupt je berührt? Eine versöhnliche Hand auf ihrer Schulter, unten, am Ufer des Bosporus. Aber auch nicht mehr. Daher fühlte sie sich auch nicht betrogen. Tim Wejse hatte sich professionell verhalten. Er hatte eine Aufgabe übernommen und sich zielbewusst darangemacht, sie zu lösen. Nicht mehr und nicht weniger. Wie sollte man davor *keinen* Respekt haben?

Das einzig Handfeste in ihrem Kopf war der Vorwurf, den sie sich selbst machte. Sie hatte sich täuschen lassen. Das irritierte sie bereits die ganze Nacht.

Warum, wusste sie längst. Alles hatte plausibel und vertrauenerweckend geklungen. Vor allem aber hatte sie den Wahrheitsgehalt seiner Geschichte nachgeprüft. Wejses Kollege vom Revier Station City hatte es bestätigt. Wejse hatte sich in Schwierigkeiten befunden, und man hatte ihm tatsächlich geraten, friedlichere Gefilde in Jütland aufzusuchen. Er stammte aus der Gegend, er hatte eine Schwester in Esbjerg und einen Vater in Varde. Er hatte sich ganz normal um die freie Stelle beworben.

Dass Tim Wejse eine Gabe Gottes an den PET war – sowohl was das Timing als auch seinen persönlichen Hintergrund anging –, war nicht zu durchschauen gewesen. Es nützte nichts, sich Vorwürfe zu machen.

Lediglich die Tatsache, dass er sie immer eine Armlänge auf Abstand gehalten hatte, hätte ihre Alarmglocken möglicherweise schrillen lassen sollen. Aber auch dafür konnte es viele Gründe geben. Eine gescheiterte Liebe oder auch eine Freundin, vielleicht hatte er seine Prinzipien, was seine Kolleginnen betraf, so wie sie ihre Prinzipien hatte. Schwul war er jedenfalls nicht. Das hätte sie gemerkt. Tja, und schließlich gab es noch die einfache Erklärung, dass er sich überhaupt nicht von ihr angezogen fühlte.

Das Telefon brummte erneut.

»Monberg. Er ist jetzt jeden Moment da, Nina. Er steht unten auf dem Bürgersteig.«

»Okay, danke.«

Sie schaute auf die Uhr. Fünf Minuten vor halb fünf. Dann hörte sie die Haustür zuschlagen. Und kurz darauf Schritte im Treppenhaus. Sie atmete ein paarmal tief durch.

Der Schlüssel klapperte im Schlüsselloch, dann ging die Wohnungstür auf. Er hängte seine Jacke an den Haken, schaltete das Licht ein, öffnete den Kühlschrank, hantierte mit einem Messer auf einem Teller. Es vergingen einige Minuten. Dann knirschten die Bodendielen im Flur erneut. Sie hörte das Klicken eines Lichtschalters an der Wand.

»Nina! Was zum Teufel …« Wejse stand in der Tür, mit einem Teller und einem Glas Milch in den Händen. Sie lächelte ihn an. »Was, um Himmels willen, machst du hier? Mitten in der Nacht?«

»Hallo, Tim. Ganz schöne Überraschung, was?«

»Das kann man wohl sagen.«

Er nickte und blieb vor ihr stehen. Noch immer trug er sein Schulterhalfter mit der Dienstpistole.

»Ich konnte einfach nicht schlafen und dachte an dich – und die ganze Geschichte. Wollte mich bedanken und so …«

»Und darum bist du in meine Wohnung eingebrochen? So ohne Weiteres?«

»Genau.«

Wejse schüttelte den Kopf und setzte sich auf die Bettkante.

»Du bist doch nicht normal, Nina Portland.«

»Da bist du nicht der Erste, der das sagt. Aber wir haben da draußen nicht vernünftig reden können. Ich möchte dir gern danken, dass du eingegriffen und dafür gesorgt hast, dass Jonas zurückkommt, ohne dass ihm etwas passiert ist. Ich hätte es mir nie verziehen, wenn …«

»Schon okay.« Wejse nickte und biss in ein Brot mit Leberpastete und Gurken. Er sah äußerst skeptisch aus.

»Das war ziemlich gut geplant und getimt, Tim.«

»Was meinst du?«

Sie erhob sich langsam und setzte sich ebenfalls auf die Bettkante. »Sofort das AKS zu alarmieren, den Überblick zu bewahren und sich an der Suche zu beteiligen. Ich hätte es selbst nicht besser machen können. Danke.«

Sie gab ihm einen vorsichtigen Klaps auf die Schulter.

»Das war nicht schwer. Es ergab sich von allein, und der Chef, Thøgersen und Ulbæk haben mindestens einen ebenso großen Anteil«, antwortete er, aß die letzten Bissen seines Brotes und spülte sie mit einem großen Schluck Milch herunter. »Aber den Froschmann, den haben wir nicht bekommen. Und Hirschfeld ist tot. Wir sind also keinen Schritt weiter, Nina.«

»Jonas ist wieder da. Das ist das Einzige, was für mich von Bedeutung ist. Gut, dass du meine Nachricht erhalten hast.«

»Welche Nachricht?«

»Die SMS und mein Gespräch mit Hirschfeld, über das Handy.«

»Ach so, ja, natürlich. Smart. Ich habe zugehört, bis mir der Kopf schwirrte.«

»Noch nie waren sie so nützlich.«

»Was meinst du mit nützlich? Wer?«

»Na, meine Brüste …«

Wejse sah sie fragend an, bevor sich sein Blick unweigerlich senkte. Er lächelte verlegen, als es ihm bewusst wurde. »Ich glaube, ich kann nicht ganz folgen.«

Rasch wandte er den Blick ab.

Für den Bruchteil einer Sekunde registrierte sie, dass sie genau dieses Lächeln genossen hatte, denn es sprühte vor Charme, erst recht mit diesem kleinen Schuss von angemessener Verlegenheit. Ein *integrer* Mann, dieser Wejse. Aber nicht ungefährlich.

»Ich habe es geschafft, das Handy auf der Toilette in meinem BH zu verstecken. Der Rest war einfach. Ich musste nur die Unterhaltung mit Hirschfeld in die richtige Richtung lenken, damit du alles Wichtige erfährst.«

»Hm, jetzt versteh ich.« Wejse stellte Glas und Teller auf das Fensterbrett und betrachtete den Fußboden und seine Socken.

Sie stand langsam auf, um sein Misstrauen nicht zu wecken, und setzte sich auf die Armlehne des Stuhls. Er machte keinerlei Anstalten, sein Schulterhalfter abzulegen, obwohl es eigentlich eine Erleichterung gewesen wäre, dieses einschnürende Ding nach einem langen Tag abzulegen. Langsam ließ sie ihre rechte Hand zur Pistole unter der Jacke gleiten.

»Alles in allem hast du deine Karten gut ausgespielt, Tim. Das Lob hast du verdient.«

Er sah sie mit hochgezogenen Augenbrauen an. Es gelang ihm nicht, den hastigen Schatten zu verbergen, der ihm übers Gesicht huschte.

»Karten? Was meinst du damit?«

Sie zog die Pistole in dem Moment, in dem sie aufstand und

ein paar Schritte in die Wohnzimmermitte trat. Entschlossen lud sie durch. Das metallische Geräusch klang bedrohlich in dem nackten Raum und ließ die Luft zwischen ihnen zu einem großen Block aus Eis gefrieren. Jetzt gab es nur noch die Realität. Keine Rollen, keine Masken mehr.

»Du wirst jetzt einfach ganz still sitzen bleiben. Zieh die Pistole heraus und halt sie dabei mit zwei Fingern. Bitte!«

Ihre eigene Waffe hielt sie mit beiden Händen, mit ausgestreckten Armen zielte sie direkt auf ihn. Sie durchschaute ihn in diesem Moment nicht. Sein Blick ruhte auf ihr. Spürte sie eine Art von Erleichterung? Ein mikroskopisch kleines Lächeln? Oder war er so kalt, dass er selbst in dieser Situation nicht die Kontrolle über sich verlor und nur darauf wartete, dass sie sich eine Blöße gab?

Wejse schwieg, aber sein Mund verzog sich zu dem schiefen Lächeln, das sie kannte. Langsam führte er die Hand an seine Heckler & Koch, griff mit Daumen und Zeigefinger an den Schaft und zog die Pistole heraus.

»Gut, und jetzt legst du sie vorsichtig auf den Boden. Ruhige Bewegungen.«

Er blickte zu ihr auf und hielt die Pistole mit gestrecktem Arm vom Körper weg. Doch er stoppte mitten in der Bewegung und machte keine Anstalten, die Pistole hinzulegen.

»Und wenn ich nun nicht gehorche, Nina? Schießt du mir dann eine Kugel in den Kopf?«

»Nein, Tim, nicht in den Kopf. Die Erste bekommst du in den Oberschenkel. Oder in die Eier, wenn ich danebenschieße. Tu, was ich sage! Leg sie hin!«

Er hatte jetzt etwas Herausforderndes, obwohl er noch immer lächelte. Sie sahen sich in die Augen – durch den Eisblock hindurch.

»Was immer du jetzt vorhast, Nina, du musst auch in der

Lage sein, es wirklich durchzuziehen, sonst nützt das alles gar nichts, oder?«

»Hör auf, mit mir zu spielen. Wenn du mich besser kennen würdest, wüsstest du, dass die Tour bei mir nicht funktioniert. Leg die Pistole hin!«

Er hielt ihrem Blick stand. Dann entschied er sich offenbar, beugte sich langsam vor und legte die Pistole auf den Boden.

»So, wie ich dich kennengelernt habe, und nach allem, was ich über dich weiß, ja, du würdest es wohl tun.«

»Und jetzt schiebst du sie mir mit einem Fuß zu.«

Tim Wejse gehorchte. Einer seiner Socken ließ die Pistole über den Boden rutschen. Sie ging langsam in die Hocke, hob sie auf und steckte sie in die Jackentasche.

»Wie lange weißt du es schon, Nina?« Wejse lehnte sich auf dem Bett zurück und stützte sich dabei mit beiden Armen ab.

»Noch nicht sehr lange. Sonst wären wir nicht hier gelandet.«

»Wie?« Er sah sie noch immer direkt an. Das Lächeln war verschwunden, aber er wirkte entspannt.

»Julius Hirschfeld. Er wusste, wer du bist. Er hat bereits in Istanbul versucht, es mir zu sagen, auf dem Schiff. Aber ich habe ihn missverstanden. Ich dachte, er meinte Finn Holmboe. Wie dumm kann man nur sein?«

»Und jetzt hasst du mich wie die Pest?«

»Das habe ich nicht gesagt.«

»Nein, aber so ist es doch. Nicht wahr?«

»Das ist jetzt vollkommen egal, Tim. Hauptsache, du verhältst dich ruhig.«

»Ich habe nichts anderes vor. Aber du …« Wejse richtete sich ein wenig auf. »Du musst verstehen, Nina, es war nur ein Job, genau wie alle anderen Jobs. Eine Aufgabe, die es zu lösen galt.«

»Und ich habe meinen.«

Sie blieb in der Zimmermitte stehen, ließ die Pistole sinken, hielt sie aber noch immer mit beiden Händen. Auf keinen Fall durfte sie jetzt unaufmerksam werden.

»Natürlich hast du deinen Job – und du bist gut. Genauso gut, wie sie gesagt haben, Nina. Wenn es etwas gibt, was du wissen willst, dann frag.«

Sie schüttelte den Kopf. »Ich weiß, was ich wissen muss.«

Wejse nickte nachdenklich. Beide verharrten wie festgefroren auf ihren Positionen, er sitzend, sie stehend, und zwischen ihnen lag der Eisblock. Sogar die Worte waren erstarrt. Jetzt blickte er wieder auf seine Socken und bewegte ruhig die Zehen.

Es war so gelaufen, wie sie gehofft hatte. Der Rest bestand aus Warten. Und wenn sie dabei schwiegen, war das auch in Ordnung.

Nach einer Weile, die ihr sehr lange vorkam, drängte sich eine Frage doch auf. »Es gibt da eine Sache, Tim.«

Wejse blickte auf. »Ja?«

»Weißt du, was ein Romeo ist?«

Er nickte. »Ja, natürlich.«

»Das war aber nicht deine Aufgabenbeschreibung?«

Wejse lächelte schwach. Es sah aus, als wandere sein Blick über die Wand hinter ihr, bevor er einen Punkt zum Verweilen fand.

»Vielleicht schon«, antwortete er zögernd. »Vielleicht kam das unausgesprochen sogar in der, wie du es nennst, Aufgabenbeschreibung vor. Aber ich habe es von vornherein abgelehnt. Ich löse Aufgaben, aber nicht auf diese Art.«

Sie erwiderte nichts, beobachtete ihn lediglich. Das schiefe Lächeln war verschwunden. Er sah grimmig aus.

»Und wenn ich diesen Befehl bekommen hätte, hätte ich Nein gesagt, Nina. Egal, was passiert wäre.«

Einen Moment Stille. Dann hörte sie leise: »Enttäuscht?«

Sie schüttelte langsam den Kopf. »Nein. Eher erleichtert.«

»Aber das bedeutet nicht notwendigerweise, dass ich dich nicht …«

Das Mobiltelefon klingelte in ihrer Tasche. Sie richtete die Pistole auf ihn, während sie mit der linken Hand das Handy herausfischte.

»Hier ist Nina.«

»Birkedal hier. Hast du die Lage im Griff?«

»Ja.«

»Gut. Ein Mann ist unterwegs zu euch. Er ist gerade ins Treppenhaus gegangen.«

»Okay.«

»Pass auf dich auf, verdammt noch mal!«

»Ja. Bleib ruhig.«

Sie steckte das Telefon wieder in die Tasche.

»Birkedal?«

Sie antwortete nicht, sondern bedeutete ihm, dass er still zu sein hatte. Dann lauschte sie gespannt.

Sie hörte Schritte auf der Treppe und drückte sich im Wohnungsflur an die Wand. Sie spürte, wie ihr Puls raste. In wenigen Augenblicken könnte sie gezwungen sein, beide in Schach zu halten, bis Hilfe eintraf. Das Problem könnte sich auch von allein lösen, wenn …

Sie horchte mit angehaltenem Atem und umklammerte die Pistole mit beiden Händen. Dann hörte sie die Klappe des Briefschlitzes und den dumpfen Laut von etwas, das auf den Holzdielen im Flur landete.

Sie atmete erleichtert auf, blieb aber regungslos stehen, bis sie die Schritte auf der Treppe verschwinden hörte.

Sie hatte also recht behalten.

»Wer das wohl war?« Sie sah hinüber zu Wejse, der noch immer in der gleichen Haltung auf der Bettkante saß. Sie konnte einen spöttischen Unterton nicht unterdrücken.

»Es hilft wohl nichts, zu behaupten, es sei der Postbote gewesen.«

»Ein bisschen sehr früh für die Post. Bleib einfach sitzen, Tim. Keine Bewegung.«

Rückwärts ging sie durch die Tür in den Flur und hob hastig den braunen Umschlag auf, der direkt vor dem Briefschlitz lag. Er war nicht beschriftet. Mit wenigen Schritten war sie wieder im Wohnzimmer.

Sie blieb in der Tür stehen und riss den Umschlag auf. Ihre Finger schlossen sich um etwas Glattes, Flaches und Festes. Sie war es. Sie lächelte und hielt die Hülle mit der DVD hoch.

»Es muss sich wohl um einen Gruß deines Freundes handeln, des Froschmanns. Oder, Tim?« Sie wählte Birkedals Nummer.

»Ich hab sie.«

»Hervorragend, Nina, wir kommen jetzt hoch.«

»Nicht nötig. Wir kommen gleich hinunter.«

»Na gut. Wir sind am Vorder- und am Hinterausgang.«

Sie steckte das Telefon in die Tasche. Wejse schaute sie unverwandt an. »Bist du jetzt glücklich, Nina?«

»Hm, glücklich, na ja. Zufrieden, ja.«

»Ihr zieht trotzdem den Kürzeren, glaub mir.«

»Wir werden sehen. Zieh dich an, Tim. Sie warten unten auf uns.«

37

Enis Kahraman, der Istanbuler Chef des türkischen Nachrichtendienstes MIT, landete am Nachmittag auf dem Kopenhagener Flughafen Kastrup mit einem Linienflug. An diesem Tag spielte er die Rolle eines einfachen Kuriers.

Ankara hatte ihm befohlen, den Transport persönlich zu übernehmen. Die Fracht war zu wichtig, um sie anderen zu überlassen. Die ganze Sache hatte schon genügend Chaos in der Organisation ausgelöst. Daher konnte er niemand anderen schicken. Er allein trug die Verantwortung, wieder Ordnung ins System zu bringen.

Zusammen mit allen anderen Passagieren ging er durch den hektischen Flughafen und stellte sich an der Passkontrolle in die Schlange der Reisenden aus Nicht-EU-Ländern. Er dachte daran, dass eines Tages, vielleicht ja schon 2014, sogar die Türken in dieser feinen Gesellschaft akzeptiert würden und sich in der anderen Reihe anstellen durften.

In der Empfangshalle blieb er kurz stehen und sah sich um. Ein jüngerer Mann kam ihm entgegen, lächelte und streckte die Hand aus. »Kahraman?«

Er erwiderte den Gruß des Mannes und nickte.

»*Please follow me*«, sagte der Däne.

Er begleitete ihn über den Vorplatz, sie überquerten eine Straße und gingen zu einem Parkplatz, wo ein Wagen auf sie wartete. Der fremde Mann öffnete freundlich die Tür, Kahraman setzte sich auf den Rücksitz.

»*Welcome*«, sagte Gudmundsen und gab ihm die Hand.

Er wechselte die üblichen Höflichkeitsfloskeln mit dem Chef des dänischen Nachrichtendienstes. Gudmundsen zog etwas aus seiner Jacke und legte es auf Kahramans Oberschenkel.

»Bitte sehr.«

»Vielen Dank. Und ich soll den herzlichsten Dank aus Ankara aussprechen. Wir vergessen unsere dänischen Freunde nicht.«

Gudmundsen brummte irgendetwas und lächelte angestrengt. Kahraman nahm die Hülle mit der DVD und steckte sie in seine Mappe. Endlich. Jetzt kam die Zeit, nach vorn zu schauen. Hier war sie, die Kopie, die Frau Portlands Sohn so leichtsinnig gebrannt hatte und die der PET und dieser dänische Froschmann bei der Aktion vor Esbjerg so erfolgreich wiederbeschafft hatten. Damit existierten die Hinrichtungen in der Welt des MIT de facto nicht mehr.

Es wäre nicht einmal vernünftig, diese Kopie auf der Stelle zu zerstören. Seine Vorgesetzten in Ankara wollten sie im Land haben und sich selbst davon überzeugen, dass beide Kopien sich jetzt in ihrem Besitz befanden und der Albtraum ein Ende hatte.

»Und die Entschädigung?« Gudmundsen klang müde.

»Ist bereits veranlasst. Hier ist die Quittung der Transaktion. Sie wurde auch an die Polizei von Esbjerg gefaxt. Wie verabredet.«

Kahraman reichte seinem dänischen Kollegen das Papier. Zwei Millionen dänische Kronen an Herrn Munk. Schmerzensgeld könnte man es nennen. Und eine Art Anerkennung der Schuld am Tod der alten Frau Munk.

Gudmundsen betrachtete die Quittung und nickte.

Sie blieben noch eine Viertelstunde lang auf der Rückbank des Wagens sitzen und sprachen über die Ereignisse, wobei Kahraman nicht vergaß, mehrfach seiner und Ankaras tiefer Dankbarkeit über die vorzügliche Zusammenarbeit Ausdruck zu verleihen.

Schließlich gaben sie sich wieder die Hand. Er stieg aus dem Auto, und Gudmundsens Fahrer begleitete ihn zurück in die Abflughalle, wo man dafür sorgte, dass er die üblichen Sicherheitsvorkehrungen umgehen und sich direkt zu einem der Abflugschalter begeben konnte, um auf seinen Rückflug zu warten.

Enis Kahraman lehnte sich zurück. Sobald er die DVD überbracht hätte, würde der Fall aufhören, für *ihn* zu existieren. Wenn der stellvertretende Direktor in Ankara die Post an den Chef des Dienstes weitergab, hörte sie auf, für *ihn* zu existieren. Und wenn der oberste Chef des MIT sie an unbekannte Hände weitergab, wusste *er* nichts mehr davon. Die Realität wurde so Stück für Stück ausgelöscht, bis sie am Ende verschwunden war und nicht mehr existierte.

»*Was* für eine Hinrichtung *welcher* Kurden in *welchem* Steinbruch?«

Nicht umsonst war er seit vielen Jahren im Dienst. Er kannte das Spiel und sah und hörte all das, was unsichtbar und ungesagt blieb. Aus den düsteren Mienen während der letzten Besprechungen in Ankara und den Worten, die niemals etwas anderes waren als diskrete Andeutungen, ahnte er, dass man die oberste Leitung des MIT in der letzten Phase des Falls ebenfalls zu Marionetten degradiert hatte.

Diejenigen, die die Fäden zogen, saßen ganz oben. Mit anderen Worten, im Generalstab. Höher konnte niemand kommen. Spätestens dort würde der Fall definitiv zu einer der nichtexistierenden Angelegenheiten werden.

Leute außerhalb seiner Welt mochten darin keinerlei Sinn erkennen.

Er selbst sah das alles kristallklar vor sich.

Hauptsache, er kam bald wieder nach Hause.

38

Obwohl es ein hektischer Tag gewesen war, war es auch ein guter Tag gewesen. Er hatte geendet wie Freitage im Präsidium eigentlich selten zu Ende gingen, gemütlich und ohne die übliche Ungeduld der Leute, in ihr Wochenende zu gehen.

Monberg hatte »IzK« ausgegeben, wie der ein oder andere es im Jargon der Radiomoderatoren nannte, »Imbiss zum Kaffee«. Er feierte Geburtstag, den siebenunddreißigsten. Seit der dramatischen Nacht auf Fanø vor zwei Wochen war er die Freundlichkeit in Person, keine säuerlichen, unausgegorenen Bemerkungen. Im Gegenzug hatte Nina vermieden, ihn aufzuziehen – jedenfalls für eine Weile.

Thøgersen im Sweatshirt aus dem neuesten Sonderangebot des Supermarkts Bilka hatte sie mit einer amüsanten Geschichte über eine Muskete unterhalten, die er am Wochenende zusammen mit seiner Frau in Stockholm abholen wollte. Sie würden in der Jugendherberge übernachten, aber zum Essen hatte er sie nach Gamla Stan eingeladen. Extravaganzen à la Thøgersen. Sogar Madsen hatte sich an der Unterhaltung beteiligt. Er verbrachte das Wochenende natürlich in seinem Ferienhaus, um einen neuen Jägerzaun zu ziehen. Die Pfeife wippte zufrieden bei dem Gedanken.

Ulbæk und seine glückliche Familie wollten nach Kerteminde fahren, und obwohl die pünktliche Abfahrt des Kombis um 17:00 Uhr fest eingeplant war, ließ er sich viel Zeit. Nicht einmal ein Anruf seiner Frau, nein, seiner Ehefrau, auf dem Handy ließ ihn aufbrechen. Er hatte den Fortbildungskurs nicht mehr erwähnt, sondern sich zuvorkommend verhalten und erklärt, wenn sie auf Avnø geblieben wäre, tja, dann hätten sie den Fall wohl niemals gelöst. Vielleicht hatte er auch nur eingesehen, dass sie beide – eine zerzauste Rabenmutter und der perfekte Mr. Wochenplan – zwei unvereinbare Größen waren. Und inzwischen kannte er sie wohl gut genug, um zu wissen, dass sie niemals zu einem seiner Projekte werden würde.

In der Kantine waren einige andere Kollegen dazugekommen und bedienten sich an Monbergs Imbiss. Die Stimmung war gut, und der Kaffee wurde durch Bier ersetzt. Es schien, als hätte das kollektive Selbstbewusstsein nach der Lösung des Kohlenmann-Falls einen gehörigen Aufschwung genommen. Obwohl sie am Ende doch kapitulieren mussten, genau wie Wejse es prophezeit hatte.

Birkedal war als Einziger wortkarg gewesen, aber allmählich kamen von ihm einige Brummlaute, wohlgemerkt von der zufriedenen Art. Er hatte entspannt am Tischende in der Kantine gesessen und wie ein Löwenmännchen gewirkt, das sein Rudel unter Kontrolle hat und die Ausgelassenheit billigt, weil sie verdient ist.

Als Birkedal gerade in ein Blätterteigteilchen biss, klingelte sein Handy. Nach dem Gespräch räusperte er sich laut. »Ich habe eine erfreuliche Neuigkeit«, begann er.

Augenblicklich wurde es still.

»Das Rätsel ist gelöst«, erklärte er und schwieg feierlich.

Monberg konnte es natürlich nicht abwarten. »Äh, was für ein Rätsel?«

Birkedal konnte die Maske nicht länger halten. Er brach zusammen vor Lachen und gluckste, dass sein Bauch hüpfte. Trotzdem gelang es ihm zu stammeln: »Da Vinci … Das war eben der Polizeidirektor. Der verschwundene Windhund Da Vinci ist aufgetaucht. Ein ordentlicher, älterer Herr hat ihn sich geschnappt. Er hatte sich schon immer so einen Hund gewünscht. Einer seiner Nachbarn hat ihn angezeigt, in Sønderris. Der Nachbar hat einen der Handzettel gelesen, die der Bankdirektor offenbar eigenhändig in ganz Westjütland verbreitet hat. Zehntausend Kronen als Belohnung für Da Vinci. Ach, ist das Leben nicht herrlich?«

Die Nachricht löste einen Sturm von Gelächter aus. Als Monberg wieder Luft bekam, erklärte er, dass er eine Geburtstagsrunde im Raadhus Kro ausgeben werde, weil er sich so für Da Vinci freue. Nina, Thøgersen und Madsen kamen mit. Sie blieb auf ein Bier, dann musste sie weiter.

Es wurde ein kurzer Besuch bei Ib Munk im Krankenhaus. Ihm ging es gut, und seine Heilung machte Fortschritte. Nina schlug ihm vor, zurück nach Esbjerg zu ziehen, sobald er entlassen werde. Zurück in die Stadt seiner Kindheit und zu den Vögeln am Meer. Wie sollte er auch in Kopenhagen zurechtkommen, allein, ohne Morten Busk? Ib hatte selbst schon daran gedacht. Ja, er wollte gern nach Hause zurück.

Sie beschloss, in der nächsten Woche das Sozialsystem in Bewegung zu setzen. Sie wollte einen der Sachbearbeiter aufsuchen, ihm Ibs Umzug ankündigen und mit ihm über seine Situation sprechen. Ein Mann wie Ib Munk musste doch irgendwie auf dem Arbeitsmarkt unterzubringen sein. Schließlich fehlte ihm nichts, er war ja durchaus ein heller Kopf – er hatte nur Anpassungsschwierigkeiten. Die Gemeinde musste sich der Sache annehmen. Ib brauchte noch etwas anderes als die Vögel.

Dass eine erhebliche Summe Geld auf sein Konto geflossen war, hatte sie ihm noch nicht erzählt. Das würde nur zu Spekulationen führen. Erst einmal musste er völlig gesund werden.

Am späten Nachmittag, kurz vor Ladenschluss, erfüllte sie Jonas einen großen Wunsch: neue Fische vom Tierhändler. Er bekam zwei schwarze Mollys, ein paar Guppys und vier weiße Panzerwelse.

Sie verbrachten einen schönen Abend miteinander, kochten gemeinsam und beschäftigten sich mit ein paar Dingen, zu denen sie lange nicht mehr gekommen waren, und sie sahen sich bei einer Tasse Kaffee und einer Cola die Fische an.

Gegen zehn ging Jonas ins Bett. Erst da spürte sie ihre innere Unruhe.

Seit Langem blätterte sie wieder einmal in den alten Fotoalben. Sie betrachtete ihre hübsche junge Mutter, ihren großen Bruder und sich selbst als kleines Mädchen – und ihren Vater, so aufrecht und kraftvoll wie ein vollgetakelter Schoner. Die letzten Bilder waren kurz vor dem Unglück aufgenommen worden. Der Picknickkorb, die karierte Decke, die Fanta-Flasche und dieses lebhafte Lächeln.

Sie hielt noch immer das Album im Schoß, als Astrid anrief. Nur um ein bisschen zu plaudern. Zehn Minuten später hatte sie ihren Vater am Apparat. Er fragte, ob sie und Jonas am Sonntag zum Angeln mitkommen wollten. Er hatte sich ein Boot geliehen.

Als ob sie es geahnt hatten, die beiden. Dass sie jetzt genau so etwas brauchte. Eine Bestätigung, dass die vergilbten Fotos nicht das Einzige waren, was sie hatte.

Sie hatte längst das Licht im Wohnzimmer gelöscht und die Fotoalben an ihren Platz gestellt. Es war ruhig. Nach zwei. Mit der Stille und der Dunkelheit der Nacht hatte sie sich schließlich beruhigt.

Sie hatte das Gefühl, als hätte sie seit dem Morgen, an dem sie den Kohlenmann gefunden hatten, nichts anderes mehr getan, als in allen möglichen Ecken der Welt herumzuschwirren. Im Augenblick fiel es ihr schwer, die Ereignisse auseinanderzuhalten.

Sie hatte mit dieser Unruhe in den zwei Wochen gekämpft, seit sie Tim Wejse die Maske heruntergerissen und ihn mit der Pistole in Schach gehalten hatte, bis der Umschlag auf dem Fußboden seines Flurs landete.

Sie hatten einen nutzlosen Sieg errungen. So war das. Der gesamte Sachverhalt hatte Polizeidirektor Friis zur genauen Prüfung vorgelegen. Er schickte das Material weiter ans Ministerium, das untersuchen sollte, ob es als Basis für ein sogenanntes internationales Rechtshilfeersuchen ausreichte, das ihnen erlaubte, sämtliche türkischen Schubladen zu durchwühlen.

Im Justizministerium hielt man sich an die Tatsache, dass die türkische Seite sich in dem Fall bereits wohlwollend zur Kooperation bereiterklärt habe. Die Juristen waren der Ansicht, dass es für die dänischen Ermittlungen nichts mehr zu enthüllen gab. Zunächst bat man die Türken um eine schriftliche Erklärung, aber schließlich endete es so wie befürchtet. Im Justizministerium lehnte man ein Rechtshilfeersuchen ab, und Birkedal musste die DVD mit den Filmaufnahmen an den PET abliefern, der die Kopie vermutlich den Türken zurückgegeben hatte.

Alles wurde diskret und einvernehmlich geregelt.

Es war ein Sieg, dass sie dem PET und Gudmundsen die DVD schließlich abringen konnten. Ein Sieg, dass sie den Bericht von Enis Kahraman und dem MIT erzwungen hatten. Ein Sieg, dass auf ihre Veranlassung zwei Millionen Kronen von den Türken als Kompensation für Ib Munk verlangt wurden. Aber es war eine bittere Niederlage, dass sie die Aufnahmen dennoch abliefern mussten – und vor allem, dass niemand bis zu einem Strafverfahren verfolgt werden konnte.

Verbrechen und Strafe gehörten zusammen.

Der MIT hatte einen Haufen Papier nach Kopenhagen geschickt, darunter die Berichte über die Obduktionen von Koksal und Kilci, die das Ministerium als wesentliche Entscheidungsgrundlage für die Ablehnung weiterer Ermittlungen ansah. Die beiden Agenten habe man mit hundertprozentiger Sicherheit identifiziert, behaupteten die Türken und legten sämtliches Beweismaterial bei.

Sie blieb bei ihrer festen Überzeugung, dass man den Tod der Männer fingiert und dass der alte Stasi-Agent recht gehabt hatte. Es half nur nichts. Sie lebten in einer Welt, in der nur Beweise zählten.

In ihrem Bericht ans Ministerium schrieben die Türken, dass die internen Untersuchungen noch nicht abgeschlossen seien. Vorläufig habe man ein hochrangiges Mitglied des Heeres unter Hausarrest gestellt, den man verdächtige, im Namen eines größeren Kreises, möglicherweise sogar mit Beziehungen zum Generalstab, das ganze Komplott mit den Hinrichtungen geplant zu haben.

Der Name des Militärs ging aus den Dokumenten nicht hervor. Er wurde als jemand bezeichnet, der unter dem Verdacht stand, »Ansichten zu vertreten, die nicht mit der offiziellen Politik des Landes in Übereinstimmung stehen«. Offenbar bestand eine geheime Verbindung zu stark nationalistischen Kreisen.

Das Motiv wurde im türkischen Bericht nicht weiter erläutert, aber laut dänischen Analysen, unter anderem erarbeitet von Finn Holmboe, gab es lediglich ein Motiv: die Furcht, dass eine eventuelle EU-Mitgliedschaft die Rolle des Militärs in der Türkei erheblich schwächen könnte. Genau dies war eine der vielen Forderungen der EU an die Türkei bei den Aufnahmeverhandlungen und hatte bereits zu einer Umstrukturierung des nationalen Sicherheitsrates geführt, in dem der Generalstab bisher immer das letzte Wort gehabt hatte.

Die Argumentation zeigte eine Problematik, die Türkeikennern wohlbekannt war. Es gab Falken und Tauben bei den türkischen Militärs, die sich immer als Wächter des Erbes von

Atatürk gesehen hatten – aber auch als Garanten einer progressiven Entwicklung und als Beschützer der Demokratie. Atatürk hatte die Vision einer gut entwickelten Türkei, die mit ihren westlichen Vorbildern Hand in Hand arbeitete. Also marschierte der Generalstab letztlich auf dem gleichen Weg – einem Weg in die Mitgliedschaft der Europäischen Union.

Dass dieser Weg einen Verlust des traditionellen Einflusses der Militärs bedeutete, war eine destruktive Ironie der Entwicklung, der man sich im Generalstab willig unterwarf – getreu dem Geist von Atatürk und dem Kemalismus.

Die Falken hingegen – und es gab sie – waren nicht bereit, dieses Opfer zu bringen. In ihren Reihen befanden sich die konspirativen Kräfte, so Finn Holmboes Analyse. Birkedal hatte darauf bestanden, dass sie die Analyse zu sehen bekamen.

Es lag auf der Hand, dass der türkische Geheimdienst längst nichts mehr mit der Bearbeitung des Falls zu tun hatte. Die dänischen Experten prophezeiten umfassende interne Untersuchungen im türkischen Militär.

Am wahrscheinlichsten schien, dass das Ganze mit einigen äußerst diskreten Frühpensionierungen endete, möglicherweise aufgrund gesundheitlicher Probleme, oder mit freiwilligen Rücktritten aus persönlichen Gründen. Die Militärs pflegten diese Dinge leise zu regeln.

Eine so ferne Welt, dachte Nina. Weit weg vom Geburtstagskuchen in Esbjerg und der Heimkehr des Hundes Da Vinci.

Herrgott, Zamani war auch nur ein winziger, hoffnungsvoller Mensch gewesen, der mit seinem Hund in Berlin spazieren ging und von einem unabhängigen Kurdistan träumte. Ein Mann mittleren Alters, der plötzlich zwischen gewaltige Kräfte geraten war. Und dabei umgekommen.

Er war zum Opfer der Falken im Kampf gegen die Tauben geworden.

Sie löschte das Licht und blieb im dunklen Wohnzimmer sitzen.

Tim Wejse hatte sie zuletzt einen Tag nach der Aktion in seiner Wohnung gesehen. Da hatte sie ihm vorgeschlagen, sich irgendwann einmal wiederzusehen, wenn der Sturm sich gelegt hatte, vielleicht zu einem Abendessen, das sie anschließend gemeinsam ganz friedlich verdauen könnten. Vierzehn Tage waren seitdem vergangen. Vierzehn bittersüße Tage.

Dieser Tag hatte sich ihr auch aus anderen Gründen deutlich ins Gedächtnis gegraben. Es war ein chaotischer Tag gewesen. Und ein ganz besonderer Tag. Birkedal war im ganzen Haus umhergerannt, seine Löwenmähne stand nach allen Seiten ab, er war unnahbar, gereizt und bereit, mit jedem aneinanderzugeraten. Diesen Anblick vergaß man nicht so schnell.

Wejse hatte bereits am frühen Morgen um ein kurzes Gespräch mit dem Chef gebeten. Eigentlich wollte Birkedal Wejse persönlich dermaßen in den Arsch treten, dass er bis nach Søborg zum PET flog, aber er ließ sich eines Besseren belehren.

Zur Überraschung aller nahm Wejse an der morgendlichen Besprechung teil. Er sah frisch aus, trotz einer schlaflosen Nacht. Nach einem beinahe unsichtbaren Nicken von Birkedal hatte er sich erhoben und ein paar Worte an die Kollegen gerichtet, die noch immer neu für ihn waren, von denen er sich nun aber bereits wieder verabschiedete.

Wejse hatte gefasst gewirkt. Keine händeringende Reue nach dem nächtlichen Drama auf Fanø. Er verstehe, wenn alle der Ansicht seien, dass er ihr Vertrauen missbraucht habe, aber er wolle doch sagen, dass er sich vom ersten Moment an im Präsidium von Esbjerg sehr gut aufgenommen gefühlt habe. Das sollten sie wissen.

Er hatte sich bedankt – und die Besprechung verlassen.

Nina hatte er imponiert. Tim Wejse hatte Stil. Einige Kollegen nickten anerkennend, als die Tür hinter ihm zufiel.

Monberg, der das Vergnügen zweier Reisen mit Wejse nach Kopenhagen gehabt hatte, lehnte sich über den Tisch und flüsterte ihr zu: »Typisch. So ein riesenarrogantes PET-Arschloch, was, Nina?«

Am Vormittag war dann Gudmundsen gekommen, um bei einer Sitzung mit Polizeidirektor Friis, Chefpolizeiinspektor Pallesen sowie Birkedal und Thøgersen die Wogen möglichst zu glätten.

Gerade als er das Präsidium verlassen wollte, hatte Nina Wejse auf der Haupttreppe abfangen können. Sie wechselten ein paar linkische Bemerkungen, dann hatte sie etwas plump den Vorschlag mit dem Abendessen und einem Glas gemacht, »irgendwann einmal«.

»Nichts lieber als das«, hatte er geantwortet.

Am Hauptportal hatte sie ihn hastig umarmt. Als sie sich umdrehte, erlaubte er sich etwas Untypisches: Er gab ihr einen Klaps auf den Hintern. Nicht als Klapperschlange, sondern eher zärtlich. »Pass auf dich auf, Nina, und hör auf, dich in irgendwelche wilden Sachen hineinzuwühlen, du verrücktes Weib!«

Er lächelte schief und war aus der Tür, bevor sie antworten konnte. Vielleicht, weil sie für den Bruchteil einer Sekunde erstarrte? Jeder, der ihr einen Klaps auf den Hintern gab, riskierte eine saftige Ohrfeige. Er hatte sie überrumpelt. Aber es war kein unerfreuliches Gefühl gewesen.

Die Stille wurde von einer Gruppe Jugendlicher unterbrochen, die johlend durch die Straße zogen. Kurz darauf war es wieder ruhig. Eine ungewöhnliche stille Freitagnacht.

Mit dem Becher in der Hand stand sie vom Fußboden auf, zog sich den Schaukelstuhl ans Fenster und legte die Beine auf die kleine Kommode. Sie wollte nur einen Moment an ihrem gewohnten Platz sitzen, bevor sie ins Bett ging.

Der Kaffee war längst kalt geworden. Sie schaute hinüber zu der in weiches Licht getauchten Kirche und wiederholte, was sie alles zu erledigen hatte.

Am nächsten Vormittag wollte sie Sir Walter schreiben und ihm danken, sie wollte einen richtigen Brief schreiben, wohlgemerkt mit der Hand. Und sie würde ihm das Ergebnis der Ermittlungen mitteilen. Sie wusste, dass er vor Neugier platzte.

Dann musste sie zu einem Nachmittagstee (»Nein, natürlich können Sie auch Kaffee bekommen«) bei Frau Rixen. Nina hatte angerufen und gesagt, dass es Neuigkeiten im Zusammenhang mit Morten Busks Tod gebe, die sich aber nicht dazu eigneten, am Telefon überbracht zu werden. Sie würde darlegen, was sie wusste, aber nicht beweisen konnte: dass Frau Rixens so hingebungsvoller deutscher Freund, Harald Kobus, plötzlich die Gelegenheit gesehen hatte, Öl in eine Feuersbrunst zu gießen.

Sie freute sich darauf, Frau Rixen wiederzubegegnen. Einen kurzen Moment lang sah sie ihr Gesicht vor sich, transparent drüben am Dach der Kirche. Die Kraft der alten Dame war faszinierend, und irgendwie hatte sie das seltsame Gefühl, dass sie Freundinnen werden könnten.

Um fünf sollte Jonas drüben bei Per erscheinen, einem seiner Fußballkameraden. Sie hatten vor, ins Kino zu gehen, und Jonas würde dann bei Per übernachten. Sie hatte diese Verabredung beharrlich arrangiert, ohne dass Jonas etwas ahnte.

Denn dieses »irgendwann einmal«, der Tag, an dem sie sich mit Wejse treffen wollte, war der kommende Tag. Der eigentlich bereits begonnen hatte.

Blieben noch die Einkäufe. Hummersuppe, Hummerschwänze und Baguette, ein bisschen gutes Fleisch, vielleicht Rinderfilet, Backkartoffeln, Soße und dazu ein Salat mit Feta. Und etwas Pistazieneis, sie liebte Pistazieneis mit Sahne. Eine gute Flasche Rotwein und ein paar Dunkle aus der Brauerei von Nordby. Kerzen … und passende Servietten …

Nachwort

Dies ist ein Roman, also eine fiktive Erzählung. Der Kohlenmann hat nie existiert. Wie diese Geschichte ist er einem Gedanken entsprungen, und wie immer hat alles mit einer Frage begonnen: »Was wäre, wenn …?«

Der Autor weiß ganz genau, dass – seit dieser Gedanke Gestalt angenommen hat – ein Terrorzaun um den gesamten Südhafen von Esbjerg gezogen wurde. Die Bewegungsfreiheit des Normalbürgers zählt nicht mehr in diesem windigen Gebiet. Nichts ist unveränderlich, auch wenn man gern an das Gegenteil glauben möchte.

Und es mag andere, ähnliche Details geben, die im Grunde für die eigentliche Geschichte bedeutungslos sind. Die Wirklichkeit kann uns entgleiten, doch die Fantasie einzuzäunen, wird niemandem je gelingen.

Natürlich, es können sich neue, markante Umstände auf dem dramatischen Weg der Türkei in die Europäische Union ergeben haben, die nicht beschrieben worden sind. Vielleicht ist die Türkei auf dem Weg aus der Gemeinschaft, vielleicht aber auch auf dem Weg hinein? Am wahrscheinlichsten ist, dass die Antwort noch einige Jahre auf sich warten lassen wird.

Wie immer bei der Arbeit an einem Roman schulde ich vielen Menschen Dank. Einige haben sogar dazu beigetragen und mich inspiriert, ohne dass sie es selbst wissen. Gewöhnlich halte ich keine Dankesreden – wenn niemand genannt wird, kann auch niemand vergessen werden. Diesmal ist es mir jedoch ein Anliegen, jemandem ganz besonders für seine Unterstützung und sein großes Interesse zu danken: Kriminalinspektor Børge Baagø Hansen von der Polizei in Esbjerg.